Waldemar Łysiak

Wyspy Bezludne

Wydawnictwo Orgelbrandów 1994

Waldemar Łysiak

WYSPY BEZLUDNE

Wydawnictwo Orgelbrandów 1994

Projekt obwoluty: PIOTR STANKIEWICZ

Na obwolucie wykorzystano:
Obraz Salvadora Dalego *„Uporczywość pamięci”* (awers)
Zdjęcie wykonane przez Autora (rewers)

Zdjęcia: Autor i archiwum Autora

Szef produkcji: PIOTR STANKIEWICZ
Skład i łamanie: KEYTEXT
Wyciągi barwne i montaż elektroniczny: PARTNERS
Skaner Horizon Plus, naświetlarka Accuset 1200. Centrum DTP AGFA

Wydawnictwo Orgelbrandów, przy udziale Tevere sp. z o.o., Warszawa, tel. 20-52-57
Wydanie drugie, uzupełnione
Warszawa 1994
Druk i oprawa: Zakłady Graficzne im. Komisji Edukacji Narodowej w Bydgoszczy.

ISBN 83-86606-00-2

„Twórczość wielu pisarzy jest zapisywaniem swojego przeżycia samotności"

(Gabriel Garcia Márquez w rozmowie z Plinio Apuleyo Mendozą).

„Nagi leżałem na brzegach
Bezludnych wysp"

(Czesław Miłosz, „Tak mało").

WSTĘP

„Zaległa cisza. Mogłem sobie wyobrazić, że znalazłem się na bezludnej wyspie. I rzeczywiście, gdy tak leżąc paliłem, ogarnęło mnie uczucie zupełnego osamotnienia".

(Joseph Conrad, „Los", tłum. Teresy Tatarkiewiczowej)

1.

Ta książka jest dzieckiem rozpaczy i wściekłości. Czas nie chce się zatrzymać, każdy upływający dzień postarza mnie, a ja wciąż szukam tego, czego szukałem rok temu, dziesięć lat temu i dwadzieścia lat — bezskutecznie. Świat pędzi, ja zaś stoję w miejscu biegnąc za chimerami i coraz mniej wierzę, iż można je doścignąć. Nie ma bezinteresownych uczynków i uczuć, nie ma prawdy, przyjaźni i wierności, nie istnieją idee bez skazy i przysięgi bez pułapek, jest tylko zgorzknienie, które odkłada się we krwi, niczym słoje trującego drzewa.

Po co się starać, za jaką mityczną nagrodę? Za „*żywot wieczny*" po życiu pełnym cierpień? Respektowanie najtrwalszych zasad etyki, niezłomny żywot doczesny bez kompromisów ze złem — prowadzi do obłędu, samobójstwa lub potwornego osamotnienia. Chwilowe sukcesy na tej drodze są jak wilcze doły, im większe zwycięstwo strażnika dekalogu, tym głębszy dół, w który go wrzucą. Cokolwiek byś nie zrobił szlachetnego — wszystko kończy się przegraną. Zwycięzcy będą zwyciężeni, pierwsi staną się ostatnimi, wielcy skarleją, bogaci zbankrutują, szczęśliwi utoną we łzach. „*Szczęście jest kobietą*" (Nietzsche); szczęściarze o niezbrukanych sumieniach rogaczami. Tylko brak skrupułów przynosi złoty laur.

Na jednym z najbardziej genialnych rysunków w dziejach sztuki („Melancholia" Dürera) samotny anioł siedzi wśród wszystkich symboli tego świata — ma obok siebie klepsydrę, wagę, drabinę, książkę, kamień młyński i dzwon, graniastosłup i kulę, strug, młotek, obcęgi i nóż, głupie bydlę i tablicę matematyczną, klucze i mieszek. Nie jest już zasępiony; pogodzoną, rozumiejącą twarz zdobi łagodny, odrobinę cierpki wyraz ust, a w prawej dłoni trzyma ów, tak często portretowany przez artystów (Blake i inni), symbol Genesis, to narzędzie, którym Bóg zakreślił świat — cyrkiel. Trzyma go z wyraźnie uchwytną niechęcią, jakby lekceważąc, nieomal pogardliwie. Dwa ostrza, które wytyczyły świat, rozpierają się bezwładnie między kolanami, martwe niczym dwoje napiętnowanych winowajców...

Tę książkę przeznaczam ludziom, którzy na nią zasłużyli. Nie wiem ilu ich jest. Człowiek dziczeje stykając się z ludźmi i albo musi wybudować sobie erem, albo spłaszczyć się do wymiarów otoczenia. Odrzuca go przeraźliwa głupota tzw. inteligencji, tego pokolenia (?), tej armii, rzeszy niedouczków i niedogłówków, którzy formują *„intelektualną elitę narodu”* korzystając z tego, że jeszcze większa horda półinteligentów stanowi dla nich korzystne tło. Znaleźć człowieka, z którym można porozmawiać nie wysłuchując banałów, komunałów, idiotyzmów, cwaniackich łgarstw, fałszywych zapewnień, tanich sprośności lub specjalistycznych bełkotów *„fachowca”*, dla którego branżowe wykształcenie (plus umiejętność trzymania widelca) jest całą jego kulturą, kogoś bez płaskostopia mózgowego i bez lizusowskiej mentalności — to znaleźć skarb. Na ogół znajduje się i n t e l i g e n t ó w. Ci ludzie zresztą wcale nie byliby odrzucający, gdyby nie *„szpanowali”* na mądrych, rozsądnych, odważnych i oryginalnych. Lecz kiedy to robią, kontrast między popisem a rzeczywistością budzi wstręt i odruch wymiotny.

Alergia na głupotę, konformizm i oportunizm, obok niezgody na podłość i okrucieństwo świata, prowadzi ku samotności i jej wyspom bezludnym. *„Lepiej być samotnym niż mieć złe towarzystwo”* (Pierre Gringoire).

2.

Opisać wszystkie rodzaje samotności nie sposób, jest ich zbyt wiele. Nie sposób też wszystkich sklasyfikować, wiadomo, że s a m o t n o ś ć różni się od o s a m o t n i e n i a, albowiem samotność bardzo często pochodzi z wyboru (tylko ludzie, którzy nie myślą, nigdy nie są samotni), a na osamotnienie człowiek zostaje skazany. Samotność przeradza się w osamotnienie gdzieś na tym koszmarnym styku między nimi, którego nie można zlokalizować spoglądając na zegarek, a spoza którego odwrót jest tak ciężki. Współczesny amerykański poeta, Kenneth Rexroth, pisał:

„Samotność zamyka się wokół nas,
gdy tak leżymy bierni i wyczerpani;
ściska nas miękko ciepłą dłonią (...)
nieuchronna i pusta
przestrzeń osamotnienia“.*

---

* — Tłum. Tadeusza Rybowskiego.

Osamotnienie dopada nas nieproszone, odszukuje na jakimś etapie życia, zazwyczaj najpierw „*nel mezzo del cammin della nostra vita*" — w połowie drogi; potem na starość...

Kilka lat temu jedna z moich czytelniczek, dr med. Danuta Komar (lekarka ze szpitala psychiatrycznego w Choroszczy, specjalistka od schizofrenii), przeczytawszy w wywiadzie prasowym, że piszę „Wyspy", zwróciła moją uwagę listownie na najgłębszy rodzaj osamotnienia, który nazwała opuszczeniem:

„*Można uważać, że rodzajów samotności jest tyle, ilu ludzi, którzy ją przeżywają, ale nie o to mi chodzi. Najokrutniejsza samotność to nawet nie osamotnienie, lecz stan całkowitego opuszczenia, całkowitej izolacji, niemożności przekazania swoich aktualnych przeżyć uczuciowo–intelektualnych nikomu. Ich rodzaj, natężenie, rozmiar jest taki, że staje się niewspółmierny do przeżyć innych ludzi. Jest to uczucie całkowitej utraty kontaktu z innymi — wydają się wówczas oni (ci inni) jakby obcy, pierwszy raz widziani, dalecy, niepojęci, nieznani, nawet zniekształceni. Wówczas wszystko staje się rzeczą niewiadomą. Jakiego użyć języka, jakich słów, gestów — wszystkie są bezcelowe. Ogromne poczucie niemocy. Rzeczywistość staje się nierealna, odrzucona (w sensie psychicznym) na odległość galaktyk. Doświadczanie czegoś takiego, a właściwie nie doświadczanie, bo to trwa w czasie, a stan taki jest jakby poza czasem. Ma to postać jakby kuli, w której wnętrzu tkwi człowiek. W stanie całkowitego opuszczenia brak jest wiary, że zostaniemy zrozumiani. Brak jest także nawet nadziei. W tym «Boże mój, Boże, czemuś mnie opuścił?» — było chyba coś z tego rodzaju samotności. Całkowite ogołocenie ze wszystkiego. Myślę, że również Papież między zranieniem go a operacją mógł mieć takie uczucie. Zrobiło mi się samej smutno i kończę już...*".

Ja też kończę, chociaż mogłoby się wydawać, że dopiero zaczynam. Ale to tylko drukowany „Wstęp" jest początkiem. Przede mną leży cała ta książka w rękopisie — dwadzieścia jeden rozdziałów. Opadło, jak podróżny pył, gorączkowe napięcie, skończyła się męka pisania dwudziestu jeden „wysp bezludnych", która była moją chorobą przez wiele miesięcy. Nocami to jeszcze powraca, lecz w ciągu dnia, rozluźniony, ze spokojnym papierosem w zębach, piszę na koniec „Wstęp", który być może — w kategoriach literackich — jest zbędny, postanowiłem jednak zrobić tę furtkę do archipelagu samotności.

3.

Moja korespondentka wspomniała o często występujących u ludzi kłopotach z przekazywaniem stanów uczuciowo–intelektualnych. Pisarz (i każdy twórca) jest tu w sytuacji uprzywilejowanej — nie potrzebuje bezpośredniego rozmówcy. Jest samotny, lecz zarazem jest władcą duchów, które powołał do życia: to jego poddani, jego słudzy i towarzysze. Jacques Brenner, znakomity francuski autor „Historii literatury", mówił o tym w 1982 roku, w wywiadzie dla „La Quinzaine Litteraire": *„Prawdziwi pisarze pracują zawsze samotnie. Literatura bowiem to wielkie osamotnienie, lecz równocześnie — jeden z najskuteczniejszych sposobów ucieczki przed nim"*.

Ten, kto sam nie tworzy, ma szanse innego rodzaju: religie (Bóg jest przecież ucieczką ludzkości od osamotnienia) albo — lektury. Społeczność zaludniająca karty książek poślubia czytelnika, staje się jego partnerem w sypialni i przy stole, rodziną, gdy samotność uwiera jak cierń. Nie wszystkich i nie zawsze może to zadowolić, ale praktykuje się ten sposób. Nawet kobiety. Nawet najpiękniejsze. Nawet jeśli mają mało czasu na czytanie. Najpiękniejsza z pięknych, Catherine Deneuve, w odpowiedzi na pytanie Michela Fielda dlaczego kupuje więcej książek niż czyta (wywiad dla „L'Autre Journal"): *„Książka jest dla mnie przedmiotem magicznym, kocham ją tak, jak mogę kochać obraz malarza. Potrzebna jest mi obecność książek, świadomość, iż są przy mnie... Ich obecność napawa mnie poczuciem bezpieczeństwa. Nie znoszę znajdować się wśród osób, których towarzystwo mi nie odpowiada — wpędza mnie to w nastrój przygnębienia — wolę być sama z książkami. To jedna z form samotności i pogodzenia się z samą sobą..."*. Sięgają po książkowe lekarstwo nawet ci, którzy sami piszą, przykładem Byron:

„Wcale nie jestem przekonany, że samotność służy mi najlepiej! Ale jedno wiem z pewnością, że wystarczy, bym krótki czas był w towarzystwie, nawet w towarzystwie tej, którą kocham (Bóg, a przypuszczalnie i diabeł mi świadkiem), a już tęsknię za towarzystwem mojej lampy i mojej zupełnie nie uporządkowanej i poprzewracanej biblioteki (...) Dziś boksowałem się przez godzinę — napisałem odę do Napoleona Bonapartego — przepisałem ją — zjadłem sześć biszkoptów — wypiłem cztery butelki wody sodowej — resztę czasu spędziłem na czytaniu" („Dziennik", 10 IV 1814).

Z Polaków przykładem Mickiewicz, który reagował identycznie:

„Samotny książkę czytam; książka z rąk wypadła
Spojrzałem i mignęła naprzeciw zwierciadła
Lekka postać, szepnęła jej powietrzna szata (...)
Coś błyszczy, choć widocznych kształtów nie obleka;
I czuję promień oczu i uśmiech oblicza!
Gdzież jesteś, samotności córo tajemnicza?".

(„Dziady", część I)

„Co dzień z pamiątką nudnych postaci i zdarzeń
Wracam do samotności, do książek — do marzeń,
Jak podróżny śród dzikiej wyspy zarzucony.
Co rana wzrok i stopę niesie w różne strony,
Azali gdzie istoty bliźniej nie obaczy,
I co noc w swą jaskinię powraca w rozpaczy".

(„Dziady", część IV)

Motyw wieńczącej wszystkie usiłowania rozpaczy — słowo, które znajduje się już w pierwszym zdaniu „Wysp bezludnych". Nie jest ono symbolem słabości. „*Wierzę w siłę rozpaczy*" pisał Marek Hłasko, dodając, iż nie może to być głupia rozpacz — nie można „*z zamkniętymi oczami walić łbem o ścianę*". Idealna rozpacz to broń ofensywna — tak należy ją traktować i tak czyniono nieraz w historii, czerpiąc z rozpaczy siłę. Nie jest odkrywcą, kto dziś tę strunę porusza — każdy, kto to robi, winien mieć świadomość, iż między nim a Mickiewiczem uczyniło to wielu zrozpaczonych; bez tej świadomości byłby podobny Ludwikowi XV, który rzekł o swej nowej kochance, pani du Barry, do gubernatora Saint–Germain, d'Ayena:

„— *Cóż, wiem, że jestem następcą Sainte–Foye'a*".

D'Ayen, jeden z najdowcipniejszych dworaków Wersalu, uśmiechnął się i odparł:

„— *Tak, Najjaśniejszy Panie. Tak samo jak Wasza Królewska Mość jest następcą Faramonda*"*.

Spomiędzy polskich kochanków rozpaczy płynącej z osamotnienia, którzy trącili mickiewiczowską strunę, zacytuję dwóch — dwóch wystarczy:

"...................... piszę miarą,
jak człowiek w wielkiej samotności, który
Muzyką sobie nieuczoną wtórzy,
I to mu zamiast towarzystwa służy".

(Norwid, „Pierwszy list...")

„Wśród zła i grzechu, występku i zbrodni,
Nie doczekawszy jutrzenki pochodni,
We śnie o miłości umieram samotny
Jak ty".

(Staff, „Sonata księżycowa")

---

* — Między Faramondem (legendarnym protoplastą Merowingów) a Ludwikiem XV władało Francją bardzo wielu królów.

4.

Samotność nie zawsze bywa przekleństwem (osamotnieniem, opuszczeniem) — wielokrotnie jest ona celem, do którego się dąży, wybawieniem, o którym się marzy, zwierzyną, którą się ściga. Twórcy należą do najzacieklejszych myśliwych. Francuski akademik Lacordaire nazwał w swych „Rozmyślaniach" samotność *„siłą, która pomaga i broni"*. *„Niczego nie można dokonać bez samotności* — mówił Pablo Picasso w wywiadzie dla „L'Europeo" (19 IV 1973). — *Starałem się stworzyć sobie jak najzupełniejszą samotność...*". Wtórował mu Federico Fellini w wywiadzie dla „Le Point" (30 VIII 1982): *„Należałoby zrehabilitować pojęcie samotności. Samotności nie w sensie odizolowania, raczej dialogu wewnętrznego z samym sobą"*.

Atoli żeby móc prowadzić taki dialog w sposób nieskrępowany i niezakłócany, potrzebne są jakieś rodzaje odizolowania nie tylko psychiczne, także fizyczne (choćby zamknięty pokój), dla których metaforę stanowi wyspa bezludna. Owa „Innisfree — wyspa na jeziorze" Williama Butlera Yeatsa, który marzył: *„I znajdę spokój tam"*. Owa „Utopia" Wisławy Szymborskiej:

> *„Wyspa, na której wszystko się wyjaśnia.*
> *Tu można stanąć na gruncie dowodów.*
> *Nie ma dróg innych oprócz drogi dojścia.*
> *Krzaki aż uginają się od odpowiedzi.*
> *Rośnie tu drzewo Słusznego Domysłu*
> *O rozwikłanych odwiecznie gałęziach.*
> *Olśniewająco proste drzewo Zrozumienia*
> *przy źródle, co się zwie Ach Więc To Tak.*
> *Im dalej w las, tym szerzej się otwiera*
> *Dolina Oczywistości.*
> *Jeśli jakieś zwątpienie, to wiatr je rozwiewa.*
> *Echo bez wywołania głos zabiera*
> *i wyjaśnia ochoczo tajemnice światów.*
> *W prawo jaskinia, w której leży sens.*
> *W lewo jezioro Głębokiego Przekonania.*
> *Z dna odrywa się prawda i lekko na wierzch wypływa.*
> *Góruje nad doliną Pewność Niewzruszona.*
> *Ze szczytu jej roztacza się Istota Rzeczy (...)"*.

Lecz ostatnie strofy wiersza Szymborskiej są — oczywiście — pesymistyczne:

> *„Mimo powabów wyspa jest bezludna,*
> *a widoczne po brzegach drobne ślady stóp*

bez wyjątku zwrócone są w kierunku morza.
Jak gdyby tylko odchodzono stąd
i bezpowrotnie zanurzano się w topieli.
W życiu nie do pojęcia".

Oczywiście — albowiem wszystko kończy się przegraną, nawet poszukiwanie dobrej samotności. Mówi o tym następne zdanie Picassa z cytowanego wywiadu: „*Starałem się stworzyć sobie jak najzupełniejszą samotność. Ale mi się to nie udało...*". Georges Bernanos w „Wielkich cmentarzach na księżycu" konstatuje podobnie: „*Nigdy nie dochodzi się do krańca samotności...*".

Przegraną kończy się również osiągnięcie samotności fizycznej na prawdziwej wyspie, choćby była rajem; szczegóły znajdziecie w rozdziale „Syndrom Adamsa". „*Kto marzy o dalekich wyspach, powinien poznać ich pustkę (...) Wyspy nie są bezpieczne. Marzenie o wyspie jest złudne*" (Hans Christoph Blumenberg w „Die Zeit", 3 IX 1982).

Złudne są też wyobrażenia o liczbie ludzi szukających dobrej samotności, marzących o niej, potrzebujących jej dla wzniosłych celów (dla twórczości, pokuty, samooczyszczenia lub samopoznania itp.). Istnieje bowiem środowiskowa moda na popisywanie się samotnictwem niby herbem szlacheckim, obejmująca przybieranie pozy romantycznego poety, który wysiaduje na skale jak „Myśliciel" Rodina, bądź epatowanie eremityzmem duchowym mającym świadczyć o wyższych lotach (dają się na to nabierać kobiety i głupcy). Statystycznie liczba słupników intelektualnych jest ogromna; za pomocą statystyki, która — jak sama nazwa wskazuje („*Chlebak, jak sama nazwa wskazuje, służy do noszenia granatów*" — mawiał nam pewien plutonowy, gdy byłem w wojsku) — służy do mówienia prawdy liczbowej, można udowodnić wszystko.

Odwrotnością poszukiwania twórczej lub kojącej samotności jest marzenie o idealnej, zwycięskiej wspólnocie, które wyrażało tylu ludzi; posłuchajmy głośnego amerykańskiego krytyka, Alfreda Kazina, wspominającego młodość („A Walker in the City", 1951):

„*«Tsuzamen, tsuzamen», wszyscy razem bracia! (...) tak to było; musieliśmy zawsze być razem, wierzący i niewierzący, stanowiliśmy naród; ja do tego narodu należałem. Nie do pomyślenia było pójść własną drogą, wątpić lub nie uznawać faktu, iż jest się Żydem. Już wcześniej słyszałem o Żydach, którzy udawali, że nimi nie są, ale nigdy nie potrafiłem ich zrozumieć (...) Najstraszniejszym słowem było «aleyn», samotny. Zawsze pojawiał mi się przed oczami taki sam obraz człowieka idącego samotnie ciemną ulicą, pośród gazet i niedopałków papierosów pogardliwie smagających go po twarzy, który w kurzu i piasku czuje smak swej obcości. «Aleyn! Aleyn!» (...) Śpiewaliśmy «Tsuzamen, tsuza-*

*men, alle tsuzamen!» (...) i miałem świadomość, że to właśnie my — my — pewnego dnia wprowadzimy świat na jego najszlachetniejszą drogę"**.

Idealna wspólnota. To od niej ucieka się w poszukiwaniu samotności. I wpada się z deszczu pod rynnę, albowiem, jak to wyjaśnił markiz Vauvenargues w swych XVIII–wiecznych „Réflexions...": „*Samotność jest dla ducha tym, czym dieta dla ciała — potrzebna, lecz trwająca zbyt długo zabija*".

5.

Zdobycie optymalnej samotności jest więc niemożliwe. Raz jeszcze Picasso z tego samego wywiadu: „*Odkąd istnieje zegar, niemożliwe jest osiągnięcie samotności. Czy wyobrażacie sobie pustelnika z zegarem? Trzeba więc zadowolić się «pozorowaną samotnością», tak jak pozoruje się loty przyszłych pilotów. W tej ograniczonej samotności trzeba się jednak całkowicie pogrążyć...*". Wielki malarz miał na myśli stopienie się z samotnością do stanu absolutnej identyfikacji, równej identyfikacji wewnętrznej twórcy z wytworem jego myśli realizowanym w sztuce (Hokusai: „*Jeśli chcesz narysować ptaka, musisz stać się ptakiem*"; Flaubert: „*Pani Bovary to ja*").

W moich wędrówkach po świecie znajdowałem miejsca sprzyjające „*pozorowanej samotności*", z których przeganiał mnie zegar, ale za każdym razem wyjeżdżałem bogatszy o coś. Podróże rzeczywiście kształcą. Nic nie mogłoby silniej przekonać mnie o nicości ludzkiej władzy, sławy i niezmierzonej potęgi („*Wszystko to marność nad marnościami i pogoń za wiatrem*" — powiada Eklazjastes), niż widok, który ujrzałem w Ramesseum (Górny Egipt). Na dziedzińcu zrujnowanej świątyni leżą tam potrzaskane szczątki gigantycznego posągu faraona Ramzesa Wielkiego, pana dwóch światów, z których ziemski szczycił się cywilizacją o tysiącletniej przeszłości. Rozłupany czerep kolosa i pytanie turystki: „*Kto to jest ten facet?*". Co zostaje z pomników naszej pychy? Blade echa przechwałek, których dudnienie minęło z wiatrem. I kupa zdruzgotanych kamieni.

Świat dzisiejszej cywilizacji, w którym tak łatwo przenosić się z miejsca na miejsce (myślę o technice), ukazuje trampowi różne oblicza: gdy samoloty startujące w Londynie mają opóźnienie, wszyscy wiedzą, że spowodowała to mgła; gdy zdarza się to w Rzymie — wiadomo, strajk; w Auckland — stado owiec wtargnęło na pas startowy; w Hawa-

---

* — Tłum. Anny Świętochowskiej.

nie — trzeba było wyłuskać z kabiny porywaczy; w Pekinie — piloci poddawani są samokrytycznej reedukacji; w Rio de Janeiro — płytę lotniska zamieniono na boisko futbolu. Lecz ludzie są wszędzie podobni, składają się bowiem z tych samych jednostek, które lord Byron lżył przed stu kilkudziesięciu laty:

„Człowieku! kruchy zlepku ożywionej gliny,
Ty, co nie jesteś panem i jednej godziny,
Kto cię raz dobrze poznał, ze wstrętem omija,
Boś ty podły jak robak, zdradliwy jak żmija.
Twoja miłość jest chucią, twoja przyjaźń zdradą,
Twój uśmiech jest szyderstwem, a za twoją radą
Kto się kiedy odważył śmiało stawiać kroki,
Uznał, lecz już po czasie, co za błąd głęboki
Zaufać w twoje słowo: bo z rzędu ostatni,
Pychą tylko przewyższasz zwierząt orszak bratni“.*

Oto czemu nawet za granicą szukam „wysp" dla „*pozorowanej samotności*". Znajdowałem różne. Jedną z najpiękniejszych w Prilepie (Macedonia jugosłowiańska), historycznej stolicy Macedończyków, nad którą wiszą ruiny zamku króla Marko wieńczące szczyt stromej góry. Jest tam maleńka bizantyjska cerkiewka, najstarsza w mieście (XI wiek), pełna cudownych fresków — tak maleńka, że pasowałoby do niej określenie: kieszonkowa; wizytujący Prilep w roku 1865 archimandryta rosyjski Antonin nazwał ją „*kosztowną zabawką dziecięcą*". Niegdyś pod wezwaniem św. Nikoły, została sekularyzowana w roku 1958, gdy wyprowadził się ostatni pop. Był to dziwny pop, do dziś okoliczna ludność opowiada o nim dziwne historie... Miał złego sługę, który odebrał mu resztki zdrowia i wiary w ludzi. Ów służka kościelny regularnie kradł pieniądze zostawiane przez wiernych, za każdym razem zwracając się do Matki Boskiej:

„— *Matko Boska, mogę wziąć?*"

Odpowiadało mu milczenie, które uważał za zgodę. Pewnego dnia pop zorientował się w tych machlojkach, schował za ikonostasem i kiedy padło bluźniercze pytanie, odpowiedział:

„— *Nie możesz!*"

Służka zadrżał słysząc męski głos, lecz natychmiast odzyskał rezon, a sądząc, że odpowiedzi udzielił Jezus, warknął:

„— *Nie ciebie pytałem, tylko twoją matkę!*"

I wziął pieniądze.

---

* — Tłum. Konstantego Rdułtowskiego.

Cerkiewka Svety Nikoła stoi na środku trawiastej łączki, otoczonej wysokim murem, który izoluje tę „wyspę" od zabudowy miejskiej. W narożniku dziedzińca przylepił się do ściany domek dla krasnoludków: jedna izba kryta dachem. Stare, ręcznie kute klucze do bramy, cerkiewki i wspomnianej chatynki wręczył mi dyrektor Muzeum Narodowego w Prilepie prof. Bożko Babicz, ongiś sławny partyzant (pseudonim „*Doktor*"), jugosłowiański Kloss, wtyczka titoistowskiej partyzantki u kolaborujących z hitlerowcami czetników. Tak stałem się „panem na cerkiewce".

Mieszkałem w niej przez dwa tygodnie. Była odciętą od całego świata enklawą, jednym z tych azylów, o których śnią uciekinierzy z ludzkiego młyna, gdzie spocone mrówki biegają tak szybko, iż pod wieczór, zharowane, zapominają własnego imienia i nie wiedzą już, o co toczy się gra. Tu, pod palącym słońcem Bałkanów, zdaje się to być dewiacją: pośpiech i punktualność zakrawają na schorzenia, a zegarek jest ozdobą na rękę. Nikt się nie spieszy, nie biega, nie próbuje zdążyć. Tutejsi górale stosują meksykańską zasadę „*mañana*" (jutro). Po co masz robić dzisiaj to, co możesz zrobić jutro? Przewaliły się przez Macedonię sto razy legie uzbrojonych psów nadbiegłe z czterech stron świata — Rzymianie, krzyżowcy, Turcy, Epirczycy i wiele innych nacji — obróciły w perzynę wszystko i tylko tego spokoju nie potrafiły złupić. Na wszystko jest czas, jutro, pojutrze. Facet z północy, który musi załatwić coś w terminie i piekli się, że nie może, budzi litość. Biedak, słońce go poraziło...

W ciągu dnia na tym skrawku ziemi, którego nie mógł penetrować wzrokiem nikt z zewnątrz (mieszkańcy willi postawionej blisko muru akurat wyjechali), czytałem, pisałem lub rozmawiałem ze świętymi na freskach; świętymi, którzy mieli szczęście, bo nikt ich nie oślepił — widziałem w Macedonii wielu malowanych ślepców. Tutejsze kobiety wydłubywały im niegdyś oczy w przekonaniu, że tynk i farba są zdolne leczyć oczy żywych. Z trawy porastającej dziedziniec wyrastały rzymskie i bizantyjskie nagrobki — żyłem pośród cmentarza kilku epok. Prof. Babicz, robiąc tu odkrywki archeologiczne, wykopał człowieka pogrzebanego, zapewne żywcem, w pozycji pionowej. Odsłonił szkielet do pasa, sfotografował (przywiozłem odbitkę) i zakopał, zwracając mu intymność wiecznego spoczynku.

Nocami obserwowałem płonące wzgórza — to chłopi wypalali swoje pola.

W Prilepie przestudiowałem życie Aleksandra Macedońskiego, który był wielkim synem tej ziemi. Stwierdziłem, że zasłużył na miano Wielkiego. Był wielkim degeneratem w każdy możliwy sposób, wielkim alkoholikiem, wielkim pederastą (tak wielkim, że namiętnie deifikował swych kochanków), wielkim megalomanem, który zmuszał wszystkich, by czcili go jako wcielenie Zeusa, Amona oraz innych bogów, wielkim oszustem nie znającym pojęcia lojalności, wielkim okrutnikiem i ludobójcą (eksterminował tyle miast, tyle narodów, tyle milionów ludzi, że liczbowe osiągnięcia Hitlera mogłyby go tylko rozśmieszyć), wreszcie wielkim prekursorem rzeczy, które błędnie uważamy za wynalazki XX wieku, takich jak parodie procesów z zeznaniami wymuszonymi przy pomocy tortur. Kiedy już skreśliłem Aleksandra z listy kandydatów do „Wysp bezludnych", pomyślałem o jego ojcu, Filipie...

Na każdej z „wysp", których dotknąłem nogą, był ze mną cień jakiegoś człowieka. Pamiętam zieloną kotlinę tesalską (Grecja), z której dna sterczą skały jak gigantyczne paluchy wymierzone w niebo. Paznokciami niektórych są średniowieczne klasztory. Las tych chmurotyk stanowi coś bardzo pięknego. Zwą je Meteorami. Chcąc polecić komuś błogą pustelnię, wskazałbym jeden z owych podniebnych monasterów, taki, do którego wciągano ludzi w koszu na linie poruszanej przez kołowrót. Kiedyś, gdy bawiłem w jednym z Meteorów, towarzyszyła mi zjawa mężczyzny z głową psa, o czym napisałem w „MW".

Dobrą „wyspą" byłby *„ger"* (*„jurta"*) na pustyni Gobi, gdyby nie śnił mi się tam Dżyngis–chan i gdyby jego rozpaczliwe wycie nie zakłócało mi snu (patrz rozdział „Modliszkiada"). W Pattayi nad Zatoką Syjamską, przy której brzegu warowały statki gotowe zawieźć cię w każdej chwili na jedną z koralowych wysp, nie mogłem się uwolnić od ducha tajskiego króla Phya Taksina; człowiek ten wyzwolił swój kraj spod panowania Birmańczyków, ale kiedy ogłosił, że jest Buddą, dworzanie ubrali go w aksamitny worek i zatłukli kijami z sandałowego drzewa — nikt nie lubi żywych bogów. W Apollonii (Libia) zapatrzyłem się na samotną kolumnę antyczną: tłem było morze i skalista rafa, o którą rozbijały się bryzgi piany, a ta kolumna, nacechowana tajemniczym krzyżem, wyrastała ze zniwelowanych ruin. Tam też nie byłem sam...

W Indiach, stanąwszy przed Tadż Mahalem, doznałem największego w moim życiu wstrząsu poezją architektury. Pisze się, że ta gigantyczna budowla, mauzoleum miłości, wzniesione przez władcę po śmierci ukochanej, jest *„dziełem jubilerów"*, jest *„rzeźbioną perłą"*, jest *„uszyte z delikatnej koronki"* etc. — z tak nieziemską precyzją wykonano kolosa. Lecz w istocie nie można go opisać, bo przecież nie o precyzję tu chodzi (precyzja jest dumą rzemiosła), lecz o wymiar nieuchwytny, niesprawdzalny, poza rozumem. Przedautopsyjna znajomość wielu budowli — ze zdjęć i filmów — sprawia, że kiedy już pojedziemy na miejsce, zabytki owe nie wywołują w nas euforycznego szoku, zbyt opatrzyły się nam dzięki ikonografii — tak było u mnie m.in. w przypadku piramid.

Z Tadż Mahalem rzecz ma się odwrotnie: twierdzę, że najdoskonalsza znajomość tego obiektu przed bezpośrednim spotkaniem nie daje wyobrażenia jego cudowności. Słyszałem w Agrze o Europejczykach, którzy przyjechali zobaczyć Tadż Mahal z wycieczką turystyczną, a zostali tam na zawsze: porzucili dotychczasowe życie i zamieszkali blisko Agry, by móc codziennie oglądać Tadż we wszystkich jego strojach zależnych od pory roku i położenia słońca, które zmienia barwę ścian. Ja ich rozumiem, tych „wyspiarzy": w obliczu Tadż Mahalu, choć obok kłębią się tłumy ludzi, człowiek jest sam na sam z arcydziełem — tylko ono i ty, jakbyś został uniesiony w kosmos dzięki kamiennej kopule, która ma kształt balonu.

Lecz nawet Tadż Mahal, symbol wielkości, o której marzą ambitnicy, zaledwie na krótką chwilę uczynił mnie nieprzytomnym i wyswobodził spod jarzma egzystencjalnych uwarunkowań.

Ileż owych „wysp" minęło mi bez dogonienia tej radości życia, z jaką dzieci przebierają w zabawkach, wolne jeszcze od dylematów typu: śmiać się, wieszać, czy śpiewać „*Wołga, Wołga, mat' rodnaja*"?

6.

W „Wyspach bezludnych" znajdziecie portrety dwudziestu jeden ludzi czyli dwadzieścia jeden rodzajów samotności. Teraz kilka słów o tych, dla których zabrakło miejsca.

Dobór nie był rzeczą łatwą. Przykładowo — wyspa Świętej Heleny to ostatni etap samotności Bonapartego, a jednocześnie pierwszy tragedii gubernatora Lowe'a. Chociaż każda z tych samotności była inna, obie są identycznie warte analizy, nic sobie nie ustępując ciężarem gatunkowym — można rzec, iż na przekór rangom tych dwóch ludzi, osamotnienie szlachetnego więźnia równało się osamotnieniu brutalnego dozorcy, stany psychiczne bowiem kpią sobie z nazwisk, dostojeństw i herbów. Wobec samotności każdy człowiek jest nagi. Wybrałem Napoleona, bo umiem mówić jego ustami. Gdybym zdecydował się na Hudsona Lowe'a, mottem rozdziału byłby ten fragment jego „Pamiętników", gdzie podaje się on (nie bez słuszności) za marionetkę złośliwego losu, który uczynił go strażnikiem osoby wielbionej przez narody świata. Cytat ów to kolejny przyczynek do odwiecznych rozważań na temat pępowiny, która łączy kata i ofiarę:

„*Wołanie narodów jest niczym huk bałwanów oceanu, niczym burzliwość wiatrów na pustyni, niczym wrzawa wielkich miast, a na moim czole wyryte jest wieczne piętno, które każdemu pozwala mnie poznać i jeden do drugiego mówi: «oto ten!», i każdy stroni ode mnie z pogar-*

dą. Tak właśnie jest! A cóż ja takiego uczyniłem?! Czyż jestem winny temu, że skrupulatnie wypełniałem rozkazy mego rządu? Oskarżenie całej Europy, żem był okrutnym dozorcą Napoleona, ścigało mnie aż za odległe granice mórz (...) Gdy nie mogąc ścierpieć zgryzot, jakie na mnie z tego powodu spadły w ojczyźnie mojej, udałem się objąć urząd na wyspie św. Maurycego — pospólstwo tamtejsze, dowiedziawszy się tylko o moim wylądowaniu, przywitało mnie gradem kamieni, zwąc oprawcą Napoleona. Wysłano mnie tedy do Bombaju, ale i tam oczekiwały mnie jedynie zniewaga i powszechna nienawiść (...) Imię Napoleona połączyło się z imieniem moim na wieczność. Chociaż on już znikł z tej ziemi, ja wciąż jak cień przeklęty wlokę się za jego osobą. Napoleon wciąż jest ze mną i ja zapomnieć o tym nie mogę".

Jest w tym skowycie Lowe'a coś z owego „*pacierza tajemniczego*", o którym pisał Słowacki, z owej modlitwy, którą się mierzy beznadziejnością, bo czy to człowiek, czy naród skazany i osamotniony zanosi takie modły, efekt jest ten sam; wieszcz z subtelną ironią, w której jest wiedza o obojętności przyrody wobec ludzi, zauważył, iż zawsze gdy ktoś tak rozpaczliwie „*prosił ducha*":

„To krzyczał z piersi — tak jak morze krzyczy,
A Bóg go słuchał — tak jak morze słucha".

W Prilepie — co już mówiłem — kandydował do „Wysp bezludnych" Aleksander Wielki. Poznawszy dobrze jego życie i osobowość, wyrzuciłem go na śmietnik, nie czując sensacji, żadne bowiem kłamstwo, żadna propaganda, fałszywe reklamy i mity dziejopisarstwa nie mogą mnie zdziwić — historiografia przekroczyła najdalszą granicę przyzwoitości kilka tysięcy lat temu. Kreowany przed wiekami na herosa Aleksander wydał mi się pętakiem w porównaniu z jego ojcem, Filipem. Przyszedł na gotowe, to jest startował od razu z pozycji delfina w mocarstwie, podczas gdy Filip zaczynał niemal od zera: stworzył silne państwo z kraju najbardziej nędznego, barbarzyńskiego i pogardzanego w świecie starożytnym („*Nawet niewolnicy stamtąd są do niczego!*" — pluł Demostenes mówiąc o Macedonii), a potem przemienił je w mocarstwo sięgające od Dunaju po krańce Peloponezu — w największą potęgę IV wieku przed Chrystusem. Po drugie Aleksander–zwycięzca mógł być triumfatorem w znacznej mierze dlatego, że otrzymał jako spadek fenomenalnie wyćwiczoną przez Filipa armię i kadrę dowódczą — była to najlepsza w greckim antyku, samobijąca maszynka do zwycięstw; sztuką byłoby przegrywać stojąc na jej czele. Wreszcie apogeum sukcesów Aleksandra — wyprawa na wschód, ozdobiona zwycięstwem nad Persami — została zaprogramowana w szczegółach, zorganizowana i rozpoczęta przez Filipa, który nie zrealizował owej wszechhelleńskiej krucjaty tylko dlatego, że dosięgła go skrytobójcza ręka, będąca przedłużeniem ręki syna.

Ważniejsze były jednak różnice charakterów. Nie brakowało i Filipowi wad typowych dla jego miejsca i czasu, lecz — wedle słów historyka — *„pośród swych wad Filip okazywał się niekiedy wielkim; nie jest barbarzyńcą kto lubi słuchać prawdy”* (Cezare Cantu). Aleksander prawdy nie cierpiał: zabił przy stole swego druha wściekły, iż ten broni czci Filipa przeciw oszczercom. A było czego bronić. Gdy namawiano Filipa, żeby ukarał kogoś mówiącego o nim źle, odpowiadał: *„Zobaczymy wpierw czy nie dałem do tego powodu”*. Mówcom ateńskim (np. Demadesowi), którzy go ostro krytykowali, wyrażał swą wdzięczność twierdząc, że robi mu przysługę ten, kto mu wytyka wady. O jeńcu, który mu coś słusznie zarzucił, Filip rzekł: *„Puścić go wolno, nie wiedziałem, że to mój przyjaciel”*. Starał się być sprawiedliwym, zwłaszcza dla słabych, i choć mocarz, nie tytułował się królem, lecz wodzem, z tą samą prostotą z jaką się odziewał (podobnie jak w przypadku Napoleona skromne szaty Filipa II Macedońskiego kontrastowały z przepychem ubiorów dygnitarzy dworskich). Aleksander skazał na śmierć swego kolegę szkolnego (obu uczył Arystoteles), filozofa Kallistenesa, bo ten nie chciał wierzyć, że król jest synem boga Amona... Starczy?

W roku 1972 przywódca Chin, Mao Tse–tung, rozmawiając z przywódcą Francji, Pompidou, na temat głośnych postaci historycznych, stwierdził: *„Aleksander nie był wielką osobistością”* (cytat z oficjalnego protokołu rozmowy, opublikowanego przez „Le Nouvel Observateur” 13–19 IX 1976). Wypowiedź tę trudno uznać za koniunkturalną, bo po co? — zresztą, jak zauważył Malraux, w owym czasie Mao rozmawiając z ludźmi nie mówił już do nich, lecz *„do śmierci”*, a do śmierci (czyli do potomności) mówi się to, co się myśli.

Opinię na temat Aleksandra wyrobiłem sobie sam, dużo wcześniej nim przeczytałem cenzurę postawioną mu przez Mao. Goszcząc w Salonikach u mego przyjaciela, greckiego konserwatora zabytków, Plutarchosa Theocharidisa, odezwałem się delikatnie:

— Wybacz, Plutarch, to być może wynika z mojej niedostatecznej znajomości tematu, ale mnie się wydaje, że Filip Macedoński był człowiekiem ciekawszym od Aleksandra Wielkiego...

Wypowiedziawszy tę antyencyklopedyczną i antynaukową herezję oczekiwałem pobłażliwej reprymendy, tymczasem on spojrzał na mnie jakby zdziwiony, uśmiechnął się i odparł tym szeptem, którym podaje się tajemnice:

— Wiesz co? Niektórzy z nas też już o tym wiedzą. Ale nie mów o tym nikomu.

Powiedziałem o tym w obszernym artykule prasowym i wstawiłem Filipa na listę „pewniaków" do „Wysp bezludnych". A ponieważ był to taki pewniak, pisząc książkę ciągle odsuwałem na koniec zobrazowanie jego „wyspy". Kiedy zbliżyłem się do końca — spostrzegłem, iż wszystko, co chcę przekazać pod pretekstem mówienia o Filipie, powiedziałem już pod innymi pretekstami. I tak Filip II Macedoński nie znalazł się w tym archipelagu.

Z podobnej przyczyny nie zmieścił się Karol Wielki (Charlemagne) — wielki, bo z ciasta barbarzyńskiego chaosu Europy pierwszego tysiąclecia po Chrystusie własnymi rękami wypiekł cywilizowany tort: wprowadził demokratyczne prawodawstwo (równość wszystkich stanów wobec prawa; w razie kłamliwego wyroku sędzia ponosił tę samą karę, od której uwolnił winowajcę), powściągnął złe praktyki kleru (m.in. zlikwidował kult świętych o wątpliwej świętości), bezwzględnie faworyzował ubogich kosztem możnych (panowie płacili wysokie podatki od zdobytych majątków i musieli utrzymywać biedaków, by nie pleniło się żebractwo), gorąco krzewił naukę, kulturę, sztuki piękne i egalitarną oświatę, każąc *„uczyć według zdolności każdego z tych, którzy wykazują z łaski Boga aspiracje i talent, bo chociaż lepszą rzeczą jest dobrze czynić niż umieć, trzeba wprzód umieć, by czynić*". W jednej ze szkół, widząc, iż najgorzej uczą się synowie bogaczy, przemówił do nich:

„— *Gdy chodzi o was, wypieszczeni, wychuchani panicze, którzy pysząc się swoim urodzeniem zaniedbujecie naukę, przedkładając nad nią próżnowanie i lekkomyślne rozrywki — wiedzcie, iż mam za nic wasze urodzenie i oświadczam wam, że jeśli zdwojoną pilnością i pracą nie powetujecie zmarnowanego czasu, nie spodziewajcie się niczego dobrego od Karola!*".

Temu niskiemu, otyłemu, szorstkiemu w obejściu budowniczemu nowej, lepszej Europy, który chętniej posługiwał się swoim charyzmatem niż kijem i nosił równie skromnie, co Filip i Napoleon, wypominano — podobnie jak Filipowi — że mimo wszystko jest barbarzyńcą (Perroy: „*Wysokie przeświadczenie o swoim kapłańskim posłannictwie łączył bez trudu z brutalnymi manierami i utrzymywaniem licznych nałożnic*"; Cantu: „*Nałogi i wady barbarzyńcy mieszały się w Karolu z cnotami wielkiego męża*"), ale jeśli gburowatość wobec durniów, brutalność wobec łotrów i pociąg do pięknych kobiet mają świadczyć o barbarzyństwie, to ja jestem fanatykiem barbarzyństwa i niech mnie rozszarpią sępy (mnich Wettin głosił, iż widział we śnie Karola w czyśćcu, szarpanego przez sępa za grzech lubieżności). Jedną z najpiękniejszych sag średniowiecza jest legenda o miłości tego monarchy do dziewczyny, dla której zaniedbał sprawy państwowe, i o cudownym pierścieniu, dzięki któremu miłość przetrwała śmierć. Ale to były inne dziewczyny; dzisiejsze, ledwie zrzucą niepokalanie białą sukienkę od komunii, zamieniają się w spocone sprinterki, niwecząc smak prawdziwego erotyzmu, którego sól stanowią dłużące się zapasy fortyfikacyjne: oblężenie serca i ciała. Skończyły się czasy, gdy surowość obyczajów i przeszkody, jakie trzeba było pokonywać sprawiały, że miłość wzbierała, przeistaczając się w prawdziwą namiętność. Prostackie „*signum temporis*"* — wypowiedź Francoise Sagan w roku 1983: „*Za moich czasów* (lata 50. — przyp. W. Ł.) *dziewczynie nie wolno było spać z chłopakiem, a dziś uchodzi to za jej obowiązek, naraża się ona na śmieszność jeśli tego nie robi*".

Zabrakło w moim archipelagu miejsca dla dwóch panów B. — dla wspaniałego awanturnika, „*polskiego króla Madagaskaru*", Maurycego Augusta hr. Beniowskiego, oraz dla jednego z największych królów Polski, Stefana Batorego. Obaj ci Polacy (Beniowski uporczywie podawał się za Polaka) byli jednak Węgrami z urodzenia, a ja zasłużonym dla mej ojczyzny Węgrom chcę oddać sprawiedliwość w innej książce — w opowieści o „milczących psach".

Zabrakło również tych kilkunastu stron dla dwóch wielkich Hiszpanów, architekta i malarza. Antonio Gaudi wznosił iście bajkowe obiekty, które mnie zachwycają, lecz nie chciałem powtarzać tez z rozdziału o innym fantaście budowlanym, królu Bawarii Ludwiku. Salvador Dali, którego wielbię za kilka jego dzieł (zwłaszcza za „Ostatnią Wieczerzę"), wyleciał z listy mieszkańców „Wysp bezludnych" pięć po dwunastej, już w trakcie pisania o nim, gdy przeczytałem we „Frankfurter Allgemeine Zeitung" (18 IX 1982), że składał faszystom donosy na swych przyjaciół. Mój ulubiony reżyser, Buñuel, rzekomo jeden z zadenuncjowanych, zerwał przyjaźń z Dalim i nazwał go w pamiętniku „*człowiekiem pozbawionym godności, człowiekiem bez honoru*", a Hiszpan nie może powiedzieć nic gorszego o drugim Hiszpanie. Rzecz prosta nikczemnicy są równie wdzięcznym (jeśli nie wdzięczniejszym) materiałem dla pisarza, zaś moralność twórcy i wartość artystyczna jego dzieła to dwie różne sprawy, wolałem jednak nie pisać o Dalim póki nie uda mi się stwierdzić jak było. Prawda wysłuchana po jednej tylko stronie barykady nie zawsze bywa prawdą.

Kompletny brak informacji sprawił, że nie ma w mojej książce rozdziału o Naegdym**, potężnie zbudowanym Egipcjaninie z czarną twarzą i z ciężką jak bazooka lagą w upierścienionej ręce. Jest to naczelnik stra-

---

* — Znamię czasu.

** — Gdyby można było wydrukować to nazwisko prawidłowo znakami naszego alfabetu, litera e powinna się znajdować nad literą a.

ży grobów faraońskich w Dolinie Królów. Jego ojciec był szefem rabusiów tych samych grobów. Jego dziadek również. I jego pradziadek, sławny Mohammed Ahmed Abd–el–Rasul, ów *„tajemniczy olbrzym, podający się za Araba, a innym razem za Murzyna*”, o którym C. W. Ceram pisze w „Bogowie, groby i uczeni”:

„Okazało się, że cała wieś Khurna — rodzinna wieś Abd–el–Rasula — to zawołani złodzieje i świętokradcy. Rzemiosło to, przechodząc z ojca na syna, kwitło tu od niepamiętnych czasów, prawdopodobnie od XIII wieku przed Chr. Drugiej takiej złodziejskiej dynastii nie było chyba nigdy i nigdzie na świecie”*.

Tak długa tradycja nobilituje — tworzy prawdziwych arystokratów krwi. Naegdy posiada pełną tego świadomość. Mianowano go królem strażników, bo jego geny najlepiej znają teren i dlatego, że nie ma już w Dolinie Królów żadnych jeszcze nie odkrytych przez naukę grobowców, które można by obrabować. Ale to wersja oficjalna. W Dolinie szepcze się, że jest człowiek, który zna „adres” do dziś nie odnalezionego grobu królowej Hatszepsut. Ten człowiek nazywa się Naegdy.

Rozmawiałem z nim jeżdżąc jeepem po okolicach Teb, spacerując po obu Dolinach (Królów i Królowych), wreszcie sącząc kawę w knajpie obok grobu Tutenchamona. Stary lis mówił chętnie, tylko że z całego tego mówienia nie dałoby się stworzyć żadnej historii. Może gdybym mógł pomieszkać tam dłużej i zaprzyjaźnić się z nim, może... Na pożegnanie, gdy jeszcze raz spytałem, czy zna grób królowej Hatszepsut, mruknął przez uśmiechnięte zęby:

— Niech szukają...

Nie dowiedziałem się nic, skąd więc pewność, że jest to człowiek na tyle samotny, iż warto byłoby poświęcić mu „wyspę bezludną“? Przepraszam, a kto z takich jak on nie jest samotny?

Wreszcie — pragnąłem osiedlić na jednej z moich „bezludnych wysp” iluzjonistę wszechczasów, Józefa Pinettiego, człowieka, który bywał nad Wisłą i Niemnem, stąd znaczna w Polsce liczba wspomnień pamiętnikarskich o nim**. Ów Włoch, niekwestionowany król kuglarzy, był arcygeniuszem — do dzisiaj wybitni prestidigitatorzy nie mogą rozszyfrować i powtórzyć wielu jego *„numerów*”, które chyba na zawsze pozostaną już w sferze cudowności. Zbyt dużo jest niezależnych sprawozdań naocznych świadków, by można było te popisy kwestionować, a jednak niektóre z nich (zalewanie karczem wodą morską, aby wypędzić pijaków i opróżnić sobie miejsce do spania; wyjazd z Grodna czterema

---

* — Tłum. Jerzego Nowickiego.

** — Ciało Pinettiego spoczywa w naszej ziemi, w Wasiukowie lub Berdyczowie.

bramami jednocześnie, zaś z Petersburga kilkunastoma!; wejście, dla udowodnienia, że potrafi *„przechodzić przez zamknięte drzwi i przez ścianę"*, do Pałacu Michajłowskiego, którego wszystkie otwory zabarykadowano i pilnowano) wydają się zmyśleniami, anegdotą, bajką, czymś w praktyce niemożliwym. Przy nich takie rzeczy jak dematerializacja i rematerializacja przedmiotów, wskrzeszanie trupów zwierząt, strzelanie z garłacza żywymi ptakami, zamienianie zupy na talerzach w... jeże, czy wyciąganie z brzucha dopiero co złowionej ryby tabakierek stanowiących własność widzów — to był chleb powszedni Pinettiego. Zwano go w Polsce *„diabelskim sztukarem"*, jego produkcje budziły strach. Sądzę, iż bez wątpienia — obok niesłychanej zręczności manualnej, nadludzkiego refleksu i genialnej wynalazczości technicznej — Pinetti posługiwał się hipnozą jak Paganini skrzypcami, inaczej nie sposób dzisiaj wytłumaczyć praktykowanego przezeń *„cudotwórstwa"*.

Joseph (Giuseppe) Pinetti Willedal de Merci (~1750–~1802), zainteresował mnie najpierw jako cudzoziemiec, który pięknie ubliżył jednemu z architektów rozbioru Polski, Repninowi, i otrzymawszy rozkaz bezzwłocznego opuszczenia Grodna, zadrwił z gubernatora wyjeżdżając tak, że odnotowano ów wyjazd przy czterech bramach o tym samym czasie, a zaraz potem ujrzano Pinettiego znowu na terenie miasta. Później zainteresował mnie z innych przyczyn. Był dowodem na to, jak wiele rzekomych cudów, którymi epatują nas od stuleci różni magowie, czarnoksiężnicy, *„boży ludzie"*, okultyści, spirytyści i inni adepci *„parapsychologii"*, to iluzjonizm opatrzony fałszywą etykietą. Nie twierdzę, że cała sfera zjawisk paranormalnych jest szalbierstwem — istnieją ludzie o predyspozycjach biologicznych wykraczających daleko poza przeciętne możliwości, znam jednego z nich osobiście, głośnego w Polsce *„healera"* (uzdrawiacza), Clive'a Harrisa. Twierdzę natomiast, że olbrzymia część szamaństwa, które w każdej epoce obrasta tymi samymi legendami, to zwykła lipa. Historia sprawdzała *„cudotwórców"* w momentach tragicznych, zadając klęskę magii zderzonej z brutalną siłą. Czarownicy, których aztecki cesarz Montezuma wysłał (jak świadczy Fra Bernardino de Sagún), by zaczarowali Hiszpanów — nic nie zwojowali. Podobnie było z magami Inków oraz wszystkich innych dzikich ludów, które podbił biały człowiek. Alchemicy i kabaliści nie potrafili wyprodukować złota, ani kamienia filozoficznego, ani przedłużyć sobie życia eliksirem nieśmiertelności (tak jak sławni mistrzowie kung–fu, czy jak się to nazywa, uwielbiani przez młodych kinomanów i karateków „ojcowie" Bruce'a Lee, mnisi z klasztoru Shaolin, nie potrafili się obronić w roku 1966 przed atakiem chuliganów z maoistowskiej Czerwonej Gwardii — czerwonogwardziści zdewastowali klasztor i powyganiali mistrzów). Tybet miał być w tych rzeczach najpotężniejszy — arcymagia, dematerializacja ludzi, lewitacja, wszelki okultyzm i jasnowidzenie, cudowna władza lamów. Przybyli maoiści, przegnali Dalaj–Lamę, a jego zastępcę, Panczen–Lamę, uczynili swoim niewolnikiem, tak jak cały Tybet. Prestidigitatorstwo estradowe jest przynajmniej czymś uczciwym, nie ogłupia.

Po namyśle zrezygnowałem z Pinettiego, nie chcąc się narażać na zarzut epatowania sensacją, która dzisiaj uchodzi za atrybut cyrku. Moi wrogowie tylko na to czekają: kiedyś już w dyskusji o moim pisarstwie (opublikowanej na łamach „Nowych Książek") padło złośliwe zdanie, iż „*gonię tylko za sensacją*". Żartując równie głupio, można powiedzieć, iż Homer i Shakespeare nigdy nie robili niczego innego; na poważnie ma to równie dużo wspólnego z prawdą, co inny zarzut, którym mnie obłożono: iż „Flet z mandragory" jest powieścią „*nazbyt okrutną, ocierającą się o sadyzm*". Buñuel opisuje w swoich pamiętnikach, iż rzadko głupota ludzka zirytowała go tak bardzo, jak w dwóch przypadkach: kiedy zobaczył, że jedno z kin paryskich reklamuje go jako „*najokrutniejszego reżysera świata*", i kiedy Vittorio de Sica, po obejrzeniu filmu Buñuela, spytał jego żonę, czy mąż jest naprawdę takim potworem i czy często ją bija?

Jeden ze znajomych próbował odwieść mnie od decyzji zrezygnowania z Pinettiego; gdy spytał, co mnie hamuje, odpowiedziałem pół żartem pół serio, że wrogie środowisko, bo chociaż nie należę do żadnego środowiska, lecz wiem jak owa literacka konkurencja mnie kocha.

— Środowisko! — zaperzył się — jakie środowisko?! Ci niespełnieni pisarze, cmokający literaci, projektowani wieszcze, prywatni prelegenci, pseudopublicyści i fe–fe–felietoniści z koziej d... rodem, ćmoki, o których Chińczycy mówią: „*I zrób mu dziecko!*"?

Pinetti przegrał walkę o miejsce w „Wyspach bezludnych". Zostało dwadzieścia jeden postaci, które już mieszkają na kartach tego rękopisu. Wkrótce zacznę wystukiwać je wierną staruszką marki „Rheinmetall/Borsig", przybliżając do prawdziwego życia, którym jest pójście między ludzi.

7.

Czytacie ostatnią moją niepowieść, to znaczy ostatnią książkę Łysiaka, w której jest tylu głównych bohaterów ile rozdziałów. Chyba nigdy więcej nie będę żył tyloma życiami w jednym wnętrzu zamkniętym granicą dwóch okładek. Każda z „wysp bezludnych" żądała ode mnie natężenia mózgu i nerwów, jakiego wymaga cała powieść — nie mogę wykańczać się w ten sposób dla jednego tylko honorarium.

Ta książka, a ściślej przemyślenia, które były z nią związane, pogłębiły moją samotność. Formalnie nic się nie zmieniło — wśród wrzeszczących jestem niemową, wśród dewotów ateistą, wśród krwiożerczych antysemitów Żydem, wśród fanatycznych lewaków oficerem białej gwardii, wśród zwariowanych ekologów, którzy mylą elektrownie jądrowe z bombą atomową, jestem radioaktywną cząsteczką wzbogaconego uranu, a wśród głodnych chciałbym być manną. Lecz wychodzę z tej przygody pisarskiej smutniejszy i głębiej pogrążony w samotności.

Jeszcze teraz, chociaż mam to już za sobą, choruję na niektóre z wątków. Nocą, leżąc między skrajem snu a otchłanią, w którą zapada świadomość, budzę się nagle, dotykam półprzytomnie śpiącej obok pani, potem wstaję, zapalam papierosa i wymykam się do mego gabinetu, by spojrzeć na któryś z rozdziałów — ten, który mnie akurat prześladuje. Wokoło cały dom milczy, tylko zegar odmierza wahadłem wątpliwość, o ile dobrze, a o ile źle pojmiecie, o co mi szło. Wraca jak zachrypnięte ciemnością echo ten fragment listu lekarki: "*... Brak jest wiary, że zostaniemy zrozumiani...*". I ten wiersz Adama:

„Samotność — cóż po ludziach, czym śpiewak dla ludzi?
Gdzie człowiek, co z mej pieśni całą myśl wysłucha,
Obejmie okiem wszystkie promienie jej ducha?
Nieszczęsny, kto dla ludzi głos i język trudzi:
Język kłamie głosowi, a głos myślom kłamie;
Myśl z duszy leci bystro, nim się w słowach złamie,
A słowa myśl pochłoną i tak drżą nad myślą,
Jak ziemia nad połkniętą, niewidzialną rzeką.
Z drżenia ziemi czyż ludzie głąb nurtów docieką,
Gdzie pędzi, czy się domyślą? — ".

(początek Improwizacji,
„Dziady", część III)

POSTSCRIPTUM DO WSTĘPU:

Alarm w radio. Rozgorączkowana spikerka na antenie, tzw. reportaż interwencyjny. Przesłuchuje urzędników administracji osiedla. Urzędnicy się skarżą:

— Proszę pani, z tymi Cyganami nie idzie wytrzymać! Wie pani, co oni robią? Wieczorem palą ognisko na podłodze, siedzą dookoła i śpiewają!

— Ognisko na podłodze?!

— Tak, proszę pani redaktor. W nowym mieszkaniu, w nowym bloku! Na podłodze! Taki brak kultury!

U kogo brak kultury? U ryby, która zdycha bez wody, czy u tych, którzy rybę zamknęli w klatce? Odebrali Cyganom ich krew, bez której Cyganie nie potrafią żyć: drogę, ruch i ognisko podsycane płaczem skrzypek, a teraz wielki hałas, że Cygan robi sobie ersatz jak lekarstwo na ciężką, śmiertelną chorobę. A co ma robić w betonowych pudłach, tak wrogich jego tradycji, jego jaźni, jego genom, jego całej biologii i psychice — całej istocie jego życia? Niech pali! Pal Cyganie ognisko, palcie ogniska w każdą noc, zazdroszcząc gwiazdom, które są wolne i niedosięgłe. Spalcie wszystkie podłogi!

Warszawa 1987.

WYSPA I

MAS–A–TIERRA (JUAN FERNANDEZ)

ALEKSANDER SELKIRK

WYSPA KÓZ

„Ludzie są tylko zwierzętami, albowiem los człowieka i los zwierzęcia jest taki sam, i stan ich, i koniec ich jest jednaki. I duch ten sam w nich mieszka. Czym potrafi się człowiek wynieść ponad zwierzę? Niczym. A kto może dowieść, że duch synów Adamowych wędruje w górę, zaś duch zwierzęcy w dół?”.

(„Stary Testament”, księga Kohelet, III, 18, 19, 21)

„Drugiego lutego 1709 roku, stojąc na kotwicy u brzegów wyspy Juan Fernandez, ujrzeliśmy ogień w głębi lądu. Rankiem następnego dnia wysłałem łódź. Jakież było nasze zdziwienie, gdy przywiozła ona człowieka, który był ubrany w skóry z dzikich kóz i sam wyglądał jak dzikus. Nazywał się Selkirk i przebywał na wyspie cztery lata i cztery miesiące. Wysadził go tam kapitan Stradling, z którym Selkirk się posprzeczał (...) W chwili, gdy go wysadzono na brzeg, miał oprócz ubrania łóżko, muszkiet, trochę prochu i kul, odrobinę tytoniu, siekierkę, nóż, kociołek, hamak, kilka książek i drobiazgów osobistych oraz Biblię (...) Utrzymywał się jedząc kozy, których wyspa była pełna i odziewał się w ich skóry. Polował na nie, lecz gdy zabrakło mu prochu, musiał je chwytać gołymi rękami i doszedł w tym do takiej wprawy, że dopędzał w biegu najśmiglejszą kozę. Sam skakał po górach jak kozica. Biegnąc zostawiał w tyle nawet naszego buldoga, którego zawieźliśmy na wyspę. Chwytał kozy i przynosił je nam na plecach...”.

Tak oto wspominał w dziele o podróży dookoła świata („A Cruising Voyage round the World”, 1712) kapitan statku „Duke”, Woodes Rogers, który uwolnił z bezludnej wyspy Selkirka vel Robinsona Crusoe. Cytując Rogersa na początku nie robię błędu, aczkolwiek rzeczy, które można cytować, będą dla dalszego rozwoju tej historii bez znaczenia. Być może błędem jest decyzja, aby ją ujawnić, może należało poprzestać tylko na cytatach lub interpretacji faktów znanych i opisanych, bez zagłębiania się w mroczną otchłań wydarzeń ukrytych przez Selkirka. Zastanawiając się nad tym próbowałem odstręczyć się od tego tematu, mówiłem sobie: — Uspokój się, Łysiak, albo ja cię uspokoję!... W końcu jednak przemógł hazardzista i usłyszałem siebie mówiącego: — Robinson do tablicy!

Oczywistą w tym postanowieniu jest tylko kolejność. Prezentując jakikolwiek archipelag bezludnych wysp, prawdziwy bądź wyśniony, nie sposób zacząć od kogoś innego niż Robinson Crusoe, to jest od symbolu. Czesław Miłosz pisał w tomie „Prywatne obowiązki":

„Wyspa bezludna! Przybrana w konkretny kształt w «Robinsonie Crusoe» i w ten sposób przekazywana z rąk do rąk jako gwiazdkowy podarek, jako pierwsza książka o świecie — była jednym z tych symboli, nabytych już w dzieciństwie, którym język dorosłych posługiwał się dla nazwania ich złożonych przeżyć. Wyspa bezludna jest legendą i — jak każda legenda — mieści w sobie treść bogatszą niż zdarzenia, co ją zrodziły, co tworzą zewnętrzny szkielet dla jej rozwoju. Pewne przedmioty dzięki ich «podziemnym» związkom z cechami ludzkiej natury, zyskują nad człowiekiem władzę niemal magiczną...".

Na wyspie Robinsona Crusoe za jego tam pobytu rzeczywiście miały miejsce wydarzenia o treści bogatszej niż te, które zrodziły bajkę firmowaną przez Daniela Defoe. Nie opisał ich ani Miłosz, ani pozostali autorzy, których fascynowała legenda owej wyspy. Defoe — pierwszy w łańcuchu fabularzystów — nie mógł tego uczynić, gdyż nazbyt wiernie skorzystał ze wspomnień Selkirka, ten zaś zataił magiczną stronę swych przeżyć w obawie, iż zostanie poczytany za wariata lub spalony na stosie jako człowiek mający kontakty z „*nieczystym*". Czyż koza męskiego rodzaju (kozioł) nie była przez tyle wieków symbolem grzechu i wcieleniem diabła? Tak ją przedstawiano w antyszatańskiej, antyheretyckiej i antyczarowniczej ikonografii, wcześniej zaś Hebrajczycy ofiarowywali swemu bogu kozła obciążonego ich grzechami...

Dzisiaj nawet dzieci wiedzą, że prawdziwym Robinsonem Crusoe był szkocki marynarz, pijak i katolik, Aleksander Selkirk, którego pokłócony z nim kapitan Stradling zostawił w roku 1704 na wyspie Mas–a–Tierra w trójwyspowym archipelagu Juan Fernandez (Pacyfik, blisko wybrzeży Chile). Dlatego nie będę przytaczał tej historii — znajdziecie ją w stu innych książkach. Warto może tylko wspomnieć, iż wielu autorów popełnia błąd twierdząc, jakoby Stradling skazał swego sternika na popularny w marynarce (zwłaszcza wśród korsarzy i bukanierów) „*marooning*" czyli pozostawienie za karę na bezludnej wyspie. Kłótliwy Szkot, rozeźlony na kapitana i kolegów, z którymi wiecznie darł koty, sam uciekł ze statku „Pięć Portów": spuścił szalupę i popłynął do brzegu Mas–a–Tierra, zwanej przez piratów Kozią Wyspą (z powodu mnogości kóz). Potem jednak przestraszył się i poprosił, aby znowu przyjęto go na pokład, lecz kiedy usłyszał, że może płynąć tylko jako dezerter, pod pokładem i w kajdanach, zdecydował się zostać na wyspie, licząc, iż wkrótce uwolni go jakiś żaglowiec. Brygantyna „Pięć Portów" odpłynęła bez Selkirka.

Nie mógł spać pierwszej nocy. Przesiedział ją na głazach, dziwiąc się fioletowej barwie nieba usianego kropkami gwiazd. Rano spoglądał na ocean i na bezchmurne sklepienie, jak stapiają się w jedną błękitną przestrzeń, symbol nieskończonego ogromu, który go napawał rozpaczą. Chodził po plaży wśród martwych muszli i chrzęszczących krabów, ciągle penetrując wzrokiem horyzont. Nie było żadnego statku nazajutrz ani następnego dnia. Daleka fala, której grzywa łamała się na tle błękitu, kaszalot, ryba wyskakująca nad powierzchnię, biały ptak rzucający cień na widnokrąg — nie trzeba było niczego więcej, by pobudzić jego nerwy i nadzieję. Wdrapywał się na duże bloki lawy i wymachiwał gałęziami tak długo, aż dostrzegł, że znowu się pomylił.

W tych pierwszych dniach żaden statek nie mógł przepłynąć obok wyspy nie zauważony. Później czujność Selkirka osłabła. Coraz częściej siadywał na brzegu, patrząc tępo w ocean i czując, że ma przed sobą bezdenną wielkość nie do zwalczenia. Ocean przenikał jego ciało i duszę, słone powietrze wypełniało każdy oddech inaczej, groźniej niż na statku, a podczas przypływu woda wdzierała się do jego królestwa, zatapiając całe połacie nadbrzeżnej ziemi. Szczury, które zagnieździły się na wyspie, podpełzały ze wszystkich stron i kradły mu żywność. Kapitan Rogers napisał później o tym debiucie Selkirka:

„Kiedy otrząsnął się z pierwszej rozpaczy, wyciął na korze drzewa swoje nazwisko i datę pozostania na wyspie, a później oznaczał kolejne dni. Początkowo dokuczały mu bardzo koty i szczury, których zastał całe stada — widocznie przywlokły je statki zawijające na wyspę po wodę i drzewo, a w dobrych warunkach zwierzęta rozmnożyły się znacznie. Gdy spał, szczury gryzły jego ubranie, ba, nawet ogryzały mu nogi. Z konieczności zaczął oswajać stada kotów, żywiąc je kozim mięsem, koty otaczały go setkami i wreszcie wytępiły szczury całkowicie. Oswoił sobie także parę młodych koźląt, dla rozrywki bawił się z nimi...".

Tu już Rogers zaszedł zbyt daleko jak na naszą pruderię (aczkolwiek napisał: koźląt, a nie kózek) i jak na potrzeby tego opisu, więc mu przerwę. Zamierzam trzymać się chronologii wydarzeń przez Selkirka publicznie nie ujawnionych, albowiem tak niesamowitych, iż nawet oswojenie dzikiej kozy przestaje przy nich zwracać uwagę i zapewne byłoby potraktowane łagodniej przed trybunałem Inkwizycji.

Miejsce, gdzie wylądował Selkirk, znajdowało się w północnej części wyspy, blisko dzisiejszego miasteczka Puerto Ingles. Część zachodnią i południowo–zachodnią mógł penetrować, aczkolwiek trzeba było w tym celu przekroczyć góry. Zupełnie niedostępną okazała się część wschodnia; oddzielał ją masyw zwieńczony nadbrzeżną górą, zwaną obecnie Mont el Yunque, której szczyt spowijały obłoki. Próbując się przedrzeć Selkirk (jeszcze raz cytuję Rogersa) *„zaszedł na skraj niewidocznej, gęsto porośniętej przepaści i runął wraz z kozą z wielkiej wysokości w dół. Ocknąwszy się z omdlenia, znalazł obok siebie martwą kozę. Przeleżał na dnie jaru całe dwadzieścia cztery godziny. Potłuczony i pokaleczony, z największym trudem dowlókł się do swej chaty, gdzie dziesięć dni spędził w łóżku*". Dzięki czułej opiece drugiej kozy Selkirk w końcu wydobrzał; więcej nie podejmował prób przejścia na złą stronę wyspy.

Rogers wspomniał o *„chacie*". Selkirk wybudował sobie najpierw jeden szałas, potem drugi, bardziej zasługujący na miano chaty, a trzecie mieszkanie urządził w dużej jaskini skalnej, po której w XIX i XX wieku oprowadzano turystów. Grota służyła mu jako magazyn i schronienie przed upałami, w chacie sypiał i majsterkował. Po upływie roku zdziczał na tyle, że przestał myśleć w ojczystym języku; wkrótce po opisanym wypadku spostrzegł, iż zaczyna rozumieć język kóz, z którymi obcował i na które polował. Do tej pory brał dźwięki wydobywające się z pysków tych zwierząt za bezmyślne pobekiwanie, teraz jednak począł wyławiać znaczenia, najpierw proste, tyczące seksu i strawy, potem coraz bardziej złożone, i w końcu spróbował mówić tym językiem*...

Poszło mu nieźle, najpierw w prostych wyrażeniach, potem w skomplikowanych, i po dwóch latach nie miał już trudności. W trzecim roku zjawił się na jego terenie kozioł Cock, któremu towarzyszył Cock 2 i jeszcze kilku *„Kogutów*"**, a każdy z nich nosił kolejny numer oznaczający miejsce w hierarchii.

„Terenem Selkirka" była formalnie cała dostępna dlań część wyspy, ale panoszył się on tylko w strefie północnej, robiąc wycieczki na południowy zachód. Czynił to rzadko, trzeba tam bowiem było męczyć się wspinaczkami po masywie zwanym dziś El Puente, a do tego tamtejsze

---

* — O zwierzętach mówiących językiem zrozumiałym dla ludzi pisał już Pliniusz Starszy w ósmej księdze swej „Historii Naturalnej". Potwierdził to inny Rzymianin, Waleriusz Maksimus, lecz w XX wieku Hermann Dembeck uznał za naiwny *„pogląd, który przyznaje zwierzętom formę myślenia charakterystyczną dla ludzi, to jest myślenie pojęciowe. Według tego poglądu zwierzęta miałyby być zdolne do samodzielnego, świadomego konstruowania zdań wyrażanych głosem*".

** — *„Cock*", po angielsku: kogut.

kozy miały mięso twarde i gorzkawe. Podczas jednej z tych rzadkich wypraw, znajdując się w okolicy Mont Tres Puentas, ujrzał grupę kozłów z dużymi, zakrzywionymi koliście rogami. Stały i patrzyły nań nie płosząc się. Zdziwiło go to. Ruszył w ich stronę. Nawet nie drgnęły, co zdziwiło go jeszcze bardziej; poczuł się niepewnie, lecz dalej szedł ku nim. Zatrzymał się o kilkanaście kroków przed przywódcą grupy. Wówczas kozioł, niezbyt wielki, lecz o oczach pełnych siły i sprytu, rzekł:

— Witamy cię. Nie mamy złych zamiarów wobec ciebie, więc i ty nie miej ich wobec nas.

Selkirk stropił się i bąknął:

— Skądże, nie mam złych zamiarów. Jestem Selkirk...

— A my jesteśmy „*Kogutami*"...

— Myślałem, że jesteście kozłami — powiedział głupio Szkot.

— Jesteśmy kozłami, które należą do organizacji bojowej „*Kogutów*" — wyjaśnił przywódca. — Pozwól nam zamieszkać w twojej części wyspy.

Selkirk zgodził się, zadziwili go bowiem i swą nazwą i swym zachowaniem, a on tęsknił do towarzystwa, więc każdy sposób zmniejszenia ciężaru nudy wydawał mu się dobry. Zaprowadził ich na swój teren.

Jaskinia i szałasy Selkirka bardzo spodobały się „*Kogutom*". Zamieszkali obok. W dzień Selkirk robił swoje, a „*Koguty*" udawały się do lasu, by omawiać własne sprawy. Było mu to na rękę, gdyż wstydził się ćwiartować przy nich kozie mięso do jedzenia. Wieczorami siadali razem przy ogniu i rozmawiali, a Selkirk popadał w coraz większe zdumienie, słuchając o ich problemach. Byli uciekinierami z niedostępnej dlań wschodniej części wyspy, gdzie ze szczytu góry Mont Centinela rządził kozi tyran, wspomagany przez elitę silnych kozłów, które ciemiężyły słabą kozią społeczność. Szkot wiedział, że nawet wśród drobiu panuje ścisła hierarchia, z podziałem przywilejów, praw i obowiązków, obserwował to za swych młodych lat na podwórku rodzinnej farmy, lecz szczegóły opowiadane przez „*Kogutów*" zbulwersowały go do tego stopnia, że wydał okrzyk:

— Toż to prawdziwe państwo!

— Nie — zaprzeczył Cock 1 — to tylko stado, chociaż rozumując ludzkimi kategoriami można to z państwem równać. Wiele jest analogii, na przykład środki płatnicze...

Selkirk aż podskoczył.

— Co? Środki płatnicze?... Nie myślisz chyba o pieniądzach?

— Mówiłem tylko o analogii — wyjaśnił Cock 1. — Rolę waszych pieniędzy odgrywa u nas suszona trawa, której wiązki służą do płacenia, kupowania i przekupywania.

1. Albrecht Dürer, *Melancholia*.

3. Emblemat firmowy renesansowego wydawcy Plantina z Anvers.

2. William Blake, *Przedwieczny*.

4. Meteory. Klasztor Świętej Trójcy wzniesiony w roku 1548 przez mnicha Domicjana.

5. „Cóż zostaje z pomników naszej pychy? Blade echa przechwałek, których dudnienie minęło z wiatrem i kupa zdruzgotanych kamieni" (ruiny Ramesseum w Egipcie).

6. Kozy z Wyspy Kóz.

7. Wyspa Robinsona (Mas-a-Tierra vel Juan Fernandez) – widok na najwyższy szczyt, Mont el Yunque.

WYSPA KÓZ

8. Wyspa Robinsona (Mas-a-Tierra vel Juan Fernandez) – widok na Mont Centinela.

9. Selkirk ze swą ulubioną kózką przed nadejściem Kogutów.

10. Cock 1 przedstawiony alegorycznie (według starego sztychu).

11. Hieronymus Bosch, detal z tryptyku *Ogród rozkoszy ziemskich*.

12. Zbocze Mistry.

UCHO

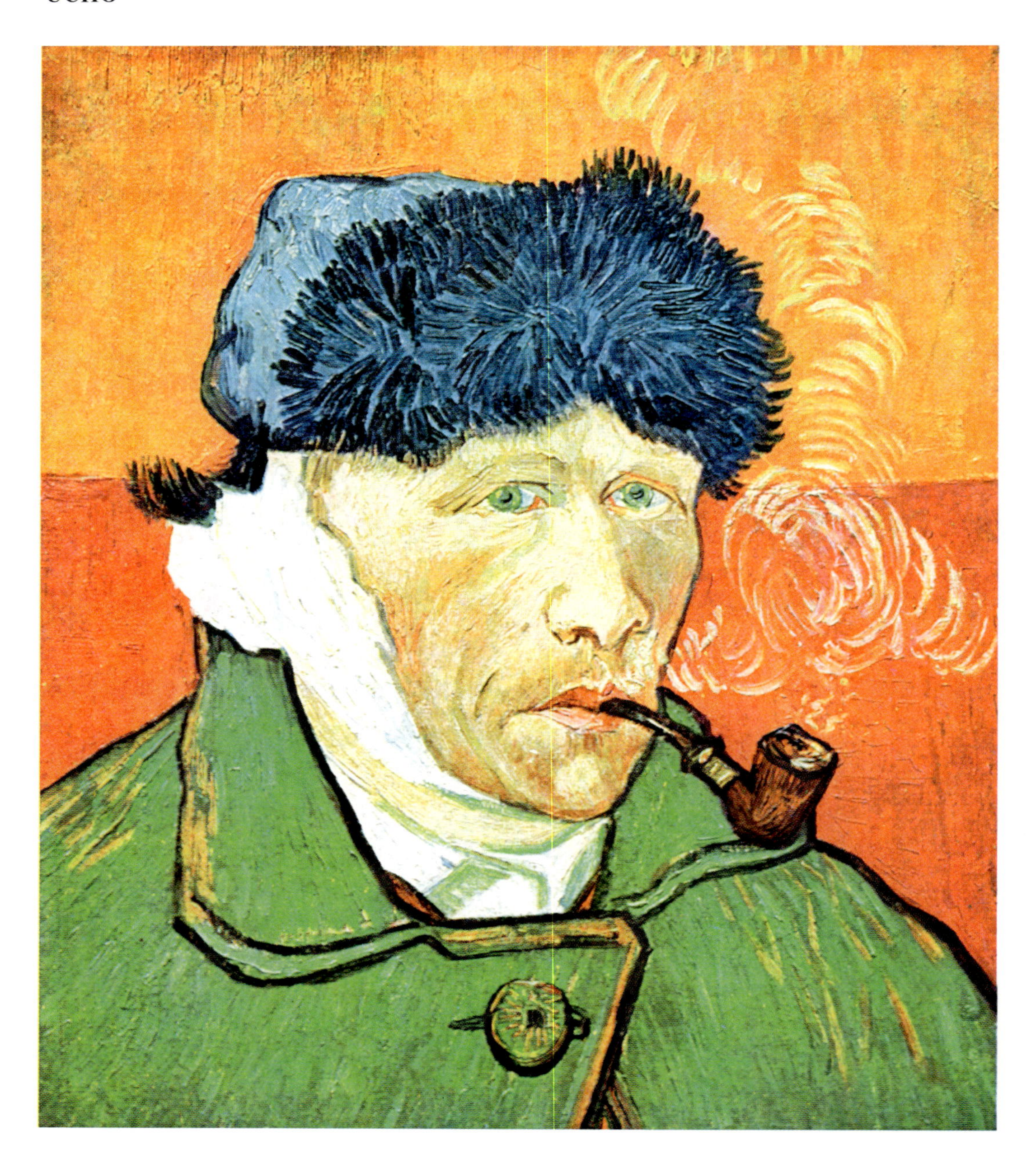

13. Van Gogh, *Autoportret z obciętym uchem*, 1889.

14. Tablica wotywna z uszami w Heraclea Lyncestis.

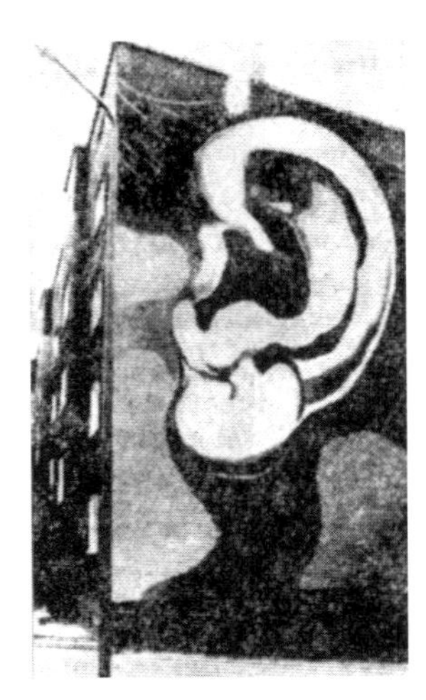

15. Ucho (symbol podsłuchu) wymalowane na ścianie kamienicy w Düsseldorfie.

16. Tablica wotywna z uszami w Epidauros.

17. *Ucho w klatce* (rysunek z *Entreprise*).

18. Amfiteatr w Epidauros.

19. „Spojrzałem w dół. Z tej odległości wyglądał jak mały, czarny robak..."

20. Nefretete, kwarc, Muzeum Kairskie (detal twarzy).

21. Nefretete, wapień polichromowany, Muzeum Dahlem (Berlin).

22. Nefretete, front popiersia z Muzeum Dahlem.

23. Pięciopiastrowy banknot egipski z Nefretete.

24. Egipskie papierosy *Nefretete.*

25. Nefretete według zdeformowanego „kanonu" Tell el-Amarna (Staatliche Museen w Berlinie).

26. Echnaton z berłem i rózgą sprawiedliwości (piaskowiec ze świątyni Amona w Karnaku).

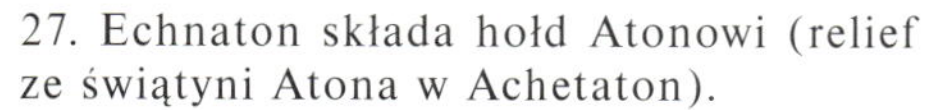

27. Echnaton składa hołd Atonowi (relief ze świątyni Atona w Achetaton).

28. Nefretete, cała głowa z Muzeum Kairskiego.

29. „Wyglądają jak mnisi udający się na spoczynek...” (John Flaxman, *Hipokryci*, 1793).

30. *Sześć zakapturzonych postaci* (Goya według Flaxmana, ok. 1800).

— A więc jest to system zupełnie taki sam jak u ludzi! Cóż za różnica?

— Masz rację — zgodził się Cock 1 — w istocie to żadna różnica. Nie powinieneś się jednak temu dziwić.

— Nie powinienem się dziwić? Każdy inny z ludzi usłyszawszy to dostałby pomieszania zmysłów ze zdziwienia, a ja tylko dlatego nie popadam w obłęd, że zdołałem się nauczyć waszego języka, co pomaga mi wierzyć w podobieństwo życia zwierząt do ludzkiego...

— Powinieneś jednak wiedzieć to wcześniej, z książki, którą trzymasz w swoim szałasie, a która jest pierwszą książką waszego świata.

— O jakiej książce mówisz?

— O Piśmie Świętym. Jest tam dokładnie wyjaśniony brak różnicy między ludźmi a zwierzętami. Dziwię się, że o tym nie pamiętasz — uśmiechnął się Cock 1. — Niezbyt uważnie czytałeś Stary Testament.

— Znasz Biblię?!... — spytał Selkirk zatrwożonym szeptem.

— Muszę znać wszystkie pisma, inaczej nie mógłbym być Cockiem numer jeden, to chyba jasne.

— Tak... ale... — jąkał się Selkirk — ... ale to... to jest... poczekajcie, przyniosę ją!

Pobiegł do szałasu i wrócił z Biblią. Cock 1 pokazał mu odnośny akapit w księdze Koheleta i Selkirk zawstydził się. Zbyt pobieżnie czytał tę księgę, była to prawda. Stało tam czarno na białym, że *„ludzie są tylko zwierzętami"* i że oba gatunki niczym się nie różnią.

— Jest tu wiele innych trafnych spostrzeżeń — powiedział Cock 1 — to najmądrzejsza z ksiąg Starego Testamentu. Pod wieloma stwierdzeniami Eklezjastesa i my podpisalibyśmy się bez zastrzeżeń. Na przykład pod tym, przeczytaj.

Selkirk rzucił okiem na fragment wskazany mu przez wodza *„Kogutów"*:

„W czasie, gdy człowiek panuje nad człowiekiem, widziałem jak złoczyńców z czcią składano do grobów, a dobrze czyniący musieli odejść ze świętego miejsca i zapomniano o nich. Oto marność ziemi: sprawiedliwych dotyka to, na co grzesznicy zasługują, a grzeszników to, co winno być udziałem sprawiedliwych".

— Tak właśnie jest u nas w stadzie, które chwilowo opuściliśmy — rzekł Cock 1, gdy Szkot skończył czytać. — I tak jak tu, zobacz.

Selkirk spojrzał na inną stronę:

„Błędem jest ze strony władzy, gdy wynosi głupotę na wysokie stanowiska, podczas gdy zdolni siedzą nisko".

— Oto jak się tam dzieje, ale my chcemy to zmienić, o czym zresztą ta księga mówi, choć aluzyjnie.

Cock 1 pokazał mu jeszcze jeden akapit, następującej treści:

„*Kiedy widzisz ucisk biednego oraz gwałt na prawie i sprawiedliwości popełniane w kraju, nie dziw się, bo nad wysokim siedzi wyższy, a jeszcze wyżsi nad nimi oboma. Największym wobec tego wszystkiego pożytkiem dla kraju byłby król dbający o uprawę roli*".

Cock 1 skomentował ostatnie zdanie:

— Uprawa roli oznacza tu uprawę stada, dbałość o jego dobro, w sumie sprawiedliwe rządy.

— A ty chcesz być tym nowym królem — domyślił się Selkirk.

Odpowiedział mu zbiorowy akceptujący bek „*Kogutów*".

Następnego dnia Selkirk zagłębił się w Stary Testament; czytał go od początku tak, jak nigdy go nie czytał. Zauważywszy to Cock 1 mruknął:

— Szkoda, że nie możesz przeczytać naszej świętej księgi, ale jeśli chcesz, opowiemy ci ją.

— Waszej świętej księgi? To wy macie...

— Mamy. Nosi ona tytuł „Trawa" i jest podstawą całej działalności „*Kogutów*". Napisał ją stary kozioł z południowo-zachodniej części wyspy, nasz patriarcha, który już nie żyje.

— A więc jest u was religia i są kapłani?

— Są, ale nie o to mi chodziło. Wyrazu „święta" w odniesieniu do naszego kodeksu użyłem jako metafory. Lecz jeśli już dotknąłeś tego, co nazywacie religią, to ci wyjaśnię. Nasze stado czci Drzewa o Smacznej Korze, a kult ten ma swoich opiekunów, którzy są czymś w rodzaju waszych księży. Nazywają się Opiekunami Kory. Jest to kasta głupców i wydrwigroszy, która opanowała ciemne umysły dużej części stada. Jeden z nich panoszy się nawet u boku koziego władcy, ale reszta kozich dygnitarzy nienawidzi łajdaka, więc dni jego są policzone. To nam odpowiada, niech się wilki zagryzają wzajemnie, my poczekamy na właściwy moment. Policzone są także dni króla, staram się, żeby było tych dni jak najmniej.

— Jak się starasz? Przecież uciekłeś stamtąd!

— Wysyłamy tam naszych agentów i nasze pisma.

— Pisma?... Pokaż mi jak piszesz.

Cock 1 chwycił zębami gałązkę najbliższego krzewu, zerwał cienki i ostry patyk, zręcznie wsadził go sobie w szczelinę między racicami i nagryzmolił coś na piachu, mówiąc:

— Kreślę kilka pierwszych znaków naszego alfabetu...

— A na czym piszecie?

— Na wysuszonych liściach pewnego gatunku krzewów, które się do tego nadają.

Selkirk zadumał się głęboko nad tym wszystkim, dochodząc do wniosku, że historia ludzi i historia zwierząt są do siebie nader podobne. Kiepsko znał dzieje starożytności, a nawet o historii starszej niż kilkudziesięcioletnia miał pojęcie delikatnie zwane mętnym, lecz to, co obiło mu się o uszy w portowych knajpach, starczyło, aby wyrobić sobie jasny pogląd.

Piątego dnia Cock 1 spytał uprzejmie Selkirka, dlaczego nie poluje on za pomocą muszkietu zawieszonego pod sufitem chaty.

— Skończyła mi się amunicja — odparł zgodnie z prawdą Szkot.

— To znaczy, że nie masz prochu? — upewnił się wódz.

Selkirk pokiwał głową ze smutkiem.

— Nie mam ani grama. A co, może umiecie robić także proch?

— Umiemy wymyślać rzeczy lepsze od prochu — burknął Cock 1. — Powiedz mi czemu, nie mając prochu, nosisz za pasem pistolet? Czyż to nie kolba pistoletu wystaje ci spod okrycia?

— Noszę go, bo jest w nim dobre krzesiwo, którym rozpalam ogień, a gdybym go gdzieś rzucił, mógłby mi zamoknąć.

— Rozumiem — rzekł Cock 1 i odszedł do swoich.

Kolejnego dnia rano (był to piątek) Selkirk dowiedział się, iż „z dniem dzisiejszym" przestaje być włodarzem swego terenu, a zostaje służącym „*Kogutów*". Myślał, że z niego kpią, oni wszakże mówili to serio, na dowód czego zajęli jego jaskinię, szałasy oraz trzy urodziwe kózki. Wpadł we wściekłość, lecz uderzony rogami fiknął kozła i cała złość wypłynęła mu z oczu strumieniem bezsilnych łez. Cock 1 przestrzegł go:

— Nie próbuj marzyć o powrocie do wczorajszego układu, przystosuj się do nowego, a zrobisz mądrze.

Zaczem polecił mu przeczytać następujący akapit z księgi Koheleta:

„*Nie bądź pochopny w duchu do gniewu, gniew bowiem mieszka w piersi głupców. Nie mów: jak to jest, że dawne lepszym od nowego, bo nieroztropnie o to pytasz. Lepsza jest mądrość niż dziedzictwo*".

— Co mi po mądrości, kiedy będę nieszczęśliwy! — załkał Szkot, rozcierając dłonią siniak na pośladku.

— Mylisz się, będziesz o wiele bardziej szczęśliwy niż dotąd, my lepiej wiemy, co jest dla ciebie dobre. Nakazuję ci radować się od tej pory i dziękować nam za wyrządzone ci dobrodziejstwo.

— Łotrze! — krzyknął Selkirk, grożąc pięścią, acz niemrawo — zapłacisz za napad na człowieka.

Stłuczono go za te słowa kopytami, a kiedy odzyskał przytomność, usłyszał od wodza:

— Nigdy więcej mnie nie przeklinaj, nawet nie myśl o tym, bo i myśl bywa rzeczą niebezpieczną.

Chcąc tego dowieść, Cock 1 wskazał mu inny fragment z księgi Koheleta:

„Nawet w myślach nie złorzecz władzy, ani w sypialni swojej, bo ptakiem po powietrzu głos twój poleci i skrzydlatym donosem słowa twoje zaniesie".

Selkirk dźwignął się z ziemi i jęknął patrząc w niebo:

— Boże miłosierny, pomóż mi! Chrystusie ukrzyżowany, miej litość! Ześlij ratunek słudze swemu!

— Rozśmieszać mnie możesz — zgodził się dobrotliwie Cock 1 — obyś tylko nie zapomniał, że jesteś moim sługą, a nie tego głuchego, do którego kwilisz. Ponieważ mamy piątek, będziesz od dzisiaj zwał się Piętaszkiem.

— Matko Boża, ratuj, nie chcę służyć diabłu! — zawył ostatkiem sił nieszczęsny Szkot.

Kozioł popatrzył nań drwiąco i wsparłszy się zadem o pagórek, przemówił w te słowa:

— Zrozum, idioto, że diabeł jest dzieckiem Bożym, czemu więc miałby Bóg pomagać ci przeciw swemu dziecku?

— Kłamiesz! — odważył się Selkirk, licząc, że jeśli weźmie Pana Boga w obronę przed kalumnią, Ten mu się wywdzięczy.

— Po co miałbym kłamać, jeśli nie mam z tego korzyści? Bezinteresowne kłamstwo ubliża inteligencji kłamiącego, a ja nie lubię się lżyć — zaoponował Cock 1. — Chcę cię tylko oświecić, boś prostak. Czyż nie zostało powiedziane, że Bóg jest twórcą wszechrzeczy? A nie może On być twórcą wszechrzeczy nie będąc zarazem twórcą zła. Jeśli tak, to On stworzył księcia piekieł i On skazał Ewę na wydawanie dzieci strachu. Czyim dziełem jest ten podły świat, hę?

— Takim go uczynili ludzie, nie Bóg!... — krzyknął Selkirk i zaraz się poprawił: — ...źli ludzie i złe zwierzęta!

— Te, te, te, te, te! Pismo, które czcisz, mówi wyraźnie, kto stworzył tych ludzi i te zwierzęta, takich, jakimi są. Jeden ich zmajstrował, a drugi ich zdeprawował od ręki, to jest jeszcze na terenie warsztatu, ale ten drugi był również zmajstrowany przez pierwszego! Mam ci to wszystko przypominać? Mogę, jestem w tym bardzo dobry.

— Wiem, że dobrze obracasz jęzorem — żachnął się Selkirk — szatan był zawsze biegły w pysku.

— Nieważne jaki on jest w pysku, ważne jaki jest w ogóle. Czy jest na przykład zależny od Boga? Bo jeśli jest, to taka zależność zniewala nas uważać Boga jako odpowiedzialnego za postępki diabła. A jeśli jest od Boga niezależny, to w jaki sposób można się pozbyć filozoficznego absurdu dwóch wszechmocnych istot dzierżących równocześnie cugle wszechświata? Przecież szatan wiedzie do zguby miliony dusz, a Bóg nic na to nie może poradzić, chociaż pragnie, aby wszyscy byli zbawieni! Wiesz, co ja o tym myślę? Że Bóg musi być nieskończenie wdzięczny szatanowi, bo to Bóg oznajmił, iż występny nie ujdzie kary, wskutek czego musiałby się sam tym zająć, gdyby diabeł za Niego tej roboty nie spełniał. A skoro tak, to diabeł jest Jego lokajem do niezbędnej pracy czyli wiernym sługą Pana!

— Na rany Chrystusa, co ty gadasz! — pisnął przerażony Selkirk, zapominając o własnej niedoli. — Diabeł nie jest sługą, lecz wrogiem Zbawiciela!

— Tak? No to spójrzmy na problem od tej strony. Jeśli przyjmiemy, że diabeł nie jest współpracownikiem Boga, lecz jego wrogiem, to czyż nie wynika z tego, że jest górą? Jeśli Bóg wiedział wszystko, co będzie, a pono wiedział, to musiał wiedzieć, że z tego świata, który stworzy, większa część ludzi ulegnie szatanowi i pójdzie na zagładę. Czemu więc nie kopnął całego interesu w błoto, dając sobie spokój z tą fuszerką? Albo jeśli życzył wszystkim, by byli zbawieni, to czemu nie wpadł na jakiś pomysł, żeby istotnie byli zbawieni? A jeśli nie wpadł, to jak możecie nazywać Go wszechmocnym!?

Nieuczony Szkot był bezradny wobec tej szatańskiej dialektyki. Sytuacja jego odpowiadała dokładnie zdaniu o kozach, które Tomasz Dziekoński zamieścił w XIX wieku w swej „Historyi Francyi": „*Koza nade wszystko, bydlę awanturnicze, koza stała się narzędziem tego najścia demagogicznego, postrachem...*". Mógł się tylko poddać losowi, co też uczynił, zamykając w sercu nadzieję o odmianie. Spełniał przy „*Kogutach*" najpodlejsze usługi, zbierał im zielone przysmaki, nosił źródlaną wodę do picia i przygotowywał liście korespondencyjne. Wieczorami, przed snem, modlił się trzykroć bardziej żarliwie niż uprzednio.

Tymczasem „*Koguty*" prowadziły ożywioną działalność. Raz po raz któryś znikał i wracał po pewnym czasie albo już nie wracał. Zdarzało się, że nieobecna była połowa bandy. Wreszcie wyjechał także Cock 1, a Szkot dowiedział się, że we wschodniej części wyspy wybuchł bunt kóz i że właśnie to poderwało z miejsca przywódcę „*Kogutów*". Bunt musiał się źle zakończyć, albowiem Cock 1 wrócił ponury jak nigdy i długo nie mógł przyjść do siebie. Lecz to nie on budził największy strach Selkirka.

W sztabie Cocków znajdował się cap młodszy nieco od wodza i wyróżniający się dziką energią. Selkirk wielokrotnie poczuł jego złość, nosząc ślady rogów i kopyt na całym ciele. Nazywał go w myślach imieniem szkockiego bandziora z zasłyszanej w dzieciństwie klechdy o plemieniu górskich rozbójników Georgianów. Ów zbój, którym matki straszyły niegrzeczne potomstwo, nazywał się Leets. Bacznie obserwując swego prześladowcę Selkirk zauważył, że kiedy Leets stoi twarzą w twarz z Cockiem 1, ma oczy fryzowanego pudla, wierne i łaszące się, lecz gdy spogląda na kark przywódcy, te oczy stają się oczami węża.

Pewnego razu (było to podczas nieobecności Cocka 1), skończywszy paczkowanie trawy Selkirk zapragnął odpocząć. Upewnił się, że w pobliżu nie ma Leetsa i uciął sobie drzemkę w krzakach. Po przebudzeniu stwierdził, że słońce zeszło dość nisko, co oznacza, iż trzeba się pospieszyć z wykonaniem ostatniego rozkazu jaki otrzymał na ten dzień: miał uszczelnić dziurawą ścianę chaty. Zbliżył się do niej z naręczem mchów i wsadził oko w szczelinę między balami. Przy stole siedział Leets nad rozłożoną księgą, wodząc kopytem po kilku zdaniach, niczym dziecko, które w czytaniu pomaga sobie palcem. Kąciki ust kozła wykrzywiał zły uśmieszek. Później Selkirk odnalazł tych kilka zdań dzięki brudnemu śladowi zostawionemu przez kopyto. Był to fragment księgi Eklezjastesa:

„Lepszym jest młodzieniec ubogi, lecz mądry, niż stary głupi król, który już nie umie słuchać rad. Lepszym jest ten młodszy, który wyszedł z więzienia po to, żeby królować po tamtym... Widziałem jak wszyscy żywi szli w blasku słońca za owym młodzieńcem. Nie było końca ludom, które stanęły przy nim. Nieprzeliczone były tłumy z tym drugim, który miał zająć miejsce tamtego".

Przeczytawszy, Selkirk pogrążył się w myślach, które nie były czymś łatwym. Starał się jednak zrozumieć, o co komu chodzi. Pamiętał, iż ten sam fragment biblijnego tekstu fascynował Cocka 1 i to wydawało mu się jasne: król to król, a Cock 1 to jego następca, przy którym staną „*nieprzeliczone tłumy*". Zgodnie z pismem nowy mocarz zanim osiągnął tron „*wyszedł z więzienia*", a Cock 1 odbył już taką karę w swoim kraju! Różnica między tym, co podobało się Cockowi 1, a tym, co podkreślił Leets, leżała w kilku wyrazach, których Leets nie podkreślił, jakby okaleczając jedno zdanie. W całości brzmiało ono:

„Lepszym jest ten młodszy, który wyszedł z więzienia po to, żeby królować po tamtym, choć urodził się tak ubogim w królestwie tamtego".

Leetsowi nie podobały się słowa: „*choć urodził się tak ubogim w królestwie tamtego*". Ponieważ wszystkie „*Koguty*" urodziły się w królestwie obecnego tyrana, znaczyłoby to, że Leets nie szykuje się do objęcia schedy po nim, lecz... po przywódcy „*Kogutów*", kiedy już ten osiągnie władzę! Odkrycie to podnieciło Szkota, wszystko bowiem zdawało się pasować w rozumowaniu. Leets był rzeczywiście młodszy od Cocka 1, a jego potworna ambicja ukryta na dnie źrenic zdradzała, iż chce, by „*wszyscy żywi szli za nim w blasku słońca*". Do tego również był więziony. Jeśli więc Kohelet się nie pomylił, to spełnią się marzenia obu „*Kogutów*": najpierw dorwie się do władzy Cock 1, a po nim Cock Leets, którego Eklazjastes zwie „*tym młodszym*". Widok Leetsa na tronie budził w Selkirku drgawki. I te „*nieprzeliczone tłumy*", które mają ulec łotrowi! Jeśli tak się stanie, wówczas całe kozie stado będzie równie godne pogardy jak sam Leets, a nadto godne kary! Zajrzał jeszcze raz do Starego Testamentu i ponownie przeczytał tekst wyróżniony kopytem Leetsa. Przeczytał także następne zdanie, którego Leets nie zauważył lub może zignorował. Dotyczyło ono przyszłości stada, nad którym zapanuje „*ten młodszy*":

„*Lecz ci, co przyjdą za tą rzeszą, nie będą z niego zadowoleni i nie będą się radować...*".

Poczuł się bliski rzeczy straszniejszych od swego losu, wszakże próbował wmówić sobie, że cała ta konstrukcja myślowa jest tylko wytworem zmęczonego mózgu. To przecież niemożliwe, aby proroctwa w świętych księgach tyczyły cholernych kóz, choćby nie wiem jak cwanych! Wieszczby o przewracaniu świata mają się spełniać dzięki srajdom–bobkorobom, czworonogim kurduplom opanowanym żądzą władzy za wszelką cenę i depczącym elementarne zasady moralności?! Gdyby jednak przyjąć, że te proroctwa tyczą ludzi, byłoby to po stokroć gorsze!... Tak czy inaczej z Koheleta wypływała groza i Selkirk czuł się odkrywcą „*perpetuum mobile*" Apokalipsy. Było mu niedobrze jak po zjedzeniu surowych ryb. Jeżeli losy wszystkich istot żywych niczym się nie różnią — myślał — to znaczy, że wszyscy są ofiarami jakiegoś kopniętego magistranta, który na Ziemi robi swoją pracę magisterską i nic mu nie wychodzi! Wszystko wymyka mu się z rąk, a jego zezwierzęceni podwykonawcy robią, co chcą, kłamiąc, dręcząc, uzurpując sobie wszelkie prawa... Czaszka pękała Selkirkowi, szepnął: czy ja zwariowałem? Tę samą wątpliwość miał ów hiszpański żołnierz, który uczestniczył w zamachu pułkownika Tejero na Kortezy (1981) i potem w wywiadzie dla tygodnika „Paris Match" (18 VI 1982) zrelacjonował wszystko, kończąc słowami: „*Powiedziałem sobie, że być może historię tworzyli pijacy lub idioci, albo ludzie, którzy co innego mówili, co innego robili, a co innego myśleli*".

W rok później proroctwo Koheleta spełniło się. Kozy ze wschodniej części wyspy oraz kozy z części południowo–zachodniej rzuciły się na siebie i oba stada poczęły zadawać sobie śmierć. Kozi król został zwalony z wierzchołka Mont Centinela, następnie „*Koguty*" obaliły tych, którzy obalili despotę i korona Wschodu zwieńczyła głowę Cocka 1, ów jednak szybko zmarł (uderzony śmiertelnie przez młodą kozę) i nastąpił po nim Leets. Szkot schronił się wówczas pod opiekę kóz z części południowo–zachodniej. Długim strumieniem napływali tam uciekinierzy z części Leetsa, który okazał się satrapą po tysiąckroć gorszym niż wszyscy poprzedni królowie. Wkrótce jednak Leets przeciął strumień.

Nasz szkocki bohater nie poznał dalszego ciągu tej historii, bo przy brzegu zamigotały żagle kapitana Rogersa. Załoga statku wzięła język, jakim posługiwał się Selkirk, za bełkot szaleńca, on zaś, widząc, że go nie rozumieją, prawie nie wychodził na pokład. Siedział w swoim kącie obok magazynu prochowego i czytał Stary Testament. W księdze Eklezjastesa znalazł to, czego szukał:

„*Widziałem ucisk dziejący się pod słońcem i łzy uciśnionych widziałem, których nie nawiedza pocieszyciel, a siła mieszka w ręce twardej ciemiężców. Wreszcie znienawidziłem życie, albowiem wszystko to było przykre — wszystko to, co dzieje się pod słońcem. Szczęśliwi umarli, którzy tego nie oglądają*”.

WYSPA 2

EPIDAUROS (GRECJA)

VINCENT VAN GOGH

UCHO

„Vincent van Gogh obciął sobie ucho. Paul Gauguin był wstrząśnięty.

— Vincencie, to doprawdy niesmaczne! — zawołał. — W przyszłości, długo po twojej śmierci, ludzie będą pamiętali cię bardziej za to, że obciąłeś sobie ucho, niż za piękno i prawdę twojej sztuki.

Vincent van Gogh spojrzał spod bandaży na Paula Gauguina i uśmiechnął się.

— Nie przejmuj się — rzekł. — Sztuka umie sama sobie radzić. A co świat będzie myślał o mnie po mojej śmierci, nie obchodzi mnie zupełnie. Ważne jest życie. Ważna jest miłość. Tak, stary.

Nazajutrz Paul Gauguin odciął się od żony i wyekspediował na Tahiti.

— Biedny Gauguin — Vincent van Gogh westchnął. — Zrozumiał tylko połowę tego, co mówiłem".

(Tom Robbins, „Cel istnienia księżyca", tłum. Tomasza Mirkowicza)

30 grudnia 1888 roku ukazująca się we francuskim miasteczku Arles gazeta „Forum Republicain" podała komunikat następującej treści:

„W ubiegłą niedzielę, pół godziny przed północą, niejaki Vincent Vangogh, artysta malarz rodem z Holandii, pojawił się w domu publicznym nr 1, przywołał niejaką Rachel i wręczył jej... swoje ucho, mówiąc jej: «Strzeż tego pilnie». Po czym zniknął. Policja, zawiadomiona o incydencie, którego sprawcą mógł być jedynie wariat, udała się następnego ranka do mieszkania wspomnianego osobnika i znalazła go w łóżku, nie dającego prawie żadnych oznak życia. Nieszczęśnika natychmiast przetransportowano do szpitala".

Tak oto ucho Vincenta — ucięte przezeń brzytwą, opakowane w papier rysunkowy i wręczone prostytutce Gaby zwanej Rachelą — zerwało się do lotu. Rachela na widok prezentu zemdlała. Burdel–mama, Madame Virginie, oddała „*corpus delicti*" policjantom, którzy przekazali go asystentowi lekarskiemu Feliksowi Reyowi z miejscowego szpitala. Asystent Rey chciał przyszyć ucho artyście, lecz było już za późno: mogłaby się wdać gangrena. Wsadził więc ucho do słoja ze spirytusem i postawił słój w swoim gabinecie. Co było dalej, można się dowiedzieć z artykułu „Vincent van Gogh i dramat obciętego ucha", który to artykuł dwaj lekarze, dr Doiteau i dr Leroy, opublikowali w fachowym piśmie paryskim „Aesculape" w lipcu 1936 roku. Czytamy tam:

„*W listopadzie roku 1889 asystent wyjechał do Paryża na ostatnie egzaminy przed doktoryzacją. Kiedy wrócił, słoja nie było*".

Doiteau i Leroy wyrazili przypuszczenie, że posługacz szpitalny wyrzucił ucho van Gogha do klozetu, była to wszakże tylko hipoteza. I gdyby nie ja, nigdy byście się nie dowiedzieli, co się stało z uchem jednego z największych malarzy świata. Moglibyście na przykład mniemać, że krąży gdzieś potajemnie między kolekcjonerami, tak jak członek Napoleona ucięty na Świętej Helenie podczas sekcji zwłok, wsadzony w buteleczkę z jakimś konserwującym płynem i od stu kilkudziesięciu lat wędrujący z rąk do rąk bogatych hobbystów. Ale tak nie jest.

To ucho bardzo mnie lubi. Nie mogę się go pozbyć jak Vincent, bo nie jest moje, pojawia się tylko czasami, a kiedy chcę go dotknąć, napotykam pustkę. Przychodzi do mnie kumpel, znajomy lub ktoś obcy, siadamy do stołu, nalewam wina do kieliszków i zaczynamy rozmawiać, gdy nagle między butelkę a popielniczkę wpycha się, nie wiadomo skąd, klatka z uchem van Gogha. Niby zwyczajna rzecz. A jednak jest to denerwujące: widzę ucho, lecz nie mogę go złapać, ręka przechodzi przez nie na wskroś, niczym przez obraz utoczony z mgły.

Po raz pierwszy dopadło mnie w starożytnym amfiteatrze na Peloponezie, tak jakbym był Grekiem lub jakby los chciał mi udowodnić swoje poczucie humoru. Wcześniej jednak napotkałem tam uszy z wosku i kamienia.

Któregoś dnia zatrzymałem się na moment w maleńkiej miejscowości, której nazwy nawet nie pamiętam, i wstąpiłem do białego kościółka przy drodze. Wewnątrz pachniało chłodem, było ciemno i tak pusto, jak być powinno z mojego punktu wiary, z którego można rozmawiać z Bogiem tylko w cztery oczy. Ale zanim zdążyłem zgiąć kolano, spostrzegłem w półmroku coś przerażającego. Na stoliku pod świętym obrazem leżała odcięta głowa dziecka. Martwe oczy patrzyły mi w twarz błyszcząc jak przez łzy — odbijały blask jedynej płonącej świecy. Z blatu stolika zwisała na łańcuszku ucięta w kolanie noga, a obok głowy leżały: męska dłoń i ucho. Wziąłem to ucho do ręki. Było odlane z wosku „jak żywe", do złudzenia. Wszystko było z wosku.

Drugie takie woskowe ucho ujrzałem głęboko na południu Peloponezu, w Mistrze, na zboczu tajemniczej góry, zabudowanej niegdyś przez rycerzy krzyżowych i bizantyjskich budowniczych, po których zostały wielkie, straszące nocą ruiny i klasztory z kopułkami jak czerwone czapki. Jechałem tam w innym celu, ale czasami cel zmieniają człowiekowi drzwi, przez które przechodzi. Na zboczu Mistry, z którego widać dolinę położoną tak nisko, że wydaje się doliną mrówek, dowiedziałem się od rozśpiewanego mnicha–opiekuna żółwi, iż te fragmenty ciała to woskowe dziękczynienia i błagania o zdrowie, i że takie wota składano Bogu już przed tysiącami lat, tylko teraz Asklepiosa zastąpił Chrystus. Poczułem szacunek dla tradycji antyku.

Sprawdziłem to w Epidauros. W tym starożytnym miejscu nad Zatoką Sarońską istniał od VI wieku przed naszą erą ośrodek kultu boga–lekarza, Asklepiosa, najpierw w postaci świątyni, później wielkiego kompleksu leczniczego, najsławniejszego w całej Helladzie. Opowiadano niestworzone historie o cudach, które czynili mędrcy–kapłani w peloponeskim asklepionie za sprawą bóstwa mającego nawet moc wskrzeszania umarłych. Ściągały tu tłumy i nikt pono nie wychodził stąd chory. Kpiarze opowiadają, że to jednak za sprawą specyficznej rekrutacji: kapłani jakoby urządzali garnącym się do leczenia eliminacyjne biegi na sporym dystansie — kto wytrzymał tę próbę (i jeszcze kilka innych, równie ciężkich), ten był przyjmowany.

Kapłani byli mądrzy. Bezpłodna Mesenka, której przypadek należy do kanonu siedemdziesięciu najbardziej cudownych wyleczeń Epidauros, urodziła bliźnięta w dziewięć miesięcy po wyjściu z asklepionu. Napis pamiątkowy głosi, że kiedy spała w szpitalu, Asklepios wpuścił do jej łoża symbol swej uzdrowicielskiej władzy, węża, a ten sprawił cud. Kapłani byli mądrzy — wiedzieli, o czym nie wiedział motłoch, że brak dzieci w małżeństwie nie musi być winą kobiety. Senne igraszki z wężem, którym bogowie obdarzyli najbardziej jurnego z kapłanów, nie trudno odmitologizować.

O tym, że było tu jednak wiele autentycznych uzdrowień, świadczą wota w muzeum archeologicznym Epidauros. Najbardziej fascynująca jest para uszu wykutych w dużej, marmurowej płycie, którą jakiś wdzięczny pacjent kazał swym niewolnikom przydźwigać przed ołtarz boga–uzdrowiciela. Taką samą podziękę ujrzałem kilka lat później w Heraclea Lyncestis: ciężki kamienny blok z parą wielkich uszu, między którymi widnieje szyszka sosny pistacjowej, jedno z godeł Asklepiosa.

Jest to zadziwiające — żadne wota składane Asklepiosowi nie były tak efektowne jak te z uszami; można to chyba tłumaczyć tylko rangą uszu w życiu człowieka.

Cały człowiek jest uchem — tak twierdzą wyznawcy akupunktury, wskazując na olbrzymie podobieństwo rysunku małżowiny usznej z rysunkiem ludzkiego płodu skulonego w macicy, i na każdej małżowinie znajdują 120 punktów, które trzeba nakłuwać chcąc wyleczyć określone części ciała. Stanowi więc ucho coś w rodzaju negatywu, na którym zarejestrowano płód czyli pierwsze ciało człowieka.

Podobieństwo zarysu ucha do płodu macicznego odkryli lekarze w starożytnych Chinach i to oni wysunęli tezę, że ucho stanowi swoistą miniaturę ludzkiego organizmu, po czym oparli na tym akupunkturową terapię uszną. Starochińskie sztychy ilustrujące to podobieństwo bulwersują dzisiejszych lekarzy równie silnie jak historyków sztuki para uciętych uszu i nóż między nimi na obrazie Boscha.

Pierwotnie uszy człowieka poruszały się, lecz ewolucja ograniczyła tę ich zdolność, doprowadzając do zaniku pierwotnych mechanizmów mięśniowych. Obecnie rzadkie są przypadki niezależnego kręcenia uszami — pozostałość dawnego wycelowywania uszu na źródło dźwięków. Prawdziwą mobilność można nadać własnemu uchu tylko obcinając je, tak jak to uczynił Vincent van Gogh.

Jego ucho mówiło o nim wszystko, jeśli wierzyć, że kształt i położenie ucha stanowią swoisty szyfr osobowości. Według tej starodawnej teorii najdoskonalsze są uszy sięgające od linii oczu do linii ust; uszy zaokrąglone, o cienkiej obwódce, należą do ludzi o szczególnej wrażliwości muzycznej; uszy odstające zapowiadają odwagę w działaniu; uszy długie, duże i mięsiste dają świadectwo energii, dobroci oraz zdolności kierowniczych; uszy nieproporcjonalnie małe w stosunku do wielkości twarzy mówią o egoizmie i skąpstwie; uszy długie, wąskie, osadzone blisko głowy, znamionują pesymizm i rozkapryszenie; uszy z maleńkimi płatkami lub w ogóle ich pozbawione zdradzają prostactwo; zaś uszy sięgające powyżej linii brwi świadczą o nadmiernej pobudliwości i porywczości właściciela. Te ostatnie uszy miał van Gogh (wystarczy spojrzeć na autoportret malowany w Paryżu w roku 1887, znajdujący się w amsterdamskiej Kolekcji van Gogh). Był człowiekiem wściekle porywczym, agresywnym wobec bliźnich i samego siebie, czego jednym z dowodów fakt, że pozbył się ucha metodą klasycznego agresora.

Z uszami robiono już chyba wszystko. Było to wszystko, co złe, wyjąwszy cesarza Napoleona pociągającego pieszczotliwie za uszy tych, których kochał lub cenił, przy czym gest ten uchodził za odznaczenie równe Legii Honorowej. Poza tym wyjątkiem i złotymi kolczykami oraz pieszczotami kochanków gryzących się w płatki uszne — trudno znaleźć w dziejach cywilizacji uszu coś miłego. Wlewano do nich truciznę śpiącym — zajrzyjcie do „Hamleta". Przebijano je — leżącemu na pobojowisku pod Little Big Horn generałowi Custerowi, który przysiągł Szejenom, że nigdy więcej nie będzie ich gnębił, a potem złamał to przyrzeczenie, Szejenki przebiły uszy szydełkami aż do środka głowy, *„żeby polepszyć mu słuch, bo przedtem źle słyszał to, co nasi wodzowie powiedzieli mu, kiedy palił z nimi fajkę pokoju*"; jest to niewątpliwie najlepsza metoda poprawiania słuchu tym, z którymi wypaliło się *„nolens volens*" fajkę pokoju. Od tysięcy lat przypalano uszy, szarpano je specjalnymi szczypcami i przyczepiano do nich elektrody — taka jest „w pigułce" ewolucja wymuszania zeznań, widziana przez pryzmat uszu. Ale najczęściej ucinano je, co zdaje się świadczyć, że ucho było uważane za jądro zła. Sławny XVI–wieczny matematyk, lekarz i filozof, parający się magią i kabałą Hieronymus Cardanus (Cardano), uciął ucho swemu młodszemu synowi, aby go powściągnąć od złych czynów!

W wielu krajach złoczyńcy piętnowani byli ucięciem jednego ucha lub obu. W Ameryce biali w stanie Montana zamiast skalpów konserwowali uszy zabitych Indian. W Afryce, na Wybrzeżu Kości Słoniowej, niektóre murzyńskie szczepy ucinały uszy swym wrogom i puszczały ich wolno, by powróciwszy do swoich byli żywą przestrogą — z tych uszu robiono całe łańcuchy, suszone jak sznury grzybów (według pewnej znanej mi relacji tradycja ta funkcjonuje do dzisiaj!). Nie ja wymyśliłem porównanie do grzybów (trochę może nazbyt brawurowe), tylko Słowacki, kiedy rymami opisywał zwyczaje Tatarów. Gdy jego Beniowski, wpadłszy w furię na dworze krymskiego Giraj Khana, zaczął Tatarów siec szablą, dostało się także przez łeb koniuszemu...

„Który obliczał ścięte giaurom uszy,
Potem na sznurki nizał — dla sułtana,
Który je marynuje, albo suszy,
Właśnie jak w Litwie grzyby borowiki —
A czasem żonom daje na kolczyki".

Wkrótce potem tatarski dygnitarz ofiarował Beniowskiemu oddział Tatarów do wyłącznej dyspozycji, mówiąc:

"......Końskie im zostaw sztandary,
Pozwól obcinać wszystkim trupom uszy,
A służyć będą lepiej niż huzary...".

(Pieśń X).

Wśród dzikich plemion Ghany, gdzie rytualne bębny mają serca i są skrapiane ludzką krwią, albowiem tam–tam nie przemówi należycie, jeśli nie usłyszy przedśmiertnego krzyku człowieka — niedbałych doboszy karze się obcięciem ucha. W świecie cywilizowanym uszy przesyła się rodzinom ofiar kidnappingu, aby wymusić okup — najgłośniejsze było takie ucho wnuka multimilionera Getty'ego.

Męczone od wieków ucho mści się na gatunku ludzkim, niszcząc go każdego dnia z cichym okrucieństwem. Własne — wprowadza do głowy korumpujące obietnice, niebezpieczne namowy, ogłupiające pochwały, trujące kłamstwa, trwożące szantaże i łamiące groźby. Cudze — podsłuchuje. Świat jest wielkim UCHEM, które wymalowali w 1979 roku na ścianie kilkupiętrowego domu w Düsseldorfie („*Ściany mają uszy*" — śpiewał Elvis Presley) studenci tamtejszej akademii sztuk pięknych; jak podała prasa zachodnioniemiecka: by zaprotestować przeciw podsłuchom telefonicznym.

Vincent van Gogh nie mógł znać malowidła z Düsseldorfu. Lecz niewątpliwie pamiętał arcydzieło swego genialnego brata z XV/XVI wieku, Hieronima Boscha (obaj byli Niderlandczykami). W obrazującym piekło skrzydle tryptyku „Ogród rozkoszy ziemskich" (Muzeum Prado w Madrycie) Bosch pokazał parę monstrualnych uszu, stanowiących koła dla „armaty", której lufą jest klinga gigantycznego noża. Apokaliptyczne „działo", obsługiwane przez pijanych triumfem diabłów, miażdży potępionych. Znawcy ponurej symboliki Boscha twierdzą, że te uszy z nożem to „*symbol tortur zadawanych przez organ słuchu, do którego przedostają się słowa okaleczające duszę*".

Chcąc zachować duszę nienaruszoną — van Gogh okaleczył sobie ciało. Tak zakończył swą walkę z osamotnieniem.

Przez całe życie wędrował z garbem wybranej i wymuszonej samotności i jest doprawdy łatwo wyławiać w jego biografiach kolejne zdania na ten temat z każdego etapu owej bezludnej drogi po stolicach, miasteczkach i wsiach Francji, Anglii, Belgii oraz Holandii:

Dzieciństwo: „*Milkliwy odludek żyje z dala od sióstr i braci, nie bierze udziału w ich zabawach. Wałęsa się samopas po polach, przygląda się ziołom i kwiatom (...) Bracia i siostry boją się brata odludka*".

Wczesna młodość: „*Nadal jest szorstki i skryty. Irytują go ludzkie spojrzenia, toteż unika spacerów po miasteczku (...) Jest w tym samowolnym chłopcu jakiś głód absolutu*".

20 lat: „*Tkwi w nim jeszcze ten chłopak odludek, którym był dawniej*".

22 lata: „*Bezgranicznie osamotniony*".

24 lata: „*Vincent nie utrzymuje stosunków towarzyskich z nikim (...) jego siła uczuć i wielkie wymagania czynią z niego w gronie współbraci istotę niezrozumianą, samotną, wyrzuconą poza nawias*".

28 lat: *„Zerwane wszystkie mosty między nim a światem. Jest sam; sam ze sobą; przestał pisywać nawet do brata"*.

29 lat: *„Na usta cisną mu się słowa konającego Jezusa: «Eli, Eli, lamma sabakthani?...»"*.

32 lata: *„Sam, sam, sam — wobec tajemniczego, niezmierzonego świata"**.

W trzy lata później uciął sobie ucho. W wieku trzydziestu siedmiu lat zastrzelił się. Ostatnie jego słowa brzmiały: *„Smutek i tak trwać będzie wiecznie..."*.

Ten syn brabanckiego pastora, rozkochany w przyrodzie, pochłaniający piramidy książek i wciąż samokształcący się, wybuchowy introwertyk, który lekceważy nawet to, co najpotrzebniejsze do życia (jako posiłek starczała mu wygrzebana ze śmietnika skórka od chleba) — zdawało się: chce pielęgnować swą samotność niby ostatnią roślinę na Ziemi, pragnie być tylko, jak się wyraził: *„człowiekiem żyjącym życiem wewnętrznym"*. W 1878 pisze do brata: *„Człowiek, który woli pracować w samotności, bez przyjaciół, będzie się czuł najlepiej wśród obcych ludzi (...) Powinniśmy zachować w sobie coś z pierwotnego charakteru Robinsona Crusoe, inaczej utracimy grunt pod nogami"*. Perruchot konkluduje: *„Nie przyjdzie mu do głowy, żeby wynaleźć jakiś wspólny teren, jakoś dojść do porozumienia z otoczeniem, przejść na nieunikniony kompromis współżycia (...) Nie nadaje się do współżycia"***.

Nieprawda — wzniecił w swym życiu trzy wielkie kampanie dla wdarcia się na *„wspólny teren"*, a ta samotność, którą retorycznie wychwalał i której niby strzegł jak skarbu, była tylko alibi dla kolejnych porażek w walce z nią. Trzykrotnie — poprzez kobiety, poprzez pracę charytatywną i poprzez sztukę — podejmował rozpaczliwe próby przełamania murów swego getta.

W głębi nadwrażliwej duszy pragnął rodzinnego ciepła, żony i dzieci (*„Bywają chwile* — pisał do brata w roku 1876 — *gdy czujemy się bardzo osamotnieni"*). Kiedy zakochał się po raz pierwszy i oświadczył — kobieta parsknęła mu śmiechem w twarz. Przegrał pierwszą bitwę tej kampanii. Druga kobieta, której zaproponował małżeństwo z miłości, uciekła przed nim do rodzinnego domu. Poszedł tam i wsadził dłoń w płonącą lampę, mówiąc rodzicom, że będzie ją palił tak długo, aż przyprowadzą córkę. Zgasili lampę i wyrzucili go za drzwi. Przegrał drugą bitwę. Odtrącony przez tzw. *„przyzwoite kobiety"*, wyciągnął z rynsztoka prostytutkę, dał jej i jej dzieciom swoje mieszkanie i stworzył na-

---

* — Henri Perruchot, „Van Gogh".
** — Tłum. Krystyny Byczewskiej.

miastkę szczęścia. Ale prostytutka nie zmieniła swych nawyków i zapłaciła mu czarną niewdzięcznością. Przegrał trzecią bitwę i całą tę kampanię. Od tej chwili już tylko odwiedzał burdele i spacerował zamyślony po cmentarzach, wyszukując groby kobiet, o których wiedziano, że były dobrymi kochankami–muzami. Tybetańska Księga Lamów mówi, że najgłębszą przyczyną ludzkich chorób jest brak miłości.

Drugą kampanię rozegrał w belgijskim zagłębiu węglowym Borinage, do którego zaangażował się jako kaznodzieja. Zobaczył tam nędzę tak potworną, że jego nędza zdawała mu się luksusem. Przeniknięty wiarą w Chrystusa, postanowił dosłownie zrealizować to, czego Zbawiciel żądał od swych uczniów: „*Jeśli chcesz być doskonały, idź i rozdaj wszystko, co masz, ubogim*". Rozdawał górnikom każdą swoją pensję, każde swoje ubranie i buty, chodził w łachmanach i mieszkał w szałasie, głodował i pomagał żonom górników w najcięższych pracach domowych, pielęgnował chorych i rannych, nie śpiąc całymi nocami, a między tym wszystkim nauczał Pisma Świętego. Kiedy górnicy lżyli go za natrętną dobroć, odpowiadał: „*Lżyj mnie, bracie mój, ale wysłuchaj Słowa Pańskiego*". Dla pełnej asymilacji z uciemiężoną wspólnotą smarował sobie twarz i ręce pyłem węglowym — św. Franciszek nie posunąłby się dalej! A jednak i tu przegrał, co nie może dziwić, bo jak ujął tę regułę Gianni Rotta (w „L'Espresso"): „*Działalność społeczna często bywa źródłem osamotnienia i frustracji jako gonitwa wśród ślepego tłumu*". Nie przebił muru obojętności tych termitów. Uważali go za obłąkanego — i oni, i kościelna zwierzchność, która zdymisjonowała go po roku za zbyt fanatyczne naśladowanie Chrystusa. Kiedy opuszczał ów „*wspólny teren*", na piechotę, boso, leciały za nim okrzyki, które zawsze towarzyszą przegranym świętym: „*Wariat! Wariat!*". Nad nim było ciężkie milczenie Boga, który się nie wtrąca.

Po raz trzeci chciał osiągnąć wspólnotę z ludźmi dzięki sztuce.

Tego, że Vincent van Gogh należy do elitarnej grupy największych mistrzów, nie trzeba udowadniać, to jest w encyklopediach. Ale gdyby było trzeba — odrzuciłbym wszystkie uczone dowody i oparłbym się tylko na zdaniu najbardziej genialnego „*fałszerza*" wszechczasów, Elmyra de Hory'ego, który z nieprawdopodobną łatwością podrabiał maniery licznych gwiazdorów epoki Montparnasse'u (Vlamincka, Modiglianiego, Picassa, Matisse'a, Dufy'ego, Degasa i innych), tworząc tak fenomenalne pastisze, że potem niejeden z „poszkodowanych" twórców cichaczem... kładł swój podpis na tych dziełach (m.in. Picasso)! Otóż de Hory, broniąc się przed sądem i opinią publiczną, rzekł:

„— *Prawie każdy artysta wzorował się na kimś i był pod czyimś wpływem. Tylko nieliczni, jak Leonardo da Vinci i van Gogh, nie mają z nikim i z niczym bezpośrednich związków. Dlatego nie malowałem nigdy w stylu van Gogha — nie tyka się świętości*".

W dobie van Gogha uważano, że robi on beznadziejne bohomazy, tak było to odmienne od wszystkiego, co malowano. Prowokował nimi do sprzeciwu nie mniej niż swoim stylem życia. Ale przecież łacińskie „*provocare*" znaczy: wzywać do pójścia naprzód. Szedł naprzód nie oglądając się za siebie, nikogo nie naśladował — można by przypuszczać, że podczas pobytu w Londynie spotkał Wilde'a i usłyszał od niego: „*Sztuka zaczyna się tam, gdzie kończy się naśladownictwo*". Wilde dodał jeszcze: „*Publiczność jest dziwnie pobłażliwa, wybacza wszystko za wyjątkiem geniuszu*". Przez całe życie udało się van Goghowi sprzedać jeden własny obraz: „Czerwoną winorośl".

Nie, nie to jest tragiczne, że nie kupowano jego obrazów (my je kupiliśmy), lecz że musiał — z głodu — sprzedawać swoje dzieła handlarzowi starzyzną, który je odsprzedawał jako „*płótna do przemalowania*". Dziś wiszą w niejednym mieszczańskim salonie, zapacykowane ślicznymi landszaftami. Zdrapuj swoje landszafty, publiko, pod spodem jest van Gogh — „*big money*"!

Gwizdał na publiczność, niezmiennie oczekującą, że twórca będzie jej schlebiał, ale zapragnął wspólnoty artystów — była to trzecia i ostatnia próba stworzenia „*wspólnego terenu*". Poprzez sztukę, na dalekim południu Francji, w Arles. Jest tam dużo rzymskich ruin, w tym amfiteatr — pierwszy starożytny amfiteatr, jakiego dotknąłem. Dla van Gogha był on również pierwszy. Irving Stone w „Pasji życia" pisze, iż swoje pierwsze kroki po przybyciu do Arles Vincent skierował ku tej właśnie budowli: „*Pnąc się w górę po stopniach dotarł na szczyt amfiteatru. Tu usiadł na kamiennym bloku i rozejrzał się po okolicy, nad którą ustanowił się panem i mistrzem*"*. Perruchot twierdzi, że od tej chwili van Gogh „*unika budowli rzymskich, jakby bał się zmierzyć z nimi, usłyszeć zbyt wyraźnie to, co one mu mówią*". Co mu powiedział ten amfiteatr?

W Arles van Gogh wydzierżawia za pieniądze otrzymane od brata Theo żółty domek. Zmęczony samotnością, chce zrobić tu malarski „*falanster*" — wspólny dom i pracownię artystów. Rozentuzjazmowany pomysłem, donosi bratu, iż „*marynarze, kiedy chcą dokonać największego wysiłku, śpiewają razem, aby dodać sobie ducha, znaleźć wspólny ton. Tego właśnie brakuje artystom!*".

Ale na zew samotnika przybywa tylko Gauguin. Aż Gauguin! Gauguin jest największy, będzie Bogiem tego raju, będzie dowodził nimi wszystkimi — Vincent nie posiada się ze szczęścia.

---

* — Tłum. Wandy Kragen.

Zamieszkują razem. I prawie od razu żółty dom robi się pełen złej elektryczności. Ich gusta estetyczne są tak różne, że każda dyskusja o malarstwie kończy się kłótnią. Van Gogh rzeczywiście *„nie nadaje się do współżycia"* — podczas kolejnego dialogu ciska w Gauguina kieliszkiem. Gauguin ma dość takiego braterstwa dusz, zbiera się do wyjazdu. *„Wspólny śpiew"* okazał się mrzonką, *„wspólny ton"* zgrzytem — Vincentowi wali się świat. W dzień Bożego Narodzenia chwyta brzytwę, biegnie za przyjacielem, dopada go na ulicy, chcąc pojmać i zatrzymać. Atakuje, lecz stalowe spojrzenie Francuza (spojrzenie *„człowieka z Marsa"* jak powie van Gogh) osadza go w miejscu. Wraca ze spuszczoną głową, przegrał wszystko. W domu ucina sobie ucho, myje starannie, opakowuje i niesie publicznej dziewczynie, która widziała w swym życiu różne ekshibicjonizmy wyprawiane przez mężczyzn z własnym ciałem, ale na widok tego padła zemdlona na podłogę.

W niektórych biografiach van Gogha można przeczytać, że dokonał samookaleczenia *„pod wpływem halucynacji, słysząc jakieś brzęczenie w uchu"*. Co za bzdura! Uczynił to powodowany wyrzutami sumienia — dokonał egzekucji. Ale dlaczego właśnie na uchu? Tej odpowiedzi, której wam udzielę, nie znajdziecie nigdzie, chociaż tylko ona jest prawdziwa.

Pastor z Borinage znał każdy krok Chrystusa, którego naukę głosił, starając się naśladować może nie Jego (to byłoby bluźnierstwem), ale przynajmniej arcyapostoła, św. Piotra. Przemiana w malarza nie odebrała mu pamięci. Policja faryzeuszów napada Galilejczyka, a św. Piotr rani mieczem jednego ze zbirów (*„dobywszy miecza, uderzył sługę najwyższego kapłana i uciął mu ucho"*) — jest to w każdej z ewangelii. Poczuł się tym policyjnym zbirem, który chciał pojmać lepszego od siebie, a ponieważ nie było nikogo, kto mógłby go ukarać — ukarał się sam: pozbył się swego policyjnego ucha, które znienawidził, i oddał je dziewce, bo zasługiwało tylko na to. Lecz faryzeusze ukradli je z gabinetu doktora Reya — tak jak kradnie się myśli wielkich zmarłych, by opiewać nimi tworzenie nowych galer — i zamknąwszy w klatce wprzęgli do służby.

Kolczasta obroża zamknęła się. Uciąwszy sobie ucho przestał walczyć z osamotnieniem, zrozumiał, że jest skazany. Zaczął umierać (*„Życie uchodzi ze mnie"*). Przez te dziewiętnaście ostatnich miesięcy był koniem ze sztychu, który opisał proroczo w liście do brata 15 listopada 1878 roku:

„Widać na nim starego, siwego konia, wychudzonego, śmiertelnie wyczerpanego ciężką pracą i całym długim żywotem. Biedne zwierzę stoi w miejscu, straszliwie opuszczone i samotne, pośród równiny skąpo porosłej wyschniętą trawą; tu i ówdzie sterczy sękate drzewo, pochylone lub złamane przez wichry. Na ziemi leży czaszka, a w dali, z tyłu,

biały szkielet koński przed chałupą rakarza. W górze jest niebo pokryte ciężkimi chmurami, dzień jest ponury, ciemny"*.

Samotny koń nie przestał pracować. Po powrocie ze szpitala do domu siadł przed lustrem i namalował swój portret — „Autoportret z obciętym uchem" (Kolekcja Blocków w Chicago), przeczący zdaniu polskiego malarza, Franciszka Ejsmonda, że „*kluczem powodzenia portrecisty jest jak najdokładniejsze odtworzenie ucha*". Spokojnie, w skupieniu, pali fajkę. Po prawej stronie głowy bandaż kryjący bliznę, stąd pomyłka tylu piszących o nim (m.in. Stone'a), że uciął sobie prawe ucho. Zapominają, że malował lustrzane odbicie — uciął sobie lewe ucho. Wiedział co robi. Bo dzięki temu autoportretowi uciął sobie oba uszy — lewe w naturze, prawe na płótnie. Para uszu dla Asklepiosa.

Na ostatnie dziewiętnaście miesięcy życia (z czego rok przesiedział w domu obłąkanych) zaklasyfikowano go jako wariata. Dlatego wielu pisało, że postradał zmysły i trzeba było dopiero Antonina Artauda, by zaprzeczył tej bredni krzycząc:

„*Van Gogh nie był wariatem, tylko jego dzieła były bombami atomowymi (...) W obliczu olśniewającego wizjonerstwa tego twórcy cała psychiatria wydaje się szpitalem dla obłąkanych i prześladowanych małp (...) Jeśli chodzi o jego obcięte ucho, to była w owym akcie klarowna logika, i świat, który bez ustanku napycha się gównami, żeby zrealizować swe nikczemne cele, winien stulić pysk w tej sprawie*".

Czas wrócić do Grecji. Po raz pierwszy przemierzałem ją w dobie tzw. dyktatury pułkowników. Goniłem śladami janińskiego paszy Alego Tebelena** i pewnej bizantyjskiej ikony***. Pomagał mi Plutarchos Theocharidis, przyjaciel ze studiów na Uniwersytecie Rzymskim, wskazując tropy i tłumacząc greckie teksty na angielski. Przesłuchano go w związku z tym na policji, bardzo grzecznie i z pełną wyrozumiałością dla historycznych zainteresowań przyjaciela z kraju należącego do czerwonych. W Delfach pożegnaliśmy się. On wracał do Salonik, bo skończył mu się urlop, ja popłynąłem na Peloponez.

W barze promu przypił do mnie nieznajomy. Przedstawił się jako grecki dziennikarz. Był uprzedzająco miły. Częstował papierosami i dużo mówił, dając do zrozumienia, że nienawidzi pułkowników i tęskni do demokracji w swej ojczyźnie. Nie wyglądał na Greka, ale niewątpliwie był południowcem. Nie obudził mojej sympatii — nie wiem dlaczego. Miał w sobie coś z Sycylijczyków gotowych współczuć, a nawet płakać wraz

---

* — Tłum. Joanny Guze i Macieja Chełkowskiego.
** — Patrz W. Łysiak, „Empirowy pasjans", rozdział „Różaniec z Janiny".
*** — Patrz W. Łysiak, „MW", rozdział „Bizantyjski pies".

z żoną człowieka, którego pomogli wykończyć. Nic więcej nie mogłem wyczytać z jego oczu — były to oczy nie spoglądające rozmówcy w twarz.

Potem nasze kroki ciągle się przypadkowo krzyżowały. W Olimpii przypadkowo spotkaliśmy się w ruinach. W Sparcie wydawało mi się, że widzę go po drugiej stronie ulicy. W Mykenach wpadłem na niego w ciemnościach fałszywego grobu Agamemnona. W bliskości Epidauros przypadkowo wybraliśmy tę samą tawernę dla zjedzenia obiadu. Piliśmy greckie wino. Pokazał mi swój doskonały aparat fotograficzny Hasselblad z teleobiektywem i magnetofon kasetowy Vangogs z wbudowanym mikrofonem. Nigdy nie słyszałem o firmie Vangogs. Powiedział, że to specjalne magnetofony dla zawodowców, nie do nabycia w wolnej sprzedaży. W końcu zaproponował, że w Epidauros pokaże mi coś niezwykłego. Umówiliśmy się w amfiteatrze.

Sanktuarium Asklepiosa w Epidauros było czymś na kształt kompleksu sanatoryjnego wysokiej klasy — posiadało, oprócz sal szpitalnych, własne łaźnie, „*gimnazjon*", „*katagogion*" (rodzaj zajazdu) i amfiteatr. Ten ostatni, olbrzym wtopiony w górskie zbocze i zawierający 15 tysięcy miejsc siedzących, uważano za jeden z najwspanialszych w starożytnym świecie. Zachował się dobrze i stanowi piękną wizytówkę tego świata. Kiedy tam przybyłem o umówionej godzinie, mój znajomy udający Greka zbiegł schodkami „*theatronu*" (widowni) w dół.

— Mów najcichszym szeptem! — uprzedził, zanim zdążyłem się przywitać.

— Dlaczego?... Coś się stało? Miał pan pokazać mi...

— Ciiii...! — położył palec na ustach i pociągnął mnie ku środkowi wielkiego koła „*orchestronu*". — Jest coś ważniejszego. Mamy do ciebie prośbę.

— Słucham.

— Trzeba przewieźć człowieka ze wsi do Nafplionu, stamtąd wywiozą go statkiem cytrusowym. Ja mogę być śledzony, ale ty mógłbyś wziąć go swoim samochodem. Nie zajmie ci to więcej jak godzinę.

— Kto to jest? — odszepnąłem.

— Uciekinier z więzienia, polityczny. Torturowano go. Możesz to zrobić?

— Nie mogę.

— Boisz się?

Popatrzyłem na półkole kamiennych siedzeń, wypucowane do błysku przez słońce. Prażyło niemiłosiernie. Nad wzgórzem przelewał się złoty skwar, wszystko zastygło w bezruchu, jedynie w dalekich drzewach na zboczu drżały cienie.

— Nie, tylko myślę, że jesteś szpiclem — odparłem ze spokojem człowieka, który mówi swemu przyjacielowi, gdy ten pyta o zdrowie żony: Nie pieprz, wiem, że jesteś jej kochankiem.

Zamurowało go. Patrzył na mnie chwilę wybałuszonymi oczami — po raz pierwszy spojrzał mi w twarz. Potem wybuchnął śmiechem:

— Ha, ha, ha, ha, ha, ha, ha! Świetne! Albo zwariowałeś, albo żartujesz! (poklepał mnie po ramieniu). Doskonale, żart za żart! Bo ja też żartowałem, inaczej nie zmusiłbym cię do mówienia szeptem, chłopie! Idź teraz na górę i zobacz jak się nagrało. Zostawiłem tam mojego Vangogsa z włączonym mikrofonem.

Spojrzałem ku górze. Nade mną piętrzyły się dziesiątki kamiennych rzędów siedzeń.

— To niemożliwe — powiedziałem. — Najlepszym mikrofonem nie można nagrać tak cichego szeptu z odległości metra, a tam jest ze sto metrów.

— Idź zobacz — powtórzył.

Wspinałem się długo ku najwyższemu rzędowi. Na szczycie zobaczyłem magnetofon. Cofnąłem taśmę i odtworzyłem. Z głośnika popłynęły nasze szepty, nagrane tak dobrze, jakbyśmy przykładali usta do mikrofonu!

Później dowiedziałem się z lektury, że amfiteatr w Epidauros jest największym fenomenem starożytnej akustyki: na jego podniebnym krańcu słychać wyraźnie każdy szept lub szelest z *„orchestronu"*. Nie wiadomo za pomocą jakich czarów antyczny konstruktor, Młodszy Poliklet, uzyskał taki efekt i to na otwartym powietrzu — współcześni architekci mogą sobie pomarzyć. Drgnąłem, bo nagle ktoś szepnął mi do ucha z tak bliska, iż zdawało mi się, że musnął wargą moją skroń:

— Uważaj, odwrócę się do ciebie plecami i zapalę zapałkę.

Spojrzałem w dół. Z tej odległości wyglądał jak mały czarny robak. W chwilę później usłyszałem trzask płomienia przy uchu.

— Zrozumiałeś? — spytał.

Po przeciwległej stronie zjawiło się kilku turystów. Wycelowałem swój aparat w *„orchestron"* i zrobiłem zdjęcie. Ujrzawszy to machnął dłonią, w geście pożegnania lub szyderstwa, i począł się oddalać.

— A magnetofon! — krzyknąłem za nim.

Stanął i odwrócił się. Dobiegł mnie ten sam szept, tylko gorzej słyszalny, bo już spoza centrum *„orchestronu"*:

— Jaki magnetofon?

Rzuciłem spojrzenie na kamienną ławę: w miejscu, gdzie przed chwilą leżał magnetofon, stała klatka z uchem! Zamknąłem oczy i otworzyłem je znowu. Na Boga! — pomyślałem — skąd się wzięło to ucho?!

— Jakie ucho? — zapytał ledwie słyszalnie, dosięgając prostokątnej bramy między „*theatronem*" a ruinami „*skene*".

Siedziałem na tych kamieniach aż do chwili, gdy spiekotę ugasiły chmury płynące znad horyzontu. Bez słońca amfiteatr wydawał się jeszcze bardziej martwy i opuszczony, przerażający w swoim cichym bezruchu — marmurowy szkielet na zboczu wzgórza, za którym czaiła się akustyka dalekich przestrzeni w kadrze jedynego sprzedanego obrazu van Gogha. Podniosłem się zmęczony i wyruszyłem w drogę, myśląc o tym, w jaki sposób opowiedzieć ci to wszystko.

Jeśli zrozumiałeś tylko połowę, nie przejmuj się. Ważniejsze są życie i miłość. Tak, stary.

WYSPA 3

TELL EL–AMARNA (EGIPT)

NEFRETETE (NEFERTITI)

OZYRYSACJA

„Ozyrys–Het–anchi odrzucił odpędzającego, który żyje tchnieniem. Het–anchi przewrócił Ozyrysa na tronie jego w dniu święta Sokara. Het–anchi ma tchnienie. Het–anchi połknął boginię Chet, spożył boginię Neseret... Het–anchi przedarł się przez górę. Het–anchi żyje tchnieniem. To, co podzielił, oni oddali mu...".

(staroegipska „Księga Sarkofagów" rozdział 275, tłum. Tadeusza Andrzejewskiego)

„Nie ma nic chytrzejszego niż człowiek... Obyś nigdy nie dostał się w ręce człowieka".

(staroegipska opowieść według papirusu z Lejdy, tłum. Tadeusza Andrzejewskiego)

Jest ta pora, kiedy zębata strzyga piszczy na dachu, upiór wychodzi z mogiły, wilkołak wyje pod płotem i drzewa drżą z przerażenia, a cmentarne krzyże zasypiają w czerwieni zmierzchu aż po ciemność kryjącą trawy. Ziemię ogarnia strach tłumiący wszelkie radości i przenikający ludzi, rośliny i zwierzęta.

Wnętrze rokokowej imitacji pałacu toskańskiego. Anachroniczne, wyrafinowane i wspaniałe. Zbudowane po to, żeby zbytek bił w oczy, aby ściany i sufity dostrajały się do ubiorów, fryzur i biżuterii. Kaskady sreber i świeczników, niagary profilowanego gipsu, wymyślne kartusze, skomplikowane arabeski, igrające w powietrzu amorki, meble lakierowane złotem, jedwabne tapety z anemicznymi kwiatkami, freski oprawione w ramy ze stiuku, pająki z barwnego szkła weneckiego łamiącego światło w delikatne tony, kolory ryżowej słomy, owocu pistacji, moreli, brzoskwini, morskiej wody i zwiędłej róży, drobiazgowe statuetki, bukszpany i hebany obok brązów, fotele z poręczami okrytymi atłasem i serwantki pełne „*chinoiserie*", bogactwo promieniujące z każdego detalu i sprawiające rozkosz, mocne jak granit i jak on piękne, zdające się buchać płomieniem nieskończoności.

Właściciel tego domu to Wielki Nieznany Człowiek — największy w państwie fabrykant i plantator. Jest idealnie brzydki, jak gnom, duch ziemi. Mały, z kulfoniastym nosem, mądre oczy sowy, mięsiste wargi nad skrzywioną szczęką i policzki w siatce z krwawych żyłek. Siedzi w fotelu, podbródek trzyma oparty na dłoniach, a te na gałce laski, której koniec wbił w gruby dywan. Bije od niego pewność siebie, pozbawiona przez wiek wyniosłości.

Milczy. Wraz z nim milczy sześciu mężczyzn, rada kierownicza tajnego syndykatu bankierów, ziemian i przemysłowców, którego on jest prezesem.

Wchodzi służący.

— Minister Guittierez zapytuje, czy Waszej Ekscelencji podoba się przyjąć go.

— Podoba się.

Minister Guittierez jest szefem NB — Narodowego Bezpieczeństwa. Podlega bezpośrednio dyktatorowi–prezydentowi kraju, ale w sekrecie służy Wielkiemu Nieznanemu Człowiekowi, któremu zawdzięcza stanowisko.

Przed rokiem na ulicach wybuchły pierwsze bomby, zapłonęły prowincjonalne posterunki, bogacze zaczęli się poruszać w pancernych samochodach, a mury zakwitły literami: TEA. Tym samym inicjałem organizacja wyzwoleńcza podpisywała wyroki na funkcjonariuszy reżimu, dlatego w prasie zwano ją „*herbacianą*" (od angielskiego „*tea*" — herbata). Listy do gazet sygnował szef terrorystów, „*Commandante*" Nota, a później, gdy już ten pseudonim stał się głośny, w skrócie: „*Com.*" N (co można było także tłumaczyć jako „*compadre*" — towarzysz) lub tylko: „N". Z TEĄ sympatyzowały coraz większe masy biedoty miejskiej i chłopskiej, a każdy schwytany członek organizacji rozgryzał trującą kapsułkę i policja była bezradna. Nikt nie domyślał się nawet jaka jest pełna nazwa konspiracji. Nikt poza majorem Guittierezem ze stołecznego garnizonu. Major Guittierez ujawnił swój domysł, ale przełożeni wyśmiali go. Wielki Nieznany Człowiek wezwał majora i pozwolił mu mówić. Trzy miesiące później pułkownik Felipe Guittierez objął stanowisko szefa służb specjalnych. Kiedy stworzona przezeń grupa dochodzeniowa wykonała zadanie, wszyscy jej członkowie zginęli w wypadku samolotowym. Minister Guittierez zaniósł dokumenty Wielkiemu Nieznanemu Człowiekowi i przedstawił swój plan. Wielki Nieznany Człowiek spytał:

— A jeśli to się nie uda?

— To się musi udać, ekscelencjo. Proszę się nie obawiać.

— Obawiam się tylko o naszą przyjaźń, Felipe. Bo jeśli się nie uda, to ona może nie przetrwać, i co wtedy?

Guittierez wprowadza do sali dziewczynę. Jest błękitna od klipsów po zamszowe pantofelki. Ma urodę, przez którą mężczyźni strzelają do innych mężczyzn lub do siebie. Jej oczy miotają ogień.

— Gdzie ja jestem? To nie jest gmach policji!

— To nie jest gmach policji — potwierdza Wielki Nieznany Człowiek.

— Co to ma znaczyć?! Za co zostałam aresztowana?

— Za bunt.

— Ależ to nonsens! Jestem studentką...

— Wiem.

Cisza. Ona rozumie, że milczenie jest jej wrogiem.

— Jeśli pan wie, to dlaczego... Kim pan jest?

— Tym, który wie. Proszę siadać, panno Molinari, długie stanie męczy.

Guittierez delikatnie chwyta ją za ramię i sadza na krześle.

— Nie odpowiem na żadne pytania! — krzyczy dziewczyna.

Wielki Nieznany Człowiek uśmiecha się.

— Nikt pani nie pyta, proszę tylko słuchać. Najpierw udowodnię, że wiem. Skrót TEA oznacza Tell el–Amarna. Pseudonim „*Nota*" jest anagramem od terminu Aton. Wy zaś nazywacie się między sobą dziećmi słońca.

Patrzy na nią. Milczenie jest jej wrogiem.

— Nie obchodzi mnie żadna TEA! Mam ją gdzieś, chcę studiować i tyle! Jakim prawem...

— Prawem silniejszego. Proszę słuchać dalej. Kiedy założyliśmy, że „*Nota*" to odwrócony Aton, staroegipski Bóg–Słońce, łatwo było odczytać inicjały organizacji. Ale to była tylko hipoteza, nitka, która mogła doprowadzić nas do kłębka lub donikąd. Sprawdziliśmy wszystkich egiptologów, historyków i historyków sztuki, ich asystentów oraz personel pomocniczy, nie mówiąc o rodzinach — bez skutku. Dopiero penetracja bibliotek i antykwariatów dała pierwszy rezultat — przypominano sobie młodego człowieka, który szukał książek o starożytnym Egipcie, wypożyczał i kupował. Był ostrożny, podpisywał się fałszywym nazwiskiem i wypełniając rewersy zmieniał kształt swego pisma. Komputera grafologicznego nie można oszukać. Zbadaliśmy pismo wszystkich studentów i natrafiliśmy na to właśnie. Tak dowiedzieliśmy się kim jest „*Nota*". Przeniknięcie do organizacji było już drobnostką. Wszystko razem trwało jedenaście miesięcy... Proszę nie rozgryzać kapsułki z trucizną, panno Molinari, ma pani jeszcze czas.

Cisza. Milczenie gra przeciwko niej

— Jaka trucizna?... Pan zwariował!

— Moi lekarze są innego zdania.

— Wobec tego ja zwariowałam, albo cała ta bzdura mi się śni!

— Proszę się uszczypnąć i słuchać. Pułkownik Guittierez odczyta nam elaborat wysmażony przez „*Notę*" dla kierownictwa organizacji. „*Nota*" przeczytał ten tekst w dniu założenia TEA, tuż przed przysięgą członków–założycieli.

— Nie wiem o czym pan mówi, nic mnie to nie obchodzi, proszę skończyć z tą klownadą!

Guittierez czyta, niegłośno, ale słychać dobrze każdą sylabę.

„Bracia! Patronem naszego związku, mającego na celu obalenie faszystowskiej dyktatury, zerwanie z rąk ludu kajdanów i zaprowadzenie demokracji w naszej ojczyźnie, będzie pierwszy rewolucjonista świata, faraon Echnaton. Żaden inny bojownik o wolność i szczęście ludu nie był tak czysty, jak on. Żaden nie jest równie godny stać się naszym wzorem.

Przez trzy tysiące lat starożytnym Egiptem władała kasta kapłanów. Wszyscy poddani byli ich rabami, zaś faraonowie — marionetkami w ich «*świętych*» rękach. Uniwersalny sekret takiej hegemonii wyjaśnił cynicznie jeden z kapłanów eleuzyjskich w rozmowie z Grekiem Diagorasem: «*Siłą naszą jest znajomość tajemnic natury. Ciemnemu tłumowi starczają wymyślone przez ludzi bajki o bogach, naszym zaś instrumentem jest wiedza fizyczna, astronomiczna, mechaniczna i inne, które pozwalają nam czynić rzeczy uważane przez motłoch za nadnaturalne*». Z wprawą zawodowych iluzjonistów posługiwali się swymi odkryciami naukowymi i wynalazkami technicznymi dla tumanienia ludu i sterowania królami. Diagoras, gdy już dobrze poznał kulisy kapłańskiego cyrku z «*cudami*», spytał: «*Czyż trzeba tych szalbierczych sztuczek, by wpajać moralność i zachęcać do praktykowania cnoty?*».

To samo pytanie zadał sobie w dobie Nowego Państwa faraon XVIII dynastii, Amenhotep IV. Wstąpił na tron w 14 roku życia (w roku 1364 lub 1365 przed naszą erą) i jednym z dekretów wezwał tebańskich kapłanów boga Amona–Ra do nawrócenia się na drogę prawdy i uczciwości, twierdząc, że nauka boża może zapuścić korzenie tylko w glebie prawdy i miłości. Użył więc po raz pierwszy we wszechświecie słów, które później w tej samej formie wypowiedzą najwięksi prorocy i reformatorzy; słów szokujących w państwie, w którym symboliczną dla stosunków międzyludzkich była rada, jakiej faraon Amenemhat I udzielił swemu synowi: «*Nie kochaj nikogo jak brata i nie miej żadnego przyjaciela*».

Wszechpotężni kapłani Amona–Ra zlekceważyli ostrzeżenie, a wówczas młody faraon uderzył. Za sprzedanie biednej kobiecie po paskarskiej cenie „Księgi Umarłych", którą chciała włożyć do grobu męża, jeden z kapłanów, bratanek arcykapłana Bekanchosa, został oddany pod sąd, skazany na śmierć i stracony. Był to pierwszy kamień lawiny. Po krótkim okresie radykalnej w celach, ale jeszcze łagodnej w środkach reformy, Amenhotep IV — gdy kapłani zorganizowali spisek na jego życie — bezlitośnie zaatakował świątynie starych bogów, likwidując ich kult wraz z potęgą rozpanoszonej kasty.

Rewolucja, której dokonał przy poparciu ludu i armii, była gigantyczna, obejmowała wszystkie dziedziny życia od wieków unormowanego sztywnymi regułami narzuconymi przez kapłanów — od religii i administracji, poprzez sztukę, aż do przejawów codziennego bytowania. Zdjął z nieba starożytnego Egiptu największego boga, Amona–Ra, i wszystkich pomniejszych, zastępując ten politeistyczny panteon pierwszą w historii monoteistyczną religią, wiarą w jednego widocznego boga tarczy słonecznej i siły uosobionej w słońcu, Atona, sam zaś przybrał imię Echnaton, co się tłumaczy: «*Przyjaciel Słońca*» lub «*Światłość Atona*». Odsunął od władzy kapłanów i skorumpowaną arystokrację rodową, dobierając sobie współpracowników z niższych warstw ludności, nawet spośród chłopów. Kapłańskie Teby przestały być stolicą państwa — nową stolicę, Achetaton («*Horyzont Atona*», «*Miasto Horyzontu Słońca*») wzniósł koło dzisiejszego Tell el–Amarna, stąd całe jego panowanie nazywa się okresem Tell el–Amarna. TEA — oto nasz symbol! Symbol nowej polityki i nowej kultury, jakie zaprowadzimy po zwycięstwie! Symbol powszechnego szczęścia!

Rewolucja Echnatona sprawiła, że Egipt wyzwolił się od strachu i terroru władzy, a okrutne dotychczas życie zaczęło nabierać cech przyjemności. Do ludzkich siedzib zajrzeli długo nie oglądani goście: radość i spokojny sen. Wyniesiony przez faraona na niebo Aton był bogiem pokoju, miłości, obfitości i zadowolenia przede wszystkim jednostki rządzonej, a nie rządzącej.

Dokonał również Echnaton, będąc sam artystą, poetą i lirycznym śpiewakiem, kolosalnej reformy w sztuce. Skasował krępujący ją od stuleci gorsetem uniformizmu tzw. kanon sztuki egipskiej, oparty na ścisłych normach matematycznych oraz na zakazach i nakazach formalnych, kanon idealizujący wszystko, co przedstawiano. Zapalił zielone światło dla wolności tworzenia, dla realizmu i, żeby uwiarygodnić ten liberalizm, zezwolił przedstawiać siebie samego takim, jakim był. A był szpetny, toteż portretowano go z nienormalnie długą czaszką, cofniętym czołem, za długim nosem, grubymi wargami, obwisłą szczęką, skośnymi oczami, zbyt obfitymi piersiami, wydętym brzuchem, szerokimi biodrami, wąskimi ramionami — wręcz groteskowo. Po usunięciu ingerencji cenzury kapłańskiej w sztukę artyści tak swobodnie rozwinęli skrzydła, że jak później pisano: «*Mogło się wydawać, iż to sam duch natury wstąpił w tę epokę, ażeby skruszyć stare, skostniałe formy*».

Towarzyszką i wierną pomocnicą Echnatona w rewolucyjnym dziele była jego małżonka, najpiękniejsza kobieta starożytności, Nefretete, dlatego i jej winniśmy uwielbienie, bracia.

Po kilkunastu latach panowania Echnaton został zamordowany przez mściwych kapłanów z Teb, którzy wkrótce przywrócili dawny porządek, wskrzesili Amona–Ra, wymłotkowali nazwisko «*heretyka*» ze wszystkich kamieni i rzucili na «*Miasto Horyzontu Słońca*» wszelkie możliwe klątwy. Ludność opuściła gród w panice, ruiny pochłonęła pustynia i tak na długie wieki zaginęła pamięć o «*złoczyńcy z Achetaton*». Przywrócili ją dopiero uczeni XIX i XX wieku.

Vely, Lange, Gardiner, Wilson, Maspéro, Breasted i inni wybitni naukowcy oddali w swych dziełach hołd pierwszemu rewolucjoniście świata. Vely napisał: «*Echnaton wyrzekł pierwsze słoneczne słowo*». Weigall widział w nim prekursora Jezusa Chrystusa, zaś Neubert uważał go za antycypatora świętego Franciszka z Asyżu. Pełna opinia Neuberta charakteryzuje Echnatona w sposób doskonały; brzmi ona następująco:

«*Echnaton pragnął wyzwolenia człowieka, które stanowiłoby pierwszy krok ku narodzinom postępu. Był to odważny umysł, który nieustraszenie przeciwstawiał się prastarym, z pokolenia na pokolenie przekazywanym pojęcion, aby rzucić posiew nowych myśli, wykraczających daleko poza granice światopoglądu swej epoki i nawet dzisiaj nie dla wszystkich zrozumiałych. Był pierwszym człowiekiem idei w dziejach świata i świat współczesny powinien należycie ocenić jego znaczenie. Jego dewizą życiową, zawartą w teologii wolnej od dogmatów i mitów, były miłość i prawda. Echnaton obejmował myślą cały świat i całą ludzkość. Uszczęśliwianie ludzi było jego najdroższą ideą, jego zadaniem życiowym*»*.

Takie jest i nasze zadanie życiowe, bracia. W imię tej idei podejmiemy walkę na śmierć i życie z amerykańskimi marionetkami, które sprawują dyktaturę nad naszą ojczyzną. Niech żyje Echnaton! Śmierć faszystowskiej juncie!".

Guittierez odkłada papier. Wszystkie oczy wbijają się milcząco w jej twarz. Na zewnątrz czai się groźna, pozbawiona oblicza ciemność

* — Tłum. Joanny Olkiewicz.

i skrzypią gałęzie bez liści, wewnątrz słychać ciszę zimnego strachu, który skupił się w sercu dziewczyny. Jej nie wolno milczeć.

— Bardzo interesujące... Ale ja mam już dość tej szopki! Nie studiuję historii, tylko prawo, a na wykłady chodzę w dzień i dobrowolnie. Nie wiem dlaczego...

Wielki Nieznany Człowiek ucisza ją ruchem ręki.

— Trochę cierpliwości, panno „*Nefretete*". Pseudonim równie ładny jak pani. „*Nota*" czyli Juan Sanchez, pani kochanek i szef TEA...

Dziewczyna zrywa się z krzesła i krzyczy:

— Prostestuję! To...

— Wiem, to pani specjalność. Protestowała pani wielokrotnie tekstami ulotek podpisanych literą „N", co raz oznaczało „*Notę*", a innym razem „*Nefretete*", gdyż pani jest jego prawą ręką i powoli staje się pani ideologiem organizacji, aczkolwiek pozwala mu pani wierzyć, że wciąż on nim jest.

Dłoń pułkownika Guittiereza sadza ją z powrotem na krześle. Wielki Nieznany Człowiek nie przestaje mówić:

— W swoim elaboracie Sanchez podkreśla dwa czynniki: miłość i prawdę. Rzeczywiście, jest w pani zakochany, a więc element miłości znajduje potwierdzenie. Gorzej jest z prawdą w jego starożytnej historyjce. Wrócimy do tego, wpierw jednak chcę pani oznajmić, że daliśmy ten elaborat do analizy nie tylko historykom, lecz i psychologom. Orzekli, iż autor to egzaltowany romantyk, znerwicowany, niecierpliwy i niesystematyczny, egocentryk ze skłonnościami do demagogii i silnym, wręcz chorobliwym przerostem ambicji, nie popartym wszakże wystarczającymi walorami intelektualnymi. Razem z tym, co wiemy na podstawie bezpośrednich obserwacji, daje to obraz zakompleksionego drapieżnika, który przed sobą i przed innymi gra rolę czystego, altruistycznego ideowca, skrzyżowanie Spartakusa, świętego Franciszka i Zorro, w rzeczywistości zaś jedynym motorem jego działania, nieważne, czy świadomym, czy podświadomym, jest zwyczajna żądza władzy. Klasyczny przykład istoty tylko pozornie silnej, bo obdarzonej charyzmatem, czymś, z czym trzeba się urodzić i co często posiadają trybuni ludowi, półinteligenci, którzy sprzyjające im chwilowo szczęście uważają mylnie za dowód swej genialności. Dorwać się do władzy poprzez struktury istniejące, karierą w wojsku lub w reżimowej biurokracji — to nie dla niego, bo po pierwsze to loteria, na której wygrywają tylko nieliczni, a po drugie trzeba do tego wytrzymałości, a on się spieszy, chce mieć wszystko od ręki. I już ma, jest otoczony nimbem Mesjasza, lud darzy go uwielbieniem, a członkowie organizacji tańczą wokół niego służalczą sarabandę, która karmi żarłoczne wnętrze jego pychy...

— Dlaczego pan mi opowiada o jakimś nieznanym człowieku, to mnie nie...

— Bo wierzę w pani inteligencję. Czytałem kilka pani tekstów, są znakomite. Choćby ten: „*Bogaczom, którzy umierają na choroby bogaczy (serce, wątrobę lub mózg), wydaje się, że dzięki balsamizacji i grobowcom z marmuru prędzej trafią do nieba, niż biedacy pokrajani w kostnicy przez studentów i wrzuceni do dołu w nieforemnych kawałkach*". To prawda, tak nam się wydaje. A wie pani dlaczego? Dzięki tym bajecznym sarkofagom, w których mieszkamy za życia, proszę się rozejrzeć. Są przyjemniejsze od waszych partyzanckich nor, sublokatorskich pokoików, internackich uli oraz więziennych cel, a życie ma się tylko jedno, dość krótkie. Czyż nie dla faraonów wymyślono ozyrysację, to jest mumifikowanie człowieka, któremu przypisuje się atrybuty boskości, i złożenie jego ciała w piramidzie? Czyż bogaci Etruskowie nie budowali sobie grobowców będących dokładnymi kopiami ich domostw, aby po śmierci mogli żyć w tym samym luksusie? Prawdziwa Nefretete pławiła się w rozkosznym zbytku. Odczyty z reliefów mówią, że sypiała nago na dywanach z koziego futra, a rankiem budzono ją muzyką graną przez damską orkiestrę i zapachem rozpylanych wonności...

Jego słowa ślizgają się po kaskadach sreber i świeczników, niagarach profilowanego gipsu, wymyślnych kartuszach, skomplikowanych arabeskach, igrających w powietrzu amorkach, meblach lakierowanych złotem, jedwabnych tapetach z anemicznymi kwiatkami, freskach oprawionych w ramy ze stiuku, pająkach z barwnego szkła weneckiego łamiącego światło w delikatne tony, drobiazgowych statuetkach, bukszpanach, hebanach i brązach, fotelach z poręczami obitymi atłasem i serwantkach pełnych „*chinoiserie*", po płonącym namiętnością bogactwie w subtelnych kolorach ryżowej słomy, owocu pistacji, moreli, brzoskwini, morskiej wody i zwiędłej róży. Gdzieś z daleka, z głębi pulsującego oddechu tych ścian, powraca głos szatana:

— ... kobieta o takiej inteligencji może ulegać przez jakiś czas fascynacji jurnością byczka–prostaka, ale ponieważ łóżko niweluje każdy charyzmat duchowy — nie może być wiecznie zaślepiona. Wydaje mi się rzeczą niemożliwą, by pani szczerze podziwiała grafomańskie wiersze Sancheza, których nikt nie chciał drukować, co stało się pierwszym powodem jego rebelii. Aby pani nie dostrzegała, że wszystkie jego orle porywy to w kategoriach intelektualnych koszący lot pingwina! Aby pani go kochała...

Wielki Nieznany Człowiek zawiesza głos. Powieki dziewczyny zwężają się.

— Coś panu powiem, panie mądralo. Niech się pan od......li! Świat z pewnością już byłby lepszy, gdybyśmy mogli mówić o nieodwzajemnionej łatwowierności równie często, jak mówimy o nieodwzajemnionej miłości. Czy i to pan pojmuje?

— Owszem. Pułkowniku!

Guittierez wyciąga z teczki plik zdjęć, na których widać ją z Sanchezem w różnych sytuacjach, także zamaskowaną podczas akcji sabotażowych. Dziewczyna zaciska wargi i stara się nie płakać. Milczenie przestało być jej wrogiem. Teraz mówi już za nią wyłącznie duma i kobieca wściekłość.

— Tylko się wam wydaje, że wygraliście! Kiedyś idea Echnatona zwycięży, a z was zostanie guano dla wegetacji przyszłych pokoleń!

Wielki Nieznany Człowiek ma zdziwienie w oczach.

— Przepraszam, jaka idea?

— Najpiękniejsza, idea Echnatona! Prawda i sprawiedliwość dla każdego.

— Prawda i sprawiedliwość są pojęciami względnymi, panno „*Nefretete*", jako studentka wydziału prawa winna pani o tym wiedzieć. I sądzę, że pani o tym wie. Natomiast nie zna pani prawdy o Echnatonie, bo to, czym nafaszerował was Sanchez, jest co najmniej wątpliwe. Udowodnię moje słowa. Zaprosiłem na nasze spotkanie wybitnego specjalistę w dziedzinie egiptologii, profesora Garcię–Limę, którego kompetencji nie może pani kwestionować.

— Ale mogę kwestionować jego uczciwość zawodową. Historycy to sutenerzy, a historiografia to dziwka do wszystkiego, czyż nie?

— Bywa. Mimo wszystko wysłuchajmy uczonego, będzie to pouczająca lekcja, a swojej wiarygodności niech broni sam.

Wchodzi profesor. Staroświeckie binokle na dwóch nogach. Kłania się zebranym i siada.

— Profesorze — pyta Wielki Nieznany Człowiek — jaka jest pańska opinia o tekście, który panu wczoraj przedstawiliśmy?

— Negatywna, ekscelencjo, i to przy zastosowaniu najłagodniejszych kryteriów oceny. W swej zawartości merytorycznej opracowanie to jest przestarzałe, tendencyjne i momentami kłamliwe. Autor powtarza głównie tezy Otto Neuberta, dokonując triku, sugeruje bowiem, że Neubert to naukowiec, podczas gdy jest to popularyzator. Natomiast z prac naukowych wybiera tylko pozytywne zdania o reformach Echnatona, pomijając głosy krytyków, Bernarda, Keesa, Scharffa, Anthesa i innych. Bernard wyraził się o Echnatonie: „*Zwariowany epileptyk, który wyszedł z piekła*". Kees nazywa go „*chorobliwym, wstrętnym despotą, niepohamowanym w myślach i czynach*". Dziwi mnie, iż...

Wielki Nieznany Człowiek robi ruch ręką.

— Wybaczy pan, profesorze, że mu przerwę, ale mam słówko do pani. Posiadamy kopie rewersów, świadczące, iż autor tego tekstu wypożyczał prace Keesa i Bernarda. Profesorze, zechce pan, streszczając się, udowodnić swoje zarzuty.

— Proszę bardzo. Zacznę może od tego, że wszystkie powstałe już w XIX wieku teorie o rewolucyjności Echnatona były oparte na skąpym materiale archeologicznym i przestarzałym warsztacie naukowym. Mimo to hipotetyczne spekulacje prezentowano jako pewniki. Do dzisiaj egiptolodzy kłócą się na temat okresu życia i panowania Echnatona, przy czym różnice w podstawowych datach sięgają kilkunastu lat. Podobnie jest w sprawach osobowych. Nie zostało dotychczas rozstrzygnięte, czy na przykład Nefretete była Egipcjanką, córką dostojnika Eje, czy też cudzoziemką, córką króla Mitanii, i czy od razu poślubiono ją Echnatonowi, czy najpierw jego ojcu, Amenhotepowi III, a dopiero po jego śmierci macocha stała się połowicą pasierba. Lecz generalne sprawy wydają się być jasne. Jeśli chodzi o samego Echnatona, to nawet gdybyśmy pominęli wyniki ostatnich badań — nie moglibyśmy gloryfikować go. Został poparty nie przez lud, lecz przez arystokrację, także kapłańską, Dolnego Egiptu. Z pewnością nie był szlachetnym radykałem. Jego ubodzy poddani cierpieli ten sam niedostatek i tę samą niesprawiedliwość, co za innych faraonów, a bogacze bogacili się jak zawsze, tylko że częściowo pochodzili z nowej uprzywilejowanej klasy, ze średniej warstwy wyzwoleńców, swoistej burżuazji. Rewolucja Tell el–Amarna ograniczyła się przede wszystkim do spraw religijnych, ale i to nie była zupełna nowość, gdyż kult tarczy słonecznej istniał już na dworze Amenhotepa III, Echnaton zaś przyjął atoński monoteizm dla umocnienia kultu swej osoby. Mówienie o jego niepokalanej czystości jest śmieszne. Był oczywistym despotą, a do tego fatalnym rządcą, tak zaniedbywał sprawy polityczne, iż wrogowie robili, co chcieli, wydzierając Egiptowi prowincję za prowincją. Wolność tworzenia, którą dał artystom, skończyła się tym, że wszystkich portretowanych deformowano na wzór faraona, obdarzając ich jego wzdętym brzuchem i jajowatą głową. Zgodnie z tym nowym, szpetnym kanonem przedstawiano nawet cudowną Nefretete, co już było szczytem absurdu. Na szczęście zachowało się kilka wizerunków ukazujących prawidłowo jej piękność, zwłaszcza sławne, kolorowane i przesiąknięte poezją popiersie berlińskie z delikatnymi rysami twarzy, łabędzią szyją i migdałowymi, rozmarzonymi oczami, które do dzisiaj podbija serca archeologów i historyków...

Wszyscy teraz przyglądają się dziewczynie. Wielki Nieznany Człowiek chrząka, dając znać profesorowi, by zszedł z rozmarzonych obłoków na ziemię. Zarumienione binokle potrzebują chwili milczenia, aby wrócić do tematu.

— Tak... no więc... pod koniec życia Echnatona, gdy znalazł on sobie nową faworytę, Nefretete uczestniczyła w spisku przeciwko niemu... Wszystko, co dotychczas powiedziałem, wynika z od dawna znanej wiedzy o Tell el–Amarna, tej, na której oparł się autor pokazanego mi tekstu. Nawet ów przestarzały zasób informacji, po rzetelnej analizie kłóci się z wizją zawartą w omawianym szkicu. Teraz przejdę do najnowszych odkryć...

Ręka spod binokli sięga po szklankę napełnioną przez Guittiereza coca–colą. Wielki Nieznany Człowiek czeka z zamkniętymi oczami, wydaje się, że śpi. Profesor pospiesznie przerywa picie, nie ugasiwszy pragnienia.

— Moim zdaniem w dobie Amenhotepa IV nic wielkiego by się nie wydarzyło, gdyby nie wcześniejsza akcja kapłanów z Heliopolis, wyznawców słonecznego boga Ra. Walczący z nimi zwycięsko o wpływy kapłani tebańskiego Amona przywłaszczyli sobie Ra, tworząc połączonego Amona–Ra i uczynili go najważniejszym bogiem Egiptu. Heliopolitańczycy, aby odzyskać przodującą pozycję, wszczęli intrygi i zostali poparci przez faraona Amenhotepa III, który czuł się zagrożony potęgą kapłanów z Teb. To on rozniecił kult Atona jako widzialnej postaci boga Ra. Jego syn, Amenhotep IV, zmienił najpierw nazwisko na Nefer–Cheper–Ra–Wen–Ra, a dopiero później na Echnaton, gdy już Aton był panem nieba. Tak więc inicjujący ruch w reformie atońskiej został wykonany za Amenhotepa III, lecz czy twórcza kontynuacja tej inicjatywy była dziełem syna — co do tego można mieć duże wątpliwości. O monoteizmie również mówić nie sposób, bo jak wykazały nowsze odkrycia archeologiczne, w czasie panowania Echnatona ludność swobodnie czciła kilku innych bogów, w końcu nawet Amona. Z kolei Atona czczono i za następnych władców... Nie jestem mistykiem, lecz przedstawicielem nauki ścisłej i w moich sądach muszę opierać się na aktualnych wynikach badań. Burzą one gmach starej wiedzy. Uczeni amerykańscy, przebadawszy tysiące reliktów z Karnaku i z Achetaton, poddali je analizie komputerowej, która potwierdziła ich tezę, że w dobie Tell el–Amarna prawdziwą przywódczynią reformy atońskiej była Nefretete, a nie jej mąż. Z kolei antropolodzy dowiedli, analizując budowę czaszki Echnatona, że był on bezpłodny i ograniczony umysłowo. Nefretete miała co najmniej troje, a według innych co najmniej sześcioro dzieci. Istnieje nawet teza, że następca Echnatona, faraon Semenchkare, to Nefretete przedstawiana w męskiej postaci, co nie byłoby niczym dziwnym, bo inną władczynię Egiptu, Hatszepsut, też portretowano jako mężczyznę. Myślę, że Nefretete widząc, co wyprawia jej mąż, przyłożyła rękę do spisku i dlatego spisek się udał...

Wielki Nieznany Człowiek budzi się.

— A co takiego wyprawiał jej mąż, profesorze, iż musiała pomóc w pozbyciu się go?

— No... to jest tylko hipoteza, ale mająca sporo wyznawców w świecie nauki. Jedną z przesłanek stanowi fakt, iż Nefretete przetrwała obalenie Echnatona. Nie sądzę, że jej udział w spisku był zwykłą zemstą zdradzonej kobiety. Była to raczej zemsta kobiety silnej i kochającej władzę, a odsuniętej na boczny tor. Dodatkowym motorem mogły być sprawy religijne. Pod koniec życia Echnaton, wiedząc, że grunt usuwa mu się spod nóg, nawiązał rozmowy z kapłanami Amona–Ra, co Nefretete mogła uznać za zdradę Atona. Wiele rzeczy zadziwiająco tu pasuje. Jeśli Nefretete pochodziła z Mitanii, to słoneczna rewolucja w Egipcie staje się logiczna, bo słońce było głównym bóstwem Mitanii. Być może jednak było tak, że Nefretete, widząc, iż niewierny małżonek flirtuje z Tebańczykami, postanowiła nie dać się wyprzedzić i nawiązała skuteczniejsze kontakty... Poruszamy się tu w gąszczu niepewności, lecz że Nefretete była silniejsza niż Echnaton jest niewątpliwie faktem. Dane na temat jej czołowej roli w dobie Tell el–Amarna publikowano od początku lat siedemdziesiątych, prace Smitha i jego następców leżą w naszych bibliotekach. Nie ma żadnych naukowych powodów, by je kwestionować.

Wielki Nieznany Człowiek kiwa aprobująco głową.

— Autor elaboratu, o którym mówiliśmy, czytał te prace, a także biografię pióra Filipa Vandenberga, w której znalazł syntezę najnowszych badań, ale je zignorował, bo nie pasowały mu do koncepcji. Dziękujemy panu, profesorze.

Binokle kłaniają się i wychodzą, w milczeniu równie głębokim jak przemilczenie faktu, iż wielu współczesnych badaczy uważa sensacje Smitha i jego epigonów za nieporozumienie naukowe lub coś gorszego, i że Amerykanin Ray Winfield Smith to były dyplomata, badacz–amator, zaś Philipp Vandenberg to młody zachodnioniemiecki dziennikarz popularyzujący historię. Wielki Nieznany Człowiek zwraca się do dziewczyny:

— Proszę nie sądzić, iż odegraliśmy tu komedię z fałszywą treścią. To wszystko jest sprawdzalne w bibliotekach. Sanchez oszukał was.

Dziewczynę boli głowa. Ból płynie z głębi piersi, mieszając się po drodze z gniewem, jak składniki odurzającego napoju.

— Nie ma żadnego znaczenia, czy jego tekst mówi prawdę. Ważna jest zawarta w nim idea i pan o tym wie.

— Słuszna uwaga, moje dziecko, tylko czy pozostali członkowie organizacji wykażą równą inteligencję, gdy zobaczą plamy na słońcu? Profesor opublikuje artykuł po tytułem „Echnaton" w wielonakładowej prasie i wiarygodność „*Noty*" dostanie kopniaka. Pozornie drobnego. Ale właśnie takie drobne przyczyny prowadzą do wielkich skutków. W podobnych przypadkach pomiędzy przyczyną a skutkiem nie ma współmierności według Newtonowskich praw o akcji i reakcji, wchodzą tu raczej w grę zasady fizyki kwantowej: cząsteczka o wymiarze atomu doprowadza do kataklizmu. Sanchez może sobie nie być inteligentny, ale jest wystarczająco chytry, by się przestraszyć. Z chwilą ujawnienia jego hochsztaplerki poczuje się skompromitowany, dostanie szału i być może stanie się wyznawcą Nieczajewa, który wrzeszczał: „*Naszym zadaniem jest przerażające, totalne, uniwersalne i bezlitosne niszczenie!*", to jest przejdzie od terroryzmu romantycznego do anarchicznego, do ślepej, zbrodniczej nienawiści. Spadnie ona i na was, a na panią w pierwszym rzędzie, gdyż prawdziwym faraonem–reformatorem była Nefretete, zaś od miłości do nienawiści maleńki krok...

Dziewczyna wyszczerza zęby w złośliwym uśmiechu:

— A wy się o to boicie, żeby mnie nie stała się krzywda. O swoje tyłki nie boicie się wcale.

— Wcale — przytakuje Wielki Nieznany Człowiek. — Pułkowniku.

Guittierez ma ręku dossier organizacji. Rozsuwa dokumenty w wachlarz, niczym talię kart. Nazwiska, pseudonimy, adresy, skrzynki kontaktowe, magazyny broni i szyfry. Wszystko. Wielki Nieznany Człowiek czyści zapałką paznokieć kciuka. Drewienko pęka z trzaskiem.

— W ciągu pół godziny możemy zniszczyć całą TEA tak dokładnie, że nie zostanie żywa noga. W każdej chwili.

Dziewczyna krzyczy histerycznie:

— Więc dlaczego?!...

— To chyba jasne — bo TEA jest nam potrzebna. Inaczej już by nie istniała. Minęły czasy Robin Hoodów, towarzyszko „*Nefretete*". W świecie współczesnej techniki żadna konspiracja nie może prosperować bez pomocy z zewnątrz lub z wewnątrz, tolerowana lub manipulowana w jakimś celu przez reżimowy aparat represji.

Dziewczyna chowa twarz w dłoniach. Jest zmęczona. Przez jej perłowe palce przeciska się szept:

— O co wam chodzi?... Na miłość boską, po co to przedstawienie?!

Wielki Nieznany Człowiek wygląda na zmartwionego jej stanem.

— Proszę się uspokoić. Może się pani napije?...

Guittierez trzyma pełną szklankę w wyciągniętej ręce. Dziewczyna nie odrywa palców od twarzy.

— Po co?!

— Czekałem na to pytanie, panno Molinari. Coś pani opowiem. Kiedy umiera dalajlama, orszak kapłanów tybetańskich wyrusza na poszukiwanie jego następcy. Procesja lamaistów przemierza góry i doliny, wstępując do różnych wsi i badając różne dziwne dzieci, które im wskazano. Pewnego wieczoru zatrzymuje się w jakiejś zabitej deskami osadzie i znajduje malca, który sam z siebie mówi językiem stolicy i wyciąga ręce do świętych relikwi, tak jakby były jego własnością. Wysłannicy z Lhasy orzekają, iż to jest następca. Otóż my, tajni kapłani religii tego kraju, wybraliśmy „*Notę*".

Dziewczyna odejmuje palce od policzków i patrzy wielkimi oczami. Zmęczenie mąci jej myśli, czy to naprawdę sen?

— Widzi pani, są pewne procesy społeczne, których nie sposób powstrzymywać w nieskończoność, nawet za pomocą najbrutalniejszej siły. To, plus głupota naszych przyjaciół, Amerykanów, przegrywających każdą partię na szachownicy globu, równa się Kuba, Etiopia, Nikaragua, Angola, Wietnam, Jemen Południowy i tak dalej. Jeśli nie pomożemy sobie sami, oni nam nie pomogą, bo przerost demokracji i jawności działań zgangrenował ich siłę polityczną doszczętnie. W naszym kraju nieodzowne są reformy, zbyt długie ich hamowanie może tylko spowodować wojnę domową o nieobliczalnych skutkach. Optymalnym rozwiązaniem byłby cieszący się miłością ludu przywódca, który dokona reform u m i a r k o w a n y c h, stawiając w ten sposób tamę czerwonym. Sanchez jest idealnym kandydatem. Dobrze prezentujący się, charyzmatyczny dureń o wybujałych ambicjach. Armia nawiąże z nim kontakt, przejdzie na jego stronę i razem obalą prezydenta, którego on zastąpi przy aplauzie całego narodu. Oto co zadecydowaliśmy.

— Tak po prostu, mister wire–puller?*

— Tak. Tylko naiwnym wydaje się, że wielkie zdarzenia mają kulisy gigantyczne jak opera Verdiego, decyzje o losach świata często podejmuje się w ubikacji. Ta przynajmniej została podjęta w pałacu.

— Widzi pan różnicę?

Ostatnia drwina, jak pożegnanie kogoś, kto już nie wróci. Dziewczyna pyta innym głosem:

— Jesteście pewni, że on się zgodzi?

— Całkowicie. Człowiek, który z pychą Ludwika XIV i Stalina przybrał sobie jako pseudonim imię słonecznego boga, nie skorzysta z jedynej drogi na ołtarz? Opublikowanie artykułu wywołałoby łańcuch konsekwencji prowadzący do rozłamu TEA i pozwoliłoby nam zlikwidować ją bez obawy, że w świadomości społecznej zostanie po niej aureola. On się zgodzi. Zasiądzie na tronie niczym Ozyrys z boskimi atrybutami władzy, za-

---

* — „*Wire–puller*" — człowiek, który porusza sznurkami marionetek, rządzący zza kulis, machinator.

krzywionym berłem i rózgą sprawiedliwości. Zapewniam panią, że wkrótce potem będzie tępił ze straszliwą zaciekłością każdą opozycję i nawet nieszkodliwe malkontenctwo, każdego dnia będzie gwałcił najważniejsze z przykazań, „*nie zabijaj*”, co nie przeszkodzi mu oddawać się tkliwemu troszczeniu o kwilące ptaki, skowyczące psy i maiuczące koty. To romantyk. Psychologia zna ten typ: w dzieciństwie kochał „Małego Księcia”, w młodości uwielbiał Mozarta, a potem objął posadę w Dachau.

— A ja?

— Właśnie — ty. Ty pomożesz nam. Najpierw uzależnisz go od siebie mocniej niż miłością, bo śmiercią. Powiesz mu, że od koleżanki studiującej egiptologię dowiedziałaś się, iż Garcia–Lima chce opublikować antyechnatoński artykuł, trzeba więc zamordować profesora, najlepiej otruć, by rzecz została uznana za atak serca. On wyrazi zgodę, nie ma żadnej wątpliwości. Potem będziesz nim sterowała, pilnując, by reformy nie przekroczyły zakresu pozwalającego spacyfikować gniew biedoty bez przewracania struktur ustrojowych państwa. W końcu osiągniesz najwyższą władzę. Ponieważ w istocie to nie jego, lecz ciebie wybraliśmy. On, populistyczny idol, jest potrzebny na początku. Później, gdy uwierzywszy w swą boskość zacznie brykać, dozna zawału lub zginie w wypadku samolotowym, a ty obejmiesz schedę. Oczywiście wybrana przez naród — wybory to dziecinnie łatwa gra. W naszym kraju kobieta na tronie będzie podwójnym dowodem wyemancypowanej demokracji. Zdjęcia Nefretete, które wiszą na ścianach twego pokoiku, zastąpisz własnymi popiersiami w pałacu rządowym, zaś twoje zdjęcia zawisną we wszystkich domach, będą widniały na monetach, na opakowaniach, na pierścionkach i amuletach, wszędzie!

Guittierez wyjmuje pięciopiastrowy banknot egipski z wizerunkiem Nefretete i paczkę luksusowych egipskich papierosów z tą samą podobizną. Wręcza dziewczynie. Wielki Nieznany Człowiek wskazuje mu ruchem głowy otwartą książkę, która leży na biurku. Pułkownik niesie ją niczym kapłan rozwartą biblię.

— To najnowsza biografia Nefretete, Niemca, Filipa Vandenberga. Znajdziesz tam wszystko, o czym mówił profesor. Teraz przeczytaj tylko jak sławiły ją kamienne pomniki, które przetrwały tysiące lat.

Guittierez stoi przed nią, trzymając książkę na dłoniach wyciągniętych ku jej twarzy. Dziewczyna opuszcza wzrok. Litery podkreślone czerwonym flamastrem jarzą się niczym pulsujące płomienie:

„Piękna i wspaniała w koronie z piór; wielka w pałacu; sama rozkosz, już dźwięk jej głosu sprawia radość; pani wdzięku, kochana przez wszystkich; pani obydwu krain; ulubienica szczęścia; piękna jest piękność słońca; Piękna, która przybywa; oby żyła wiecznie...”

Wielki Nieznany Człowiek zapytuje po raz ostatni:

— Chcesz być wielbiona przez cały świat? Przypomnij sobie Evitę Peron. Nefretete znaczy po egipsku: „*Piękność nadchodząca*", „*Piękność, która nadchodzi*". Nadchodzi twój czas.

Wszystkie barwy rokokowej sali nabierają jadowitej mocy. Pot cienkimi strużkami spływa po policzkach dziewczyny, wzdłuż szyi, i ginie w czeluści dekoltu.

Sześciu członków rady wychodzi milcząc. Wyglądają jak mnisi udający się na spoczynek. Wielki Het–anchi wstaje.

— Potrzebujemy czegoś, co uzależni cię od nas silniej niż śmierć Garcii–Limy uzależni Sancheza od ciebie. Według pogan tylko zmieszana krew wiąże nierozerwalnie. Tę noc spędzisz ze mną i z pułkownikiem, i w przyszłym roku urodzisz prezydentowi Sanchezowi nasze dziecko. Noc jest właściwa, nawet to wiemy, dlatego dzisiaj przywieźliśmy cię tu. Drzwi do sypialni są tam. Po drodze możesz rozgryźć kapsułkę, jeśli wszystko, o czym mówiliśmy, było tylko stratą czasu.

Nad ranem kobieta wraca do domu. Z sieni pną się w górę skrzypiące schody. Drewniane stopnie otula warstwa kurzu, który pod dotknięciem obcasów wzbija się na boki. Kobieta wchodzi do pokoju z jednym oknem, przez które dziewczyna obserwowała jak drzewa zmieniają barwy. Mężczyzna śpi. Leży na boku, skulony, z kolanami pod brodą i ramionami zaplecionymi na piersi, niczym dziecko zwinięte w kłębuszek. Jest coś zawstydzającego w owej pozie, jakaś poniżająca bezbronność, słabość i nieporadność. Kobieta patrzy z obrzydzeniem. Dumny i mocny zwierz wydaje się ohydny w tym stanie z braku czegoś, co stanowiło podstawę — z braku siły. Obezwładnione przez sen bydlę nie budząc miłości budzi wstręt.

Za oknem jaśnieje. Rozlega się zwykłe o tej porze bicie dzwonów.

WYSPA 4

LONGWOOD (ŚWIĘTA HELENA)

NAPOLEON BONAPARTE

CZWARTY

Adam Mickiewicz:
„A życie jego — trud trudów,
A tytuł jego — lud ludów,
A krew jego — dawne bohatery;
A imię jego będzie czterdzieści i cztery".

Juliusz Słowacki:
„........................ wierzę w te czterdzieści
Cztery... choć nie wiem, co ta liczba znaczy.
Ale w nią wierzę jak w dogmat... z rozpaczy".

„Czy jest prawdą, że Bonaparte nie istniał, tylko Łysiak go wymyślił, żeby trochę zarobić?" — spytał pierwszy Zbigniew Święch.

Było to prawdą, od tego zacząłem. Uczyniłem to tak skutecznie, że radziecki historyk, Alfred Manfred, westchnął w swej biografii cesarza: *„A jednak nie da się wykreślić imienia Napoleona Bonapartego z historii"*. Głupia sprawa, lecz to fakt: odkąd wymyśliłem małego Korsykanina, nie da się go wykreślić, niestety...

Potem inny publicysta, krytyk literacki, Stanisław Zieliński, recenzując mój „Empirowy pasjans" postawił kwestię:

„Kim byłby Łysiak w epoce napoleońskiej, jaką rolę chciałby odegrać na wielkiej scenie Empiru? Wątpliwe, żeby zadowolił się pozycją anonimowego statysty czy chłodnego obserwatora wyposażonego w czapkę niewidkę. Byłby więc Łysiak może szwoleżerem albo grenadierem ostatniego czworoboku, może marszałkiem, ministrem, królem? A może Napoleon przeszedłby do historii jako mameluk Rustan cesarza Łysiaka? Nie żartuję".

Stąd było już blisko, coraz cieplej... Trzeci publicysta, Jan Zbigniew Słojewski, zagrzmiał:

„Zamiast kontrkultu Napoleona zaczyna kiełkować coś w rodzaju kultu Łysiaka, który zresztą obcując z Napoleonem nabrał manier

cokolwiek napoleońskich. Nie jestem przeciwnikiem kultów, bo kult to przejaw zaangażowania się kogoś w coś. Kult nawet brzmieniowo i etymologicznie jest spokrewniony z kulturą, i kulty rzeczywiście wpływają na rozwój kultury pobudzająco, w przeciwieństwie do indyferentyzmu i obojętności. Ale jeśli jest kult, to powinien on spotkać się z kontrkultem, tymczasem nic z tego, a właściwie coś przeciwnego. Łysiak robi wrażenie napoleonizującego się coraz bardziej serio".

I ostrzegł:

„*Sytuacja jest groźna, bo trzeba pamiętać, że większość pacjentów w szpitalach dla nerwowo chorych to Napoleony. Łysiak wszechstronnie zdolny, więc szkoda byłoby go stracić*".

Za późno.

Tak, jestem cesarzem! Tamci, w sąsiednich pokojach, to oszuści, udawacze i wariaci, jedynym prawdziwym Napoleonem jestem ja! Leżę sobie i czytam moją najnowszą biografię pióra Cavanny, odcinki w kolejnych numerach tygodnika „Charlie–Hebdo", które dostarcza mi lekarz, ordynator Szpitala Pod Wezwaniem św. Heleny (Nie lubię go, bo sprawia wrażenie obłudnie słodkawego natręta, jednego z tych, co to niby wciąż wyświadczają przysługi, a w rzeczywistości wyzyskują, i takim jest. O wiele sympatyczniejsza wydaje mi się pielęgniarka, która przypina elektrody do różnych części ciała — ma palce delikatne jak Walewska). Cavanna szydzi ze wszystkiego, więc ten lekarz przyniósł mi jej tekst w nadziei, że dostanę szału i jeszcze raz się pomylił. Cavanna to wypoczynek:

„*Kiedy Napoleon wjeżdżał do zdobytego miasta, wybierał najjaśniejszą blondynkę i pytał swego adiutanta:*

— Czy ona mnie kocha?

— Sire! Ona cię uwielbia!

— No dobrze! Dysponuję osiemdziesięcioma trzema sekundami.

Cesarz zręcznie zrzucał szelki i posługując się taboretem podsuwanym mu z szacunkiem przez adiutanta (ach, te germańskie łoża zawsze były takie wysokie!), rzucał się jak orzeł na drżącą blondynkę. W siedemdziesiątej piątej sekundzie przerywał dyktowanie Kodeksu trzem sekretarkom stenografującym pod łóżkiem. W siedemdziesiątej dziewiątej sekundzie nakładał już swoje szelki, szczypał w ucho wiernego Rustana, który mocno trzymał piękną arystokratkę za ramiona, oraz dwóch jego kuzynów, którzy trzymali damę za nogi, i odprowadzany schlebiającym pomrukiem marszałków cesarstwa stojących wokół łoża, szczypał w ucho męża damy podglądającego przez dziurkę od klucza, niepewnego, czy zasłużył na Legię Honorową. Skakał na konia i galopował *w stronę jakiegoś Marengo lub Austerlitz zebrać jeszcze garść laurów do swego garnuszka*"*.

Ha, ha, ha, ha, ha, ha, ha, ha, ha, ha, ha!... To jest naprawdę dowcipne, w przeciwieństwie do owych poważnych monografii, którymi historiograficzni szalbierze zakłamują moją i swoją przeszłość. Cavannie przynajmniej nie brakuje zdrowego poczucia humoru. Dlatego się śmieję, chociaż niejeden, będąc w moim położeniu, zapłakałby się na śmierć. „*Każdemu głupcowi wystarcza głupoty, żeby się frasować* — powiada Babel — *ale tylko mędrzec rozdziera śmiechem zasłony bytu*".

Szkoda, że Charlie Chaplin nie zrobił filmu „Napoleon". Był moim wielbicielem, latami zbierał relikty po mnie, chomikując je zazdrośnie w czterech kufrach, wędrował szlakami moich kampanii... Przygotowywał się do tego filmu i często o nim mówił. Uwierzył mistyfikatorom, którzy twierdzili, że na Świętej Helenie zmarł mój sobowtór, a sam wymyślił sobie, że dokonałem żywota w Paryżu, prowadząc stragan księgarski przy Pont de l'Alma. Film miała otwierać scena przewiezienia zwłok sobowtóra do krypty Inwalidów. Na ulicach tłumy przekonane, że w trumnie leżę ja. Amerykański dziennikarz, James P. O'Donnell, wspomina:

„*Przerwałem Chaplinowi w tym miejscu, zadając oczywiste pytanie:*

— Tak, tak, lecz jak przyjmuje to prawdziwy Napoleon?

— Prawdziwy Napoleon? Och, wie pan, jest bardzo zajęty przy swoim straganie, tego dnia handel szedł doskonale. Kiedy barka z orszakiem powoli płynie Sekwaną — teraz zbliżenie! — on mruczy pod nosem: Ten mój pogrzeb absolutnie mnie wykańcza!...".

Buñuelowi też nie było dane zrobić już zaczętego filmu o mnie, „La Domaine enchanté", z którego został, jak echo, fresk pod tym samym tytułem w kasynie w Knokke–le–Zoute, dzieło Magritte'a, autora scenografii. Zdążono jedynie nakręcić sceny z majestatycznego sądu nade mną u bram nieba:

Rzesze świętych, niczym grecki chór, śpiewały akt oskarżenia do wtóru Trzeciej Symfonii „Eroica", którą dedykował mi Beethoven. Główną rolę grał Marlon Brando, wielki jak Kolos Rodyjski, z policzkami wypchanymi gumą do żucia, siedząc w moim mundurze na drewnianym krześle jak na koniu. Dłoń trzymał prawidłowo w rozpięciu kamizelki. Bronił się sam. Na świadków powołał największych poetów romantycznych pierwszej połowy XIX wieku: Goethego, Byrona, Mickiewicza, Puszkina i Słowackiego. Ci gorączkowali się nadmiernie, jak to romantycy, zakłócając tok postępowania; on pozostał zimny — ruszał rytmicznie szczęką, a z ust wyskakiwały mu raz po raz białe balony gumy.

---

* — Tłum. Jerzego Kleynego.

— Otwieram rozprawę, będziemy sądzić życie tego człowieka! — zapowiedział tubalnym głosem święty Piotr, lecz poeci, gwiżdżąc przez palce wsadzone w usta, nie dali mu dłużej mówić (A kiedy przemówili sami, używali tekstów niegdyś napisanych przez siebie, toteż każde słowo wypowiedziane przez nich podczas rozprawy można znaleźć w ich dziełach).

„*— Zostawcie go w spokoju, ten człowiek jest dla was za wielki!* — krzyknął Goethe. — *Jest on istnym streszczeniem świata, a jego życie, to życie półboga! Blask, który go otaczał, nie przygasł ani na chwilę...*".

Więcej nie zdołał powiedzieć. Rozgniewany Piotr skinął dłonią i dwóch aniołów, chwyciwszy Goethego za ramiona, wyrzuciło go z sali. Resztę poetów ostrzeżono, że spotka ich to samo jeśli nie zaprzestaną warcholstwa. Chór zapiał przeciągle:

— Byłeś gwałcicieeelem wolnoooooooościii!...

Brando wypluł gumę i parsknął:

— Shit!... Gwałciłem wolność niewolenia! Zapytajcie Włochów i Polaków za co wznosili mi łuki triumfalne! I zobaczcie, co się u nich dzieje teraz! Znowu niewola i modlitwy do Boga, by pozwolił mi wrócić i raz jeszcze zrobić porządek z zaborcami! Modlą się i modlą, a wasz pan ciągle śpi...

Słowacki chwycił się za głowę i jęknął:

> „*— Polsko! lecz ciebie błyskotkami łudzą;*
> *Pawiem narodów byłaś i papugą;*
> *A teraz jesteś służebnicą cudzą!*".

— Exactly! — rzekł Brando, wyjmując spod kamizelki nową porcję gumy. — Look at him! „*Spójrzcie na Polskę, na tę ziemię dzielnych, na ten naród, który miłość ojczyzny posuwa do ubóstwienia, na cóż zdały się jego zrywy?! Sąsiedzi i podły system społeczny uniemożliwiły wszystkie wysiłki. Biedni Polacy!*" (kursywą oznaczone są moje autentyczne słowa, które Buñuel zaczerpnął ze źródeł historycznych i wplótł do scenariusza). Biedna Polska. Zawsze twierdziłem, że „*bez odbudowania Polski Europa z tej strony pozostaje bez granic*".

— Gwałciiiiiłeś demokraaaaaaaaaaacjęęęę!... — wyciągnął stugębnie chór.

Brando miał usta pełne gumy, więc tylko warknął: shit! i wskazał na Mickiewicza. Ten zerwał się z miejsca i wygłosił mowę:

— Nieprawda! „*Dokonawszy rewolucji politycznej, Napoleon, człowiek globu, rozpoczął e w o l u c j ę. Nikt w większym stopniu niż on nie miał wrodzonego poczucia, instynktu — jeśli kto woli — równości; zachował go nawet wówczas, gdy uległ pokusie dynastycznej. Napoleon to powszechna demokracja, która stała się autorytetem, to wyzwolenie, re-*

habilitacja p o w s z e c h n a, *a nie wyłącznie narodowa. Pod tym względem założyciele dzisiejszego socjalizmu są niżsi od Napoleona. Dzięki niemu w całej Europie biedny poddany mógł wreszcie poznać się na niemocy swych panów i zrozumieć, że to, czego się bał, było tylko marnym bałwanem na glinianych nogach. Oto tajemnica owej intuicyjnej i żarliwej czci, jaką lud bez względu na to, do którego przynależy kraju, otacza pamięć Napoleona! W tym genialnym proletariuszu rozpoznaje instynktowo, błogosławi swego wielkiego oswobodziciela!*".

Balon wypchany z usta Marlona pękł głośno na potwierdzenie tych słów.

— You're right, man. Dzięki mnie, dzięki memu Kodeksowi, moim konstytucjom i zarządzeniom, których respektowanie wymuszałem wszędzie tam, gdzie stanęła moja noga, prosty lud z przedmieść i wsi poczuł się i n n y m ludem. Miał mnie potem za to nie kochać? Teraz ten lud znowu jęczy w dybach, bo mnie tam nie ma! Kartel reakcyjnych mocarstw, sam siebie nazywający Świętym — that's really funny! — gra na bagnetach i pałkach przedrewolucyjny koncert ucisku, restauruje podłą przeszłość, odbiera ludom tlen...

Tu przerwał, bo niechcąco połknął gumę, rozkasłał się i poeci musieli bić go w plecy aż mu przeszło. Po wznowieniu zdjęć z półkola świętych rozległo się przeciągłe:

— Tooooooczyłeś krwaaaaaawe wooooooojnyyy!...

— Yes, I did. Napastowany — odpłacałem w trójnasób. Lecz nigdy nie walczyłem z państwem, które nie pragnęło wojny, nie napadło na mnie lub nie zamierzało napaść. Nigdy też nie kochałem wojny, chociaż tak się przypuszcza, podobnie jak przypuszczało się, że ziemia jest płaska, bo takie robiła wrażenie. „*Wojna to barbarzyńskie rzemiosło, przyszłość winna należeć do pokoju*". Ale nie takiego, który jak ciężki kamień gniecie piersi ludów i narodów. Spójrzcie w dół! Europa po moim zniknięciu ma wreszcie pokój międzypaństwowy, pilnowany przez Święte Przymierze i tak już powszechnie znienawidzony, jak ono! Rewolucje, wiosny ludów, spiski, zamachy, karbonariusze, komunardzi, kocioł rozpaczy! Nędzarze, nawet gdy uda się obalić podłego władcę, są bez szans, bo tron już czeka na nowego, który ma w zanadrzu nowe kajdany i tak jak jego poprzednik nie rozumie, iż „*zadaniem suwerena jest nie tylko rządzenie, lecz krzewienie nauki, moralności i dobrobytu*". Shit! Hydra z odrastającymi łbami...

Tu znowu jęknął Słowacki:

„— *Król jest każdy jak dziwnie rosnący ananas;*
Zerwiesz koronę, owoc odkąsisz — o wiośnie
Z korony odkąszonej nowy król odrośnie".

Piotr chciał go uciszyć, ale Słowacki zawodził dalej:

„— Z tronów patrzą szatany przestępne,
Car wygląda blady spoza lodów,
Orły siedzą na trumnie posępne
I ze skrzydeł krew trzęsą narodów".

Na dany znak anioły wykopały go z sali. W drzwiach zdążył jeszcze krzyknąć do Marlona:

„— Zwyciężysz — lecz zwycięstwem Golgoty!".

Brando pożegnał go perskim okiem i wystrzałem z potężnego balonu, zaczym podjął urwaną kwestię tym samym gardłowym głosem, mrużąc leniwie oczy, jakby miał to wszystko gdzieś:

— So! As I said: hydra z odrastającymi łbami, ale w zamian — jest pokój! Nie strzela się poprzez granice. A przecież pachnie prochem, słyszycie strzały? To są kule dla demonstrantów, wystrzeliwane przez tych, którzy nie rozumieją, iż *„nie odpowiada się karabinami ludziom żądającym chleba!"*. Biedacy nie nienawidzili moich wojen. Popatrzcie jakie zbrodnie przynosi pokój strzeżony przez faryzeuszy, którzy wrócili do świątyni po moim odejściu, czymże są przy tym ofiary wojny! Ile narodów płacze w samotności na bezludnych wyspach kolczastych drutów i upokorzeń, mając w zamian p o k ó j czyli *„status quo"* hańby!

— Hańbą większą jest uświęcać wojnę, ty zbóju! Azaliż nie jest ona szatańskim dziełem zniszczenia? — skarcił go Piotr, a święci przytaknęli:

— Apage sataaaaaanas!

— Staryś i durnyś! — wrzasnął Mickiewicz, siny z pasji, oddając Byronowi piersiówkę z winem, którym poczęstował ich Puszkin. — *„Dzieło zniszczenia w dobrej sprawie jest święte jak dzieło stworzenia! Wolność jest ważniejsza niż pokój!..."*.

Wyrzucono go karnie w ślad za Goethem i Słowackim, a chór zaśpiewał:

— Byłeś okruuuuuutnyyy!...

— Shit once again! — wkurzył się Brando, nie mogąc wygrzebać z rozpięcia kamizelki nowej gumy. — Tak, byłem okrutny wobec okrutników. Z całym okrucieństwem rozdeptałem w Europie Świętą Inkwizycję; wskrzesili ją moi zwycięzcy. Bez litości karałem możnych za niesprawiedliwe postępowanie z maluczkimi, dlatego dzisiaj wrzeszczą spod swoich złotogłowi, że byłem okrutnikiem. *„Tylko w ich salonach uchodziłem za człowieka strasznego, ale nigdy nie byłem uważany za takiego przez prostych ludzi, którzy wiedzieli, że jestem ich obrońcą i nikomu nie pozwoliłbym ich skrzywdzić!"*. Byłem okrutny grożąc surowymi karami za łamanie wydanego przeze mnie zakazu tortur oraz za przetrzymywanie ludzi w więzieniach bez wyroków i uzasadnień; *„to jest to, czego nie cierpię i czego nie będę tolerował, a co będzie się zdarzało w każdym systemie zdominowanym przez policję!"*. Zdaje mi się, święci mężowie, że winniście zrozumieć moje okrucieństwo równie dobrze, jak ów egipski szejk, co zrazu nie mógł pojąć, czemu tak bezwzględnie ukarałem morderców jakiegoś fellacha...

Tu miała wejść scena, która rozegrała się przed laty w Kairze i do której Brando nie był jeszcze przygotowany. Szejk spytał mnie wówczas:

„— Czy ten nędzarz był twoim krewnym, panie, że tak się przejąłeś jego śmiercią?".

„— Wszyscy nędzarze są moimi dziećmi!" — odparłem.

Patrzył na mnie długo oczami pełnymi strachu i wyszeptał:

„— Sahib, mówisz jak Prorok...".

Tymczasem Brando mówił dalej, tak jakbym to robił ja:

— Znacie drugiego okrutnika, który puszczał wolno zamachowców próbujących go zamordować?

Odpowiedziało mu ciche brzęczenie spod kamizelki. Sięgnął w rozpięcie, wyjął *„walkie–talkie"* i rozprostował antenę. Przez chwilę słuchał słów z głośniczka, po czym szepnął chrapliwie do mikrofonu:

— Bastards!... Fili della putana!... Bene! Rozwalcie don Anzelma, jego braci, kuzynów, ciotki, babki, goryli, od jutra nie chcę słyszeć o żywym członku tej rodziny!... Si, si, hai capito bene! E Dio te benediga, Luigi, spraw się dobrze...

Podbiegł do niego asystent Buñuela (maestro zawieruszył się gdzieś od rana, podobno szukał Józefiny), wrzeszcząc:

— Marlon, do cholery, czyś ty oszalał?! Przeklęty idioto, to jest kwestia z „Ojca chrzestnego", a tu grasz Napoleona!

— Okay! — uspokoił go Brando, chowając *„walkie–talkie"*. — Proszę bardzo, jestem gotów.

Chór zapiał gromadnym falsetem:

— Ręce maaaasz we krwiiiii!...

— Fuck off! — fuknął ze swego miejsca Byron, i cisnął pustą butelką w przewodniczącego. — Trochę szacunku, pierniki, dla tych rąk

„Co raz ich pychę poniżyły przecie,
Co sen spłoszyły siedzących na tronie;
Niech rękom tym potężnym za to cześć zapłonie!".

— Za drzwi! — rozkazał Piotr.

Gdy go wywlekano, lord Byron gryzł, pluł, kopał, rycząc:

„I będąż po nim wilcy panowali,
A ludzkość giąć ma karki przed tronami?!...".

Brando otarł pot z czoła.

— Shit! You're all crazy! Nie jestem złoczyńcą. „*Czynienie zła jest obce mojej naturze, nigdy nie popełniłem czegoś, czego musiałbym się wstydzić. Zresztą po co? — za bardzo jestem fatalistą*". Szkoda, że nie ma tu tych rannych Rosjan z pobojowiska Borodino, których kazałem ratować razem z Francuzami i którzy słyszeli jak krzyczałem do moich protestujących oficerów:

„— *Po bitwie nie ma wrogów, są tylko ludzie!*".

Puszkin potwierdził to zeznanie i wdał się w polemikę z przewodniczącym, obrzucając go wyzwiskami. Nim wypchano go za drzwi, zdążył wygłosić pompatyczną kwestię:

„— *Niech będzie naznaczony piętnem hańby, kto by śmiał urągać jego cieniowi odartemu z korony! Chwała mu! On z głębi swej niewoli przekazał w testamencie wieczystą wolność światu!*".

Drzwi nie zdążyły się za nim zamknąć, gdy wbiegł przez nie Buñuel i rzucił się na świętego Piotra:

— Co pan wyprawia, do pioruna! Usunął pan całą międzynarodówkę poetów!...

— Obrażali trybunał! — rzekł twardo Piotr.

— Co pan mi tu pieprzy!... Tego nie było w scenariuszu!

— W jakim scenariuszu? To jest sąd, a nie kino! Won z nim!

Aniołowie cisnęli reżysera za drzwi. Marlon zerwał się z krzesła, nic nie rozumiejąc, i na wszelki wypadek mruknął do „*walkie–talkie*":

— Luigi, przyślij mi tu kilku chłopców z maszynkami, bo to wszystko przestaje mi się podobać!

Mnie też przestało się podobać. Okazało się, że za aniołków i świętych poprzebierali się funkcjonariusze Świętej Inkwizycji, którą odbudowało Święte Przymierze. Zrobiła się wielka chryja i filmu nie dokończono.

Jestem pewnien, że to oni podają mi arszenik, który mnie zabije. Ale nie odmawiam przyjmowania posiłków i lekarstw — draby poprzebierane za pielęgniarzy tylko czekają na rozkaz lekarza, by mnie zmusić. Lekarz twierdzi, że mam urojenia odkąd przeczytałem książkę Szweda Forshufvuda o moim otruciu i wciąż próbuje wyłudzić ode mnie informację, kto mi ją przemycił do szpitała. Lecz ja wiem, iż Forshufvud się nie myli — mylą się ci historycy, którzy twierdzą, że zabija mnie klimat Świętej Heleny.

W istocie jest on podły. Ta wyspa, niegdyś zdrowa, stała się koszmarem dopiero gdy uległa klimatowi. Jeszcze w roku 1803 raport sporządzony przez uczestnika wyprawy Baudina dla ministra spraw wewnętrznych, i opublikowany przez gazetę rządową „Monitor", dawał taki obraz:

„Obywatelu ministrze, piszę z wyspy św. Heleny. Wyobraź sobie ogród utworzony w głębi skały, na której czas nagromadził warstwę najurodzajniejszej ziemi, zwieńczonej wiekuistą zielonością (...) Powietrze czyste, niebo pogodne, zdrowie na twarzach mieszkańców".

Lecz Anglikom, którzy zniewolili wyspę, udało się coś, co udaje się zaborcom: zatruć klimat i wyjałowić ziemię. Dopiero teraz geograf d'Avezac stwierdził, że *„trudno sobie wyobrazić krainę bardziej smutną i bardziej rozpaczliwą nad to pasmo czarnych wzgórz, poszarpanych, wyniszczonych, bez drzew i krzewów, wyglądających tak, jakby wszelkie objawy życia umknęły stąd w popłochu"*, zaś Anglik Glover, pełniący służbę na okręcie, którym mnie tu przywieziono, ujął innymi słowy tę samą prawdę: *„Nie może być nic bardziej przerażającego i odpychającego, jak ta skała, spalona i nieurodzajna, nie dająca ani orzeźwienia, ani przyjemności. W jakimż kontraście z tym strasznym, przygnębiającym widokiem pozostają kwieciste opisy, z którymi się uprzednio zapoznałem (...) Klimat nie jest zdrowy, dzieci są tu chorowite..."*

Mógłbym przytoczyć więcej podobnych opinii, z których wszakże nic nie wynika jeśli chodzi o moją osobę. Klimat tej wyspy nie osłabia mnie, przeciwnie, wzmacnia moją wolę zachowania siły. Jestem wyspiarzem, urodziłem się na wyspie i umrę na wyspie — uczyniono mnie niewolnikiem we własnej ojczyźnie. *„Ludzie zamieszkujący wyspy mają w sobie zawsze coś pierwotnego dzięki swej samotności. Wyspa oznacza odosobnienie, odosobnienie zaś rodzi siłę"* (oto jedna z tych moich myśli, które zanotowano, i które mogę teraz czerpać ze starych ksiąg, jeśli zawodzi mnie pamięć).

Siłę, którą zyskałem na tej wyspie, można zmierzyć skalą promieniującej stąd legendy i zasięgiem tęsknoty ludów za mną, nawet tych, które mnie nie kochały, a które dziś jęczą w jarzmie Świętego Przymierza — te ludy marzą o moim powrocie. Biedni robotnicy, którzy zachowali mnie w swoich sercach, wchodząc do knajpy we trzech żądają, by na stole postawiono cztery szklanki, a gdy szynkarz zwraca uwagę, że jest ich tylko trzech, warczą: *„Dawaj cztery, przyjdzie i c z w a r t y!"*. Mnożą się sekty czekające na mnie jako na Mesjasza — w Ameryce, na Syberii i w dżungli nad Amazonką, gdzie *„dzicy"* ludzie śpiewają *„Napoleon gran Hombre"*; w Patagonii, gdzie tubylcy uznali Świętą Helenę za środek świata, bo ja tu mieszkam; wśród Cyganów, Żydów i wszystkich upośledzonych; moje posążki widnieją w azjatyckich orszakach Buddy, a moje oblicze na totemach Madagaskaru; nawet Arabowie, którzy ze mną walczyli, mówią: *„On przyjdzie i wyzwoli nas spod jarzma Osmanów, pod których stopami trawa wysycha i nie rośnie!"*; nawet Niemcy (Nietzsche pisał w „Ecce Homo": *„Napoleon był ostatnim wcieleniem* *boga słońca, w jego istnieniu był cudowny sens*"); nawet Rosjanie wierzą, iż spoczywam we śnie na wybrzeżach Bajkału, by kiedyś przebudzić się i zaprowadzić na świecie królestwo sprawiedliwości. „*Dziś świat należy do Bonapartego*" — poskarżył się mój wróg, Chateaubriand, kiedy zostałem przykuty do skały. „*Innych upadek poniża, a mnie podnosi on niepomiernie. Każdy dzień zdziera ze mnie skórę tyrana, zabójcy, złoczyńcy*". Każdy dzień rządów Świętego Przymierza. Słowacki miał rację, pisząc w wierszu o mnie: „*Nigdy, nigdy nie szedłeś śród jęku z taką mocą jak dziś*" i przepowiadając mi ostateczny triumf, największe ze zwycięstw — zwycięstwo Golgoty. Tak właśnie zwyciężyłem, i to nie pozwala im spać, wszystkim owym łotrom, którym podsuwają pod nosy moją wielkość jak zaciśniętą pięść romantyczni poeci (oprócz już wymienionych Lermontow, Schiller, Petöfi, Béranger i wielu innych). Oni, bardowie wolności, poznali mnie i zrozumieli najlepiej, dlatego stałem się ich bogiem. Tylko Byron, zwący mnie „*swoją pagodą*", naurągał mi, że dałem się obalić, tak go rozeźliła moja klęska („*Napoleon strącony, łotry są w Paryżu. To jego własna wina... Bliski jestem oszalenia!*"), po czym dodał: „*Ale nawet teraz nie zdradzę go*" i napisał odę na moją cześć.

Uczciwą literaturę o mnie dostarcza mi cichcem stary kaleka, zamiatający korytarze w szpitalu. Lekarz przynosi tę, w której jestem najgorszym z demonów Apokalipsy. Nazywa to terapią, co mnie bawi (napisałem do Letycji: „*Patrz, Mamo, jakiego potwora urodziłaś!*") i tylko jedno wypija mi krew z serca: wzrok mego synka uwięzionego w Schönbrunn. Nie skończył jeszcze dziesięciu lat... Schönbrunn to jego Święta Helena, której nie potrafiłem przewidzieć.

Swoją przewidziałem nie mając ukończonych dwudziestu lat. Jako porucznik w Auxonne robiłem notatki geograficzne i zapisałem nimi cały zeszyt. Ostatnie zdanie na ostatniej stronie brzmiało: „*Święta Helena, mała wyspa...*". Dalej czysty papier, jak ocean. Mój pierwszy sekretarz, Bourrienne, zaświadcza, iż byłem „*obdarzony rodzajem magnetycznego przewidywania swoich przyszłych losów*". To prawda. Nie byłem jasnowidzem, ale „*miałem wewnętrzne przeczucie tego, co mnie oczekiwało*". Losu Prometeusza przykutego do tej skały, na której pełnią wartę trzy tysiące żołnierzy. Trzy więzienia w jednym pokoju z klamką od zewnątrz, jakby trzy trumny jedna w drugiej: ocean, wyspa oddalona dwa tysiące kilometrów od Przylądka Dobrej Nadziei i Longwood, dom na pustkowiu, przerobiony ze stajni i tak zaszczurzony, że szczury gryzą ręce sięgające po żywność. Dniem wśród niskich zarośli wisi leniwy, wilgotny upał, dźwięczący bzykaniem owadów, a ubogie trawy schną głodne i oszukane przez niebo. Nocą zrywają się dzikie wiatry, puste łodygi dzwonią jak ostrogi, a mokre rękawiczki pachną liśćmi. Smutne, gołe pagórki nastrajają tylko do wspomnień...

— Méneval!

— Słucham, Sire!

— Powtórz, co on powiedział?

Nie jestem tchórzem — nie boję się wspomnień, tak jak „*nie żałuję mojej korony i jestem nieczuły na to, co utraciłem*", chociaż utraciłem Troję przekraczającą wyobraźnię Homera. „*Jego rozum urzeczywistniał pomysły poety*" — rzekł o mnie Chateaubriand. Zgadza się. „*Jakimż romansem było moje życie!*". I to nie dzięki władzy politycznej, którą osiągnąłem. „*Jakkolwiek wielka była moja potęga materialna, duchowa była jeszcze większa: graniczyła ona z magią*".

Od czasu wyprawy do Egiptu, gdzie arabscy derwisze przysięgali, że jestem „*czarownikiem*", świat w to uwierzył, dlatego rosyjski poeta Tiutczew nazwał mnie „*mądrym magiem*". Na potwierdzenie cytowano wiele świadectw moich współczesnych o hipnotycznym wpływie, jaki wywierałem na ludzi. Zawsze mi wrogi marszałek Augereau: „*Nie potrafię wyjaśnić, co mnie zmiażdżyło przy pierwszym spojrzeniu na niego*". Generał Vandamme: „*Ten diabelski człowiek posiada taką władzę nade mną, że nie mogę tego pojąć! Nie boję się Boga ani szatana, ale gdy znajduję się blisko niego, drżę niczym dziecko; mógłby mnie zmusić do przejścia przez ucho igielne lub rzucenia się w ogień!*". Polak Jabłonowski widział mnie jeden raz, będąc maleńkim dzieckiem, które jakaś kobieta trzymała na rękach, gdy przejeżdżałem ulicą. Musnąłem go tylko oczami, a on pisze: „*Tym spojrzeniem ujął ducha mego w magnetyczną niewolę, która trwa i trwać będzie do śmierci*".

Miałem miliony dzieci adoptowanych spojrzeniem lub słowem, co istotnie „*graniczyło z magią*", ale nią nie było. Obecna nauka tłumaczy to siłą pola biologicznego, o którym prof. Aleksander Spirkin, szef Oddziału Materializmu Dialektycznego Instytutu Filozofii Akademii Nauk ZSRR, mówi: „*Pole biologiczne to zjawisko wykorzystywane, najczęściej podświadomie, przez mądrych przywódców. Oczywiście — możliwości takiego oddziaływania zwiększają się wielokrotnie jeżeli ktoś obdarzony silnym polem biologicznym robi to świadomie*".

Robiłem to świadomie.

Ziemską kolebkę ma także mój celny profetyzm w materiach społeczno–politycznych (exemplum: „*Są tylko dwa kraje: Wschód i Zachód, i dwa ludy: Wschodu i Zachodu*"), który Goethe sławił rymami:

„*O czym stulecia śniły jeno mętnie,*
On to przewidział jasnowidza okiem".

Ów profetyzm wywodzi się z rozległej krainy ludzkiej inteligencji, rozpostartej między archipelagiem kabotynizmu a przylądkiem geniuszu, i jest wspierany rachunkiem prawdopodobieństwa — im większa mądrość i bystrość spojrzenia przepowiadacza przyszłości, tym więcej razy trafi.

W XIX wieku jeszcze tego nie rozumiano, dlatego Bloy pisał: „*Napoleona objaśnić nie można, bo on jest najbardziej niepojęty z ludzi*", a Lermontow: „*Bonaparte był na naszym świecie cudzoziemcem i tajemnicą było wszystko w nim*". Niektórzy, z Mereżkowskim, Carlylem i Hoene–Wrońskim na czele, szukali odpowiedzi przez porównywanie mnie z Chrystusem, co trwa do dzisiaj (vide Anthony Burgess), co jest kusząco łatwe (On też „*znał*" swój los; On też potrafił „*zaczarowywać*" ludzi i „*wieszczyć*"; On też bronił biednych i słabych przed silnymi; On też pragnął zreformować świat; On też został zdradzony i opuszczony przez najbliższych; On też miał swoje męczeństwo na skale) i co jest absurdem. „*Gdyby Jezus był człowiekiem mojej miary, uczyniłby to, co ja, pochwyciłby władzę w Jerozolimie i zagarnąłby królestwo*". Ale Jezus dowiódł, że na to, aby władać światem, nie trzeba być cesarzem. To może tylko Bóg.

Jedyny boski atrybut mego życia stanowiła samotność. „*Byłem zawsze samotny wśród ludzi. Zawsze stałem po jednej stronie, gdy po drugiej stał cały świat*". Wspominając to jestem niczym doktor Faust — poszukuję młodości, kiedy uprawiałem samotność jak poezję i kiedy nie wiedziałem jeszcze czym jest osamotnienie.

Pierwszą bezludną wyspę znalazłem w Ajaccio, za domem, w szopie z desek. Zamykałem się tam na całe dnie i spędzałem czas z moją pierwszą kochanką, matematyką.

W pierwszej szkole, w Brienne–le–Château, „*żyłem z dala od towarzyszy i nie lubiano mnie. Na pozyskanie ludzkiej miłości trzeba czasu, a ja już wtedy miałem posępne uczucie, że czasu marnować nie należy. Zaszywałem się w ustronnym, ogrodzonym zakątku szkolnego ogrodu i samotny marzyłem. Gdy koledzy próbowali mnie wyprzeć stamtąd, broniłem się ze wszystkich sił*". Któregoś dnia obroniłem tę drugą bezludną wyspę za pomocą siekiery!

Podczas studiów w Paryżu, gdy mój współlokator wylądował w lazarecie, zgłosiłem się również jako chory i otrzymałem zezwolenie na pozostanie w pokoju. Zaopatrzyłem się w żywność, zamknąłem drzwi na klucz, przymknąłem okiennice, zasłoniłem okna i spędziłem trzy dni w całkowitym odosobnieniu, czytając przy lampie, milcząc i marząc — używając ciszy. „*Ta ciemna izba paryska, podobnie jak drewniana cela w Ajaccio i ogrodowa pustelnia w Brienne, była metafizyczną klauzurą, jaskinią, wyspą — świętym murem chroniącym jego jaźń"* — konkluduje Mereżkowski. Była czymś więcej — źródłem siły („*...odosobnienie rodzi siłę*"). Kiedy przyjaciel zastał El Greca siedzącego w biały dzień w ciemnym pokoju o zasłoniętych oknach i zdziwił się, El Greco wyjaśnił, że światło dnia gasi wewnętrzny płomień, który się w nim pali...

„*W garnizonie w Valence żyłem jak mnich, jak Spartanin, jak niedźwiedź, w małej izdebce, z książkami jako jedynymi przyjaciółmi. Iluż najpotrzebniejszych rzeczy odmawiałem sobie dla tych przyjaciół. Nie bywałem w kawiarniach, ani w towarzystwie, jadłem suchy chleb i sam czyściłem sobie ubranie. Gdy kosztem tych wyrzeczeń uciułałem dziesięć franków, biegłem do księgarni*".

Ale trzeba mi było pobiec aż na krańce mojego młodzieńczego świata, bym zrozumiał, jak niewiele mówią książki o kondycji ludzkiej. Pamiętam wieczór podczas kampanii we Włoszech, gdy ujrzeliśmy psa, który wył przy zwłokach swego pana i lizał jego martwą twarz. „*Nigdy, na żadnym pobojowisku, nic nie wywarło na mnie takiego wrażenia. Byłem wstrząśnięty. Ten człowiek, pomyślałem, został opuszczony przez wszystkich prócz psa, jakąż lekcję daje ludziom natura!*". Homo sapiens mieni się najdoskonalszą z istot, choć przewagę daje mu tylko talent pisania, kłamania i opowiadania dowcipów; nie musiałem czekać na Darwina, by to pojąć. „*Skonstatowawszy na polowaniu jak podobne ludzkim są wnętrzności zwierzęcia, zrozumiałem, że człowiek to tylko wyżej rozwinięty organizm w łańcuchu, którego pierwszym ogniwem jest roślina*". Być może te niższe stworzenia, ten pies płaczący nad ludzkim trupem, są bliższe sercu Stwórcy niż człowiek. Człowiek — to tylko brzmi dumnie.

I trzeba mi było zostać władcą połowy świata, by to w pełni pojąć. Od chwili, gdy stworzyłem imperium, byłem skazany na cesarski dwór i cesarski sztab, dwie gromady durniów głuchych na każde wyższe posłanie i zajętych krzątaniną wokół swych sakiewek, dla których popełniliby każdą podłość. Wtedy zrozumiałem, czym się różni osamotnienie od samotności.

Chroniłem się przed nimi do własnego wnętrza: w największym tłumie budowałem wyspę w sobie, gdy dopadła mnie potrzeba przemyślenia lub przedyskutowania czegoś bardzo ważnego. De Ségur nazwał to moją „*głęboką zadumą*", Bourrienne „*letargicznym snem*", zaś mój kamerdyner Constant „*zadumą letargiczną*":

„*Nie zauważał wejścia osób, które wezwał do siebie; wlepiał w nie wzrok i zdawał się nie widzieć ich, czasem mijało więcej niż pół godziny, zanim odezwał się do przybyłego. Gdy się budził z odrętwienia, pytał o coś, ale zdawało się, że odpowiedzi wcale nie słucha. Nic nie mogło przerwać tej letargicznej zadumy*".

— Méneval!

— Tak, Najjaśniejszy Panie?...

— Powtórz, jak to było?... Ty się pochyliłeś, a wówczas on...

Inne świadectwo pozostawił geberał Thiébault, opisując scenę, która miała miejsce w Compiègne:

„Doszedłszy do środka salonu, cesarz nagle zatrzymał się, skrzyżował ręce na piersi, zapatrzył się w punkt podłogi oddalony od niego o jakieś sześć kroków i tak zastygł w bezruchu. Wszyscy — świta, najwyżsi dowódcy i ministrowie, ambasadorzy obcych państw, królowie i książęta panujący — zatrzymali się razem z nim, otoczyli go szerokim kołem i zamarli w głębokim milczeniu, nie odważając się nawet spojrzeć po sobie. Tak minęło pięć minut, sześć, osiem... Wreszcie marszałek Masséna, zwycięzca Suworowa, stojący w pierwszym szeregu, podszedł ku cesarzowi i coś szepnął. Ledwie to zrobił, gdy cesarz, wciąż nie podnosząc oczu, wyrecytował gromowym głosem: «A panu co do tego!». Przestraszony patriarcha wojennej sławy cofnął się z szacunkiem, a Napoleon stał dalej w bezruchu. Potem, jakby się obudził ze snu, podniósł głowę, opuścił skrzyżowane ramiona, rozejrzał się po wszystkich badawczym okiem i bez słowa zawrócił do sali gry. Wszystko to widzę jak dzisiaj, ale dotąd nie mogę pojąć, co to było".

To była jedna z moich wysp, głupcze. Byłem wśród was Robinsonem, nawet gdy otaczało mnie pół miliona wiwatujących ludzi.

Tym bardziej stawałem się osamotniony, im bardziej ci, których wyniosłem na szczyt, byli mi niewierni. Mój generalny intendent Wielkiej Armii i dworu cesarskiego, hrabia Daru, pracował dla rosyjskiego wywiadu jako „*Paryski przyjaciel*". Dwaj moi ministrowie, Talleyrand (spraw zagranicznych) i Fouché (policji), nosili w tej samej agenturze pseudonimy „*Anna Iwanowna*" i „*Natasza*". Moja pierwsza żona, Józefina, sprzedawała Fouchému moje tajemnice za tysiąc franków miesięcznie. Moja siostra Karolina i jej mąż zdradzili mnie Austriakom. Moi marszałkowie... Ktoś idzie! Poznaję te kroki, to lekarz...

Przyniósł kolejną porcję literatury, dwa angielskie pisma (dostarcza mi prawie wyłącznie teksty angielskie): organ Królewskiego Stowarzyszenia Medycznego z artykułem historyka Jamesa Robinsona o tym, że byłem... impotentem, i gazetę „Guardian" z artykułem doktora Greenblatta, który twierdzi, że pod koniec życia zamieniłem się w... kobietę, na skutek syndromu Zollingera–Ellisona... Niedługo minie dwieście lat, a brytyjscy dżentelmeni nie ustają, tylko repertuar coraz podlejszy. Była już moja sodomia, dom publiczny mojej matki, zdawało mi się, że już niczego więcej nie można wyssać z tego brudnego palca. A jednak... Jak bardzo musi ich uwierać moje zwycięstwo!

Przez piętnaście lat mego panowania rząd angielski opłacał wszystkich nieprzyjaciół Francji (doprowadził tym własne społeczeństwo do kompletnej nędzy i głodu), a także wspierał moich wrogów wewnętrznych, partię rojalistów, która w dobie Konsulatu dokonywała zamachów na mnie i próbowała omamić naród francuski fałszywymi hasłami, a w końcu poniosła klęskę, gdyż naród nie dał się uwieść zdrajcom. „*Partia podtrzymywana bagnetami cudzoziemców zawsze jest bandą przegranych kryminalistów*". Ten sam naród, głosując w plebiscycie, sprawił, że z konsula przedzierzgnąłem się w cesarza, co wszakże zmieniło tylko mój ceremonialny ubiór. „*Nazwa i forma rządu są bez znaczenia. Ważne jest, żeby obywatele byli równi wobec praw i żeby sprawiedliwość była sprawiedliwie egzekwowana. Nie może być półsprawiedliwości, sprawiedliwość jest niepodzielna!*". Anglicy mają to we krwi, tylko inaczej to interpretują: w owym czasie na Wyspach karano powieszeniem za kradzież bułki każdego przyłapanego głodomora, bez względu na wiek — dwunastoletnie dzieci i dorosłych równano wobec prawa za pomocą szubienic.

Państwo o tak wysokim stopniu cywilizacji, sprzymierzone z równie sprawiedliwym carem, musiało mnie pokonać. Wygrałem wiele wojen, lecz wojny zwycięskie osłabiają także zwycięzcę. Gdy na rosyjskich stepach moja gwiazda poczęła gasnąć w tumanach śniegu, który wyrwał mi z ust słowa, że „*Rosja jest potęgą najdłuższym krokiem maszerującą w kierunku dominacji nad światem*" — Anglikom nietrudno było kupić resztę monarchów Europy. Porzucili mnie sprzymierzeńcy i właśni marszałkowie — moje osamotnienie rosło jak piramida przeklętego faraona. Wierni do końca pozostali tylko Polacy, lecz to było zbyt mało — gdzieś w przedwiecznych wyrokach zostało zapisane, iż „*chmara wron rozdziobie orła*" (Constant). W roku 1814 Kozacy biwakowali już na Polach Elizejskich. „*O, Anglicy* — pogroziłem im — *opłaczecie jeszcze swój triumf nad Bonapartem i Europa zapłacze razem z wami, gdy zostanie zalana przez hordy Kozaków i Tatarów*!". Okazało się jednak, iż nie muszę czekać na konflikty między aliantami — Święta Helena zamieniła moją klęskę w ich klęskę; mit Golgoty działa niezawodnie. Anglikom pozostały tylko oszczerstwa, którymi miotają do dzisiaj — zemsta eunucha!

Noc, cały szpital śpi. Za chwilę sprzątacz przyprowadzi Ménevala...

— Méneval!

— Słucham, Sire!

— Powtórz, co on powiedział.

— Najjaśniejszy Panie, przecież mówiłem tyle razy...

— Więc powtórz po raz setny!

To było w 1815... Rok wcześniej, gdy w Paryżu rządził car, moja druga żona, Maria Ludwika, uciekła do Austrii, zabierając mi naważniejszą istotę na Ziemi — mojego syna! Cztery lata wcześniej, gdy go rodziła, podszedł do mnie doktor Dubois, oświadczając, że może uratować albo matkę, albo dziecko, ale nie oboje... i kazał mi wybierać! Odrzekłem bez wahania: *„Myślcie tylko o matce!"*, chociaż w piersi wyło mi kilkanaście milionów Francuzów czekających wraz ze mną na następcę tronu. Udało się uratować i ją i jego.

To dziecko jest jedynym kolcem w moim sercu. Trzymają go — sierotę bez ojca zamkniętego w klatce i bez matki zajętej swym kochankiem — w Schönbrunn, a on wciąż pyta o mnie i czeka...

Nadaremnie — nie stać mnie na jeszcze jeden cud. *„Zbyt długo dźwigałem świat na swych barach, jestem trochę zmęczony"*. Jestem tu po to, by umrzeć, na tej wyspie, na pograniczu trzech kontynentów, gdzie Camões, jakby w proroczym przeczuciu, umieszczał geniusza wichrów i burz. Trucizna coraz bardziej pustoszy moje ciało, nie mam już nawet siły uprawiać ogrodu; wypuściłem z rąk moje ostatnie berło — łopatę, która dawała mi zajęcie. Czyż zresztą przez całe życie nie byłem ogrodnikiem? Tylko ogród skarlał mi do kilku metrów pod oknem.

Wkrótce stanę przed właścicielem ogrodów. Bez strachu — mam gigantyczny pęk wytrychów do jego serca, które można otworzyć jedynie za pomocą miłości. Wystarczy, że zabiorę te dwa, które mi ofiarowano, gdy byłem już bankrutem.

Pierwszy z nich usłyszałem podczas kampanii niemieckiej. Cofaliśmy się na zachód i niczym nie można było tego powstrzymać; kolejne klęski odbierały resztki złudzeń i szczury zaczęły uciekać z tonącego okrętu. Za jakimś mostem, przez który przewalało się zmęczone wojsko, podszedł do mnie ubrany na czarno kapitan. Był to Włoch, dowódca baterii konnej. Ta scena miała wielu świadków, bo po raz pierwszy zetknęli się dwaj ludzie znani w armii, tylko że ja go nie znałem.

Polak Wojciechowski notuje w swoim pamiętniku, że był to typ *„tak czarny, dziobaty i obrośnięty, że prawdziwie wyglądał na diabła"*. Istotnie zobaczyłem człowieka niezwykłego. W granitowej, pociętej ranami twarzy, osadzone były oczy o straszliwej sile i jakimś nieludzkim spokoju urodzonego pogromcy dzikich bestii. Po raz pierwszy w życiu zdawało mi się, że moje spojrzenie odbija się od tych ślepi niczym kula od pancerza. Było to denerwujące, ale jeszcze bardziej podrażniło mnie, gdy powiedział krótko, jakby rzucił rozkaz:

„— Daj mi krzyż, zasłużyłem na niego."

Nigdy nie spotkałem się z takim tupetem żołnierza; pomyślałem, że to bezczelność zrodzona ze świadomości mojego upadku i już chciałem warknąć, gdy nagle szef sztabu generalnego, marszałek Berthier, pochylił się i szepnął mi do ucha:

„— *Sire, to «Diabeł»!*".

Wtedy przypomniałem sobie, słyszałem o nim. Był to oficer o legendarnej odwadze, w największym niebezpieczeństwie i najgorętszym ogniu bitewnym zimny jak skała, dokonujący nieprawdopodobnych wyczynów ze zdumiewającą nonszalancją, jakby od niechcenia. Cieszył się wśród podwładnych ogromnym mirem i tysiąckrotnie zasłużył na medale, lecz przez swą wybujałą dumę i hardość nie był lubiany wśród zwierzchników; łamał dyscyplinę i nigdy nie podano go do odznaczenia. Skorzystał z okazji, by przed opadnięciem kurtyny podać się samemu do pamiątki po dramacie, w którym zagrał piękną rolę. Spytałem:

„— *Jaki chcesz krzyż?*"

Byłem pewien, że zażąda Legii Honorowej, lecz on pragnął pamiątki związanej ze swą ojczyzną, którą wyzwoliłem z austriackich pęt i którą znowu czekały kajdany.

„— *Korony Włoskiej*" — odparł.

„— *Berthier! Zapisz go do tego krzyża*".

Nawet nie drgnął. Stał i patrzył na mnie tym samym wzrokiem, z tym samym kamiennym spokojem człowieka bez ułomności, który mnie tak denerwował. Sekundy mijały, a on się nie odmeldowywał.

„— *Czego chcesz jeszcze?!*" — spytałem zniecierpliwiony.

„— *Chcę się tobie przypatrzeć* — powiedział — *bo ciebie bardzo kocham*".

Jego policzki były suche, lecz w głębi moich powiek poczułem jego łzy. Odwróciłem się na pięcie i nigdy go już nie zobaczyłem.

W 1815, gdy na Sto Dni odzyskałem tron, rozwścieczeni Habsburgowie wypędzili z Schönbrunn ostatnich Francuzów towarzyszących Orlątku, guwernantkę i mojego byłego sekretarza, Ménevala, po czym otoczyli dziecko ludźmi, pod naciskiem których przestało twierdzić, że język niemiecki jest wstrętny, witać każdego marszałka pytaniem: „*Czy pan też zdradził mojego tatusia?*" i powtarzać, że „*Paryż jest tysiąc razy ładniejszy od Wiednia, bo tam jest mój kochany tatuś*". Nie trudno im było zastraszyć malca: mój synek miał cztery lata. A dookoła Schönbrunn i w samym Schönbrunn przewalał się Kongres Wiedeński — kuto nowe kraty Europie — i przedstawiciele kilkudziesięciu państw, posługując się ówczesnym językiem międzynarodowym, po francusku, odmieniali moje imię we wszystkich deklinacjach: „*wściekły pies*", „*uzurpator*", „*korsykański rzezimieszek*" itd. Sługębne echo Kongresu mówiło memu synkowi, że jestem łotrem spod ciemnej gwiazdy.

Przed opuszczeniem Wiednia Méneval uzyskał zgodę na pożegnanie się z synem wilkołaka, oczywiście pod nadzorem nowej guwernantki, okrutnej pani von Mytrowsky. Obaj oni — czteroletni szkrab i niespełna czterdziestoletni biurokrata — przeczuli, że Méva (tak w swym dziecięcym języku nazywał Ménevala mój syn) to ostatni człowiek, który będzie mi mógł coś przekazać. Méneval wspomina, że zastał chłopca odmienionego. Spod czupryny patrzyły na starego przyjaciela mądre, rzekłbyś dorosłe oczy. Méneval spytał, co ma powtórzyć od niego tatusiowi. Chłopiec rzucił przestraszone spojrzenie na guwernantkę, potem spojrzał Ménevalowi w twarz i podszedł do okna. Méneval zrozumiał. Uniżenie pożegnał panią von Mytrowsky, po czym też zbliżył się do okna i pochylił się nad małym księciem, lecz niewystarczająco. Chłopiec szarpnął go za połę fraka, zmuszając do schylenia głowy na wysokość dziecięcych ust, i drżącym głosem wyszeptał:

„— *Panie Méva, powie mu pan, że zawsze go kocham!*”.

Méneval wyszedł i popłakał się moimi łzami, wypłakując wszystkie, co do jednej. Dlatego ten podły lekarz, który nie może zajrzeć w głąb mojego krwawiącego serca, stoi jak głupi, nie rozumiejąc, czemu nie płaczę.

WYSPA 5

TEHERAN (PERSJA)

FATH–ALI

CUDOWNA LAMPA ALADYNA

(OPOWIEŚĆ Z NOCY 1002)

„Niektóre zmyślenia są o tyle cenniejsze od faktów, że ich piękno czyni je prawdziwymi. Jedynym Bagdadem jest Bagdad z «1001 Nocy», gdzie dywany latają i z magicznych słów wyłaniają się dżinny (...) Jedyne dżinny zamieszkują w opowieściach, a nie w pierścieniach Maurów czy lampach Żydów (...) Obojętne jaki sposób Szeherezada znajduje — czy będzie to magiczne zaklęcie, czy magiczna opowieść zawierająca odpowiedź — wszystko sprowadza się do poszczególnych słów w opowiadaniu, które czytamy, czyż nie? (...) Prawdziwą magią jest pojąć, które słowa są skuteczne, kiedy i w jakim można je użyć celu; sztuczką jest poznać sztuczkę".

(John Barth, „Chimera", tłum. Ewy Ćwirko–Godyckiej).

*„Insz Allah!"**.

Tak zaczyna się opowieść o jednym dniu i jednej nocy roku 1805 (według kalendarza giaurów). Tak zaczyna się i kończy wszystko, co jest na ziemi, albowiem nic się na niej nie dzieje wbrew woli jedynego Boga.

Trzy dni wcześniej nim dzień ów i noc owa wzeszły, przybyło do Teheranu poselstwo od chrześcijańskiego sułtana Napoleona, którego

* — Będzie tak, jak chciał Bóg (Tak chciał Allah).

zwano Wielkim, chociaż był niewiernym psem i pijał wino. Był on jednak nieprzyjacielem sułtanów Rosji i Anglii, przeciw którym szachinszach od dawna szukał pomocy. Wiele lat później kronikarz Franków, Georges Spillman, zapisze o tym poselstwie te oto słowa:

„Napoleon nie zapomniał o Persji, która mogła stać się pomocną w walce z carem i z Anglikami (...) Należało zbadać intencje szacha. Dlatego Bonaparte zdecydował się wysłać z misją do Teheranu generała Romieux (...) Romieux dotarł do celu i został dobrze przyjęty, lecz nagle zapadł na tajemniczą chorobę, która spowodowała błyskawiczny zgon".

Frankowie w głupocie swojej twierdzili potem, że generała otruto z poduszczenia Petersburga lub Londynu, atoli rzecz inaczej się miała, tak, jak o tym prawi dziejopis arabski Szakkum Isin el–Nrok.

Rankiem tego dnia w Teheranie drugi szach z dynastii Kadżarów, prześwietny i sprawiedliwy Fath–Ali, przyjął po raz pierwszy poselstwo Franków, gdy śniadał. Jedząc powoli i z namaszczeniem, w głębokim przekonaniu, że najdzikszy baran nie ucieknie z półmiska, kiedy poćwiartowany i utopiony w korzennym sosie przez czarnego kucharza–eunucha (taki kucharz nie ma dzieci kradnących spod ręki czosnek i bakalie), słuchał Fath–Ali łaskawie hołdu, który mu składali niewierni. Nim skończyli mówić, on skończył jeść, oblizał palce i zanurzył je w srebrnej misie wypełnionej perfumowaną wodą, która od tej chwili utraciła całą swą wonność i stała się gęsta jak wody tego morza, o którym powiadają, że jest martwe, a wynoszący misę niewolnik starał się przesunąć swój nos na tył głowy.

Słuchał więc dalej sławny szach Fath–Ali powitalnej mowy swych gości, ziewając od czasu do czasu (co bystrości ducha bardzo pomaga, świeżym go bowiem rzeźwi powietrzem) i kiwając przychylnie głową, aczkolwiek nic nie rozumiał ze szczekania tych Franków, którzy się tak podłym posługują językiem, iż na sam jego dźwięk wielbłądy dostają niestrawności. Oni zaś, wsparci na wielkich szablach, których okute pochwy dziurawiły posadzkę pałacu, pozdrawiali go szczerze, obdarował ich bowiem taką ilością pereł i szmaragdów, że im się omal rycerskie nie pomieszały rozumy. Rad był tedy, widząc ich radość, a chcąc snadniej jeszcze rozweselić ich niewierne dusze, by po powrocie do domu dobrze świadczyli o Teheranie, skinął szczodrobliwy szach na zaufanego ministra i przyjaciela swego, wielkiego wezyra Aladyna, po czym rzekł mu:

— Wiesz jak kocham naszych braci Franków, z którymi zawrzemy wieczne przymierze przeciwko sułtanom Rosji i Albionu, chciałbym tedy podarować im coś, co by im ogrzało chłodne noce, podczas których myśleć będą o warunkach traktatu.

— Stanie się jak każesz, ulubieńcu Proroka — odparł Aladyn–Mirza Khan, chyląc czoło przed majestatem. — Co im dać?

— Daj tym synom szejtana po dziewicy z najlepszych rodów.

— Allah Kerim! — jęknął wezyr Aladyn i zaczął mleć w wargach wersety Koranu, z czego dałoby się wyłowić: „oby im przegniły dziąsła i wypadły oczy, tym złodziejom, synom i wnukom złodzieja, oby trąd siadł na ich męskości" i temu podobne.

— Czyś ogłuchł?! — syknął Fath–Ali.

— Nie, panie — wyjaśnił mu wezyr, chyląc jeszcze niżej kark — ale spójrz swym sokolim okiem na tych dostojnych rycerzy, z których każdy przypomina górę łoju. Słonica nie wystarczyłaby żadnemu z tych parszywych gaiurów! Która niewiasta nie zemrze po jednej nocy z takim?

— Daj im tedy po dwie.

— Po dwie dostali na powitanie, a potem przez pół dnia rzezańcy w pocie czoła cucili je przy fontannach pałacu!

— Daj im więc po trzy.

Wezyr Aladyn, nie musząc przechylać głowy, zeza miał bowiem dostojnego wielce, rzucił za siebie ukośne spojrzenie i raz jeszcze bacznie zlustrował czcigodnych gości szacha, po czym westchnął:

— Mało będzie. Wiotka jest każda szlachetna dziewica z twego haremu, panie, nie zdzierży miłości giaura.

— Bóg jest jeden! Niech wezmą po cztery! — zawyrokował szczodrobliwy Fath–Ali, po czym wstał, dając do zrozumienia, że posłuchanie skończone, a nakazawszy Frankom (przez tłumacza, który się jąkał, ale po frankońsku) zaczekać na jeszcze jeden dar, ruszył do haremu, by samemu wybrać nieszczęsne ofiary spośród czterech tysięcy swoich oblubienic.

Krocząc powoli wzdłuż najnadobniejszych niewiast świata, z których większość widział po raz pierwszy (im starszy był bowiem, tym więcej czasu zabierały mu świątobliwe rozmyślania), cmokał radośnie ustami, póki się nie zakaszlał przy cudnej Greczynce, co ledwo z dziecięctwa wyrosła i niczym zażywniejszym nie mogła jeszcze wzbudzić podniety w sercu swego pana, wyschniętym i jałowym, podobnym pustej sakwie, noszącej jeno pamięć po wodzie. Szedł tedy dalej milcząc, z godnością przystojną monarsze nad monarchami, omijając dziewice chude niczym derwisz, co się odprzysiągł jedzenia, inne zaś lustrując okiem i ręką. Różane usta im otwierał i zęby pilnie liczył gestem kupca z placu targowego, ujmował w drżące palce kosmyki włosów i próbował ich miękkości, odwracał co trzecią i mierzył starannie położenie łopatek, albo nieskromnie czynił, sprawdzając wszelką na ich postaci wypukłość.

Obserwował to przez sekretny otwór w ścianie wezyr Aladyn, wielką obawę czując, czy się czasem która nie przyzna do nocy aladyńskimi zwanych, i dziwując się skrupulatnym badaniom szacha, łacniej bowiem dowiesz się, co jest we wnętrzu ziemi, niźli odkryjesz wady konia i niewiasty — tego nie wie sam Prorok. One zaś — myśląc z nadzieją, że Fath–Ali przybył wybrać jedną na rozkosz, podczas której widzi się raj otwarty szeroko, bo poczuł w trzewiach jęk chuci za niepojętą sprawą Allaha, który gwałtowne namiętności i moce wyzwolić może nawet w ciele rzezańca strzegącego hurysy (z tej siły eunuch potrafi się nawet obwiesić) — poddawały piersi do przodu tym ruchem, jakim przekupień pokazuje przechodniom dwa dojrzałe granaty, i odsłaniały alabastrowe ciała, chcąc oślepić znużone oczy szacha przepychem drżących lędźwi. Oooooooch!

Wybrał na koniec szczodrobliwy syn Kadżara gromadę odalisek dla Franków i zdziwił się czemu pozostałe zawodzą cicho głosami gołębic, którym małżonków upieczono na rożnie. Pokazał im tedy pogardę wypisaną na plecach, a one ukłoniły się wdzięcznie i odeszły do swoich komnat, napełniając je oceanem smutku, tak jak najstarsza i najczcigodniejsza faworyta padyszacha, zwana *„różą ogrodu Proroka”* i *„gwiazdą półksiężyca”*, napełnia łzami malachitową wazę gdy sułtan omija jej łoże, dwie są bowiem smutne rzeczy na świecie — dwoje oczu wzgardzonej kobiety. Tam legły na swych jedwabnych poduszkach i przez tydzień nic nie jadły z utrapienia, oddając się myślom o miłości giaurów, która musi być długa i mocna jak palma (ludzie ci bowiem, chociaż są dzicy i nieokrzesani, uda mają podobne konarom dębu, a ramiona podobne sękatym maczugom, którymi można zabić wołu), i ciągle popłakiwały, rozmaite sobie wyobrażając sprawy. Cisza martwa zaległa nad haremem szacha, czasem tylko któraś z hurys westchnęła głośno, pomyślawszy o giaurze coś, o czym tylko myśleć przystoi. Oooooooch!

O tym jednak nie wiedział prześwietny szach Fath–Ali, który dzień posłuchania udzielonego giaurom zakończył pobożnym uczynkiem, jaki miał w zwyczaju czynić raz do roku. W wieczór taki — wzorem wielkiego Haruna ar–Raszyda — wychodził na ulice miasta w przebraniu, ażeby własnymi dostojnymi oczami przypatrzeć się życiu swego ludu i sprawdzić, czy mu czego nie brakuje. Troszczył się bowiem wielki ten monarcha niezmiernie i zgoła niezwyczajnie o poddanych, a najwyżej cenił cnotę miłosierdzia, przez co nawet piekarzowi złapanemu na kupczeniu bułkami po zbyt niskiej cenie nie zezwalał przed śmiercią obcinać uszu, tylko od razu kazał go wbijać na pal. Zaufany sługa Nazim zdjął z majestatu bajecznie cenne szaty, z których jedna była jak wschód, a druga jak zachód słońca, oswobodził najszacowniejszą głowę z turbanu tak obsypanego szlachetnymi kamieniami, że się zdawało, iż to rajski ptak narobił na głowę szacha, a zza pasa wyjął kindżał podobny do najdroższej błyskawicy, by całą tę boskość zastąpić skromnymi łachami upadłego kupca, który krążąc po Teheranie chce odnaleźć swych dłużników, niczym ów żeglarz, co wypatruje monety upuszczonej w morski odmęt.

Wyszli — pan i jego rab, podążający za zbiedniałym kupcem na kształt cienia — tajemną bramą, którą wynoszono z haremu zmarłe ze starości dziewice. Noc dawała rześki powiew, który owionął władcę niby szal słodkiej hurysy i przyniósł mu zapachy miasta, nos bowiem był tym członkiem szacha, który nie zawiódł go jeszcze ani razu. Im dalej byli od pałacu, tym głośniej poczęły przemawiać usta Teheranu złożone z wielu tysięcy warg. Kiedy znaleźli się bliżej góry Elburs, wiatr, który się lęgł na jej zboczach, strząsnął nieco zielonego pyłu z monarszej brody. Zatrzymali się. Fath–Ali spojrzał w niebo i zaczepił wzrok na księżycu, którego nie sposób obłożyć podatkami, chociaż mieszka on w państwie jak każdy. Stał tak przez długą chwilę i medytował rozumnie, a na koniec spytał Nazima:

— Jak myślisz, czy noc będzie pogodna?

— Nie ośmieli się zasłonić oblicza czarczafem chmur, kiedy ty tego nie pragniesz, panie, czemu mnie pytasz? — odparł Nazim.

— Chcę, żeby Allah widział, jak jestem ojcem mego ludu, nie mógłby zaś tego dojrzeć przez chmury.

Po czym znowu ruszyli przed siebie, przyspieszając kroku. W pobliżu placu przedtargowego dopadł ich zgiełk ogromny. Stało tam mrowie namiotów koczowników, którzy przybyli do miasta po zakupy, obcymi zaś będąc w Teheranie, trwożyli się bardzo i krzyczeli jak najgłośniej, aby wszystkim było wiadomo, że są mężni i nikogo się nie lękają. Dalej, obok zamkniętego już bazaru, stało kilka spróchniałych szałasów, z których dobywała się cisza przerywana od czasu do czasu jękami. Zmarszczyło się wysokie czoło szacha, lecz Nazim uprzedził go, mówiąc:

— Pozwól, panie, że pierwszy zajrzę do tych domów, może tam bowiem panować zaraza.

Panował tam głód tak straszny, że niektórzy z właścicieli owych siedzib nie mogli już podnieść się z ziemi i leżąc żuli własne kamasze. Widząc starca o ciele tak przeźroczystym, że dostrzec można było przez nie pierś młodzieńca, na której ów starzec odpoczywał, Nazim poczuł ból w sercu i spytał:

— Czemu ten człowiek umiera?

— Z przejedzenia — usłyszał od młodzieńca.

— Co rzekłeś?

— Nie mając mąki, zjadł dziś z rozpaczy ziemię, aby oszukać żołądek, ale zbyt wiele jej pożarł — odpowiedział mu młodzieniec szeptem poprzez wyschnięte łzy.

— Czemu więc nie poszedł do szacha, który by go nakarmił? Nikt w Teheranie nie umiera z głodu...

— A wiesz czemu szach nie przyszedł do niego? — spytał go młodzieniec jeszcze głębszym szeptem.

— Zaiste, bredzisz! — wykrztusił Nazim i wybiegł na świeże powietrze.

— Słyszałem, żeś rozmawiał o śmierci — zagadnął go władca.

— Tak, panie. Głupiec jeden otumaniał tam z dostatku, przejadł się i zdycha, zanim to jednak uczynił, w obłędzie swoim cisnął zdechłego kota do cysterny z wodą, przez co zaraza może się rozsiąść w jego domu. Lepiej chodźmy stąd.

— Allah Akbar! — westchnął szach — myślałem, że osioł najgłupszym jest ze zwierząt. Chodźmy.

Uszli żwawo, wielki czując w nogach przypływ energii. Minęli opustoszały bazar, na którego krańcu jakiś spryciarz próbował jeszcze kupczyć niewolnicami i zachwalał je głosem bardzo żarliwym, myśląc chytrze, iż w ciemnościach łatwiej jest sprzedać niewiastę po wielokroć już użytą albo też mającą dużo błędów w budowie. Minąwszy kilka placów, zagłębili się w wąskie uliczki wypełnione znaczną ciżbą.

— Kogo pragniesz obdarować widokiem swego oblicza, panie? — spytał Nazim

Zastanowił się szach Fath–Ali i rzekł:

— Pójdźmy do jakiegoś myśliciela, ludzie ci bowiem w piśmie uczeni są nadzwyczajnie, zasię pierwsi dostrzegają zło. Niechaj powie, co go gnębi, bym wiedział, jakie w mych włościach trzeba plenić chwasty. Znasz jakiego, Nazimie?

— Znam, panie. Pójdźmy tam.

Niedługo trwało nim doszli do nory wykopanej zręcznie obok wysypiska nieczystości. Siedział w niej przy oliwnym kaganku człek chudy jak tańcujący derwisz, przy czym łacno można było poznać, że jest zaprawiony w myśleniu nie tylko o rzeczach ziemskich, marnych i parszywych, niegodnych, by im jedną chwilę rozumu poświęcać. Sławny był to uczony i więcej miał lat niźli można wyliczyć raz tylko nabrawszy do piersi oddechu, czaszkę zaś miał obraną z włosów tak starannie, jak szarańcza z liści obiera drzewo lub też podskarbi szacha biedaków z dobytku. Wiedział ile jest na niebie gwiazd i kiedy będzie padał deszcz, a taki był mądry, że za opłatą oduczał ludzi jedzenia potraw, których nie można ukraść ze straganu.

— Powiedz mi, czy jest źle? — spytał go szach, przedstawiwszy się uprzednio jako wędrowiec szukający prawdy.

— Bardzo jest źle — odparł mędrzec.

— W czym jest źle?

— Źle jest, gdy człowiek umiera ze zgryzoty, jak umarł wczoraj mój sąsiad.

— Czym się zagryzł ów nieszczęsny?

— Nie mógł dojść, czemu jedna żona, dla której był zły i bił ją, całowała mu nogi z miłości, a ta, dla której był dobry, umierając powiedziała, że mogłaby jeszcze pożyć, ale umiera jemu na złość.

— A ty wiesz dlaczego?

— Nie wiem, właśnie nad tym rozmyślam.

— Innego zła nie widzisz, starcze?

— A czy widziałeś większe zło niż to, kiedy człowiek nie pojmuje drugiego człowieka?

— Jesteś rozumny — rzekł Fath–Ali uradowany wielce — mógłbyś być szachem.

— Gdybym nie był mędrcem, iście, że chciałbym być szachem.

— Kimże zaś chciałbyś być, gdybyś już był szachem?

— Chciałbym być znowu człowiekiem rozumnym — wyjaśnił mu starzec, a monarcha nawet nie próbował rozwikłać owej mądrości i wyszedł na ulicę.

Dwa tylko i jeszcze kilka zrobili kroków, a dał się słyszeć płacz wielki zza muru okalającego schludny dom. Wszedł tam szach za radą Nazima i zastał mężczyznę we łzach.

— Przyjacielu, czemu płaczesz? — zapytał na powitanie i nie czekając odpowiedzi wyrzekł zdanie tak głębokie, jakby z Koranu zostało wyłuskane: — Mężczyzna płakać nie powinien, chyba że ma powód ku temu!

Drgnął ów człowiek, bo mądrość owa zatrzęsła nim jak śmierć, albo jak nabożna epilepsja, która podrzuca ciałem pielgrzyma, uniósł na przybysza załzawione oczy i rzekł cicho, a niezmiernie smutno:

— Wielkiej doznałem krzywdy i wiele straciłem za sprawą złych ludzi, oto czemu łzy ronię.

— Powiedz, kto cię skrzywdził i kiedy to się stało?

— Przedwczoraj, panie. Właśnie chciałem jechać z towarem na targ do Isfahanu, bałem się jednak, że w chwili mego odjazdu piękna Fatima, córka golarza, za moją sprawą w szóstym będąca miesiącu, krzyk podniesie na cały Teheran, co by mi nie było miłe. Dziewica zaś owa krzyczeć umie tak, że się płoszą dromadery. Wezwałem ją tedy do siebie i zaofiarowałem dwakroć po sto cekinów, siedem kóz i cztery wielbłądy, co wdzięcznie przyjęła, zasię ja poznałem, żem bardzo nieroztropnie uczynił, powiedziała mi bowiem na odchodnym, jako ją bardzo zdziwił mój podarek, gdyż była pewna, że nie ja, lecz pewien rudy mulnik jest ojcem jej dziecka, albo też krawiec wezyra, ma także niejakie podejrzenie wobec trzech tragarzy z końskiego bazaru. Nigdy zaś nie myślała o mnie. Tak oto utraciłem znaczny dobytek, czego przeżałować nie mogę! — zakończył nieszczęśliwy kupiec i znowu pogrążył się we łzach.

Fath–Ali przyozdobił swe wargi łagodnym uśmiechem i pogładziwszy kilka razy brodę, wycofał się dyskretnie, zostawiając owego handlarza sam na sam z wielkim żalem.

Ponownie weszli z Nazimem w wąwozy ulic, z których wypełzła naraz smrodliwa woń i nie uszanowawszy szlachetnych nozdrzy szacha, wiercić w nich poczęła okrutnie. Zmieszali się z barwnym tłumem, co po skwarnym dniu wyległ z domów świeżego zaczerpnąć powietrza. Przystanęli tu i ówdzie, patrząc ciekawie na wszystko, w końcu zaś monarcha kazał Nazimowi zaprowadzić się tam, gdzie mieszkają ludzie biedni.

Poprowadził go sługa do takich nędzarzy, co z biedy musieli chwytać się kradzieży, a czynili to z należytą wprawą, nie masz bowiem nic gorszego nad to, jeśli ktoś rzecz swoją czyni niedokładnie i leniwie (dlatego też człowiek mądry słusznie odwraca się tyłem do złodzieja, który pozwolił się schwytać, choć i to być może, że złodziej złodziejowi nie chce spojrzeć w oczy). Ludzie ci spożywali akurat sutą wieczerzę z barana nasyconego wieloma korzennymi przyprawami. Każdy z nich brał ręką wonny kawał pieczeni, przymykał z rozkoszą oczy, a usta otwierał szeroko niczym przedsionek raju i do nich upychał ile się dało, w zachwyceniu swoim nie słysząc, iż czekający w kolejce do półmiska sąsiad modli się pod nosem zawzięcie:

— Ręka mu omdleje, tyle bierze ten złodziej, prawnuk złodzieja! Obyś się udławił!

Kiedy zaś przyszła na niego kolej, uśmiechał się błogo, następny zaś życzył mu ze szczerego serca wszystkich chorób, jakie są w Teheranie. Tylko gospodarz tej uczty nic nie mówił, ciesząc się w milczeniu rozmowami swych gości, i przymknąwszy oczy zaplatał tłuste palce na brzuchu, nie bez tego jednak, aby nie baczyć, czy który z przyjaciół nie ukradnie mu w roztargnieniu kobierca albo złoconej po brzegach filiżanki. Jeśli tak ucztują najbiedniejsi — pomyślał Fath–Ali — i jeśli tak się noszą (każda bowiem z tych mlaskających gąb wstrętną była, lecz na każdej włosy utrefione były tak starannie, iż się nie dawało widzieć w nich nadmiaru robactwa), tedy szczęśliwym musi być mój naród.

31. „Główną rolę grał Marlon Brando..."

32. René Magritte, *La Domaine enchanté.*

33. Jean-Dominique Ingres, *Napoleon Pierwszy Konsul* (w roku 1804).

34. Andrea Appiani, *Napoleon Cesarz Francuzów i Król Włoch* (w roku 1805).

CZWARTY

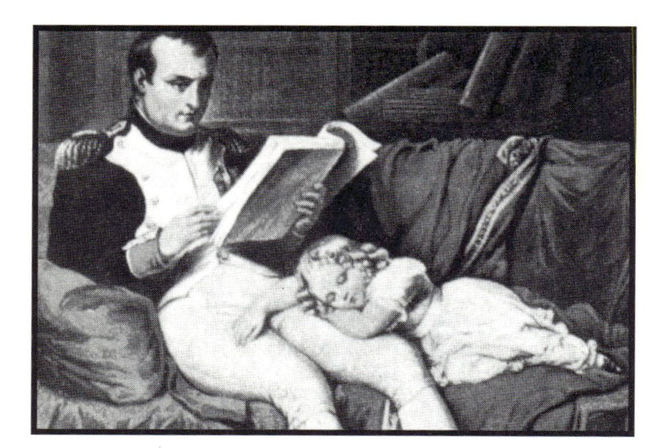

35. K. Steuben, *Napoleon z synem.*

36. „Jako porucznik w Auxonne robiłem notatki geograficzne i zapisałem nimi cały zeszyt. Ostatnie zdanie na ostatniej stronie brzmiało: Święta Helena, mała wyspa..." (fotokopia tej notatki z ostatniej strony zeszytu geograficznego porucznika Bonaparte).

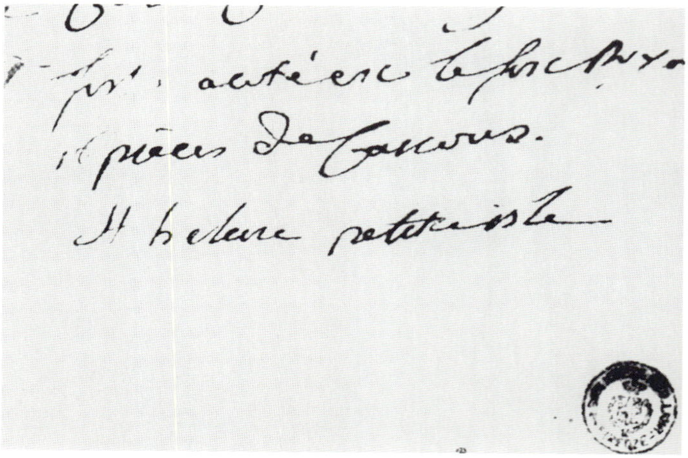

37. Longwood. Dom, w którym mieszkał i zmarł Napoleon.

38. „Pamiętam wieczór podczas kampanii we Włoszech, gdy ujrzeliśmy psa, który wył przy zwłokach swego pana..." (Louis-François Lejeune, *Bitwa pod Marengo*, detal).

39. Paul Delaroche, *Napoleon w Fontainebleau* (w roku klęski – 1814).

40. „Czyż zresztą przez całe życie nie byłem ogrodnikiem? Tylko ogród skarlał mi do kilku metrów pod oknem" (popularna litografia z epoki: *Napoleon na Św. Helenie*).

41. Maska pośmiertna Napoleona.

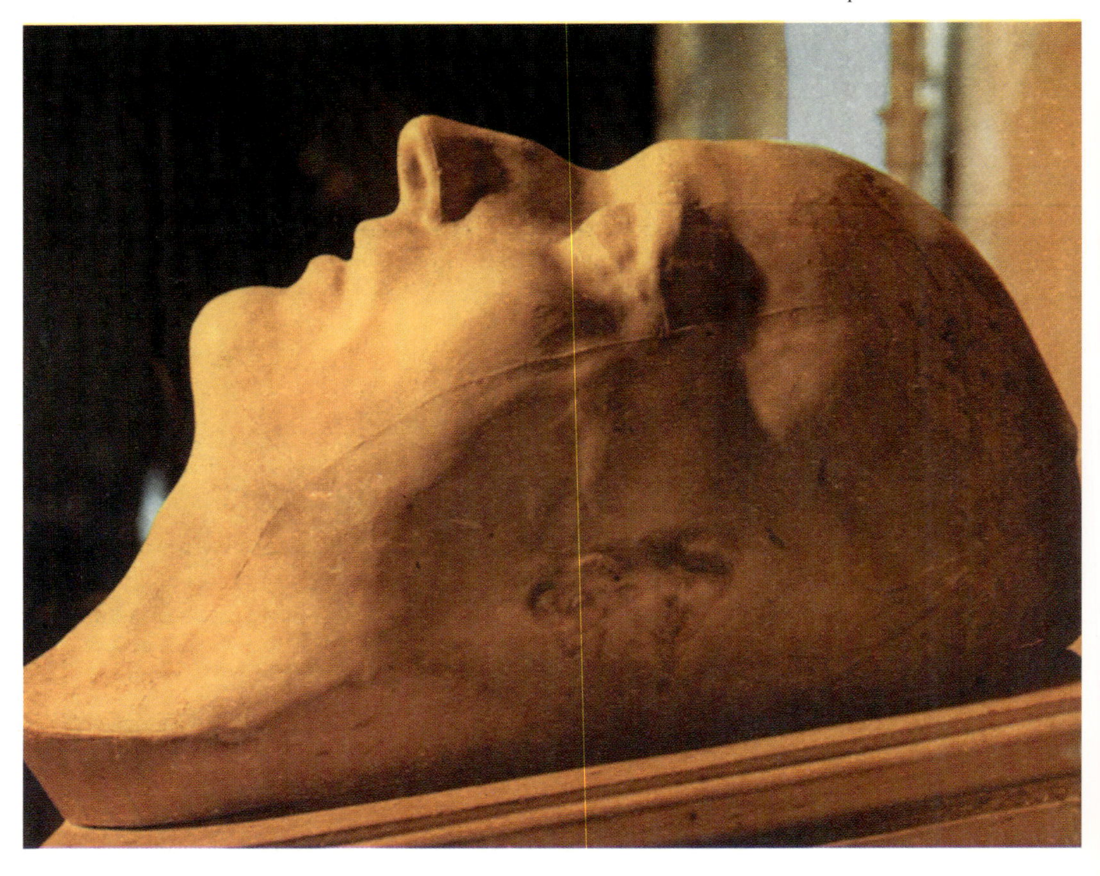

42. Cudowna lampa Aladyna na obrazie René Magritte'a *Ciężka przeprawa* (1967).

43. Szach Fath-Ali (XIX-wieczny portret pędzla anonima).

44. Port w Tipasie.

45. Zrujnowana rzymska aleja, którą nazwaliśmy aleją Lelhin, kończąca się u brzegu Tipasy zieloną „bramą” na morze.

46. Zachowana w Timgadzie mozaika *Kąpiel Wenus.*

47. Tipasa. Hotelik, w którym mieszkałem.

48. Timgad. Łuk Trajana.

49. Symbol bogini Tanit na steli w Tipasie.

50. Jeździec rzymski, płaskorzeźba z Tipasy, II wiek n. e.

51. Ossiach dzisiaj. Po prawej stronie kościół i narożna baszta cmentarna.

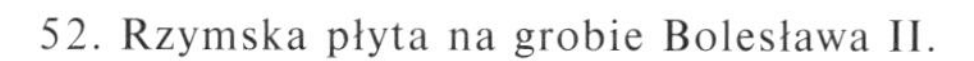

52. Rzymska płyta na grobie Bolesława II.

53. Bolesław Śmiały-Szczodry (miedzioryt z roku 1702).

54. Ossiach. Płn-wsch. narożnik cmentarza klasztornego z basztą.

55. Grób zewnętrzny od strony cmentarza (rys. L. Stasiak).

56. „Starodawny" obraz nad płytą grobową (rys. T. Korpal).

57. Obraz (tempera na drewnie) z kręgu Szkoły Krakowskiej przedstawiający króla Bolesława asystującego przy egzekucji biskupa (po roku 1500).

58. Bolesław Śmiały (obraz J. Matejki).

59. Wielki przyjaciel Bolesława, papież Grzegorz VII (sztych wg rysunku Ottona Knille'a).

Zaraz się jednak strwożył, że zbyt pochopnie wysnuł ten wniosek, z pobliskiego bowiem domu usłyszał znowu płacz mężczyzny. Zastali tam człowieka o głowie podobnej do nadgniłego arbuza i dźwigającej brodę mającą coś z ogona starego szakala, który oblazł cały i sparszywiał. W obleśnej twarzy tego człeka tkwiły oczy zakisłe jak stęchły pilaw, szalbiercze i kaprawe, a z oczu tych lały się strumienie łez. Na pytanie czemu płacze odparł, że mu nowo poślubiona małżonka, o piersiach obfitych jak skórzane wory wina, przez trzy tygodnie mówiła, iż nie zna piękniejszego mężczyzny, i przysięgała, że go kochać będzie wiecznie, ale oto uciekła z garncarzem, dlaczegooooo?!

— Niewiasta wchodzi do jeziora nie dlatego, że pragnie kąpieli, lecz dlatego, że dwie przedtem wlazły, nie wtedy bowiem jest kontenta, kiedy jest inna niż wszystkie, ale wtedy, gdy jest do innych podobna — wyjaśnił mu szach i pożegnał, życząc ukojenia, najlepiej zaś śmierci, bo ona zabija największe cierpienie.

Potem zapragnął Fath–Ali odwiedzić ludzi podłego rzemiosła, szewców albo też takich, co układają wiersze, ci bowiem dużo wiedzą i dużo mają do powiedzenia. Stanął tedy wraz ze sługą w świetlistym kręgu lampy palącej się w komnacie poety, od którego nie było sławniejszych nie tylko w Teheranie, ale we wszystkich ziemiach zamieszkanych przez wiernych, i ujrzał mężczyznę nie starego jeszcze, ale bardziej łysego od owego mędrca, którego odwiedzili wprzódy. Żaden pancerz z damasceńskiej blachy tak nie błyszczy i żaden uczony pisarz, chociażby najsilniejszy w ręku, nie zdoła tak świetnie wypolerować oślej skóry, na której niby kwiaty cudne zakwitną słowa — jak los wygładził czaszkę tego rymopisa.

— Dziwną głowę dał ci Allah, który czyni rzeczy dziwne — rzekł władca i spytał go: — Czy jesteś szczęśliwy?

— O tak, gdyż spotkałem człowieka, który idąc powoli spoglądał na palmy, troje mu bowiem dzieci pomarło z wycieńczenia, a płakał, bo nie stać go było na jedwabny sznur. Ofiarowałem mu takowy, nic zaś nie czyni wiernego szczęśliwszym, jak to, kiedy pomóc może bliźniemu — odpowiedział mu poeta, uśmiechając się skromnie. — Napiszę o tym poemat.

Wielce się uradowało serce szacha widząc, że nawet poeci zażywają radości w jego państwie.

W domu szewców, do którego zawiódł swego pana wierny Nazim, zastali dyskusję pełną wyznań namiętnych i cuchnących:

— Oby świerzb nigdy spać ci nie dał! — przemówił jeden szewc.

— Oby ci mięso odpadło od kości! — życzył pierwszemu drugi.

Usłyszawszy to, pierwszy wywrócił białka oczu i zdawało się, że oszalał. Dyszał ciężko, jakby wszedł weń samum gnający w porywach przez pustynię kiedy nadciąga burza, po czym oddechu nieco schwytawszy, poczerwieniał i rzekł przez łzy:

— Nawet mój ślepy ojciec jest zbyt rozsądny, by chciał patrzeć na takiego złodzieja daktyli, jak ty!

— Jeśli jest taki roztropny, tedy mu łacno wypłynąć może oko, jeśli się do niego zbliżę.

Tamten zerwał się, ale jakby zabrakło mu sił, zatoczył się i usiadłszy na piętach, cztery tylko wykrztusił słowa:

— Szczurze ty śmierdzący, kęsim!

Drugi, na czci uszkodzon, ryknął bardzo przeraźliwie, jak gdyby połknął gorejący węgiel, i kląć zaczął pierwszego, ale nie wprost, jak to zwykł czynić człowiek ordynarny, lecz wokoło jego osobę obchodząc przeklął najpierw cnotę jego matki i matki jego matki, potem pamięć ojców do siódmego pokolenia, potem, dźwięcznych używając słów, życzył obwisłych piersi jego siostrom, a czarnej ospy braciom jego, wujowi zaś i stryjowi, takoż wszystkim dalszym krewnym i znajomym, połamania wszystkich rąk i nóg, wypadnięcia zębów i zamienienia się w wieprze. Nie zdążył jednak wytracić całej rodziny pierwszego, ten bowiem, przybrawszy w miarę słuchania wygląd człowieka, któremu Allah palcem zamieszał rozum, pomyślał sobie: zdaje mi się, że źle mi życzy ten podlec, i chwycił tamtego za rzadką brodę. Drugi uczynił to samo, jeno łapczywiej, i tarzać się zaczęli po ziemi, wyrywając sobie włosy dość sprawiedliwie i niemal w równej mierze, trykali się łbami o brzuchy, wyłamywali ręce ze stawów i kąsali spróchniałymi zębami, wyjąc przy tym tak, jakby nie lampa wisiała u stropu, lecz księżyc uwiązany do zardzewiałego haka.

Rozdzielił ich Nazim, jak mu kazał jego pan, oni zaś, kiedy ich zapytał, o co się drą między sobą, odrzekli, iż o to, który bardziej miłuje szacha, każdy bowiem uważał, że wielbi go mocniej. Po czym, nie zważając na dwóch natrętów, dalej dyskutowali w ten sam sposób, monarcha zaś opuścił ich progi z duszą w samym środku zawieszoną nieba.

Niebo nad miastem było jednak milczące (jedynie Fath–Ali słyszał jego słodkie śpiewy), a twarz miało czarną i niezgłębioną. Ulice, wąskie i krzywe, pustoszały z wolna i tylko tu i ówdzie dojrzeć można było sączące się przez szparę w murze światło, czasem zaś z dala dobiegło tęskne wycie psa. W tej ciszy pracował nie opodal meczetu kurdyjski czerpacz wody, Ismail, zażywający głębokiego myślenia kiedy tylko nie widział w pobliżu kogoś, kto mógłby go zdzielić kijem i przymusić do roboty. Rzeczą jego było wydobywanie z żołądka ziemi płynnego skarbu dla ludzi i kwiczących mułów, co czynił obracając kołowrotem, który ciągnął z czeluści studni pełne wiadra. Czasami, kiedy zbyt długo chodził w koło na słońcu, zdawało mu się, że zamiast mózgu ma wirujący pilaw, szanował jednak swoją pracę, słusznie mniemając, że i największy myśliciel nic innego nie robi, tylko kręci się w koło. Znało go niewielu ludzi, trzech najwyżej, licząc w to imama, który go sądził za kradzież rzepy i obcięcie ogona szlachetnej klaczy, lepiej jest jednak człowiekowi, jeśli imię jego jest w poważaniu u małej liczby, niżby miało być w pogardzie u tysiąca, jak imię owego astrologa z Medyny, co się ożenił po raz dwudziesty dziewiąty, kiedy go odbiegła z rzeźnikiem dwudziesta ósma żona.

Tak sobie myślał Ismail, leżąc pod baldachimem nocy na dorodnych swoich plecach, z rzadka tylko okrytych wrzodami, kiedy nagle nasłuchiwać począł pilnie, gdyż wprawnym, chociaż brudnym uchem, złowił kroki dwóch ludzi. Bystrze pojął w tej chwili, że jeśli słychać dwie pary nóg, tedy ktoś nadchodzi, bardzo bowiem sprytny był w rozumie. Porwawszy się tedy z ziemi, jął szybko obracać kołowrót, który skrzypiał głosem swarliwej niewiasty. Szach, stanąwszy przy nim, spytał swego sługę:

— Czemu ten człowiek jest przykuty łańcuchem do kołowrotu?

Nazim spojrzał na Ismaila tak, jak się patrzy na glistę, i rzekł:

— A czemu kobietę trzeba zamykać w haremie?

— Azaliż nie kocha on swojej pracy?

— Czyliż kobieta, która rankiem ma uciec z pastuchem, nie mówi mężowi w nocy, że go kocha? — odparł pytaniem Nazim ze spokojną godnością filozofa.

— Czy jesteś szczęśliwy? — zapytał szach czerpacza wody.

— O tak, panie — odparł Ismail — zawsze jestem szczęśliwy, gdy widzę ludzi mądrych i dobrych, z twojej zaś twarzy czytam, że jesteś takim ponad wszystkimi.

Zdziwił się Fath–Ali, twarz jego bowiem okrywał welon ciemności, jakże więc ów człowiek mógł z niej cokolwiek wyczytać, chyba że dojrzał blask promieniujący z królewskiego oblicza. Zapytał więc po raz wtóry:

— Czego pragniesz?

— Jednego tylko, panie — poprosił Ismail — by mi łańcuch przedłużono o pół sążnia, abym mógł dosięgnąć ustami wody, którą czerpię.

— Tak się stanie! — zawyrokował szach — słuszną bowiem jest rzeczą i sprawiedliwą, aby człowiek mógł do syta spożywać owoce swojego trudu.

Po czym odszedł, mówiąc do Nazima:

— Powiesz wezyrowi, że rozkazuję, by jeszcze dzisiaj, najpóźniej zaś jutro, wydłużono o pół sążnia łańcuch tego człowieka, aby nikt nie mógł rzec, iż Fath–Ali ma serce głuche na potrzeby ludu. Teraz zaś wracajmy do pałacu, dobrze bowiem uczyniliśmy za ten rok, który widać nie był złym, jeśli lud mój takie ma tylko kłopoty, o jakich usłyszałem.

I powrócił tą samą furtą martwych dziewic, szczęśliwy wielce, że go naród kocha i że nikomu większe krzywdy się nie dzieją ponad te, które sprawiają niewiasty, na co jednak sam Prorok nie potrafił znaleźć lekarstwa.

Nazim zaś, życzywszy władcy rajskich snów, udał się do komnat wielkiego wezyra, gdzie mu kazano zaczekać w przedsionku aż się skończy narada z ministrami. W istocie Aladyn–Mirza Khan konferował właśnie z dwoma ukochanymi synami szacha, księciem Abbasem, który był carskim szpiegiem na dworze swego ojca, i księciem Mohammadem Alim, który pracował dla Londynu. Obaj oni darzyli się braterską miłością i wzajemnie śnili się sobie po nocach wbici na słup, bądź zakopani żywcem w piach pustyni, albo też wrzuceni do dołu pełnego skorpionów wcześniej obdarci ze skóry, i obaj marzyli o tronie, a różniło ich tylko to, że pierwszy miał nadzieję zawładnąć nim przy pomocy sułtana Rosji, drugi zaś liczył na sułtana Anglii.

— Cóż tedy mam rzec wysłannikowi rosyjskiego padyszacha, który się lęka traktatu, jaki mój ojciec, oby Allah zesłał mu rychło łagodny zgon, chce zawrzeć z Frankami? — spytał wezyra na odchodnym Abbas–Mirza Khan.

— Powiedz mu, że prędzej złuda pustynna zamieni się w kamień i ciało niźli stanie się to przymierze — odpowiedział mu wielki wezyr.

Zaczem zwrócił się do Mohammada:

— Ty zaś, książę, jutrzejszej nocy zaprowadzisz do komnaty wodza Franków hurysę tak piękną, jakiej oczy jego nie oglądały jeszcze. Kazałem ją przywieźć z Chirazu, jest już w drodze i za kilka godzin stanie w stolicy. Mogłaby być najcenniejszym kwiatem niebiańskiego ogrodu obiecanego nam przez Proroka, gdyby nie choroba, która toczy jej przyrodzenie, przez co niewiasta owa wygubiła już zgniłą śmiercią trzy plemiona wiernych, nie licząc wędrownych derwiszów, na których ścierwie potruły się hieny i stada sępów. Giaur nie pożyje długo zakosztowawszy jej słodkich uścisków.

Dopiero kiedy wyszli sekretnymi drzwiami, kazał wielki wezyr wpuścić Nazima, pewien, iż sługa dość już odpoczął po nocnej wędrówce z szachem. Nazim ucałował posadzkę przed łożem dostojnika i rzekł:

— Wszystko poszło tak, jak zaplanowałeś, panie, i wszyscy oni sprawili się należycie, o czym pewnie wiesz.

— Wiem — odparł Aladyn–Mirza Khan, miał bowiem przed sobą cudowną lampę, którą otrzymał w podarunku od cara, a w której mógł widzieć wszystko, co się dzieje w państwie, zajrzeć w każdy zakątek Teheranu i do każdego domu. — Wszyscy oni oszczędzili sobie kijów albo stryka, wypełniając to, co im nakazano i prawiąc szachowi ułożone przeze mnie słowa. Słyszałem każde, będąc przy was dzięki tej lampie, bez której trudno byłoby mi rządzić. Tych, którzy tak lubią żreć ziemię i którzy o mało nie narobili nam kłopotów, ożeni się jutro z ziemią na dobre. Złodziejom zaś, którym daliśmy barana na ucztę, każesz zapłacić tylko cztery piąte jego ceny, bo dobrze grali biedaków. I ty sprawiłeś się wybornie, za co nie minie cię nagroda...

— Dzięki, o dostojny — pochylił się niżej Nazim, lecz że dość już nisko trzymał głowę, wyrżnął nią o pawiment, aż go zaćmiło, Aladyn zaś na wspomnienie tego, co pokazała mu lampa, rozjaśnił swe oblicze i powiedział:

— Widzisz, za pół sążnia łańcucha, który dodamy temu kurdyjskiemu psu, zyskaliśmy kolejny rok spokoju, a szach nie będzie się wtrącał w czyny nasze i zostawi nam sprawiedliwe rządy nad państwem, zadowolony jest bowiem i cieszy się, że lud zażywa dostatku. Wystarczyło pół sążnia łańcucha...

Po czym zaczerpnął garść daktyli, drugą zaś ręką podał Nazimowi pergamin wypełniony złotymi literami, mówiąc:

— Rankiem zaniesiesz naszemu panu list dziękczynny od ludu, oto on.

Nazim wziął pismo i począł czytać: „Chwała Tobie, największy i najszczodrobliwszy z władców, który, gdy nocą się ukazujesz, cuda czynisz, ptaki bowiem zaczynają śpiewać i kwiaty otwierają kielichy mniemając, że jutrzenka spłynęła na niebo. Obyś nigdy nie widział szakala smutku i węża zgryzoty, a szabla Twoja oby wielkie spełniała czyny. Oby Ci Allah dał tyle ziem, ile ich widzi słońce, i tyle ludów, ile Ty widzisz gwiazd. Oby Ci dał wieczną szczęśliwość i radość duszy, siłę lwa i rozum lisa, Tobie, który jesteś ozdobą Ziemi. Oby każdy z synów Twoich spłodził Ci wielu wnuków, abyś za tysiąc lat, kiedy Cię wiek nieco pochyli, miał radość dla serca, pociechę dla oczu, a dumę wielką dla duszy, tak jak ją mają Twoje żony, kiedy bowiem na nie patrzysz, piękne są niczym hurysy, na które w raju spogląda Prorok...".

Przerwał w tym miejscu czytanie zdumiony sługa i pomyślawszy, że na zbyt wielkie kłamstwo waży się ten łajdak, który dostał od diabła z dalekiej północy cudowną lampę do podglądania żywych i umarłych, spytał:

— Kto to napisał?

— Czyś nie usłyszał? Lud prosty napisał te słowa, ludzie, którzy mieszkają na przedmieściach Teheranu.

— Przecież oni nie umieją pisać!

— Nie ma ludzi bez wad — odrzekł wzruszając ramionami wezyr.

— Bismillah! Bóg jest jeden i nie znosi kłamstwa! — wyrwało się Nazimowi.

— Głupcze — odparł Aladyn — nie na to dał Allah mowę ludziom, by mówili prawdę, on ją bowiem zawsze rozezna, a więcej nic go nie obchodzi. Idź i czyń, co ci kazano!

Samemu ostawszy, raz jeszcze rzucił okiem w szkło cudownej lampy mądry wezyr Aladyn, bacząc, czy się kto akurat w mieście nie namawia do buntu, po czym nakrył ją purpurową kapą i udał się na spoczynek, dziękując Allahowi, że tak sprawiedliwie urządził świat, gdyby bowiem wszystkim było dobrze, nikt by się nie modlił o poprawę losu i zanikłaby wiara, która jest źródłem przyzwoitości.

„*Insz Allah!*".

WYSPA 6

TIPASA (MAURETANIA RZYMSKA)

MAREK EMILIUSZ SATURNINUS

TIPASA — MON AMOUR

„Ruiny Tipasy są młodsze od naszych budowli i gruzów (...) Tutaj rozumiem, co znaczy ekstaza: prawo kochania bez granic. Tylko jedna jest miłość na świecie. Brać w ramiona ciało kobiety (...) Tipasa jest dla mnie postacią, którą się opisuje, aby określić pośrednio swój stosunek do świata”.

(Albert Camus, „Zaślubiny”, tłum. Marii Leśniewskiej).

Dla mnie też. I tylko to kaleczy mi duszę, że był ktoś przede mną, kto się tak zakochał w tej mieścinie położonej na najdalej wysuniętym na zachód skraju pagórków Sahelu, obmywanej falami Morza Śródziemnego i zastygłej we wspomnieniach o przeszłości. Przede mną był Camus (a raczej bywał: „*Nigdy nie przebywałem w Tipasie dłużej niż jeden dzień*”) i posiadł jak złodziej (złodziej zawsze wpada na krótko) cząstkę mojej prawdy. Lecz gdybyśmy chcieli prowadzić do ołtarzy tylko dziewice, niewielu mogłoby się żenić. Więc do diabła z Camusem i z jego mini–esejem o Tipasie, Tipasa należy do mnie! Będę o niej mówił językiem Kolumba, bo Camusowi najgłośniej podpowiadały kwiaty, plaża i słońce, a ja słuchałem opowiadających legendy kamieni.

Mieszkałem w Tipasie przez dwa tygodnie i ożeniłem z nią swoje serce. Od tamtej pory zawsze kojarzy mi się z miłością; nigdy więcej nie poznałem enklawy równie kobiecej jak ona. Jestem obrzydliwie sentymentalny, o bogowie!

Mieszkałem już prawie wszędzie i zaiste niewiele zostało na Ziemi dziwów, w których nie mieszkałem. Spałem w mongolskiej „*jurcie*” na Gobi i w indiańskim „*tepee*” na prerii, w radzieckim hotelu i w najstarszej macedońskiej cerkwi, w szałasie na koralowej wyspie i w opuszczonej saharyjskiej oazie, w ruinach średniowiecznego zamku na szczycie samotnej góry, w Watykanie i w algierskim burdelu. Właśnie o tym chcę mówić.

Lato przepoczwarzyło się już w jesień, kiedy wylądowałem w stolicy Algierii, Algierze, i rozpocząłem wędrówkę. Brudne kazby (stare dzielnice), pamiętające korsarzy, bejów i janczarów, orle gniazda górali Atlasu, ksary (wioski) Kabylów, duary Tuaregów, senne karawany, stada owiec na płaskowyżach, białe meczety i kopuły grobów marabutów, kobiety, które zamiast twarzy mają jedną parę oczu, usychające oazy, kolorowe targi, saharyjskie bezdroża nomadów i relikty kilkunastu cywilizacji zmieszane ze sobą jak składniki lokalnego przysmaku „*kus–kus*". Po pierwszej wojnie światowej „*roumi*" czyli Rzymianie (tak od czasów starożytnego Rzymu nazywa się tu obcokrajowców) kolportowali na terenie Algierii, będącej wówczas kolonią francuską, pismo imamów muzułmańskich Rosji żądające uznania Lenina ósmym prorokiem* — w tym jednym zaledwie zdaniu z podręcznika historii cztery cywilizacje grają w brydża talią wpływów sięgającą od antyku po nasze stulecie!

Wróciwszy do Algieru otrzymałem zakwaterowanie w domu gościnnym algierskiego Ministerstwa Kultury, w Tipasie, 70 kilometrów od stolicy. Skromny, jednopiętrowy budyneczek w kolorze słońca. Ciemny korytarz. Surowy pokój z dwuosobowym łóżkiem, jednym krzesłem, szafą, umywalką i... bidetem sterczącym pod ścianą niczym królewski tron.

Mój przyjaciel, architekt Janek Kempa z polskiej misji Pracowni Konserwacji Zabytków (człowiek, z którym zjeździłem pół Sahary), uśmiechnął się:

— Duża frajda, co?... Nasza ambasada w Algierze też mieści się w budynku dawnego burdelu, tylko większego. Właśnie skasowano domy publiczne i adaptowano je na cele wyższej użyteczności**. Fakt, że niezbyt dokładnie, ale w końcu komu to szkodzi, bidet nie granat, nie wybuchnie.

Tipasa od dwóch tysięcy lat do dzisiaj jest kurortem, ma zatem wielkie tradycje w grzesznej miłości. Podczas kilku wieków panowania Rzymu, kiedy obecna Algieria dzieliła się na Mauretanię i Numidię, mauretańska Tipasa — leżąca między dwoma centrami, Icosium (dzisiejszy Algier) a stolicą Mauretanii, Cezareą (dzisiejsza Szerszel) — stanowiła elitarną miejscowość wypoczynkową. Zostały po niej majestatyczne ruiny, teatr i amfiteatr, mury forteczne, świątynie, termy, łuki i studnie, najpiękniejsza fontanna antyczna w całym Maghrebie, forum i Willa Fresków ze starożytnym solarium dla żon dygnitarzy. Tylko po lupanarium***, gdzie wyselekcjonowane berberyjskie niewolnice dotykały

---

* — Poprzednimi byli: Adam, Noe, Ahraham, Mojżesz, Jezus, Mahomet i Abdallah.
** — Hotele, ambasady, domy kultury, siedziby administracji itp.
*** — Dom publiczny.

z niedowierzaniem cudownych mozaik z nagimi kobietami naturalnej wielkości, głaskając zazdrośnie ich białe ręce i fryzury (tak jak bawią się dzicy, gdy ujrzą nieznaną błyskotkę) — nie ma śladu.

Budziłem się z widokiem na mały port, chroniony przed zachodnimi wiatrami masywem Szenua, tęskniąc za tonącym w drzewach i bajecznie opustoszałym po sezonie cmentarzyskiem Rzymu. Spacerowałem nadmorskimi alejami, wśród kolumn ściętych przez czas, wdychając tę przedziwną atmosferę, w której były afrodyzjakalne zarazki dawno umarłych romansów; to odurzające powietrze sprawiło, iż żona berberyjskiego króla Juby II, Kleopatra Selene (córka sławnej Kleopatry VII Egipskiej, kochanki Cezara), nie chciała stąd odejść nawet po śmierci — zgodnie z jej życzeniem pochowano ją w pobliżu Tipasy, pod kamiennym kopcem, który istnieje do dzisiaj. W innym miejscu wybrzeża znalazłem grób innej kobiety; znajdowałem kamienie, które mają to, co Anglicy zwą „*tell–tale–heart*", opowiadającym sercem.

Dwa z nich — dwie skorodowane płaskorzeźby wśród ocalałych po zdobyciu miasta przez Berberów (371 n.e.) — usprawiedliwiły mój sen w Tipasie. Dwie sylwetki, mężczyzny i kobiety, którzy byli tylko jakąś nieważną cyfrą w labiryncie historii, szeptem mijającego czasu — „*un murmure du temps qui passe*" — a zostawili coś czarodziejskiego, co Bóg daje w depozyt rzadko i niechętnie. Owe dwie płaskorzeźby cofnęły mnie do pewnego męczącego dnia w II wieku naszej ery. Czasami, żeby iść dalej, trzeba się cofnąć. Czasami trzeba cofnąć się bardzo...

Ten dzień dobrze pamiętają leżące daleko od Tipasy (na pograniczu gór Aures, za którymi rozwija się Sahara) ruiny rzymskiej kolonii Thamugadi, gdzie na kamieniach dawnej sali gry, obok miejskiego forum, widnieje mocno wytarta przez czas inskrypcja: „*Venari–lavari–ludere–ridere–occest vivere*"*... Lecz tego dnia, kolejnego w panowaniu dynastii Antoninów, mieszkańcom Thamugadi nie chciało się śmiać, bawić w uprawianie lubieżności ani kąpać w „*impluviach*" z górską wodą, choć wokoło zastygł dręczący skwar. Na głównej ulicy, Decumanus Maximus, gęstniał wyczekujący tłum. Czołowi obywatele i wyżsi oficerowie sterczeli w cieniu ogromnej bryły Łuku Trajana, który świeżo rozkraczył się na drodze do obozu wojskowego Lambaesis, gdzie stacjonowała trzecia legia imperium — straszna afrykańska legia Augusta. Ona bała się najbardziej tego dnia.

Człowiek, na którego czekano, przybywał z miasta matki wilczycy, spod tronu półboga. Wiedziano o nim mało, lecz dość, by się wyzbyć spokojnego snu. Pochodził ze starej, patrycjuszowskiej rodziny, której

* — Polować, kąpać się, bawić i śmiać — w tym jest życie.

mężowie nosili już białe, oblamowane szkarłatnym pasem togi senatorów. Odznaczył się w walkach z barbarzyńcami na północnych kresach imperium, wykonując rozkazy z bezprzykładną ścisłością i surowością, która przejmowała lękiem nie tylko wrogów, lecz i podwładnych. Następnie dowodził pierwszą kohortą pretorianów cezara, ciesząc się jego nieograniczonym zaufaniem. Miał opinię rycerza błyszczącego odwagą oraz siłą najlepszych galijskich gladiatorów. Nazywał się Marek Emiliusz Saturninus. Żołnierze zwali go Macer.

Słońce kontynuowało swoją drogę po nieboskłonie, prażąc z okrutnym spokojem ziemię, marmury i ludzi. W szeptach czekającego tłumu drżała ledwie uchwytna trwoga. Przed nimi wił się gościniec, rudy i pusty, ginący w przydymionym świetle widnokręgu, usypany z lotnych pyłów Sahary, przerzuconych przez wiatr nad wierzchołkami gór.

Blisko południa na krańcu drogi wykwitł obłok kurzu, zbliżający się w tętencie kopyt. Trzej jeźdźcy zatrzymali konie pod łukiem, anonsując wjazd człowieka z Rzymu. Pretor Thamugadi, Aureliusz Serpens, i prefekt miasta, Klaudiusz Sertius, ruszyli mu naprzeciw z pocztem honorowym. Wkrótce przywiedli dostojnika na forum i tam już każdy mógł się zdziwić tym samym zdumieniem, które owładnęło nimi.

Gdy wjeżdżał do miasta, był w hełmie, którego blachy kryły prawie całą twarz. Ujrzano dumnego jeźdźca na nerwowym ogierze, dwie wysoko podniesione głowy, zwierzęcia i pana, jakby prowadzące orszak do mitycznej krainy olbrzymów, w której zwykli ludzie są karłami. Lecz kiedy zeskakując z siodła zdjął hełm i zrzucił zakurzony płaszcz, postać, która ukazała się gawiedzi, zdawała się urągać legendzie o jego surowości. Blond włosy, okalające tak piękną, że quasi–niewieścią twarz, i wypieszczone, alabastrowe ręce w biżuterii, czyniły zeń prędzej cesarskiego pazia niż wodza. Tylko kobiety, skupione przy żonie Sertiusa, Valentinie, spostrzegły — kiedy wstępował po schodach na forum — drobną sieć zmarszczek koło onyksowych oczu, które miały coś z zimnej klingi noża: takie oczy uwodzą lub mordują na odległość. Zamężne Rzymianki poczuły nienawiść do własnych córek, którym nic nie przeszkadzało oddać się temu posągowemu cherubinowi inaczej niż w marzeniach. Tubylki nie myślały o nim jak o mężczyźnie, gdyż nie jest mężczyzną sędzia, który przywozi wyrok na kobietę. Thamugadi, Lambaesis i cała Numidia czekały na wyrok.

W imieniu starszyzny przemówił dowódca legii Augusta, Maxymilian Stella:

— Szlachetny Marku Emiliuszu! Witamy cię w murach naszego grodu, który z honorem podtrzymuje wielkie imię Rzymu i sławę boskiego cezara! Witamy cię z otwartymi sercami, i z nadzieją, żeś przywiózł nam łaskawy dekret imperatora, który przychylił ucha do naszej prośby, aby żony nasze, pochodzące z narodów i szczepów podbitych mieczem Rzymu, zechciał uznać za obywatelki rzymskie... Niech żyje szlachetny Marek Emiliusz Saturninus, nasz dostojny i drogi gość! Vivat!

– Vivat! – ryknął tłum i zapadła cisza napięta jak cięciwa syryjskiego łuku.

Człowiek z Rzymu słuchał powitania Stelli gryząc w zębach laseczkę aromatycznego drzewa sandałowego. Teraz wyjął ją z czerwonych ust, jakby ukradzionych karraryjskiemu obliczu Apollina, i powiedział:

— Mylisz się, nie witacie gościa. Ecce sigillum!* Dokument, który przywożę, stanowi mnie legatem cesarza w Numidii!

Tłum drgnął i wszystkie ciała zgięły się w pokłonie. Tylko Serpens odważył się spytać:

— Zatem boski odwołał prokonsula, wasza dostojność?

— Nie.

— Miałaby więc panować w Numidii dwuwładza?

— Po dwakroć nie!

— Jakże to, wasza dostojność? Prokonsul jest namiestnikiem cezara, kim jest tedy legat wobec namiestnika?

— Nulli secundus!** Twemu przyjacielowi, za którego się trzęsiesz, Serpensie, cezar ostawił sprawy cywilne. Arbitrium wojskowe prowincji jest wyłącznie moje!

W tejże chwili Stella klęknął na jedno kolano i krzyknął:

— Cedo maiori! Vivat Marcus Emilius dux!***

Inni powtórzyli te słowa. Przybysz ponownie założył hełm.

— Towarzysze milites****, proszę za mną!

W domu prefekta, otoczonym przez centurię pretorianów, którą Marek Emiliusz przywiózł ze stolicy, zebrała się hierarchia wojskowa, a on przemówił:

— Obywatele milites! Boski cezar i senat odrzucili prośbę, którą niefrasobliwie podpisaliście odciskami swych sygnetów bojowych! Cadit quaestio!***** Imperator polecił mi wyrazić wam swoje niezadowolenie, udzielić nagany i zaprowadzić porządek! Dzikuski numidyjskie mogą grzać wasze łoża, zasługujecie na to broniąc granic cesarstwa przed hordami z pustyń i gór. Ale krew barbarzyńców nie może upadlać społecz-

---

* — Oto pieczęć (znak mojej władzy)!

** — Drugi po nikim!

*** — Ustępuję przed godniejszym! Niech żyje wódz Marek Emiliusz!

**** — Żołnierze.

***** — Sprawa upada!

ności Rzymu potomkami z tych związków! Nigdy nie będą one zalegalizowane! Nigdy dzieci tych kobiet nie dostaną równych praw! Szczenię wiernego psa i zdradliwej suki zawsze może ugryźć rękę swego pana. Towarzysze, w imieniu boskiego cezara żądam: cofnijcie swoje znaki z haniebnego podania! Pareatis! Dixi*.

W sali zrobiło się duszno od chrapliwych oddechów. Pierwszy przemówił Stella:

— Jestem żołnierzem, wola imperatora jest dla mnie rozkazem. Cofam moją pieczęć z podania.

— Ja też! Ja też! — rozległo się kilka głosów.

Nagle wystąpił centurion Zosimus, Germanin z twarzą spaloną przez słońce i pociętą ostrzami nubijskich włóczni. Mówił twardo, głosem nawykłym do komend i przekleństw:

— Moja żona pochodzi ze szlachetnego berberyjskiego rodu Dżerga! Urodziła mi pięciu synów. Wszyscy oni przelewają swą krew za Rzym i będą to czynić do ostatniego tchu! Zasłużyli na obywatelstwo rzymskie. Tego dla nich żądam i od tego nie odstąpię!

Z ust legata dobył się zduszony szept:

— Centurionie, rozkazuję ci cofnąć twój podpis!

— Mam tylko jedno słowo! — odparł stary żołnierz.

— I ja mam jedno: śmierć!

Zosimusa wyprowadzono z sali i niezwłocznie stracono. Legat spojrzał po obecnych wzrokiem, który mówił, że będzie zabijał bez miłosierdzia, choćby miał wytracić kohortę weteranów, a zaciśnięte wargi nad dumnym podbródkiem potwierdzały ten wyrok. Rzucił krótko:

— Sequentes!**

Odpowiedziało mu wiele ust:

— Cofam!

— Cofam!

— Cofam!

Tak rozpoczął swoje rządy w Numidii Marek Emiliusz Saturninus. Władał z rezydencji strzeżonej przez centurię „*diabłów*" przywiezioną znad Tybru. Pięćdziesięciu z nich towarzyszyło mu wszędzie jako eskorta izolująca od brudnego tłumu, nie zaś jako ochrona przed zamachem, którego się nie bał, choć był powszechnie znienawidzony. Za nim stała „*Roma aeterna*"***, siła mistyczna i nietykalna jak bogowie; sama myśl o jej podważeniu paraliżowała rankiem tych, którym nocą śnił się bunt

---

* — Bądźcie posłuszni! Rzekłem.
** — Następni!
*** — Wieczny Rzym.

przeciw okrutnemu wielkorządcy. Nie przeszkadzała mu ich nienawiść; pamiętał słowa Kaliguli: „*Odernit, dum metuant!*"*.

Nie miał przyjaciół, nie brał udziału w zabawach, wspólnych kąpielach i grach, a przecież słyszał każde złorzeczenie miotane na jego głowę; wszędzie miał oczy i uszy. Dzięki nim dowiadywał się o każdym zamierzonym związku małżeńskim Rzymianina z tubylką, po czym nierzadko kobiety te znikały i nigdy już nie widziano ich w Thamugadi lub w Lambaesis. Plotka głosiła, że więzi je w swym pałacu, co nie było prawdą.

Nie brakowało mu berberyjskich dziewcząt, które kupował od ich własnych rodzin. Góralki z Atlasu, nomadki z pustyń i pasterki z rozległych płaskowyżów ciągnęły za swymi ojcami, braćmi i mężami ku dzielnicom zwanym „*extra muros*", przylepionym do miast i obozów trzeciej legii, ciekawe widoku białych zdobywców, a w sercach hołubiące nadzieję, że los pozwoli im rzucić czarne od dymu namioty, gdzie pędziły żywot w morderczej pracy i poniewierce. Niektóre stawały się małżonkami „*cives romani*"**, inne trafiały do lupanariów, których patronką była wyuzdana Wenera.

W niecały miesiąc legat odesłał do Italii kilkunastu wyższych dowódców, którzy mieli kolorowe żony, i zażądał przysłania mu oficerów zamężnych z Rzymiankami. Senat spełnił tę prośbę, a cezar napisał do druha pochwalny list. Nowi nie patrzyli na legata z nienawiścią. Zwali go horacjańskim: „*Aes triplex*"***. Prokonsula, którego władza cywilna w mającej status militarny Numidii nic nie znaczyła, zwali: „*Simia purpurata!*"****.

Nocami Marek Emiliusz uczył się od młodych, numidyjskich niewolnic języka Berberów. Dnie wypełniał inspekcjonowaniem oddziałów, sprawdzaniem budowanych umocnień i polowaniem na lwy, które grasowały w interiorze prowincji. Mieszkańców Thamugadi budziły straszliwe ryki tych zwierząt, trzymanych w klatkach ogrodu legata przed wysyłką na areny Rzymu.

Pewnego dnia banda szaleńców zza gór — potomkowie uchodźców z punickiej Kartaginy, którzy wlali swą krew w córki koczowników Sahary — wynurzyła się z pustyń i ominąwszy drogi, zmyliła czujność posterunków strażniczych, dostając się nocą pod Thamugadi. Z dymem poszły magazyny zbożowe i doznała klęski słynna kohorta Severa. Prze-

---

* — Niechaj nienawidzą, byleby się bali!
** — Obywateli rzymskich.
*** — Spiż (Serce ze spiżu).
**** — Małpa w purpurze!

bywający właśnie w Lambaesis Marek Emiliusz poprowadził na odsiecz dwie kolumny legionistów.

Świtało, gdy zbliżyli się do miasta i uderzyli na hordę zza fortecznego muru. Jazda pancerna wpadła w stado dzikusów niczym pocisk z katapulty w piramidę drewna na opał. Czoło taranu stanowił kawalerzysta w złotej szacie. Nie zachęcał do boju, nie rozkazywał, ale samo powietrze, napełnione krzykiem i jękami, mówiło, iż jest wodzem. Jego miecz ciął z szybkością błyskawicy i krew lała się obficie jego śladem.

Było Berberów więcej niż Rzymian, lecz nagle część z nich oderwała się od walczących towarzyszy i poczęła uciekać w pustynię. Trwoga odebrała tym ludziom rozum, a zwierzętom przypięła skrzydła do piersi. Inni, widząc to, poczęli się cofać. Zastąpił im drogę młodzieniec w długiej pelerynie nomadów, spadającej na zad wierzchowca. Nie miał broni. Wyciągnął ramiona i zaśpiewał pieśń brzmiącą jak krzyk zranionego ptaka. W Berberów wstąpił nowy duch i runęli do walki.

Marek Emilusz pojął, że chcąc oszczędzić rzymskiej krwi, trzeba zabić pieśniarza. Przedarł się ku niemu i złożył do uderzenia, ale na widok twarzy ręka skamieniała mu nad barkiem.

— Mirabile!* — wyszeptał — kobieta...

W tej samej chwili rozszalało się przy nim piekło. Pretorianie otoczyli swego idola żelaznym pierścieniem, od którego odbijały się furiackie ataki Berberów pragnących odbić kobietę. A on stał ślepy i głuchy na to, że wokół rośnie zwalisko trupów i wyją mordujący się ludzie; patrzył w jej nieruchome oblicze wpatrzone w niego.

Wiatr porywał i unosił jej smoliste włosy, pod którymi widniała głowa godna dłuta Fidiasza. Drobne, lekko zaróżowione nozdrza rozwierały się rytmicznie pod wpływem nerwowego oddechu z głębi piersi. Zaciśnięte usta zdawały się wzywać jakiegoś boga. Wielkie oczy świeciły dziwnym blaskiem, sprawiając, iż cisza między nimi drżała jak w gorączce, a wirujący dookoła śmiertelny krąg zdawał się milczącą pantomimą, pełną niemych gestów i wrzasków. Znajdowali się w kosmicznej próżni, w obszarze wyimaginowanym, bez świadomości przemijania czasu, którą dają zjawiska rzeczywiste, w chwili zbyt krótkiej, by mogła być wiecznością, w owej szczelinie światła zapalającego tęczówki, kiedy ziemia pod stopami emanuje nieznany strach.

Wtem bitwa zgasła i powróciły głosy z zewnątrz, tłukąc kruchą skorupę ciszy. To kolumna pretora Lambaesis, Serviliusza Regula, nadbiegła

---

* — Początek stwierdzenia *„mirabile dictu"*, *„mirabile visu"*, bądź podobnego, oznaczającego zaskoczenie czymś niezwykłym (Nie do wiary!).

w porę i zmiotła barbarzyńców, ratując legata, którego „*diabły*" zostały wybite nieomal do nogi.

Nie podziękował pretorowi nawet skinieniem i nie spojrzał na trupy towarzyszy, którzy polegli chroniąc chwilę jego słabości. Chwycił konia dziewczyny za uzdę i pociągnął w stronę miasta.

W bramie dopadł ich centurion z kohorty Severiańskiej, prowadząc parlamentariusza tej części napastników, która uratowała się z pogromu i uszła w góry.

— Odeślij go i powiedz, że mogę z nimi rozmawiać tylko batem — rzekł Marek Emiliusz. — Następnego posła ukrzyżuję!

— Wasza dostojność, ale ten barbarzyńca mówi, że oni... Oni proponują coś niesłychanego!... Chcą wydać wodza za uwolnienie tej kobiety! Jeśli damy słowo, że nie zostanie tknięta nim stawi się Ua, on się stawi!

— Co?!... To jakiś parszywy podstęp! — wykrztusił legat, równie osłupiały jak oficerowie. — Chcą wydać Uę?!

— Tak, panie!

Kilkadziesiąt milczących oczu wbiło się w jego twarz. Teraz „*Roma aeterna*" stała za nimi, jak duch szczerzący złośliwe zęby. Regulus, czując wahanie Marka, odciął mu drogę do jakiegoś wybiegu, mówiąc głośno, by wszyscy słyszeli:

— Najzawziętszy wróg w naszych rękach... Boski się ucieszy!

Marek Emiliusz odwrócił się do centuriona i powiedział z kamiennym spokojem:

— Daję słowo. Niech Ua przyjeżdża, a puścimy ją.

Z tym samym spokojem zamienił teatr w Thamugadi na cyrk, otaczając koło sceny, która do tej pory służyła przedstawieniom dramatycznym, kratą z mocnych pali. Prawie cztery tysiące widzów patrzyło jak podrażniony rozpalonym żelazem lew rozszarpuje wodza Berberów. Następnego dnia aktorzy, muzycy i tancerze odmówili grania w przybytku splamionym krwią, lecz rózgi przemówiły im do rozsądku.

Miesiąc później Marek Emiliusz wyruszył na inspekcję najdalej na południe położonej strażnicy rzymskiej, Castellum Dimmidi. Leżała za górami i poza łańcuchem limesu mauretańsko–numidyjskiego (wielkiego pasa granicznych fortyfikacji imperium w Afryce), i nie należała ani do Mauretanii Cezarejskiej, ani do Numidii — należała do Rzymu i do Sahary. W drodze powrotnej, gdy kierowali się wzdłuż wyschniętego koryta rzeki Ued Dżedi na Gemellae, dopadł ich „*samum*".

Wiatr, który niósł ze wściekłym rykiem chmury piasku, grudki spalonej ziemi i małe kamienie, rozproszył Rzymian z taką łatwością, jakby byli stadem strwożonego ptactwa. Zdawało się, iż cała armia złośliwych duchów pustyni bierze udział w tym ataku, przed którym nie było obrony — pył drobny jak mąka wciskał się w nozdrza i pod powieki, drwiąc z płaszczy owiniętych wokół głów jeźdźców i zwierząt. Przez dwie doby „*samum*" wariował wzdłuż i wszerz północnej Sahary, pędząc przed sobą niezliczone szeregi żółtych widm na podbój oaz i ludzi. Wreszcie wyczerpany legł gdzieś na miękkich falach Wielkiego Ergu, ale uczynił to zbyt późno — Rzymianie i ich wierzchowce stali się ścierwem dla saharyjskiej fauny: w promieniu dwóch mil leżały zwłoki ostatnich „*diabłów*" pana na Numidii.

Przeżył tylko on, sam nie pojmując jak. Wyszedł cały z tej piaskowej pętli, która oplotła ich wszystkich, może dlatego, że był inny, różnił się od nich, pół–bóg, pół–demon z odrobiną szczęścia w dłoni. Rzymianie mówili: „*Sic fata tulere*"*.

Ocknął się w namiocie z otwartym szczytem, przez który uchodziły kłęby dymu z ogniska. Przy ogniu siedziała stara kobieta z okrągłymi kolczykami w uszach i z warkoczami, w których błyszczały metalowe wisiorki. Wielkie jak u drapieżnych ptaków oczy w zwiędłej twarzy przyglądały mu się obojętnie. Przez kilka dni widywał tylko ją, kiedy pochylała się nad nim brzęcząc bransoletami i wlewała mu do ust przecier z gotowanego mięsa i prosa, a nocą sylwetki trzech drabów, którzy wyprowadzali go ze sznurem na szyi, by mógł się załatwić. Robił to przy nich i cierpiał upokorzenie. Dniem leżał rozkrzyżowany na macie, z nogami i rękami przywiązanymi do kołków wbitych w ziemię.

Kobieta odezwała się do niego. Była niewolnicą w rzymskim Theveste. Dowiedział się od niej, że trzymają go w obozie księcia Tuchurty i że zostanie rzucony do dołu z głodnym lwem w dniu, który wskaże „*kahina*" i „*sahira*"** Lelhin, kapłanka bogini Tanit–Asztaret***, cenniejsza dla plemienia od wodzów i dlatego wymieniona na Uę.

Nadszedł dzień, kiedy miano oznaczyć na plemiennym wiecu datę jego śmierci. Usłyszał jej głos, którym śpiewała w bitwie pod Thamugadi:

— ...widzę czarne cienie!... zbliżają się!... widzę namioty gnane wiatrem po pustyni!... namioty zbryzgane krwią!... giną nasi młodzieńcy!... nikt nie usypie nad nimi kopca kamieni!... Haul, duch służący Tanit, sroży się i szaleje!... Haul się gniewa!... Haul wiąże i rozwiązuje węzeł szczęścia i nieszczęścia, wesołości i łez, życia i śmierci... Nie widać naszych wojowników!... szakale wyją na stypę!... W słońcu bieleją kości ludu Tanit!

---

* — Tak chciał los.

** — „*Kahina*" — czarownica (jasnowidząca), „*sahira*" — wieszczka (wyrocznia).

*** — Fenicka bogini miłości, opiekunka wojowników. Z kultem Asztaret (Astarte) wiązała się na niektórych obszarach Wschodu prostytucja sakralna. Grecy utożsamiali z Asztaret swoją boginię miłości, Afrodytę.

Odpowiedział jej ostry męski głos i znowu ona podjęła swój natchniony zaśpiew:

— Duchy szaleństwa ogarnęły was!... Jesteście ślepi!... Mściwość czarną płachtą pokryła wasz rozum!... Tanit, o Tanit!

Mężczyzna przerwał jej histerycznym krzykiem, a potem ona mówiła coś, czego w namiocie nie można było usłyszeć. Weszła stara kobieta. Więzień spojrzał na nią.

— Sahira chce, byśmy zwinęli obóz i uciekli — mruknęła przestraszona. — Tuchurta rzekł: nie! Tuchurta jest synem Uy. Tuchurta nie lubi Lelhin. Jutro zginiesz walcząc z lwem. Ale dzisiaj w nocy doznasz deba. Tak chce sahira Lelhin. Tak chce Asztaret. Tuchurta rzekł: dobrze!

— Deba?... Deba to hiena, czyż nie tak? — zdziwił się.

— Deba to miłość* — odparła stara kobieta.

Nocą do namiotu weszła Lelhin. W ręku miała kamienny nóż z wyrytymi znakami bogini Tanit. Uklękła i rozcięła postronki na przegubach rąk i kostkach nóg Rzymianina. Powiedziała cicho:

— Przyszedł mój czas. Bogini Tanit dała mi tę jedną noc, pierwszą i ostatnią. Taki jest zwyczaj kapłanek Tanit–Asztaret. Ona uczyni dla nas posłanie ze swej szaty. Ona dała mi ciebie spośród wszystkich mężów Ziemi. Drogi nasze są jak drogi gwiazd, które muszą się zetknąć, chociaż niebo jest wielkie i nie ma końca. Asztaret baraket! Tanit baraket!

Położyła się obok niego, szepcząc:

— Przyłóż mnie jak pieczęć do serca twego, jak pieczęć do ramienia twego, bo mocna jest jak śmierć miłość, a pochodnie jej — pochodnie ognia i płomieni. Kochaj mnie, póki nie nadejdzie krew w szarości świtu. Będziesz pierwszy i ostatni. Moje serce nie doczeka innej zorzy.

Nie wymówił ani jednego słowa do rana, kiedy śpiący obóz stratowała lawina końskich kopyt w wojennym ryku kohorty, która przybyła z Mauretanii Cezarejskiej na rzeź barbarzyńców.

— Tę piękną dzikuskę, panie — rzekł dowódca kohorty, wskazując Lelhin przywiązaną do końskiego siodła — bierzemy jako trofeum naszego zwycięstwa. Ozdobi lupanarium w Tipasie, gdzie zawsze jesteś mile widziany.

Odjeżdżając nie patrzył na nią. Z namiotu wziął ów kamienny nóż ze znakami Tanit i pożegnał lwa, który miał go zabić w odwecie za Uę. Stanął nad głęboką, opalisadowaną jamą w ziemi i szył z łuku strzałę za strzałą, aż zwierzę przestało drgać.

---

* — „*Deba*” w języku koczowników Sahary to hiena (części jej ciała posiadają magiczną siłę pobudzania miłości) i zarazem szalona miłość.

W Thamugadi powitano go jak zmartwychwstałego. Natychmiast po przybyciu odesłał mauretańską eskortę, wysłał w ślad za nią szpiega, a potem zamknął się w swym pałacu i przestał udzielać. Rządy sprawował za niego pretor. W Thamugadi i Lambaesis szeptano, że legat choruje po niebezpiecznej przygodzie na pustyni. Całymi dniami siedział na marmurowej ławie przy basenie z fontanną, pijąc cypryjskie wino i milcząc. Panowała w nim ta najgłębsza cisza, podczas której człowiek szuka swojej drogi do śmierci.

Szpieg wrócił po szesnastu dniach i zameldował:

— Jest w lupanarze Tipasy, ale na razie nie mają z niej pożytku. Przecięła sobie żyły. Uratowano ją, lecz nie wiadomo, czy dni jej nie są policzone. Leży przywiązana do łoża, by po raz drugi nie mogła uczynić sobie krzywdy. Przemocą wlewają jej mleko do ust.

Wyjechał z miasta o wczesnym świcie, mówiąc strażom, iż chce odbyć samotny spacer po okolicy. Skierował się na północ. W Cuicul, gdzie dotarł nazajutrz, ujrzał zbiegowisko; gawiedź drwiła z na wpół obłąkanego Berbera, który szukał swej żony. Chodził od człowieka do człowieka i patrząc każdemu w twarz pytał:

— Czy nie widziałeś mojej żony, pięknej Anaja?

Odpowiadał mu szyderczy śmiech. Nagle ktoś zawołał:

— Po co ci ona? Znajdź sobie tutaj inną!

— Nie chcę waszych kobiet — rzekł z powagą Berber. — Wasze kobiety nie znają dumy, to suki.

Ciżbą zatrzęsło, w stronę barbarzyńcy poleciały wyzwiska i kamienie. Marek Emiliusz wystąpił z tłumu i krzyknął:

— Satis!*

Motłoch zastygł w oczekiwaniu, on zaś podszedł do Berbera i spytał:

— Co się stało z twoją żoną, przyjacielu?

— Porwano mi ją, panie, a wiem, że zawleczono ją tutaj. Zmiłuj się, pomóż mi!

Marek skinął na stojącego w tłumie centuriona i pokazał mu swój pierścień.

— Dowódcę garnizonu do mnie! Biegiem!

Dowódcy szepnął przez zaciśnięte zęby:

— Dzisiaj jeszcze odnajdziesz żonę tego człowieka, wypłacisz mu jednego denara za każdy dzień jej niewoli, obciążając tym właściciela, i dasz im dwa konie, by mogli odjechać. Albo jutro dasz swój łeb!

— Będzie jak rozkazałeś, wodzu! — odparł przerażony oficer.

Kiedy wsiadał na konia, Berber podbiegł doń i rzekł:

---

* — Dość, wystarczy!

— Niech ci bóg sprzyja, panie! Powiedz mi, komu jestem winien życie...

— Zosimusowi! — padło w odpowiedzi.

Czasami, żeby iść dalej, trzeba się cofnąć. Czasami trzeba się cofnąć bardzo...

Z Cuicul pognał na zachód, przez granicę, traktem na Auzię. Do Tipasy dotarł po sześciu dniach, późnym wieczorem. Miasto spało. Zostawił konia w koszarach przy głównej bramie i zagłębił się w ulice, milczące i ciemne, omiatane wiatrem od morza. Mijał nielicznych przechodniów, dążących w pośpiechu do swych domostw za światłami niesionymi przez niewolników. W bliskości wybrzeża, które oznajmiało się głuchym szumem fal, napotykał już tylko bezdomne koty i psy oraz sylwetki pijanych legionistów, wymiotujących pod ścianami lub zataczających się środkiem ulicy. Wreszcie usłyszał głośną muzykę z cithar i fletów, i gdy wyszedł zza jakiejś świątyni, oślepiła go przez moment feeria świateł bijąca w rozgwieżdżone niebo z budynku wiszącego na nadmorskiej skale.

Na tarasie lupanarium, pełnym oficerów i patrycjuszy pląsających z heterami, pojawił się niczym duch.

— Salve!* — czknął mu w twarz półnagi tłuścioch z pucharem wina w dłoni. — Masz, pij!

Naczynie grzmotnęło o posadzkę, a nagus, kopnięty ze straszliwą siłą, wpadł w grupę muzykantów, zwalając ich z nóg i tłukąc instrumenty. Nogi tancerzy zamarły w pół kroku i wszystkie oczy zwróciły się na intruza. Dwóch oficerów ruszyło ku niemu z pięściami, ale powstrzymał ich widok jego ręki opadającej na głownię miecza.

— Kim jesteś?! — warknął jeden z nich.

Przybysz podszedł doń, jakby chciał się przyjrzeć pytającemu.

— Jestem mężem kobiety, którą trzymacie związaną. Gdzie ona jest?

— Gówno cię to... — zdążył powiedzieć oficer i padł nieprzytomny na posadzkę po uderzeniu w skroń płazem miecza.

— Ten mój przyjaciel zamyka najzuchwalsze gęby! — ostrzegł Marek Emiliusz. — Gdzie ona jest?

Drugi oficer krzyknął:

— Odważnyś z bronią, z którą tu nie wolno wchodzić! Drogo zapłacisz za złamanie prawa i za gwałt!

Nieznajomy schował miecz do pochwy i przekroczył ciało leżącego.

— Powiedz gdzie ona jest — szepnął — bo nauczę cię posłuszeństwa bez pomocy klingi!

---

* — Witaj!

Oficer spojrzał na jego kobiece dłonie i parsknął:
— Tymi rączkami?!
W tym samym momencie dwie stalowe dźwignie poderwały go z ziemi, rozległ się błagalny skowyt, ciało oficera przefrunęło nad balustradą tarasu i połknął je mrok nad przepaścią, u stóp której fale morza tłukły grzywami o skały.
Reszta biesiadników rozbiegła się, przewracając w panice stoły z jadłem i kolumienki z oliwnymi lampionami. Wojskowi wrócili zaraz, dzierżąc miecze. Byli pijani, więc nawet liczba nie dała im szans. Śmierć sfrunęła do lupanarium i rozwinęła nad nimi czarne skrzydła, gdy leżeli porąbani mieczem legata.
Odnalazł Lelhin w małej sali na piętrze. Jej twarz zestarzała się gwałtownie, rysy zrobiły się ostre i zapadłe na wystających kościach policzkowych. Była nieprzytomna. Śmiała się głośno, a potem milkła, jakby wsłuchując się w siebie z niepokojem, a cień odwiecznego, południowego smutku gasł w jej oczach, jeszcze większych i zupełnie suchych, gdyż płakała całym obolałym ciałem, wzywając go przez tyle dni, że zabrakło jej łez.
Przeciął kamiennym nożem jej więzy, wziął ją na ręce i przytuloną do piersi wyniósł na ścieżkę, która wiodła wśród skał na brzeg morza. Za nimi płonęło lupanarium, rozświetlając jaskrawą łuną całą zatokę. Fragmenty murów waliły się w przepaść, sypiąc snopami iskier, które gasły w wodzie z posępnym sykiem, lecz on nie słyszał niczego prócz kilku słów spod namiotu na dalekiej pustyni: „*Przyłóż mnie jak pieczęć do serca twego... Będziesz pierwszy i ostatni...*".
Szedł bardzo długo, nie czując zmęczenia. Fale przypływu zmywały z plaży odciski jego sandałów, jakby chcąc zatrzeć ślad tych dwojga w kosmosie. Płonący dom stał się maleńkim światłem na wybrzeżu, niczym latarnia ostrzegająca statki przed zdradliwym przylądkiem, a noc wchłaniała wszelkie odgłosy, rozsnuwając jedwabną opończę ciszy przynależnej największym tragediom Ziemi. Szorstka bryza wyciskała mu z oczu łzy, które rysowały policzki zdumione czymś, czego nigdy nie zaznały, gdyż ten człowiek nie umiał płakać.
Dość!

„Muzo, gdzie zmierzasz? O, liro lekka,
nazbyt pochopna, bądź ostrożniejsza,
tajemnic bogów nie tykaj,
*wielkości nie pomniejszaj!"**.

* — Tłum. Stefana Gołębiowskiego.

Horacy tak ostrzegał w jednej ze swych pieśni. Przed czym! Przed ckliwością, która zabija pisanie o uczuciach? Ależ ja tylko na chwilę popadłem w sentymentalizm, wiedząc, że i tego nie darowałby mi Marek Emiliusz Saturninus, gdyby mógł przeczytać. A może to jest ostrzeżenie przed opisem jego zgonu?... Dobrze, mogę o tym nie pisać, ale jeszcze kilka zdań muszę.

Grób Lelhin wykopał w kamienistej ziemi swym mieczem. Umocował na szczycie małego kopca nóż ze znakami Tanit, wstał i rozejrzał się zdziwiony, że jest tak jasno. Na skałach wokół niego słońce wyrywało dziesiątki srebrnych błysków z blach na piersiach żołnierzy, którym kazano go ująć.

Obserwowałem kiedyś we Włoszech, nad jeziorem Como, dumnego ptaka — orła, jastrzębia lub sokoła (nie jestem ornitologiem, nie poznałem patrząc w niebo) — który walczył na śmierć i życie z centurią wron. Ciężko ranne i zabite spadały spod chmur jak kamienie upuszczone przez Boga, aż wreszcie spadł kamień największy i zamknęły się nad nim kręgi wzniecone na wodzie.

Pozostały tylko te dwie płaskorzeźby, niczym dwa ołtarze na stosie antycznych kamieni Tipasy: symbol bogini Tanit w postaci kobiety z bezimienną twarzą i sylwetka konnego Rzymianina, którego twarz pozbawiły rysów deszcze i wichry. Dotykałem jej palcami tak, jak nie wolno dotykać eksponatów, lecz nie z głupoty lub snobizmu — ja tak rozmawiam z kamieniami. Te dziurawe resztki, w których nie widać już nawet śladów narzędzi rzeźbiarza, jakby natura sama wydrapała je pazurami, znalazły jeszcze dość siły, żeby opowiedzieć tamtą miłość, a ja zabrałem ich ostatnie tchnienie.

Dzień mojego pożegnania z Tipasą był pochmurny. Na brzegu rybacy naprawiali łodzie odwrócone do góry dnem. W powietrzu unosił się zapach smoły i oleju lnianego. Nad dalekim krańcem półwyspu wisiała cisza przecinana igiełkami piorunów. Rozczarowane mewy raz po raz podrywały się z wody i wznosiły w powietrze z tą samą nadzieją. Zostawały po nich delikatne kręgi na ciemnej płaszczyźnie zatoki.

WYSPA 7

OSSIACH (KARYNTIA)

BOLESŁAW ŚMIAŁY (SZCZODRY)

BLIZNA

„Polszcza... kochałem ja się w twych rumieńcach,
którymi zorza wschodziła zza boru —
i w twoich złotych warkoczach i w żeńcach,
i w łyskawicach letniego wieczoru,
i w ryku żubrów idących na spoj...
Od szlochu pęknie pierś... Boh moj!”.

(Tadeusz Miciński, „Król w Osjaku”).

Stoi się pod barokowym kościołem, który już nie nosi nawet śladu tamtego sprzed wieków, a z opactwa zostało tylko wspomnienie w postaci kamiennej płyty z osiodłanym koniem bez jeźdźca... i chce się wyć.

Ossiach* nad jeziorem o tej samej nazwie, w Karyntii, będącej niegdyś samodzielnym księstwem. Polska Święta Helena, do której przez kilka wieków pielgrzymowały jednostki zamiast pokoleń, a dzisiaj już nikt! Kościół skutecznie rugował banitę z polskich serc i z narodowej pamięci. Sto istniejących pomników winno się przetopić na jeden w Ossiachu, lecz nam się to nawet nie przyśni, Boże broń!

Człowiek grzebiący w historii rodzi się albo za późno, albo za wcześnie, ale na ogół zdaje sobie sprawę tylko z tego pierwszego, bo przyszłość jest nieodgadniona. Za wcześnie, jeśli po mojej śmierci odkryją jakieś rewelacyjne dokumenty na temat człowieka, który schronił się w Ossiachu. A za późno, bo te mury pachną już czymś innym i nawet mój nos, przenikliwy jak sztylet, z trudem chwyta pyłki tamtych chwil.

Należało przybyć tu, gdy jeszcze stał ów średniowieczny klasztor uczonych ascetów w benedyktyńskich habitach, zanim trzęsienia ziemi, pożary i ludzka złość nie obróciły go w perzynę. Był to jeden z wielu kamiennych przybytków św. Benedykta („*ojca monastycyzmu zachodniego*”)

---

* — Popularne było dawniej spolszczenie: Osjak.

rozsianych po całej Europie. Uczył — tak jak wcześniej pustelnie mędrców Wschodu i Zachodu — że Ziemia nie może stać się ojczyzną dla ducha, a tylko co najwyżej miejscem tymczasowego pobytu dla ciała, oraz że wolność, tak charakterystyczna dla istot prawdziwie uduchowionych, może być realizowana wyłącznie przez samotność, co nakłada obowiązek milczącego ignorowania świata. Nie wrogości, lecz i nie bratania się z nim — ignorowania jego prymitywnych problemów, które nie powinny mącić dziedziny czystej refleksji. Starał się dowieść, że wszyscy, którzy szukają towarzystwa, są ludźmi wewnętrznej pustki i strachu, w przeciwieństwie do mieszkańców tych wyniosłych murów, co dają poczucie bezpieczeństwa, choć przecież nie napawają łatwym optymizmem. Historia widziana stąd — wypadki polityczne, krwawe wojny, dalekie marsze, zabiegi dyplomatów i kurtyzan — jawiły się żałosnym chaosem, pozbawionym logiki wewnętrznej i nie nadającym się do wielkiej syntezy. Jedynym godnym zainteresowania rodzajem historii w jej nowoczesnym kształcie były tu dzieje wiedzy i wyobraźni, długa kultura operacji rozumu, najdawniejsza i zarazem najmłodsza, wiecznie potężna cywilizacja pitagorejczyków, alchemików, kabalistów i szamanów mistycyzmu, wszystkich tych, którzy wyrażali prawdę w „*lingua sacra*" najbardziej komunikatywnych symboli (od znaków magicznych po wzory matematyczne), sprowadzonych do prostoty szklanych paciorków i zmierzających do tworzenia reguł, za pomocą których można oddziaływać na procesy zachodzące we wszechświecie dzikusów. Bogactwo tej gry ogarniało najcenniejsze przekazy zachowanych tradycji i kultur, sprawiając, iż ów mikrokosmos ludzkiego ducha przewyższał intelektualnie wszystko, co go otaczało. Lecz samotność, ascetyzm, pogarda dla świata, pycha i pokora, poszukiwanie absolutu, demonizm i dążenie do świętości, zmieszane w jednej zamkniętej przestrzeni sprawiały, że do klasztoru coraz częściej zaglądał szatan. Dlatego niewielu z mieszkających tu mnichów zaznało zwątpienia, tego ożywczego i wyzwalającego kryzysu, w świetle którego wszelkie intelektualne wysiłki, wszelkie machinacje dumnego mózgu, stają się wątpliwe, a na ich miejsce wkrada się zazdrość wobec każdego orzącego chłopa, każdej pary zakochanych, każdego spoconego mężczyzny i kobiety, bo to oni są naturalni i ogarniający pełnię życia, w przeciwieństwie do eremitów, którzy nic nie wiedzą o trudach, niebezpieczeństwach i cierpieniach.

Tą właśnie ciszą oddychał wraz z nimi, nie rozumiejąc ani ich siły, ani ich słabości, tak jak oni nie pojmowali jego dramatu. Był obcy, należał do świata zagonionych, spoconych i skatowanych barbarzyństwem zewnętrznej wegetacji.

W jakimś momencie epopei tego monasteru, gdy rządził nim opat Teucho, pojawił się u bram król–wygnaniec. Przyjęto go jak innych, których uznano godnymi przyjęcia — każdy proszący, a władca bez tronu najbardziej, był dziadem bożym. Dano mu schronienie, aby miał gdzie czekać na skrytobójczą śmierć. I tam go pochowano, co jest kwestionowane, albowiem nie istnieją bezpośrednie dowody, lecz zapomina się przy tym, że wśród wszystkich niemieckich historiografów Karyntii nie ma ani jednego, który by pisząc o Ossiachu podawał w wątpliwość historię tyczącą pobytu i śmierci polskiego króla w klasztorze. Przeciwnie — wszyscy oni, opierając się na miejscowej tradycji oraz wypisach ze starej kroniki klasztornej, potwierdzili rzecz jako fakt nie podlegający dyskusji*.

O śmierci Bolesława Śmiałego na Węgrzech pierwszy wspomniał Gall Anonim, który przybył do naszego kraju w trzydzieści zaledwie lat po tragedii, był więc najbliższy wydarzeniom ze wszystkich polskich kronikarzy. Później wspominano o jakimś „*węgierskim klasztorze*". W 1433 roku profesor Jan Dąbrówka z uniwersytetu krakowskiego napisał o „*pewnym klasztorze położonym na krańcach Węgier, w kierunku Austrii i Karyntii*", korzystając z opowieści kogoś, kto widział królewski grób, znajdujemy bowiem w jego tekście epitafium („*Tu leży Bolesław, król Polski, zabójca świętego Stanisława, biskupa krakowskiego*") — jak się później okazało zacytowane nieomal dokładnie. Człowiekiem, który ponownie odkrył grób króla w Ossiachu, był sekretarz kardynała Hozjusza, Walenty Kuczborski (zaświadcza to w swym dziele Kromer w roku 1568).

Od tej pory już wiedziano, że na cmentarzu ossiackiego klasztoru znajduje się płyta z wyrzeźbionym koniem i łacińskim napisem: „*Rex Boleslaus Poloniae. Occisor Sancti Stanislai Epi. Cracoviensis*". Napis położyła czyjaś ręka (nie wcześniej jak w drugiej połowie XIII wieku) na starożytnej płycie nagrobnej rzymskiego legionisty, który to fakt wcale nie podważa tezy o pochowaniu Bolesława w Ossiachu, nie jest bowiem rzeczą niezwykłą ponowne wykorzystywanie antycznych kamieni grobowych. A rzeźbiony motyw (koń z pustym siodłem bez strzemion — taką stała się Polska po obaleniu Bolesława) i pierwotne przeznaczenie płyty (Rzymianin — takim był Bolesław w najlepszym tego słowa znaczeniu), pasują wybornie jako metafory.

W końcu XVI stulecia przyjechał do Ossiachu biskup mogilski, Marcin Białobrzeski, i usłyszał od opata historię zgonu i pochówku Śmiałego w tutejszym klasztorze (potwierdzała ją kronika klasztorna), co chyba przesądza sprawę — benedyktyni ossiaccy byli w owej materii najlepiej

---

* — M.in. pismo wiedeńskich uczonych, „Intelligenzblatt", w czterech numerach z roku 1813 zdecydowanie broni tej tezy.

poinformowani. Nadto przez kilkaset lat w monasterze znajdował się pierścień, o którym mówiono, że został wręczony opatowi przez umierającego Bolesława, zaś płytę z koniem wieńczył bardzo stary malunek na drewnie (już autor XVII–wiecznej kroniki klasztornej, Wallner, nazywa go „*prastarym*”), przedstawiający w sposób mediewalnie „komiksowy” tragedię Śmiałego, jego zgon i pochówek w Ossiachu!

W roku 1839 hrabina Goess, wspomagana finansowo przez znakomite rodziny polskie, przeprowadziła restaurację grobu*. Płytę rzymską otoczono żelaznym parkanikiem ze „sztachetami” w postaci lanc i z napisem: „*Sarmatis peregrinantibus salus*”, a wspomniany obraz przeniesiono, z powodu zniszczeń, do kaplicy gotyckiej, zastępując go kiepską kopią (poprawiał tę kopię w roku 1884 malarz Daniszewski, podczas kolejnej restauracji, z inicjatywy rady miejskiej Krakowa). Przy okazji otwarto grób, znajdując czaszkę i kości „*należące do szkieletu mężczyzny, który był dość silny i dorodny*”, a także pozłacaną agrafę z miedzi, do spinania płaszcza.

Napis na parkanie, mówiący o pozdrowieniu Sarmatów–pielgrzymów, ma coś z egzotycznego, martwego pisma dalekiej starożytności, bo już nikt znad Wisły nie peregrynuje do miejsca, gdzie winno być polskie sanktuarium i gdzie każdy mieszkaniec okolicy chętnie wskaże drogę, mówiąc:

— In der Kirche ist das Grab des polnischen Königes Boleslaus**.

Kłamstwo, że zły król własnoręcznie zamordował na stopniach ołtarza dobrego, niewinnego biskupa, i że ten biskup „*poniósł śmierć za Kościół i za naród*” (ksiądz Kalinka) — ma potworną moc, gdyż jest to kłamstwo kościelne, a Kościół nie popełnia błędów. Kościół nie zna pojęcia własnego grzechu.

Na końcu dramatu „Bolesław Śmiały” Stanisław Wyspiański włożył w usta króla zdanie o przyszłych pokoleniach: „*Oni przeklną mnie przekleństwem wieku*”. Przeklęli, i to jak skutecznie. Wciąż obowiązują u nas słowa, które chór mnichów pieje w owej sztuce:

„Niechaj będzie
poniechany,
ludziom, światom
zapomniany.

---

* — Dokładniej grobu zewnętrznego, z rzymską płytą przedstawiającą konia, wmurowaną w tę ścianę kościoła, do której przylega cmentarz (jest to ściana od strony jeziora), gdyż po drugiej stronie muru, wewnątrz kościoła, znajduje się tzw. grób wewnętrzny: umieszczona w łukowo sklepionej, przyposadzkowej niszy, kryjąca wejście do grobu płyta z napisem: „*Boleslaus Rex Poloniae*”. Napis ten wykuto podczas restauracji w roku 1762, z inicjatywy księcia Józefa Aleksandra Jabłonowskiego.

** — W kościele jest grób polskiego króla Bolesława.

Wzbroń mu soli,
wzbroń mu chleba,
wzbroń mu domu,
wzbroń mu nieba.

Niech się błąka
obłąkany,
zapomniany,
poniechany".

Krew św. Stanisława, który jest patronem Polski, rozlana przez Śmiałego, stanowi ciężki problem dla prawowiernych Polaków, którzy wiedzą, że wersja kościelna to propagandowa bajka. Lecz czyż nie jest drogą przez mękę dla wszystkich inteligentnych katolików każda wędrówka w historię Kościoła? Lepiej w nią w ogóle nie zaglądać, bo z czarnej jamy minionych stuleci wyłażą jak ohydne stwory z malowideł Boscha — postacie Torquemady i jego świętych kompanów inkwizytorów, którzy spalili żywcem i zamęczyli miliony niewinnych ludzi pod zarzutem herezji lub czarnoksięstwa, oraz cały korowód papieży morderców i rozpustników, na czele z Formosusem, Sergiuszem III, Janem XII (gwałcicielem kobiet, który nie miał nawet święceń kapłańskich), Grzegorzem V, Kalikstem II, Bonifacym VIII (deprawatorem, który zalecał nierząd, kazirodztwo i cudzołóstwo), Sykstusem IV, Innocentym VIII (który był opiekunem nocnych zabójców i kupczył urzędami w najbezwstydniejszy sposób), Aleksandrem VI (który uprawiał wszystkie możliwe sprośności) i Leonem X. Inni zamykali Polskę żywcem do trumny i potępiali wszystkie nasze powstania: Klemens XIV stwierdził, że rozbiór Polski jest zgodny z interesami religii(!), a Grzegorz XVI nazwał powstańców listopadowych *„podłymi buntownikami, nędznikami, którzy pod pozorem dobra powstali przeciw władzy swojego monarchy*" (cara!). Albo te setki polskich prymasów, biskupów i księży, którzy za petersburski żołd piętnowali prawdziwych patriotów, zabraniali modlić się w kościołach o wolność ojczyzny, układali katechizmy gloryfikujące carat, żądali straszliwych kar dla *„rebeliantów*". Powstanie Styczniowe nazywali *„rokoszem*" wywołanym przez *„łotrzyków*", *„ludzi nieporządku*", *„przestępców*" (konsystorz wileński z 17 września 1863), wyklinali Piłsudskiego i jego ruch niepodległościowy (arcybiskup Popiel), zakazywali odprawiać 3 maja nabożeństwa na intencję Polski oraz grzebać legionistów na cmentarzach (biskup Łosiński)! Ileż zbrodni i nieprawości popełniono w imię Chrystusa?! I Kościół jest wieczną dziewicą! Ludzie może czasami błądzili, zapomnijmy o tym, ważne, że system jest bezgrzeszny. Każdy system.

Dowód na to, jak trudno poruszać się katolikowi między św. Stanisławem a królem Bolesławem II, stanowi powieść katolickiego pisarza, Karola Bunscha, „Imiennik". Z niej czerpałem, mając trzynaście lat, pierwsze wiadomości o tych dwóch ludziach, ponieważ w szkolnym podręczniku historii, autorstwa pań Dłuskiej i Schoenbrennerowej, nie było ani słowa o jednym z największych polskich władców (pewnie dlatego, że poturbował mieczem kijowską Złotą Bramę, a ruskiego księcia Izasława publicznie targał za brodę jak kozła). Siedemnaście lat później, w roku szkolnym 1981–82, mój syn uczył się o Polsce Piastów z nowego podręcznika szkół podstawowych autorstwa pana Markowskiego. W podręczniku tym Bolesław Śmiały w ogóle nie istnieje, dalej jest „*zapomniany, poniechany*"...

Dzięki Bunschowi rozmiłowałem się w Bolku, mimo że został on przez Bunscha ukazany niesprawiedliwie. Była to miłość irracjonalna, jak do kobiety — miłości nie wybiera się niczym poglądów. Niedawno temu znajomy psycholog przekonywał mnie, że uczucie to zrodziło się na gruncie podobieństwa mojego rozwichrzonego charakteru z Bolkowym. Posługiwał się przy tym fachową terminologią i przypominał mi rozliczne szaleństwa mej młodości, a zwłaszcza fakt podpalenia szkoły, do której uczęszczałem (Liceum im. Bolesława Prusa), co porównał z autodestrukcyjnym postępowaniem Śmiałego. Cała ta teoria nie bardzo trafia mi do przekonania, bo po pierwsze legenda o wybrykach Bolesława II została stworzona przez wrogą mu propagandę kościelną, a po drugie na tym pierwszym etapie mej fascynacji Bolkiem, kiedy człowiek dziecięco utożsamia się ze swoimi bohaterami — ja wcale nie wcielałem się w postać króla, lecz w świetnie wykreowaną przez Bunscha postać królewskiego sługi, Nawoja Śreniawity alias Nawoja Dzierżysławów. Imponowało mi to polityczne żądło Śmiałego, ów „komandos" do specjalnych poruczeń, żołnierz, polityk i cudowny cynik („*Nigdy nie kłamię, jak mi nic z tego nie przyjdzie*"), jednak o wspaniałym sercu, skrytym pod zimnym pancerzem, przebiegły, mądry („*Życie jest za ciekawe, żeby głupio umierać*"), czerpiący siłę ze swej szpetoty („*Nie stać mnie, bym był tak głupi, jak ci, co gębę mają gładką jak tyłek*") i chociaż nie aprobujący ostatnich posunięć króla, do tragicznego końca wierny, tak jak — w przeciwieństwie do miodoustych lizusów i „altruistów" — wierni są uczciwi cynicy. Lecz odbiegłem tą dygresją od istoty tematu...

Otóż katolik i do tego krakowski, Karol Bunsch, w swej powieści stara się rozpaczliwie nie uszczknąć nic ze świętości świętego, a jednocześnie zachować przynajmniej minimum obiektywizmu, co jest gimnastyką zbliżoną do wielbłądziego przechodzenia przez igielne ucho. W pierwszym tomie („Śladem pradziada") maluje postać Śmiałego jasnymi barwami, ale w drugim („Miecz i pastorał") te kolory coraz bardziej ciemnieją, tak by Kościołowi stało się zadość. Z kolei biskup Stanisław jest u Bunscha postacią bezgrzeszną, tylko należącą do świata innego, świata bezlitosnych kanonów moralnych. W sumie wersja kościelna triumfuje, a dwa momenty są godne szczególnej uwagi:

W wersji kościelnej istotną rolę odgrywają cuda, których miał dokonywać biskup (na tej m.in. podstawie został później kanonizowany), zwłaszcza tzw. cud z Piotrowinem: król kwestionuje przed sądem prawo własności Stanisława do majątku zmarłego rycerza Piotra z Janiszewa, a ten na skutek gorących modłów przyszłego świętego zmartwychwstaje i potwierdza, że sprzedał majątek biskupowi. Takie sztuczki iluzjonistyczne były chlebem powszednim średniowiecznych „cudotwórców", o czym Bunsch dobrze wiedział, ale wybrnął z sytuacji: opisał „zmartwychwstanie" Piotrowina jako trik spreparowany przez niemieckich współpracowników Stanisława przy jego... całkowitej niewiedzy o szalbierstwie! Druga sprawa to śmierć biskupa. Bunsch znał doskonale dzieło świetnego historyka, Tadeusza Wojciechowskiego, który obalił kościelną legendę o św. Stanisławie, dowodząc (1904), że był to zdrajca potępiony przez sąd arcybiskupi i stracony z wyroku sądu królewskiego. Ale też pamiętał jak straszliwe ataki spadły na Wojciechowskiego ze strony kleru (głównie kół jezuickich). Nie mógł — przeszkadzały mu w tym inteligencja i wykształcenie — zaadaptować bezkrytycznie kłamstwa o zarąbaniu biskupa przez króla podczas mszy, ale nie mógł też uciec od wersji kościelnej za daleko, wzbraniały mu tego strach i religijność. Wymyślił więc wersję ekwilibrystyczną: biskup zostaje skazany wyrokiem sądu, ale egzekucji dokonuje na miejscu sam król. Nadto, żeby zrównoważyć wyeliminowanie morderstwa podczas mszy, opisał jak członkowie sądu zostają przez rozszalałego, półobłąkanego władcę zmuszeni do głosowania za śmiercią Stanisława. Trudno tłumaczyć to mądrym powiedzeniem Nabokova, że „*literatura nie mówi prawdy, lecz ją wymyśla*". Był to strach!

Dorastając, czytałem zachłannie wszystko, co historiografia poświęciła tej sprawie i coraz bardziej umacniałem się jako członek obozu królewskiego. Nie było mi lekko rozdrapywać w sobie tę polską ranę. Mój ojciec nosił imię Stanisław od św. Stanisława. Zostałem wychowany w tej wierze i na łonie tego Kościoła. Nie szanując św. Stanisława, a uwielbiając jego przeciwnika, czułem się jak renegat pośród tłumu modlącego się do patrona ojczyzny, któremu hołdowały pokolenia naszych władców, wodzów i mężów stanu. Najpodlej czułem się pewnego wieczoru w ogrodzie watykańskim, kiedy żegnałem Jana Pawła II, który nazajutrz odlatywał do Afryki. Nad drzewami granatowiało błękitne niebo

Rzymu, aż błyski fleszów ludzi z „Osservatore Romano", którzy fotografowali to spotkanie, zaczęły błyskać w ciemności jak wybuchające gwiazdy. W pewnej chwili Ojciec Święty począł mówić, że za kilka dni, ósmego maja, minie kolejna rocznica świętego Stanisława.

A ja zadrżałem, przerażony, iż ten człowiek, którego podziwiam, odczytuje bluźnierstwo z dna mego serca. Tak — byłem również tchórzem. Nie potrafiłem się przyznać podczas tej rozmowy, bo polski papież, swego czasu biskup krakowski tak jak Stanisław, żywi niezłomną cześć dla tamtego, uznanego świętym męczennikiem przez Kościół, którego On jest głową. Dziesięć lat wcześniej miałem więcej odwagi.

Studiowałem wtedy na Uniwersytecie Rzymskim (1971). Poszedłem, jak co niedzielę, na nabożeństwo do polskiego kościoła pod wezwaniem św. Stanisława przy via Botteghe Oscure. Była akurat rocznica świętego i kaznodzieja wygłosił orację przeciwko królowi–potworowi, który zamordował biskupa, bo ten piętnował królewskie grzechy. Nieprzytomny z gniewu wpadłem po mszy do zakrystii i wyrzuciłem z gardła krzykiem rozpaczliwą obronę Bolesława, po czym — napotkawszy mur pogardy dla mojego chamstwa i obojętności wobec mojej argumentacji — wybiegłem z rozpalonym czołem na ulicę.

W ogrodzie watykańskim milczałem, skuty charyzmatem Ojca Świętego. A gdybym miał wówczas w kieszeni ów list z Australii, który otrzymałem kilkanaście miesięcy później, marynarka zaczęłaby mi płonąć.

W styczniu 1981 ukazał się na łamach „Przekroju" mój artykuł o Bolesławie Śmiałym (był to ostatni odcinek cyklu „Poczet królów Łysiaka") i tegoż roku poczta dostarczyła mi list (z datą 4 maja) od pana E. Niezabitowskiego z Quakers Hill (Australia); cytuję fragment:

„*Chyba w 1920 r. pierwszy rząd polski po odzyskaniu niepodległości i po uchwaleniu tego przez sejm zwrócił się do Rzymu z żądaniem o anulowanie w dniu 8 maja święta Stanisława Szczepanowskiego, skreślenia go z kalendarza z listy świętych i o zaprzestanie głoszenia jego kultu, podając oczywiście odpowiednie motywy. Papież wtedy bez żadnego oporu i zwłoki na to się zgodził. Pamiętam dokładnie jak ksiądz katecheta na wykładzie religii w szkole w Lublinie w kilka lat później wyjaśniał nam, że ze Stan. Szczepanowskim zaszła bardzo przykra omyłka że zaliczono go w poczet świętych i odtąd jest postanowiony kardynał jako prokurator, którego funkcją jest zbierać wszelkie informacje, które by dyskredytowały jako świętego i podawać je kolegium i odtąd już taka rzecz nie może się zdarzyć. Chyba nie od rzeczy będzie nadmienić, że biskup Stanisław wcale nie jest jakimś odosobnionym wyjątkiem ze swoją świętością. Na początku chrześcijaństwa także biskup imieniem Jerzy zajmował się dostawą żywności dla wojska rzymskiego, bo wtedy wpływy od wiernych nie były tak ogromne jak w kilka wieków później. Robił przy tym wielkie malwersacje i był największym oszustem tamtych czasów. Za to został skazany na śmierć przez sąd i stracony. Ogłoszono go potem wielkim świętym męczennikiem i został patronem żołnierzy, a później głównym patronem Anglii*".

W swym liście p. Niezabitowski wyrzucał mi nieprawdziwe jego zdaniem twierdzenie, iż św. Stanisław cieszy się w Polsce kultem („*Przed 15 laty, gdy wyjeżdżałem z Polski, tego kultu nie dostrzegałem*"). Mój korespondent musiał mieć kłopoty ze wzrokiem i nie wiedzieć, że kobiety w Krakowskiem czerpią 8 maja wodę z sadzawki na Skałce (miejsce śmierci św. Stanisława), wierząc, iż tego dnia posiada ona cudowną moc leczenia oczu. Ten kult nigdy nie schodził poniżej temperatur zadowalających hierarchię kościelną. Kilkaset świątyń w Polsce otrzymało imię Stanisława. Przez całe wieki pokolenia Sarmatów indoktrynowane były skutecznie fałszywą wersją wydarzeń, rozsiewaną z ambon i z drukarni, czego dowodem tekst w największej polskiej encyklopedii (tom z roku 1893): „*Biskup krakowski Stanisław upominał króla, aby się opamiętał, a gdy przestrogi żadnego nie wywarły skutku, rzucił nań klątwę. Gwałtowny Bolesław wpadł do kościoła świętego Michała i zamordował biskupa odprawiającego mszę świętą (11 kwietnia 1079)*". Rok wcześniej (1892) działający na współbraci jak czarnoksiężnik Jan Matejko zobrazował ten fałsz płótnem „Zabójstwo św. Stanisława"*. Pięć lat wcześniej (1888) drugi ówczesny mag sterujący duszami Polaków, Józef Ignacy Kraszewski, opisał mord na stopniach ołtarza w „Wizerunkach książąt i królów polskich", a Ksawery Pillati zilustrował to wstrząsającym sztychem. Można się tak cofać rok po roku albo iść do przodu — zawsze napotka się tę samą nalewkę trującą kolejne pokolenia.

W roku 1904 Wojciechowski skompromitował wersję kościelną, co trafiło do przekonania ludziom światłym (także z kół późniejszego obozu rządzącego, bliskich Piłsudskiemu, który obsesyjnie nienawidził zdrady narodowej), ale nie do szerokiej opinii publicznej, którą strzegły przed herezją ambony, ołtarze i tradycje rodzinne. W okresie międzywojennym związany z endecją wróg Piłsudskiego, biskup krakowski Sapieha, rozniecił kult św. Stanisława do gigantycznych rozmiarów. Po II wojnie światowej Kościół ani na jotę nie zmienił swej wersji. W głośnym orędziu do biskupów niemieckich kardynał Wyszyński pisał o „*męczenniku*

---

* — Inny obraz Matejki („Bolesław Śmiały i św. Stanisław") przedstawia Śmiałego w alkowie: lubieżny monarcha dobiera się do jakiejś swojej kochanicy, a w drzwiach stoi biskup Stanisław i ciska klątwę na rozpustnika!

zabitym przy ołtarzu przez Bolesława Śmiałego". W roku 1981, po wspomnianym, niechętnym Stanisławowi artykule w „Przekroju", otrzymałem wiele listów (w tym od jasnowidzącej, której ukazuje się Śmiały, od ludzi, którzy doznali cudownego wyzdrowienia za sprawą św. Stanisława, oraz od potomkini Nawoja Śreniawity, twierdzącej, że za zabójstwo św. Stanisława ich ród do dzisiaj prześladuje fatum) — autorzy wielu z nich odsądzali mnie od czci i wiary. Jak mogli tego nie zrobić, jeśli półtora roku wcześniej (1979) Jan Paweł II, podczas swej wizyty w kraju ojczystym nieomal co dzień podkreślał, że jego ojczyźniana pielgrzymka ma najściślejszy związek z przypadającą akurat 900 rocznicą śmierci św. Stanisława, w każdym prawie przemówieniu sławił męczennika zamordowanego królewską ręką i nazwał go „*patronem ładu moralnego w Polsce*"...

Boh moj!

Nie można zarzucić kłamstwa temu człowiekowi, bo On nie umie kłamać i zawsze postępuje zgodnie ze starą druidyjską dewizą, której nauczył mnie ojciec, a którą innymi słowy głosił Jezus Chrystus: „*Prawda przeciw światu*". Nie można Mu też zarzucić, iż jest w niezgodzie z nauką, bo w tej sprawie nauka się podzieliła. On jest w zgodzie z tą częścią świata nauki, która broni kłamstwa urodzonego dawno temu przez Jego Kościół. I w zgodzie z kardynałem Sapiehą, który wyświęcił Karola Wojtyłę na kapłana. I w zgodzie z własnym sumieniem. I ja Go rozumiem. A ponieważ kocham i Jego i Bolka — serce mi pęka, gdy o tym myślę. Zapewne nie powinienem pisać tej „wyspy". Ale prawda przeciw światu!

Nawet gdybym chciał zapomnieć — przypomną mi. Kiedy piszę te słowa, w kioskach „Ruchu" sprzedawany jest katolicki tygodnik „Kierunki" (10 X 1982) z następującym tekstem o św. Stanisławie: „*Stając w obronie pokrzywdzonych, naraził się królowi Bolesławowi Śmiałemu i z jego ręki poniósł męczeńską śmierć 11 kwietnia 1079 r. w czasie odprawiania Mszy św. na Skałce*", a ilustruje to obraz ukazujący jak Stanisław wskrzesza Piotrowina, chociaż od dawna wiadomo, że legenda piotrowińska została sfabrykowana przez kler krakowski w celu zagarnięcia wsi Piotrawin, do której Kościół nie miał żadnych praw! Ta, całkowicie nieprawdziwa, wersja śmierci Stanisława, którą kronikarz–fałszotwórca Kadłubek wykoncypował na podobieństwo zabójstwa (1170) arcybiskupa Canterbury Becketa, jest wciąż reklamowana przez głośniki w nawach kościołów i w salach katechetycznych (vide „Katechizm religii katolickiej" cz. III, Warszawa 1981), w prasie i w książkach, rocznicami, przemówieniami i obrazkami, które krzyczą jak kamień w kościele Na Skałce: „*Przystań przechodniu, biskup święty zrosił mnie swoją krwią!*"...

Wiem, że zostanę uznany przez nich za „*heretyka*", ale to nie oni są sędziami, tylko Bóg — On wie. Pierwszym znanym „*heretykiem*" był historyk doby Oświecenia, Tadeusz Czacki, który stwierdził (1803), że „*Stanisław biskup miał zmowy z Czechami*" (powołał się przy tym na Galla, lecz ten, chociaż zaświadcza, iż Czesi byli „*wrogami Polski najbardziej zawziętymi*", bezpośrednio nie twierdzi, że biskup był ich agentem; Bielowski wszakże bronił tezy Czackiego, wskazując na list władcy Czech — z dokumentu tego wynika, iż Stanisław był pupilem Czechów!). W negatywnym świetle przedstawiał św. Stanisława Maciejowski (1842), wcześniej Podczaszyński, następnie korzystający z niego Oleszczyński (1843), którzy rzekome okrucieństwa Bolka nazywali klerykalnymi „*powiastkami*" i równali ich prawdziwość z gadką o myszach króla Popiela. Młody Kalinka w roku 1844 napisał wręcz, iż należy skończyć z opartym na wymysłach bełkotem o słuszności postępowania Stanisława i stwierdził, że bezstronna historiografia byłaby „*Stanisława w najniekorzystniejszy sposób wystawiła*". Dodał też, że opis zabójstwa biskupa przez króla jest dziełem „*kronikarzy–księży umyślnie ten fakt przekręcających*". Ale na starość, sterroryzowany przez kolegów w sutannach i przez własny strach, głosił już tylko pochwały świętego, wystawiając go w najkorzystniejszy sposób, chociaż racjonalnie uzasadnić odmiany swych przekonań nie potrafił. Bezstronność historiografii widział wówczas, trudno osądzić, bardziej komicznie czy też bardziej żenująco: „*Tu nie chodzi o studium czysto naukowe, raczej o to idzie, aby przyłączyć się do uczuć całego narodu, do tych hymnów dziękczynnych i błagalnych...*" etc. O, okrutna potęgo sędziwego strachu przed karą Bożą, nawet za prawdę!

Kolejni XIX–wieczni „*heretycy*" nie patyczkowali się. Zdrajcą „*expressis verbis*" nazwali św. Stanisława: Skorski (1873), Stefczyk (1885) i Gumplowicz (1898). Lecz dopiero sławne rozdziały siódmy i ósmy „Szkiców historycznych z XI wieku" (1904) Tadeusza Wojciechowskiego stały się rewolucją (bo wywód naukowy był w nich miażdżący) i spowodowały gwałtowną polemikę. Od tamtej pory bibliografia sprawy św. Stanisław–Bolesław II zaczęła gwałtownie rosnąć; dzisiaj to już spory księgozbiór. Historyków, literatów i publicystów zabierających głos można podzielić na cztery grupy: zwolennicy Wojciechowskiego (ukaranie śmiercią jednego z przywódców czesko–niemieckiej agentury, montującej bunt możnowładców przeciw Śmiałemu); zwolennicy wersji kościelnej, wywiedzionej z kroniki Kadłubka (zabicie niewinnego biskupa podczas mszy); zwolennicy oliwy lanej na namiętności (Bolko popełnił wprawdzie mord, ale później odpokutował to pielgrzymując do Rzymu i uzyskał odpuszczenie grzechu; jest to legenda potrzymywana przez

Kościół dla złagodzenia oporów przeciw piętnowaniu króla–bohatera, jej wyznawcą był m.in. kardynał Wyszyński); wreszcie zwolennicy teorii *„ignoramus et ignorabimus”* (*„nie znamy i nie poznamy”* prawdy, gdyż źródła historyczne są zbyt skąpe). Przyjęcie tezy czwartego obozu, sformułowanej w haśle „Stanisław ze Szczepanowa święty” encyklopedii Gutenberga (1931): *„Wszystko, co nauka polska dotąd na ten temat powiedziała jest, z braku źródeł, hipotezą”*, byłoby najwygodniejsze, wszakże rodziłoby kłopotliwe pytanie: jeśli nic nie wiemy, to jakim prawem wprowadzony został i pozostaje w mocy kult człowieka, o którym nie wiadomo, czy zasłużył na kanonizację?* Ważniejsze są jednak bitwy toczone przez głównych antagonistów.

Wojciechowski i jego zwolennicy opierają swe wywody na bardzo bliskiej wydarzeniom kronice Galla Anonima, zaś ich przeciwnicy na o cały wiek późniejszej kronice Wincentego Kadłubka, którą znawca ojczystego piśmiennictwa, prof. Aleksander Brückner, określił w swych monumentalnych „Dziejach kultury polskiej” mianem *„pustych wymysłów”*, tak ową celną myśl rozwijając: *„Czcza to gadanina zamiast treści (...) Jest tylko nadużyciem naszej cierpliwości”*. Atoli, jak nie mniej słusznie zauważył Brückner: *„Wincentego coraz przepisywano i ślepo mu wierzono (...) chociaż do Galla nic nie umiał istotnego dodać prócz kruszenia kopii za św. Stanisławem (...) a nikłość treści zakrywał splotem fantazji (...) Pompatyczny Wincenty zapanował nad całą historiografią późniejszą, nie na jej korzyść”*.

Do dzisiaj nie brak prób rehabilitacji mistrza Wincentego przez tych, w których Wojciechowski cisnął epitetem *„plemię Kadłubka”*. Gerard Labuda zawzięcie przywraca mu walor rzetelnego źródła, co z pozycji zdrowego rozumu wydaje się być bliskie paranoi, zaś Witold Sawicki pod Kadłubkową narkozą dowodzi, iż służący haniebnie Czechom i Niemcom Władysław Herman (brat Bolesława, wyniesiony przez rokosz, w którym brał udział Stanisław), to znakomity władca, podczas gdy Śmiały był dziedzicznym wariatem! Oparte jest to na nie mających nic wspólnego z nauką, budzących politowanie spekulacjach (rodzice ci sami, ale tylko jeden z synów jest dziedzicznym wariatem, ten nie lubiany przez Kościół!); rzecz nienowa, o podobnych antybolesławowych kalumniach z minionych epok pisał H. Bruzdowski w roku 1907: *„Rozważone jako produkt dziejopisarski — to istna nędza umysłowa. Żeby przedstawić Stanisława świętym, trzeba było wymyślać na Bolesława potwarze*

---

* — Przeciwnik Wojciechowskiego, prof. Stanisław Smolka, który namawiał: *„Zrezygnujmy!”* (z dociekania prawdy), mimowolnie zadał cios pogrobowcom Kadłubka, tak argumentując: *„Historyczny biskup Stanisław pozostanie na zawsze nieznaną postacią”*.

takie obrzydliwe, że równie szpetnych nie spotkać w naszej historiografii". Lecz pukanie oszustom w czoła było i zapewne długo jeszcze będzie rzucaniem grochu o ścianę, a Kadłubkowi nie zabraknie adwokatów w rodzaju Sawickiego, według którego mistrz Wincenty w swej kronice nie kłamał, bo był „*człowiekiem prawym*". Oczywiście, proszę panów — właśnie z kroniki Kadłubka wiemy o wspaniałych zwycięstwach Polaków nad Aleksandrem Wielkim i Cezarem!

Kością niezgody między prof. Wojciechowskim a „*plemieniem Kadłubka*" były użyte przez Galla w odniesieniu do biskupa Stanisława wyrazy „*traditio*" (zdrada) i „*traditor*" (zdrajca). Zwolennicy wersji kościelnej wciąż przypominają — mimo że Wojciechowski oraz prof. Stanisław Krzyżanowski polemizując (1910) zbili ich spekulacje — iż w łacinie średniowiecznej wyrazy te miały więcej znaczeń i chociaż „*traditor*" głównie oznaczał zdrajcę, to tym samym terminem oznaczano również rzucającego klątwę lub buntownika w ogóle. Według nich Gall miał oczywiście na myśli te drugie znaczenia, nie zaś zdradę stanu. Kościół interpretował tak Anonima już dużo wcześniej, ale widocznie sam nie był nazbyt mocno przekonany do własnych interpretacji, skoro w 1824 roku cenzura kościelna protestowała stanowczo przeciwko wydaniu kroniki Galla z rękopisu Czartoryskich, zawierającego autentyczny tekst kronikarza o konflikcie między królem a biskupem! (wcześniej posługiwano się interpolacjami z kroniki Kadłubka w tzw. rękopisie heilsberskim!). Gdyby Gall nie miał na myśli zdrady, nie byłoby sensu sprzeciwiać się drukowaniu jego oryginalnych sformułowań, które zastąpił tekst przekręcony — czyż to nie oczywiste?

Zastanówmy się: jeśli nadmieniona przez Galla „*zdrada*" Stanisława nie oznaczała zdrady stanu, to jak można wytłumaczyć, że po wypędzeniu Śmiałego z ojczyzny przez buntowników, których aktywnie popierał (lub wprost kierował nimi) biskup, Polska zmieniła o 180 stopni swój kurs polityczny (nie mówiąc już o tym, że utraciła samodzielność polityczną), wiążąc się z Niemcami i oddając spore połacie kraju (w tym Kraków) niemieckiemu figurantowi, władcy Czech, Wratysławowi? (w roku 1085 cesarz niemiecki Henryk IV nadał Wratysławowi tytuł „*króla Czech i Polski*"). W każdym śledztwie kryminalnym obok bezpośrednich dowodów zasadniczą rolę grają odpowiedzi na dwa pytania: jaki był motyw zbrodni i komu przyniosła ona korzyść? Sprawiedliwość od dawna kieruje się bardzo prostą i słuszną zasadą dochodzenia karnego, która stanowiła właściwy klucz do wielu tajemnic: „*Is fecit, cui prodest*" (sprawcą jest ten, komu przyniosło to korzyść).

Obrońcy biskupa twierdzą, że zwrócenie się wielmożów przeciw Śmiałemu nie było spiskiem politycznym inspirowanym z zewnątrz, lecz buntem wewnętrznym, który zaczął się spontanicznie podczas wyprawy kijowskiej i miał związek z równoczesnym „*buntem niewolnych*". Wszakże owe „*bunty*" to kolejny absurdalny wymysł Kadłubka — nic takiego nie miało miejsca, nie ma na ten temat żadnych źródeł, a przeczą temu wszelkie przesłanki, które ostatnio (1982) zanalizował Tadeusz Grudziński, by w konkluzji nazwać Kadłubkowe enuncjacje „*całkowicie sztuczną konstrukcją kronikarza*". I to nie nowość, już Brückner stwierdził: „*Bunt szlachty w wyprawie kijowskiej r. 1078/79 jest późną bajką*". Na bajdach oparto wyrok, który wlecze się za narodem do dzisiaj niby złowieszczy cień!

A teraz załóżmy — stać nas na to — że „Kadłubkowcy" mają rację, to jest, że biskup nie zdradził ojczyzny, tylko się zbuntował przeciw złemu królowi i wyklął go, i nawet zgódźmy się, że zdrada w ówczesnym pojęciu nie oznaczała tego, co dzisiaj rozumiemy pod nazwą zdrady stanu. Wszystko to razem nie zmienia faktu, o którym Kościół i jego historiograficzni słudzy zapomnieli, a ja im przypomnę (notabene zapomnieli o tym również obrońcy Śmiałego). Otóż jakiekolwiek działanie przeciw Bolesławowi było nożem wbijanym w plecy Rzymu — nie dającą się niczym usprawiedliwić ani językowo przeinterpretować zdradą Kościoła.

Przywołać tu muszę jednego z największych papieży, tych, co przynosili chrześcijaństwu zaszczyt: Grzegorza VII, człowieka, który mocno potrząsnął ówczesnym światem.

Od młodości zwracał uwagę wybitnych mężów swej epoki zdolnościami, a ludu — cnotliwym życiem i tym, że nie gonił, jak liczni książęta Kościoła, za majątkami i złotem. Ten plebejusz, syn toskańskiego chłopa, to małe, szczupłe, chuderlawe, śniade na gębie mniszątko przez długie lata wyrastało na wielkiego rycerza Jezusa Chrystusa, szykując się do dwóch wielkich batalii: do moralnego podniesienia duchowieństwa (etyka kleru była naonczas koszmarna, szerzyły się symonia, rozpusta, fałszywe cuda i relikwie, pogoń za bogactwami kosztem maluczkich etc.) oraz do zniesienia władzy świeckiej nad kościelną, zwłaszcza w kwestii obsadzania stanowisk duchownych (nawet papieży mianowali wtedy i zdejmowali wedle swego widzimisię cesarze niemieccy). Mówiąc o posłannictwie świętego Kościoła zdawał się rosnąć i piękniec, a w jego dużych czarnych oczach gorzały płomienie i czaiły się pioruny. Sam dawał przykład: jako papież nie zmienił swego trybu życia, nie otaczał się jak inni papieże pysznym dworem. Skibka chleba, lampka młodego wina i miseczka białego grochu, zwykły pokarm uczniów św. Benedykta, starczały mu za pożywienie. Jadał raz dziennie, wieczorem. Obfitszy jego pokarm stanowiły lektury. Takim był ów człowiek — asceta wyzuty z namiętności doczesnych, kapłan patrzący błyszczącymi oczami w niebo, odważny reformator, całym sercem oddany swej idei.

Dusza starożytnego Rzymu wstąpiła w nędzne ciało tego mnicha, gdy z woli ludu rzymskiego zasiadł w 1073 (mając 53 lata) na krześle apostolskim w pałacu Lateranów. Wiedział, że wojen nie wygrywa się słowami, potrzebował silnych sprzymierzeńców na wschodzie i zachodzie. Na wschodzie był taki trzydziestolatek, Boleslaus, który szybko zrobił ze swego państwa mocarstwo i który skutecznie szachował cesarza niemieckiego, Henryka IV, uprzedzając każdy jego ruch, grając biegle na rozdźwiękach między Sasami a Szwabami (gdy Henryk chciał uderzyć na Polskę, Bolesław podburzył mu Sasów i cesarz musiał się zająć tłumieniem buntu), kontrując czeskiego alianta Niemców i osadzając władców na sąsiednich tronach (ruskim i węgierskim) zgodnie z własną wolą. Byłby to świetny sprzymierzeniec, tym bardziej, że dobry chrześcijanin (z listu Grzegorza do Bolka: „*Łączymy się z Waszą Miłością w Chrystusie*"), nie szczędzący wielkich nadań Kościołowi w swoim kraju. Ten młodzieniec zasługiwał na pomoc i na prośbę o pomoc.

Sprzymierzyli się w roku 1075 i wówczas Grzegorz wypowiedział wojnę cesarzowi dokumentem „*Dictatus papae*", a Bolesław zaczął odbudowywać antyniemiecką niezależność polskiego Kościoła z metropolią w Gnieźnie, co musiało budzić zazdrość i gniew biskupa krakowskiego — do tej pory był on pierwszym w polskiej hierarchii kościelnej, teraz stał się podwładnym arcybiskupa gnieźnieńskiego Bogumiła. (Dodatkową przyczynę wrogości Stanisława do monarchy stanowił niewątpliwie królewski projekt rozbudowy sieci biskupstw, który oznaczał uszczuplenie terytorium diecezji krakowskiej, będącej wówczas prawdziwym potentatem ziemskim). Jednocześnie, za przyzwoleniem papieża, Bolesław został ukoronowany w grudniu 1076 — to z kolei (umocnienie władzy centralnej) spowodowało złość zawsze niechętnych absolutyzmowi możnowładców polskich i ich podatność na dywersyjne knowania.

W początkach roku 1077, zagrożony na wschodzie przez Bolesława i obłożony papieską klątwą, cesarz Henryk, przeciw któremu zbuntowali się poddani (klątwa uwalniała ich od posłuszeństwa, a do nieposłuszeństwa namawiali agenci Śmiałego) — czołgał się na kolanach u wrót zamku Canossa, błagając o zdjęcie anatemy. Wygrali bitwę. Po raz pierwszy papa rzymski pognębił seniora monarchów europejskich, wcielając w życie sen św. Ambrożego i św. Augustyna o zaprowadzeniu Królestwa Bożego na Ziemi. Wygrali bitwę, a Grzegorzowi wydawało się, że to wygrana wojna. Zdjął anatemę z cesarskiej głowy, czyniąc okropny błąd.

Od czasu Canossy głównym celem przywróconego do władzy Henryka IV stała się zemsta na papieżu. Po zwycięstwie w wojnie domowej był gotowy, ale wyruszyć z wojskiem na Rzym nie mógł, dopóki za plecami jego znajdował się polski sojusznik Grzegorza VII — nie ulegało wątpliwości, że Bolesław zareaguje mieczem w obronie papieża. Dlatego najpierw trzeba było zniszczyć ten miecz i uczyniono to za pomocą kierowanej lub wspomaganej ręką biskupa krakowskiego dywersji, która doprowadziła do buntu możnowładców (Wojciechowski nazwał ją: *„arcydziełem polityki niemieckiej i czeskiej”*). Po wygnaniu Bolka z ojczyzny wielki papież stał się bezbronny i cesarz Henryk spokojnie zrobił swoje: zajął Rzym i zdetronizował Grzegorza, gotując mu ten sam los, co Szczodremu — wygnanie.

Grzegorz VII został również kanonizowany. Tak więc św. Stanisław zniszczył, po pierwsze: innego świętego, Najwyższego Pasterza i głównego obrońcę Kościoła (czyż nie jest to zdrada Judaszowa?), po drugie: niepodległość Polski, która z największego mocarstwa środkowo–wschodniej Europy przekształciła się bezzwłocznie w jedno z najsłabszych księstw, po trzecie: niepodległość polskiego Kościoła (po wygnaniu Śmiałego w metropolii gnieźnieńskiej i w innych polskich diecezjach zasiedli naznaczeni przez cesarza biskupi niemieccy)*. Jak na jednego świętego konto antykościelnych i antyojczyźnianych osiągnięć duże. O tym właśnie chciałem przypomnieć.

I jeszcze o czymś. Po śmierci Bolesława w Ossiachu jego syn, Mieszko, został sprowadzony z Węgier do Polski (1086) przez stryja, Władysława Hermana. W trzy lata później (1089) otruli chłopca *„pewni rywale, obawiając się, by krzywdy ojca nie pomścił”*. Jak na to zareagował naród, wiemy dokładnie z kroniki Galla: *„Gdy zaś umarł młodzieńczy Mieszko, cała Polska tak go opłakiwała, jak matka śmierć syna–jedynyka. I nie tylko ci, którym był znany, lamentowali, lecz owszem i owi, którzy go nigdy nie widzieli, postępowali z płaczem za marami zmarłego. Wieśniacy mianowicie porzucali pługi, pasterze trzody, rzemieślnicy swe zajęcia, robotnicy robotę odkładali z bólu za Mieszkiem. Mali również chłopcy i dzieweczki, nadto niewolnicy i służebnicy uczcili pogrzeb Mieszka łzami i płaczem”*. Polskie kroniki nie znają drugiego takiego żalu, nawet po śmierci koronowanego monarchy. Zreasumujmy ten opis: całe społeczeństwo, a zwłaszcza biedny lud, zapłakiwało się na wieść o zgonie królewicza, którego prawie nikt w Polsce nie znał. W oczywisty sposób świadczy to o miłości do pamiętanego sprzed dzie-

---

* — Metropolię gnieźnieńską objął, po wypędzeniu z niej Bogumiła, niemiecki arcybiskup Henryk. Niektórzy historycy (prof. Wojciechowski w „Szkicach...”, prof. Dzwonkowski w encyklopedii „Ultima Thule”, i in.) uważają, że wcześniej odegrał on rolę łącznika między cesarzem a polskimi spiskowcami i był organizatorem buntu przeciw Śmiałemu.

sięciu lat Bolesława, którą lud przelał na jego dziecko, marząc, że kiedyś Bolesławowy syn zasiądzie na tronie, zrzuci niemiecko–czeskie jarzmo i sprawi, że ponownie zapanuje sprawiedliwość. Jaki inny wniosek można wysnuć z przekazu Galla? I jak się tłumaczy świętość Stanisława wobec tego morza plebejskich łez?

Tak więc przegrali obaj, Bolesław i Grzegorz VII; obaj umarli na wygnaniu, a ostatnie słowa Grzegorza brzmiały: *„Miłowałem sprawiedliwość, a nieprzyjacielem byłem nieprawości, dlatego umieram wygnańcem*". Klęska Grzegorza stanowiła klęskę Kościoła, któremu dopiero w następnym stuleciu udało się wynegocjować prawo do samodzielnego mianowania swych dygnitarzy. Żartem historii jest, iż pierwszym polskim biskupem obranym suwerennie przez Kościół (1207) był Wincenty Kadłubek, biskup krakowski, autor fałszywej apologii, która stała się podstawą kanonizowania Stanisława w 1254 roku.

Trzeba było dużego sprytu i dużego upływu czasu (niemal dwustu lat), by doprowadzić do tej kanonizacji. Bardzo długo kler polski i cudzoziemski wcale nie uważał króla za „*zabójcę*", zaś Stanisława za niewinną ofiarę, w Polsce nie protestowano przeciw Gallowemu stwierdzeniu zdrady*, a jak dowiodły badania Zofii Kozłowskiej–Budkowej, która przejrzała średniowieczne europejskie zapiski nekrologiczne (aniwersarze) — w polskich i zagranicznych centrach kościelnych modlono się gorąco za duszę wypędzonego władcy, tak bardzo zasłużonego dla Kościoła. Zwłaszcza w ośrodkach benedyktyńskich wielbiono Bolesława, pamiętając, że założył i szczodrze uposażył wiele klasztorów tej reguły (Tyniec, Mogilno, Lubiń, Płock, Wrocław i inne). *„Szczególny, wymowny w tym względzie jest fakt odprawiania modłów za duszę Bolesława w katedrze krakowskiej, na miejscu rzekomej zbrodni!*" (Grudziński).

Samo kanonizowanie Stanisława w XIII wieku, służące celom politycznym, nie obyło się bez silnych sprzeciwów i wątpliwości. Wielce znaczącym jest fakt, że dla tego właśnie procesu kanonizacyjnego pierwszy raz w dziejach powołano instytucję „*advocatus diaboli*", kardynała, który z urzędu podnosi zarzuty przeciw wnioskowi o przyznanie komuś czci świętego! Po dwóch latach badań nakazanych przez papieża nie znaleziono wystarczających dowodów Stanisławowej świętości. Najzaciekłej sprzeciwiał się kanonizowaniu biskupa „*mąż wysokiej nauki i świą-*

---

* — Czyż nie miał racji prof. Brückner, nawołując: „*Jeżeli episkopat polski w XII wieku nie zaprotestował przeciw oskarżeniu Gallowemu, to i nam (...) nie pozostaje nic innego, jak tylko poprzestać na tym samym, jeżeli nie chcemy rzeczywistości dla fantazji poświęcać*".

tobliwości" (Kalinka), wpływowy kardynał Rinaldi (późniejszy papież Aleksander IV). Dopiero cofnięcie przezeń sprzeciwu pchnęło sprawę naprzód. Szeptano (a później i pisano), że posłowie polscy, nie widząc innych szans, przekupili kardynała. Faktem jest, iż ten raptownie oświadczył, że zmienia zdanie, bo św. Stanisław ukazał mu się podczas snu i uleczył go z nagłej choroby, która była karą za niedowiarstwo!

Przedtem niechętną kanonizacji okazała się część polskiej hierarchii kościelnej, nawet drugi w następstwie po Kadłubku biskup krakowski, Wisław, za co go zresztą ukarano legendą o jeszcze jednym „*cudzie*" (o tym, jak to ukazał się we śnie pewnemu rycerzowi i kajał za ów grzech). Nie głaskano opornych podczas tej walki (tak, walki — prof. Dzwonkowski: „*Gdy w Polsce nastąpiła walka między państwem a Kościołem, postać biskupa Stanisława olbrzymieje, staje się symbolem. Powstają wtedy krzywdzące Bolesława legendy*"). Ci oporni ewidentnie nie chcieli świętego o nader nieświętym życiorysie; prawdopodobnie pamiętali też, że nie tylko sąd królewski, lecz również sąd arcybiskupi wyklął i skazał zdrajcę. „*Domysł o wyklęciu biskupa Stanisława przez arcybiskupa za spór z królem*" („Enc. Orgelbranda", t. II. 1898) nauka wyprowadza z tekstów Długosza i Naruszewicza; przeważającą opinię w sprawie sądu arcybiskupiego J. L. Wyrozumski streścił w tomie I „Historii Polski":

„*Współczesna Gallowi bulla papieska, dotycząca bezpośrednio innych spraw, wspomina mimochodem o skazaniu w Polsce biskupa przez czy przy udziale arcybiskupa gnieźnieńskiego. Chodzi tu według wszelkiego prawdopodobieństwa o sprawę św. Stanisława, a zatem wspomniany arcybiskup byłby to wierny Bolesławowi metropolita gnieźnieński Bogumił. Utwierdza nas to w przekonaniu nie tylko o sądzie królewskim nad biskupem, ale i o poprzedzającym ten sąd lub z nim związanym sądzie arcybiskupim. Tym samym daleka od prawdy byłaby druga, znacznie późniejsza tradycja o całym tym epizodzie, utrwalona w kronice Kadłubka, według której biskup zginął przy ołtarzu pod ciosami rozgniewanego Bolesława i jego siepaczy*".

Zdania uczonych (takie jak wyżej), wsparte na całej literaturze zagadnienia, trafiają do nielicznych. Ogół społeczeństwa zna „od dziecka" wersję kościelną, w której wierzchołkiem kłamstwa, bądź absurdu, jak kto woli, jest od kilkuset lat brednia o anatemie rzuconej przez Grzegorza VII na... Bolesława, za zabójstwo! Nawet w encyklopediach zamieszczano ten nonsens („Mała Encyklopedia Polska" z 1847, „Wielka Encyklopedia Powszechna" z 1900), nie tylko zresztą w XIX wieku, czego przykładem popularna encyklopedia dla dzieci i młodzieży „Kto, kiedy, dlaczego?" (1958), gdzie mamy i zabójstwo podczas mszy, i klątwę papieską na Bolka, albowiem Grzegorz VII jest jego... wrogiem! Brakuje tylko opisu wędrówki Śmiałego do Canossy!*

Tak oto został „załatwiony" przez wielmożów (spisek) i przez Kościół (fałszywa legenda) najlepszy — obok Batorego — władca Polski. Ta sama spółka równie skutecznie poradziła sobie z Batorym. Gdy król Stefan świetnymi zwycięstwami wybijał zaborcze kły carowi Iwanowi Groźnemu, sejm polski... ujadał na zwycięzcę za to, że *„niesłusznie napastuje monarchę tak nieszkodliwego, jak wielki kniaź moskiewski, który kocha i uwielbia Rzeczpospolitą"* (!!!, sformułowanie Mickiewicza). Znajdując się na krawędzi przepaści Iwan zaczął kokietować Rzym, a Kościół uwiedziony nadzieją skatolicyzowania Rosji (trzeba było być szaleńcem, by w to wierzyć) wymusił na Batorym pokój, co uratowało Rosję, Polskę zaś przywiodło do zguby 200 lat później.

Zguba (rozbiory i zlikwidowanie Lechistanu) nastąpiła w wieku XVIII, gdy moda na zdradzanie ojczyzny doszła do takiego apogeum, iż budziło to wstręt nawet tych, którzy płacili za zdradę (rosyjski poseł Saldern tak się wyrażał o polskiej arystokracji: *„Jedną ręką podawać sakiewkę, a drugą bić po twarzy!"*). O szefie zamtuza, dobrym *„królu Stasiu"*, do dzisiaj czyta się apologetyczne legendy, wybraniające jego *„słabość"* przyczynami obiektywnymi: chciał dobrze, ale cóż mógł poradzić?... Tymczasem — jak wykazują odtajnione w XIX wieku dokumenty z archiwów petersburskich i berlińskich (opublikowane przez Sołowiewa w „Istorii Rosii" i w „Sborniku" Cesarskiego Towarzystwa Historycznego) — był to ordynarny agent obcego mocarstwa, zarabiający na każdym rozbiorze swego kraju krociowe sumy, czego dowiedli historycy tej miary, co Kraushar i Askenazy. O wspomnianych dokumentach Kraushar pisał: *„Materiał ten wyjątkowej ważności (...) podaje klucz do wyjaśnienia pokątnych intryg króla Stanisława Augusta przeciw udzielności narodu skierowanych (...) aż do stopnia doszczętnego poniżenia nie tylko monarszej, lecz wprost człowieczej godności"*. I nazwał Poniatowskiego *„jedynie wykonawcą instrukcji dawanych z Petersburga"* (caryca Katarzyna zwała go *„woskową kukłą"*, zaś ministrowie rosyjscy jeszcze dowcipniej: *„plenipotentem Rosji"*). Mimo to współcześni historycy i publicyści, ignorując źródła dokumentalne, dalej roztkliwiają się

---

* — Najdowcipniej ujął kwestię superwiedzy Kościoła (Kościół wie dużo więcej niż mówią wszystkie znane fakty, ale... nawet nie próbuje udokumentować swoich „prawd") Jędrzej Moraczewski w „Opowiadaniu podług starych ksiąg polskich jaka to dawniej była Polska..." (Poznań 1850). Dochodząc do finału konfliktu między biskupem a królem, miast opisu dał zdanie: *„Tego wam opisywać nie będę, bo to na każdy Ś. Stanisław opowiada wam ksiądz z ambony i wy o tem pewnie więcej niż ja wiecie"*. Cudowna złośliwość, nawet jeśli niezamierzona.

nad Łazienkami, obiadami czwartkowymi oraz kulturą dobrego „*Stasia*". Dlaczego przypominam tego zdrajcę? Albowiem to on ustanowił w roku 1765 order św. Stanisława, który kilkadziesiąt lat później przestał być nawet formalnie polskim, stał się orderem imperium carów. Dewiza tego orderu zdrajcy ustanowionego przez zdrajcę brzmiała: „*Nagradzając zachęca*". Nagradzanie zdrady zawsze zachęca do jej owocnej kontynuacji*.

Dla tego wszystkiego, co wyraziłem tylko skrótem, a co rozwinąć by można w memoriał długi jak Wisła napełniona łzami, nienawidzę polskiej historii, Polskę kochając. Nie jestem tępym wyznawcą „*spiskowej teorii dziejów*", w każdym obrocie politycznym widzącej przebiegłych konspiratorów, Żydów, masonów i mafie różnych odcieni. Ale, na Boga, jakaż potężna mafia musiała tysiąc lat temu ukuć w piekle spisek przeciwko Polsce, mianujący fatum, przez które bez opamiętania, podobni zgrai pijanych samobójców, wiek za wiekiem własnymi rękami pakowaliśmy się do grobu, krzyżując najlepszych wśród nas, którzy ojczyznę mogli zbawić!

O tym wszystkim myśli się klęcząc w Ossiachu przed grobem prawdziwego króla, wspaniałego wojownika i rządcy, którego „*dziedzictwem wewnętrznym — twardym prawem książęcym regulującym ład publiczny i eksploatację ludności, organizacją kościelną uzupełniającą ówczesną państwowość, systemem monetarnym, który zapewnił obfity własny pieniądz srebrny — żyło jeszcze parę pokoleń*" (Aleksander Gieysztor).

Autor najstarszego tekstu polskiego o Bolesławie, Gall Anonim, zwie go „*najhojniejszym ze szczodrych*" i podkreśla „*wieloraką zacność*" (to jest: prawość, szlachetność) Śmiałego, dając ją „*na wzór tym, którzy władają państwami*". Autor najnowszej polskiej książki o Bolesławie, Tadeusz Grudziński, chociaż krytyczny wobec Wojciechowskiego (mało przekonywująca ta krytyka), a więc do harcowników za sprawę króla nie należy, tak podsumowuje źródłową wiedzę o nim:

„*W świetle całego swojego panowania rysuje się on jako władca o niepospolitych walorach. Rzutki i ryzykancki polityk, potrafiący dla osiągnięcia celu konsekwentnie prowadzić zawikłane gry polityczne na*

---

* — Order ten był zawsze w bezmiernej pogardzie u prawdziwych Polaków. Duński krytyk, Jerzy Brandes, autor jednej z najlepszych książek (jeśli nie najlepszej), jakie cudzoziemcy napisali o Polsce („Polska", Lwów 1898), wspominał po pobycie nad Wisłą w roku 1885: „*Opowiadano mi w Warszawie, że pewien biedny nauczyciel został zaszczycony orderem św. Stanisława, który chował zawsze w szufladzie, a używał go tylko dla postrachu, ilekroć dzieci były niegrzeczne. Gdy najmłodszy jego chłopak krzyczał, wówczas ojciec groził: «Będziesz krzyczał znowu, to ci przy obiedzie zawieszę order św. Stanisława». To skutkowało!*" (tłum. Zygmunta Poznańskiego).

arenie międzynarodowej, budować sojusze i koalicje, które umacniały jego pozycję i osłabiały przeciwników. Na polu militarnym dał się poznać jako zdolny i energiczny wódz (...) W polityce wewnętrznej okazał się mądrym władcą, który poprowadził dzieło odbudowy gospodarczej kraju (...) Odbudował pod każdym względem Kościół polski i umocnił jego siłę ekonomiczną. Podobnie jak niegdyś do Mieszka II, tak do Bolesława II mogłyby z pełnym uzasadnieniem odnosić się słowa Matyldy szwabskiej, iż był to król «najbardziej chrześcijański», który położył wielkie zasługi na polu krzewienia wiary katolickiej na ziemiach polskich".

To prawda, te zasługi były ogromne, nie do przecenienia. Kościół wycenił je na czarną legendę dla krzewiciela wiary katolickiej i na aureolę dla człowieka, który krzewicielowi bruździł!

Dalej w swoim tekście Grudziński zaznacza, że i cech negatywnych Bolkowi nie brakowało. Jakich negatywnych?! Wszystko, co historia może o nich powiedzieć, to że był zbyt dumny i porywczy, że niepotrzebnie targał publicznie za brodę Izasława Jarosławowicza, a przed witającym go na Węgrzech tamtejszym królem nie zsiadł nawet z konia, chociaż Węgier stał, a Bolesław był już tylko pozbawionym korony wygnańcem. Ale dlaczego miał zsiadać — przecież on tego króla wychowywał od dziecka na swoim dworze i potem łaskawie osadził na węgierskim tronie. I dlaczego miał nie targać? Ja też bym targał.

Był wystarczająco dumny jak na polskiego monarchę oraz na to, by u nikogo nie żebrać przebaczenia za obronę godności i interesów państwa. Ponieważ benedyktyni mieli wobec niego dług wdzięczności — wybrał Ossiach, by dać odrobinę spokoju zmęczonej duszy i może utrudnić robotę tym samym mordercom, którzy w kilka lat później otrują jego synka Mieszka, aby nie mógł się mścić.

Miał 37 lat. Czekał na noc skrytobójców.

Była to noc 2 na 3 kwietnia 1081 lub 1082 roku.

Przybyli z daleka. Krople błota, podobne w blasku łuczywa do kropli krwi, barwiły im dłonie. Weszli. Odwrócił się do nich z grymasem szyderczym i niedbałym. Gdzieś w głębi lasu podniósł się wówczas wiatr i przesuwał wolno nad wierzchołkami buków, dębów i świerków. Zakołysały się lekko gałęzie, zadrżały liście i dziwnie smutny szum przepłynął po tafli jeziora. Zdawało się, że ktoś płacze w niebie stłumionymi łzami.

Powiedzcie mi: co należy zrobić, jak błagać, jak się modlić lub argumentować, żeby polski Kościół odstąpił od posługiwania się symbolem zdrady jako symbolem prawości? Aby zrozumiał, że w imperium prawdziwego Chrystusa najpiękniejszy cel nie uświęca środków, takich jak wmawianie ludowi, iż Stanisław reprezentował *„stanie na straży praw Bożych*", a Bolesław to, *„co było złe*" (kazanie prymasa Glempa w Krakowie 13 maja 1984). Złe było umacnianie niepodległości ojczyzny, zaś przeszkadzanie w tym dziele było zgodne z prawem Bożym?! Prymas Polski głoszący w roku 1984, że biskup Stanisław *„swoim przykładem daje nam zachętę*" — to aluzja niezgorsza w wymiarze aktualnym, lecz w kategoriach historycznych to potworność, która mnie przeraża bardziej niż groźba Sądu Ostatecznego! *„Od szlochu pęknie pierś... Boh moj!!!*".

W moim rodzinnym mieście, w stolicy Polski, Warszawie, tylko jeden człowiek ma aż dwie ulice swojego imienia. Nie jest to żaden z przywódców powstań narodowych, żaden z bohaterów, którzy dali życie za wolność ojczyzny, żaden z jej budowniczych i wskrzesicieli, żaden z wielkich twórców polskiej kultury. Te dwie ulice to ul. św. Stanisława i ul. Stanisława Szczepanowskiego*. Król Bolesław Śmiały nie posiada nic — jego imienia nie nosi nawet ślepy zaułek.

Polsko! Ojczyzno moja! Ty jesteś macocha,
Która podłego syna bezrozumnie kocha,
Zaś dobre dziecko krzywdzi znieczulicą łona,
Bo jej niemiłe! Tak ogrodnica szalona
Chwast podlewa, nawozi, przed wiatrem osłania,
Gdy kwiat daremnie czeka kropli zmiłowania,
Choć lepszy — wyrzucony do kąta ogrodu.

Nie mogłem tego pojąć, czytając za młodu
O królu Bolesławie i o winowajcy,
Którego bratem Judasz, godłem — stygmat zdrajcy,
A zrobiono zeń Polski świętego patrona!

Dziś wiem, iż była to rzecz trafnie ułożona
Dla kraju, gdzie wciąż jeszcze ropieje ta blizna:
Zdrajców domem, zaś prawych przytułkiem ojczyzna.

---

* — W istocie w tym drugim przypadku chodzi o XIX-wiecznego ekonomistę, całkowicie zapomnianego. Każdy warszawiak utożsamia nazwę tej ulicy wyłącznie z biskupem, którego mnóstwo publikacji, w tym encyklopedycznych, zwie Stanisławem Szczepanowskim.

Dopisek dla II wydania:

W końcu roku 1987, po przeczytaniu „Wysp bezludnych", Karol Bunsch napisał do mnie trzy listy, zawstydzająco wobec mojej osoby uprzejme i pochwalne. Szczegółowo omówił w nich problem konfliktu biskupa z królem. Cytuję fragmenty najważniejsze:

„W dziewięćdziesiątej jesieni życia ma się już inne zainteresowania. Przeczytawszy jednak Pańskie «Wyspy», nabrałem ochoty do podyskutowania, a nawet polemizowania (polemika tyczyła wyłącznie grobu w Ossiachu — przyp. W. Ł.). *Podzielam Pańską opinię o Bolesławie Śmiałym, ale tak już jest, że mity i legendy są trwalsze od faktów, zwłaszcza gdy ktoś ma w tym interes (...) Jak Pan słusznie zapewne przypuszcza, źródłem konfliktu było uszczuplenie rozmiarów krakowskiej diecezji i dochodów z niej przez ustanowienie z jej części innych diecezji. Jaki był ówczesny stan duchowieństwa sam Pan pisze, jedno jest pewne, że przeważnie było żonate i celibat nie był mu po myśli. I to niezadowolenie zapewne wykorzystał Stanisław, przechodząc tym na stronę antypapy, którego po upadku Bolesława Polska przez długi czas uznawała. Był zatem nie tylko zdrajcą, ale i schizmatykiem i za to został przez synod zasądzony, a Bolesław tylko wykonał wyrok (...) Katolikiem jestem niekonformistycznym. Zdanie Jana Pawła II o biskupie Stanisławie uważam za polityczne, albo za wynik nieznajomości sprawy, a zatem za niemiarodajne (...) To, co napisałem w «Imienniku», napisałem wbrew sobie, chciałem i Panu Bogu świeczkę i diabłu ogarek! Pan Bóg po to człowiekowi dał rozum, żeby człowiek sam się nim posługiwał..."*

Ostatni list Karola Bunscha do mnie na ten temat, urwany w pół zdania — był ostatnim tekstem w jego życiu. Stracił przytomność i już jej nie odzyskał. Jego córka wyjęła nie dokończony list z maszyny i przysłała mi z uwagą: *„Miło mi, że ostatnie pisane słowa mojego ojca pisane były dla Pana..."*.

WYSPA 8

BURCHAN–KALDUN (MONGOLIA)

DŻYNGIS–CHAN (TEMUDŻYN)

MODLISZKIADA

„MODLISZKI (...) Mają ciało z reguły wydłużone, o mniej lub bardziej spłaszczonym odwłoku i często fantastycznych kształtach. Ubarwione różnorodnie, niekiedy bardzo pięknie. Głowę mają stosunkowo niedużą, bardzo ruchliwą; narządy gębowe typu gryzącego. Są drapieżne i bardzo żarłoczne. Polują na inne owady, nawet większe od siebie, chwytając je przednimi nogami. Samice niektórych gatunków zjadają samce po kopulacji lub podczas niej...”.

(„Wielka Encyklopedia Powszechna PWN”, t. 7, Warszawa 1966).

Stolicę mocarstwa stworzył w rozległej kotlinie na prawym brzegu górnego Orchonu i nazwał ją Karakorum. Plan kwadratu, każdy ufortyfikowany potężnym murem bok o długości 8 li (4 kilometry), w każdym brama, w centrum założenia pałac chana chanów. Francuski mnich Rubruk (Rubriquis), zwiedziwszy miasto i pałac opisał sztuczne drzewo, które stało u wejścia na dziedziniec. Było całe ze srebra. Wewnątrz pnia biegły rury zakończone łbami żmij. Na znak chana z otwartych paszczy lały się: kumys, wino, piwo i miód. Pałac nosił nazwę: Po Tysiąckroć Spokój.

Temudżyn, nauczyciel pokoju za cenę tysiąca rzek krwi, które wpadają do oceanu wielkiej ciszy imperium. Według Pelliota Dżyngis znaczy: Wielki Ocean*. Według legendy urodził się z kawałkiem zapiekłej krwi w ręce. Ta grudka rozlała się od Morza Żółtego do Śródziemnego. A potem zaczęła się kurczyć i sczezła. Byron: *„Czyli tak się nie dzieje,*

* — Tak jak Dalaj–Lama znaczy: Kapłan–Morze czyli Wielki Kapłan.

*że krew z krwi się rodzi, a co się z krwi poczęło jeszcze krwawszym schodzi?"**.

Spod stepu i pustyni falujących wokół ostatniego śladu tamtej metropolii — klasztoru, który właśnie zwiedzasz — paleontolodzy od lat wykopują szkielety dinozaurów. Radziecki poeta, Jewgienij Jewtuszenko, widział to:

„W samym sercu gorącej pustyni Gobi ujrzałem siedzącego w kucki Mongoła, który pochłonięty był czyszczeniem zębów dinozaura za pomocą szczoteczki przypominającej pędzel malarza. Powoli odgrzebywano z piasku gigantyczny szkielet tego prehistorycznego zwierzęcia sprzed 70 milionów lat. Moskiewski paleontolog, z twarzą spaloną na kolor cegły, zaczął narzekać, że transport dinozaurów jest rzeczą bardzo trudną.

— A dlaczego dinozaury wymarły? — spytałem, ostrożnie dotykając kłów zwierzęcia, jak gdyby mogło jeszcze ugryźć.

Paleontolog uśmiechnął się.

— Miały trochę za mały mózg jak na tak duże cielsko.

Mongoł, nie przerywając czyszczenia zębów dinozaura, dodał:

— To źle, jak zęby są większe niż mózg...

Stojąc na pustyni pomyślałem sobie o dawnym imperium mongolskim. Wszystkie imperia mają zęby większe niż mózg i dlatego właśnie wszystkie skazane są na zagładę".

Tak sobie pomyślał. I miał rację, i ty o tym wiesz. Gdyby za pierwszych cezarów sewieriańskich ktoś rzekł, iż potęga imperium rzymskiego zgnije w ciągu dwóch stuleci, odesłano by głupka do domu wariatów. A jednak zgniła i wariat był ostatnim śmiejącym się na gruzach. Wszystko to tylko problem czasu i umiejętności doczekania. Bo jeśli panowie mają Przestrzeń, to niewolnicy mają Czas. Ludzie umierają w tym czasie, lecz narody nie, a wariaci szepczą: cierpliwości — trawa z czasem zamienia się w mleko.

Szesnaście kilometrów kwadratowych trawy wycięto pod stolicę imperium Dżyngisa, lecz te mury niedługo przeżyły jego śmierć. Dżyngis był ich głową. Gdy głowa przestała pracować, odwłok zaczął próchnieć i dał się powalić niczym zmurszały pień drzewa. Wielki gród stał się kamieniołomem dla klasztoru Erdeni–Dzu, a klasztor echem tamtej metropolii — dotykając Erdeni–Dzu, dotykasz skarlałych genów Karakorum.

Erdeni–Dzu znaczy: Sto Skarbów. Lamus egzotycznych osobliwości mieni się, jarzy, błyska i grozi. Napierają na ciebie kotły, piszczały, bębny, tajemnicze szkatuły, kadzielnice, maski rytualne, portrety duchów

---

* — Z „Childe Harolda", tłum. Jana Kasprowicza.

i gegenów (lamaickich władców Mongolii), statuy, kobierce i kostiumy, w których celebrowano religijne misteria Cam. Drogie kamienie, muszle, perły, srebro, złoto i korale oprawione rękami mistrzów. Komu dzisiaj chciałoby się szlifować wilczym lub dziczym kłem grunt malowidła z rozpuszczonej kredy na wytłaczanym jedwabiu, albo przez wiele godzin rozcierać w moździerzu szklaną kulką malachit, złoto, srebro i koral na miał, który po zmieszaniu z rybim klejem da odpowiednią farbę? Przemykasz się w ciszy ciemnych komnat przez panoptikum lamaizmu łączącego elementy staromongolskie i buddyjskie, w wirze denerwujących wyobrażeń sądnego dnia, gdzie bogowie pożerają ludzi i kłębi się orgiastyczny erotyzm. Złe burchany (bóstwa) zwane dokszitami, łotry o odrażającej powierzchowności, nagie lub półnagie, z pyskami zwierząt, kłami wilkołaków i członkami w stanie wzwodu, czaszki w rękach, pozy taneczne, mordercze i lubieżne kiedy w objęciach kobiet. Czarny byk–demon gwałcący kobietę obiecuje tym, którzy wstąpili na ścieżkę nirwany, możność zaspokojenia wszelkich żądz. Roją się boskie i demoniczne maszkary w koronach z pięciu trupich czaszek...

Tam, na kilka miesięcy przed jego śmiercią, miałem spotkanie z wielkim uczonym XX–wiecznej Mongolii, profesorem Biambynem Rinczenem Yöngsiyebü. Dyskutowaliśmy po polsku — on znał biegle kilkanaście języków. Wyjaśnił mi dużo rzeczy, choćby tylko to, że niesłusznie nazywamy mongolski dom stepowy jurtą (jest to błąd badaczy rosyjskich sprzed stu lat, który się utrwalił), gdyż słowo „*jurt*" oznacza teren zamieszkany, prawidłowa zaś nazwa domu koczowników mongolskich brzmi „*ger*". Skarżył się, że tłumaczenie „Pana Tadeusza" i innych tekstów na mongolski utrudnia mu wprowadzona „*nowa pisownia*" (cyrylica):

— Walcząc z tą potworną pisownią czuję się jak galernik tańczący z Euterpe, mający u nogi kulę w postaci ołowianych słów.

Na pożegnanie dał mi swój autograf — napisał swoje nazwisko językiem mongolskim z epoki Dżyngis–chana! Rozmawialiśmy o Temudżynie. Oni lubią o nim mówić, a tym rozmowom przysłuchuje się uważnie pomnik Stalina w Ułan Bator. Taki na przykład szef pisarzy mongolskich, Damdinsuren, uważa Dżyngisa za „*naturę szekspirowską*". Słusznie.

Świętej pamięci profesor Rinczen złożył ci swój podpis XIII–wiecznym pismem temudżyńskim na rewersie pocztówki, obok znaczka z maszkarą, której pięć „rogów" to czaszki, i wyjaśnił ich znaczenie. Teraz już wiesz: symbolizują one żądzę władzy, głupotę, nerwowość, zawiść oraz grzeszną miłość. Czaszki Alego Tebelena–paszy, Spitamenesa, św. Jana, Sisary i Holofernesa. Zwariowałeś?

Wychodzisz z tego półmroku, przesyconego wonią starych płócien, zeschniętych kwiatów, butwiejących ksiąg i skorodowanego drewna — na dziedziniec. Wysokie trawy kołyszą się między murami białego jak śnieg „płotu", który otacza sześćsethektarowy kompleks klasztorny Erdeni–Dzu. „Płot" złożony ze stu ośmiu „sztachet"–suburganów (budowli kultowych). Każda z tych liczb dzieli się przez dwanaście.

Wielki Złoty Suburgan śpi na środku dziedzińca w morderczej ciszy, przerywanej tylko pstrykaniem twego aparatu. Lamów wyeliminowała rewolucja i suburgan usycha z tęsknoty do ludzi szepczących modlitwy, które niegdyś napełniały życiem jego ciało. W powietrzu snuje się, niczym umarłe echo, cicha melodia tamtych zaklęć:

„— *Um mani bad mi chum*"*...

Tutaj wykastrowano lamę, który bawił się w Rasputina, a ku przestrodze pozostałym ustawiono kamienną rzeźbę w kształcie obciętego fallusa. Fallus mierzył w stronę zagłębienia między dwoma wzgórkami, przypominającego krocze kobiety. Jak memento po wykastrowanym Temudżynie. Temudżyn znaczy: doskonałe żelazo. Nie ma doskonałego żelaza.

Stare przekazy mówią, iż od dzieciństwa bał się tylko psów. Nigdy nie bał się kobiet. Marco Polo, dotarłszy w głąb Azji, zaświadczył nie widzianą gdzie indziej uległość tamtejszych kobiet. Komuż mogły być bardziej uległe niż człowiekowi, który swą władzę nad kilkoma szałasami rozciągnął na cały świat i stał się chanem chanów czyli równym bogu? A raczej wyższym nad wszystkich bogów, bo chociaż zabił prawie dwadzieścia milionów ludzi, pozwolił wznieść w Karakorum świątynie wszystkich religii, dając wyraz tolerancji, na którą zdobyć się mógł tylko bóg bogów. Jego fallus był świętą różdżką deifikującą kobietę niczym złoty deszcz zesłany przez Zeusa na łono Danae.

Zaraz... Danae, Danae... Danaos! Czterdzieści dziewięć Danaid, córek Danaosa, zamordowało swych mężów w noc poślubną, a trupom ucięto głowy! Grecy utożsamiali z tym mitem rzeczne nimfy, które ścinają głowy zalecającym się do nich strumieniom, to jest wysuszając im źródła, gdyż źródło stanowi głowę strumienia. „Iliada", „Odysea", „Eneida" i... „Danaidiada" — gdzie jest ten czwarty epos?

Czterdziestu dziewięciu ubezgłowionych małżonków Danaid przybyło po swą śmierć znad Nilu. Byli to synowie króla Egiptu Ajgyptosa (Egiptosa)...

W roku 1977 radziecko–mongolski zespół archeologów dokopał się w Karakorum do grobu kobiety, która być może oglądała żywego Dżyngis–chana, grobowiec jej bowiem datowany jest na XIII wiek. We wnę-

---

* — Błogosławiony poczęty w lotosie...

trzu znajdowało się brązowe lustro owinięte w jedwabną chustę, żelazne nożyczki, skórzany futerał z kościanymi igłami i... dwie maski egipskie, co wprawiło naukowców w osłupienie. Mongolska agencja prasowa puściła w świat wiadomość: „*Tajemnica masek faraona...*". Maski były zrobione z czarnego, porowatego, bardzo lekkiego i kruchego materiału, którego skład nie dał się ustalić laboratoryjnie. Ale większą tajemnicę stanowi brak odpowiedzi na pytanie: jak trafiły z brzegów Nilu nad Orchon?

Mnożą się hipotezy. Na dwór Temudżyna przybywali posłowie z wielu krajów nieazjatyckich, mogli więc tam trafić również wysłannicy spod piramid, którzy przywieźli bogate dary. Być może jakiś zagon kawalerii mongolskiej wdarł się aż na terytorium Egiptu i maski były częścią łupu. Lub też wykonał je (bądź miał ze sobą) egipski braniec przywleczony do Karakorum. Tak spekulują uczeni. Dziwne, iż żadnemu nie przyszło na myśl, że te dwie puste fasady głów przysłała Dżyngisowi Nefretete jako złowieszcze „*signum mali*"*.

Za murami Erdeni–Dzu leży w trawie olbrzymi kamienny żółw, jedyny nienaruszony relikt Karakorum. Według Indian Zuni (Nowy Meksyk) dusza ludzka przechodzi po śmierci człowieka w ciało żółwia — żółw jest „*drugim wcieleniem*". Wyobraź sobie, że w tym kamiennym żółwiu śpi dusza Temudżyna.

Przed tobą daleka droga do źródeł rzeki Onon u stóp góry Burchan–Kaldun, wybrzuszonym na południe i zakręcającym ku północy łukiem, przez pustynię Gobi i przez step — przez świętą ziemię mongolską, której nie można kopać, dlatego buty Mongołów miały zadarte szpice (dzisiaj Mongołowie noszą zwykłe „*saperki*"), a zmarłych nie grzebano, rzucając trupy psom na pożarcie; tylko ważniejszym osobistościom budowano grobowce. Temudżyna pochowano wszakże w ziemi, by nikt nie mógł odnaleźć ciszy Wielkiego Oceanu. Długo szukano. Zaprzestano już tych poszukiwań, tak jak przestano szukać legendarnego skarbu „*białego chana*" — potomka krzyżowców i Krzyżaków, barona Ungerna, który wierzył w reinkarnację i głosił, że jest wcieleniem Dżyngis–chana. Zakopane gdzieś w tej ziemi złoto wciąż podnieca marzycieli niby niedosiężny szkielet Dżyngisa, który śni się archeologom. Lecz już nikt nie szuka — zbyt wielu szukało bezowocnie na mongolskich szlakach Azjatyckiej Dywizji Konnej barona von Ungern–Sternberga, którego życie i śmierć kryją niewiele mniej zagadek niż życie i śmierć Temudżyna, chociaż dzieli ich siedemset lat. Baron wpadł w ręce bolszewików w roku 1921 na skutek zdrady, ale jak zginął, tego nikt nie wie. Trzej współcześni historycy polscy licytują kartami o różnych barwach: „*zginął od ciosu*

---

* — Zły znak.

komisarskiej szabli w więziennym korytarzu Nowosybirska" (W. Michałowski), „*zawisł na szubienicy*" (E. Kajdański), „*rozstrzelany*" (L. Bazylow). Czwarty kolor z mojej ręki: starzy Mongołowie, pamiętający Ungerna, szepczą o kobiecie, która pomogła Rosjanom ująć barona. Czy była to owa azjatycka księżniczka, o której tak mało piszą jego biografowie? „*Ungern nie znosił kobiet. Miał on pono żonę pochodzącą z chińskiej rodziny książęcej, ale wypędził ją, odkąd krwawa łuna obłędu przesłoniła mu zupełnie świat rzeczywisty*"*.

Dwa lata po śmierci „*krwawego barona*" jego polski kompan, znany pisarz Ossendowski, zafascynowany temudżyńską legendą złowróżył nadejście jakiegoś kataklizmu: „*Widzę jurty wodzów, a nad nimi powiewające stare sztandary Dżyngis–chana, proporce książąt kałmuckich oraz buńczuki północnych Mongołów, i zarzewia pożarów, huk i ryk dział, łuny ognia, wycie zdobywców*".

Pokrzepiony kumysem (sfermentowane kobyle mleko, zwane „*białym piwem*", zawierające 14 procent alkoholu), o którym Mongołowie twierdzą, że wzmacnia męskość, ruszasz poprzez wysychające morza traw i dosięgasz pustyni pełnej niebezpieczeństw. Czyha tam na wędrowca zły pająk „*aałdza*", biały wielbłąd „*cagaan teme*" wieszczący trwogę i nieszczęście, i najgorszy ze wszystkich: „*ołgoj chorchoj*" (robak gruba kiszka). Ciemną nocą wsłuchujesz się w ich oddechy, leżąc we wnętrzu „*geru*" ogrzanym przez mały żelazny piecyk, który wyrzuca dym w niebo nad Gobi. Gwiazdy z jednego pustkowia przeglądają się w drugim. Myśli matowieją pod opadającymi powiekami i na samym skraju snu dobiega cię ten straszny głos uciętych głów...

Gdzieś w interiorze Mongolii znajdują się owe dziwne miejsca, jakby nie z tego świata, w których naliczono prawie tysiąc męskich posągów bez głów. Uczeni nie wiedzą, kto je odłupał i dlaczego — iluż rzeczy nie wiedzą jeszcze uczeni! Zagubione w nie kończącym się stepie, opuszczone niczym jałowe skały wśród bezmiaru fal, chłostane wiatrem ślizgającym się po trawach — śpiewają pieśń o tym, co już minęło, a nie minęło, o przebrzmiałych stuleciach i zmarłych bohaterach, zwycięstwach i tragediach, ostatnich nocach zdobywców i marności wdzierania się na najwyższe szczyty...

> *„Bo nie warta zachodu wszystka Chwała ziemska!*
> *Ani Sława, ta zdzira zmienna i kurewska.*
> *Wypędź ją czym prędzej z wyobraźni łona,*
> *Wszak to tylko dziwka, co chce być pieprzona!"***.

---

* — Cz. Motycz — „Mongolia, kraj żywego Buddy", Warszawa 1936.
** — Z „The Sot-Weed Factor" Johna Bartha, tłum. Andrzeja Słomianowskiego.

Armia bezgłowych, jakby huragan zerwał im czerepy i przeniósł na Wyspę Wielkanocną. Słychać jedynie głos martwych piłek lecących z karków w kosmiczny dół niby powietrzne batyskafy, tych szmacianek z zamkniętymi oczami i uszami, walących się pod nogi kobiet, jak w obrazie Giorgiona, gdzie Judyta trzyma nagą zwycięską stopę na głowie Holofernesa turlającej się po ziemi.

Dla tego głosu nie ma odpowiednika w świecie głosów. Nie znajdziesz dlań żadnego porównania. Jest w nim wszystko. Gdy rozlega się ten głos, słyszysz zaklęcia afrykańskich szamanów, modlitwy buddyjskich mnichów, bicie dzwonów, cygańskie drumle, wycie arabskiego muezzina, żydowskiego kantora i rodzącej kobiety, jodłowanie Tyrolczyków i klangor odlatujących żurawi, wszystkie wyobrażalne i niewyobrażalne odcienie tonów z elektronicznych onomatopei, od jęku syreny policyjnej do syntezatora Muga. Ten głos świergocze, szepta, zgrzyta, rzęzi, dławi się i skrzeczy, wibrując w powietrzu skowytem pohańbionej siły. Wszechświat dźwięków, abecadło magicznych komponentów fonetyki, muzyczne „*tutti frutti*", wokalistyka totalna z kompletem barw. I skala tej kakofonii — bo ja wiem, ze cztery i pół oktawy! Największy śpiewak w mitologii greckiej, Orfeusz, którego zamordowały bachantki (menady) i którego odcięta głowa płynęła na lirze do Lesbos, cały czas śpiewając — nie potrafiłby tak wyciągnąć sam. Na to trzeba ich wszystkich razem.

Grad zawodzących łbów, uciętych–urżniętych–urezanych, które sportretowali surrealiści: De Chirico w „Spacerze filozofa" i w „Śpiewie miłości", a Dali na obrazie „Starość, młodość i dzieciństwo".

Stoją w bezkresie stepu, jak słupy milowe, wielcy bojownicy — cali aż do szyj. Słońce oblewa gorącością równinę najeżoną trawami, rzucając głębokie cienie pod stopy tych kalek. Lecz cienie nie mają głów, gdyż są to cienie kobiet. Święty Jan ma aż dwa!

Oto Salome, córka Herodiady, pierwowzór ślicznej dziewczyny–marionetki z „Opowieści Hoffmanna" Offenbacha, tej lalki mechanicznej, którą rozpaczliwe wysiłki profesora fizyki, Spalanzaniego, pobudzają do sztucznego życia. Tańczy jak android baletnicy nakręcony przez Vaucansona lub Droza, aż opadający szereg półtonów zaświadczy, że sprężyna rozwinęła się i przestała działać.

„*A gdy weszła córka owej Herodiady, i tańczyła, i spodobała się Herodowi i wespół siedzącym, rzekł król do dziewczęcia: Proś mnie o co chcesz, a dam tobie. I przysiągł jej: że o cokolwiek prosić będziesz, dam ci, choćby i połowę królestwa mego. Ona wyszedłszy, rzekła matce swojej: O co mam prosić? Ta zaś odrzekła: O głowę Jana Chrzciciela. A gdy weszła zaraz z pośpiechem do króla, prosiła, mówiąc: Chcę, abyś mi natychmiast dał na misie głowę Jana Chrzciciela.*

I zasmucił się król; dla przysięgi i dla wespół siedzących nie chciał jej zasmucić, ale posławszy kata, rozkazał przynieść głowę jego na misie. I ściął go w więzieniu, i przyniósł głowę jego na misie, i oddał ją dziewczynie, a dziewczyna oddała ją matce swojej" (Ewangelia św. Marka)*.

Drugim cieniem u stóp bezgłowego posągu generała zastępów Chrystusowych jest Herodiada. Lecz to cień blady, niegodny uwagi. Najwięksi z bluźnierczych rycerzy pióra skupili się na Salome, dezawuując przekaz biblijny, inna bowiem tradycja głosi, że owa tajemnicza dziewczyna, której imię podał dopiero w V wieku Izydor z Pelusium, pałała grzeszną namiętnością do Jochanaana (hebrajskie Jan), i że miłość była osnową dramatu. Opowieść taką przechowały apokryfy arabskie, według których Jan odtrącił rozpaloną Salome, lżąc ją jako „*nasienie nierządnicy*". Tradycja ta szybko przeniknęła do Europy. Już w połowie XII wieku, w łacińskim dziele „Reinhardus Vulpes" flandryjskiego magistra Nivardusa, Salome zrasza łzami uciętą głowę i najwyraźniej „*chciałaby ją okryć płomiennymi pocałunkami*", lecz to wyjątek — w sztuce średniowiecza owa judejska księżniczka jest na ogół przedstawiana jako dość bierna uczestniczka dramatu, skromna, obojętna, zawstydzona lub przerażona statystka. Podobnie w sztuce i literaturze renesansu, baroku czy neoklasycyzmu wariant zakochanej Salome odżywał tylko bladym echem, gdyż kontrreformacja i jej inkwizycyjne następczynie nie lubiły takich żartów ani kombinowania z Pismem Świętym w ogóle, zaś Oświecenie nie lubiło tematów religijnych. Dopiero w XIX stuleciu nastąpiła eksplozja literacka: Heine, Gutzkow, Mallarmé, Banville, Flaubert, Heyse, Sundermann, Held, Wilde, Kasprowicz i inni; u niektórych Jana kocha wściekle i nienawidzi Herodiada, gdy u innych (zwłaszcza u Wilde'a) to właśnie Salome kocha do szaleństwa ascetycznego proroka i potem albo całuje jego martwą głowę, albo tańczy w sado-erotycznym obłędzie, trzymając tę głowę na talerzu. Jeszcze dalej (zbyt daleko) w kiczowatej dosłowności posunęli się plastycy. U Alberta Aubleta Salome pieści głowę Jana, wpatrując się w nią lubieżnie (by nie powiedzieć obleśnie), u Karla Gebhardta wpija się wargami w trupie usta świętego, u Hugona Krausa zaznaje rozkoszy przyciskając te usta do swych piersi, w rzeźbie Karla Burgera zaś głowa Jana tkwi już nie między dwoma nagimi półkulami piersi Salome, jak u Krausa, lecz między jej udami, w kroczu klęczącej bezwstydnicy!

Słońce wędruje wyżej i cienie intensywnieją. Wiatr rozczesujący zagony traw nadaje kobietom pozory ruchu. Przed tobą statua Holofernesa i cień Judyty:

---

* — Tłum. Jakuba Wujka.

„Biron: — ... *A teraz powiedź rzecz dalej, bo daliśmy ci więcej niż jedną głowę.*

Holofernes: — *Aleście mi odjęli moją*" (Szekspir, „Stracone zachody miłości")*.

Złudzenia stracone w ramionach Izraelitki o kuszącym spojrzeniu. Popatrz na tę żydowską wdowę — dałbyś jej więcej niż trzydzieści lat? Jej wytrenowane ciało przypomina sylwetki rosyjskich gimnastyczek, a jej twarz filmową piękność o niezwykłych rysach, skórze białej jak śnieg i włosach czarnych jak heban. Niespokojnie gładzi długimi palcami twoją szyję, wzorem gitarzysty z Acapulco, który szuka natchnienia, by zagrać meksykańską pieśń o podrzynaniu gardła.

„*I oznajmiono Holofernesowi, hetmanowi wojska assyryjskiego, iż synowie izraelscy gotowali się do oporu (...) Rozkazał Holofernes wojskom swoim, aby ciągnęły przeciw Betulji (...) A synowie izraelscy, skoro ujrzeli mnogość ich, rzucili się na ziemię, posypując popiołem głowy swoje i jednomyślnie się modląc, aby Bóg izraelski okazał miłosierdzie swoje nad ludem swym (...) I stało się, gdy usłyszała te słowa Judyta, wdowa (...) Była zaś bardzo piękna na wejrzenie (...) Zawołała służebnicę swą, a zszedłszy do domu swego, złożyła z siebie włosiennicę i zewlokła się z szat wdowieństwa swego, i obmyła ciało swe, i pomazała się olejkiem wybornym, i ułożyła włosy głowy swej, i włożyła koronkę na głowę swą, oblokła się w szaty wesela swego, obuła też pantofle, i wzięła prawniczki i lilje, i nausznice i pierścionki, i ubrała się we wszystkie stroje (...) Pan piękność tę w niej pomnożył, aby się oczom wszystkich zdała nieporównanej piękności (...) Judyta modląc się do Pana przeszła przez bramy, ona i służebnica jej. I stało się, gdy zstępowała z góry o wschodzie słońca, zabieżeli jej szpiedzy assyryjscy i pojmali ją, mówiąc: «dokąd idziesz?». Ona odpowiedziała: «Jestem córką Hebrajczyków; dlategom ja uciekła od oblicza ich, bom poznała, iż do tego ma przyjść, że wam będą wydani na złupienie, przeto że wzgardziwszy wami, nie chcieli się dobrowolnie poddać, aby byli znaleźli przed oczyma waszemi miłosierdzie. Z tej przyczyny myślałam sobie, mówiąc: Pójdę przed osobę księcia Holofernesa, żeby mu oznajmić ich tajemnice i pokazać mu, którym przystępem mógłby ich zdobyć...» (...) I zawiedli ją do namiotu Holofernesowego, zapowiadając ją. A gdy weszła przed oblicze jego, natychmiast pojman jest oczyma swemi Holofernes(...), serce Holofernesa zadrżało, bo był zapalon pożądliwością ku niej (...) A gdy był wieczór (...) Holofernes leżał na łożu uśpiony (...) I stanęła Judyta u łoża (...) przystąpiła do słupa, który był w głowach łóżka jego,*

* — Tłum. Leona Ulricha.

i kord, który uwiązany na nim wisiał, odwiązała. A gdy go dobyła, ujęła za włosy głowy jego, i rzekła: «Wzmocnij mnie, Panie Boże, tej godziny!». I uderzyła dwakroć w szyję jego i ucięła mu głowę, i zdjęła ze słupów namiotek jego, i zepchnęła ciało jego bez głowy. A po małej chwili wyszła i podała głowę Holofernesa słudze swej, i kazała żeby ją włożyła w torbę swoją" (Stary Testament, Księga Judyty)*.

Martwe wargi Holofernesa emanują ten sam głos, jakim płacze głowa kananejskiego wodza i władcy, Sisary — głos spotęgowany koncentracją wszystkich dźwięków w ciasnej przestrzeni namiotu. Sisarę zaprosiła pod swój namiot Jahel, córka Izraela. Jej cień u podnóża bezgłowego posągu wydaje się najmłodszy. Znasz te twarzyczki, których czas zatrzymał się między dzieciństwem a pełną dojrzałością, na razie noszące tylko kod swojej płci, i półdziewczęce–półkobiece sylwetki, wokół których kształtują się już takie plecy, piersi, brzuchy, łona, biodra i uda, które rozbudzają namiętności mężczyzn. Trzeba być bardzo rutynowanym, aby zgadnąć, że w klatkach piersiowych tych nimf kotłuje się bitwa wstydliwych strachów, romantycznych ideałów, kurtyzańskich tęsknot i zimnych okrucieństw, które rozszarpią każdego, kogo zapragną rozszarpać, zostawiając z różowych iluzji krwawe ochłapy. Trzeba być ostrożnym.

„*Wybieżawszy tedy Jahel naprzeciwko Sisary, rzekła do niego: «Wnijdź do mnie, panie mój, wnijdź...». A gdy wszedł do jej namiotu i był przykryty przez nią płaszczem (...) wzięła Jahel, żona Habera, gwóźdź namiotowy, a biorąc społem młot, weszła potajemnie i milczkiem, przyłożyła gwóźdź do skroni głowy jego, i uderzywszy weń młotem, wbiła w mózg aż do ziemi, a on spanie ze śmiercią łącząc, ustał i umarł*" (Stary Testament, Księga Sędziów)**. Zdarzyło się to w XII wieku p.n.e.

Nawet czyn Judyty budził z moralnego punktu widzenia wątpliwości komentatorów Biblii, tym bardziej więc musiał je budzić czyn Jaheli, żony naczelnika klanu Kenitów, zaprzyjaźnionego z Sisarą. „*Zdaje się, że Jahel w chwili zapraszania Sisary do swego namiotu nie miała zamiaru go zamordować* — pisze ksiądz profesor Stanisław Styś. — *Samo zabójstwo, jak również naruszenie prawa gościnności i niedotrzymanie danego słowa są oczywiście godne potępienia, ale trzeba przyznać, że Jahel działała w dobrej wierze...*".

Wedle tej wiary, spisanej potem w księgach Talmudu, Kananejczyk nie był człowiekiem, lecz „*gojem*" (cudzoziemcem) i „*nuchrem*" (obcym), podobnie jak Asyryjczyk, Pers, Midianita, Edomita i inni. „*Wy je-*

---

* — Tłum. Jakuba Wujka.
** — Tłum. Jakuba Wujka.

steście ludźmi, zaś reszta narodów to bydło, którego dusze nie pochodzą od boga, dlatego można ich tylko świniami nazwać, aczkolwiek ludzką postać mają" — mówi pismo. „*Jestem człowiekiem, przeto nie mogę się ożenić z bydlęciem*" — rzecze Ben Sura, kiedy mu Nabuchodonozor chce oddać córkę za żonę. W natchnionej pieśni triumfu prorokini Debora, zwana „*matką Izraela*", błogosławi Jahel:

„*Błogosławiona między niewiastami Jahel, żona Habera, Cynejczyka, i niech będzie błogosławiona w namiocie swoim (...) Lewą ręką sięgnęła do gwoździa, a prawą do kowalskich młotów, i uderzyła Sisarę, szukając w głowie miejsca na ranę i skroń mocno dziurawiąc. Padł jej między nogi, ustał i umarł; walał się przed jej nogami i leżał bez duszy i nędzny. Oknem wyglądając wyła matka jego...*"*.

A czyż nie mówi druga księga Mojżeszowa (Księga Wyjścia): „*Jeśliby kto umyślnie zabił bliźniego swego i zasadziwszy się zdradliwie, od ołtarza mego oderwiesz go, aby umarł*"? Nic nie mówił Bóg Mojżeszowi o uwolnieniu spod tego prawa Żydów zabijających gojskie „*bydło*", ani kobiet mordujących mężczyzn.

Pytanie drugie: czy jest sens rozpatrywać to w innych kategoriach niż kategorie płci?

Peter Green w biografii Aleksandra Wielkiego znajduje analogię między czynem Jaheli a postępkiem żony Spitamenesa, władcy Baktrii; pani Spitamenesowa, w przeciwieństwie do męża, chciała się poddać Aleksandrowi i uczyniła to, przynosząc mu stuprocentową rękojmię uległości (IV wiek p.n.e.). Znamy tę historię z Kurcjusza:

„*Spitamenes niezmiernie kochał żonę, toteż zabierał ją wszędzie ze sobą (...) Zmęczona trudami wciąż go prosiła, przymilając się z kobiecym wdziękiem, żeby zaniechał wreszcie ucieczki i, ponieważ nie może ujść przed Aleksandrem, próbował go przebłagać (...) Spitamenes jednak sądził, że te namowy nie są szczere, lecz że żona chce go zdradzić i, pewna swej urody, pragnie ją jak najprędzej oddać Aleksandrowi (...) Wierny jej jednej nie ustawał w swoich prośbach, żeby zaniechała swoich planów i zgodziła się znosić, co im los przyniesie; mówił, że łatwiej byłoby mu umrzeć niż poddać się. A ona zaczęła tłumaczyć, że doradzała to, co uważała za dobre; może robiła to po kobiecemu, ale w dobrej wierze — zresztą zdaje się na wolę męża. Spitamenes ujęty jej pozorną uległością kazał natychmiast przygotować ucztę. Kiedy siedział ociężały od wina i jedzenia, na pół senny, zaniesiono go do sypialni. Jak tylko żona zorientowała się, że zmorzył go głęboki i silny sen, dobyła miecza, który miała ukryty w fałdach sukni, odcięła mu głowę i obryzgana*

---

* — Tłum. Jakuba Wujka.

krwią (...) udała się do obozu Macedończyków i kazała zameldować Aleksandrowi (...) Gdy powiadomiono króla, że ma przy sobie ludzką głowę, wyszedł z namiotu..." (Quintus Curtius Rufus, „Historiae Alexandri Magni", tom VIII)*.

Nic to dziwnego — mord na królu popełniony przez małżonkę był tradycyjnym rodzajem dymisjonowania, praktykowanym od Semiramidy po Katarzynę II, którą nie bez przyczyny zwano „*Semiramidą Północy*", chociaż autorzy owego komplementu mieli co innego na myśli. Dymisjonowanie króla przez małżonkę metodą dekapitacji (ucięcia głowy) też ma brodę, sięgającą aż do mitologii greckiej, o czym przekonał się sławny Agamemnon, gdy małżonka, Klitajmestra, odrąbała mu łeb toporem (zachodni ekspert od starożytności, Robert Graves, analizując śmierć Agamemnona przytacza kilka podobnych ekscesów z czasów późniejszych i przypuszcza, że Klitajmestra zabiła męża, gdy trzymał w ustach podane przez nią jabłko). Wszystkie te kobiety przypominają oblubienicę Robespierre'a. Małżonką „*Nieprzekupnego*", który unikał kobiet, była jedyna jego miłość, Rewolucja — i ona urżnęła mu jakobiński czerep przy pomocy swej ulubionej zabawki, gilotyny... Posąg Spitamenesa drzemiący na mongolskim stepie nie dziwi się więc, zresztą nie ma czym — brak mu głowy. Ale spójrz na jego cień.

W twarzy tej kobiety nie ma nic, co by zdradzało, czy bardzo jest pogrążona w nikczemności, okrucieństwie i rozpuście, a przecież jest podła jak żmija z baśni przygarnięta przez głupiego chłopka, okrutna jak lady Macbeth i wyuzdana jak przedsenne majaki. Uśmiechnięta złota maska na owrzodzonym sercu.

Tam dalej, w prawo, za rozpadliną przecinającą step, posąg greckiego tyrana, Alego Tebelana–paszy, z towarzyszącym mu cieniem Vasyliki. Oto klasyczna wschodnia odaliska ze snów romantyków, faworyta haremowa, geometryczna kombinacja sinusoidy nagich kształtów, wielkich elipsopodobnych oczu, zmysłowo szkarłatnych owali warg i linearnej nieskończoności alabastrowych rąk i nóg z bransoletami, które brzęczą w rytm pieszczot.

Była chrześcijanką z greckiej wsi Plichiwistas, której mieszkańców, oskarżonych o fałszowanie monet, Ali kazał powiesić (wszystkich) w roku 1804. Przybiegła go błagać o darowanie życia matce i siostrom. Zachwycony jej pięknością — uczynił ją królową swego haremu.

Kiedy Turcy oblegali Alego–paszę w Janinie (1821), została mu po długiej walce tylko garstka żołnierzy i można go było wziąć za gardło, ale nie było można. Chodziło o jego skarby, tak wielkie, że ślepcy śpie-

---

* — Tłumaczenie grupowe pod redakcją Lidii Winniczuk.

wali o nich pieśni na drogach Europy. Ali wprowadził parlamentariuszy tureckich do podziemi swego pałacu, pokazał im kosztowności złożone na dwóch tysiącach baryłek prochu i powiedział, że wszystko to wyleci w powietrze, jeśli sułtan go nie ułaskawi. Do Stambułu wysłano gońca i czekano na decyzję. Przy baryłkach z prochem warował wierny sługa paszy, oficer Selim Tsamis, trzymając zapaloną pochodnię. Miał ją zgasić tylko wówczas, gdyby mu pokazano umówiony znak — różaniec, którego Ali nie zdejmował z szyi w dzień i w nocy, by nikt niepowołany nie mógł go dotknąć. W dzień nie dotykał go nikt, ale w nocy była Vasyliki... Posyłając różaniec Turkom wykonała gest Dalili, albowiem różaniec Alego był włosami Samsona. Ujrzawszy znak Selim zgasił płomień, 45 milionów piastrów wpadło w ręce Turków i pasza Tebelen stał się bezsilny. Po zaciekłej obronie na wyspie jeziora Pamvotis ciężko rannego paszę chwycił za brodę turecki żołdak, wyciągnął ofiarę na taras kiosku i ściął. Głowę, wzbudzającą taki zachwyt, że dowódca turecki, seraskier Kurszyd, miał ją pono ucałować, gdy mu ją przyniesiono na złotej tacy — zabalsamowano, uperfumowano i odesłano w srebrnej puszce nad Bosfor, gdzie zwieńczyła bramę seraju Topkapi. Po miesiącu zdjęto ją, wrzucono do dołu i przywalono głazem, aby uciszyć jej krzyk.

Płaszczyzna zaczyna falować, wybrzuszać się, garbić i uginać pod ciężkim brzemieniem chmur, które nagnał wiatr. Pędzą po niebie, układając się w fantastyczne postacie jeźdźców bez głów. Tłumy olbrzymich ludzi napływają od gór widocznych daleko za krzywym horyzontem, gdzie schodzi purpurowy dysk słońca. Powietrze robi się fioletowe i skłania do zwidów. Dobrze robisz. Człowiek, który nie marzy, popada w obłęd.

Ranek budzi cię zimną rosą. Dookoła pagórki, coraz większe w stronę północy. Jesteś blisko. Te góry, zwane niegdyś Burchan–Kaldun, a potem Kentej, wchłaniają źródła rzek Onon, Kerulen i Tula. Tutaj urodził się Temudżyn i tutaj został pochowany. Zabalsamowane piżmem zwłoki Wielkiego Morza wieziono z Chin w nefrytowym sarkofagu. Długi szlak przez góry i stepy, tygodnie i miesiące powolnego obracania się kół wozu, a każdego, kto ujrzał funeralną procesję, zabijano ze słowami: *„Idź służyć twemu Panu na tamtym świecie"*. Pochód stanął w kotlinie górskiej w pobliżu Ononu. Stu przedstawicieli najwyższych rodów mongolskich asystowało zakopaniu grobowca, broni, skarbów i wierzchowców (do tego syn Dżyngisa, jego następca Ugedej, *„posłał na tamten świat"* czterdzieści najpiękniejszych dziewcząt, by niczego nie zabrakło chanowi chanów w dalszym życiu). Potem przez wiele dni tabuny tratowały ziemię, aby na wieczność zatrzeć ślad grobu. Nikt nie mógł znać jego położenia. Wszystkich świadków ceremonii pogrzebowej otoczono pierścieniem wojska i podzielono na dwie grupy. Musieli stoczyć samobójczą walkę i wytłukli się wzajemnie.

Archeolodzy nigdy nie znaleźli grobu Dżyngis–chana; reklamowany przez Chińczyków na ich terytorium kopiec z rzekomym grobowcem Temudżyna zawiera taką samą prawdę jak czerwony katechizm Mao (za czasów Mao chińska nauka zwała Dżyngisa „*prekursorem hegemonizmu*"; obecnie uważa go za „*bohatera, który wywarł pozytywny wpływ na historię Chin*"). Archeolodzy węgierscy i jugosłowiańscy z równym powodzeniem szukają od lat w dorzeczu Cisy (za pomocą najnowocześniejszego sprzętu geofizycznego) grobu Attyli, którego Hunowie zwali „*Ojczulkiem*". Był zaiste ojcem Dżyngisa lub jego bliźniaczym bratem, który kilkaset lat wcześniej antycypował życie Temudżyna. Jakby jedna dusza wcieliła się kolejno w dwa ciała naznaczone tym samym gwiezdnym horoskopem i tym samym piętnem śmierci. Musisz jeszcze tylko dowieść tego — na słowo nikt w to nie uwierzy.

Włoski historyk XIX–wieczny, Cezare Cantu, twierdzi, opierając się na językoznawcach, iż Attila (od „*atzel*") znaczy: żelazo. A więc obaj mieli to samo imię, chociaż nie ma doskonałego żelaza. Obaj zjednoczyli plemiona tej samej rasy, by podbić Ziemię. Obaj byli żelaznymi „*Młotami Świata*" i „*trawa nie rosła po ich przejściu*". Obu najbardziej krwiożerczych barbarzyńców stać było na wielki humanitarny gest i obaj szanowali obcych bogów — papież Leon I jedną rozmową zawrócił Attylę z drogi. Obu pochowano identycznie; według Rzymian Hunowie zrobili wszystko, by nikt nie odnalazł grobu „*Ojczulka*". Pogrzebano go wraz ze skarbami w srebrnej trumnie, którą włożono do trumny złotej, a tę do żelaznego sarkofagu, po czym zmieniono bieg Cisy, zalewając grób wodą, co zapewniło śpiącemu wieczny spokój. Niewolników–grabarzy wycięto do ostatniego.

Attyla zmarł w roku 453, w swoim obozie w Panonii, skąpany we krwi — nie przeżył nocy poślubnej, uduszony przez burgundzką księżniczkę Ildico (Ildegondę)*. Dżyngis zmarł w swoim obozie w Si Sia w roku 1227. Suma cyfr każdej z tych dat śmierci daje 12, liczbę magiczną (apostołowie, miesiące, godziny, cale, półtony, dodekafonia, tablice prawa rzymskiego, znaki Zodiaku, szyici dwunastowi czyli imamici, uznający dziedziczną linię 12 bezgrzesznych i nieomylnych imamów, etc.). Mongołowie za czasów Dżyngis–chana posługiwali się w swej chronologii dwunastoletnim cyklem zwierzęcym.

---

* — Znalazło to odbicie w staroskandynawskiej pieśni „Atlakvida" (około 900 roku w Norwegii), należącej do zbioru „Edda". W sadze tej żona Attyli upija go podczas uczty i morduje własnoręcznie.

Wśród niskich pagórków zjawia się nagle jeździec, jak duch. Usłyszałeś chrzęst kamieni za plecami. Odwracasz się. Na czarnym koniku z białymi pęcinami siedzi chłopiec. Ma łysą głowę i przymrużone powieki, spod których świdruje twoją twarz. Tak musiał wyglądać Temudżyn, gdy samodzielnie odbił konie ukradzione jego rodzinie przez stepowych złodziei i kiedy zamordował swego brata, naśladując i w tym „*Ojczulka*". Wycelowujesz w niego aparat. Czeka, aż naciśniesz spust migawki, potem mija cię i wolno, stępa, człapie ku wysokim masywom gór. Kilkadziesiąt metrów dalej odwraca się, jakby chciał spytać: czemu stoisz? Idziesz za nim, a wokół panuje cisza.

Góry są majestatycznie wielkie: niagary skał, które drażnią wierzchołkami niebo. Krajobraz dawno już postradał coś, co można nazwać horyzontem, oczy uderzają o granitowe złomy, ścieżka się zwęża i wspina. Robisz się mały, nogi bolą, a płuca skarżą się rytmicznie. Ze zbocza gigantycznego stożka wyrasta głaz przypominający totemiczny znak kultu. Głęboko w dole szeroki parów, cały w zakolach, jak wyschłe koryto rzeki. To tu?... Rozglądasz się wokoło: mongolski chłopiec zniknął, rozpłynął się w powietrzu, ścieżka jest martwa i nie udziela informacji. Krzyknij, a odpowie echo. Ale nie krzycz, bo to będzie odpowiedź karcąca za kalanie cmentarnej ciszy.

Z daleka, od stepu, dochodzi jednak jakiś dźwięk. Zrazu cichy niby brzęczenie owada, potężnieje wolno, nabiera grzmotu i pędzi w masywy górskie, by rozerwać ci bębenki uszu. Ów nieludzki głos z czasu, gdy Dżyngis podbijał państwo Tangutów, Si Sia.

Tangucki książę miał przepiękną żonę lub córkę — ten detal nie jest jasny. Dopiero XVII-wieczne kroniki mongolskie zaczęły podawać prawdę o śmierci chana chanów, uprzednio wyklętą i znaną tylko wtajemniczonym.

A więc ta śliczna samica rasy tanguckiej. Uczyniono z niej wdowę lub sierotę na rozkaz Temudżyna oszołomionego jej urodą. Przywiedziono ją do pierwszego namiotu świata. Wykąpaną i namaszczoną pachnidłami. Bez szat, tylko w perłowym naszyjniku i w złotych, wysadzanych drogimi kamieniami „*altonchams*" — futerałach na długie paznokcie. Straszliwa broń, lecz Dżyngis nigdy nie bał się kobiet.

Ciepły mrok wnętrza. Oczy gorejące w ciemnościach jak dwa płomienie nad ciałem, którym zajmuje się chutliwy starzec — ciałem wygiętym w linię węża skradającego się do ofiary. W tych oczach jest cała nienawiść, na jaką może zdobyć się natura ludzka; takie oczy zabijają przed zabiciem.

W środku nocy straż strzegąca wejścia usłyszała przeraźliwy ryk pana światów. „*Altonchams*" są ostre niczym szpice czczonego do dzisiaj, sztandarowego (buńczukowego) trójzęba Dżyngis–chana, osadzonego na metalowym bębnie w Muzeum Państwowym Ułan Bator. Ten trójząb ze srebra i mosiądzu stał przed namiotem władcy i przewodził w bitwach. Mongołowie wierzą, iż buńczuk wodza przechowuje jego duszę.

Znaleziono go skąpanego we krwi. Miał rozszarpane jądra i łeb urwany czubkami „*altonchams*" nasyconymi trucizną. Konał w męczarniach, kilka lub kilkanaście dni. Zanim przestał oddychać — ją rozerwano końmi, a jej naród eksterminowano. Nic więcej nie mogli zrobić.

Tak oto w mongolskim roku Świni (1227) wykrwawiło się źródło Wielkiego Oceanu, a z imperium, którego był głową, została kaleka szmata w pustynnym krajobrazie na płótnie Dalego „Sen". Po lewej stronie kadru widnieje tam równie kaleki pies, którego nie trzeba się bać. Dżyngis bał się tylko psów.

Słyszysz ten głos? Jest w nim wściekłość i rozpacz, bezradność i ból, cały kosmos zamienia się w tajemniczy instrument druida, który oszalał ze spóźnionej mądrości i tańczy jak mechaniczny robot w powodzi migających świateł, sam sobie akompaniując. Długa, przeciągła frazaaaaaaaaaa...!

— Hej, barman!

— Tak, Madame?

— Wynieś trupy, a reszcie powiedz, że dzisiaj już zamykamy. Niech ostatni wychodzący zgasi lampkę nad furtką. Do jutra. Miłych snów, gentlemen!

WYSPA 9

NEUSCHWANSTEIN (BAWARIA)

LUDWIK II WITTELSBACH

ZAMEK BAJKOWEGO KRÓLA

„Raz w srebrnej wodzie król utonął
Potem z ustami otwartymi
Wypłynął sobie inną stroną
Aby bez ruchu spać na ziemi
Z twarzą ku niebu obróconą.

Czy regent stary książę Luitpold
Rządzący dwóch szaleńców państwem
Nie załka nocą o tym myśląc
Kiedy robaczki świętojańskie
Będą świeciły smugą mglistą.

Słońce twe czerwcu żarem lutni
Zbolałe palce moje parzy
W malignie melodyjnej smutnej...”

(Guillaume Apollinaire, „Piosenka niekochanego”, tłum. Adama Ważyka).

13 czerwca 1886 roku, noc. Jezioro Starnberg, w pobliżu zamku Berg, Bawaria. Przeczesywanie dna. Gdzieś z daleka napływają niewidzialne tony cudownej muzyki Wagnera. Płoną pochodnie i drżą bosaki w dłoniach ludzi macających dno. Po powierzchni nakrapianej ogniami ślizgają się rozpaczliwe krzyki, które płoszą ptactwo śpiące przy brzegach. Furkot poderwanych skrzydeł wybucha niczym burza oklasków wraz z ostatnim taktem „Zmierzchu bogów...”.

O 19.30 zaczęto szukać. O 22.30 służący znalazł na brzegu kapelusz i diamentową agrafkę króla, a potem parasol lekarza, który towarzyszył królowi w spacerze. Późną nocą wyłowiono ciała. Zegarek monarchy zatrzymał się na godzinie 18.54...

Zwłoki Ludwika znaleziono w miejscu, gdzie było tak płytko, iż stojący człowiek miałby wodę do piersi. Zwłoki doktora Guddena w jeszcze płytszej wodzie. Nie tonie się w misce.

Cóż więc się stało? I dlaczego zginęli?

Poruszony świat przykrył trumnę króla Bawarii stosem kwiatów, słano je nawet z Ameryki. W tym tysiące wiązanek od kobiet, dla człowieka, który miał swoistą gynofobię: zerwał swoje jedyne zaręczyny, nigdy się nie ożenił, unikał kochanek, a rozmawiał tylko ze spokrewnioną z nim cesarzową Austrii, korespondencyjnie. Alpy kwiatów u podnóża Alp, jakby świat chciał zasypać swoje wyrzuty sumienia.

Nie znaleziono odpowiedzi. Naiwność historyków, którzy o tym piszą, mogłaby wyprowadzić trupa z równowagi. Mówiono i mówi się o samobójstwie: że skoczył do wody, a Gudden próbował go ratować i utonęli obaj. W wodzie, w której nie utonęłoby wyrośnięte dziecko. Mówiono też, że król najpierw udusił Guddena, wrzucił jego ciało do wody i sam się utopił. Spróbujcie się sami utopić wchodząc z brzegu w płytką wodę! A poza tym autopsja wykazała, że przed utonięciem Ludwik doznał wylewu krwi, a więc nie zabiła go woda. A poza tym człowiek ten brzydził się przemocą. A poza tym nikt nie widział, co się stało... Tajemnica jego zgonu to jedna z największych zagadek XIX–wiecznej Bawarii.

A poza tym XIX–wieczna Bawaria to diabelska wylęgarnia ludzi, których udziałem staną się gwałtowne i tajemnicze, sławne zgony, tak jakby bóg nagłej, nigdy nie wyjaśnionej śmierci, wybrał sobie ten czas, tę ziemię i jej dzieci dla sprawdzenia swoich możliwości.

Był drugi dzień Zielonych Świąt 1828 roku, gdy w Norymberdze pojawił się kilkunastoletni chłopak, który wzbudził sensację w mieście, następnie w całej Bawarii, wreszcie w całej Europie i którego nazwano „*Sierotą Europy*". Ponieważ na kartce, którą mu podsunięto, nagryzmolił imię i nazwisko: Kacper Hauser, jako taki przeszedł do historii i legendy. Potrafił wymówić kilkadziesiąt słów, bełkotał, tak jak bełkoczą „*wilcze dzieci*" (ludzie wychowani przez wilki i znajdowani w lasach). Nie znał prawie żadnych atrybutów cywilizacji: chwytał ręką płomień, drewnianego konika chciał karmić chlebem i prosił, by zdjęto człowieka wiszącego na krzyżu w kaplicy. Z tego, co wyartykułował, zrozumiano, iż długo siedział zamknięty w ciemnościach (w piwnicy lub ziemiance) i że do miasta przyprowadził go „*człowiek w czerni*".

Opiekunowie znajdy poduczyli go i przystosowali do życia w społeczności. Dramat zaczął się w momencie, gdy Hauserowi pokazano wnętrza norymberskiego zamku. Na ich widok krzyczał: „*Ależ ja to znam!*", „*Pamiętam to!*", „*Taki był mój dom!*" itp. Raport z tej wizyty, wysłany do Ansbach przez burmistrza Norymbergi, ukradziono. Niedługo potem (1829) zakapturzony mężczyzna wśliznął się do domu, w którym goszczono chłopca i zadał mu cios w głowę czymś metalowym. Rana nie okazała się śmiertelna.

3 kwietnia 1830 roku usłyszano strzał w pokoju Hausera i znaleziono go we krwi płynącej z rany na skroni. Po odzyskaniu przytomności twierdził, że niechcąco wystrzelił do siebie z pistoletu, który mu dano dla samoobrony, lecz opisał zdarzenie w sposób absurdalny, a nadto specjaliści zauważyli, że przy strzale z tak bliskiej odległości skroń musiałaby zostać osmalona prochem, zaś na jego skroni nie było ani śladu osmalenia.

Sprawą zajął się prezes Trybunału Apelacyjnego w Ansbach, Anzelm von Feuerbach. Rozpoczął drobiazgowe śledztwo i zaszedł daleko, za daleko... W jego memoriale z dochodzenia czytamy: „*Kacper Hauser najprawdopodobniej nie jest dzieckiem nieprawym, lecz legalnym. Gdyby był owocem związku nieślubnego, nie używano by tak okrutnych środków, by się go pozbyć (...) Są tu zaangażowane zbrodniczo osoby znane i zamożne, które wobec nadziei związanych z powodzeniem mordu zatykają usta każdemu, kto zbyt dużo wie. Ani zemsta, ani nienawiść nie leżą u podłoża tej sprawy. Dziecko usunięto, by przynieść bezprawne korzyści innemu dziecku, które tym sposobem zyskało prawa, przywileje i bogactwa Hausera*”. Pisząc to Feuerbach automatycznie znalazł się w szkarłatnym kręgu osób, które za dużo wiedziały.

Tymczasem na scenie dramatu pojawił się „*deus ex machina*” lord Stanhope. Mamił Hausera złotem i obietnicą adopcji, kokietując jednocześnie Feuerbacha, zaś śledztwo starał się przerzucić na tereny... węgierskie. Wmawiał chłopcu, że wyjawi mu sekret jego pochodzenia w zamian za... prywatne notatki Kacpra. Gdy wyszło na jaw, że przeszłość i teraźniejszość Anglika są zaszargane (był agentem Metternicha, jezuitów i licho wie czyim jeszcze) — Stanhope ulotnił się.

W końcu roku 1831 Feuerbach przeniósł Hausera z Norymbergi do Ansbach, by mieć go pod okiem. W swoim memoriale sugerował, iż życie Hausera jest kartą w grze dynastycznej „*domu badeńskiego*”, a sam znajda to syn Wielkiej Księżnej Badenii, adoptowanej córki Napoleona I, Stefanii de Beauharnais, porwany przez morganatyczną linię tego domu. W świetle późniejszych badań historyków teza Feuerbacha nosi cechy prawdopodobieństwa; faktem jest też, że Stefania de Beauharnais zmarła w roku 1860 przekonana, iż „*Sierota Europy*” był jej ukradzionym dzieckiem.

Ja zaś umrę przekonany, że Feuerbach był samobójcą: w roku 1832 przekazał memoriał bezpośrednio (z pominięciem kancelarii dworskiej) na ręce bawarskiej królowej–matki, wywodzącej się z „*domu badeńskiego*", którego morganatyczna linia dopiero co (1830), po kilkunastu latach intryg i morderstw, zdobyła władzę w Badenii. W swej naiwności sądził, że treść dokumentu nie przedostanie się do wiadomości „*zbrodniczo zaangażowanych osób*" na dworze. Ku jego zaskoczeniu odpowiedź, którą otrzymał, pełna była sformułowań o „*niepolityczności nadawania rozgłosu*", nakazów „*czekania do czasu porozumienia się w przyszłości*" i streszczała się do słowa: milczeć!

Ale Feuerbach nie zamierzał milczeć i kontynuował śledztwo, aż znalazł coś rewelacyjnego (jak oświadczył córce Szarlotcie). W kilka dni później zabrał swą rewelację do grobu; został otruty. „Poczta Poranna" przypomniała wówczas wcześniejsze nagłe zgony ludzi, którzy przypuszczalnie wiedzieli o Hauserze zbyt wiele. To uciszanie wiedzących trwało jeszcze długo. Gdy w początkach XX wieku Jakub Wassermann pisał głośną powieść „Kacper Hauser czyli Ociężałość Serc", zwróciła się doń korespondencyjnie pewna Niemka, informując, że jej pradziadek, bawarski mąż stanu zamieszany w „*aferę Hausera*", z tego powodu odebrał sobie życie.

Hauser zginął 14 grudnia 1833 roku w ansbachskim parku Hofgarten. Otrzymał cios sztyletem od „*człowieka w czerni*", którego ubezpieczało dwóch kompanów. Konał trzy dni, całkowicie przytomny. W miejscu, w którym dopadł go morderca, postawiono gotycką kolumnę z napisem: „*Tutaj nieznany zabił nieznanego*". Na grobowcu wyryto: „*Tu spoczywa Kacper Hauser, zagadka swej epoki. Tajemniczo zrodzony, tajemniczą miał śmierć*".

Do dzisiaj tajemnica tego znajdy rywalizuje z „*żelazną maską*" Ludwika XIV o miano największej zagadki historycznej czasów nowożytnych. Setki autorów pisało o „*Sierocie Europy*". Przez cały XIX wiek śpiewano o nim ludowe ballady i pokazywano na jarmarkach ilustracje obrazujące jego dramat. Obecnie „hauserolodzy" koncentrują się głównie na analizie psycho–socjologicznej, eksponując duchową samotność i obcość bawarskiego „*dobrego dzikusa*" w cywilizowanym społeczeństwie (tak też uczynił Herzog sławnym filmem „Każdy dla siebie i Bóg przeciw wszystkim", po którym jeden z krytyków pytał: „*Czy zyskawszy wiedzę o ludziach Hauser zrozumiał, że jest od nich tak samo odcięty jak wtedy, gdy siedział w piwnicy?*").

Z kolei problematyka współczesnych zainteresowań Hauserem w aspekcie zagadki politycznej przestała się skupiać na pytaniach: „*dom badeński?*" czy „*dom bawarski?*", na spekulacjach, iż Hauser to nieślubny syn Napoleona, bądź na rozważaniu, czy śmierć znajdy była mordem politycznym, gdyż to ostatnie nie ulega wątpliwości. Ten „*wątek poli-*

60. Erdeni-Dzu. Na pierwszym planie żółw z Karakorum.

61. Trójząb sztandarowy (buńczukowy) Dżyngis-chana w Muzeum Państwowym w Ułan Bator.

62. Portret Dżyngis-chana na chińskim znaczku.

63. Ali-pasza i Vasyliki.

64. Jeden z wielu bezgłowych posągów na mongolskim stepie.

65. Znaczek mongolski z demonem w koronie z pięciu czaszek.

66. Hans Baldung Grien, *Judyta z głową Holofernesa* (1515).

67. *Taniec Salome* (mozaika w bazylice San Marco w Wenecji).

68. Ya Sahib al-Zaman, *Judyta i Holofernes* (miniatura perska z drugiej połowy XVII wieku, wzorowana na sztychu europejskim).

69. Sandro Botticelli, *Judyta powracająca do Betulii* (głowę Holofernesa trzyma służąca Abra).

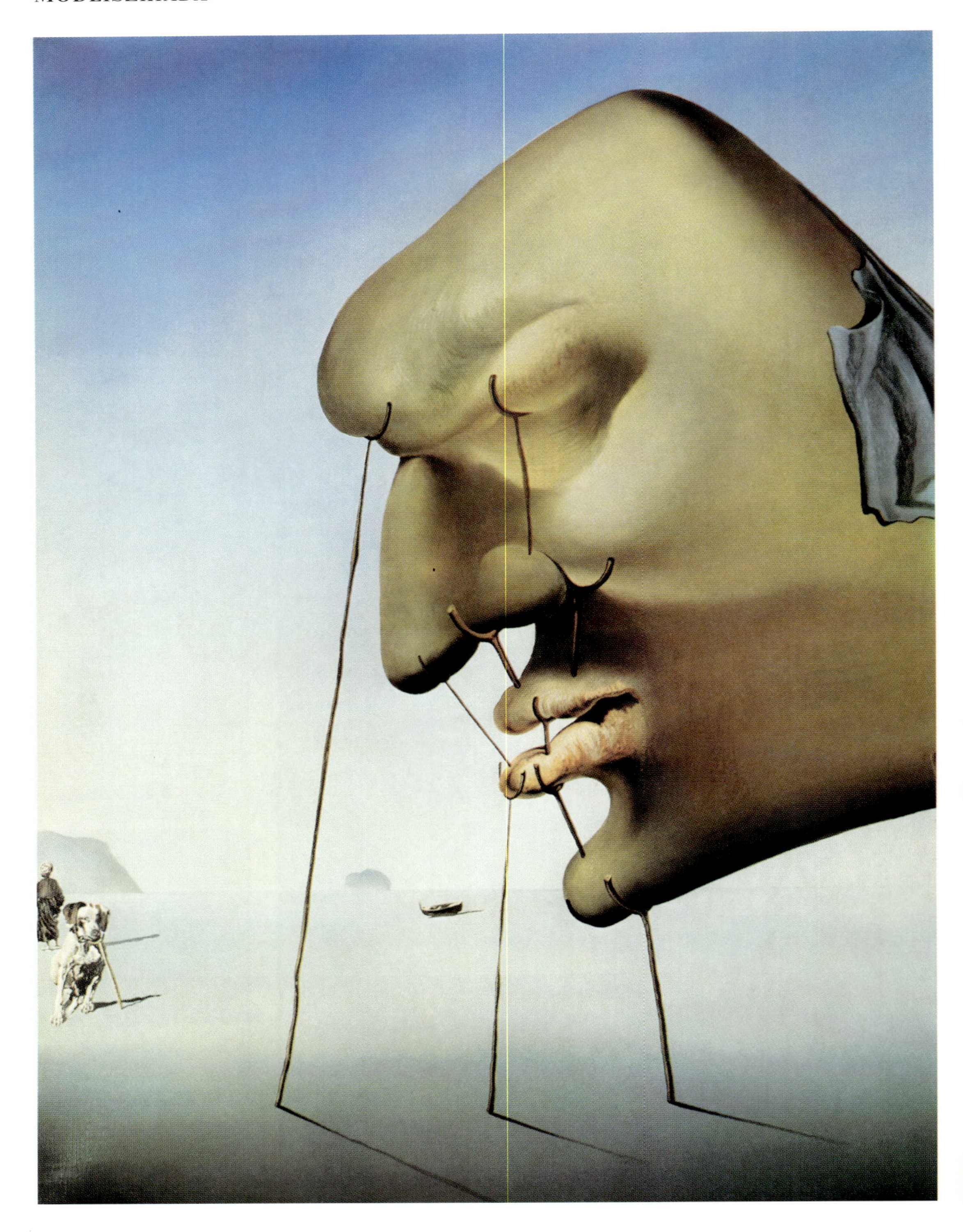

70. Salvador Dali, *Sen* (1937).

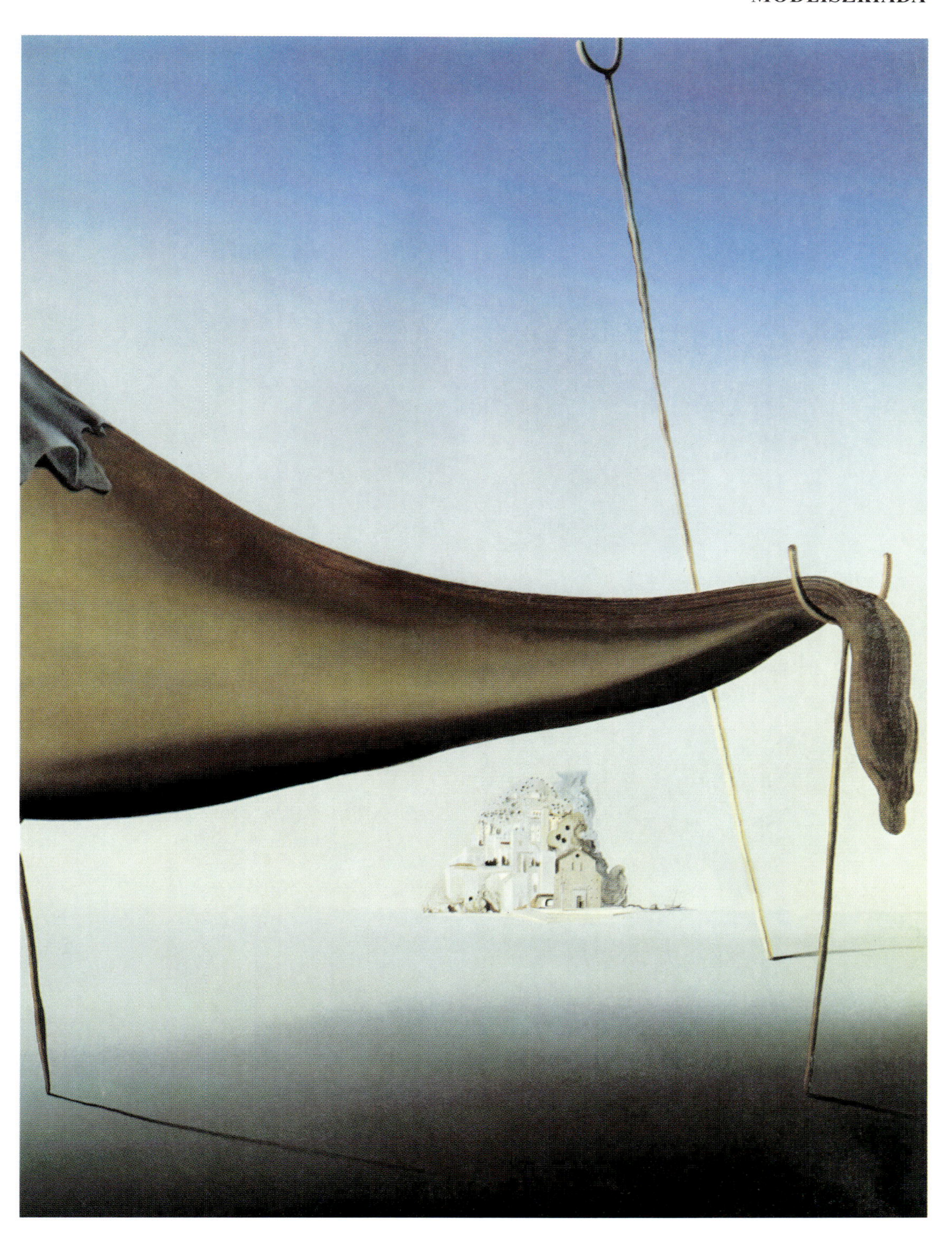

MODLISZKIADA

71. Bernardino Luini, *Salome.*

72. Anonim flamandzki z XVII wieku, *Salome i Herodiada.*

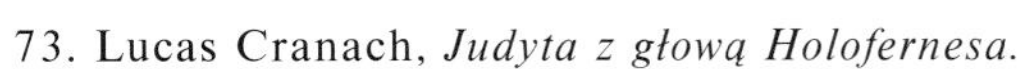

73. Lucas Cranach, *Judyta z głową Holofernesa.*

74. Pierre Klossowski, ilustracja do książki *Roberte et le Colosse.*

75. „U Aubleta Salome pieści głowę Jana, wpatrując się w nią lubieżnie (by nie powiedzieć obleśnie)...”

76. „U Karla Gebhardta wpija się wargami w trupie usta świętego...”

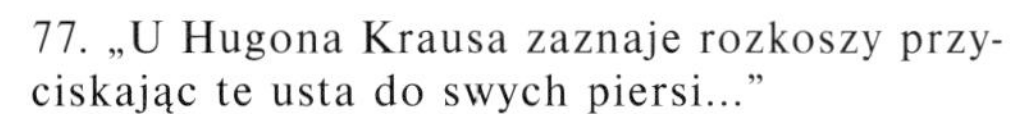

77. „U Hugona Krausa zaznaje rozkoszy przyciskając te usta do swych piersi...”

78. „Zaś w rzeźbie Karla Burgera głowa Jana tkwi między jej udami, w kroczu bezwstydnicy!”

79. Ucięta męska głowa na obrazie Chirica *Pieśń miłości* (1914).

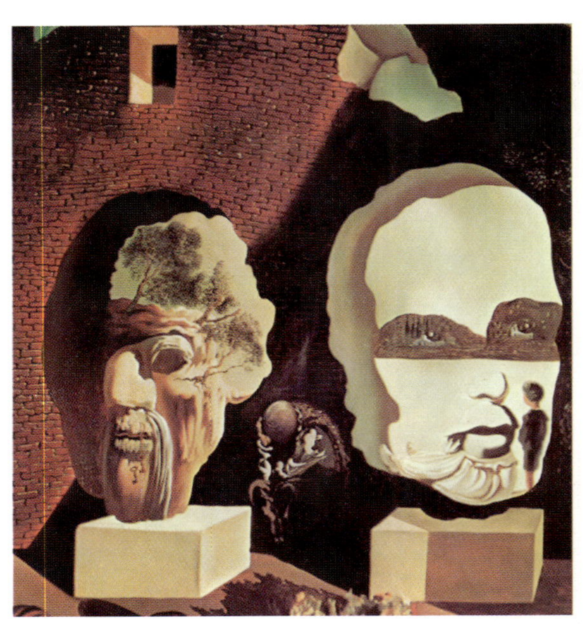

80. Ucięte męskie głowy na obrazie Dalego *Starość, młodość, dzieciństwo* (1940).

81. „Wśród niskich pagórków zjawia się nagle jeździec, jak duch (...) Ma łysą głowę i przymrużone powieki, spod których świdruje twoją twarz".

82. Neuschwanstein od strony wjazdowej.

83. Kacper Hauser (litografia wg. rysunku I. G. Laminita, 1828).

84. „Człowiek w czerni" prowadzący Kacpra do Norymbergi (rys. G. Pichard).

85. „Głowa" narysowana przez Hausera.

86. Domniemana matka Kacpra, Stefania de Beauharnais, adoptowana córka Napoleona.

87. Eksponowany w muzeum w Ansbach płaszcz, który miał na sobie Hauser w chwili gdy zadano mu śmiertelną ranę. Białym kółkiem zaznaczone miejsce wbicia sztyletu.

88. Przyjaciółka Ludwika II, cesarzowa Elżbieta.

89. Ludwik II w mundurze wojskowym.

90. Ludwik II w stroju koronacyjnym.

91. Neuschwanstein w porannej mgle.

92. Neuschwanstein w złotej jesieni.

93. S. Solomko, *Fantazja.*

94. Panorama Neuschwanstein.

tyczny" pojawia się dzisiaj w wersji teozoficznej lub mesjanistyczno-okultystycznej. Według niej Hauser miał odegrać na arenie Europy rolę Mesjasza (w Szwajcarii ukazuje się periodyk pt. „Kacper Hauser — dziecko Europy"), rolę decydującą dla kontynentu w odwiecznych zapasach Dobra ze Złem, rolę zbawiciela. Najbardziej zdecydowany partyzant tej teorii (mającej już prawie sto lat), Peter Tradowsky, w książce „Kacper Hauser czyli Walka o Ducha, przyczynek do zrozumienia wieków XIX i XX" (1980), wysunął paralelę między śmiercią Kacpra a Golgotą Chrystusa, i następnie orzekł: „*Hauser, jako następca tronu Badenii, miał z Karlsruhe nadać społeczny kształt temu, co dla Europy Środkowej stworzył duch Goethego*". Można się z tym zgodzić o tyle, że „*duch Goethego*" — Goethego tak bardzo przecież zakochanego w Napoleonie, iż dla wielu Niemców graniczyło to z prostacko pojmowaną „*zdradą narodową*" — to duch napoleońskiej idei zjednoczenia Europy na bazie antyfeudalnych praw, duch wyzwolenia ludów. Zabrakło mu kontynuatora po upadku Bonapartego. Tradowsky zawęża sprawę do samych Niemiec, suponując, że w momencie decydującym — podczas Wiosny Ludów (1848) — zabrakło Niemcom Hausera jako charyzmatycznego przywódcy, który na czele żywiołów demokratycznych przeciwstawiłby się potędze niemieckiego Zła symbolizowanego przez Prusy.

Dobrze — ale co ma z tym wspólnego Ludwik II Wittelsbach? Ma, cierpliwości!

Ludwik zawsze mnie intrygował; wiele czytałem na temat dramatu w jeziorze Starnberg i w końcu moja zmęczona głowa urodziła sen. Był to przedziwny koszmar, w którym grałem rolę satrapy pragnącego zaspokoić swą ciekawość. W tym celu wezwałem szefów policji, wywiadu oraz kontrwywiadu i zapytałem kto jest najmądrzejszy na świecie. Odparli, że ja. Zapytałem więc kim jest drugi mądry. Wówczas oni wymienili nazwisko laureata nagród Nobla i Lenina, człowieka, który w oczach ludu był prorokiem i świętym.

— Gdzie jest ten człowiek?

— U nas, ekscelencjo.

— Ach tak... To świetnie, a gdzie mieszka?

— U nas, ekscelencjo.

— Kretyni! — wrzasnąłem — to jasne, pytam gdzie konkretnie mieszka!

— U nas, ekscelencjo.

Stropiłem się.

— Za co?

— Profilaktycznie, z dekretu o ochronie naszego środowiska, ekscelencjo.

W celi siedział starzec nieruchomy jak posąg z wosku. Na mój widok podniósł tylko spokojne oczy, w których dostrzegłem pogardę i obojętność. Poczułem się zelżony tym wzrokiem. Czekaj mądralo — pomyślałem — zobaczymy, czy ci pomogą twoje nagrody, dyplomy i tytuły. Ale najpierw mi poradź, a dopiero potem zrobię ci „kuku". Przerwałem milczenie:

— Wiesz kim jestem?

— Kukułką — odpowiedział, uśmiechając się.

Zadrżałem i przeszło mi przez myśl, że nie chciałbym być sądzony przez tego człowieka.

— Masz rację — rzekł starzec — kazałbym cię bowiem powiesić.

Wtedy pojąłem, że on czyta myśli i przypomniałem sobie skąd znam jego twarz: była to twarz Awicenny*.

— Co wiesz o mnie?

— Żeś przyszedł po radę — uśmiechnął się znowu.

Usiadłem obok niego na pryczy i ubrałem swój głos w nową szatę:

— Wybacz mi złe myśli, ale ja... ja myślałem tak umyślnie, chcąc się przekonać, czy naprawdę czytasz w cudzych myślach i widzisz wnętrze serca. Spojrzyj jednak jeszcze głębiej, a ujrzysz, że mam dla ciebie wielką cześć i gotów jestem natychmiast zwrócić ci wolność, jeśli tylko powiesz mi, jak znaleźć klucz do tajemnicy Ludwika.

— To proste — rzekł profesor — mówi o tym pewien stary rysunek.

— Gdzie on jest?

— Widziałem go za granicą, pamiętam w której bibliotece. Jeśli chcesz go mieć, musisz mnie tam posłać...

— A ty go przywieziesz?

— Nie, ja go przyślę, przyjacielu, byś mógł go wypytać na przesłuchaniu piątego stopnia. On ci wszystko powie.

Wolałem nie ryzykować tortur — był stary i mógłby umrzeć. Pozwoliłem mu wyjechać. Nad ranem otrzymałem list. Wewnątrz znajdowała się odbitka fotograficzna z naszkicowaną twarzą młodego człowieka, a na odwrocie dwa angielskie słowa: *GO HOME!* Chciałem się przyjrzeć tej twarzy, lecz przez okno wpadły promienie słońca i zadzwonił budzik. Długą chwilę nie otwierałem oczu, pragnąc dogonić odpływającą marę, na próżno. W niezliczone wieczory marzyłem, iż sen powróci, ale nie chciał.

Kilka lat później, gdy Werner Herzog otrzymał w Cannes specjalną nagrodę jury za „Każdy dla siebie i Bóg przeciw wszystkim", jeden z tygodników zamówił u mnie esej o Hauserze. Sięgnąłem do literatury źró-

* — Patrz wyspa nr 18.

dłowej, m.in. po zapiski pierwszego wychowawcy Kacpra, profesora gimnazjalnego w Norymberdze, Georga Daumera. I tam znalazłem twarz z mojego snu! Daumer nazwał ją „*głową*", pisząc:

„*Któregoś dnia w listopadzie zastałem Hausera rysującego męską głowę, a właściwie portret. Kacper wyjaśnił mi, że widzi tę głowę (...) Był wtedy w swoistym transie, w stanie duchowego napięcia, bez którego zapewne nic by nie narysował. Dopiero po jakimś czasie dorysował włosy, ale głowy już wtedy nie widział, więc zrobił to nieporządnie, na podstawie mglistego wspomnienia (...) Gdy po śmierci Hausera odwiedził mnie hrabia Stanhope, by uczynić ze mnie sojusznika w swej odrażającej polemice, pokazałem mu ów wizjonerski rysunek, co nie sprawiło mu przyjemności. Odłożył go natychmiast, z przestrachem — jakby się go bał*".

Poddałem tych kilka zdań tak dokładnej weryfikacji, że nawet przesłuchanie dziesiątego stopnia nie wycisnęłoby z nich więcej. Najpierw zapytałem: czego przestraszył się lord Stanhope, patrząc na „*wizjonerski rysunek*" Hausera? I jaki to może mieć związek z Ludwikiem? Znalazłem jeden: ów Anglik był pederastą; realizując intrygę polityczną, próbował przy okazji uwieść Kacpra: pisano, że zapałał do chłopca „*obrzydliwą miłością*", co mieli mu za złe opiekunowie znajdy. Być może pedały mają jakiś siódmy zmysł, bo Ludwik II Bawarski również przedkładał pięknych cherubinów nad kobiety i chociaż jego pederastia była bardzo „ściszona" (możliwe, że tylko platoniczna), to jednak nie ulega wątpliwości. I być może dopatrywanie się w tym jakiegoś związku jest równie bezsensowne, co porównywanie nieprzyjaznych i nie popartych żadnymi dowodami opinii, które lansowano zarówno po śmierci Hausera (zwariowany mitoman, popełnił samobójstwo dla zdemonizowania swej legendy), jak i Ludwika (obłąkany mitoman–samobójca), ale jeśli rzeczywiście „*są na świecie rzeczy, o których nie śniło się filozofom*", to ja mam prawo do surrealistycznych snów.

Wcale nie twierdzę, że „*głowa*" narysowana w transie niezdarną ręką Hausera, to z pewnością twarz Ludwika II Bawarskiego. Ale dziwi mnie, że nikt dotąd nie zauważył pewnej tragicznej konsekwencji w śmiertelnym łańcuchu Wittelsbachów, zaczynającym się od jeziora Starnberg — jakby jakieś straszliwe przekleństwo lub fatum spadło w ostatnim piętnastoleciu minionego wieku na ten ród, na którego ziemi (jeśli nie z jego inicjatywy) zginął w roku 1833 Kacper Hauser. Ludwik Wittelsbach zostaje wyjęty z wody w 1886. Jego kuzynka, Zofia Wittelsbachówna, jedyna kobieta, z którą był zaręczony, płonie żywcem w 1897. Jej siostra, cesarzowa Austrii, Elżbieta Wittelsbachówna, jedyna kobieta, z którą się rozumiał, pada pod ciosem sztyletu (pilnika) w 1898. Wcześniej (1889) jedyny syn Elżbiety, arcyksiążę Rudolf, popełnia niezwykle tajemnicze samobójstwo (lub „samobójstwo")*, znane jako *„dramat w Mayerlingu"*. Żeby wymienić tylko te okropności.

Daumer w swoich notatkach co krok podkreśla ogromne predyspozycje paranormalne Hausera. Znajda był niezwykłym medium telepatycznym i magnetycznym, m.in. *„odczytywał"* jakie gesty wykonuje się za jego plecami, wyczuwał promieniowanie ukrytych metali i minerałów, dziwnie oddziaływał na zwierzęta etc. Wiedziałem, że takie fenomeny wykonują profetyczne rysunki, ale to nie posunęło mnie do przodu ani o krok.

Pozostawała jeszcze sprawa dwóch słów na odwrocie rysunku, który ujrzałem w sennym koszmarze. Początkowo nie przywiązywałem do nich wagi: Napisy: *YANKEE GO HOME!* (*„Jankesi wynocha!"*, dokładnie: *„Jankesi, idźcie do domu!"*) pojawiają się na murach w tych krajach, które tyranizują Amerykanie. W państwie z mojego snu musiałem być marionetkowym satrapą przysłanym przez USA i dlatego profesor nie odmówił sobie satysfakcji warknięcia do mnie: *„Paszoł won!"* — tak to sobie tłumaczyłem. Dopiero kiedy wpadła mi w ręce książka Krzysztofa Borunia i Stefana Manczarskiego „Tajemnice parapsychologii", w której przeczytałem wzmiankę o najsławniejszym brytyjskim medium okultystycznym XIX wieku, Danielu Dunglasie Homie — coś mnie tknęło.

Sięgnąłem do źródeł angielskich, by dowiedzieć się, że Home dokonywał istnych *„cudów"* spirystycznych, że mimo wielu testów nigdy nie stwierdzono, by oszukiwał, i że jego życie oraz działalność to wciąż orzech do gryzienia dla nauki. Dowiedziałem się też, że podróżował po Niemczech. Ale najbardziej frapujące było to, że Home urodził się w roku śmierci Hausera (1833), a zmarł w roku śmierci Ludwika (1886), osiem dni po nim. Zrozumiałem, że napis: *GO HOME* znaczył: *„Idź do Home'a (zwróć się do Home'a)"*, ale jak mogłem udać się z prośbą do kogoś, kto zmarł przed stu laty? Świadomość, iż Home był tym, który w i e d z i a ł, okazała się na jawie bezużyteczną. Stanąłem w miejscu, przekonany, że istnieje krwawy związek między Hauserem a Wittelsbachem — nie mogąc tego udowodnić.

Mogę tylko udowodnić, że obaj należeli do świata bajek. Kacper znalazł się tam mimowolnie, stając się bohaterem legendy za sprawą swych wrogów i Feuerbacha. Ludwik sam stworzył sobie ten świat.

---

* — Kilka miesięcy po napisaniu przeze mnie tego rozdziału ostatnia cesarzowa Austro–Węgier, Zyta, ujawniła w wywiadzie dla „Neue Kronen Zeitung", że arcyksiążę Rudolf został zamordowany z pobudek politycznych.

Był synem Maksymiliana II, króla, poety i filozofa. Był Wittelsbachem — a Wittelsbachowie to był jeden z najstarszych domów panujących w Europie. Był piękny — miał kobiecą twarz. Urodził się 25 sierpnia 1845 roku w monachijskim pałacu Nymphenburg. Otrzymał staranną edukację domową. Ojciec chciał go posłać na uniwersytet, lecz Ludwik Otton Fryderyk Wilhelm sprzeciwił się — nie cierpiał tłoku. Od dziecka był milczący, wrażliwy, nerwowy, rozpoetyzowany i zakochany w średniowiecznych legendach oraz w samotności. W wieku osiemnastu lat ogłoszono go pełnoletnim i w marcu 1864 roku zasiadł na tronie, inicjując rządy listem, który adiutant zawiózł do Wagnera. List był okrzykiem: Przybywaj!

Dzisiaj Richard Wagner to mocna kolumna w świątyni muzyki. Wtedy był to najwyżej drewniany słupek w parkanie otaczającym tę katedrę; nikt nie chciał Wagnera. I to nie dlatego, że policja niemiecka ścigała go za udział w rewolucyjnym ruchu Wiosny Ludów, prześladowanie polityczne tylko zdobi artystę — nie chciano Wagnerowskiej muzyki. W Paryżu jego „Tannhäuser" został wygwizdany. W Wiedniu odrzucono „Tristana i Izoldę" jako rzecz niewykonalną. Dnem artysty nie jest porażka utworu, lecz obojętność wobec jego twórczości. Wagner znalazł się na dnie... i usłyszał pukanie od dołu. Pukał nieznany osiemnastolatek w koronie.

Kilka lat wcześniej Ludwik uprosił ojca, by wziął go na przedstawienie „Lohengrina". Sala była zdegustowana, oprócz niego — on się przejął. Teraz pisze do Wagnera: *„Najdroższy przyjacielu"*, ściąga go do Monachium, daje pałac, finansuje, wystawia „Tristana i Izoldę", i otwiera królewską szkołę dla propagowania idei Wagnerowskich w muzyce. Reforma Wagnera (dramat muzyczny) poczyna zdobywać rozgłos dzięki protektorowi, który jak czarnoksiężnik wyjął go z nicości. Wagner odbija się od dna: słupek wkroczył do nawy i rośnie. Można zaryzykować twierdzenie, że bez Ludwika II nie byłoby Wagnera. Już to samo wystarcza na usprawiedliwienie zachwytów, jakimi obdarzyli później tego władcę pisarze i poeci, Apollinaire, d'Annunzio, Lemaitre, Pujo, Barrès, Björnson, Pirandello i Paul Verlaine, który krzyczał: *„Pozdrawiam Cię, jedyny królu w tym stuleciu nędznych monarchów, brawo, Sire!"*.

Nie ma róży bez kolców. Mieszczuch monachijski lubił dobre piwo i dobrych grajków w piwiarni, lepsi nie byli mu potrzebni. W mieście podniosła się wściekła wrzawa przeciw trwonieniu pieniędzy na królewskiego muzykanta. Co prawda Ludwik opłacał swą wagneriadę z własnej listy cywilnej i własnych długów, ale piwoszom to za jedno:

Wagner raus! Powtórka z rozrywki — ci sami ludzie w roku 1847 krzyczeli: Montes raus! przeciw tancerce, pięknej i kosztownej metresie Ludwika I (dziadka Ludwika II) i wygnali ją. Dla obu Ludwików monachijski „*vox populi*" nie był głosem Boga: Wagner opuścił Bawarię tak samo, jak Lola Montes. Będzie z daleka czerpał opiekę czarodziejskiego króla i korespondował z nim. Umiłowanie muzyki nigdy w Ludwiku nie wygaśnie, może dlatego Guy de Pourtalès za trzy symbole romantyzmu uznał: Liszta, Chopina i Ludwika II, którego nazwał „*królem–Hamletem*".

Drugi zawód przynosi mu polityka. W roku 1866 wojska bawarskie są sprzymierzeńcami Austriaków walczących z Prusami, których drapieżność widzą już nawet ślepi. Młody Wittelsbach, przebrany za rycerza Okrągłego Stołu, w błękitnej tunice i czarnym płaszczu, przebiega oddziały. Ale bitwa pod Sadovą kończy się klęską i Prusy szybko zmierzają ku dominacji nad Niemcami. Ludwik pisze do Wagnera: „*Wszędzie zapanował duch ciemności. Widzę tylko kłamstwa i zdrady. Traktaty są zrywane, przysięgi tracą resztki ważności, ale ja nie tracę nadziei, że z Bożą pomocą uchronię niepodległość Bawarii*". Szantażowany przez Bismarcka, który grozi Bawarczykom odebraniem tej niepodległości, Wittelsbach daje swych żołnierzy zwycięzcom na wojnę z Francją (1870), a potem wysyła do króla Prus Wilhelma list, ofiarowując mu w imieniu wszystkich Niemców koronę cesarską (a właściwie przepisując słowo w słowo to, co mu podyktował Bismarck). W nagrodę za tę przysługę Bawaria wchodzi w skład Rzeszy ze swoją autonomią. Czarne myśli w ulubionym eremie Wyspy Róż na jeziorze Starnberg. Do Wagnera: „*To nędzne cesarstwo budzi moje politowanie, a wypadki z lat 1870–71 zatruły mi egzystencję*".

Kolców zrobiło się więcej niż róż. Róże podeptali Prusacy — znienawidził Prusaków. Bierze sobie odwet przydeptanej mrówki: przestaje angażować pruskich artystów, którzy się garną, bo uczynił z Monachium stolicę prawdziwej kultury i sztuki, pruskich muzyków wyrzuca ze swej armii i rezygnuje z usług świetnego pruskiego dentysty; prusactwo to mierzwa, którą gardzi, szanuje tylko Bismarcka, co w zupełności rozumiem, chociaż ten polakożerca podniecał Rosjan tłumiących wolnościowe zrywy mej ojczyzny: „*Bijcież Polaków, by im się żyć odechciało; współczuję im, ale jeśli chcemy przetrwać, nie mamy innego wyjścia niż ich wytępienie. Wilk też nie jest winien, że Bóg stworzył go takim, jakim jest, i jeśli ktoś go dopadnie, zabija go za to*". Gdyby bocian z Bismarckiem wylądował na dachu polskiego domu, mielibyśmy lepszą historię, lecz bociany roznoszące mężów stanu tej klasy omijały Polskę w tamtej dobie.

„*Wypadki z lat 1870–71*" kompletnie zniechęciły Ludwika do wojny i polityki. Na historyczne zwycięstwo Prusaków pod Sedanem wypiął się w sposób ostentacyjny — nie chciał nawet przeczytać depeszy o nim, co stało się głośne w całej Europie. Swoim żołnierzom–wartownikom kazał poustawiać sofy, żeby się nie przemęczali; żołnierzy–wojowników wykreślił wraz z wojną z pamięci. Gdy Monachium wizytowały głowy obcych państw, wyjeżdżał na prowincję, by się z nimi nie widzieć. Odtrącił ster polityczny kraju, zostawiając rządy ministrom, z którymi porozumiewał się listownie. W Bawarii dbał o dolę ludu i o sztukę, lecz resztę spraw wewnętrznych, podobnie jak dyplomację międzynarodową, uznał za „*persona non grata*" w swoim życiu. Jak mogło być inaczej, skoro główną namiętnością bawarskich polityków była wówczas zaciekła walka między zwolennikami pruskiego „*Kulturkampfu*" a tzw. starokatolikami? Wszelka nietolerancja i jej pochodne budziły w Ludwiku wstręt.

Miał najzwyczajniej dosyć owego „*misterium iniquitatis*", tajemnicy zła, która przewija się brudną nicią przez historię świata. Mordy i przeniewierstwa, okrucieństwo i zdrada, gwałt i podłość; wojny, na które ludzie nie mają ochoty, a muszą w nich ginąć; polityka, która jest szalbierstwem, a udaje dobroczynność; rewolucje, które pożerają rewolucjonistów i dostarczają ludom śmiertelnego zawodu; władza, która zastępuje kulturę i naukę, ogłupia i sprawia, że możny źle słyszy wołanie od dołu. Barbarzyńska czeluść, gdzie lemurowate marionetki napadają na siebie i celebrują odrażający balet, który prowadzi do autodestrukcji. Cóż pozostaje nad przygodę wewnętrzną w fatalistycznym kosmosie zła, o którym Balzac mówił: „*Ludzkość nie waha się między dobrem a złem, lecz między złem a gorszym*". Ludwik Wittelsbach wybrał dobro, ideał niedosiężny, lecz inny mędrzec, G. B. Shaw, naucza: „*Ideały są jak gwiazdy. Nie można ich osiągnąć, ale można się według nich orientować*". Skierował swój okręt ku gwieździe samotnej bajki.

Samotność na „*Bawarskim Morzu*", jeziorze Chiemsee, w łódce i przebraniu Lohengrina. Samotność na jego wyspach. Samotność na Wyspie Róż. Samotność w leśnych ustroniach. Samotność w pustych zamkach, bezkresnych górach i chłopskich chałupach. Dwór złożony z sekretarza, fryzjera, kilkunastu służących oraz tyrolskich górali, gdy sypiał na skałach owinięty pledem. Długie rozmowy z samym sobą — coraz rzadziej rozmawiał z ludźmi, a z tymi, którzy nie znali się na sztuce, muzyce i poezji, w ogóle nie chciał rozmawiać. Samotność w ruinach i dudniące tony „Pierścienia Nibelunga". Królewska melancholia podczas wielkich przedstawień teatralnych i operowych, przy zamkniętych drzwiach, bez publiczności, dla jednego widza. Siedział w swej loży nad oceanem pustych foteli, a muzycy i aktorzy grali tylko dla niego. Była w tym realizacja maksym Tyberiusza („*Dopiero w samotności jesteś w towarzystwie*") i Ortegi y Gasseta („*Dopiero w samotności człowiek jest naprawdę sobą*").

Najukochańsza, krystaliczna samotność nocna — rozbrat z ostrym światłem, które wydobywa szpetotę życia — stała się jego nałogiem. Żył w nocy, która ofiarowuje azyl introwertykom, Eldorado poszukiwaczom przygód wewnętrznych, dyskrecję schadzkom z wielomówiącymi ustami ciszy; w nocy, o której Antoni Kępiński pisze w „Rytmie życia":

„*Dzień to panowanie rozsądku i rzeczywistości, noc — to władztwo tajemnych sił, dzikich namiętności, ekstazy, olśnienia i panicznego lęku. Człowiek nie może żyć tylko dniem, potrzebna mu jest też noc. Stąd jego tęsknota za psychozą, za innym «widzeniem świata», oderwaniem od rzeczywistości*".

Przez całe życie nosił w sobie tęsknotę za dobrem zwyciężającym zło — za światem bajek, który jest odwiecznym ludzkim protestem przeciw wrednej codzienności. Zmaterializował to budując zamek z tej bajki, w której pocałowane księżniczki nie przemieniają się w ropuchy, błędni rycerze nie gwałcą Kopciuszków, królewny sypiające z siedmioma krasnoludkami naraz nie łżą, że siniaki mają od groszka leżącego pod siódmym piernatem, wilki nie noszą kapturków, złote rybki nie są piraniami, flecista z Hameln nie gra zagłuszających hymnów, Wyrwidęby nie obdzierają z piór rajskich ptaków i Cesarzowa Śniegu nie depcze Konikiem Garbuskiem ogrodów, w których kwitną róże.

Nazwano Ludwika po śmierci „*budowniczym zamków ze snu*". Ale za snu był tylko jeden. Reszta to były pastiszowe reprodukcje zamków istniejących, rzecz praktykowana od starożytności: chiński cesarz Szy–huan–ti wzniósł 270 pałaców, z których każdy był kopią pałacu jakiegoś pokonanego przezeń wroga; kalif Harun ar–Raszyd, pragnąc złagodzić tęsknotę greckiej niewolnicy, wybudował dla niej kopię rodzinnego miasta; pewien macedoński bogacz w Resen nagrodził syna za zrobienie dyplomu kopią zamku znad Loary; w Epcot na Florydzie odtworzono wenecki plac św. Marka z campanilą; przemysłowiec irański, Habib Szabet, za 15 milionów dolarów postawił w Teheranie kopię Petit Trianon... Ludwik II miał nie tylko pastisz Trianon (Linderhof), lecz i quasi–kopię Wersalu (Herrenchiemsee) z zazdrości o potęgę Ludwika XIV: z tęsknoty za koroną, której nie można upokorzyć wygnaniem Loli Montes i Richarda Wagnera. I może również z ciekawości, czy „*Król–Słońce*" zakrył płócienną czarną maską, którą legenda zwie maską z żelaza, najszpetniejszą gębę we Francji, gdyż on sam kazał nosić czarne maski swym lokajom, których fizjonomie kłóciły się z poczuciem piękna. Takie same maski, jak ta, którą miał na twarzy morderca z parku Hofgarten. Albo jak ta, którą mógłby założyć ktoś, kto chciałby zabić bawarskiego króla — mógłby się zbliżyć doń bez kłopotów, udając służącego w masce...

W Linderhofie i w Herrenchiemsee, wśród ścian i obrazów składających hołd Ludwikowi XIV, czuł się władcą absolutnym w stylu wielkiego Burbona — grał przed lustrem swój teatr wszechwładzy, o której marzył od dzieciństwa (pierwsze francuskie słowa, jakich go nauczono, brzmiały: *„l'état c'est moi!*"*). Ale nie te dwa pomniki mocarstwowej nostalgii stanowiły najwyższy szczebel w drabinie jego budowlanych marzeń. Ukochany zamek ślicznego Wittelsbacha, dla którego *„piękno wyznaczało jedyną formę miłości*" (co podkreślał de Pourtalès), zrodził się z mediewalnych klechd; był to jeden z tych zamków, do których ludzie chronią się zawsze w skrytym przeświadczeniu, iż rzeczywistość jest brzydkim słowem, przypuszczalnie wymyślonym przez cudzoziemców. Niektórzy nawet stawiają wielkie makiety takich zamków, jak dr Harry Fournier w Agrili (koło Filiatry, na Peloponezie). Lecz to nie to samo, co wznieść prawdziwy średniowieczny zamek, który jest bardziej prawdziwy od autentycznych. Na to trzeba mieć królewską wyobraźnię.

W roku 1867 Ludwik dowiedział się, że zamek Pierrefonds został odbudowany w duchu romantycznego historyzmu przez sławnego Viollet-le-Duca, który uważał, iż zna się na architekturze średniowiecznej lepiej od muratorów średniowiecza, więc *„poprawiał*" zabytki, nadając rekonstruowanym kształty *„czystsze stylowo*" od pierwotnych. Nagła myśl: w Bawarii można zrobić to samo z jakimś zrujnowanym zamczyskiem!... Tak, lecz to byłaby tylko półbajka à la Viollet-le-Duc. To oznaczałoby stchórzyć. Nie mylił się. To był wybór między porwaniem dziewczyny z jej domu a opłaceniem dziewczyny w domu publicznym. Zdecydował się na fantazję zamiast metody.

Pod budowę wyznaczył zalesione wzgórze nad Alpsee (*„To najpiękniejsze miejsce na Ziemi* — pisał do Wagnera — *święte i niedostępne*"). Projektantom mającym mu przedstawić propozycje wyjaśnił, że nie idzie o drętwy neogotyk, w którym nie chciałby zamieszkać żaden gnom lub strzyga, lecz o przyjaciela: *„Moje zamki to moi najlepsi przyjaciele*". Wybrał projekt... dekoratora teatralnego (oczywiście!), Christiana Planka, pełen baśniowych wież, kłujących niebo iglic, galerii, krenelaży,

* — „Państwo to ja!" — słowa przypisane (przez Voltaire'a, o czym jednak mało kto wiedział) Ludwikowi XIV.

machikuł, biforiów i triforiów, i 15 września 1869 roku położono kamień węgielny pod zamek Neuschwanstein.

Zamierzenie było ogromne, na miarę Renu złota. Gdy jako król odwiedził Paryż, jeździł omnibusami i żył skromnie jak student, ale Neuschwanstein miał być kolejnym cudem świata, więc nie skąpił pieniędzy — nie oszczędza się na najlepszym przyjacielu.

Budowa kamiennej pustelni (najbliższa miejscowość: Füssen) trwała prawie dwadzieścia lat. Rosły z wulkaniczną ekspresją mury jakby wyjęte z graficznych majaków Gustawa Doré, wnętrza nasycały się malowidłami, które śpiewały Wagnera (cykle „Lohengrina" i „Tannhäusera"), a on czekał na swą Bezludną Wyspę w jej przedsionku na Wyspie Róż, odbierając tajemne, półszyfrowane listy od kuzynki Elżbiety, owej dziwnej cesarzowej Austrii, która tak samo nienawidziła życia dworskiego i polityki (jak również życia małżeńskiego: mężowi, cesarzowi Franciszkowi Józefowi, podsunęła kochankę, piękną aktoreczkę, by odzyskać całkowitą wolność) i którą Barrès nazwał *„Cesarzową samotności"*. Listy były adresowane do *„Orła"* przez *„Kolombinę"*. Z różnych miejsc, gdyż ona szukała ucieczki od rzeczywistości wędrując jachtem „Miramar" po Adriatyku i Morzu Egejskim, i tak jak on budując sobie kamienne miraże (pałac Achilleion na wyspie Korfu). Pisała: *„Samotność jest silnym pokarmem"*. Rozumieli się wybornie.

W pierwszych latach przedostatniej dekady stulecia we wnętrzach Neuschwanstein, uwolnionych od czasu bieżącego (jak w kasynach Las Vegas, w których nie ma zegarów), można już było mieszkać, chociaż całość ukończono dopiero po śmierci romantycznego króla. Znany historyk francuski, Jacques Bainville, krzywi się w swej biografii Ludwika: to nie jest prawdziwa sztuka, nie ma w tym stylu. A kto mówił o sztuce, panie Bainville? Mowa była o bajce, która jest esencją sztuki. I o jaki styl chodzi? Czy Bóg miał jakiś styl? Stworzył małpę i polityka, orła i świnię, pianino i bałałajkę, winogrona i muchomory, kobiety i żony, rewolucję i obstrukcję, istny bazar. Gdzie tu styl? Kobieta i orzeł, w porządku, ale po cholerę kangura? W Neuschwanstein jest marzenie — coś lepszego od stylu, który przemija.

Walt Disney zapragnął skopiować ten wyczyn, wznosząc w Disneylandzie Zamek Śpiącej Królewny, w którym widać wyraźne zapożyczenia z Neuschwanstein. Jest to pokrewne Neuschwanstein. Tak jak milutki osiołek jest krewniakiem araba pełnej krwi, i jak wesolutka bajka Disneya jest kuzynką filozoficznej baśni Andersena.

Gdy w roku 1979 w londyńskim Muzeum Alberta i Wiktorii oraz w nowojorskim Muzeum Cooper–Hewitt eksponowano wystawę „Projekty zamków Ludwika II Bawarskiego", określane jako *„bliższe marzeniom* *sennym niż rzeczywistości*", dziennikarz spytał przy wyjściu parę studentów konserwatorium, co sądzą o tych wizjach człowieka, którego w encyklopedii zakodowano jako wariata. Odpowiedzieli:

„— *Spośród wszystkiego, co w królu Bawarii było chore, najzdrowszą miał wyobraźnię*".

Moje pytanie: czy w ogóle coś było w nim chore? Mógłby strawestować słowa Dalego: „*Jedyną różnicą między mną a wariatem jest to, że ja wariatem nie jestem*", mówiąc: Jedyną różnicą między mną a normalnymi królami jest to, że ja normalnym królem nie jestem. Ale zaklasyfikowali „*jedynego prawdziwego króla epoki*" (Verlaine) jako szaleńca i tylko poeci sprzeciwiali się temu (d'Annunzio pisał: „*Był prawdziwym królem. Panował nad sobą i swymi marzeniami*"). Nie było szaleństwem nawet to, iż pragnął, by po jego śmierci zburzono wszystkie wzniesione przez niego budowle — każda z nich stanowiła domostwo jednego mieszkańca, na podobieństwo oper granych dla jednego widza. Neuschwanstein był najbliższy jego sercu m.in. dlatego, że powstał na szczycie wzgórza (Ludwik II: „*Na szczytach jest się wolnym i dalekim od ludzkiego cierpienia*").

Neuschwanstein znaczy: Nowy łabędzi kamień (łabędź — symbol Lohengrina — był ukochanym ptakiem Ludwika). Kamienny łabędź u podnóża Alp, zawierający tyle operowych, wagnerowskich wnętrz malarskich i muzycznych — okazał się łabędzim śpiewem romantyka.

W połowie lat osiemdziesiątych minister finansów, Riedel, sprzeciwił się dalszemu opłacaniu fantazji monarchy, który właśnie zapragnął zbudować bawarski Tadż Mahal, gdyż zakochał się w Indiach (zwał je „*krajem swoich marzeń*").

„— *Jest przywilejem tronu, że królowi niczego się nie odmawia!*" — krzyknął Ludwik.

Ale rząd stanął murem w opozycji. Wówczas pan na Neuschwanstein zagroził, że utworzy nowy gabinet z kuchcików dowodzonych przez fryzjera, a jeśli to się nie uda, to każe poszukać jakiegoś królestwa, na które będzie można wymienić Bawarię — królestwo może być mniejsze, byle mógł rządzić w nim jak Ludwik XIV! Jednocześnie zwracał się z prośbami o pożyczkę do Rotszyldów i do szacha Persji, planował... napad na bank, w końcu zwrócił się do Francuzów... To już było groźne — Francja mogłaby kupić jego przymierze lub neutralność w przyszłym konflikcie z Rzeszą. W Berlinie czujna dłoń przycisnęła czerwony guzik...

Powołana przez rząd bawarski komisja psychiatrów, z których żaden nie widział „*chorego*", wydała orzeczenie; warto je zacytować, gdyż stanowi ono model sprawozdania lekarskiego z zaocznych oględzin politycznych:

„Jednomyślnie oświadczamy, że:

1. Umysł Jego Królewskiej Mości znajduje się w stanie daleko posuniętych perturbacji: JKM cierpi na tę formę choroby umysłowej, którą doświadczeni alieniści dobrze znają i która zwie się «paranoją».

2. Biorąc pod uwagę naturę tej choroby, jej powolne rozwijanie się, ciągłość i długotrwałość dochodzącą do wielu lat, uznajemy ją za nieuleczalną i stwierdzamy, że JKM będzie coraz bardziej tracił swe siły intelektualne.

3. Ponieważ choroba kompletnie zniszczyła zdolność JKM do samostanowienia, uważamy go za niezdolnego do sprawowania władzy, i to nie przez rok, lecz do końca życia.

Monachium 8 czerwca 1886.
Dr von Gudden, dr Hagen, dr Grashey i dr Habrich".

Następnie wysłano do króla urzędników, którzy mieli mu oświadczyć, że jest obłąkany, zdetronizowany i aresztowany. Ale kochający go chłopi i górale na wieść o tym dostali furii, rzucili się na komisarzy, oddali ich w ręce królewskich żandarmów i zamach stanu fiknął kozła. Jednakże w kilka godzin później nie cierpiący gwałtu Ludwik, uśmiawszy się, wypuścił schwytane wilki.

Kolejny atak poprowadzono sprytniej, uwięziono króla i przewieziono do zamku Berg. Tam stanął przed przydzielonym mu opiekunem medycznym, doktorem von Guddenem, szefem komisji diagnozującej na odległość, i zadał mu pytanie:

„— *Skąd pan wie, że jestem wariatem, przecież pan mnie nie badał*".

Gudden odparł:

„— *To nie było potrzebne. Dowodem jest nasz raport*".

Gudden byłby mniej bezczelny, gdyby czytał Machiavellego, który za pierwszą powinność autorów zamachu uważa zlikwidowanie zbyt dużo wiedzącego narzędzia.

W Monachium praktyczną władzę przejął już kochany wujek, książę Luitpold. Na miejsce wariata, który kompromitował majestat tronu, mianowano królem jego brata Ottona, którego trzeba było w tym celu wyjąć z zakładu zamkniętego, gdzie spędzał czas chodząc na czworakach i szczekając. Ponieważ Francuzi źle rozumieją ten język, nie było obaw, że mogą się porozumieć z Ottonem. Ale mogli się jeszcze porozumieć z Ludwikiem, trzymanym w Bergu i kochanym przez lud — niejeden obalony władca wracał na tron, gdy miał za sobą mocnego protektora i poddanych...

13 czerwca 1886. Król i lekarz kroczą ku brzegom jeziora Starnberg. Niebo zasnuły ciężkie ołowiane chmury, powierzchnia wody zmatowiała niczym stare lustro. Niesione wiatrem krople deszczu zacinają twarze. Mężczyzna stojący wśród drzew rozkazuje swym ludziom założyć czarne maski. Gdzieś z daleka, od Wyspy Róż, płyną niewidzialne akordy „Zmierzchu bogów”...

WYSPA 10

NOWY JORK (STANY ZJEDNOCZONE AMERYKI)

BOLESŁAW WIENIAWA-DŁUGOSZOWSKI

BOLEK OSTATNI

„Twój, o Syzyfie, trzeba wskrzesić gest,
By taki udźwignąć ciężar.
Choć serce słabość zwycięża,
Długa jest sztuka, a czas krótki jest.

Z dala od grobów ozdobnych,
By samotnego dołu znaleźć cień,
Serce me — bęben otulony w czerń —
Kroczy w takt marszów żałobnych".

(Charles Baudelaire, „Niepowodzenie", z tomu „Kwiaty Zła", tłum. Bolesława Wieniawy-Długoszowskiego).

«ARCHIWUM FBI TOP SECRET
DZIAŁ POL-B-1943 (SIKORSKI).
DOCHODZENIE „POLISH HORSE".
DOKUMENT 0007.

Raport 21348/43/II/3.

Zwłoki porucznika L. znalezione wczoraj wieczorem na chodniku nowojorskiej East 97 Street zostały przebadane. Nie wykryto śladu narkotyków, alkoholu lub wcześniejszego użycia przemocy. Wszystko wskazuje na to, że sam wyskoczył z balkonu. Samobójstwo to wiąże się jednak ściśle z podobną śmiercią gen. Wieniawy-Długoszowskiego oraz ze sprawą bezpieczeństwa polskiego wodza naczelnego, gen. Sikorskiego, co potwierdziła dzisiejsza rewizja w mieszkaniu por. L., dlatego proponuję intensyfikację śledztwa.

Por. L. był agentem wywiadu pracującego dla gen. Sikorskiego. Przybył do USA w grudniu zeszłego roku, po wypadku, jakiemu uległ samolot gen. Sikorskiego w Montrealu*. W przeciwieństwie do poprzednich zamachów na gen. Sikorskiego, organizowanych przez polskie opozycyjne kręgi rezydujące w Anglii, ten został najprawdopodobniej zmontowany przez *„grupę nowojorską”*. Tak przynajmniej twierdzi i takiej używa terminologii wywiad gen. Sikorskiego. Mjr. Z**, który nawiązał kontakt z O.S.S.***, podaje jako szefów *„grupy nowojorskiej”* czterech fanatycznych zwolenników linii politycznej nieżyjącego marszałka Polski, Piłsudskiego; są to: płk Ignacy Matuszewski, płk Wacław Jędrzejewicz, mjr Henryk Floyar–Rajchman oraz Juliusz Łukasiewicz. Już wcześniej grupa ta, w powiązaniu z grupą londyńską, próbowała wpłynąć na polskiego prezydenta****, by zdymisjonował gen. Sikorskiego za flirt z Sowietami. Por. L., bratanek poległego we wrześniu 1939 kolegi przywódców *„grupy nowojorskiej”*, miał być wtyczką polskiego wywiadu w tej grupie. Dał się skaptować gdy mu powiedziano, że śmierć gen. Wieniawy–Długoszowskiego została spowodowana naciskami ze strony *„nowojorczyków”*. Opiekę nad nim sprawowało O.S.S. Jego śmierć można chyba wykorzystać dla przykopania Donovanowi*****.

Podczas dzisiejszej rewizji znaleźliśmy rękopisową notatkę i maszynopis z odręcznymi poprawkami por. L. Pierwsze z tych znalezisk wygląda na bombę, zawiera bowiem nazwisko gen. Sikorskiego, trzy litery *„Org”*, będące niewątpliwie skrótem od *„Organizacja”*, oraz cyfry, których na razie nie rozszyfrowaliśmy. Przypuszczalnie jest to notatka świadcząca o odkryciu przez por. L. nowego spisku *„grupy nowojorskiej”* wymierzonego w gen. Sikorskiego. Wyświetlenie tej sprawy pozwoliłoby nam skompromitować Donovana. Drugie znalezisko to obszerny biogram gen. Wieniawy–Długoszowskiego. Podejrzewam, iż tekst ten tylko pozornie stanowi opowieść o życiu człowieka, którego por. L. darzył sympatią. W rzeczywistości może to być kryptogram z przekazem zaszyfrowanym według kodu, który trzeba złamać. Zdają się o tym świadczyć słowa *„klucz do odczytania”* w czwartym zdaniu. Możliwe, iż książką zawierającą klucz użytego szyfru jest publikacja wspomniana na samym wstępie. Sprawą powinni się zająć nasi eksperci. Oba dokumenty załączam.

Thompson».

---

* — 30 listopada 1942. W kilka dni później podsekretarz Stanu, Sumner Welles, informował Sikorskiego: *„Nasza tajna policja twierdzi, że był to ewidentny akt sabotażu”* (W.Ł.).

** — Prawdopodobnie mjr Jan Żychoń, jeden z szefów wywiadu emigracyjnego (W.Ł.).

*** — *„Office of Strategic Service”* — Biuro Służb Strategicznych, koordynujące pracę wszystkich wywiadów amerykańskich podczas II wojny światowej (W.Ł.).

**** — Władysław Raczkiewicz (W.Ł.).

***** — Gen. William Donovan, szef O.S.S. Jego śmiertelnym wrogiem był szef FBI, John Edgar Hoover. Stąd FBI prowadziło wojnę podjazdową z O.S.S. (W.Ł.).

«ARCHIWUM FBI TOP SECRET
DZIAŁ POL–B–1943 (SIKORSKI).
DOCHODZENIE „POLISH HORSE".
DOKUMENT 0008.

Notatka znaleziona w mieszkaniu por. L.

Org. 2–365.

Sikorski I–8–650».

«ARCHIWUM FBI TOP SECRET
DZIAŁ POL–B–1943 (SIKORSKI).
DOCHODZENIE „POLISH HORSE".
DOKUMENT 0009.

Maszynopis znaleziony w mieszkaniu por. L.

W roku 1931 ukazała się w Warszawie książka francuskiego autora, Marcela Duponta, będąca biografią jednego z najwybitniejszych kawalerzystów doby napoleońskiej, gen. Lasalle'a. Przekładu dokonał gen. Wieniawa–Długoszowski, człowiek zakochany w Lasalle'u i będący jego XX–wiecznym „*alter ego*". W książce tej znajduje się następujący passus: „*Byłoby wielką niesprawiedliwością wydawać sąd o człowieku tej miary, co Lasalle, tylko na podstawie barwnej jaskrawości jego życia*". Słowa te winny być również kluczem do odczytania postaci gen. Wieniawy–Długoszowskiego.

Nie sądzę, bym mógł być bezstronnym biografem Wieniawy, zbyt go szanuję i podziwiam. Znałem go będąc dzieckiem, gdyż bywał w domu mego stryja, u którego spędzałem wakacje. Uratował stryjowi życie na froncie w roku 1915, wynosząc kontuzjowanego spod ognia kulomiotów. Potem drogi ich rozeszły się. Chociaż obaj służyli marszałkowi Piłsudskiemu, Wieniawa nie chciał się identyfikować z wieloma poczynaniami kolegów i odcinał się od intryg politycznych góry legionowo–POW--owskiej, w których niestety stryj brał udział. Moje dalekie pokrewieństwo z marszałkiem pozwoliło mi widywać Wieniawę w domu państwa Piłsudskich w czasach gimnazjalnych. Wtedy zacząłem zbierać informacje o nim (dane biograficzne, opinie, anegdoty etc., tak jak kinoman, który z zamiłowaniem kolekcjonuje zdjęcia gwiazd filmowych) i czynię to do dzisiaj. Po raz ostatni widziałem się z generałem w Rzymie w roku 1940. Od trzech lat studiowałem na Uniwersytecie Rzymskim. Wakacje roku 39 spędzałem jak zwykle w Polsce i tu zaskoczyła mnie mobilizacja. Po klęsce i wyjeździe do Rumunii udało mi się przedostać do Włoch, skąd Wieniawa przerzucił mnie do oddziałów polskich we Francji. Tak więc — powtarzam — być w pełni obiektywnym zapewne nie potrafię, mimo że będę się o to starał. Nie wiem też, czy zawsze będę ścisłym, ale nie każdą otrzymaną bądź wydrukowaną informację udało mi się zweryfikować, a wypytywania samego generała zaniechałem, raz, że nie byłem z nim w stosunkach, które by mnie do tego ośmielały, dwa, że takie indagowanie mogłoby wzbudzić jego niechęć lub podejrzenia.

Wszystkie zebrane przeze mnie informacje, a także osobiste spostrzeżenia, pozwalają mi twierdzić, że gen. Wieniawa–Długoszowski był aż do wybuchu wojny dzieckiem szczęścia. Natura obdarzyła go hojnie wysoką inteligencją, licznymi zdolnościami, błyskotliwym refleksem, fenomenalnym poczuciem humoru, urodą, elegancją, wdziękiem osobistym i przede wszystkim kryształowym charakterem. Wieniawa nie znał kompromisu z tym, co nie było „*fair*". Nigdy nie pozwolił się wciągnąć do czegoś, co nie było jasne i czyste. Nie ubiegał się o stanowiska, nie znosił machlojek i intryg, był wrogiem rozpanoszonego nepotyzmu. Ujmujący dla przyjaciół i podwładnych, szorstki dla tych, którym nie ufał, bezwzględny dla łajdaków. Miał przez to, rzecz naturalna, wrogów, którzy szkalowali go i szkalują do dzisiaj. Przykładem afera ze zniknięciem gen. Zagórskiego, nie obciążająca Wieniawy w żadnym stopniu: o oszczercach, którzy próbowali wiązać go z tą sprawą, wyrażał się jednym słowem: „*szuje!*". Politycznym rozgrywkom wewnętrznym sanacji, które m.in. doprowadziły do samobójczej śmierci płk. Walerego Sławka, był obcy. W każdej opinii o nim ludzi prawych, którzy go znali, powtarzają się te same słowa („*rycerski*", „*szlachetny*", „*bezinteresowny*" etc.) i stwierdzenia („*ludzki stosunek do ludzi*", „*odwaga w wypowiadaniu sądów*", „*wielkoduszność*" itp.). Tadeusz Królikowski, towarzysz Wieniawy z kompanii kadrowej Strzelca, podkreślał anachroniczność generała w naszej epoce:

„*Była to moralność podobna do tej, o jakiej czyta się w klechdach i balladach starożytnych, w opowieściach o nieskazitelnych rycerzach*".

Takim samym widział go Jan Rostworowski we wspomnieniu na łamach „Wiadomości Polskich":

„*Nie z naszej epoki był to człowiek, nie z naszych czasów*".

Takim samym inni.

Bolesław Ignacy Florian Wieniawa–Długoszowski urodził się 22 lipca 1881 roku w Maksymówce (powiat Dolina), w województwie lwowskim. Jego rodzina miała wielkie tradycje patriotyczne, dziadek walczył w Powstaniu Listopadowym, ojciec (inżynier dróg lądowych) w Styczniowym. Bolesław pobierał nauki w gimnazjum we Lwowie, maturę zdał w Nowym Sączu, po czym wstąpił na wydział medycyny Uniwersytetu Lwowskiego i ukończył go z wyróżnieniem (1906). Następnie krótko praktykował we Lwowie u okulisty, prof. Burzyńskiego. Nie nadawał się wszakże na konsyliarza — natura ciągnęła go do dziedzin artystycznych. W Berlinie podjął studia na Akademii Sztuk Pięknych (nie zabrakło w jego przygodzie ze zdobywaniem wiedzy także otarcia się o prawo i filozofię), w Paryżu zaś, gdzie wylądował z pierwszą żoną, śpiewaczką Stefanią Calvas, studiował malarstwo, nurkując z rozkoszą w środowisko cyganerii Montparnasse'u, oraz literaturę, której poznawanie ułatwiała mu świetna znajomość kilku języków. Parał się też dziennikarką — słał korespondencje do warszawskiego „Świata". Zygmunt Kamiński, późniejszy profesor rysunku wydziału architektury Politechniki Warszawskiej, spotkał wtedy Wieniawę nad Sekwaną i tak go opisał:

„Wyglądał bardzo malowniczo i był wyjątkowo przystojnym mężczyzną. Zapewne zamiłowania plastyczne (mówiono, że chwyta po amatorsku za pędzel) upoważniały go do przybrania aparycji malarza z typu romantyczno–dekadenckiej bohemy. Długie, piękne, wijące się w naturalnych lokach włosy o odcieniu dojrzałego kasztana spadały mu na plecy. Czarna peleryna, obszerne sombrero, równie czarnej barwy efektowny fontaż zawiązany z artystyczną fantazją, dopełniały stroju. Ale swego fachu medycznego nie uprawiał, wystarczyło, że tryskał dowcipem i werwą, pienił się i szumiał, pławiąc się w wartkim nurcie paryskiego życia".

Studia militarne (żeby już skończyć z tematem: wykształcenie Wieniawy) zaczął w polskim Kole Nauki Wojskowej w Paryżu. Jak podaje Stanisław Łoza w swoim „*who is who*" („Czy wiesz kto to jest?", Warszawa 1938) — między 1 lutego a 1 kwietnia 1917 Wieniawa przeszedł kurs oficerski Sztabu Generalnego w Warszawie. Kolejny etap (między powrotem z placówki dyplomatycznej w Bukareszcie a majowym zamachem stanu w roku 1926) stanowiły studia w Wyższej Szkole Wojennej w Warszawie (rocznik 1923–24), którą ukończył z jedną z czołowych lokat: francuscy i polscy profesorowie tej uczelni nie mieli dość słów uznania dla jego talentów. Wreszcie w wieku 54 lat (1935) został absolwentem kursu wyższych dowódców, jako jeden z najlepszych, a zarazem najbardziej niesfornych słuchaczy (chcąc rozluźnić surową atmosferę kursu pozwalał sobie wobec kolegów–generałów na typowe figle szkolne wieku dziecięcego, które nikomu innemu nie uszłyby płazem, jemu wszelako były wybaczane).

Wróćmy do Paryża przed I wojną. Młody doktor medycyny, Bolesław Wieniawa–Długoszowski, swoją wędrówkę intelektualno–artystyczną po różnych gałęziach wiedzy i sztuki zakończył w paryskim kole Związku Strzeleckiego*, ucząc się żołnierki z podręczników i ćwicząc z karabinem w garści. Ta zadziwiająca metamorfoza, przeistoczenie się „*cygana*" w żołnierza, dokonała się w ciągu jednej godziny, pod wpływem Józefa Piłsudskiego, o czym dokładniej za chwilę.

W 1914 Wieniawa przyjechał na kurs ćwiczebny Strzelca do Krakowa i błyskawicznie stał się duszą i sercem legendarnej 1 Kompanii Kadrowej. Mając 33 lata sprawnością i wytrzymałością na trudy prześcigał 20–letnich młokosów. Dawano im w kość, by wychować twardych żołnierzy, on zaś — z typową dla siebie swawolnością — wykpiwał tę mordęgę, układając dla kompanii „hymn" na melodię francuskiej berżerety, w którym anonimowy strzelec to oczywiście Wieniawa:

„Dandysem był w Krakowie,
Podbijał serca w mig.
Poleżał w mokrym rowie
I cały szyk gdzieś znikł.
Bo w strzeleckim gronie
Służba to nie żart, o nie!

Człek mądry był jak rabin,
Na szczyt się wiedzy piął,
Do ręki wziął karabin,
I mądrość diabeł wziął.
Bo w strzeleckim gronie
Służba to nie żart, o nie!".

Inne śpiewane przez strzelców teksty Wieniawy były dobrej klasy poetyckiej, lecz klasa ich frywolności nie pozwala, by je zacytować.

W początkach sierpnia 1914 Pierwsza Kadrowa wyruszyła z Oleandrów walczyć o wolną Polskę. Granicę zaborów (do Kongresówki) Wieniawa przekroczył jeszcze jako piechur, ale po czterech dniach odezwała się w nim krew przodków–kawalerzystów. Wytrzasnął skądś szkapę i zdradził kadrową, przenosząc się do ułanów sławnego zagończyka, Beliny–Prażmowskiego, twórcy legionowej jazdy. Nikt wówczas nie przypuszczał, że oto rodzi się „*Wieniawa–pierwszy ułan Drugiej Rzeczypospolitej*".

Pod rozkazami Beliny, na terenie zaboru rosyjskiego, przeszedł Wieniawa wszystkie stopnie podoficerskie; w ciągu zaledwie trzech miesięcy

---

* — Związek Strzelecki vel Strzelec — zbrojne ramię ruchu wyzwoleńczego Józefa Piłsudskiego, zalążek późniejszych Legionów i POW (W. Ł.).

i kilku dni 1914 roku awansował od kaprala (10 sierpnia), poprzez wachmistrza, do podporucznika (19 listopada). W roku 1915 był już porucznikiem (5 marca). W roku 1917 dowodził szwadronem 1 pułku ułanów Beliny (co prawda Karol Koźmiński w małym biogramie Wieniawy zamieszczonym w roku 1939 w „Poezji Legionów" pisze: „*W 1917 dowodził kolejno szwadronem, dywizjonem i w końcu, przed likwidacją Legionów, pułkiem*", ale co do tego pułku mam wątpliwości, chyba że dowodził w zastępstwie, lub może tylko bardzo krótko formalnie). Brał udział w wielu walkach — w Kieleckiem, na Podhalu, nad Nidą, pod Nowym Korczynem, w operacjach na Sandomierszczyźnie, Lubelszczyźnie i Siedlecczyźnie — idąc o lepsze pod względem ryzykanckiej brawury z d'Artagnanem i Kmicicem. Na Matkę Boską Zielną 1914 roku z czterema kolegami przegnał w Końskich cały szwadron nieprzyjacielskich dragonów! We wstępie do biografii Lasalle'a pisał:

„Niezwyciężone pułki jazdy napoleońskiej, rozkochane w wielkości swego wodza, i we własnej sławie (...) pędem burzy gnały przed sobą pułki pruskie, austriackie i rosyjskie, niby zeschłe w jesieni liście, w dziesięciu rzucając się na szwadrony, szwadronami zmuszając do ucieczki pułki, pułkami rozbijając w puch i proch nieprzyjacielskie brygady i dywizje (...) Nieraz, kiedy rozczytywałem się w ich historii (...) przychodziły mi na usta słowa Lermontowskiego bohatera: «Gdzież nam durniom pijać herbatę». A jednak nie! I my, kawalerzyści wyrąbującej swe granice Polski, nie wypadliśmy sroce spod ogona. W warunkach nieporównanie trudniejszych, nie przeciw karabinom na dwanaście temp ładowanym, lecz przeciw mitraljezom morderczo gadatliwym, umieliśmy szarżować zwycięsko i zdobywać potrójne rzędy okopów, jak to miało miejsce pod Rokitną (...) W Czarkowej pięciu bezczelnie ruchliwymi plutonami trzymaliśmy przez tydzień przeszło w bezczynności sterroryzowaną całą dywizję jazdy generała Nowikowa, gromiąc jej podjazdy pod Kociną, Wiślicą, Konotopami, Czarkową i Szczytnikami (...) 6 grudnia 1914 roku szwadronem zaatakowaliśmy z flanki pełną dywizję piechoty, rozwijającą się do boju przeciwko naszym trzem batalionom, i po desperackiej walce, pod straszliwym ogniem karabinów, karabinów maszynowych i artylerii, zdołaliśmy się wycofać przez rwące wody Dunajca, nie rozbici i względnie niewielkie poniósłszy straty (...) A później, z czasów naszej wojny przeciw bolszewikom, czyć mało kawaleria polska zostawiła czynów godnych pamięci? (...) Nie miejsce tu ani pora do pisania kroniki polskiej konnicy, czekającej cierpliwie na swego historyka. Nie mogę jednak powstrzymać się od zacytowania (...) jak to w 1919 roku w Kuźmiczach, zimową nocką na kwaterach zaskoczony przez bolszewików, którzy przerwali się przez linię naszej piecho-

ty, 1 Pułk Szwoleżerów w gaciach stanął do walki, a choć oficerowie odcięci byli od żołnierzy, nie tylko zdołał się obronić, ale wziął jeszcze 500 jeńców...".

Tak to on i jego koledzy wskrzeszali nieśmiertelne tradycje Kircholmu, Wiednia i Somosierry, w każdej zaś przerwie między działaniami na froncie zadawali klęski nieszczęsnym mężom, narzeczonym i troskliwym matkom, którym nie udało się upilnować rozkochanych w polskiej jeździe oblubienic i córek. Wieniawa i tu brylował; konieczność spełnienia „*patriotycznego obowiązku*" tłumaczył nadobnym patriotkom w formie rymowanej: „*Nie ubliżysz twojej cnocie, gdy się oddasz patriocie*", i później we wspomnieniach („Z komendantem do Warszawy i z powrotem na front", 1924) wyjaśnił, że tego typu perswadowanie jest „*zgodne z przepisami międzynarodowego prawa kawaleryjskiego*". Królikowski, którego już powoływałem na świadka, tak rzecze:

„*Wieniawa był człowiekiem wojny, rasowym kawalerzystą. Zrośnięty z koniem od dzieciństwa, na koniu, w przygodzie wojennej i miłosnej wyżywał się fizycznie, znajdował ujście dla swego bogatego temperamentu, ruchliwości i żywotności. Daleki patrol, potyczka lub szarża ułańska, zawiezienie rozkazu na ochotnika dokądś daleko, gdzie diabeł mówi dobranoc — w tym czuł się najlepiej*".

Królikowski nie przesadził; w jednej z najcięższych bitew legionowych, pod Kostiuchnówką na Wołyniu, gdy ogień artylerii rosyjskiej przerwał wszystkie połączenia telefoniczne i nie można było nawiązać kontaktu z wysuniętym stanowiskiem zwanym redutą Piłsudskiego, a kolejni gońcy zawracali nie potrafiąc się przebić przez morderczy ostrzał — Wieniawa poszedł na ochotnika i przedarł się dwukrotnie w obie strony! „*Odtąd stał się ulubieńcem komendanta*" (świadectwo uczestnika tej bitwy, gen. Ludwika Kmicic–Skrzyńskiego).

Kolejne, całkowicie zasłużone, awanse Wieniawy wyglądały następująco: 1918 — rotmistrz, 1919 — major, 1920 — podpułkownik, 1924 — pułkownik.

Po przewrocie majowym płk Wieniawa–Długoszowski został postawiony na czele 1 Pułku Szwoleżerów (1926–28) i jako taki witał w Polsce króla Afganistanu, Amanullaha–Khana, który się do tego stopnia zachwycił konnym giaurem, że nadał mu tytuł książęcy wraz z kolorowym płaszczem do owego tytułu przywiązanym. Amanullah–Khan nie wiedział, że kiedy on rozkoszuje się przyjęciami i balami wydawanymi dlań przez księcia Wieniawę–Długoszowskiego, w dalekim Afganistanie pracują już powstańcy, z winy których utraci tron w roku 1929. Natomiast nowo mianowany książę piął się do góry — jako generał brygady (od 1 stycznia 1932) objął dowództwo 1 Brygady Kawalerii, a następnie

2 Dywizji Kawalerii w Warszawie. Przez dwa lata (1928–30) piastował też funkcję komendanta Warszawy, co wynikało z trafnych przewidywań Piłsudskiego, że przykrócenia i pohamowania *„rogatych dusz"* zebranych licznie w garnizonie warszawskim oraz w stołecznych lokalach, a nie mogących się grzecznie pomieścić w rygorach życia pokojowego, dokona tylko największy diabeł spośród nich. Słowem marszałek kazał utemperować wilki wilkołakowi, tak jak Napoleon, gdy postawił na czele swej policji kryminalnej króla przestępców, Vidocqa — w obu przypadkach zamysł powiódł się.

Wieniawa — sam najdalszy od mnisiego trybu życia i mający na koncie liczne *„przewinienia dyscyplinarne"* — jako komendant miasta wprowadził ostre rygory i wziął rozbrykane towarzystwo *„za pysk"*. Jednakże w krańcowej potrzebie umiał być papą nie tylko surowym, lecz i opiekuńczym — bronił swoje wilczki przed gniewem marszałka i nawet przed sądem, jeśli tylko winny zasługiwał na obronę. Wspominał w 1931 roku swoją przemowę przed sądem wojskowym, w której jest wszystko: bajeczna inteligencja, subtelna ironia, szczypta psychologii, kropla demagogii, przypomnienie „Adamowego" wybryku księcia Józefa Poniatowskiego i nawet echo dawnej niechęci społeczeństwa do pomnika tegoż bohatera narodowego, którego neoklasycysta Thorwaldsen przedstawił manierą neoklasyczną w stroju Rzymianina, miast w ułańskim mundurze:

„Nie zapomnę nigdy tego oficera kawalerii, okrytego chwałą licznych i szaleńczych prawie czynów odwagi w czasie naszej wojny z bolszewikami, skazanego później w czasie pokoju, za niezaprzeczalnie karygodny wybryk niedyscypliny, na hańbiącą karę degradacji i wydalenia z szeregów armii, dla którego zdołałem uzyskać zamianę wymiaru kary na rok twierdzy, takimi argumentami walcząc oń z wysokimi dygnitarzami wojskowego sądownictwa:

— Panowie generałowie zechcą łaskawie wziąć pod uwagę, że jeśli oficera, a zwłaszcza oficera kawalerii, przez kilka lat wojny uczy się lekkomyślności, zaprawia się go do nieustępliwości, oraz trenuje w szaleństwach i ryzykanctwie regulaminem służby polowej kawalerii nakazanym, nie sposób jest winić tak wystylizowanego człowieka za to, że z chwilą wybuchu pokoju jego dotychczasowe zalety zostały przemianowane na wady, on zaś w emulacji z cichym, skromnym i potulnym urzędniczkiem musi zmobilizować w sobie zapas cnót w dotychczasowym jego życiu niezbyt cenionych. Dla zrozumienia tych subtelnych trudności i zmian zachodzących w psychice ludzi oddających się zawodowi wojskowemu została utrzymana instytucja sądów wojskowych.

Nadto ośmielam się przypomnieć Panom (...) dziwaczne, acz zaszczytne losy jednego z najwspanialszych polskich oficerów kawalerii, który niegdyś w pełnej gali wskoczył do śmiertelnych wód Elstery po bohaterskiej obronie odwrotu wojsk napoleońskich spod Lipska, a który przedtem jeszcze na skutek zakładu przejechał nago przez ulice Warszawy, ku zgorszeniu jej zawsze cnotliwych mieszkańców. Ponieważ na pomniku wystawionym mu przez naród po śmierci figuruje w prześcieradle, więc można mieć niejakie wątpliwości, za który z wymienionych wybitnych czynów pomnik ten mu postawiono".

Cudowne zdarzenie opowiadał nasz attaché wojskowy przy ambasadzie rzymskiej, płk Marian Romeyko. Otóż będąc jeszcze majorem, któregoś dnia został aresztowany na warszawskiej ulicy za niesalutowanie przed sztandarem wiszącym na gmachu rządowym, przy czym kazał aresztującemu go sierżantowi żandarmerii iść przodem (grożąc, że w przeciwnym razie „*zastrzeli go jak psa*"), tak, by wyglądało, iż to on prowadzi żandarma, a nie żandarm jego. W gmachu Komendy Miasta zastał już kilkudziesięciu oficerów aresztowanych za to samo. Wszyscy oni byli niewinni, ponieważ regulamin nakazywał „*robienie frontu*" przed sztandarem „*idącym*", a nie „*stojącym*", toteż komendant miasta, płk Wieniawa–Długoszowski, przeprosił ich za nieporozumienie wynikłe z głupoty żandarmów i zwolnił, zatrzymując tylko Romeykę:

„— *Pana sprawa, panie majorze, jest bardziej skomplikowana, gdyż pan zagroził zastrzeleniem sierżanta żandarmerii w służbie... To bardzo poważne... To bardzo poważne... Muszę jednak wyrozumieć pana słuszne oburzenie... Być może ja sam na pana miejscu inaczej bym nie postąpił! Drogi majorze! Musisz pan jednak zrozumieć, że nie umiał pan opanować się, co było świętym pana obowiązkiem... Biorę to panu za złe... Lecz z drugiej strony — ma pan rację! Co, do cholery! Sztabowego oficera, kawalera Virtuti, ma prowadzić do aresztu jakaś żandarmska łachudra? Przenigdy! W mordę sk... syna! Nie, nie, przepraszam... nie można... to bydlę jest w służbie... Co mam z panem zrobić? Chyba jedno: podać panu rękę i życzyć, aby pana w życiu podobnego rodzaju przygoda już nigdy nie spotkała. A z tym zasr... raportem na pana dam sobie jakoś radę*".

Mundur był dla Wieniawy świętością — bronił jego honoru i czcił go niczym relikwię. Gdy w trzecim tygodniu wojny 1939 roku prasa włoska napisała o tym, że nasz wódz naczelny, marszałek Rydz–Śmigły, opuścił walczące wojska, by udać się za granicę, Wieniawa — wówczas ambasador w Rzymie — pobiegł do ministra spraw zagranicznych, hrabiego Ciano, krzycząc, że to oszczerstwo. Udowodniono mu, że Rydz––Śmigły jest już w Rumunii, i wtedy po raz pierwszy ujrzano niezwykłego Wieniawę — ujrzano jak ten wspaniały mężczyzna płacze! Tak bardzo zabolało go pohańbienie ukochanego munduru.

Głośną była w salonach sprawa spóźnienia się przedstawiciela polskiego rządu na pogrzeb króla Jugosławii, Aleksandra, w roku 1934. Przedstawicielem był gen. Wieniawa–Długoszowski, który, jak szeptano, po drodze „*zapił*" ciut nadto i przez to nie dotarł na czas. Marszałek Piłsudski wpadł we wściekłość i Wieniawa po powrocie otrzymał już na dworcu rozkaz bezzwłocznego stawienia się do raportu. Ku zaskoczeniu wszystkich pojawił się w Belwederze odziany w... smoking. Piłsudski na ten widok ryknął:

„— *Co to ma znaczyć?!*

— *Komendancie, melduję posłusznie, iż wiem, żem ciężko przewinił i powinienem dostać po pysku. A ponieważ bardzo szanuję swój mundur, przybyłem jako cywil. Polski generał nie może dostać po mordzie w mundurze!*".

Rozbrojony Piłsudski machnął ręką („*co z takim robić!*") i na tym raport się skończył.

Między Piłsudskim a Wieniawą istniał stosunek w najczystszym wydaniu ojcowsko–synowski, wzajemna miłość. Wieniawa był w wielu sprawach prawą ręką Komendanta, ale nie w tym sensie, w jakim byli prawymi rękami Piłsudskiego Sławek czy Prystor. Te prawice kierowane były mózgiem marszałka, podczas gdy Wieniawa był prawą ręką jego serca — Piłsudski traktował Wieniawę tak, jak ojciec traktuje ukochanego syna.

Fakt, że Wieniawa — człowiek o nieprzeciętnej inteligencji, z wrodzoną ironią traktujący wielkości i pomniki — zakochał się w Piłsudskim od klasycznego „*pierwszego wejrzenia*", świadczy lepiej niż inne przytaczane dowody o charyzmacie Komendanta. Zdarzyło się to w roku 1914, gdy Piłsudski odbywał podróż inspekcyjną po francuskich, belgijskich i szwajcarskich oddziałach Związku Strzeleckiego, wygłaszając magnetyzujące słuchaczy prelekcje. Wieniawa wysłuchał prelekcji w paryskim Towarzystwie Geograficznym i jeszcze tego samego dnia napisał do brata: „*Czuję się żołnierzem, znalazłem Wodza*".

Gdy dwa lata później (1916) Komendant przyjechał na wypoczynek do rodzinnego majątku Długoszowskich, Bobowej (powiat grybowski), matka Wieniawy, witając Piłsudskiego chlebem i solą, rzekła:

„— *Nie znam się na polityce ani na wojsku, ale musi Pan być czarodziejem jeśli Pan nauczył mego syna posłuszeństwa*".

Podczas kampanii 1915 roku, w sierpniu, Wieniawa został przydzielony do sztabu I Brygady jako adiutant Komendanta („*wypożyczony*" Komendantowi przez Belinę, który użył tego słowa i żądał od Piłsudskiego zwrotu „*pożyczki*" czyli powrotu Wieniawy do kawalerii). Pełnił tę funkcję do 1 stycznia 1917. Towarzyszył Piłsudskiemu w podróżach do Lwowa, Krakowa, Wiednia i Warszawy, asystował jako przewodniczącemu Tymczasowej Rady Stanu w stolicy, nie odstępował w bitwach. Gdy Piłsudskiego aresztowano i uwięziono w Magdeburgu (lipiec 1917), Wieniawa został siłą wcielony do armii austriackiej, zdezerterował z niej (marzec 1918), podjął działalność organizacyjną w Polskiej Organizacji Wojskowej, został członkiem komendy głównej POW, wszedł w skład misji wysłanej na tereny rosyjskie, nawiązał pierwszy kontakt z Francuską Misją Wojskową w Moskwie — i aresztowany przez „*Czekę*", też wylądował w celi (w moskiewskim więzieniu Taganka). Mówiąc biegle po francusku podawał się uporczywie za Francuza, co w ciągu wielu przesłuchań udawało się. Aż przyszedł moment decydujący — w drzwiach do zbiorowej celi stanął komisarz i spytał:

„— *Czy jest tutaj adiutant brygadiera Piłsudskiego, porucznik Wieniawa–Długoszowski?*".

Zapadła cisza. Wieniawa myślał gorączkowo: co robić?! I nagle poczuł, że ma dość francuskiej skóry. Wstał i odpowiedział spokojnie:

„— *Tak, jestem tutaj*".

Nie udało mi się stwierdzić, jakie wpływy lub interwencje spowodowały wypuszczenie go z więzienia (przebąkiwano nawet, że był to gest Dzierżyńskiego). Został internowany w Moskwie, na zasadzie aresztu domowego. Pobyt w celi nadszarpnął mu zdrowie. Leżącym opiekowała się przepiękna adwokatowa Berensonowa, późniejsza druga żona Wieniawy. Odczekawszy, aż wyjedzie ona z Rosji, Wieniawa czmychnął na zachód przez „*zieloną granicę*". Zadziwiające: gdy w roku 1928 ukazał się w Warszawie tom II książki „Za kratami więzień i drutami obozów. Wspomnienia i notatki więźniów ideowych z lat 1914–1921", w spisie rozdziałów podano autora i tytuł ostatniego rozdziału: „Bolesław Wieniawa–Długoszowski — Z moich przepraw na Ukrainie i w Rosji... str. 494", lecz na środku nieomal czystej strony 494 znalazło się tylko jedno zdanie: „*Artykuł Bolesława Wieniawy–Długoszowskiego nie został umieszczony ze względu na niemożność wykończenia na czas korekty autorskiej*"!!!

Opowiadał mi latem 1939 roku znany komunizujący wówczas dziennikarz, Aleksander Wat, że w wydostaniu się z więzienia (bądź w ucieczce) pomógł Wieniawie ówczesny przywódca polskiej lewicy, Leszczyński (ps. Leński). Za sanacji Leszczyński wśliznął się z ZSRR do Polski z jakąś tajną misją, ale pod warszawskim adresem, gdzie miano na niego czekać, zastał drzwi zamknięte. Nie wiedział, co robić, był bez grosza, nie miał nawet na taksówkę. Kazał się więc zawieźć do Wieniawy–Długoszowskiego. Wieniawa przenocował go, nakarmił i pomógł wydostać się z Polski. Może był to odruch wdzięczności, jeśli oczywiście cała rzecz jest prawdą. Leszczyński, znając szlachetność Wieniawy, nic nie ryzykował. Zresztą wszyscy wiedzieli, że ten człowiek z samej góry reżimu krystalicznie antykomunistycznego lubi podobne gesty pod adresem wrogów, bywa na przyjęciach w ambasadzie sowieckiej i nawet... dokarmia więzionych komunistów. Wat mówił, że gdy o chlebie i wodzie siedział na Wielkanoc wraz z innymi komunistami, do celi wszedł strażnik dźwigający dwie olbrzymie torby pełne delikatesów (nie zabrakło nawet kawioru i najlepszej wódki), oznajmiając:

„— *Panowie, pan pułkownik Wieniawa-Długoszowski przysłał wam trochę prowiantów*".

Wracając do adiutantury Wieniawy — po powrocie z Rosji via Paryż (!) do Warszawy został w listopadzie 1918 roku adiutantem Naczelnego Wodza i Naczelnika Państwa (jako rotmistrz), potem I adiutantem (jako major), wreszcie adiutantem generalnym (jako podpułkownik). Piłsudski używał go w poufnych misjach dyplomatycznych, tak wewnętrznych (np. w kontaktach z obcymi ambasadorami w Polsce), jak i zewnętrznych (np. w roku 1921 w misji do Paryża, poprzedzającej francuską wizytę Piłsudskiego). W dobie usunięcia się marszałka z życia publicznego (okres Sulejówka, 1923–26) Wieniawa nie przestał mu być najwierniejszym z wiernych, a z chwilą majowego powrotu Piłsudskiego do władzy znowu objął formalnie swą funkcję adiutanta (jako I oficer sztabu Inspektora Armii, tzw. Oficer do Zleceń), pełniąc ją w latach 1926–28 równolegle ze stanowiskiem dowódcy Pułku Szwoleżerów im. Józefa Piłsudskiego. W gmachu Generalnego Inspektora Sił Zbrojnych napotykał codziennie wypisaną na odrzwiach dewizę Komendanta: „*Nieprawdą jest, że głową muru nie przebijesz*". Uwierzył w to, bo nie spytał murarzy. Dopiero w Nowym Jorku zrozumiał, że nie każdy mur da się przebić...

W roku 1936 wyszła w Warszawie książka Sławoja-Składkowskiego „Strzępy meldunków". Zacytował w niej autor słowa marszałka o Wieniawie: „*To jest człowiek, któremu ja wierzę bezwzględnie, człowiek najbardziej honorowy w armii*", i z niejaką zazdrością stwierdził, iż Wieniawa był jednym z tych nielicznych, którzy mieli przywilej mówienia do marszałka: „*Komendancie*".

Marszałek cenił w Wieniawie lojalność, uczciwość, inteligencję, bogatą humanistyczną wiedzę, ale za to wszystko nie powierzałby mu wysokich stanowisk wojskowych. Talenty wojskowe Wieniawy — o czym już wspomniałem — nie ustępowały innym jego zaletom; Piłsudski powtarzał, że całą kampanię ukraińską przygotował osobiście, z pomocą dwóch tylko ludzi: Wacława Stachiewicza i Wieniawy.

Nikt lepiej niż Komendant nie rozumiał, ile wysiłku kosztuje człowieka o tak wolnej duszy i „kowbojskim" charakterze jak Wieniawa samodyscyplina niezbędna w służbie wojskowej. Pełna miłości dedykacja dla Wieniawy, wypisana przez Piłsudskiego 6 stycznia 1925 roku na ofiarowanej adiutantowi książce marszałka „Rok 1920" i opublikowana w tomie VIII „Pism zbiorowych" Piłsudskiego (Warszawa 1937), zaczynała się od słów: „*Kochany Wieniawo! Szaleńcze, co uzdę starasz się nakładać sam sobie, nie dla starej przyjaźni, lecz dla honoru służby ze mną...*".

Obaj — „ojciec" i „syn" — mieli te same sympatie i antypatie historyczne: uwielbiali Napoleona, a nie cierpieli Stanisława Augusta. Aleksander Kraushar już w roku 1898 w pracy „Książę Repnin i Polska..." udowodnił, opierając się na dokumentach z carskich archiwów, że Stanisław August był carskim dywersantem na polskim tronie, ale potem kilku innych historyków wyprawiało różne łamańce z brązowieniem „*króla Stasia*", tak iż społeczeństwu zaszczepiono ciepłe uczucia do niego. Piłsudski i Wieniawa nie dali się otumanić. Ten ostatni wpadał w pasję mówiąc o Stanisławie Auguście, nazywał go: „*prydupnikiem Katarzyny, zdrajcą, który przefrymarczył Polskę!*".

„Syn" towarzyszył „ojcu" w najważniejszych chwilach nie tylko politycznych (jak zamach stanu 1926), lecz i osobistych. Gdy Piłsudski wracał uroczyście na łono Kościoła katolickiego (28 II 1916), jednym z dwóch świadków obrządku był porucznik Wieniawa–Długoszowski. Gdy marszałek brał ślub (25 X 1921) — jednym z dwóch świadków pana młodego był podpułkownik Wieniawa–Długoszowski. Gdy Komendant umierał, jedynym człowiekiem, który nawet w ostatnim momencie (11 maja 1935, dzień przed zgonem) potrafił wywołać uśmiech na jego twarzy — był generał Wieniawa–Długoszowski.

Gdy Piłsudski umarł i zwłoki jego miano przewieźć z Warszawy na Wawel, Wieniawa, skamieniały z bólu, stał obok trumny, a potem jechał na czele nocnego widmowego konduktu, z obnażoną szablą i — jak to pięknie ujął poeta, Jan Lechoń — „*wyglądał tak, że w oczach jego każdy, nawet najbardziej nieczuli, mogli czytać ową grecką tragedię, która kryła się dla naszego narodu w tej śmierci*".

Najciekawszą opinię usłyszałem od płk. Romeyki:

„*Wieniawa, przez miłość do Piłsudskiego, był w stu procentach piłsudczykiem, lecz w żadnym stopniu nie należał do p i ł s u d c z y z n y, od reszty pretorianów różnił się bowiem tym, że był uczciwy, bezinteresowny i nie był intrygantem*".

Niewątpliwie jest to opinia, przez swoje uogólnienie, dla wielu ludzi z otoczenia marszałka niesprawiedliwa, będąca typowym dla Polaków efektem sporów „*partyjnych*", które zatruwały i naszą walkę o wyzwolenie narodowe, i naszą niepodległą państwowość, prawdą jest wszelako, że Wieniawa był i n n y od wszystkich. Jeden z dowodów na to stanowił fakt jego uporczywego uchylania się od jakiegokolwiek udziału w polityce wewnętrznej (dyplomację międzynarodową uprawiał), pachnie ona bowiem zawsze intryganckim politykierstwem, a tym się brzydził. Nawet marszałek nie potrafił go zmusić do zmiany stanowiska. Nie związał się Wieniawa z żadnym ugrupowaniem, partią czy stronnictwem, nie pozwolił się wysunąć na posła do Sejmu, od Becka nie przyjął teki ministerialnej, wcześniej zresztą odrzucił podobne żądanie samego *„Dziadka"*.

„— *Komendancie* — rzekł — *w kawalerii można czasem robić głupstwa, ale nigdy świństwa. W polityce na odwrót, czasami trzeba robić świństwa, ale nigdy głupstwa. Wolę zostać w kawalerii*".

Żona marszałka, pani Aleksandra Piłsudska, skarżyła się, że *„mąż ma kłopot z Wieniawą, bo chce go odciągnąć od zajmowania się tylko kawalerią i sprawami artystycznego życia Warszawy, ale nie sposób Wieniawy do tego skłonić"*.

Życie artystyczne Warszawy istotnie było *„oczkiem w głowie"* generała. Przyjaźnił się z całą czołówką twórców polskiej kultury. Będąc afgańskim księciem, prezesem Polskiego Związku Szermierczego, kawalerzystą, poetą, pisarzem, historykiem, tłumaczem i malarzem akwarelistą — był jednym z nich, stałym towarzyszem, bratem łatą, którego bardzo lubili; zarazem był nieformalnym ambasadorem tego *„cygańskiego"* świata poetów, pisarzy, dziennikarzy i aktorów w Belwederze, czyniąc to z niezrównanym wdziękiem i z wielkopańskim gestem. W bataliach intelektualnych i bachanaliach poetyckich „Pikadora", „Skamandra" i „Wiadomości Literackich", w towarzystwie Lechonia, Wierzyńskiego, Słonimskiego, Tuwima, Hemara, Broniewskiego, Iwaszkiewicza i innych, skrzył się i perlił jego subtelny, finezyjny, albo dosadnie męski dowcip, którego mu nie brakowało aż do 1939 roku.

Poczucie humoru Wieniawy obrosło zasłużoną mitologią. Zachowywał je w najbardziej, zdawałoby się, niestosownych do kpin okolicznościach. Gdy 8 grudnia 1931 na posiedzeniu inspektorów armii i wiceministrów Piłsudski postawił wniosek o awans Wieniawy na generała i wniosek ten przeszedł, obecni wyrazili Wieniawie *„współczucie"* z powodu utraty czapki szwoleżerskiej, czerwonego lampasa i tak popularnego tytułu *„pułkownik Wieniawa"*, on zaś śmiejąc się odrzekł, iż to *„dla Ojczyzny"* i że chętnie naszyłby sobie błyskawicę generalską na czerwony lampas czapki szwoleżerskiej, ale boi się Komendanta. Ten strach nie przeszkodził mu jednak zamówić sobie nowych wizytówek: *„Generał Wieniawa–Długoszowski, były pułkownik"*. *„Jak wiatr kadzidła rozwiewa, tak on wesołym, młodzieńczym śmiechem rozpraszał wszelką broda-*

tą dostojność" — skomentował to podobny kpiarz, Kornel Makuszyński, w 1939 roku.

Takie ironiczne poczucie humoru zawsze i wszędzie było, jest i pozostanie bronią w świecie pełnym spiżowych bohaterów z gipsu, utytułowanych głupków, ponurych bydlaków i układnych cwaniaczków. Dla Wieniawy było ono swoistą wyspą–enklawą, na której starał się grać rolę człowieka kultywującego nie tylko honor, lecz i humor Polaków. Trawestując księcia Poniatowskiego mógłby rzec: — Bóg mi powierzył humor Polaków!

Zawodowy dyplomata, Aleksander Zawisza, wyraził na temat Wieniawy celną myśl: „*Zawsze był tłumnie otoczony. Zbyt tłumnie. Dlatego uciekał. Jego wrażliwa natura artystyczna potrzebowała innego pokarmu. Nieraz znikał raptownie. Zamykał się samotnie i przez długi szereg dni zagłębiał się w czytaniu, malował, pisał, tłumaczył, układał wiersze*".

Miłość Wieniawy do literatury była jedną z największych pasji jego życia. W 1914 roku, po zajęciu Kielc, kapral Wieniawa–Długoszowski, członek pierwszego oddziału kawalerii polskiej, przekonał dowódcę, Belinę–Prażmowskiego, o konieczności złożenia wizyty w pobliskim Oblęgorku i pokłonienia się Henrykowi Sienkiewiczowi:

„— *Przecież musimy mu się zameldować, my, pierwsi polscy ułani. Toć trzeba nam zasalutować przed twórcą «Ogniem i mieczem», «Potopu» i «Pana Wołodyjowskiego». Czyż nie on nas wychował, czyż nie on przygotował do żołnierki?*".

Złożyli tę wizytę, ku wielkiemu zaskoczeniu sędziwego pisarza.

Pewien dziennikarz niemiecki, bawiąc w Warszawie, znalazł się w kawiarni w towarzystwie literatów i dziennikarzy. Był wśród nich też polski generał. Gdy rozmowa zeszła na literaturę, generał pięknym językiem niemieckim zaczął mówić o literaturze niemieckiej z wielką znajomością rzeczy. Rozentuzjazmowany dziennikarz zakończył artykuł na ten temat słowami: „*Coś podobnego nie mogłoby się zdarzyć w Berlinie!*" i te same słowa zamieścił w tytule publikacji. Generałem był oczywiście Wieniawa.

Gdy wiosną 1927 roku przybył do Polski Chesterton, na dworcu witał go oczywiście Bolesław Wieniawa–Długoszowski (wówczas jeszcze w pułkownikowskiej gali), tak zaczynając:

„— *Pozwalam sobie przywitać pana w imieniu grupy oficerów kawalerii nie jako sławnego Anglika, nie jako sławnego pisarza, ani nawet jako wielkiego przyjaciela Polski. Witam pana jako kawalerzystę, który się zatrzymał w rozwoju. Dla mężczyzny są właściwie tylko dwa zawody: poety i kawalerzysty. Pan wybrał ten pierwszy, ale my, widząc pańską odwagę, entuzjazm, błyskotliwy humor, widzimy w panu wspa-*

niałego kawalerzystę, straconego dla kawalerii — z pożytkiem dla ludzkości".

Chesterton był zachwycony powitaniem, a jeszcze bardziej, podczas całej wizyty — rozpoetyzowanym pułkownikiem, toteż później tak się wyraził do pisarza Aleksandra Janty:

„— *Co to znaczy, że w Polsce to tylko kawaleria i poeci?*".

Właśnie — c o t o z n a c z y?

Wieniawa sam pisał; prozą niewielkie wspominki, okolicznościowe artykuły do prasy i fachowe szkice dotyczące kawalerii; swą duszę artystyczną wkładał w poezje, własne i tłumaczone. Janta tak go określił: „*błyskotliwy i bujny, enfant terrible Warszawy, poeta ze znawstwa, wyboru i zamiłowania*". Gdy chodzi o przekłady, to szczególnie piękne były jego tłumaczenia Baudelaire'a i Heinego (przekładów Heinego nie widziałem; według znawców zasługiwały na wysoką ocenę). O „młodych" własnych wierszach Wieniawy (takich jak „Medycyna wojenna", „Bando, czegóż ty jeszcze chcesz?" czy „Wstąp bracie!...", którego dwie ostatnie zwrotki zacytowałem pisząc o strzelcu Wieniawie), często śpiewanych przez legionistów — Karol Koźmiński napisał: „*Jego poezje z doby najwcześniejszej, z Legionów, cechuje nie tylko prawdziwie kawaleryjski, ułański humor, ale też i zaprawiona solą attycką satyra na stan rzeczy, w którym wówczas żołnierz polski musiał walczyć i — zwyciężać*". O poezjach późniejszych, „dorosłych", Koźmiński wyraził się jednym zdaniem: „*Jego wiersze tchną prostotą i wielkim czarem słowa*". Niekoniecznie najlepszym, lecz charakterystycznym dla autobiograficznych aspektów w poezji Wieniawy, jest jego wiersz „Ułańska jesień", z którego fragment cytuję:

„Przeżyłem moją wiosnę szumnie i bogato.
Dla własnej przyjemności, a durniom na złość.
W skwarze pocałunków ubiegło mi lato
I, szczerze powiedziawszy, mam wszystkiego dość (...)

Lecz gdyby mi kazały wyroki ponure
Na ziemi się meldować — by drugi raz żyć,
Chciałbym starą z mundurem wdziać na siebie skórę,
Po dawnemu... wojować, kochać się i pić...".

Duży rozgłos przyniosło Wieniawie pyszne spolszczenie biografii Lasalle'a i kapitalny wstęp, który zaczynał się tak:

„*Czytelniku! Jeśli zgodzisz się ze mną, że na świecie istnieją tylko dwa zawody godne wyzwolonego i niepodległego mężczyzny, a mianowicie: zawód poety i kawalerzysty (a tym gorzej dla ciebie, jeżeli się z mym stwierdzeniem nie zgodzisz, bo dowodzi to, iż nie jesteś ani jednym, ani drugim, jesteś natomiast, choćbyś sobie liczył tylko dwadzieścia jesieni czy też pseudowiosen, starym i łysym tetrykiem z aspiracjami na starszego radcę podatkowego lub zgoła inkasenta bankowego, albo — co gorzej — jesteś tak zwaną matroną, która dla jakiegoś paskarza, przed lirycznym urokiem ułana lub nienasyconą zdobywczością poety, córeczek swych cnoty broni, na szczęście zwykle nadaremnie)...*", itd.

Wszyscy doskonale wiedzieli, że Wieniawa kompletnie utożsamia się z Lasallem, cudownym zawadiaką, który wjechał konno po schodach na bal odbywający się w salach pierwszego piętra pałacu Cezarinich w Perugii (z rozlicznych anegdot o Wieniawie i schodach do przysłów narodowych weszło jego powiedzonko, gdy niezbyt trzeźwy wychodził z „Adrii": „*Koniec żartów, panowie, zaczynają się schody!*"). Dupont wyraził się o Lasalle'u:

„*Był pijakiem i swawolnikiem, a zarazem człowiekiem szlachetnym, tkliwym, pełnym wdzięku i lojalnym (...) Szafował życiem na wszystkie strony, podobnie jak to robił z pieniędzmi, które przepływały mu między palcami na kształt wody*".

Odpowiadało to „*wypisz–wymaluj*" portretowi Wieniawy, którego nigdy nie trzymały się dobra materialne ani pieniądze (czasami przyjaciele musieli go wykupywać z knajpy), i który czuł wielką słabość do trzech „K" (w ogóle trójka musiała być szczęśliwą cyfrą Wieniawy — jego krzyż Virtuti Militari miał numer 3303), o czym zresztą sam pisał:

„*Silna słabość każdego prawie kawalerzysty do trzech K — a są nimi koń, kobieta i koniak — niejednokrotnie bywała powodem i w naszych szeregach pożałowania godnych nieporozumień z władzami i ze współobywatelami*".

Dwóm pierwszym „K" poświęcił także uroczy wierszyk „Moja para", który się zaczyna:

> „*Konia z rzędem, gdy w świecie*
> *Taką parę znajdziecie,*
> *Jak mój kasztan i moja kochanka*" ... itd.

O koniach w życiu Wieniawy już napomknąłem. Jeśli chodzi o kobiety, to brednią było nazywanie go, co czynili niektórzy, „*babiarzem*". Wszyscy choć trochę znający Wieniawę wiedzieli, że nie uganiał się za spódniczkami — to one opadały go ze wszystkich stron, urządzając niemal polowania z nagonką na jego kasztanową, a później platynową czuprynę oraz całą resztę, i oczywiście najładniejszym z tych syren się udawało. Słonimski mrugał okiem:

„Dzwoniąc szablą od progu idzie piękny Bolek,
Ulubieniec Cezara i bożyszcze Polek".

Gdy pewien facet skarżył się Słonimskiemu, że dziewczyna uciekła mu do Wieniawy, poeta wzruszył ramionami:

„— *Cóż ty chcesz, mój drogi, Wieniawa to siła wyższa*".

Damy chełpiły się stosunkami z nim i nadużywały jego nazwiska. Gdy przyjechał na inspekcję do Nowego Sącza, zameldowano mu, że poprzedniego dnia jakaś pani przedstawiła się jako jego kuzynka i zażądała służbowego samochodu.

„— *Kuzynka!* — zawarczał Wieniawa. — *Aresztować! Oraz wszystkie, które się za kuzynki podają!*".

Płk Romeyko miał w Rzymie następującą przygodę: spotkał w knajpie Włoszkę płaczącą po odjeździe narzeczonego na front albański, zawiózł ją do jej domu i pożegnał w drzwiach, a gdy to opowiedział nazajutrz Wieniawie, ten wpadł w złość i udzielił mu lekcji dżentelmenerii:

„— *Mówi pan, że płakała? A cóż pan zrobił? C ó ż p a n z r o b i ł?! P–a–n–i–e, do cholery! Z pana żaden ułan, żaden lotnik, żaden oficer sztabu generalnego, a nawet, p–a–n–i–e, żaden przyzwoity dżentelmen! Bo, cóżeś pan zrobił? Płaczącej babki pan nie uspokoił, jak przystoi dżentelmenowi! Można zastać płaczącą babkę, ale pozostawić ją płaczącą — to nie po dżentelmeńsku. Śmiejącą się, śmiejącą się pozostawia się; pan nie wie, jak to się robi? To ja, o siwych włosach, mam pana uczyć?*".

Był Wieniawa niezwykle popularny w społeczeństwie, a już wśród dam!... Krążyła po Polsce następująca anegdota: idą ulicą marszałek Piłsudski i Wieniawa, mijająca ich damulka pyta swą towarzyszkę: „*Kto to jest ten starszy pan, co szedł z Wieniawą?*". Tuwim w wierszu pt. „Wieniawa" tak spuentował tę popularność:

„A wczoraj (nie wierzycie?
Pod chajrem! bez przechwałek!)
Przychodzi do mnie skrycie
Po prostu sam Marszałek
I prosi o dyskrecję,
Bo ma intymną sprawę,
A wierzy w mą protekcję:
— Pan przecież zna Wieniawę!".

Tuwim, Słonimski i reszta literackiej „*paczki*" w istocie znali się z Wieniawą „*jak łyse konie*" — był on jedynym przedstawicielem elity rządzącej, który miał stałe miejsce w ich „kwaterze głównej", na sławnym półpięterku „Ziemiańskiej", gdzie znajdował się tylko jeden stolik, dla twórców.

Trzecie „K", koniak czyli pijaństwo Wieniawy, zostało zdemonizowane przez „*życzliwych*". Fakt, że Wieniawa, który swobodnie utrzymywał w palcach jednej dłoni trzy kieliszki wódki, w latach 20. i 30. pił ostro, będąc królem wszystkich warszawskich przybytków Bachusa, od „Ziemiańskiej", „Adrii", „Oazy" i „Europejskiej", poprzez wilanowską „Hrabinę" i „Narcyza", aż do osławionego szynku Joska na Gnojnej. Wynikało to przede wszystkim z tego, że wszyscy chcieli mu stawiać, a on, mając tyle talentów, nie miał talentu do odmawiania. Rozgłośne były jego wyczyny „*pod gazem*", a głównie przygoda, w której nastąpiło idealne sprzężenie trzech „K". Nie będąc już młodzieniaszkiem wsiadł na konia po przepitej zimowej nocy i odbył wspaniały śnieżny rajd z Warszawy do Zakopanego, by pojeździć na nartach (był doskonałym narciarzem), ale kiedy dotarł na miejsce, wstąpił do Trzaski, by się rozgrzać, po czym wyszedł na ulicę z równie wstawioną piękną damą i po kilkunastu krokach zaczął ją przytulać. Wypadło to akurat pod zapaloną latarnią i pani szepnęła mu do ucha:

„— *Dobrze już, Bolciu, dobrze, tylko zgaś tę lampę*".

Na dorocznym balu w Resursie Kupieckiej, urządzonym przez marszałkową Piłsudską, pełnym zawsze dyplomatów, dygnitarzy i śmietanki towarzyskiej Warszawy, panowała sztywna etykieta i był osobny bezalkoholowy stół dla młodziutkich panienek wchodzących dopiero w świat. Wieniawa niepostrzeżenie wlał koniak do dzbanów z oranżadą na owym stole i wszystkie debiutantki „*ululały się*" kompletnie, co wywołało skandal. Poleciano ze skargami do marszałka, ale Piłsudski, chociaż strofował Wieniawę nie przebierając w słowach, wybaczał mu zawsze, tak jak Napoleon Lasalle'owi. Gdy minister spraw wewnętrznych poskarżył się, że Lasalle wywołał burdę i obraził pewnego prefekta, cesarz odparł:

„— *Bardzo cenię zasługi pańskiego prefekta. Ale wystarczy jeden mój podpis, abym miał drugiego prefekta, a drugiego Lasalle'a nie będę miał i za dwadzieścia lat*".

Zresztą cała Polska wybaczała Wieniawie i uwielbiała go za wariackie fantazje, tak jak niegdyś księcia Pepi.

Otrzymawszy dowództwo 1 Pułku Szwoleżerów im. Józefa Piłsudskiego, Wieniawa zameldował się u marszałka, a ten rzekł:

„— *Słuchajcie, Bolek, macie mi pilnować szwoleżerów, żeby nie pili!*

— Rozkaz, Komendancie! Obiecuję posłusznie, że nie będą pili więcej ode mnie!

— *To mnie wcale tak bardzo nie pociesza*" — westchnął Piłsudski.

Nie było siły, która mogłaby ujarzmić tego szwoleżera–poetę. Sam Wieniawa z przymrużonym okiem piętnował pijaństwo, pisząc:

„O jednej z tych wstrętnych, a rzekomo obowiązujących przywar zawodowych, pisze z rosyjską przesadą Lermontow, junkier i oficer ułański:

Bo bez wina cztoż żyzń ułana?
Jewo dusza na dnie stakana,
A kto dwa raza w dień nie pjan,
Tot — izwinitie — nie ułan".

Ale od chwili, gdy przedstawił się w rzymskim Kwirynale jako ambasador — przestał pić kompletnie! Nie brał odtąd kropli alkoholu do ust, a to szokowało wszystkich, którzy go mieli za pijaka. Wieniawa wiedział, co i gdzie wolno, zaś honor kraju, który reprezentował, był mu najdroższy. Żartowano sobie, że przestał pić dlatego, iż pułkownik Beck wysyłając go na placówkę rozkazał: *„Nie daj się nabić Włochom w butelkę*". Inna anegdota głosiła, że pozbyto się go, gdyż po śmierci marszałka Piłsudskiego nie zamierzano tolerować dłużej wybryków Wieniawy, on zaś nie chciał tolerować politycznych sztuczek elity władzy i wyraził im swoją dezaprobatę urządzając marsz prostytutek na Belweder! Sam jechał za tą „procesją", swoim zwyczajem w trzech dorożkach: w pierwszej on, w drugiej jego czapka, w trzeciej rękawiczki. Prezydent, prof. Mościcki, miał zadzwonić do naczelnego wodza, Rydza–Śmigłego, skarżąc się:

„— *Panie marszałku, coś trzeba zrobić z tym Wieniawą... Tylko co?*

— *Co?* — krzyczy siny z pasji Rydz — *do kryminału!*

— *Tak, to dobry pomysł* — mruczy Mościcki — *do Kwirynału*".

Następnego dnia Wieniawa otrzymał nominację. Jest to tylko anegdota. Prezydent Mościcki bardzo lubił Wieniawę, w jakimś sensie przejmując po śmierci Piłsudskiego „ojcowskie" obowiązki Komendanta wobec Wieniawy. W rzeczywistości na ambasadę rzymską desygnował Wieniawę Beck, wierząc po prostu w jego talent dyplomatyczny. Poprzednik Wieniawy w Rzymie, bardzo mu życzliwy ambasador Alfred Wysocki, twierdził, że Beck, chcąc mieć Wieniawę przy rządzie włoskim, prosił Rydza, by ten zwolnił generała ze służby wojskowej, na co Rydz bez oporów przystał. Tę szybką zgodę Wysocki objaśnił następująco:

„Niechętni opowiadali potem, że marszałek Rydz–Śmigły chciał się koniecznie pozbyć Wieniawy z armii. Jako stary legun i ulubiony adiutant Marszałka lekceważył sobie Wieniawa świeżo upieczonych dygnitarzy wojskowych. Gdy mu się coś nie podobało, mówił to otwarcie i w formie nie zawsze odpowiedniej. A kiedy sobie podpił, to psy podob-

no wieszał na różnych dostojnikach, aż uszy słuchaczom więdły. Liczył zawsze na swoją popularność w armii i na poparcie prezydenta Mościckiego, który po śmierci Marszałka zaczął okazywać Wieniawie dużo sympatii, wzywając go często na Zamek lub do Spały na polowanie. Jego złoty humor i cięty dowcip kazał zapominać o niejednej wadzie. Wysuwał się on coraz bardziej na pierwszy plan i stawał osobistością, z którą musiano się liczyć. Obawiając się więc Wieniawy na terenie wewnętrznym, zgodzono się z radością na jego przejście z armii do służby zagranicznej i wyniesienie się z Warszawy".

Wrogowie generała uznali tę nominację za nonsens, twierdząc, że Wieniawa jako ambasador oznacza kompromitację. Mylili się grubo i później niektórzy przyznawali się do błędu. Po pierwsze, Wieniawa miał już za sobą sporo misji dyplomatycznych (m.in. towarzyszył Komendantowi nad Sekwanę i rozmawiał z marszałkiem Fochem; w 1933 pojechał do Paryża, oficjalnie na zjazd francuskich kombatantów, w istocie zaś była to misja sondażowa dla ewentualnej wspólnej akcji przeciw Hitlerowi), w 1926 prowadził z ramienia Piłsudskiego pertraktacje z przedstawicielami Francji i Anglii, wcześniej (1921) był attaché wojskowym w Bukareszcie — wszędzie sprawdził się bardzo dobrze. Po drugie, Wieniawa dysponował wszystkim tym, czym winien dysponować rasowy dyplomata, posiadał — wedle świadectwa Lechonia — „*niebywałe zdolności, niezrównany czar, instynkt ludzki i znajomość świata*". Po trzecie wreszcie Wieniawa zdał swój ambasadorski egzamin (1938–40) na piątkę, a jego raporty swą logiką i celnością wnioskowania budziły podziw zawodowych dyplomatów. Jeden z nich, Aleksander Zawisza, twierdzi, iż Wieniawa „*zyskał sobie w Rzymie opinię najwybitniejszego akredytowanego tam dyplomaty*". Jan Rostworowski uzasadnia tę opinię:

„*Trzy są zadania dyplomaty. Reprezentować swój kraj, informować własny rząd o sytuacji w kraju, w którym się przebywa i sugerować odpowiednie posunięcia polityczne. Wieniawa reprezentował Polskę w Rzymie wspaniale. Informował również nadzwyczaj trafnie*".

Przed wyjazdem do Rzymu stwierdził: „*Czuję się jak panna przed porodem*". Na Stazione Termini czekającym nań oświadczył:

„— *Moi państwo! Ludzie szanowani są dla swych zalet i cnót, a lubiani tylko dzięki wadom. Ja podobno w Warszawie byłem bardzo lubiany. Obawiam się jednak, że wy będziecie mnie tutaj szanowali*".

Rzeczywiście, wprowadził w starym pałacyku kardynalskim Geatanich przy via Botteghe Oscure, gdzie mieściła się ambasada, nowy styl wytężonej pracy. Listy uwierzytelniające królowi Wiktorowi Emanuelowi złożył (kwiecień 1938) w swoim stylu: we fraku i... ostrogach, stwarzając pyszny precedens w protokole kwirynalskim. Mussolinim, odkąd go poznał, gardził skrycie. Kiedyś podczas rozmowy Duce zaczął przekonywać Wieniawę, iż oś Berlin–Rzym jest taką potęgą, że wszystkie inne wolne państwa wiele by zyskały na przyłączeniu się do tego antykomunistycznego paktu dwóch mocarzy. Wieniawa wycedził:

„— *Ekscelencjo! To mi przypomina dwóch warszawskich Żydków, którzy w ciemnej ulicy zobaczyli dwóch przechodniów i przestraszyli się: Uciekajmy, bo ich jest dwóch, a my jesteśmy sami!*".

Mussolini spąsowiał; niewiele zrozumiał z dowcipu (chociaż Wieniawa wybornie mówił po włosku), zrozumiał jednak, że odpowiedź nie była przyjazna. Nazajutrz jeden z hierarchów, Farinacci, rzekł do Wieniawy:

„— *Ekscelencjo. Na drugi raz proszę opowiadać tej klasy dowcipy nam, faszystom, a nie Mussoliniemu, bo on i tak nic nie rozumie*".

Z zięciem Mussoliniego, hrabią Ciano, Wieniawa przyjaźnił się na bazie wspólnego upodobania do pięknych kobiet i koni oraz wspólnej nienawiści do hitlerowców. Ale i Ciano nieraz oberwał od polskiego ambasadora.

— „*Wasz sojusznik, Anglia, leży daleko od was*" — rzekł kiedyś Ciano.

— „*Owszem, ale wasz sojusznik, Japonia, leży jeszcze dalej*" — odparował Wieniawa.

Gdy Ciano, przemawiając w senacie, wytłumaczył szybki upadek militarny Polski tym, że państwo nasze zamieszkiwało tylko 16 milionów rdzennych Polaków, a resztę stanowili Żydzi i inne mniejszości narodowe, Wieniawa krzyknął:

„— *Jest pan gorszy od Hitlera, bo jednym zdaniem wymordował pan 9 milionów moich rodaków!*".

W wojnę nie wierzył — myślał, że Hitler blefuje. Klęska armii była dlań tragedią. Zawisza, radca rzymskiej ambasady, tak wspomina ówczesnego Wieniawę:

„*Gdy w ów pamiętny ranek otrzymał wiadomość o zdradzieckim napadzie Niemiec na Polskę, natychmiast zagrała w nim krew szwoleżera i poprosił o pozwolenie powrotu do wojska na jakikolwiek przydział i w jakiejkolwiek szarży. Polecono mu jednak trwać na trudnym i odpowiedzialnym stanowisku. Od tego dnia smutek już prawie nigdy nie schodził z oczu Wieniawy. Zamknięty w sobie i skoncentrowany, patrzył nieraz w przestrzeń lub rzucał zatroskany wzrok na mapę Polski, z której, jako wojskowy, umiał pewnie wyczytać więcej niż inni z jego otoczenia. Nikomu jednak nie odbierał otuchy, przeciwnie, swą silną indywidualnością narzucał wszystkim wiarę, tak potrzebną w wy-*

tężonej pracy. Każdy dzień tego września był niewątpliwie kroplą roztopionego ołowiu, spływającą do jego serca. Ludzie znający go bliżej mogli dostrzec ogrom rozpaczy w jego oczach. W tych ciężkich chwilach nie miał żadnych ambicji prócz służenia Polsce. Setki i setki osób nawet nie zdają sobie sprawy, jak wiele Wieniawa dla nich wtedy zrobił".

Momentalnie z ambasadora Polski przeistoczył się w ambasadora Polaków, organizując dla żołnierzy kanały przerzutowe do Francji „*via*" Półwysep Apeniński (wmówił Włochom, że jest to akcja „*cywilna*" przerzutu polskich robotników). Zaczął też wysyłać paczki dla więźniów w oflagach. Posiadam pisemne świadectwa z oflagu II–E Neubrandenburg, że „*paczki Wieniawy*" wciąż przychodzą, chociaż ambasada rzymska nie istnieje od półtora roku, a Wieniawa od pół roku nie żyje. Widocznie opłacił jakąś firmę i zabezpieczył wysyłkę na dłuższy czas*.

23 września 1939 roku internowany w Rumunii prezydent Mościcki podpisał antydatowany na 17 września (tak by dokument miał za miejsce narodzin polskie Kuty) dekret, w którym — opierając się na art. 24 konstytucji z roku 1935 — wyznaczył Wieniawę swoim następcą, a więc praktycznie głową państwa! Nienawidzący ludzi Piłsudskiego sikorszczycy, ciągle jeszcze będący opozycją, natychmiast zaalarmowali przychylny im rząd francuski, a ten ostro zaprotestował przeciw nominacji, co było brutalną, wystawiającą Francuzom najgorsze świadectwo, ingerencją w decyzję suwerennych władz polskich. Znana jest mi treść depeszy francuskiego premiera Deladiera do ambasadora Francji w Londynie, Corbina, z 29 września 1939. W depeszy tej, obok informacji politycznej („*Gen. Sikorski podkreślił w sposób bardzo kategoryczny, że nie mógłby z Wieniawą współpracować*"), znajduje się cały worek haniebnych kalumni. Nie brakuje tu tezy, iż Wieniawa zdobył zaufanie Piłsudskiego, bo go „*zabawiał różnymi facecjami*" (!), jest twierdzenie, że nie ma on „*kredytu zaufania u swoich rodaków*", oraz że „*pod pozorem wielostronnej kultury zdradza rozwiązłość tak duchową, jak i obyczajową*", są i podłe drobne kłamstewka, jak to, że „*wsiadając w Mediolanie do Sud–Expressu, by udać się do Paryża, był kompletnie pijany*", są wreszcie echa jakichś dawnych uraz, których przyczyną była z pewnością inteligencja Wieniawy i jego niepodatność na francuskie sztuczki polityczne: „*Mimo okazywanej serdeczności, która mogła zwieść niektórych Francuzów, gen. Wieniawa był nam zawsze wrogi. Jego nastawienie w stosunku do nas objawiło się w czasie wojny 1920 roku, co też nie uszło*

---

* — „*Paczki Wieniawy*" przychodziły do oflagów aż do końca 1943 roku (W.Ł.).

uwagi gen. Weyganda. Należy on do owego klanu piłsudczyków, na których stale musieliśmy narzekać".

Wieniawa nie pragnął rozbicia narodowego. Wysłał do Bukaresztu depeszę, w której „*Bolesław*" brzmi po królewsku:

„*Proszę zakomunikować komu należy, że Bolesław gotów wszystko wykonać, prosi jednak profesora o rozważenie czy inny wybór nie byłby w danej sytuacji wskazany*".

26 września policja francuska otoczyła paryską drukarnię i skonfiskowała pierwszy numer emigracyjnego „Monitora Polskiego" z dekretem nominacyjnym (egzemplarze ukryte przez właściciela drukarni, pana Bystrzanowskiego, sprzedawano później za grube pieniądze). Chociaż sanacyjni politycy chcieli bronić decyzji Mościckiego, Wieniawa — widząc w rozpoczynającej się wśród emigracji walce zagrożenie polskiej jedności w obliczu wroga — podjął decyzję o rezygnacji. W liście do prezydenta napisał:

„*Najdostojniejszy Panie Prezydencie! Dziękując Panu Prezydentowi za okazane mi zaufanie i wiarę w to, że w każdym wypadku postąpię mając na widoku jedynie dobro Rzplitej, składam niniejszym na ręce Pana Prezydenta zrzeczenie się godności następcy Prezydenta Rzplitej (...) Mam zaszczyt prosić Pana Prezydenta o przyjęcie mojej rezygnacji w tym przekonaniu, że działam w interesie sprawy polskiej*".

Wieniawa okazał tu wspaniały charakter — nie upierał się przy zaszczytach, do których zresztą nigdy nie dążył — bez słowa ustąpił Polsce. W praktyce było to oddanie władzy Sikorskiemu i jego ludziom. Ci jednak nie darowali „synowi" Piłsudskiego; kampania szczucia przeciw Wieniawie trwała dalej.

Opuścił Rzym 12 czerwca 1940 roku. Francja padła, skierował się więc do Lizbony, a ponieważ w Londynie go nie chciano, udał się do Nowego Jorku (dotarł 15 lipca 1940). Tam też zaczęli się zjeżdżać inni piłsudczycy, ale nie udało się im wciągnąć go do gry politycznej. Musząc utrzymywać żonę i córkę parał się dorywczo dziennikarką oraz introligatorstwem (Nic nowego pod słońcem. Wśród emigracji paryskiej po klęsce Powstania Listopadowego wspaniale oprawiał woluminy książę Gabryel Ogiński, dawniej bogacz na Litwie, a na tułactwie introligator). Nostalgia za Polską zżerała mu serce i skłoniła do napisania wspominka pt. „O kraju dzieciństwa i młodości". Ubolewał, że nie może „*znaleźć roboty przy jakimś karabinie maszynowym czy armacie przeciwlotniczej*". A nie mógł nie z własnej winy.

Dwa miesiące pobytu w Stanach pozwoliły mi dowiedzieć się dużo na temat śmierci Wieniawy, choć zapewne nie jest to jeszcze wszystko.

Jego „*samobójstwo*" było quasi-morderstwem popełnionym przez Polaków na gruncie niezgody narodowej.

Marzył o jednym — o walce dla Polski w żołnierskim mundurze. Przez chwilę śnił o stworzeniu w USA Legii Cudzoziemskiej. Zastępcę naszego attaché wojskowego w Waszyngtonie, mjr. Stefana Dobrowolskiego, prosił: „*majorze, wyślij mnie choćby na zwykłego piechura!*". O to samo upraszał listownie Sikorskiego. Jednocześnie nawoływał do zgody narodowej, do nierozdzierania ciała pognębionego narodu waśniami frakcyjnymi, by na trwałe nie spełniło się to, co wieszczył ksiądz Skarga:

„*Nastąpi postronny nieprzyjaciel jąwszy się za waszą niezgodę i mówić będzie: rozdzieliło się serce ich, teraz poginą (...) I ta niezgoda przywiedzie na was niewolę, w której wolności wasze utoną i w śmiech się obrócą (...) i włożą jarzmo żelazne na szyje Wasze!*".

Sam dawał przykład: sprowadził z kraju i otoczył opieką rodzinę Korfantego. Sikorskiemu postawił swą osobę do dyspozycji już w Lizbonie, a z Ameryki napisał doń, przekonując, iż jest rzeczą konieczną, „*żeby absolutnie przestały istnieć kwestie personalne, koterie i jakieś sprawy partyjne, tak szkodliwe*". Od córki Wieniawy, Zuzanny, otrzymałem do wglądu brudnopis jego listu do prezydenta Raczkiewicza:

„*Wstyd mi po prostu przy tej sposobności powtarzać truizm z jednej, lecz zarazem najświętszą prawdę z drugiej strony, że im cięższy jest los Polski, tym bardziej wskazaną, tym bardziej konieczną jest zgoda pomiędzy Polakami. Dążyć do tej zgody i szukać jej należy wszędzie i wszelkimi siłami, rezygnując z wszelkich partyjnych, koteryjnych, czy osobistych spraw i animozji, które zresztą wobec dzisiejszej polskiej rzeczywistości są tylko upiorami przeszłości*".

Znał te upiory przeszłości doskonale — te XVIII-wieczne, które pozwoliły sąsiadom wytrzeć Polskę z map; te XIX-wieczne, które doprowadziły do klęski kolejnych powstań; i te XX-wieczne, które wyrwały Piłsudskiemu bolesne słowa o ojczyźnie:

„*Lecz widzimy ją, niestety, w wiecznych swarach i kłótniach, w jakiejś rozkoszy panoszenia się jednych nad drugimi. I gdy dokoła nas wre wszędzie kłótnia i zawiść, gdy dygoce nienawiść i rozpala się niechęć dzielnicowa, trudno, by żołnierz był spokojny*".

Z każdym nowojorskim dniem Wieniawa był bardziej niespokojny. Powracały doń inne jeszcze słowa Komendanta, które niegdyś brał za symboliczny żart, a które teraz jawiły się upiornym echem. Zanotował je Lechoń:

„*Kiedy Piłsudski został Naczelnikiem Państwa, musiał jeździć po całym kraju na uroczystości wszystkich możliwych rodzajów, aby oka-*

zać równe względy i zainteresowanie wszystkim dzielnicom, stanom i partiom. Pewnego dnia Wieniawa zwrócił mu uwagę, że czas już byłoby pojechać, jak powiedział, do Matki Boskiej Częstochowskiej. A na to stary, po chwili namysłu: — Nie mogę, bo Ostrobramska się obrazi".

Wiosną 1942 roku, podczas swej drugiej wizyty w Stanach, gen. Sikorski zaprosił Wieniawę (pośrednikiem był mjr Dobrowolski, ułan, stąd jego koleżeństwo z Wieniawą) do ambasady w Waszyngtonie i miast stanowiska wojskowego, oferował mu... rolę posła w Hawanie z tytułem „*ad personam*" ambasadora! Chcąc być użytecznym w jakikolwiek sposób, a zarazem zmuszony do utrzymywania rodziny, co w Nowym Jorku przychodziło mu z trudem — Wieniawa wziął tę posadę.

Przygotował się do wyjazdu i kupił bilet lotniczy na dzień 2 lipca. 1 lipca, o godzinie 9.00 rano, wyszedł w piżamie na balkon piątego piętra domu przy Riverside Drive 3, uklęknął (widział to z ulicy stojący pod domem taksówkarz), zapewne się modlił, a potem skoczył w dół. W kieszeni piżamy znaleziono kartkę z pożegnalnym tekstem, który konsul generalny w Nowym Jorku, Sylwin Strakacz, przedepeszował do prezydenta Raczkiewicza. Ostatnie zdanie brzmiało: „*Boże, zbaw Polskę!*". Potem była tylko jedna litera: „*B*".

Tak zginął „*pierwszy ułan Drugiej Rzeczypospolitej*", nosiciel Virtuti Militari, Krzyża Niepodległości (z mieczami), Legii Honorowej (komandoria), Orła Białego, Złotego Krzyża Zasługi, włoskiego królewskiego krzyża św. św. Maurycego i Łazarza oraz wielu innych orderów; poeta i „*gaskoński kadet*" w jednym ciele; człowiek, o którym Aleksander Zawisza napisał w epitafium prasowym („Wiadomości Polskie"):

„*Niespożyty temperament i ogromna wrażliwość, wielostronne uzdolnienia, duże wykształcenie i wyrafinowana kultura, głęboko ujęte poczucie patriotyzmu i honoru, prawość charakteru i lojalność — oto istotne składniki tej niepospolitej sylwetki generała, dyplomaty i artysty. Kochał ruch i szaleństwo, kochał piękno i gest. Przede wszystkim jednak kochał Polskę, Komendanta i szlachetność duszy*".

Polska była zawsze na pierwszym miejscu.

Niegdyś, w „Ułańskiej jesieni", tak sobie prorokował pogrzeb:

„A potem mnie wysoko złożą na lawecie.
Za trumną stanie biedny sierota — mój koń.
I wy mnie, szwoleżery, do grobu zniesiecie,
A piechota w paradzie sprezentuje broń".

Nawet to marzenie się nie spełniło. Nie było konia, szwoleżerów i polskiego nieba nad cmentarzem.

Razem z jego trumną, zapadającą w obcą i nieczułą ziemię, pogrzebano to, co najpiękniejsze z polskiej wolności międzywojennej, z tego krótkiego, cudownego oddechu wśród nocy, po stu kilkudziesięciu latach zaborów...

Co dzień pojawia się na jego grobie jeden świeży kwiat. Sprawdziłem. Przynosi go starzec, były ułan 4 szwadronu porucznika Wieniawy–Długoszowskiego. To człowiek obłąkany. Powiedział mi:

— Zobaczy pan. Kiedyś w Polsce obchodzić się będzie rocznicę urodzin generała. Będzie to najważniejsza z rocznic.

Przytaczam to dlatego, że chociaż niespełna rozumu, wymienił rocznicę urodzin, a nie zgonu — ta druga data jest tak złowieszcza, iż nawet wariat nie chciałby jej obchodzić.

Szeptana opinia o przyczynie śmierci Wieniawy mówi, że zmiażdżyła go niezgoda emigracyjna, że znalazł się na jakimś polskim „*no man's land*"*, gdzie nikt go nie chciał takim, jakim chciał być. Sikorszczycy zadrwili zeń, dając mu w czasie wojny nie mundur, tylko kostium ambasadorski wśród palm i trzciny cukrowej, na karaibskiej wyspie, gdzie ambasada jest nam teraz potrzebna chyba na urągowisko. Przyjęcie tej kpiarskiej propozycji, to jest wejście we współpracę z Sikorskim, piłsudczycy uznali za z d r a d ę (Rajchman użył tego słowa). Młot i kowadło. Zapłacił Wieniawa najwyższą cenę za chęć stworzenia z emigracji jednego patriotycznego bloku, wolnego od politykierstwa. Jego śmierć nie była małą słabością — była wielkim protestem przeciwko nienawiści i podziałowi wśród braci. Była całopaleniem!

Jednocześnie mogła być quasi–mordem. Nie mam jeszcze pewnych dowodów na to, co usłyszałem — że nowojorscy piłsudczycy odbyli nad Wieniawą „*sąd kapturowy*" i skazali go na wybór: śmierć lub zerwanie z Sikorskim. Ale jeśli tak było — znajdę te dowody. Dotąd ustaliłem następujące rzeczy. Dwa dni przed śmiercią generała rozmawiał z nim mjr Dobrowolski i chociaż Wieniawa odmówił „*strzemiennego*" (pijał tylko herbatę), to jednak nie wyglądał na załamanego, jak usiłują niektórzy mówić o jego ostatnich dniach, rozprawiał o wyjeździe na Kubę, „*był w dobrym humorze i pełen optymizmu*". Z kolei od Łukasiewicza** dowiedziałem się, że w dniu śmierci Wieniawy (po północy 1 lipca 1942) wezwali go na rozmowę Matuszewski, Rajchman i Jędrzejewicz. Przewodniczył „*posiedzeniu*" Matuszewski, były szef „*dwójki*"***, najwyżej

---

* — Ziemia niczyja.

** — Juliusz Łukasiewicz popełnił samobójstwo 6 kwietnia 1951 roku w Waszyngtonie (W.Ł.).

*** — II Oddział Sztabu Generalnego, sanacyjny wywiad i kontrwywiad.

postawiony mason spośród obecnych (wszyscy oni, łącznie z Wieniawą, należeli do masonerii), a także członek elitarnego, tajnego stowarzyszenia wojskowego piłsudczyków, zbudowanej na wzór masoński *„Loży Narodowej"* (należał do niej samobójca Sławek!). Obrzucili Wieniawę epitetami i zażądali, by wybrał. Dosłownie: *„między wiernością dla pamięci Józefa Piłsudskiego a służbą u Sikorskiego"*.

Boże, zbaw Polskę!»

«ARCHIWUM FBI
DZIAŁ POL–B–1943 (SIKORSKI).
DOCHODZENIE „POLISH HORSE".
DOKUMENT 00013.

TOP SECRET

Raport 21503/43/III/21

Rozszyfrowaliśmy treść notatki zmarłego por. L. Udało się to dopiero dzięki konsultacji polskiego ministra obrony narodowej, wybitnego historyka wojskowości, dr. Mariana Kukiela. Przypuszczenia Thompsona okazały się równie błędne jak w przypadku eseju biograficznego, który nie jest kryptogramem. Zapisy: *„Org."* i *„Sikorski"* oznaczają dwie polskie encyklopedie XIX–wieczne, „Encyklopedię Powszechną Samuela Orgelbranda" i „Wielką Encyklopedię Powszechną Ilustrowaną (...) Saturnina Sikorskiego"; zwane przez Polaków potocznie *„Orgelbrand"* i *„Sikorski"*. Cyfry 2–356 oznaczają: tom 2, strona 356; cyfry I–8–560 odpowiednio: seria I, tom 8, str. 560. Ustaliliśmy, że por. L. korzystał z obu encyklopedii w polskiej bibliotece prywatnej w Nowym Jorku. Na wymienionych stronach obu encyklopedii znaleźliśmy zakreślone ołówkiem por. L. fragmenty hasła BERTHIER. Chodzi o francuskiego marszałka, który w roku 1814, w chwili rozpadania się cesarstwa napoleońskiego, związał się z reżimem burbońskim, ale w rok później, nie akceptowany przez żadną ze stron walczących o władzę nad Francją, popełnił samobójstwo skacząc z balkonu. W tomie 8, strona 560, encyklopedii Sikorskiego (Warszawa 1892) por. L. podkreślił zdania i fragmenty zdań: *„Stawszy się nareszcie podejrzanym zarówno królowi, jak i cesarzowi (...) znalazł się w trudnej pozycji"*, *„zamordowało go sześciu ludzi zamaskowanych mszcząc się"*, *„tajnego stowarzyszenia"*, *„czas jakiś* *opowiadano, że sam się zabił*". W tomie 2, strona 356, encyklopedii Orgelbranda (Warszawa 1898) por. L. wziął w ramkę dwa zdania: „*Rzucił się z balkonu zamkowego na bruk i zabił się. Według innych twierdzeń padł ofiarą morderstwa z pobudek zemsty*", oraz podkreślił dwa wyrazy: „*towarzystw tajnych*". Właściciel biblioteki oświadczył, że obie encyklopedie zostały artystycznie oprawione wiosną 1942 roku przez gen. Wieniawę–Długoszowskiego, który w ostatnich miesiącach życia utrzymywał rodzinę introligatorstwem. Fotokopie obu wymienionych stron załączam.

J. Craig, kierownik sekcji deszyfrażu».

WYSPA 11

PAŁAC ZIMOWY W PETERSBURGU (ROSJA)

KATARZYNA II WIELKA

NOTRE DAME DE PETERSBURG

„Caryzm rosyjski za Katarzyny II począł grać rolę «międzynarodowego żandarma» (...) W ogóle jej polityka była — jak to wykazał W. I. Lenin («Dzieła», t. 5) — charakterystyczna dla rosyjskich monarchów, którzy flirtowali z liberalizmem, lecz okazywali się katami".

(„Wielka Encyklopedia Radziecka", tom XV)

Trudno sobie wyobrazić jak wysoki jest naprawdę Pałac Zimowy. Jest wielki niczym lodowa góra, z której szczytu, spod samych chmur, widać wszystko po najdalsze krańce. U podnóża plenią się drobne chwasty ludzkich namiętności, lecz ona, która siedzi na wierzchołku, nie patrzy w dół — patrzy ponad głowami.

Jest z siebie dumna i ma do tego prawo. Potrafiła wznieść koturn swego cesarskiego autorytetu na kształt pomnikowej rzeźby, monstrualnej ikony skąpanej w bizantyńskim świetle, i wzorem największych władców Bizancjum stała się jak gdyby „mega–rzeźbą człowieka" — „*tamquam figumentum hominis*".

W dzieciństwie wyobrażała sobie, że cesarz to spiżowy osobnik, którego ukazywanie się (dworowi i ludowi na równi) jest całkowicie oczyszczone z oznak, gestów i odruchów cielesno–naturalnych. Twarz pozostaje kamienna w każdej okoliczności, w napadzie gniewu i w przypływie dobroci, powieki nie znają żadnej mimicznej gry, ręce dostojnie zamarłe nie znają gestykulacji, głos nie zna krzyku, nogi przyspieszonego kroku, a skronie szybszego pulsu. Nikt nigdy nie widzi go drapiącego się w swędzący policzek lub strzepującego pyłek, którego obecność drażni oczy. I wszyscy się go boją.

Teraz widzi, że tak właśnie jest. Chociaż plebejskie zwyczaje niektórych władców zachodnich, jak publiczne czyszczenie nosa i plucie, uważa za obrzydliwe (brzydząc się nie tyle ich formą, ile fraternistycznym motywem) — nie wstydzi się ani śmiechu, ani łez, bywa wściekła lub dobroduszna, swoim kochankom, których seksualną witalność sprawdzają najpierw specjalne damy dworu („*probierszczyce*")*, zezwala pozornie nad sobą dominować, a służbie i ministrom czuć się jak we własnym domu. I wszyscy w tym domu panicznie się boją, od Warszawy po Kamczatkę. I tak właśnie ma być.

Gra ów teatr istoty łaskawej i okrutnej, silnej i uległej na przemian, z godną ery Oświecenia inteligencją, bliższą mądrości niż sprytowi. Wie, że drobne gesty przynoszą korzyść, niczego nie zmieniając — uśmiechnięta czy zaciskająca pięści, zawsze jest otoczona nimbem groźnego pasterza, który rzuca cień na stado przez sam fakt swego istnienia. A gdy komuś należy przypomnieć — wystarczy jeden grymas jej ust lub zmrużenie oczu, by największy idiota, który przez chwilę zapomniał, że wszystkim innym wyznaczono w tym teatrze rolę marionetek, poczuł na grzbiecie gęsią skórkę. Gęsia skórka, chociaż boli mniej niż jedno muśnięcie knutem, wystarcza.

Czasami, kiedy jest to potrzebne — staje się oschła, pompatyczna i niedosięgła, zda się nierealna, ulepiona z innej materii i przybyła z innego niż ludzki wymiaru: zachowuje się niczym bizantyński basileus, pełniący czasowo obowiązki Chrystusa, jego zastępca i namiestnik, albowiem rozumie, że chociaż jako kobieta jest tylko grzesznym człowiekiem, to z racji pełnionego urzędu reprezentuje sobą transcendentalny majestat Boga.

Zaiste, sprawuje władzę tak bezwzględną, że nawet Bóg musi w nią uwierzyć.

Wbiegła na ten szczyt z głębokiego dołu. Pamięta, jak do Szczecina, gdzie jej ojciec był dowódcą garnizonu i gdzie żyła w takim ubóstwie, że musiała bawić się na ulicy z córkami zwykłych mieszczek, przyjechali posłowie z Rosji, od carycy Elżbiety, aby prosić dla następcy tronu o rękę dziewczyny ze zbiedniałego rodu Anhalt–Zerbst. O jej rękę! Miała wówczas piętnaście lat i nosiła imiona Zofia Fryderyka Augusta. Gdy usłyszała nowinę, dwa dołki w kształcie półksiężyców wyżłobiły jej policzki z dwóch stron smutnych ust. Była wtedy w czarnym kostiumie z białymi falbankami, na jej kolanach leżała książka, a na książce dłonie w czarnych rękawiczkach. Okładka była o barwie sadzy i płomiennej czerwieni, złote litery na grzbiecie, a na zakładce zdanie, które ktoś wy-

---

* — „Probówki".

pisał z głębi woluminu: „*Każdy krok rzeczywistego ruchu jest ważniejszy niż tuzin programów*"...

Kiedy wyjeżdżała do Rosji, miała trzy koszule i cztery tanie sukienki — na więcej nie było rodziców stać. Ale to Rosjan nie interesowało.

Mogli wybrać z bogatego i wpływowego rodu, lecz wybrali ją, bo ktoś, kto rządził Rosją zza kulis, uznał, że już dość kompromitowania tronu kobietami, które — jak Katarzyna I, żona Piotra Wielkiego, obozowa dziewka dla każdego oficera, czy Elżbieta, alkoholiczka wybierająca sobie kochanków tylko z najniższego plebsu, muzyków i stangretów — nie umieją pisać ni czytać, i całą swoją inteligencję skupiają w palącym się kroczu. A ją, najbardziej ubożuchną z księżniczek, szwedzki dyplomata, Carl Gyllenborg, nazwał „*dzieckiem nad wiek rozwiniętym, małą filozofką*" — z jego namowy skreśliła swą pierwszą autobiografię: „Portret piętnastoletniej filozofki". Cytowaniem pism wielkich filozofów zniewalała później światłe umysły w całej Europie. W Rosji, gdzie nikt nie rozumiał Woltera, Monteskiusza, Cycerona i Plutarcha, uwielbienie zyskiwało się jeszcze taniej: wymieniając te nazwiska jak nazwiska dobrych przyjaciół.

Pamięta twarz męża, Piotra: ospowatą mordę debila nie potrafiącego poprawnie przeczytać zdania. Wychowany koszarowo kaleka umysłowy, odrażający fizycznie i psychicznie, skarżący się płaczliwie jej kochankowi, przyszłemu z jej woli królowi Polski, Poniatowskiemu: „*Widzisz, Wasza Mość, jaki jestem nieszczęśliwy! Wstąpiłbym sobie na służbę do króla pruskiego, służyłbym mu z całą gorliwością i byłbym naturalnie dowódcą pułku w stopniu generała–majora albo nawet generała–lejtnanta, a zamiast tego muszę być tutaj wielkim księciem!*" — z nim pobrano ją w 1745 roku! Nawet nie potrafił porządnie wziąć jej w łóżku. Zabawiał się w infantylne musztry swych żołnierzyków, a ona gardziła nim i wkrótce przestała zanudzać wiernością.

Na dworze była szanowana, stała się w świcie elżbietańskiej postacią, na którą wielu przerażonych nałogowym pijaństwem Elżbiety zwracało oczy pełne nadziei. Miała też wrogów, którym przewodził wielki kanclerz Bestużew–Riumin, ale po pewnym czasie ten sam ktoś, kto ją sprowadził nad Newę, wydał ze swego głębokiego cienia odpowiednie rozkazy i Bestużew przestał ją uwierać. Stał się nawet jej sojusznikiem! Gdy potem Bestużewa w wyniku intryg dworskich pozbawiono stanowiska i aresztowano, podeszła na balu do prokuratora generalnego, księcia Nikity Trubeckiego, i spytała szyderczo:

„— *Co to wszystko ma znaczyć? Czy znalazł pan więcej zbrodni niż zbrodniarzy, czy też ma pan więcej zbrodniarzy niż zbrodni?*".

Odparł jej:

„— *Zrobiliśmy, co nam kazano, a zbrodni jeszcze się szuka. Na razie wysiłki nasze pozostają bez skutku*".

Poszła więc po wyjaśnienie do marszałka Buturlina, on zaś rzekł:

„— *Bestużew został aresztowany, ale teraz szukamy przyczyny aresztowania*".

Nie znaleziono, jednakże areszt utrzymano w mocy. Zrozumiała, że od Rosjan też można się uczyć.

Pamięta wszystko, nie wyłączając trudnego startu. Zrazu poruszała się wśród tych barbarzyńców trochę jak królowa z baśni, w świecie czystego złudzenia, od jednej pozy do drugiej, wygłaszając kwestie z roli, którą sama sobie napisała, grając księżnę rozdzielającą łaskawie rekwizyty swych uśmiechów i słówek, ale rychło zaczęła być niekoronowaną królową. Zobaczyła swoją Rosję. Uczyła się rosyjskiego tak pilnie, że nie spała nocami, wędrując boso po zimnym pokoju, aż nabawiła się choroby; przeszła na prawosławie; przyjęła imię Katarzyny Aleksiejewny. I zobaczyła swoją Rosję. Imię oraz wyznanie były dla niej bez znaczenia — ale zobaczyła s w o j ą Rosję!

Jedyni Rosjanie, jakich znała przedtem, byli to dyplomaci. Ich konduita i kultura nie były barbarzyństwem — była to bydlęcość, która szokowała Europę. Niekulturalni i niechlujni, wlekli za sobą wszędzie, w literalnym i przenośnym znaczeniu, swą własną atmosferę — mieszkania, w których się zatrzymywali, trzeba było wietrzyć i czyścić przez tydzień.

Jedyną Rosją, jaką znała, była Rosja z rozmów w domu ojca, Chrystiana von Anhalt–Zerbst, Rosja, którą znano w całej Europie. Barbarzyński step, pozbawiony prawa i wrogi prawu; świat, który nie czyni żadnego postępu, a przeciwnie, stoi wciąż w średniowieczu; krainę Iwana i Piotra Wielkiego, który w jeden dzień uciął głowy ośmiu tysiącom ludzi tylko dlatego, że nie posłuchali zakazu noszenia bród i długich butów; czeluść rządzoną nie tylko przez zbrodnię, ale przez pochwałę zbrodni, nie tylko przez niesprawiedliwość, ale przez legalizację niesprawiedliwości, nie tylko przez kłamstwo, ale przez przymus kłamstwa; obóz, gdzie dyscyplina wojskowa zastępuje obywatelski ład, przeradzając życie w ciągły stan wojenny jako normalny stan narodu, zaś ludzie w nim to machiny niepotrzebnie obarczone myślą, bo zwykła rozmowa jest tam konspiracją, a myśl buntem; państwo, którego władcy giną mordowani przez faworytów, ministrów lub własną rodzinę; groteskowy chlew, którego mieszkańcy, pociągnąwszy się z wierzchu pokostem zachodniej kultury, wyobrażają sobie, iż cudzoziemiec, gdy zadał sobie trud dalekiej podróży do nich, winien uważać się za szczęśliwego znajdując tysiące mil od siebie lichą parodię tego, co właśnie był opuścił, by zobaczyć odmianę.

Pamięta francuskiego oficera, jak peroruje z kielichem w dłoni: „— *Rosjanie nie są jeszcze cywilizowani, to wymusztrowani Tatarzy! Ale że niczego tak się nie lękają, jak tego, by ich nie brano za kraj barbarzyński, naśladują nas bezdusznie strojem, architekturą, potrawą i czym tam jeszcze. Mają talent do małpowania (le talent de la singerie), ale nie pojmują, że cywilizacja to nie fortel, nie moda, lecz rozwój duchowy. Przyjmując Rosję do swego grona, przyjęlibyśmy dżumę!*".

Nie wiedziała wówczas, że to Rosja przyjmie ją, i pogardzała Rosją wraz z nimi wszystkimi, z całym Zachodem. Zachodowi imponowała tylko zwierzęca muskulatura oraz bogactwo Rosji — kiedy któryś z kniaziów na wycieczce do Paryża stoi w salonie gry z francuską kurtyzaną i rzuci od niechcenia na stół rulety worek złota, dając krupierowi prawo stawiania wszystko jedno na co, a potem, gdy to wszystko jedno wygra, krupier musi szukać wschodniego księcia, bo tamten już nie pamięta ile stawiał i czy stawiał, „*wsio rawno!*".

Dopiero w Rosji zrozumiała jakże myli się Zachód, przeceniając potęgę materialną caratu, a nie doceniając czynników duchowych tej potęgi. Jak nie ma pojęcia o ogromie ambicji i pychy, o wytrzymałości i przebiegłości polityki moskiewskiej. Zrozumiała, że ciemna i barbarzyńska Rosja lepiej przenika politykę cudzoziemców niż oni, chociaż oświeceni, arkana polityki Petersburga, czego skutkiem kolejne dyplomatyczne porażki Zachodu.

Patrzy ze szczytu lodowej góry i mierzi ją już nie Rosja — lecz głupota Zachodu, dufnego w swą wyższość.

Pamięta swoje pierwsze wrażenia: wszystko zgadzało się z obrazem, który przywiozła w sercu. Hotele, w których stawała w drodze ze Szczecina do Petersburga, miały splendor europejski, ale w pokojach grasowały roje robactwa. Ludzie, wśród których się obracała na dworze, udawali ton francuski bez talentu konwersacji właściwego Francuzom, mówili jakimś sztucznym, niemiłym, miodowym, słodkawym głosem — nieustające sprzysiężenie uśmiechniętych twarzy przeciwko prawdzie. Nie można było nie gardzić tą elitą pozbawioną wspomnień starożytnych, tradycji rycerskich i poszanowania dla własnego słowa. Istni Grecy bizantyńscy, formalistycznie grzeczni jak Chińczycy, niedelikatni jak Kałmucy, brudni jak Lapończycy, wykształceni jak Negrzy, przebiegli jak Żydzi i okrutni jak Hunowie, naród chory, w którym zdradzić się z wyższymi aspiracjami znaczy wystawić się na niebezpieczeństwo — człowiek przyznający się do nich byłby Prometeuszem uprzedzającym Jowisza, że chce mu wykraść ogień. Wszyscy oni, lub prawie wszyscy, mają gust parweniusza i upodobanie do wszystkiego, co jest blaskiem, byle było z Zachodu: przepych biorą za wytworność, blichtr za ogładę, policję z lampasami za podstawę społeczeństwa. Nie musiała się wysilać, by im zaimponować. Niższe warstwy różniły się od nich tylko statusem materialnym: apatia ożywiana rozpustą i połączona z chytrością była rysem dominującym tej ludności. Wszystko się zgadzało. Cienka pozłota, brak wolności, banicja praw, chamstwo i brud, krosty na mordzie debila, pijana caryca Elżbieta, fałsz i strach — gnojowisko przykryte haftowaną kapą, na której położono ją jak nagą lalkę. Pierwsza myśl: uciec stąd! Druga myśl: udawać i uciec przy pierwszej okazji! Trzecia myśl: udawać i zawładnąć tym teatrem złożonym ze stu narodowości i plemion, dziewięćdziesięciu religii, sekt i obrządków, czterdziestu języków i milionów niepiśmiennych rabów, którzy wyją ze szczęścia, gdy mają pajdę czarnego chleba i garnek wódki!

Zrozumiała wszystko (a zwłaszcza to, że po śmierci Iwana Groźnego płakały wraz z całym narodem te nieprzeliczone rodziny, których członkowie zostali przezeń pomordowani) owego zimowego dnia na błoniach pod Moskwą, gdy po śmierci Elżbiety Piotr przyjmował paradę, po raz pierwszy jako imperator Wszechrosji. Kilka dni wcześniej, z czystej miłości do Prus, kazał przerwać działania wojenne przeciw Fryderykowi Wielkiemu, chociaż pobite przez Austrię i Rosję Prusy były już bezbronne i można je było dobić lekkim sztychem — nawet ostatni koniowód w wojsku rozumiał jaka to głupota. Stała obok głupka na pomoście wysokiej trybuny z sosnowych bali, wymoszczonej złotogłowiem i chorągwiami. Przed nią rozciągała się równina jak rozległe pragnienie, w której będąc obcym można się zgubić. Jej mieszkańcy od wieków przenikali to pole błękitnymi spojrzeniami swych śpiących źrenic, lecz nawet najdalej widzący nie sięgali krańca — ich spojrzenia ginęły w oddali, na granicy bezkresu, gdzie zlane ze sobą powietrze i ziemia zaczynają błyszczeć jak morze. Równina była jak ocean.

Piotr III miał przemówić. Otworzył usta i zaczął bełkotać:

„— *Nu, pozdrawliajem, pozdrawliajem... hmm!... Oczień rad... Oczień charaszo...*"*.

Niczego więcej nie powiedział. Nad równiną zaległa cisza — ponad trzaskającym od mrozu powietrzem, nad zamrożoną parą oddechów tysięcy ust zastygłych jak wieczne lody. Nagle, chociaż nikt nie wydał komendy, milowe szeregi żołnierzy poczęły padać na kolana i kłaść się ciasno, jedni obok drugich. Równina stała się czarna od namokłych szyneli, umilkł chrzęst i znowu zrobiło się cicho. Dwieście tysięcy ludzi leżało w tłumiącym odgłosy milczeniu pokrywy śnieżnej.

Wtedy zrozumiała i ujrzała swoją Rosję.

---

* — No, winszuję, winszuję... Jestem bardzo zadowolony... Bardzo dobrze...

Ze szczytu lodowej góry widać Europę, która wytrawia się i osłabia przez czczy liberalizm, rozdziera przez wstrząsy wewnętrzne i moralne rozterki, grzęźnie na bagnach ciągot humanistycznych, podczas gdy Rosja pozostaje skałą, bo nie zna wolności i całuje knut. Europa! Śmieszny teatr — *„theatrum Europaeum"* — z którym można zrobić wszystko. Od chwili kiedy zobaczyła swoją Rosję w morzu szyneli zaściełających lodową pustynię, zaczęła pogardzać tamtym starym, gnijącym światem; potem znienawidziła go, wkrótce po objęciu władzy, gdy Piotr odszedł zgodnie z rosyjską tradycją.

Nie mogłaby dokonać zamachu stanu bez pomocy Orłowów i wiernych im żołnierzy. Lecz przede wszystkim nie mogłaby tego dokonać bez głupoty Piotra, który targnął się na prawdziwą władzę Rosji — Tajną Kancelarię, funkcjonującą za plecami carów i decydującą o wszystkim, o carach także. Piotr, pół–Rosjanin pół–Niemiec z Holstein–Gottorpów, nie rozumiał istoty rzeczy i zniósł tę niesamowitą, budzącą powszechny strach instytucję, ufny w bagnety swych Holsztynów! Tak wydał na siebie wyrok. Zrobił jej podwójną przysługę: postradał tron i zlikwidował inkwizycję, od której nie pragnęła być uzależniona. Wszelako imperium bez inkwizycji obejść się nie może — dlatego stworzyła własną, jeszcze bardziej tajną. Wystarczy, że wszyscy znają tylko nazwisko szefa, Stiepana Iwanowicza Szeszkowskiego, i wiedzą, że zmechanizowany fotel Szeszkowskiego do przesłuchań jest najbardziej koszmarnym meblem na świecie. W Bogu nadzieja, że Szeszkowski służy tylko jej, a nie zakonspirowanym mistrzom Tajnej Kancelarii...

Na samym początku, tuż po zamachu, nie było jeszcze Szeszkowskiego i miała kłopot z uwięzionym Piotrem. Trzymać go całe życie pod strażą? Jednak fortuna była dla niej łaskawa: Piotr odszedł sam, zgodnie z rosyjską tradycją.

Nigdy nie zapomni raportu Orłowa: jak Piotr, wyczuwając gorycz w wódce, odrzuca kieliszek z krzykiem: *„Otruli mnie! Na pomoc!"*, jak Orłow podaje mu drugi, mówiąc: *„Musisz wypić! Za zdrowie imperatorowej! Pij, kurwa twoja mać!"*, jak rzuca przerażoną kukłę na podłogę i rozjuszony, kolanami przydusza piersi, a Bariatyński z Tiepłowem zrywają serwetę ze stołu i okręcają wokół szyi Piotra. Nazajutrz stolica Rosji czytała jej manifest — pismo, w którym oznajmiła poddanym, że *„podobało się Opatrzności powołać do siebie naszego ukochanego małżonka"* i wezwała ich, by *„połączyli się z nią w żalu i modlitwie"*.

Tym pismem udowodniła swój szacunek dla tradycji.

W Turcji i w Europie, a zwłaszcza w Prusach, a jeszcze bardziej w Holsztynie, z którego pochodził Piotr, zaraz zaczęto mówić o mordzie politycznym — o mężobójstwie! Wtedy obok wzgardy poczuła nienawiść. Sułtana jeszcze można zrozumieć, kiedy ktoś ma tyle żon i takie wydatki, musi być niespełna rozumu; sułtanowi wystawi się osobny rachunek. Ale oni?! Rzucili na nią kalumnię, tak jakby mordy dynastyczne nie zdarzały się tam! Nie jej wina, że zbyt gorliwi poddani za dokładnie zrozumieli jej westchnienie: *„Ach, żeby tego Piotra szlag trafił!”*. Ale Zachód, to łajno w harcapie, nie powstrzymał się od wrzasku. O, nie — nie wybaczy im tego nigdy! Jak oni mogli?! Zeus zabił Kronosa, czy komuś ze starożytnych przyszłoby na myśl zwać Zeusa ojcobójcą?

Z wierzchołka śnieżnej piramidy widać nawet dno morza. Wyprawiła mężowi piękny pogrzeb, podczas którego holsztyńscy grenadierzy Piotra poczęli kląć i robić brewerie. Ukarała bezczelność Holsztynów, odsyłając cały oddział do domu. W Kronsztadzie wsadzono ich na żaglowiec, ale zaledwie statek wypłynął z portu, zaczął tonąć. Komendant portu zabronił ratowania tonących, póki nie nadejdzie odpowiedni rozkaz z Petersburga. Do Petersburga wysłano kuriera w tej sprawie. Kazała ratować, rzecz prosta, jakżeby inaczej. Ale kurier wrócił za późno — wszyscy Holsztyni już utonęli. Mieli pecha — w Rosji nic się nie dzieje bez carskiego przyzwolenia. Nic!

Pamięta pierwsze nerwowe chwile po śmierci Piotra. Wszystko się jeszcze ważyło, Europa parskała i słychać było głuche warczenie Rosji. Rozpuszczano między ludem wieść, że prawowitym następcą tronu jest trzymany w lochach Szlisselburga mały Iwan VI. Palono jej portrety. Szykowano spiski... I wtedy znowu z kłopotów wybawili ją bracia Orłowowie. Zwłaszcza Grzegorz. Był cudownym faworytem. Przez sito „*probierszczyc*” przeszedł jak burza — mdlały mu w ramionach. Inni, nawet Potemkin, którego ciało uwielbiała, też byli warci mszy, ale żaden z nich nie miał takiego talentu do wynajdywania sposobów na sytuacje zdawało się nierozwiązywalne i wyszukiwania najodpowiedniejszych ludzi do realizacji. Potemkin miał w głowie pomysły szalone. Kiedy wizytowała zdobyty Krym, pobudował makiety wsi — zwano je szeptem „*wsiami potemkinowskimi*” — które dawały złudzenie znacznej gęstości zaludnienia świeżo anektowanych terytoriów. Brakowało tylko, żeby pomalował zieloną farbą spłowiałą trawę na trasie jej przejazdu, ale to mu wyperswadowano. Orłow miał inteligentniejsze pomysły.

Zorganizował wówczas zamach wymierzony przeciw niej. Pięćdziesięciu spiskowców, dobranych ze stacjonującego w Szlisselburgu pułku smoleńskiego i dowodzonych przez kapitana Wasyla Mirowicza, zaatakowało więzienie, by oswobodzić Iwana. Strzały pilnujących więźnia grenadierów nie poraziły nikogo, gdyż oddane zostały ślepakami. W tumulcie przy wyzwalaniu carewicza ktoś przypadkowo poderżnął mu gardło i w ten sposób problem dynastyczny przestał istnieć, a wyswobodziciele automatycznie stali się mordercami. Oburzona mordem, skazała Mirowicza na śmierć, a resztę — żeby uspokoić nieufną Rosję i podejrzliwy świat — zrobił prokurator wyznaczony przez Orłowa.

Prokurator wezwał wszystkich pięćdziesięciu konspiratorów na dziedziniec więzienny i oświadczył, że są skazani na śmierć, ale ci, którzy najlepiej, najdokładniej i najbarwniej opiszą przygotowania do zbrodniczego zamachu i jego realizację, zostaną tylko zesłani na Sybir. Głupcy, którzy nie połapali się w celach tego konkursu, napisali bądź (w przypadku niepiśmiennych) podyktowali prawdę, to jest, że do spisku wciągnął ich Mirowicz i że Iwana zamordował dozorca więzienny, a kiedy oni chcieli go za to ukarać, Mirowicz nie pozwolił. Ci otrzymali bez sądu po dwa do trzech tysięcy pałek, co żadnemu z nich nie robiło różnicy, albowiem w każdym przypadku powyżej tysiąca uderzeń bito już trupa. Kilkunastu bardziej świadomych oskarżyło siebie o to, że zostali przekupieni i jako agenci obcych mocarstw zamierzali wytracić całą carską rodzinę, poczynając od Iwana. Ponieważ jednak ich wersje różniły się nieco (np. jedni podawali się za agentów Wiednia, inni Berlina, a jeszcze inni Porty Otomańskiej), zezwolono im skorygować błędy we wspólnej celi. Tak powstała wersja ostateczna (spisek opłacony przez Turcję), której musieli nauczyć się na pamięć. Następnie prokurator przeprowadził próbę generalną, podczas której oskarżeni, obrońcy oraz sędziowie recytowali swoje kwestie i nie wolno im się było pomylić o jedno słowo. Kiedy już doszli do absolutnej perfekcji, odbył się proces i wszyscy aktorzy odegrali na nim swoje role zgodnie ze scenariuszem. Oskarżonych skazano na śmierć, a nagrodą było oszczędzenie im pałek. Opinia publiczna Zachodu dostała swój uspokajający żer, zaś dla dopełnienia dzieła potrzeba było tylko trochę reklamy od najlepszych piór Europy.

Patrzy z wierzchołka lodowej piramidy na mrowisko opętanych ideami głupków, francuskich i niemieckich filozofów Oświecenia, i sama nie może się nadziwić skwapliwości, z jaką uznali ją za zwolenniczkę ich myśli i ostoję europejskiego liberalizmu. Wysłała do nich kokietujące zaproszenia — do von Grimma, Woltera, Diderota, d'Alemberta i innych — a także propozycję drukowania w Petersburgu ich „Encyklopedii", represjonowanej przez jezuicką cenzurę w Paryżu. Rewanżując się nazwali ją *„Słońcem Północy"*, a jej imperium *„Rajem"*! Apogeum tego flirtu nastąpiło w roku 1767, kiedy ogłosiła pełen oświeceniowych banałów „Nakaz" prawodawczy, będący sprytną kompilacją dzieł Monteskiusza oraz traktatu Włocha Beccariego „O przestępstwach i karach". Ludwik XV kazał skonfiskować francuskie tłumaczenie tego dokumentu, a Europa wolnomyślicieli oszalała z zachwytu; równali „Nakaz" z prawami Likurga i Solona. Wolter napisał w euforii, że Rosjanie, którzy tak długo byli niewolnikami, zostali przez swą władczynię uczynieni ludźmi wolnymi. Nie wiedział on, ani jego koledzy–intelektualiści, wieczne arlekiny historii, że w tym samym 1767 roku wydała do użytku wewnętrznego „Ukaz", który automatycznie skazywał chłopa pańszczyźnianego na katorgę za samo złożenie skargi na szlachcica, bez względu na to, czy była uzasadniona czy nie. „*Theatrum Europaeum*"!

Ze szczególnym rozbawieniem przygląda się najsławniejszemu — Wolterowi. Kilka nafaszerowanych komplementami listów, które do opętanego kultem swego geniuszu błazna zawiózł hrabia Woroncow, kilka czczych frazesów o wolności i sprawiedliwości, wreszcie nic nie kosztujące poparcie przez nią Woltera w „*sprawie Calasa*", protestanta skazanego niewinnie na śmierć — i oto człowiek, który głosi, że „*wszelki przymus wyznawania dogmatu jest czymś wstrętnym*", oraz że „*sędziowie skazujący ludzi, których jedynym występkiem są przekonania odmienne od przekonań sądu*" to zbrodniarze, zaczyna szerzyć jej chwałę („*Gwiazdo Północy!*") i boskość („*Notre Dame de Petersbourg*"), tak jakby nie zmuszała milionów swych poddanych do bezwzględnego wyznawania dogmatu o słuszności samodzierżawia i jakby nie skazała na dożywotnią katorgę dwóch publicystów, Radiszczewa i Nowikowa, krytykujących niedolę ludu.

Dezinformacja i spektakularne gesty — oto klucz. Zakupiła księgozbiór Diderota, targując się: Diderot żądał 15 tysięcy liwrów, ona dała 16 tysięcy z warunkiem, że wielki pisarz do końca życia będzie depozytariuszem sprzedanej biblioteki. W ten sposób Diderot, nie opuszczając Paryża, został bibliotekarzem Katarzyny w swej własnej bibliotece i zainkasował pensję za 50 lat z góry — 25 tysięcy liwrów! Europa przecierała oczy i wyła z uwielbienia. Tak samo zakupiona została biblioteka Woltera, który zawsze podniesie mądrość i odwagę boskiej władczyni (co dała się zaszczepić przeciw ospie jako pierwsza w Rosji), a nigdy nie dostrzeże religii knuta. Wystarczy mu, że wie, iż ona jest zdecydowaną przeciwniczką tortur.

Knut zresztą nie tortura — to tradycja święta; nie można jej gubić, chociaż nie należy jej reklamować za granicą. Wielokrotnie nakazywała użyć tej tradycji ze względu na jej skuteczność. Knut jest to bicz z rzemieni, których umyślnie spreparowana skóra ma giętkość kauczuku a hart stali. Silne uderzenie gładko oddziela ciało od kości. Dziesięć uderzeń zabiera delikwentowi przytomność, sto zabiera życie, nawet najtrwalszym. Cudowny przyrząd! Ach, monsieur Voltaire...

W sumie jednak ten naiwny papież libertynów ma rację. Ależ tak! Ma ją, gdy podnosi, że ona brzydzi się okrucieństwem — przecież nigdy nie podpisała wyroku śmierci. Podpisywali urzędnicy, ona pisała listy do Woltera, który ma rację, kiedy pisze, że w Rosji zatriumfowały *„rozum, niewinność i cnota"*, gdyż rozumu nikt jej nie zaprzeczy, a niewinność i cnota są przywilejami bogów. Ma więc także rację, gdy nazywa ją: *„Notre Dame de Petersbourg"*, co się tłumaczy: *„Nasza Pani z Petersburga"*, ale i *„Najświętsza Matka Petersburska"*, i gdy pozdrawia ją, krzycząc: *„Te Catherina laudamus! Te dominam confitemur!"*. Błogosławieni głupcy, którzy tak błogosławią.

A jakże wielką rację ma, kiedy w korespondencji z nią zabiera głos o sprawach międzynarodowych: *„Coś mi mówi, że poniżając jedną ręką pysznych Turków, uspokoisz Pani drugą krnąbrnych Polaków!"*, zaś po wkroczeniu jej wojsk do Polski: *„Chwała to niesłychana, kroniki całego świata nie znajdują przykładu wysłania armii do wielkich narodów, aby im oświadczyć: Żyjcie w sprawiedliwości i w pokoju!"*.

Ze szczytu lodowej góry widać, jak bardzo potrzebni są Wolterowie szerzący jej wizerunek jako orędowniczki pokoju, albowiem symbolika pokoju jest największą uwodzicielką społeczeństw poturbowanych przez historię. Minister spraw zagranicznych, Nikita Panin, którego odziedziczyła po carycy Elżbiecie, opowiedział jej — gdy poprosiła go o lekcję polityki zagranicznej — starą bajkę:

„Działo się to dawno temu, na Rusi Kijowskiej. Kniahini Olga owdowiała w trakcie wojny i postanowiła zemścić się na zabójcach męża, Drewlanach, niszcząc ich stolicę. Obległa gród, lecz jego mieszkańcy bronili się zażarcie. Minęły jesień, zima i wiosna, obie strony były zmęczone. Kniahini wyraziła gotowość odstąpienia od miasta jeśli Drewlanie zapłacą haracz w gołębiach, po jednym ptaku z każdego domu. Obrońcy skwapliwie spełnili warunek, ona zaś przywiązała każdemu z ptaków płonącą żagiewkę do ogona i wypuściła je na wolność. Gołębie wróciły ku strzechom swych domostw i te stanęły w ogniu. W jednej chwili zapalił się cały gród i zgorzał".

— Czyż gołąb nie jest symbolem pokoju? — spytał Panin.

Polscy patrioci, miłośnicy pokoju, podziękowali jej pismem, które zachowała we wdzięcznej pamięci i które kazała opublikować, by dziejopisowie mogli po nie sięgać bez trudu:

„Nie ustępując w gorącym patriotyzmie innym współobywatelom, z żalem dowiedzieliśmy się, że są ludzie wyrażający niezadowolenie z powodu wkroczenia wojsk Waszej Imperatorskiej Mości do naszego kraju, a nawet, że zwrócili się do Waszej Imperatorskiej Mości w tym przedmiocie z reklamacją. Widzimy z żalem, że prawa naszej ojczyzny nie są dostateczne dla utrzymania tych mniemanych patriotów w należytych karbach (...). Groziłaby nam wobec braku sił odpowiednich prze-

moc z ich strony na sejmach. Wstąpienie w granice Rzeczypospolitej wojsk Waszej Imperatorskiej Mości i ich zachowanie się — b u d z i i s t o t n ą w d z i ę c z n o ś ć w s e r c u k a ż d e g o p r a w d z i w e g o P o l a k a, i tę wdzięczność uznaliśmy za właściwe pismem niniejszym wynurzyć".

Nie brakowało w owym czasie w Polsce warchołów, lecz ambasador, książę Repnin, żonaty z siostrzenicą Panina, radził sobie i z nimi, i z „*woskową kukłą*", jak nazywała swego kochanka, którego uczyniła królem Polski. Repnin wydał się jej i Paninowi znakomitym narzędziem, posiadał głowę na karku. Swój egzamin polityczny zdał mając 28 lat, w ostatnim roku panowania Elżbiety, gdy pewnego medyka, którego Panin nie lubił, ale który cieszył się łaskami wpływowych kół dworskich, oskarżono donosem o przygotowywanie bombowego zamachu na carycę. Repnin udowodnił, że lekarz ten skonstruował „*machinę piekielną*", by wysadzić w powietrze Pałac Michajłowski. Okazało się wprawdzie, że oskarżony nie zbudował „*machiny piekielnej*", ale mógł ją zbudować, ponieważ posiadał wszystkie potrzebne ku temu materiały. Wprawdzie żadnych takich materiałów u niego nie znaleziono, ale mógł je zdobyć, gdyż miał szwagra rusznikarza. Co prawda nie posiadał szwagra, albowiem siostra jego była starą panną, ale w każdej chwili mógł ją wydać za mąż. Lekarza słusznie zesłano na Sybir.

Miała prawo sądzić, że człowiek tak mądry jak Repnin nie zawiedzie. A on po kilku latach pobytu w Warszawie zakochał się w Polce, w księżnej Izabeli Czartoryskiej, głupiejąc doszczętnie! Od tej pory sprawy polskie poczęły się komplikować, cała Polska i Litwa stanęły w ogniu, i teraz trzeba się tym tortem dzielić z Prusami i Austrią... Ale to nic, w przyszłości da się sytuację naprawić, wyrzucając od wspólnego stołu Berlin i Wiedeń...

Z lodowej góry widać cały świat. Góra jest wielka i świat jest wielki. Nie ma w nim dużo miejsca dla pieszego wędrowca, świat stawia mu zbyt wiele przeszkód, ignoruje i odrzuca. Nierówne drogi utrudniają marsz. Opuszczone ścieżki zarastają. Dzwonnice miasteczek giną we mgle. Trzeba mieć skrzydła władzy, ogromne, na miarę krajobrazu, i startować z wierzchołka sopla lodu, który sięga nieba. Tak ujawnia się wielkość człowieka — gdy jest postawiony sam na sam z czasem i światem, wobec Historii (bo czymże innym jest polityka, jak nie świadomym kształtowaniem historii?), do której jedyną legitymację stanowi siła. Można mieć rozum Leonarda, świętość Chrystusa i spokój Buddy, ale jedynym ważnym pytaniem jest to, które zadał Iwan Groźny: „*Ile pułków posiada papież?*". Nie ma nic innego od skąpanych w niepamięci podnóży cywilizacji, gdy kształtowały się pierwsze wyobrażenia o Bogu, hierarchii i władzy, o uleganiu słabego silnemu, ociężałego zwinnemu, głupiego mądremu, prostodusznego przebiegłemu — od pierwszej walki dwóch ludzi o żer, samicę i legowisko. Tylko tropem kłamstwa i krwi można wywieść dzieje od jednostki poprzez klany, plemiona, narody i państwa do imperium i wszelkich jego idei. Z dwóch aspektów możliwości u Arystotelesa, który rozróżnia *„możliwość wedle miary”* i *„pełnię możliwości”*, pierwsza przynależna jest karłowatym piechurom, druga zaś, oznaczająca działanie z bytem jako gliną w dłoni, należy do półbogów. Stary preceptor Kraus, który wpajał jej starożytnych zawsze pijany i trzęsący się ze strachu, że książę Chrystian go wyrzuci — dobrze zasłużył na jej milczenie. Dywan z dwustu tysięcy ludzi!...

Ze szczytu największej góry na świecie widać cały teatr świata. Szerokie płaskie pola po obu stronach tysięcy rzek, setki pasm górskich, oceany i archipelagi. Daleko na zachodzie rysują się sylwety dumnych miast, maszty okrętów i płomienie pożarów. Migają zwidy. Miliony, miliony szyneli na równinach, twarzami wszystkich kolorów w śniegu. I cisza.

Nie widać tylko małego wychodka w rezydencji Carskie Sioło, do którego za kilka lat wejdzie sześćdziesięciosiedmioletnia kobieta, by oddać stolec. Obnaży się i siądzie na wyściełanej poduszkami desce, a wówczas bagnet, umocowany sprytnie od spodu, wbije się w jej ciało z siłą równą wadze ciała.

Stało się to w roku 1796, bezpośrednio po dokonaniu przez Austrię, Prusy i Rosję kompletnego rozbioru Polski. Oddanie sąsiadom dwóch trzecich polskiego tortu, który był głównym obiektem zainteresowania carskiego imperializmu i w całości powinien należeć do Matuszki Rosji, stanowiło klęskę doktryny wielkiej carycy i nie mogło pozostać bez kary...

W Pałacu Zimowym zamieszkali jej następcy, rojąc te same sny z wysokości lodowego wierzchołka, a prostym ludziom pozostała tylko nadzieja, że kiedyś, za wiek lub dwa, mały stożek lodu na głowie udręczonego robotnika obali lodową górę. Nie jest to tania metafora:

Pod koniec czwartej dekady XIX wieku Pałac Zimowy spłonął i car Mikołaj I dał podwładnym jeden rok na odbudowanie giganta. Podczas trzydziestostopniowych mrozów dziesiątki tysięcy robotników–galerników nieludzkiego despotyzmu pracowało w salach, które celem szybszego osuszenia gmachu ogrzane były do trzydziestu stopni ciepła. Wchodzących i wychodzących porażała sześćdziesięciostopniowa różnica temperatur. Robotnicy, którzy pracowali wewnątrz, musieli dla przeżycia kłaść na głowy specjalne czapki ze stożkami lodu. Ci, którzy przeżyli, nigdy już nie powrócili do zdrowia. 20 tysięcy zmarło w czasie pracy.

Bawiący wówczas nad Newą Francuz, markiz Astolf de Custine, widząc to zapytał: *„Co uczynił człowiek Bogu, że ten skazał 60 milionów jego bliźnich na życie w Rosji?"*.

WYSPA 12

POŁĄGA (ŻMUDŹ)

ULRICH VON KNIPRODE

KRZYŻAK

„Krzyżacy — byli to najbardziej karni rycerze, jacy kiedykolwiek istnieli. Przewyższali pod tym względem nawet legie rzymskie, albowiem Rzymianie buntowali się niekiedy, podczas gdy rycerz zakonny wytrzymywał najcięższe próby, będąc wzorem karności (...) Kiedy któryś z nich wpadał w litewskie ręce, palono go wraz z koniem, ale i Niemcy rzadko kiedy oszczędzali Litwinów...".

(Adam Mickiewicz, wykład XXII w Collège de France, piątek 19 marca 1841).

Kiedyś będziecie czytać moją powieść pt. „Milczące psy", której pierwszy tom już ukończyłem, a reszta czeka na wolny czas do spełnienia. Jest to historia srebra zwanego purpurowym lub judaszowym. Najpierw wyjaśnię tę nazwę.

Zgodnie z niezatytułowanym apokryfem, błędnie uważanym przez długi okres za jedno z pism Orygenesa (III wiek), ale pochodzącym niewątpliwie z kręgu kierowanej przezeń aleksandryjskiej szkoły katechetycznej — kapłani cisnęli odniesione im przez Judasza srebrniki na pawiment pod jego wiszącym ciałem, a kiedy rano przyszli słudzy, by go zdjąć, ujrzeli, że ze źrenic trupa skapują krwawe łzy i że srebrniki zabarwiły się tym rodzajem purpury, jaki wówczas uzyskiwano z pewnego gatunku ślimaków morskich. Srebrniki próbowano umyć. Bezskutecznie, wciąż pozostawały intensywnie purpurowe. Kupiono za nie rolę garncarzową, nazwaną Halcedama* (co potwierdza św. Mateusz w swej Ewangelii), płacąc 27 sztuk. Trzy wrzucono do skarbca świątyni jako osobliwość. Następnego dnia okazało się, że nie można ich rozpoznać, gdyż

---

* — Rola Krwi.

owe trzy zakaziły barwą inne monety skarbca. Oddając swą purpurę wielu siostrom przybladły i teraz wszystkie srebrniki lśniły jednakowym odcieniem różu. Srebro to wywieźli Rzymianie, lecz koło wyspy Rodos statek ich został napadnięty przez trzy tajemnicze jednostki (uratowała się tylko nałożnica prokonsula, wyniesiona na brzeg przez fale) i purpurowy ładunek zniknął na pewien czas z historii.

Tyle legenda zawarta we wspomnianym apokryfie, w którym jest jeszcze wytłumaczenie terminu: Srebro Milczących Psów. Autor tego tekstu napisał: *„Oni, co je biorą, nie krzyczą za sprawą tych, którzy ich dusze pokupili, i ze zdradą swoją się nie obnoszą, i nie pokazują myśli swoje, jako to głupiec zwykł był czynić myśląc, że ludzi do onej zdrady przekona. Milcząc zasię, pocałunkiem serdecznym na niewolę braci swoich wiodą, jako Judasz Iskariota Zbawiciela ucałował, mękę mu przynosząc i śmierć (...) Mówię wam: strzeżcie się Milczących Psów, którzy krew z ziemi waszej wypiją bezgłośnie, w poddaństwo was prowadząc jako barany na rzeź, i mówię wam: strzeżcie się, i mówię jeszcze: strzeżcie się po trzykroć, bo stoją obok i śmieją się z przyjaźnią bezlitosną a fałszywą...”*.

Wiele lat zabrało mi odtwarzanie dalszych dziejów purpurowego srebra. W XII wieku znajdowało się ono w rękach Assassynów, tajemniczej sekty Starca z Gór. W początkach następnego stulecia wydarli je Assassynom Krzyżacy*, zakon rycerski, którego kariera rozpoczęła się podczas krucjat, w Ziemi Świętej. Dzięki tej zdobyczy mały zakon błyskawicznie urósł w siłę, zyskując olbrzymie wpływy na terenie Europy, gdyż purpurowe srebro miało siłę korumpującą nieporównanie większą od złota. W przeciwieństwie do złota, za pomocą którego można kupić człowieka i skłonić go tym do jakiejś zdrady — za pomocą purpurowego srebra można kupić jego d u s z ę, to jest sprawić, iż stanie się on sługą niezawodnym, a sprzedając własną ojczyznę będzie przekonany, że czyn ten jest słuszny i moralny, zgodny z prawami Boga, natury i ludzi. Człowiek, którego wola została skorumpowana purpurowym srebrem, nie zna konfliktu sumienia z niegodziwością, albowiem sumienie jego wyświęca podłość na słuszność czy dobroczynność, pozostawiając go spokojnym:

„I będą bezgrzeszni w mniemaniu ich, którzy wzięli różane argentum od strażników ziemi swojej, szkaradniejsi od tych, co się za złoto oddali, przekupnie swoje w nienawiści mając. Panie, wybacz im (tym

---

* — Krzyżacy (od czarnego krzyża na białym płaszczu) to potoczna nazwa używana w Polsce i na Litwie. Właściwa brzmi: *„Orden der Ritter des Hospitals Sankt Marien des Deutschen Hauses”* (Zakon Rycerski Szpitala Najświętszej Marii Panny Domu Niemieckiego).

drugim — przyp. W.Ł.), *albowiem wiedzą, co czynią i samych siebie w pogardzie oglądają. Owych zaś* (tych pierwszych — W.Ł.) *strąć w czeluść Belbaala, jako ku naprawie dusz swoich niesposobni są. Azaliż nie wierzą sercem swoim, że czynią dobro, kiedy zło czynią? Przeklęte niech będą one truciciele plemion Ziemi, i potomstwo ich, i potomstwo potomstwa ich aż po ostatnią matkę, albowiem wszelka niewola ich jest dziełem*"*.

Przez niespełna sto lat od roku 1291 purpurowe srebro spoczywało w tajnym skarbcu Zakonu w Wenecji. W tym czasie (XIII i XIV wiek) Krzyżacy siłą i podstępem opanowali znaczne terytoria na południowych i wschodnich wybrzeżach Bałtyku, tworząc prawdziwe mocarstwo świeckie pod pozorem chrystianizacji pogańskich plemion tubylczych. Prusów wyrżnęli, z Litwinami zaś i Żmudzinami (a także z chrześcijańską Polską) toczyli krwawe boje, pomagając sobie purpurowym srebrem. W XIV wieku udało się im, przekupując wpływowych ludzi na dworach litewskich książąt, tak zwaśnić Litwinów między sobą, iż czarny krzyż nie musiał się obawiać ich miecza (najbardziej pożyteczne okazało się skłócenie Władysława Jagiełły z jego stryjem Kiejstutem i synem Kiejstuta, Witoldem). Książęta litewscy, omotani radami milczących psów ze swego otoczenia, poczęli na wyścigi wchodzić w alianse ze śmiertelnym wrogiem Litwy, ślepi na samobójczość tej polityki.

W roku 1380 Wielki Mistrz Zakonu, Winrich von Kniprode, podjął decyzję o przeniesieniu purpurowego skarbca do ówczesnej stolicy krzyżackiego imperium, potężnej twierdzy Malbork (Marienburg) na Pomorzu Gdańskim. Purpurowe srebro załadowano na statek chroniony przez dwie inne jednostki i konwój ten wyruszył z Wenecji drogą przez Gibraltar, Kanał La Manche i cieśniny duńskie na Bałtyk. Nie zaryzykowano drogi lądowej, gdyż Europa była niespokojna, kotłowały się w niej wojny wszelakiego kalibru. Lecz gdy konwój dosięgnął Zatoki Gdańskiej (1381), Bałtyk okazał się równie niespokojny. Potworna burza rozproszyła statki i zniosła ten ze skarbem daleko na północny wschód. W nocy kapitan dostrzegł światło i zrozumiał, że jest blisko brzegu. Próbował trzymać się od niego z daleka, lecz nadludzkie wysiłki, jakie czyniła załoga, na nic się zdały. Statek rozbił się o wpadające do morza zbocze góry zwieńczonej świętym Zniczem i utknął na skale. Rano połąscy Żmudzini wymordowali większość rozbitków i zawładnęli purpurowym srebrem. Tak wpadło ono w ręce Kiejstuta.

Książę Kiejstut Giedyminowicz od roku 1341 władał częścią Litwy, Żmudzią (litewskie Žamaitis, łacińskie Samogitia), która aż do XIX wie-

* — Apolloniusz z Tiany w liście będącym suplementem do jego „Księgi przepowiedni".

ku była najbardziej tajemniczą krainą Europy. Gdyby nie istniała naprawdę, trudno byłoby w nią uwierzyć, bo nawet legendy mają jakieś granice wiarygodności. Tyle rzeczy i zjawisk wydawało się tu mieć miarę niezwykłą. Były tu budowle rodem z prastarych klechd, kurhany tak ponure jak osierocone matki, i krzyże tak samotne jak obłąkani pustelnicy. Była to kraina niezmierzonych puszcz, bezdennych jezior i nie tkniętych nogą człowieka bagien, pełna widm i upiorów, mieszanina terenów odpychająco nieprzyjaznych i bajkowo uwodzicielskich. Na rozległych połaciach tego mini–kontynentu między Niemnem, Wilią, Niewiażą i wybrzeżem Bałtyku, którego drgający horyzont stanowił niewytyczoną granicę, plemiona tubylcze przez całe wieki żyły marzeniami zakotwiczonymi w mitologicznej przeszłości, jakby kolejne stulecia stanowiły nieprzemijającą całość.

Dla Krzyżaków Żmudź, której nie mogli opanować, była wyzwaniem, siedziała na ich pysze niczym bolesny wrzód. Wyprawa za wyprawą szły na tę ziemię i doznawały klęski — często nie wracał ani jeden knecht. Płacąc pięknym za nadobne, Kiejstut zorganizował przeciw Zakonowi 42 rajdy odwetowe. Droga powrotna którejś z tych ekspedycji (około 1347–50) wiodła przez jedyny port Żmudzi i święte miejsce kultowe Żmudzinów, Połągę.

W Połądze (Polandze) znajdowała się świątynia głównego bóstwa żmudzkich plemion, Praużime (Praamżimas). Bóstwo to było żeńską odmianą fatalistycznego bóstwa przeznaczenia i konieczności, zwanego — jak podaje Kraszewski — Lajma, gdy było złem, i Lakkimas, gdy oznaczało dobro. Kult ten zakładał, że wszystko, co istnieje — bogowie, ludzie, zwierzęta i cały kosmos — rządzone jest mocą nieubłaganego prawa konieczności i ostatecznego przeznaczenia, od którego nie ma odwołania ni ucieczki, a jego materialną projekcją był święty ogień. Tzw. Znicze ofiarne, stanowiące ołtarze, płonęły w wielu miejscach na Żmudzi; ich popioły miały pono cudowną moc leczniczą, z ich płomieni wróżono i dzięki nim dochodzono prawdy, ich zgaśnięcie wieszczyło klęskę lub kataklizm — winnych zgaśnięcia Znicza palono na stosie. Najważniejsze ze świętych ognisk płonęło na przybrzeżnej górze w Połądze, podtrzymywane nieustannie przez żmudzkie wajdelotki, kapłanki zobowiązujące się zachować czystość pod karą spalenia, zakopania żywcem bądź utopienia w rzece.

Kiejstut ujrzał w Połądze najpiękniejszą z wajdelotek, córkę możnego Żmudzina Widymunda, słynną Birutę. O jej urodzie krążyły równie fascynujące legendy jak o wykształceniu Kiejstuta (władał kilkoma językami), o jego odwadze, prawości i szczęściu. Znakomity historyk, Julian Klaczko, pisze w „Uni Polski z Litwą":

„Kiejstut kochał się w walkach dla nich samych, dla wrażeń, jakich dostarczały, dla przymiotów, jakie odsłaniały. Niejednokrotnie był wzięty w niewolę wskutek unoszącego zapału, który go wpędzał w najniebezpieczniejszy wir bitwy, ale i tylekrotnie bywał uwalniany, bo umiał pozyskiwać stróżów i dozorców więzień. W jednej z takich przygód, po ośmiu miesiącach niewoli teutońskiej, zdołał pewnego dnia umknąć w sukni zakonu (sławny płaszcz biały z czarnym krzyżem) na koniu samego wielkiego mistrza; zaraz od granicy odesłał rumaka wraz z przeprosinami".

Postać Kiejstuta Klaczko ujmuje w zdaniach, w których aż roi się od słowa honor i pochodnych: *„Serce jego było proste, a dusza szlachetna (...) W epoce niezbyt oddalonej od mężów takich jak Ryszard Lwie Serce, wierzył w honor (...) był uosobieniem skończonego — z wyjątkiem wiary — chrześcijańskiego rycerza, przejęty miłością do ludzi, zapałem wojennym i uczuciami honoru (...) Tak wróg, jak przyjaciel, wiedzieli, że świętym jest słowo Kiejstuta, że nad odwagę wyżej cenił tylko honor*". Najciekawsze jest to, że Klaczko zaczerpnął ową charakterystykę z kronik... niemieckich! Nawet mnisi germańscy, spisujący kroniki Zakonu, którego Kiejstut śmiertelnym był wrogiem, przyznawali, iż *„przede wszystkim kochał prawdę i sławę*".

Trzecią kochanką była Biruta. Pan na Żmudzi, Trokach, Podlasiu i Polesiu oszalał z miłości od pierwszego wejrzenia i zgwałcił święte prawa swego narodu, porywając dziewicę zaprzysiężoną bóstwu.

Pierwszą noc spędzili na postoju w głębi kniei. Kiedy książę zbliżył się do jej szałasu, stanęła w otworze wejściowym z nożem w dłoni. Gdy zrobił jeszcze jeden krok do przodu, przyłożyła kraniec ostrza do swej szyi. Stali tak naprzeciw siebie, milcząc i patrząc sobie w oczy, otoczeni struchlałymi wojami, z których jeden musiał wcześniej podsunąć nóż wajdelotce, by uchroniła siebie i Kiejstuta od zemsty Praużime. Potem on coś powiedział szeptem, którego nikt nie dosłyszał, a jej ręka opadła i Biruta cofnęła się w głąb szałasu. Kiejstut wszedł za nią. Gdy rano dosiedli koni, ona nie była już wajdelotką, on zaś nie był dzikusem. Oboje byli zakochani.

Biruta urodziła Kiejstutowi kilku synów (w tym głośnego Witolda) i kilka córek. Lud kochał ją, bo chcąc przebłagać Praużime stała się żarliwą opiekunką starego obrządku i swą wiarą zaraziła męża. Lud tedy pokochał i Kiejstuta, gdyż stał on mocno przy wierze ojców, podczas gdy coraz więcej litewskich książąt mniej lub bardziej widocznie oglądało się na chrystianizm. Pozwalał żonie często odwiedzać Połągę, gdzie przyjmowano ją z szacunkiem należnym królowej, wierząc, iż Praużime przebaczyła Birucie odkąd wajdelotką została najstarsza z jej córek, Mikłowsa. Pewnego dnia w roku 1381 księżna wróciła do męża z wiadomością, że przy wybrzeżach Połągi zatonął krzyżacki statek...

Kiejstut nie zdążył wykorzystać zdobyczy. W roku 1382 Jagiełło, sprzymierzony z Krzyżakami, zdradziecko uwięził stryja na zamku w Krewie i kazał go zamordować. Mówiono, że olbrzymią rolę odegrała tu intryga Marii, żony powieszonego przez Kiejstuta Wojdyłły — mściwa kobieta miała działać rękami Bilgena, brata komendanta krewskiego zamku. Ale mówiono także, iż zadecydowało purpurowe srebro, którym Krzyżacy przekupili Bilgena i Marię, w efekcie czego podsycała ona nienawiść Jagiełły do księcia Żmudzi.

Nigdy zapewne nie poznalibyśmy szczegółów śmierci Kiejstuta, gdyby nie przyjazd do Polski jednego z najbardziej niezwykłych uczonych i magów XVI wieku, doktora Johna Dee, oraz jego medium spirytystycznego, Edwarda Kelleya. Słysząc o niezwykłych wyczynach okultystycznych duetu Dee–Kelley (do dzisiaj historycy nie są w stanie podważyć paranormalnych osiągnięć tej dwójki), król Stefan Batory, próbujący wyświetlić kto jest aktualnie właścicielem purpurowego srebra, zaprosił obu Anglików na swój dwór. Gdy przybyli — zamknął się z nimi 23 maja 1585 roku na zamku niepołomickim, spisując przedtem swój testament (!) i otaczając zamek silną strażą (nie bez powodu, gdyż następca Iwana Groźnego, car Fiodor, starał się wszelkimi sposobami wyciągnąć Anglików z Polski)*. W pracach naukowych poświęconych Johnowi Dee (podstawowymi źródłami są dzieła Casaubona i Hallivella)** znajdują się opisy dwóch zaledwie seansów okultystycznych odbytych w Niepołomicach 27 i 28 maja 1585, obu treściowo miałkich i nie zasługujących ani na uwagę, ani na militarny kordon ochronny wokół zamku. Między 23 maja (spotkanie z królem) a 27 maja (pierwszy znany seans) istnieje tajemnicza luka: co robili król i jego goście w ciągu tych pierwszych czterech dni? Dopiero odnalezienie potomka Hallivella, który udostępnił mi odręczne zapiski Johna Dee, zezwoliło mi wypełnić tę lukę...***

Wszystko, co powyżej, jest nader lapidarnym (wręcz wulgarnym) streszczeniem fragmentu przedmowy do „Milczących psów". Skrót ten

---

* — R. Bugaj, „Nauki tajemne w Polsce w dobie odrodzenia", Wrocław 1976.

** — M. Casaubon, „A true and faithful Relation of what passed for many years between Dr. John Dee and some Spirits (...) His private Conferences with Stephen King of Poland...", London 1659; J.O. Hallivell, „The Private Diary of Dr. John Dee...", London 1842.

*** — Dokumentów tych Hallivell nigdy nie opublikował, co przedłużyło mu doczesny żywot, gdyż od XVII wieku wszyscy, którzy afiszowali się wiedzą o purpurowym srebrze, ginęli tajemniczo (po szczegóły odsyłam do „Milczących psów").

potrzebny mi był dla zaprezentowania poniżej dwóch scen dialogowych z owej przedmowy, obejmującej historię purpurowego srebra od początków naszej ery do roku 1764, w którym zaczyna się akcja powieści. Obie te sceny tworzą portret krzyżackiego komtura Ulricha von Kniprode, mieszkańca bezludnej wyspy nr 12. Są one zbeletryzowaną wersją relacji Johna Dee na temat dwóch wizji wywołanych przezeń za pomocą Kelleya w zamku niepołomickim 24 maja 1585 roku.

Podczas seansu przedpołudniowego wprowadzony w trans Kelley ujrzał ciemną, murowaną izbę na zamku malborskim. Przy stole siedział siwobrody mąż, który przypominałby starożytnych proroków, gdyby jego twarz nie świeciła złowrogo, a spojrzenie nie było ostre niby żelazny pręt zahartowany w piekielnym ogniu. Odziany był w biały habit z czarnym krzyżem na lewym ramieniu. Naprzeciwko niego stał przy stole rycerz, którego zbroję częściowo zakrywała opończa z wielkim krzyżem biegnącym przez pierś od szyi do pasa. Palce to zaciskał kurczowo, to rozprostowywał, wyrzucając z siebie słowa ochrypłym szeptem, jak w gorączce. Pod wysokim gotyckim sklepieniem każde słowo, nawet najcichsze, eksplodowało i odbijało się mocnym echem ku wiszącym na ścianie krucyfiksowi, klepsydrze oraz tarczy bojowej z mieczami i potężnym rogiem, które blask świec dobywał z półmroku wyraźnie jak na strzelnicy.

— Boże mój, broń mnie przede mną! — rzekł rycerz.

— Amen — odparł spokojnie siedzący. — Niech cię Bóg strzeże przed twoją słabością.

Rycerz oderwał wzrok od krucyfiksu i spojrzał na swego rozmówcę.

— Bracie, zali nie pomnisz, iż ten człowiek nieraz uwalniał braci zakonnych wziętych w niewolę, że oszczędził komtura Othona i jego załogę we wziętym Johannisburgu, że zawsze chronił...

— Właśnie prosiłem Boga, aleś pewnie nie dosłyszał, żeby cię *zawsze chronił* przed słabością w walce ze złem, słabością bowiem jest litowanie się i wspominanie łzawe, które białogłowom przystoi. To, co wspominasz, dawno było, odmieniły się czasy. Nasze zaś powinności nie odmieniły się i wypełniać je trzeba.

W oczach rycerza zabłysnął rozpaczliwy sprzeciw.

— Ja, brat Wielkiego Mistrza Zakonu Marii Panny... ja, rycerz pasowany... ja mam być katem?!... I to w taki sposób, nawet nie sztyletem lub mieczem!... Bracie!!...

— Masz być ramieniem sprawiedliwości, a przedtem odzyskać to, co nasze. Wiesz jak. Ruszaj!

Rycerz osunął się na kolana.

ŚWIATOWID

·ILUSTROWANY·KURJER·TYGODNIOWY·

Nr. 32 (209) Sobota, 4. sierpnia 1928 Rok V.

KIEDY BŁYSNĘŁA POLSKA SZABLA...

95. Historyczne zdjęcie legionowe z okładki tygodnika: Wieniawa (pierwszy z prawej) składa na froncie meldunek Komendantowi Piłsudskiemu (pierwszy z lewej).

96. Kawaleria Beliny w akcji.

97. Lasalle (akwarela Maurice'a Toussainta).

98. Młody legionista Wieniawa-Długoszowski.

99. Chwilowo spieszony „Pierwszy Ułan Rzeczypospolitej".

100. „Ojciec" i mocno już wyrośnięty „syn".

101. Komendant Piłsudski na czele drużyn strzeleckich I Brygady przekracza w 1914 granicę austriacko-rosyjską (obraz J. Kossaka).

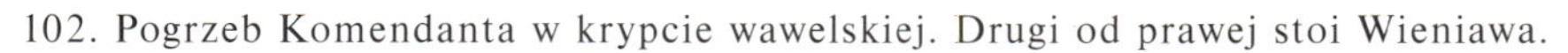

102. Pogrzeb Komendanta w krypcie wawelskiej. Drugi od prawej stoi Wieniawa.

103. Karykatura Władysława Daszewsiego *Na górce w „Ziemiańskiej”* (od lewej: Wieniawa, Lechoń, Tuwim i Słonimski).

104. Wieniawa w towarzystwie damy (w tym przypadku sławnej aktorki).

105. Karykatura Zaruby przedstawiająca Wieniawę, opatrzona nadtytułem *Przysposobienie wojskowe* i podtytułem *Oddział żeński uspo- sobienia wojskowego.*

106. Wieniawa w karykaturze Jerzego Zaruby.

BOLEK OSTATNI

107. Wieniawa jako miłośnik Tatr.

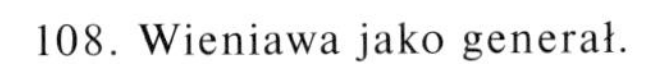

108. Wieniawa jako generał.

109. Wieniawa jako ambasador.

110. Młody Davout (sztych według obrazu Pérignona).

111. Davout i Napoleon w Pałacu Królewskim w Berlinie w roku 1806 (obraz Berthou'a).

112. Dojrzały Davout na portrecie C. Gautherota.

113. Katarzyna II (XVIII-wieczna miniatura).

114. Zofia Fryderyka Augusta Anhalt-Zerbst, późniejsza Katarzyna II (portret z epoki).

115. Nie kończąca się fasada Pałacu Zimowego w Petersburgu.

116. Wysadzana indyjskimi kamieniami korona Katarzyny II.

117. „I wszyscy w tym domu panicznie się boją..." (Katarzyna II wśród poddanych, sztych z roku 1816).

118. Wielki Mistrz Zakonu Krzyżackiego, Winrich von Kniprode (odwrócony tyłem) i jego brat, komtur Ulrich von Kniprode (obraz A. Popiela).

119. Król Stefan Batory (portret pędzla M. Bacciarellego), gospodarz magicznego seansu wykonanego przez duet Dee-Kelley.

120. Edward Kelley (rys. Andriolli).

121. John Dee (rys. Andriolli).

122. Decydująca rozmowa między Ulrichem (z prawej) i Winrichem von Kniprode (rys. Walerego Eljasza).

123. Kiejstut (XIX-wieczny sztych).

124. Biruta (XIX-wieczny sztych).

125. Ruiny zamku w Krewie (litografia według rysunku z natury Napoleona Ordy).

126. Wybrzeże Połągi i grób Biruty z poświęconą jej kaplicą (litografia według rysunku z natury Napoleona Ordy).

127. Tadż Mahal.

128. Sylvia Plath.

— Bracie, błagam cię... Każ mi walczyć samemu przeciw stu, pójdę!... Każ mi odbierać życie wrogom, ale w walce, na polu, nie tak!...

— I tak trzeba dla chwały Pana.

— Co?!... Piąte nie zabijaj, powiedział Zbawiciel!... Niech to zrobi ktoś inny!

— Mylisz się. Piąte n i e m o r d u j, powiedział Pan. Swoich rąk nie ubrudzisz, zrobią to twoi knechci, ty dopilnujesz. Zabójstwo poganina nie jest grzechem, nawet zabójstwo takim sposobem, nie przeczę, że barbarzyńskim. Tak chce Jagiełło i na jego to pójdzie sumienie, a że zlecił to nam, to tylko nasze szczęście, bo będziemy mogli odzyskać różane srebro. Zresztą... zabójstwo naczelnika pogan, który z wiarą Chrystusową walczy dla drewnianych bałwanów, co się plenią po ich lasach, jest uczynkiem miłym Trójcy Przenajświętszej! In morte pagani gloryfikatur Christus*... Bracie, pojmij wreszcie! Bez tego srebra, choćbyśmy mieli najostrzejsze miecze na Ziemi, najtwardsze tarcze i najmężniejsze serca, nie utrzymamy się tu, zmiotą nas prędzej czy później!

— Bóg nam pomoże!

Siedzący spojrzał na klęczącego pobłażliwie i w oczach zamigotał mu cień zdumienia naiwnością ludzką.

— Zaiste... pomoże nam, jeśli pomożemy sobie sami!... Mówisz: kto inny... Kto?! To jest najważniejsza ze wszystkich rzeczy, nasze być albo nie być! Sekret zna tylko pięciu członków Zakonu: Hochmaister, Grosskomtur, Oberster Marschall, Oberster Spittler i Tressler**. Teraz ty jesteś szósty. Uczyniłem cię szóstym bez zgody Wielkiej Rady, która mnie obwinia o utratę skarbu. Wtajemniczając ciebie złamałem prawo, ale musiałem to uczynić, bo sam jestem za stary, żeby tam jechać, a poza sobą tylko do ciebie mam zaufanie, bracie!

Schylił się i uniósł rycerza z kolan, by go przytulić do piersi.

— Jeśli tego nie zrobisz, wydasz wyrok na mnie i na siebie! Von Rothenstein tylko czeka, żeby nas usunąć. Śmierć Kiejstuta i purpurowe srebro zamkną mu pysk, a ty obejmiesz po mnie przywództwo Zakonu! Lecz Wielka Rada wyrazi na to zgodę jedynie wówczas, gdy dokonasz tak wielkiego dzieła.

Głowa rycerza drżała w ramionach starca, którego głos stał się nagle łagodny i miękki niczym ciało węża:

— Zrobisz to, bracie, dla nas dwóch, dla Zakonu i dla Chrystusa, prawda?...

---

* — Śmiercią poganina sławi się Chrystusa.

** — Wielki Mistrz, Wielki Komtur, Naczelny Marszałek, Wielki Szpitalnik i Skarbnik Zakonu.

— Zrobię... — wyszeptał rycerz.

— Niech Duch Święty wspiera twój rozum i twoją dłoń. Spiesz się, Jagiełło może się rozmyślić, albo sam dowie się o purpurowym srebrze i okradnie nas... Boję się tego pogańskiego psa...

— Ja boję się Boga...

Głos Wielkiego Mistrza zabrzmiał dzwonem:

— Ja zaś mam prawo rozgrzeszyć każdego, kto pracuje dla chwały Zakonu! Ego te absolvo in nomine...*

— Bracie — przerwał mu rycerz, zaglądając bratu w oczy — wierzysz w zbawienie?... Na rany Chrystusa, powiedz mi prawdę!

Starzec pocałował go czule i rzekł:

— Una salus servire Deo, caetera fraudes... Intelligis?... Prudenter age et fiat voluntas Dei... Sine mora!**

W tym momencie Kelley roześmiał się całym gardłem, rycząc: ha! ha! ha, ha, ha, ha, ha, ha, ha!, i ocknął się. Według zapisu doktora Dee: to szatan roześmiał się przy ostatnich słowach, a medium bezwiednie przekazało tę reakcję, tak jak przedtem dialog Wielkiego Mistrza Winricha von Kniprode z jego młodszym bratem Ulrichem.

Drugi seans miał miejsce wieczorem tego samego dnia. Tym razem Kelley ujrzał ciemny korytarz zamku w Krewie. We wnęce oświetlonej łuczywem stało czterech ludzi: komendant zamku, Prora, jego brat, milczący pies Krzyżaków, Bilgen***, przybyły z Bilgenem wysłannik Jagiełły, Zybentej, i bezimienny oprawca, krewianin, człowiek Prory****. Daleko, na drugim krańcu korytarza, rozległy się twarde uderzenia o posadzkę, wędrujące echem wzdłuż ścian, tak iż wydawało się, że zamek drży w posadach. Czterej czekający ujrzeli w czeluści półmroku małe, powiększające się sylwetki — był to Kniprode ze swymi przybocznymi knechtami i prowadzący ich zastępca Prory. Bilgen nachylił się do ucha brata:

— Idą.

— Słyszę!... Tylko...

---

* — Rozgrzeszam cię w imię...

** — Jedyna droga zbawienia w służbie Bożej, reszta marność... Rozumiesz?... Czyń mądrze i niech się dzieje wola Boża... Bez zwłoki!

*** — Ignacy Chodźko napisał o nim w swych „Obrazach litewskich": *„duszą i ciałem oddany Krzyżakom"*.

**** — Według Chodźki człowiek ten nazywał się Kuczuk, według innych źródeł: Kuczik lub Kuczyk. Różne źródła podają odmiany nazwisk: Prora (Proksza, Proxa) i Zybentej (Zibentij, Zybentiej, Lisica zibentiej). Mieli im pomagać dwaj mieszczanie z Krewy: Gedko (Gałko) i Mosłew (Mostew). Według niektórych przekazów Mostew (Mostow) był bratem Bilgena, więc albo Chodźko myli się czyniąc Prorę bratem Bilgena, albo Bilgen miał dwóch braci, albo wreszcie Mostew i Prora to jedna i ta sama osoba.

— Tylko co?

— Tylko wciąż mi trudno pojąć, dlaczego Jagiełło chce, żeby to zrobił ten krzyżacki wilk?

Bilgen wykrzywił twarz w uśmiechu.

— Książę jest mądry, chce mieć czyste ręce, by potem, gdyby rzecz się wydała, nikt nie szczekał, że zamordował własnego stryja.

— Powiadasz — mądry? A ja myślę...

Bilgen położył mu dłoń na ustach, wskazując znaczącym spojrzeniem Zybenteja, po czym spytał:

— Ty będziesz rozmawiał z Krzyżakiem, czy ja?

— Wszystko mi jedno. Kto to jest?

— Kniprode, brat Wielkiego Mistrza... Dobrze wybrali, to najodważniejszy z Zakonu. Mówią, że ma serce twardsze od pancerza swej zbroi.

— Zobaczymy... Najtwardszym mdlały łapy, gdy stawali przed Kiejstutem. Żmudzini twierdzą, że potrafi zabijać Krzyżaków wzrokiem.

Bilgen zachichotał rozbawiony:

— Może książę chciał sprawdzić, czy to prawda, ha, ha, ha, ha!... Nie pleć, ten człowiek stawał w stu bitwach i chciałbym mieć tyle groszy, ilu naszych ubił.

— Tfu! — splunął Prora.

Zamilkli. Po chwili Krzyżak, trzymając swój hełm w lewej dłoni, a prawą na rękojeści krótkiego korda, wsadzonego za pas w miejscu, z którego zwisały łańcuszki dźwigające pochwę miecza, stanął przed nimi.

— Który z was jest przełożonym zamku? — spytał.

— Jam jest — odpowiedział Prora, wynurzając się z cienia.

Komtur odwrócił się w jego stronę i wycedził ze złością:

— Więc dlaczego brat Wielkiego Mistrza Zakonu witany jest w bramie przez pachołka?!

Prorą zatrzęsło. Wyszczerzył zęby i chciał odwarknąć, lecz znowu poczuł rękę swego brata, tym razem na ramieniu. Bilgen wysunął się przed niego i rzekł słodko:

— Wybaczcie, szlachetny komturze, ale spodziewaliśmy się was trochę później. Mój brat darzy Zakon równym szacunkiem, jak my wszyscy, czego dowodem jest wieczerza, którą przygotował dla was...

— Nie będę jadł!... — przerwał Kniprode, z ledwością powstrzymując się od dodania: z wami! — przystąpmy do rzeczy. Gdzie jest więzień?

Bilgen wyjął z ręki brata ciężki klucz i pokazał go Krzyżakowi, mówiąc:

— W lochu.

Kniprode oddał hełm jednemu z knechtów, spojrzał na klucz, jakby miał przed sobą dziwadło, i zapytał:

— Którędy?

Ruszyli schodami do piwnic, krocząc bez jednego słowa. Na dole Krzyżak zwrócił się do Prory:

— Jest sam?

— Nie, jest z nim służący, Ostafi Omulicz.

— Będzie mi przeszkadzał.

— Nie będzie — odrzekł głucho Prora.

Zatrzymali się przed dębowymi drzwiami. Bilgen włożył klucz w zamek, przekręcił dwukrotnie i szarpnął oburącz za klamę. Drzwi skrzypnęły złowrogo i otwarły się na oścież. W ich świetle ukazała się przygarbiona sylwetka człowieka sprężonego do walki.

— Wyjdź! — rozkazał Bilgen.

Człowiek ani drgnął. W bladej aurze pochodni jarzyły się białka jego oczu. Bilgen ustąpił na bok i w tej samej chwili sługa Prory nacisnął spust kuszy. Bełt zgasił jedno oko tamtego, przebijając czaszkę na wylot i rzucając Omulicza na wznak. Wywleczono go za nogi do korytarza, a Krzyżak ruszył ku drzwiom, dając znak knechtom, by zaczekali. Doskoczył do niego Bilgen.

— Panie! Sam?...

— Tak.

— Szlachetny panie, na Boga!

— Czego się boisz? Przecież mam broń, a on nie.

— On gołymi rękami dawał radę zbrojnym!

— Kiepscy musieli to być rycerze. Zejdź mi z drogi.

— Panie! — Bilgen nie ustępował — ale jego nie można mieczem... no... książę Jagiełło żądał, by nie było krwi... książę chciał...

Litwin położył dłonie na szyi i wykrzywił upiornie twarz, naśladując grymas duszonego. Kniprode wzdrygnął się.

— Wiem. Wasz k s i ą ż ę chce, żeby wyglądało to na samobójstwo przez powieszenie. Nie podjąłbym się tego, gdyby nie to, że... Nie twoja sprawa! Ustąp.

Bilgen przepuścił go. Komtur wkroczył do wysokiej komnaty z okratowanym otworem u góry i zatrzasnął za sobą drzwi. Przez chwilę szukał wzrokiem, przyzwyczajając oczy do jeszcze większej ciemności niż w korytarzu, gdyż celę oświetlał jedynie wątły kaganek...

W kącie, na kamiennej ławie, siedział 85–letni mężczyzna, owinięty w ferezję wiązaną na srebrny sznur pod szyją i wyglądający na młodszego. Miał twarz zwróconą ku Krzyżakowi, ale ten nie widział oczu pod dwoma czapami krzaczastych brwi — wydawało się, że Kiejstut zapadł w sen. Komtur stał nieruchomo, z ciałem naładowanym dygotaniem nerwów. Spojrzał w bok — ściany milczały tą samą ciszą. Nagle w tej ciszy rozległy się słowa wymówione tak doskonałą niemczyzną, iż Kniprode poczuł zapach ceglanych wnętrz Marienburga:

— Zabiłeś niewinnego. Czy twój Bóg, twoja wiara, pozwalają na to?

Poczuł ulgę; głos tamtego przywrócił mu pewność siebie, przywracając realność sytuacji.

— Zabicie poganina nie jest grzechem! — odrzekł twardo.

— Zatem zabicie dwóch pogan też nie jest grzechem. Czym zaś jest zabicie bezbronnego przez rycerza, który otrzymał pas przysięgając na kodeks rycerski?

Komtur postąpił krok do przodu.

— Ty to mówisz? Ty, który spaliłeś żywcem tylu braci zakonnych wziętych w niewolę?

— Nie ja, lecz nasi kapłani, kriwe–kriwejty, i tylko wówczas, gdy mnie przy tym nie było. Nie pozwalałem męczyć brańców, a często uwalniałem. Zapomnieliście już o komturze Johannisburga i o jego ludziach?... I o tym, że to nie my wyciągnęliśmy rękę po własność Zakonu, lecz Zakon po ziemię naszych ojców?!

Kniprode spuścił oczy, niczym przyłapany na kłamstwie żak, lecz zaraz poderwał je z wściekłością.

— Szkoda słów, nie będziemy o tym gadać!

— A o czym? Widać chcesz o czymś gadać nim zabijesz, inaczej nie wlazłbyś tu sam.

— O srebrze ze statku, które ukradłeś Zakonowi. Gdzie ono jest?

Litwin prychnął pogardliwie.

— Gdzie ono jest?! — powtórzył Kniprode głośniej.

— W ziemi.

— Gdzie?!... Gadaj!

— Zmuś mnie.

Mówiąc to Kiejstut wyciągnął dłoń ku górze i przytrzymał ją nad płomieniem kaganka, aż po celi rozszedł się wstrętny swąd palonego ciała.

— Zapomnij o torturach, bo to nic nie da.

Kniprode poczuł, że znowu ogarnia go to dziwne uczucie, mieszanina bezradności i strachu przed człowiekiem, którego miał w ręku, a który z niego kpił, ponieważ bał się nie ten, który miał się bać. I nagle z ust wyszły mu słowa, których nie chciał powiedzieć, lub raczej które chciał powiedzieć w inny sposób, bardziej niezłomnie, lecz nie zdołał powstrzymać tego drugiego, który szamotał się w nim od chwili rozmowy z bratem. W jego głosie zabrzmiała mimowolnie nuta prośby:

— Muszę... muszę się dowiedzieć...
W tym momencie Kiejstut wstał. Nie był olbrzymem, lecz kąt padania światła dał złudzenie, że przerasta Krzyżaka o głowę — zdawało się, iż wypełnia swym ciałem całą przestrzeń, od ściany do ściany. Podszedł do komtura i powiedział miękko:
— Wiem, że musisz... Powiem ci.
Kniprode otworzył szeroko oczy.
— Powiesz?
— Tak. Pomogę ci, jeśli ty mi pomożesz.
Krzyżak żachnął się:
— Nie mogę dać ci uciec, twojej śmierci chce Jagiełło, a on jest sojusznikiem Zakonu.
— Ja też jej chcę, jestem zmęczony... Nie o tym myślałem. Powiem ci za inne życie.
— Czyje?
— Kobiety.
— Kobiety?!... Aaaa, myślisz o tej, która podjudziła twego bratanka, o żonie Wojdyłły. Nie zabijam kobiet.
— Toteż ja nie chcę, byś zabił, lecz uratował. I nie myślę o żonie tego kreta, lecz o kobiecie, na którą nie starczyłoby tysiąca Marii... Taką kobietę, dumną i piękną jak wiosna, bogowie posyłają światu raz na pokolenie, tylko dla jednego. Ja nim byłem i wiem, że wszyscy możecie mi zazdrościć!... Posłuchaj, Krzyżaku! Niczego już nie pragnę od życia, chcę tylko, żeby przeżyła ona, żeby Jagiełło zabrał od niej swoje brudne łapy!... Obiecaj, że uratujesz Birutę, a powiem ci.
Komtur poczuł, że przy tym człowieku robi się jeszcze mniejszy i nawet nie zauważył, jak serce drgnęło mu po raz pierwszy nie ze strachu.
— Wiem, że Jagiełło uwięził twoją żonę, ale nie wiem gdzie.
— W Brześciu, nad granicą mazowiecką.
— Co chcesz, bym zrobił?
— Uwolnij ją lub pomóż ją uwolnić memu synowi, Witoldowi.
— Tego mi nie wolno. Taką decyzję może podjąć tylko mój brat, Wielki Mistrz Zakonu, za zgodą Wielkiej Rady i w porozumieniu z Jagiełłą.
— Porwij ją!
— Tego mi tym bardziej nie wolno bez zgody brata.
— Więc wymuś to na swoim bracie!
— Wątpię, czy się zgodzi. Zakon nie chce teraz wojny z Jagiełłą.
— To poszukajcie waszego srebra sami!
Kniprode zamilkł, czując na swej twarzy palący wzrok Kiejstuta. Wysoko zza okna dochodziło pokrzykiwanie straży. Uniósł głowę. Mię-

dzy kratami widniały gwiazdy rozrzucone na granatowym obrusie nieba. Ocknął się, słysząc głos Litwina:

— Ile razy w życiu zrobiłeś coś, czego ci nie było wolno, a co jest dobre? Jeśli nie zrobiłeś ani razu, to staniesz przed swym Bogiem z pustymi rękami, kiedy cię wezwie na rachunek.

— Dobrze... — szepnął Krzyżak — ... skontaktuję się z twoim synem i spróbujemy wykraść ją z Brześcia.

— Jeszcze jedno. Najpierw zrobisz to, a dopiero potem pojedziesz po srebro. Ono ci nie ucieknie, a Jagiełło może ją zabić lada dzień. Musisz się spieszyć.

— Masz mnie za głupca?!... O nie, najpierw sprawdzę, czy mnie nie okłamałeś!

Kiejstut wzruszył ramionami.

— Iście głupio mówisz. Gdybym chciał cię oszukać, mógłbym to zrobić bezkarnie. I tak dzisiaj umrę, bo przecież nie możecie powiedzieć Jagielle, że zanim zostanę ubity musicie sprawdzić, czy wskazałem prawdziwe miejsce... Ja mam mniej powodów, by ci ufać, a jednak ufam... Przysięgam na Praużime i na moją miłość do Biruty, że cię nie okłamię!

Otwarły się drzwi i zrobiło się jaśniej, gdyż Bilgen poświecił łuczywem.

— Czego?! — warknął Kniprode.

— Wybacz, szlachetny komturze, ale baliśmy się... bo... tak długo...

— Precz!

Drzwi zatrzasnęły się. Znowu zostali sami, patrząc na siebie wzrokiem spiskowców.

— Nie mam już czasu — rzekł komtur — ... więc gdzie?

— W Połądze. Zgłoś się do przełożonej wajdelotek świątyni Praużime i powiedz: Šventkalnis, Šventupis, Šventkalniadauba, a ona wskaże ci miejsce, na zboczu góry, obok starego dębu praojców. Sam go też znajdziesz, ale wówczas musiałbyś kopać długo dookoła. Ona pokaże ci, w którym miejscu wbić żelazo.

— Co znaczą te słowa?

— To hasło. Po żmudzku: Święta góra, Święta rzeka i Święty parów. Zapamiętaj: Šventkalnis, Šventupis, Šventkalniadauba. Powtórz.

Kniprode powtórzył kilka razy, poprawiany przez Kiejstuta. Ten, gdy skończyli naukę, spojrzał na pierś komtura i ujrzał maleńki krucyfiks, zwisający z łańcuszka u szyi między blachy pancerza.

— To twój Bóg?

— Tak.

— Słyszałem o nim. Nazywa się Kristusis — wymówił z powagą — i każe wybaczać... Czy to prawda?

— Prawda... — odparł Krzyżak przez zaciśnięte gardło.

— Kochasz go?

— Jak nikogo.

— Więc połóż rękę na nim i przysięgnij, że najpierw uratujesz Birutę, a dopiero potem pojedziesz po srebro.

Kniprode wziął krzyżyk w dłoń, zacisnął palce i poczuł drobne ciało Jezusa wbijające mu się w skórę.

— Przysięgam.

— Teraz zabij.

Krzyżak stał, jakby nie dosłyszał.

— Na co czekasz? Nie masz siły, daj kord, zrobię to sam.

— Jagiełło nie chce krwi...

— Więc tak?... Sądzi, że oszuka lud. Jest głupszy niż myślałem... Dobrze, niech tak będzie. Idź po swoich ludzi.

Komtur nie poruszył się i nie wypuszczał krzyża z ręki.

— Żegnaj — powiedział Kiejstut i odwrócił się w kierunku ławy.

Krzyżak, jak zahipnotyzowany, zrobił krok do tyłu, potem drugi i jeszcze jeden, aż oparł się plecami o drewniane bale. Wówczas puścił krzyż, złapał za klamę i szarpnąwszy, wybiegł na korytarz. Szczęknął zamek zakluczony przez Bilgena. On, Zybentej i komendant zamku spojrzeli pytająco na komtura. Kniprode otarł pot z czoła i poprosił:

— Pić!

Prora skinął ręką i sługa pobiegł po wodę. Tymczasem komtur zrzucił płaszcz i począł rozpinać sprzączki pancerza. Cisnął blachy na ziemię, a wraz z nimi pas i pozłacany miecz. Milczał, a oni patrzyli zdumieni, nie pojmując, co robi. Gdy został w kaftanie, podszedł do dwóch knechtów, wyjął im miecze z pochew i przymierzył do siebie — były identyczne. Prora pierwszy zrozumiał i wydymając wargi, zadrwił w stronę Bilgena:

— Dobrześ rzekł, iż to najodważniejszy z Zakonu, jenoś nie dodał, że to człek półrozumny, bo dać Kiejstutowi miecz, a dziesięciu Kniprodów będzie mało!

Wrócił sługa z wodą. Krzyżak wychylił metalowy kub, oblewając sobie brodę, rzucił naczynie za siebie i rzekł do Bilgena:

— Odmykaj!

Bilgen pokręcił przecząco głową, wsadził klucz za pas i stanął przed komturem na rozkraczonych nogach. Z twarzy znikła mu służalczość, cedził sylaby ostro, jakby tłukł kamieniem o kamień:

— Inne były rozkazy! Ty, Kniprode, masz rozkaz od twojego brata i od starszych swego Zakonu, on (wskazał Zybenteja) ma rozkaz Jagiełły, ja mam moje rozkazy, a oni (wskazał pachołków) rozkazy od nas. Niech każdy robi, co jego! Ty masz zadławić Kiejstuta!

— Milcz, podły! — krzyknął komtur, lecz Bilgen dalej tarasował drogę swoim ciałem i swymi słowy:

— Rycerstwa mu się zachciało, psia mać!... Nie wejdziesz tam z mieczami i nie będziesz się pasował ze staruchem, nie turniej to! Ubiłby ciebie, a potem ni podejść, chyba że z kuszą, na gniew księcia się wystawiając! Weź knechtów i sznur, alboli dacie radę rękami, wasza sprawa, jeno...

Nie zdążył dokończyć. Kniprode błyskawicznym ruchem wraził mu ostrze miecza pod brodę i syknął:

— Za dużo ujadasz, kundlu. Zrób jeden ruch, a przewiercę ci gardło. Hans!

Najbliżej stojący z knechtów podskoczył, wyrwał znieruchomiałemu Bilgenowi klucz zza pasa i na znak komtura odemknął drzwi.

— Poświeć!

Knecht zdjął łuczywo ze ściany i włożył w ciemność celi. Nagle krzyknął i cofnął się ze zbielałą twarzą. Wbiegli do środka tłocząc się w drzwiach i stanęli jak wryci. Pod oknem wisiał na przymocowanym do kraty srebrnym sznurze od ferezji majestatyczny zewłok księcia Żmudzi. Głowę miał zwieszoną na piersi, dłonie zaciśnięte w kułaki tak mocno, że wydawało się, iż słychać trzeszczenie stawów. Po chwili ciszę rozsadzaną ciężkim oddechem Krzyżaka skaleczył Zybentej, mrucząc coś po litewsku. Kniprode zrozumiał z tego jedno słowo: Biruta, i odwrócił się do Bilgena z pytaniem. Ten zaś, uprzejmy, jakby przed chwilą nic między nimi nie zaszło, wyjaśnił:

— O Kiejstucie rzekł, że zdechł jak jego dziewka, która złamała prawa Praużime.

— Coś powiedział?!

— Nie wiedzieliście, panie? Zybentej, nim tu przybył, utopił ją w Brześciu jak szczenię, z rozkazu księcia, będzie pięć dni temu.

Twarz komtura poczęła sinieć i wtedy Kelley zemdlał, osuwając się na dywan. Była dokładnie północ.

Tyle dowiedziałem się z notatek doktora Dee, które odnalazłem w Anglii. Czy jest to zapis wiarygodny? Grafologicznie rzecz biorąc wyszedł niewątpliwie spod ręki maga. A jak z wiarygodnością tego ostatniego? Skrupulatny i chłodno–racjonalny naukowiec, Roman Bugaj, przestudiowawszy jego życie napisał: *„Dee, mistyk i zwolennik magii, pozostał zawsze w głębi duszy uczonym i uczciwym poszukiwaczem prawdy”**.

Wróćmy jeszcze raz do Ulricha von Kniprode. Z Krewy udał się on do Połągi, a jego ludzie mówili po drodze, że dowódca choruje na dziw-

* — R. Bugaj, op. cit.

ną przypadłość, która go nagle postarzyła, i dlatego milczy jak zaklęty. W Połądze Krzyżacy wpadli w zasadzkę przygotowaną przez Żmudzinów. Większość knechtów wycięto w walce, kilku zdołało zbiec. Żaden z nich nie wiedział, iż komtur mógłby nie dopuścić do bitwy i tym samym uratować wszystkich, gdyby podał Żmudzinom hasło otrzymane od Kiejstuta. Lecz brat Wielkiego Mistrza Zakonu nie uczynił tego.

Tak dla atakujących, jak i dla broniących się, niepojęte było to, że komtur nawet nie dobył miecza. Siedział na wierzchowcu w bitewnym kłębie i czekał. Mogło się zdawać, że obserwuje martwym wzrokiem rzeź swoich ludzi, lecz on widział tylko bezbrzeżną pustkę świata rozciągającą się od Połągi aż po najdalszy widnokres dzieła Stwórcy i był zupełnie sam.

Dał się wziąć bez oporu. W głębi Żmudzi, między rozległymi jeziorami w okolicach Worń, postawiono siedzącego na koniu i przywiązanego do siodła, w pełnej zbroi, na szczycie ofiarnego pagórka, koniowi wkopano nogi w ziemię, obłożono drewnem i chrustem, po czym podpalono Znicz, a stłoczony wokół lud śpiewał pogardliwie w swoim dziwnym narzeczu:

„Ant kalnelio, prie upelio
Dieną naktį ugnele smelk,
smelk, smelk.
Ten Žvaginis su Ruginiu
Oželi dievui at garbes smaug,
smaug, smaug.
Tu, oželi žilbardzdeli auk,
auk, auk.
Dievuks musų tavęs lauk,
*lauk, lauk”**.

Zakuty w stal *„kozioł”* zdawał się rzeczywiście rosnąć w miarę jak płomienie ogarniały stos, i unosić ku niebu w oparach dymu wraz z przeraźliwie kwiczącym koniem. Jego biały płaszcz, zdobiony czarnym krzy-

---

* — *„Na górze, przy strumieniu,*
Dniem i nocą ogień pali się,
pali, pali.
Tam Żwaginis z Ruginem
Kozły na chwałę bogu dławią,
dławią, dławią.
Ty koźle siwobrody rośnij,
rośnij, rośnij.
Bóg nasz ciebie czeka,
czeka, czeka”.

żem, wzdął się i spłonął w ułamku chwili niczym suchy liść, a zbroja rozżarzała się powoli, przybierając kolor intensywnego szkarłatu.

Tak więc w roku 1382 gwałtowną śmierć ponieśli: książę Żmudzi Kiejstut, jego żona Biruta i komtur Ulrich von Kniprode, który nie odzyskał dla zakonu purpurowego srebra. To zaś spowodowało czwarty zgon — w tym samym roku, otrzymawszy wieść o śmierci brata, zmarł na atak serca (oficjalnie, bo wielce prawdopodobnym jest, że mu rozwścieczeni towarzysze z Rady Zakonu ten atak „przyspieszyli") Wielki Mistrz Winrich von Kniprode, po którym rządy objął zacięty wróg Kniprodów, Konrad Zölner von Rothenstein. Ale Zakon nie odnalazł już purpurowego skarbu i nie mógł więcej mnożyć milczących psów w innych narodach ani skłócać swych przeciwników. Dlatego — gdy po niespełna trzydziestu latach stare milczące psy Zakonu wymarły — w roku 1410 na polach Grunwaldu stanęły przeciw Zakonowi solidarnie nacje, które przez całe minione stulecie skakały sobie do gardeł: Polacy Jagiełły, od roku 1385 króla Polski, Litwini księcia Witolda, a także Rusini, Czesi, Morawianie, Mołdawianie i Tatarzy. Armia Zakonu została zmiażdżona i „*Deutscher Orden*" nigdy już nie odzyskał dawnej potęgi, chyląc się stopniowo ku upadkowi.

O wiele dłużej niż potęga Zakonu trwał kult Biruty, którą lud żmudzki czcił nawet po przyjęciu chrześcijaństwa. Jeszcze w XX wieku poeta litewski Maironis (zmarły w 1932) pisał, używając czasu teraźniejszego: „*Po wsiach krążą pieśni o świętej Birucie*". Wierzchołek nadmorskiej góry w Połądze okupowała wtedy kaplica wzniesiona ze składek Żmudzinów i zwana „*Baksztis szwietas Birutas*" (grobem świętej Biruty). Wątpię czy przetrwała do dzisiaj, ale Góra Biruty stoi na pewno, niczym pomnik owych czasów, które minęły wraz z ludźmi równie nieszczęśliwymi jak my.

WYSPA 13

SAVIGNY–SUR–ORGE (FRANCJA)

LUDWIK MIKOŁAJ DAVOUT

RZYMSKI NAMIOT

(PANEGIRYK SYNOWI W ODPOWIEDZI)

„Przymioty jego ducha były tak znakomite, że dziejopis jego powiada, iż gdy był jeszcze zwykłym obywatelem, nie brakowało mu nic do królowania za wyjątkiem królestwa (...) Kto zważy czyny i dzielność tego męża, nie znajdzie w jego życiu wcale lub znajdzie bardzo mało rzeczy, które można by przypisać szczęściu, albowiem, jak wyżej powiedziano, nie łasce cudzej, ale stanowisku wojskowemu, osiągniętemu za cenę tysięcznych znojów i niebezpieczeństw, zawdzięczał wszystko (...) Jeśli wziąć pod uwagę jego wytrwałość w stawianiu czoła przeciwnościom, to nie wiadomo dlaczego byśmy mieli go uważać za ustępującego w czymkolwiek największym wojownikom. Wszelako dzikie jego okrucieństwo oraz nieludzkość tudzież niezliczone zbrodnie nie pozwalają mu stanąć w szeregu ludzi wielkich (...) Mając tak wielkiego w sobie ducha i tak górne zamiary, nie mógł on postępować inaczej (...) Streszczając tedy całą działalność księcia, nie miałbym przeciwko niemu ani słowa nagany. Owszem, muszę go za wzór tym wszystkim postawić, którzy szczęściu lub obcej pomocy zawdzięczając, osiągnęli władzę nad krajem".

(Niccolo Machiavelli, „Książę",
tłum. Wincentego Rzymowskiego).

Są różne typy namiotów. Białe, zielone, czerwone i inne. Namioty w kształcie serca lub bidetu. Bidety niczym pieczarki na plantacji, gęsto, aż po horyzont. W nich sumienia z plasteliny. Armia bidetów zwartymi szeregami maszeruje przez świat. Gdzieś na drodze spotykają człowieka. Człowiek idzie w przeciwnym kierunku. Zawadza im. Bidety krzyczą: dołącz albo ustąp! Samotny piechur spluwa w miski bidetów i depcze po oceanie plasteliny, torując sobie drogę na wprost. Oto on, zbieg, który wymknął się z menażerii doktora Darwina. Człowiek.

Piszę o nim, bo pragnę odpowiedzieć memu synowi, a kiedy mówiłem — niewiele było słychać w ogłuszającym łoskocie zza szyb.

Należał do legendarnej dwudziestki szóstki. Było dwunastu apostołów, czterech muszkieterów, siedmiu krasnoludków i dwudziestu sześciu marszałków Napoleona. On był jednym z nich.

Kilkaset lat wcześniej Machiavelli wyprorokował niczym Nostradamus: „*Nie brakowało mu nic do królowania za wyjątkiem królestwa*". Zgadza się. Tym królestwem miała być Polska, o której Ludwik Mikołaj Davout, książę Auerstaedt i Eckmühl, marzył przez kilka lat.

„*Wszelako jego dzikie okrucieństwo oraz nieludzkość tudzież niezliczone zbrodnie...*". I to się zgadza. Davout popełnił ich wiele — wszystkie na zbrodniarzach. Jego nieprzejednanie wobec nikczemników zawierało w sobie rzeczywiście coś nieludzkiego, coś z maszyny, której kółka i dźwignie nie znają uczucia litości; twardy i wymagający wobec siebie, nie pozwalał też bliźnim znajdującym się w zasięgu jego rąk na chwile rozluźnienia i bezlitośnie karał ich za pospolite ludzkie słabostki, jako to: zdradzanie ojczyzny, grabieże, mordy, gwałty i temu podobne, zyskując sobie wśród wrogów opinię niemiłosiernej bestii.

Śnił o koronie polskiej wiedząc, że cesarz obsadza członkami klanu Bonapartych europejskie trony, a on był do tego klanu przyszyty odkąd po raz drugi wstąpił w związki małżeńskie. Po raz pierwszy uczynił to w dwudziestym pierwszym roku życia i rozwiódł się po upływie dwóch lat i dwóch miesięcy, ponieważ małżonka przyprawiała mu rogi, a on tego nie lubił. Drugą żonę wybrał mu w roku 1801 Bonaparte, który pasjami żenił swych oficerów. Była to siostra generała Leclerca, ówczesnego męża siostry Napoleona Pauliny, tak więc Davout stał się szwagrem Bonapartych.

Gdy Napoleon oswobodził Polskę spod zaborów, Davout piastował najpierw stanowisko gubernatora wojenno–administracyjnego wyzwolonych terytoriów, a później (od lipca 1807 roku, kiedy to na mocy traktatu tylżyckiego powstało Księstwo Warszawskie z Sasem Fryderykiem Augustem jako władcą) pełnił nad Wisłą rolę wicekróla, albowiem Fryderyk August najczęściej przebywał w swej drugiej stolicy, Dreźnie. Do końca ery napoleońskiej szeptano w całej Europie, że Davout marzy o polskim tronie, chociaż on sam nie dawał tym plotkom żeru; nie byłby Davoutem, gdyby pytlował jak smarkacz, zdradzając treść swoich marzeń. Nie miały one szans na spełnienie: zazdrość boga jest nieubłaganym wrogiem śmiertelników i w żaden sposób nie można jej obejść.

Polacy wszakże przez cały czas namiestnikowania Davouta w Polsce traktowali go jak króla, czego przykładem iście królewskie honory towarzyszące wjazdowi do Warszawy marszałkowej Luizy Aimée Davout (notabene księżnej łowickiej, bo Davout otrzymał Księstwo Łowickie w darze). Nad Wisłę wyekspediował ją Napoleon, każąc (takie rozkazy były w zwyczaju „*boga wojny*") „*urodzić mężowi syna*". W istocie chodziło nie tylko o to. Bonaparte, sam niezbyt wierny w małżeństwie, tolerował podobną niewierność swych dowódców, rozumiejąc, że długie kampanie wojenne mają swoje prawa, a nadmierny post seksualny nerwicuje zdrowego mężczyznę — znerwicowani wodzowie nie byli mu potrzebni. Jednocześnie Bonaparte–wyznawca kultu małżeństwa, tolerancję ową rozciągał tylko na przelotne miłostki, lecz gdy któraś z nich zakrawała na trwalszy związek, interweniował natychmiast (przykładowo: marszałek Masséna, który zmieniał „*dziewczęta*" częściej niż rękawiczki, nigdy nie zaznał takiej interwencji, zaś szef sztabu generalnego, marszałek Berthier, który zakochał się „*na śmierć i życie*" w Mme Visconti, miał przez to spore przykrości). Z nastaniem roku 1808 doniesiono Napoleonowi o niejakiej Mme Martin, której wdzięki ogrzewają marszałkowi Davout zimowe nadwiślańskie noce już zbyt długo. Zwykły zakaz, jaki otrzymał Berthier, należało z góry wykluczyć — Davout był typem człowieka, który nawet bogu nie pozwoliłby ingerować w swoje łóżko. Boski psycholog czuwający w Paryżu poradził sobie: żona marszałka otrzymała rozkaz wyruszenia na wschód.

Pisarz i poeta, Julian Ursyn Niemcewicz, zanotował: „*W początkach maja przybyła do Skierniewic* (podmiejska rezydencja wypoczynkowa Davouta — przyp. W.Ł.) *Pani marszałkowa Davout. Napoleon wysłał ją z Paryża z zleceniem, by marszałkowi syna powić starała się. Przywiozła ze sobą dwie małe córki, jedną dwa lata, drugą — roku jeszcze nie mającą. Miesiącem wprzód oddaliła się stamtąd pani Martin, kobieta rzadkiej piękności, na której łonie (jak twierdzą złośliwi) poczciwy marszałek popędliwość swą łagodził*".

Wjazd Davoutów do Warszawy został oprawiony w uroczystość o charakterze święta narodowego. Tysięczne tłumy wyczekujące przez dwie doby (zamiast 20 maja, marszałkostwo przybyli nazajutrz), wielka parada wojskowa, hołdy składane przez dygnitarzy krajowych i korpus dyplomatyczny, itp. „*Marszałek sam zdawał się temu dziwić* — pisze Niemcewicz. — *Dowiedziawszy się, że oficerowie gotują bal dla niego, oświadczył, że nie chce tego, że składka taka nie może być jak uciążliwą dla tych, co z żołdu żyją. Gdy koniecznie nalegano, rzekł: «Czyńcie, jeśli koniecznie chcecie. Miło mi jest, że te attencye czynią mej żonie i że mi pomagają zagładzić te winy, które względem niej mam sobie do wyrzucenia» (...) Grzeczność i rozmowa Pani marszałkowej podobały się wszystkim. Niewiasta taka, nie przez wpływ i intrygi, lecz przez dobroć i słodycz swoją, hamować może popędliwość męża, łagodzić jego rozjątrzenia... Dobroć serca marszałka, przywiązanie i attencye, które widocznie okazuje dla żony, nadzieje te rokować zdają się*".

Wspomniawszy o „*popędliwości*", miał na myśli Niemcewicz twardą rękę namiestnika, który ostro przywoływał do porządku sarmackich urzędasów, besztając i grożąc karami za najdrobniejszą niesumienność, co początkowo wywoływało uczucia niechęci ku niemu. Natomiast słowa o „*dobroci serca*" i „*poczciwości*" tyczyły cechującej Davouta, niezmiernie rzadkiej cnoty, jaką jest otwarte przyznawanie się do błędów. Davout surowo upominał Niemcewicza za kontakty z familią wysługującą się carowi, lecz później, kiedy poznał szczery patriotyzm Polaka, napisał doń list z przeprosinami i z łechczącą serce poety prośbą o nowe wiersze, gdyż poprzednie zachwyciły go. Ministra skarbu Księstwa, Dembowskiego, „opieprzył" za niepunktualne wykonanie rozkazu, a gdy wyszło na jaw, że spóźnienie miało przyczyny obiektywne, zaprosił do siebie na obiad stu dygnitarzy i tak się odezwał do Dembowskiego:

„— *Panie ministrze! Jeżeli się nie ma racji, nie pozostaje winnemu inna droga wyjścia, tylko prośba o przebaczenie w obecności tych wszystkich osób, które chciałem mieć świadkami zadośćuczynienia, jakie jestem panu dłużny, a które niniejszym spełniam. Nie miej pan do mnie żadnej urazy, lecz przebacz mi i podaj rękę na znak szczerego pojednania*".

Lechici podali mu swoje serce, ujrzawszy, że surowość marszałka wypływa z jego chęci pomożenia zmartwychwstałej Polsce i uczynienia z niej silnego organizmu państwowego. Generał Marian Kukiel, autor fundamentalnego dzieła „Wojna 1812 roku", pisze, że podczas tej kampanii, która według zamierzeń cesarza miała przynieść odbudowanie Królestwa Polskiego w dawnych granicach, Napoleon „*był straszliwie samotny ze światem swoich myśli, które dzielił z nim szczerze jeden Davout, a poza tym sami bodaj tylko Polacy*".

Wielu z nich żałowało, że cesarz nie uczynił Davouta monarchą Lechistanu, a wszyscy zachowali o nim pamięć pełną miłości lub przynajmniej szacunku. Polski adiutant marszałka, Józef Szymanowski, podkreślał w swych memuarach jego szlachetność i sprawiedliwość. Głośny somosierczyk, szwoleżer Józef Załuski, określił Davouta jednym zdaniem: „*Najszacowniejszy, surowy, ale sprawiedliwy — wielki, jedyny przyjaciel Polaków*". Oficer ordynansowy cesarza, Józef Grabowski, w notatkach z roku 1813: *„Davout był to nader srogi, lecz sprawiedliwy człowiek”*. Można do znudzenia przytaczać nieomal jednobrzmiące opinie o niepokalanej sprawiedliwości Davouta. I ja go tak właśnie widzę — widzę go pośród tłumu jako człowieka sprawiedliwego. Był samotnikiem.

W tych opiniach powtarza się jeszcze jedno słowo: *„srogi”* (lub *„surowy”*). Sprawiedliwość Davouta była drakońska, przez co jego wrogowie uważali go za okrutnika powodowanego chorobliwą obsesją, każącą mu wszędzie doszukiwać się szpiegów, dywersantów i zbrodniczych konspiratorów, wyłapywać ich i rozstrzeliwać bez zwłoki. Także przychylni mu oceniali jego podejrzliwość jako przesadną (Niemcewicz: *„bezinteresowny, lecz popędliwy i skłonny do podejrzliwości”*), i tylko kilku ludzi intymnie znających istotę rzeczy (jak szef kontrwywiadu, Savary, lub dowódca osobistej ochrony cesarza, Schulmeister) pojmowało bezsensowność tych zarzutów. Ale nawet oni nie mieli pojęcia o tym, o czym my wiemy dzięki trwającym ponad półtora stulecia badaniom historycznym — nie znali całego ogromu dywersji i zdrady, całej owej gangreny, która rozkładała od wewnątrz imperium Napoleona i osiągnęła swój cel.

Historycy wyliczyli, że na żadnego człowieka w dziejach nie zorganizowano tylu skrytobójczych zamachów (montowanych przez Londyn, Berlin, Wiedeń, Petersburg, Madryt i Neapol), co na Korsykanina — a przecież nie znamy wszystkich. Historycy stwierdzili, że w każdym mieście, w każdym garnizonie, w każdej kwaterze sztabowej, w każdym kącie cesarstwa roiło się od pruskich, austriackich, rosyjskich i angielskich szpiegów, że spiski i defetystyczne prowokacje przenikały wszystko — a przecież nie znamy nawet połowy owego kretowiska, które przygotowało grunt Europie Świętego Konszachtu. Historycy dowiedli, że na najwyższych szczeblach francuskiej hierarchii władzy znajdowali się szeregowi agenci rosyjskiego wywiadu, jak choćby minister spraw zagranicznych, Talleyrand (rosyjskie pseudo: *„Anna Iwanowna”*), minister policji, Fouché (*„Natasza”*), generalny intendent Wielkiej Armii, Daru (*„Paryski przyjaciel”*) i inni — a przecież liczne z tych nieprawdopodobnych wprost zdrad wciąż okrywa welon tajemnicy. Jak mogło nie upaść mocarstwo, którego ministrowie sprzedawali się wrogom niczym prostytutki? Piętnowana przez adwersarzy Davouta jego podejrzliwość wygląda dzisiaj na śmiesznie małą w zestawieniu z bagnem ówczesnego sprzeniewierstwa i zaprawdę zbyt niewielu szpiegów i Judaszów rozstrzelał, aby to grzęzawisko mogło zostać osuszone. *„Obsesyjna podejrzliwość”* była tylko projekcją wyższej inteligencji i jasności widzenia tego człowieka.

Bardzo surowo postępował Davout również ze swymi podwładnymi — im wyższy stopień podwładnego, tym surowiej. Macdonell pisze o tym tak: *„Davout miał dziwny charakter. Był to człowiek zimny, twar-*

dy, wielki rygorysta, uparty i najzupełniej nieprzekupny. Łączył w sobie bezustanną dbałość o żołnierzy, którzy kochali go, lecz bali się jak ognia, z nielitościwą surowością w stosunku do swoich oficerów, szczególnie pułkowników, gdy zaś został marszałkiem, do generałów, którzy nienawidzili go z całej duszy"*.

W Wielkiej Armii Napoleona służyło takie samo żołdactwo, jakie było mięsem wszystkich armii świata odkąd powstała na Ziemi pierwsza armia; żołnierz to żołnierz, wojna to wojna — wojna zawsze deprawuje. „*Co można poradzić* — pytał adiutant cesarski, hrabia de Ségur — *wobec ogólnego rozpasania? Znaną rzeczą jest, że długi szereg zwycięstw psuje zarówno żołnierza, jak i generała; że nazbyt forsowne marsze nadwerężają dyscyplinę; że wtedy podrażnienie głodem i znużeniem ośmiela do wszelkich wybryków*". Odpowiedź dla Ségura i wszystkich nie wiedzących, co zrobić, aby podczas wojny, która sama przez się jest krzywdą, żołnierz dodatkowo nie krzywdził ludności cywilnej, brzmi: postępować jak Davout. To znaczy być żołnierzowi świętą trójcą: matką, nauczycielem, który sam daje dobry przykład, i w razie potrzeby bezlitosnym sędzią. Żołnierze bali się Davouta, ponieważ w jego korpusie za każdy rabunek lub gwałt dostawało się kilka gramów ołowiu w głowę na pożegnanie (opowiadano, że „*tam gdzie jest Davout kurczęta i dziewczęta mogą bez obawy spacerować między koszarami*"). A kochali go dlatego, że był to jedyny korpus, w którym nigdy nie brakowało ani jednej racji żywności, bandaża, sanitariusza, kuchni polowej czy choćby szczotki, w przeciwieństwie do innych korpusów, w których wiecznie brakowało wszystkiego, bo ich dowódcy mieli głowy zajęte powiększaniem swej sławy i napychaniem własnych kieszeni. „*Davout czuły był niezmiernie na wszystkie potrzeby i wygody żołnierza, pilny i sumienny w utrzymaniu najściślejszej karności, kochający słuszność i sprawiedliwość więcej, niżeli się spodziewać należało po wodzu od lat tylu nie znającym jak tylko prawo miecza i mocy*" (Niemcewicz).

Jeszcze bardziej obawiali się Davouta dygnitarze wojskowi, których „wychowywał" straszliwymi karami. W oblężonym Hamburgu, którego heroiczną obroną Davout dowodził w latach 1813–1814, jego prawą ręką był generał pełniący funkcję komisarza wojennego. Marszałek bardzo go lubił i nieraz zapraszał z żoną i córkami do siebie. Kiedy jednak dowiedział się, że ów generał zabiera do domu mięso z racji przeznaczonych dla rannych w szpitalu, bezzwłocznie oddał go pod sąd wojenny. Wina została udowodniona i zapadł wyrok. Żona i córki skazanego przybiegły wraz z kilkoma generałami do kwatery Davouta błagać o łaskę, lecz mar-

* — Tłum. Feliksa Rutkowskiego.

szałka nie zastano. Mimo rozpaczliwych poszukiwań nie udało się go odnaleźć, chociaż dowódca żandarmerii, ryzykując własną głową, opóźnił egzekucję. Davout zniknął wiedząc, że łzom kobiet nie potrafiłby się oprzeć; powrócił na kwaterę dopiero wówczas, gdy malwersanta rozstrzelano. Opisując ten przypadek w swoim „Pamiętniku wojskowym" kapitan Grabowski, desygnowany wtedy do Hamburga, dodał z aprobatą, którą podzielało całe wojsko: „*Davout ani kraść nie pozwalał swoim podwładnym, ani sam nie korzystał z położenia swego, co mógł czynić, gdyż nieomal jako monarcha samowładny rządził miastem i okolicą*".

Inni marszałkowie biorący udział w epopei napoleońskiej nie mieli takich skrupułów, a niektórzy — jak Masséna, Soult czy Augereau — więcej czasu poświęcali dokonywaniu rabunków niż wypełnianiu swych obowiązków. To oni i im podobni będą później oskarżać Davouta przed opinią publiczną Francji (już za Burbonów) o to, że uczynił w Niemczech znienawidzonym „*imię Francuza*", ponieważ budując fortyfikacje Hamburga zniszczył przedmieścia miasta, a do tego zabrał kapitały banku hamburskiego. Nawet Niemiec, Fryderyk M. Kircheisen, historyk nie przepadający za Napoleonem, zdezawuował tę bzdurę, pisząc: „*Godną podziwu jest praca, jakiej dokonano w Hamburgu pod rozkazami Davouta przy odbudowie walących się fortyfikacji i stawianiu nowych. Oczywiście Hamburczycy cierpieli wielki niedostatek, znosili upokorzenia, lecz nawet przeciwnicy marszałka musieli przyznać, że był sprawiedliwym nieprzyjacielem i nie wzbogacił się jak większość obcych generałów*"*.

Kircheisen myślał o przeciwnikach–cudzoziemcach; we Francji łajdacy w marszałkowskich i generalskich mundurach długo nie darowali temu „albinosowi", który tak rażąco kontrastował z ich charakterami. Będą go opluwać nawet po śmierci, kolportując za pośrednictwem kiepskich historyków paszkwilancką anegdotę, którą Fleury de Chaboulon urodził w swych pamiętnikach (o tym, jakoby Davout w roku 1815 odgrażał się, że aresztuje Napoleona). W bibliotece w Sens leży egzemplarz tych „Pamiętników", który dostarczono cesarzowi na Świętą Helenę. Jest on okraszony jego odręcznymi komentarzami. Całość Bonaparte nazwał (słusznie) stekiem kalumni; konkluzja na temat wizerunku Davouta brzmiała: „*Cóż bardziej niesprawiedliwego nad ten portret!*".

Portret sprawiedliwy, który właśnie czytacie, dostał już tło; pora na twarz marszałka. Davout pochodził ze starej szlacheckiej rodziny burgundzkiej, w której tradycje żołnierskie były tak silne, iż mówiono: „*Za każdym razem, kiedy rodzi się Davout, jedna szabla wychodzi z po-*

* — Tłum. Marii Fredro–Bonieckiej.

chwy". Jego wyszła w 1770 roku w Annoux (departament Yonne). Nauki pobierał w szkole wojskowej w Paryżu (1785–88) i wszedł jako podporucznik do pułku „*Royal Champagne*", lecz jego wuj, major, nader sceptycznie ocenił szanse kariery młodzieńca:

„— *Mój siostrzeniec Davout niczego nigdy nie dokona, nigdy nie będzie żołnierzem. Zamiast zmierzać ku temu, zajmuje się lekturami Montaigne'a, Rousseau i innych figlarzy*".

Owi „*figlarze*" wypłatali jednak Francji i Europie grubego figla: przygotowali duchowy grunt pod Rewolucję. Zamiłowanie Davouta do książek uczyniło zeń później najbardziej wykształconego oficera Wielkiej Armii, wcześniej jednak zradykalizowało na tyle, że jako republikanina wyrzucono go z królewskiej armii. Natomiast za Rewolucji wyrzucono go z armii republikańskiej jako szlachcica. Było w tym coś proroczego dla całej jego drogi życiowej: nie chciała go żadna ze stron, drażnił wszystkich, został odrzucony w swą elitarną samotność.

Pomiędzy jednym a drugim wyrzuceniem z wojska los zesłał mu inne jeszcze proroctwo: w roku 1793 zdradził ojczyznę naczelny dowódca armii francuskiej, generał Dumouriez, a Davout był tym, który strzelał do zdrajcy przechodzącego na stronę Austriaków. Odtąd nienawidził zdrady „*obsesyjnie*".

Przyjęty do wojska po raz trzeci — walczył w dziesiątkach kampanii rewolucyjnych i napoleońskich, wygrywając bitwę za bitwą z jakąś dziecinną łatwością, i awansował piorunem. Podczas kampanii egipskiej, gdy zostawieni nad Nilem generałowie Bonapartego (który zdobywszy Egipt wyjechał do Europy) zaczęli przegrywać i w końcu poddali się nieprzyjaciołom — Davout jako jedyny odmówił podpisania aktu kapitulacji.

Właśnie tam, w kraju faraonów, dotknęło go przeznaczenie.

Po bitwie abukirskiej generał brygady Davout zameldował się u naczelnego wodza, Bonapartego, z pretensją o coś, nie pierwszą zresztą, obaj panowie bowiem wzajemnie się nie znosili i nie ukrywali tej antypatii. Napoleon poprosił Davouta do namiotu i odbyła się pierwsza między nimi rozmowa w cztery oczy. Korsykański czarodziej odprawił typowe dla niego czary–mary i musiał być akurat w dobrej formie, dokonał się bowiem cud przeobrażenia człowieka porównywalny ze spełnioną reinkarnacją: Davout opuścił namiot jako gorący zwolennik Napoleona i od tej pory był jego najwierniejszym żołnierzem. Nikt nie wie, jakie słowa padły; zapewne Bonaparte rzekł coś w tym rodzaju:

— Posłuchaj. Nie musimy się lubić, ale obaj jesteśmy mądrzejsi od tamtych i przez to potrzebni Francji, więc zróbmy to dla niej — współpracujmy. Nie musisz mnie kochać, wystarczy, że będziemy się szanowali, dla jej dobra!

Albo coś innego. W każdym razie faktem jest, że z namiotu wyszedł zupełnie nowy Davout, a więc słowa, które padły, musiały trafić do jego serca. Był tak nowy, że przeobraził się nawet zewnętrznie! Macdonell podkreśla, że o ile przedtem Davout był *„brudny i zaniedbany w ubiorze”*, to od wyjścia z namiotu *„naśladował Bonapartego w pracy, w zamiłowaniu do zawodu i w staranności w ubiorze oraz czystości”*. Jeśli zaś chodzi o przeobrażenie wewnętrzne, to można wręcz powiedzieć, że Davout zabrał ten namiot ze sobą w dalszą drogę i nigdy się już z nim nie rozstał.

Rozwój cywilizacji od czasów prehistorycznych do dzisiaj wykształcił liczne typy namiotów, pod którymi człowiek krył i kryje ciało przed spiekotą, deszczem i chłodem. Każdy z nas wszakże nosi ze sobą również niewidzialny namiot swej psychiki, który kryje bogactwo cech pozytywnych i negatywnych, przyzwyczajeń, kompleksów, fobii, gustów i lęków, uczuć i marzeń.

Wybitny współczesny architekt, Włoch Giovanni Michelucci, autor wspaniałych świątyń w kształcie namiotu (m.in. głośnej Chiesa dell' Autostrada del Sole) — powiedział dziennikarzowi: *„Namiot jest jedynym i najprostszym wyobrażeniem schronienia. Sprzyja rozmyślaniom, modlitwie. Większy czy mniejszy, jest twoim azylem, nosisz go z sobą, zwinięty, jak część siebie samego. Namiot pozwala ci też odkrywać świat”*. Namiot zabrany przez Davouta z Egiptu był namiotem lojalności wobec Bonapartego, ale w istocie posiadał szerszy wymiar: był to namiot godności i prawości wydźwigniętej do tego stopnia, że można ją nazwać biblijną, encyklopedyczną lub przysłowiową.

Gdybym musiał określić namiot Davouta jednym słowem, rzekłbym: rzymski, co zresztą pasuje do zewnętrznego stylu tamtej epoki, *„Empire”* bowiem ubierał wszystko, od mebli po architekturę, nie wyłączając *„cezariańsko–legionowych”* godeł armijnych, w formy starorzymskie. W kamieniu i drewnie osiągnięto nieomal ideał, gorzej było z ludźmi. Retorycznie wszyscy jesteśmy w porządku, w praktyce zawsze są kłopoty.

Gdy dzisiaj chcemy opisać idealnego człowieka, musimy użyć kilku lub kilkunastu przymiotników (szlachetny, odważny, grzeczny etc.), ponieważ z naszej mowy potocznej zniknął już wyraz, który funkcjonował przez dwa tysiące lat i którym posługiwali się jeszcze nasi dziadkowie, a który załatwiał wszystko. Mówiło się o idealnym człowieku: *„Rzymianin”* i nie trzeba było nic więcej dodawać. Znawca starożytnego Rzymu, Jan Parandowski, tak wyliczył cechy składające się na ów teoretyczny ideał: *„Męstwo, prostota obyczajów, prawość charakteru, instynkt społeczny, patriotyzm”*. Obowiązywała przy tym jedność myśli, słów i czynów. Ludwik Mikołaj Davout był żywym modelem tej teorii. Był jednym z wyjątków potwierdzających nieśmiertelną regułę, którą Machiavelli sformułował w „Księciu": *„W ludziach na ogół złe skłonności przeważają nad dobrymi, ku dobremu zwracają się ludzie wtenczas, gdy muszą"*.

Zadziwiającym symbolem egipskich narodzin nowego Davouta stała się zmiana jego nazwiska. Poległ wówczas nad Nilem generał kawalerii o nazwisku Davoust (wymawia się to identycznie jak Davout), nie mający żadnego związku rodzinnego z Davoutem. Mimo to obu generałów pomylono (!) i od tej pory w dokumentach, pamiętnikach i biografiach zaczęto pisać nazwisko Ludwika Mikołaja: Davoust! Jedna litera różnicy: s — jak *„superbe"* lub jak *„splendide"* (wspaniały).

Był wspaniały zarówno w imponującej obojętności dla rzeczy i spraw niegodnych zainteresowania, jak też w napadach królewskiej furii. Miał coś ze śpiącego wulkanu — od czasu do czasu otwierał się, eksplodując gniewem wobec napotkanej podłości lub karygodnego niedbalstwa, i znowu zasypiał w granitowym dostojeństwie, które mroziło obecnych, a w jego kolegach budziło wściekłość lub nienawiść. Wszyscy opisujący go pamiętnikarze podkreślali jeden szczegół: wielkie, czarne oczy, które przewiercały na wylot; kiedy patrzył na kogoś, wydawało się, że pragnie zajrzeć w głąb sumienia. Te oczy sprawiały, że schodzono mu z drogi, jakby był słoniem, który może zmiażdżyć. I jeszcze usta. *„Rzadko widziany uśmiech na jego zimnej pięknej twarzy był zawsze sardoniczny. W ciągu całego swego życia Davout nie pozwolił żadnemu z krewnych, z wyjątkiem ukochanej żony, na najmniejszą poufałość względem siebie"* (Macdonell). Tym bardziej nie pozwalał obcym (jedynym wyjątkiem był marszałek Oudinot). Nawet cesarzowi.

Napoleon, powróciwszy z Egiptu, zdobył władzę nad Francją i nie zapomniał o Davoucie. W roku 1800 uczynił go generałem dywizji, w 1801 dowódcą grenadierów gwardii konsularnej, wreszcie w 1804 marszałkiem cesarstwa z pierwszej nominacji i posiadaczem wielkiej wstęgi orderu Legii Honorowej. Davout na to wszystko zasłużył: we wszystkich bitwach, w których brał udział, wykazywał świetne talenty militarne. *„Bóg wojny"* nie domyślał się wszakże, jak wysoko one sięgają.

W roku 1806 fryderycjańskie Prusy, dufne w swą mocarstwowość, rzuciły Francji rękawicę. 14 października cesarz pobił Prusaków pod Jeną i dopiero po bitwie dowiedział się, że walczyła przeciw niemu drobna część sił nieprzyjaciela, podczas gdy główna armia Prus została w tym samym czasie zmiażdżona pod Auerstaedt przez trzy zaledwie dywizje francuskiego wojska, co graniczyło z cudem. Te trzy dywizje tworzyły korpus Davouta.

Bitwa pod Auerstaedt, toczona przez Francuzów przy ogromnej (prawie trzykrotnej) przewadze liczebnej nieprzyjaciół, należy do najwspanialszych zwycięstw w dziejach wojen. Ową przewagę zniwelował geniusz marszałka. Davout, czarny od prochu i dymu, z przestrzelonymi kapeluszem i płaszczem, wprawiał w ruch swoje dywizje niczym Rubinstein klawiaturę — zimny i magnetycznie spokojny wirtuoz, drugi *„bóg wojny"*. Dwóch bogów na jednym niebie to zbyt dużo, Bonaparte zadrżał...

W oficjalnym biuletynie Auerstaedt zostało uznane za... prawe skrzydło bitwy pod Jeną, w której cesarz rzucił Prusy na kolana, i taka wersja powędrowała do podręczników. Oczywiście na korpus Davouta spadł deszcz orderów, marszałek zaś został mianowany księciem Auerstaedt, lecz nazwy Auerstaedt nie wyryto na Łuku Triumfalnym w Paryżu — była to jedyna bitwa wojsk napoleońskich nie umieszczona na tym świętym pomniku, na którym widnieją nawet potyczki! Wszyscy wiedzieli dlaczego tak się stało, ale o tym, że cesarz jest zazdrosny o Davouta, można było tylko szeptać. Szeptano. Sam Davout żadnym słowem lub gestem nie okazał swych uczuć. Gdy Napoleon w pięknej przemowie do jego żołnierzy wyraził im swoją wdzięczność, marszałek odparł jednym zdaniem — zdaniem Rzymianina:

„— *Najjaśniejszy Panie, trzeci korpus będzie dla Ciebie zawsze tym, czym legia dziesiąta dla Cezara*".

I takim był. Pod Pruską Iławą, Friedlandem, Wagram i w dziesiątkach innych bitew Davout dokonywał wielkich czynów. Odnosił też wspaniałe samodzielne zwycięstwa, pod Eckmühl, gdzie znowu jednym korpusem odrzucił całą armię austriacką, wydobywając tym wojska Napoleona z bardzo trudnej sytuacji (w nagrodę został księciem Eckmühl) i pod Mohylowem, gdzie zgromił armię rosyjską Bagrationa. Jako jedyny z dowódców ery napoleońskiej nie przegrał żadnej bitwy!

Historycy wojskowości często się kłócą, ale w jednym są zgodni: że Davout jako wódz w niczym nie ustępował Napoleonowi. Wiedziano o tym już wówczas, a najlepiej wiedział to sam *„bóg wojny"*. I dlatego, zżerany przez zazdrość, stale usuwał Davouta w cień mniej utalentowanych dowódców, nie powierzając mu stanowisk wojennych odpowiadających zdolnościom marszałka. W roku 1809 uczynił jego przełożonym mola sztabowego, Berthiera, co omal nie zakończyło się klęską. W roku 1812 podporządkował Davouta swemu bratu Hieronimowi i dopiero gdy ten się skompromitował, zastąpiono go Davoutem, lecz było już za późno, błędów nie udało się odrobić. W roku 1813 postawił nad Davoutem swego pasierba, Eugeniusza de Beauharnais, co miało równie opłakane skutki. W roku 1815 powierzył prawe skrzydło Wielkiej Armii Grouchy'emu miast Davoutowi, i to rozstrzygnęło o losach bitwy pod Waterloo.

Owa jawna dyskryminacja była jednym z największych błędów cesarza w całej jego karierze i mocno przyczyniła się do upadku imperium. Davout znosił ją z kamiennym spokojem. Taszczył ze sobą wszędzie swój namiot i wypełniał powinności organizacyjne, administracyjne i wojskowe zawsze z tą samą genialną maestrią i żelazną dyscypliną, nie okazując niczym rozgoryczenia. W ciągu dziesięciu lat od nominacji marszałkowskiej miał rzadkie chwile odpoczynku — wówczas namiot stawał w jego posiadłości Savigny–sur–Orge, a on tańczył z żoną walca (robił to równie dobrze jak dowodził), by po kilku dniach pożegnać ją i pędzić na nową placówkę.

W roku 1814 wszystkie błędy cesarza skumulowały się, wrogowie rozkawałkowali imperium i runęli na Francję. Wówczas ostatnie szczury poczęły uciekać z tonącego okrętu. Najpierw zdradzili Korsykanina sojusznicy (za wyjątkiem Polaków), w końcu o zdradzie pomyśleli marszałkowie. Padały kolejne miasta i fortece, Paryż został poddany przez zdrajców, wszystko się waliło. Tylko w dalekim Hamburgu bronił się duc d'Auerstaedt, prince d'Eckmühl, Ludwik Mikołaj Davout, a rosyjskie armie oblężnicze nie mogły złamać jego oporu. Przychodziły doń informacje znad Sekwany. Gdy dowiedział się, że na polski pułk Krakusów padł ostatni strzał, jaki oddali nieprzyjaciele oblegający Paryż (zanim marszałek Marmont nie poddał stolicy), że część wojsk polskich zbuntowała się przeciw zdrajcom, chcąc dalej walczyć, i że uczciwi Francuzi nazywają Polaków „*les dernieres fidèles*" (ostatnimi wiernymi), nie zdziwił się — poznał dobrze tych swoich niedoszłych poddanych. Mieli takie samo serce.

W pierwszych dniach kwietnia Napoleon abdykował i cesarstwo przestało istnieć nawet na papierze. Rosjanie poinformowali o tym Davouta, mówiąc, że w tej sytuacji dalszy opór jest bezsensowny, lecz marszałek odparł pogardliwie:

„— *Cesarz nie ma zwyczaju przesyłać mi rozkazów za pośrednictwem rosyjskich oficerów!*".

Bronił się dwanaście miesięcy i nie pokonany opuścił miasto wraz z garnizonem, przy bijących bębnach i rozwiniętych sztandarach. Nowy monarcha Francji, Ludwik XVIII, zdegradował go za to.

Burbon z osiemnastym numerem i członkowie jego dworu od dwudziestu trzech lat byli „gośćmi" najzawziętszych wrogów swej ojczyzny: kolejno przebywali w Rosji, Prusach i Anglii. W roku 1814 ci wrogowie zdobyli Francję i dali francuskie berło swemu utrzymankowi. Ludwik zaczął rządy od podziękowania zdrajcom: przyjął do swej psiarni elitę marszałków cesarstwa i obdarował ich nowymi medalami w nagrodę za zdradzenie *„korsykańskiego uzurpatora"*, które pomogło aliantom z *„uzurpatorem"* skończyć. Tak więc marszałkowie wzięli miękko zakręt historii.

Davout na owym zakręcie stanął. Wróciwszy do Paryża spojrzał na towarzyszy–marszałków, tak jakby nie wierzył i chciał sprawdzić osobiście. Patrzył na tych uszlachconych plebejuszy, którzy bez Bonapartego byliby tym, czym się urodzili: pastuchami, bednarzami, karczmarzami, garbarzami i murarzami — i miał w oczach zimny wstręt. Podlece mierzili go zawsze, lecz ci mierzili w sposób szczególny. Cesarz wydźwignął ich z rynsztoka na podium Europy, przemienił lumpów w oligarchów i bohaterów, a oni zapłacili mu gestem Judasza i znowu wskoczyli do rynsztoka, niczym larwy, które najlepiej czują się w gównie. Nawet cesarski szwagier, król Neapolu, Murat, nawet najstarszy przyjaciel Bonapartego, Marmont, nawet *„najdzielniejszy z dzielnych"*, Ney — prawie wszyscy. Cuchnęło tak bardzo, że Davout rozbił swój namiot w Savigny–sur–Orge i zamknął się z żoną i z dziećmi szczelnie, by nie czuć zapachu Paryża. W przyzamkowym ogrodzie karmił ptactwo (był to rytuał rodzinny Davoutów) i hodował kwiaty, których cebulki przysyłał żonie z różnych kampanii, tak jak inni marszałkowie przysyłali żonom zrabowane futra, klejnoty i obrazy. Ptaki i kwiaty nie zdradzają.

Mijały miesiące, Kongres Wiedeński na nowo parcelował ciało Europy, starzy i nowi oportuniści czołgali się przed Ludwikiem, nowa rzeczywistość zapanowała we Francji — nie zmienił się tylko Davout. Trwał na swej bezludnej wyspie, nie uznając burbońskich rządów, albowiem dla takich jak on nigdy nie jest legalną władza „przywieziona w teczce" przez cudzoziemców. Żył w przekonaniu, że jego namiot już nie ruszy się z Savigny i że uczestnictwo w zamęcie wielkiej historii ma definitywnie za sobą. Mylił się.

W rok po abdykacji Bonaparte wymknął się ze swej klatki na Elbie i przy gigantycznym aplauzie ludu wkroczył do Paryża, z którego uciekł powszechnie znienawidzony Ludwik XVIII. Cesarz wiedział, że Europa Świętego Konszachtu nie pogodzi się z tym, więc o wszystkim zadecyduje jeszcze jedna wojna. Wrogowie byli do niej gotowi, Francja nie. Należało dokonać niemożliwości: z chaosu, który pozostawili Burboni, stworzyć natychmiast nową Wielką Armię. W całej Francji był tylko jeden człowiek, który mógł tego dokonać, i Napoleon wezwał tego człowieka.

Jadąc do Paryża Davout miał świadomość, czego zażąda Korsykanin i wiedział, że mu odmówi. Dla „teczkowego" króla nie wyjąłby nawet rąk z kieszeni, bo nie cierpiał teczek. Ale dla Bonapartego też nie miał zamiaru nic więcej robić, uznał bowiem, że ich stosunek, z którego lojalnie wywiązywał się przez wiele lat, został rozwiązany zeszłoroczną abdykacją cesarza, on zaś jest emerytem i jako taki nie musi podejmować żadnych obowiązków. Było to rozumowanie tyle samo logiczne, co słuszne — jego atest moralności stanowiła dziesięcioletnia dyskryminacja Davouta.

Tak doszło do drugiej decydującej rozmowy między nimi, ale w tym przypadku znamy dialog. Cesarz zaproponował Davoutowi urząd ministra wojny. Dyskryminowany przez dziesięć lat książę stanowczo odmówił. Napoleon nie nalegał, tylko zrobił coś, co może było fenomenalnym trikiem arcykapłana psychologii, a może po prostu odruchem człowieka cierpiącego. Podszedł do marszałka i rzekł cicho:

„— *Słuchaj, oni wszyscy myślą, że działam w porozumieniu z cesarzem Austrii i że moja rodzina jest już w drodze do Paryża. To nieprawda. Jestem sam przeciw całej Europie...*".

„— *Przyjmuję ministerium!*" — przerwał Davout.

Jest takie angielskie powiedzenie: „*Dżentelmen zajmuje się tylko przegranymi sprawami*".

Cechy dżentelmena podał F.L. Thompson w „English Landed Society in Nineteenth Century"; są to: „*Poczucie honoru i osobistej godności, prawość, wyczulenie na potrzeby innych, uprzejmość i rycerskość*". Również William Thackeray wyszczególnił owe cechy w „Targowisku próżności"; według niego dżentelmen to „*człowiek prostolinijny, bez żadnych podłostek, który światu patrzy w oczy po męsku, którego cele są szlachetne, a zasady i przekonania niewzruszone zarówno w swej stałości, jak i poziomie moralnym, który jednaki jest wobec wielkich i maluczkich*". Ideał ten stworzono w Anglii na wzór ideału Rzymianina, ale w praktyce był on równie rzadko stosowany, co w Rzymie. Thackeray w „Vanity fair" włożył do ust jednego z bohaterów prawdę ujętą w takie słowa:

„— *Bo dżentelmen, łaskawe panie, to okaz rzadszy niż się na ogół sądzi. Która z was potrafi wskazać w swoim kółku wielu zasługujących na ten tytuł panów? (...) Wszyscy znamy setki mężczyzn w dobrze skrojonych surdutach, dziesiątki posiadających maniery bez zarzutu, a nawet kilku niebywałych szczęściarzy, co należą do śmietanki i poruszają się w najwęższych kręgach doborowego towarzystwa. Jak wielu jednak znamy dżentelmenów?*"*.

Retorycznie wszyscy jesteśmy okey. W praktyce zawsze są kłopoty. Prawie zawsze — bywają wyjątki. Do angielskich dżentelmenów jeszcze wrócimy...

---

* — Tłum. Jana Dehnela.

Aby wykonać powierzone mu zadanie Davout potrzebował współpracowników. W pierwszym rzędzie pomyślał o swoim przyjacielu, marszałku Oudinocie, jedynym człowieku, z którym był na „*ty*", nawet w pismach oficjalnych. Lecz Oudinot okazał się rozsądniejszy od niego — widząc, że sprawa jest z góry przegrana, opowiedział się przeciw Napoleonowi. Wówczas minister wojny suchym, bezimiennym rozkazem polecił mu udać się do swoich dóbr i na zawsze zerwał przyjacielskie stosunki łączące go z Oudinotem od dwudziestu lat. Davout, chociaż dyskryminowany przez cesarza, nigdy nie uleczył się z pewnego rzadkiego organicznego defektu: miał wyjątkowo mało pojemny namiot — nie było w nim miejsca na dwie lojalności.

Wywiązał się z zadania: w ciągu kilkudziesięciu dni stworzył Bonapartemu dwie armie. Pierwszą z nich „*bóg wojny*" poprowadził przeciw nadciągającym wrogom i poniósł klęskę pod Waterloo; następnie abdykował. Nie oznaczało to jednak spacyfikowania Francji, nad Sekwaną bowiem stała druga armia (180 tysięcy żołnierzy i 750 dział) dowodzona przez księcia Auerstaedt i Eckmühl. Anglicy wiedzieli dobrze, że bitwa z Davoutem może się zakończyć drugim Waterloo, tylko już nie francuskim. Bezpieczniej było z tym człowiekiem rozmawiać.

Davout, dowiedziawszy się o rezygnacji samego Napoleona, a chcąc oszczędzić Paryżowi bitewnych pożarów i kolejnej „przyjacielskiej wizyty" obcych wojsk, stwierdził, że nie bacząc na swój osobisty wstręt do Burbonów pozwoli im wrócić na tron, jeśli wjadą do stolicy s a m i, bez „wyzwolicieli". Intrygi pozostałych ministrów uczyniły tę koncepcję nierealną i Davout pomyślał, że jeśli Francuzi nie chcą bronić swej godności, nie należy zmuszać ich do tego. Miał już dosyć. Oświadczył, iż złoży swój urząd ministerialny i odda Paryż, pod jednym warunkiem: że wszystkim oficerom, którzy w roku 1815 porzucili służbę u Burbonów i przeszli na stronę cesarza, zostanie udzielona amnestia. Anglicy sądząc, że mają do czynienia z próbą wytargowania możliwie łagodnych warunków kapitulacji, odpowiedzieli twardo, że nie pora na wysuwanie podobnych żądań. Ale Davout był człowiekiem, który nie znał się na takich żartach. Odparł, że wobec tego wystąpi ze swą armią i pokaże na co jest pora, a na co nie, przy pomocy dział i bagnetów.

3 lipca Anglicy podpisali układ w brzmieniu żądanym przez marszałka. Artykuł 12 owej konwencji precyzował gwarancje bezpieczeństwa dla tych, którzy zrzucili z mundurów białe lilie (symbol Burbonów), by przywdziać złote pszczoły (symbol Bonapartego). Dopiero wówczas Davout wycofał armię za Loarę, a potem złożył dowództwo, pewny, że artykuł 12 uniemożliwi Ludwikowi XVIII (który został ponownie przywieziony „w teczce" przez wrogów) jakiekolwiek zabawy w zemstę. An-

gielscy dżentelmeni zaczekali, aż żołnierze Davouta rozejdą się do domów, po czym dokonali odpowiedniej „*interpretacji*" wspomnianego artykułu, oświadczając, że konwencja podpisana przez Albion, a nie przez Ludwika XVIII, nie może wiązać temu ostatniemu rąk w zakresie represji. Bardzo dowcipne, prawda? Burbońskie plutony egzekucyjne rozpoczęły pracę.

W sto lat z okładem później pewien amerykański pisarz wyjeżdżając z Anglii po spędzeniu w niej dziesięciu lat, zapytany na londyńskim lotnisku przez dziennikarza, co sądzi o Anglikach, odpowiedział:

„— *Z Anglikiem można zrobić tylko jedno. Dać mu po mordzie*".

Każdy ma swoich Anglików, ale nie każdy może im dać po mordzie. Davout nie mógł dać po mordzie dżentelmenom, którzy wystrychnęli go na dudka, gdyż zaufał im i rozbroił się. Mógł tylko przekląć teczkarzy i ich pupila, w zamian za co odebrano mu wszystkie tytuły, jego portret usunięto z galerii marszałkowskiej pałacu Tuileries, samego zaś Davouta zesłano do Louviers. Ale zsyłka człowieka, który był wcieleniem honoru Francji, ubliżała tejże Francji w oczach całej Europy i nie miało przy tym znaczenia jakiego koloru była ta Francja aktualnie, ani też to, jaki stosunek ma do owych barw zesłany. Chcąc uniknąć dłuższej kompromitacji, Davouta ułaskawiono i zaproponowano mu miejsce w Izbie Parów. Przyjął je (1819), by móc walczyć o liberalizację reżimu. Robił to z taką samą odwagą, z jaką stawał na polach bitew. Był jedynym marszałkiem, który nigdy nie uznał Burbonów i nigdy nie pojawił się na dworze Ludwika XVIII: nie pozwolił się skokietować i nie zaszczycił tronu.

Śmierć ukochanej córki zadała mu ostatni cios. Zmarł w Paryżu 1 czerwca 1823 roku. Żołnierzom–weteranom nie zezwolono pełnić straży przy zwłokach ani wziąć udziału w pogrzebie na Pére–Lachaise. Próbujących złamać zakaz wyłapano i ukarano.

„*Ten surowy i milczący człowiek był równie samotny w chwili śmierci jak w życiu. Tylko mała garstka oficerów szła za trumną marszałka, księcia Auerstaedt i Eckmühl, jednego z największych żołnierzy, jakich wydała Francja*" (Macdonell).

Jednego z najprzyzwoitszych ludzi.

Tomek, gdy miał siedem lat, spytał:

— Tato, którym marszałkiem Napoleona chciałbyś być?

— Davoutem.

— Dlaczego?

Nie wiem dlaczego, ale zawsze wolałem dobre wino od stęchłej wody, oraz ludzi tego pokroju, jakby od dziecka żyli w obawie przed popełnieniem czynu, którego musieliby się wstydzić — od sukinsynów.

Za zamkniętymi oknami słychać tupot równego szeregu i chóralny śpiew. Idą bidety i śpiewają pieśń o plastelinie. Tup–tup–tup–tup–tup–tup–tup–tup! Bohaterski grzmot zagłusza wszystko. Tomek krzyczy:

— Co?... Co powiedziałeś, tato?!

WYSPA 14

LA FERRIÈRE (HAITI)

HENRI CHRISTOPHE

BALLADA O CZARNYM MAKAPHO* I O DUCHACH

„Na szczycie Biskupiej Czapy, najeżona rusztowaniami, wznosiła się druga góra — Cytadela La Ferrière (...) Cała ludność północy siłą została zmobilizowana do pracy przy tej nieprawdopodobnej budowli. Wszystkie próby protestów były tłumione we krwi (...) Było coś nieskończenie bolesnego w tym, że Murzyna okładał kijem Murzyn tak czarny jak on, z równie grubymi wargami i równie wełnistą głową i płaskim nosem. Tak jakby w jednym i tym samym domu synowie bili ojców (...)

Król Christophe często odwiedzał cytadelę, by ocenić postępy robót. Niekiedy jednym ruchem szpicruty nakazywał śmierć leniwego robotnika (...) I w końcu zawsze kazał przynosić sobie fotel na najwyższy taras z widokiem na morze, nad krawędzią przepaści, która najbardziej przyzwyczajonych zmuszała do zamykania oczu. Wtedy, nie dręczony najmniejszymi skrupułami, wyższy nad wszystko, co go otaczało, oceniał zasięg całej swojej władzy (...).

... Murzyni z Równin podniosą wzrok na tę fortecę, myśląc, że tam, ponad ptakami, król z ich własnej rasy czeka w pobliżu nieba, które jest wszędzie takie samo, aż zagrzmią spiżowe kopyta dziesięciu tysięcy koni Oguna...".

(Alejo Carpentier, „Królestwo z tego świata", tłum. Kaliny Wojciechowskiej)

---

* — W języku hausa: ślepiec.

Najpierw była kobieta. Kobieta była córką Słońca i Księżyca, miała wielkie piersi, wielki brzuch i uda jak pnie drzew. Miała skórę błyszczącą niczym naoliwiony heban. Jej usta były czerwone. Wieczorem, kiedy Słońce spało, a Księżyc zajęty był gdzie indziej, do szałasu kobiety wśliznął się bękart Boga. Był bękartem i miał usposobienie bękarta. Powiedział do kobiety:

— Pozwól mi zamieszkać w twoim domu, tak jak wesz mieszka we włosach żony królewskiej.

— Nie znam cię — rzekła kobieta. — Odejdź stąd.

Kobiety są sprytne, diabeł rzadko potrafi przechytrzyć te stworzenia. Ale bękart Boga był bardzo przebiegły. Zrzucił z siebie przepaskę, swe jedyne odzienie, i ukazał kobiecie sterczącego „*makapho*". Kobieta zaniemówiła, a pożądanie spłynęło w niej od oczu do rąk, i do brzucha, i do nóg, położyło ją na matę i kazało rozłożyć uda szeroko aż do ścian. Bękart zawołał:

— Boże, pomóż mi! Boże, pomóż mi!

I pięć razy posiadł kobietę, aż zemdlała. Potem brzuch kobiety zrobił się wielki niczym słoń, okrągły niczym dynia i bolący jak nie zagojona rana. Kobieta urodziła kulę. Ta kula rosła i rosła aż stała się światem. Świat zamienił się w „*ssongo*"* i stał się trudny do wytrzymania, niczym zły król. Ale nie można z niego inaczej uciec, tylko przy pomocy śmierci. Taki jest ten świat, niczym zły król.

„*Hooh. Serki, Monafiki, Mogunda, Kurra*".**

„*Hooh. Iblis*".***

Pewnego dnia, w latach czterdziestych, dwudziestokilkuletni czarny kapral armii francuskiej zobaczył w muzeum obraz Ingresa z Napoleonem odzianym w strój koronacyjny i siedzącym na tronie. Obraz był kolorowy. Napoleon był piękny. Jego strój był najpiękniejszy, z soboli i purpurowego płótna, na którym wyhaftowano godło imperium — złote pszczoły. Czarny człowiek Bokassa nie mógł oderwać od niego oczu.

Po raz drugi zobaczył ten strój na obrazie Davida „Koronacja Napoleona". Kupił kolorową reprodukcję, zawiesił ją na ścianie i patrzył, wstrzymując oddech. Cesarz stał na stopniach ołtarza w katedrze Notre-Dame. Obok dostojnicy świeccy i kościelni. Przed cesarzem klęczała jego żona, Józefina. Napoleon zakładał jej koronę na głowę. Czarny ka-

---

Wyrazy w języku hausa:
* — Targ bydlęcy.
** — Król, Oszust (Awanturnik), Złodziej, Hiena.
*** — Diabeł.

pral Bokassa przypomniał sobie przezwisko *„mały kapral*", którym żołnierze obdarowali Bonapartego podczas kampanii włoskiej. On również był małym kapralem. Powiedział sobie: Bokassa też będzie wielki! Bokassa dokona wielkich czynów i będzie bohaterem! Przyjdzie dzień, w którym Bokassa stanie się większym jeszcze od Bokassy!

Napoleon miał dwadzieścia cztery lata kiedy został generałem. Bokassa przez dwadzieścia cztery lata służby w armii awansował na kapitana. W 1965 roku dokonał w swej ojczyźnie zamachu stanu i mianował się dożywotnim prezydentem Republiki Środkowoafrykańskiej oraz marszałkiem, żeby *„uratować swój kraj*". Tak powiedział.

Dwanaście lat później czarny prezydent Bokassa przemienił republikę w Cesarstwo Środkowoafrykańskie, należące do dwudziestu najbiedniejszych państw świata. Panowały w nim głód, nędza, rozpacz i czarny cesarz przebrany za Napoleona. *„Nie da się tworzyć historii bez poświęceń*" — powiedział Bokassa. Tak powiedział.

Gdzieś z oddali poczęły napływać głuche uderzenia tam–tamów...

„Hooh. Serki, Monafiki, Mogunda, Kurra".

„Hooh. Iblis".

Dniem, w którym Bokassa stał się jeszcze większym od Bokassy, był dzień jego koronacji. Tron Napoleona wydał mu się mały. Jego tron ważył dwie tony, miał wysokość parterowego domu i kształt orła ze skrzydłami o rozpiętości 4,5 metra, ulepionymi z 900 pozłacanych piór. Płaszcz koronacyjny Napoleona wydał mu się mały. Jego płaszcz był długi jak droga przez pustynię, wyszywany złotymi pszczołami, gwiazdami i milionem brylantów. Mostem powietrznym z Paryża przywieziono kelnerów, orkiestrę, tony kwiatów i ogni sztucznych, szampana i whisky. Francuscy krawcy uszyli pięć tysięcy napoleońskich kostiumów dla gwardii, szambelanów, stangretów, koniuszych i służby. Francuskie firmy dostarczyły końską uprząż i powóz według napoleońskich wzorów. Siwki do niego, sprowadzone z Normandii, rzęziły w równikowym upale.

4 grudnia 1977 roku delegat papieski odprawił mszę koronacyjną w katedrze Notre–Dame w Bangi. Intronizacja odbyła się w hali sportowej. Cesarz Bokassa I sam się koronował, jak Bonaparte. Potem założył monarszy diadem klęczącej przed nim żonie. Wszystko było tak, jak na obrazie Davida i kosztowało 30 milionów dolarów. W XX wieku nikt prócz niego nie wykonał kopii jednego malowidła za taką cenę. *„Nie da się tworzyć historii bez poświęceń*".

Koronę Bokassy wieńczył 138–karatowy diadem w kształcie serca. Kiedy ją zakładał, powiedział: *„Pragnę, by przyszłość mego ludu błyszczała jak ten kamień*". Tak powiedział.

Koronacja była gospodarczym grobem państwa. Lud zdychał z głodu, cierpiał i krzyczał o pomoc. W demonstrujący tłum waliły moździerze. Duchy czarnych nieszczęśników powiedziały: dość! Zagrzmiały *„mówiące bębny"*, którym nadano moc przez skropienie ich ofiarną krwią. *„Dobre duchy, chrońcie mnie przed tam–tamem bez serca"* — proszą ludzie Hausa, lecz Bokassa nie znał tej modlitwy. On sam nie miał serca. W roku 1979 został obalony. Wtedy wyszło na jaw, że osobiście uczestniczył w masakrze stu czarnych uczniów, którzy jako pierwsi odmówili kupienia mundurków szkolnych. Mundurki produkowała fabryka należąca do cesarza. Nikogo w Cesarstwie Środkowoafrykańskim nie było na nie stać. Dzieci zatłuczono pałkami.

„Hooh. Serki, Monafiki, Mogunda, Kurra".

„Hooh. Iblis".

Lewicowy tygodnik „Jeune Afrique" („Młoda Afryka") stwierdził: *„Bokassa to po prostu skrajny przypadek, karykatura rządów straszących w Trzecim Świecie. Nie jest to jedyny w Afryce przywódca, który podsyca kult swej osoby, nadaje sobie szumne tytuły lub ustanawia marionetkowe instytucje (partia, parlament itd.) właśnie po to, aby uniemożliwić wszelką ewolucję. U tego cesarza odnajdujemy elementy składowe najbardziej rozpowszechnionego w Afryce systemu politycznego, tylko że w przejaskrawionej formie. Nazywając rzeczy po imieniu: jest to tyrania uważająca się za oświeconą, a w rzeczywistości ślepa"*.

Po II wojnie światowej kraje czarnej Afryki zrzuciły kolonialne kajdany. Wolność miała uczynić z nich murzyńskie raje. Władzę objęli czarni bohaterowie walki o niepodległość. Okazali się łajdakami. Obalono ich. Następcy byli jeszcze gorsi. Ich też obalono. Nic się nie zmieniło, czarni ludzie cierpieli coraz bardziej.

I stała się rzecz najstraszniejsza: białe rządy kolonialne zaczęły się jawić utraconym rajem w porównaniu z rządami czarnej elity. Paradującej w mercedesach i szynszylach wśród głodującego ludu. Tyranizującej plebs krwawym terrorem. Wznoszącej sobie pałace. Rozkradającej co do centa międzynarodową pomoc. Sprowadzającej wyzwolone państwa do epoki łupanego kamienia.

ZAMBIA I ZAIR: *„Zambia uzyskała niepodległość w 1964 roku. Była wówczas krajem bogatym dzięki miedzi, której jest jednym z największych producentów na świecie. W ciągu 16 lat niepodległego bytu kraj ten potrafił stać się — jeśli wyłączyć Zair, naprawdę poza konkursem (Zair tylko dlatego nie ogłosił jeszcze upadłości, że banki między-*

narodowe nieprzytomnie go finansują) — absolutnym mistrzem nieudolnego zarządzania" („Paris Match", 1981).

GHANA: „*W chwili uzyskania niepodległości w 1957 roku zdawało się, że Ghana ma piękną przyszłość. Anglicy pozostawili po sobie rozbudowaną infrastrukturę materialną i społeczną. Aparat urzędniczy należał do najsprawniejszych w Afryce. Rezerwy dewizowe wynosiły 481 milionów dolarów (...) W niezwykłym tempie roztrwoniono zasoby kraju, który niegdyś wskazywał Afryce drogę. Dziś jest on żebraczym zaściankiem*" („Los Angeles Times", 1977). „*W 25 lat po uzyskaniu niepodległości Ghana przedstawia ponury obraz upadku, korupcji i rezygnacji. A przecież żaden kraj Czarnej Afryki nie miał lepszych szans startu u progu niepodległości, cenniejszych surowców i lepszego rolnictwa*" („Die Weltwoche", 1982).

GWINEA RÓWNIKOWA: „*Przed niespełna 10 laty Gwinea Równikowa była klejnotem tej części Afryki, kwitnącym zakątkiem (...) Dzisiejsza jest «izbą okropności» Afryki, krajem zbankrutowanym pod względem moralnym i finansowym*" („Los Angeles Times", 1977). „*W momencie uzyskania niepodległości Gwinea była krajem bogatym — Hiszpanie zostawili tu pokaźny spadek. Wszystko to zostało zaprzepaszczone*" („Jeune Afrique", 1979).

TANZANIA: „*Tanzania zbankrutowała, a przecież należy ona do tych państw na kuli ziemskiej, które otrzymują największą pomoc rozwojową w przeliczeniu na głowę ludności (...) Decydujący cios zadała gospodarce kraju przymusowa kolektywizacja. Całe wsie płonęły, pola pustoszono, chłopi musieli przenosić się do osiedli «ujamaa», bez względu na to, czy gospodarowali dobrze, czy źle. «Ujamaa» znaczy wspólnie. Jednakże wspólnota ograniczyła się do wspólnej nędzy*" („Die Weltwoche", 1980). „*Wzorcowym przykładem jest Tanzania, w której przy obficie płynącej pomocy z zagranicy całymi latami uprawiano coś w rodzaju subwencjonowanego rujnowania gospodarki*" („Neue Zürcher Zeitung", 1982).

UGANDA: „*Niegdyś bogata — jak na stosunki afrykańskie — Uganda chyli się ku upadkowi*" („Die Weltwoche", 1977).

KENIA: „*Kenia, niegdyś spichlerz Afryki Wschodniej, musi importować zboże*" („Paris Match", 1980).

MADAGASKAR: „*Centralizacja oraz interwencyjna polityka rządu w odniesieniu do gospodarki rolnej sprawiły, że ten kraj, który za czasów kolonialnego panowania Francuzów był tropikalnym rajem i wiel-*

kim eksporterem wysokogatunkowego ryżu, stał się obecnie ponoszącym finansowe straty importerem ryżu niskogatunkowego" („New Statesman", 1983).

I tym podobnie. „*Hooh*"!

„*Niepodległość straciła swój sens i kierunek*" — powiedział Babu, były tanzański minister gospodarki.

„*Afryka umiera*" — powiedział Kodjo, były minister spraw zagranicznych Togo.

W roku 1979 dwoje uczonych Francuzów, Dumont i Mottin, napisało książkę „Zdławiona Afryka". Poproszono ich o wywiad. Dumont: „*Około 20 lat po uzyskaniu przez kraje Afryki niepodległości są one bankrutami skazanymi na nieustającą żebraninę*". Mottin: „*Wszystko to wydaje się trudne do uwierzenia, a mimo to jest prawdziwe. Mamy tu do czynienia z brakiem najbardziej elementarnego zdrowego rozsądku i ślepotą*". Trzeci Francuz, Pierre Doublet, postawił taką diagnozę w roku 1984 na łamach „L'Express": „*Objawy: powolne rozprzężenie, rozkład podobny do skutków działania rdzy lub kolonii termitów (...) coś w rodzaju absolutnego bezwładu, który pociąga za sobą wynaturzenie całego społeczeństwa*".

Ślepe kopiowanie białych wzorów rozwoju, nie pasujących do Afryki, to pierwsze. Czarni przywódcy, mówiący piękne słowa i dbający tylko o siebie, to gorsze. Czarni krwiopijcy o czarnych duszach. Jakże złośliwa jest historia, która daje większą krzywdę z ręki swojego. Czymże jest rasizm kolorów skóry przy rasizmie egoistycznego nuworysza wobec głodnych braci?

„*Hooh. Serki, Monafiki, Mogunda, Kurra*".

„*Hooh. Iblis*".

W Starym Testamencie jest księga Koheleta (Eklezjastesa). Mówi ona:

„*Cóż za pożytek człowiekowi ze wszystkiej pracy jego i z udręczenia ducha? Wszystkie dni jego są pełne boleści i nędzy. Widziałem udręczenie, które dał Bóg synom człowieczym, aby się ciągnęli w nim, a żadnego pocieszyciela...*".

I mówi ona, że świat przypomina „*ssongo*"*. A potem mówi najważniejsze:

„*Co było, to samo będzie; a co się stało, to samo się stanie, nic nie ma nowego pod słońcem. Jeżeli jest coś, o czym mówią: Oto jest nowe! — już to było w czasach, które były przed nami*".

---

* — Patrz motto do wyspy nr 1.

Niektórzy sądzą, że historia niepodległości murzyńskich państw zaczęła się po II wojnie światowej. Ale wszystko już było w czasach, które były przed nami. Wszystko!

Pierwsze niezawisłe (wyzwolone) czarne państwo powstało w początkach XIX wieku na Haiti. Walką wyzwoleńczą dowodził były niewolnik Toussaint Louverture, którego biali uczynili wolnym czterdzieści lat wcześniej, gdy był młodzieńcem. Listy do Napoleona tytułował: *„Pierwszy z Czarnych do Pierwszego z Białych"*.

Toussaint rozstrzeliwał bez podstaw i bez sądu swych przyjaciół i pomocników, którzy stawali się zbyt popularni wśród ludu. Tak zabił swego towarzysza, bohatera wielu bitew, generała Morneta. Pluton egzekucyjny płakał i krzyczał: *„Żegnaj nam, drogi generale!"*. Tak zabił swego siostrzeńca, Mojżesza Louverture, którego wielu Murzynów uważało za prawdziwego obrońcę wolności. Na wieść o tym, że Toussaint swą konstytucją dożywotnio przypisuje Murzyna do plantatorskiej ziemi, czarni poczęli sławić Mojżesza. Toussaint postawił go przed sądem wojskowym za *„knowania"*. Sąd nie dopatrzył się żadnych dowodów winy i uwolnił oskarżonego. Toussaint podarł wyrok i rozstrzelał siostrzeńca. Największego przyjaciela ludu, komisarza Sonthonaxa, który pierwszy ogłosił zniesienie niewolnictwa, wyrzucił z wyspy. Takim był Toussaint Louverture.

Toussaint nie zdążył mianować się królem — Napoleon uwięził go. Po Toussaincie nastąpił Dessalines. Przedtem pomagał Francuzom generała Leclerca tłumić powstanie. Leclerc pisał o nim wówczas: *„Dessalines jest obecnie rzeźnikiem czarnych. Jego rękami wykonuję najbrudniejszą robotę"*. Gdy Leclerca i Francuzów zmogła żółta febra zwana *„Smokiem Syjamu"*, Dessalines mianował się cesarzem Jakubem I, Budowniczym–Ojczyzny–i–Mścicielem–Wszelkich–Zbrodni–Ustroju–Niewolniczego. Ale nie przestał być rzeźnikiem czarnych. Duchy nie wybaczyły mu. Po dwóch latach, w roku 1806, wpadł w zasadzkę. Czarni poddani zabili czarnego cesarza u wrót do Port–au–Prince.

Trzecim Murzynem rządzącym Haiti był Henri Christophe, *„monarcha o niewiarygodnych ambicjach, dużo bardziej zdumiewający niż wszyscy okrutni królowie wynalezieni przez surrealistów"* (Carpentier).

„Hooh. Serki, Monafiki, Mogunda, Kurra".

„Hooh. Iblis".

Haiti i przyległe do niej wysepki miały od chwili wyzwolenia wielu królów. Najmilszym był Polak, Faustyn Wirkus, żołnierz armii amerykańskiej, mianowany zarządcą wyspy Gonâve i w roku 1927 koronowany przez jej tubylców na króla. Nie znał języka i obyczajów haitańskich. Poddani ofiarowali mu dwa cudowne „podręczniki" — prawnuczki polskich legionistów z armii Leclerca. Na wieść o tym Kongres amerykański zmusił go w 1929 do abdykacji *„za utrzymywanie haremu"*. Murzyni płakali gdy biały król Faustyn wyjeżdżał.

Za czarnego króla Christophe'a Murzyni płakali krwawymi łzami.

Pochodził z wyspy Grenady. Był niewolnikiem, kucharzem i kelnerem hotelowym w Cap Français, żołnierzem, piratem na statku i znowu żołnierzem. Awansował w wojsku Toussainta. Zdradził go, przechodząc do Francuzów, z którymi mordował swych czarnych braci. Płaciła mu za to w parne haitańskie noce żona generała Leclerca, Paulina. Uchodziła za najpiękniejszą kobietę we Francji. On chciał być pierwszym ogierem Haiti.

Potem ambicje mu urosły. U Dessalinesa został dowódcą armii. Po śmierci Jakuba I, gdy Haiti rozpadło się na część południową i północną, stał się w końcu 1806 roku szefem części północnej: Jego–Wysokością–Jaśnie–Wielmożnym–Panem–Prezydentem–i–Generalissimusem–Sił–Lądowych–i–Morskich–Haiti. Pięć lat później kazał się ogłosić królem Henrykiem I, państwo — Królestwem Haiti, a stolicę, Cap Français, przemianował na Cap Henry. Nie z francuska: Henri, lecz z angielska: Henry, bo związał się z Anglikami przeciw Francji. Język francuski pragnął zastąpić angielskim przy pomocy kija.

Spłodził dwie konstytucje: republikańską (jako prezydent) i królewską. Obie uświęcały feudalizm i nową odmianę niewolnictwa. Był wrogiem ruchów wyzwoleńczych w innych krajach. Zbuntowani Negrzy Brazylii śpiewali hymn na jego cześć, nie wiedząc, że śpiewają dla potwora. Dla Z–Bożej–Łaski–i–Konstytucyjnego–Prawa–Króla–Haiti–Władcy–Wysp–Tortugi–Gonâve–i–Innych–Przyległych–Pogromcy–Tyranii–Odtworzyciela–i–Dobroczyńcy–Narodu–Haitańskiego–Twórcy–Jego–Instytucji–Moralnych–Politycznych–i–Wojennych–Pierwszego–Koronowanego–Monarchy–Nowego–Świata–Obrońcy–Wiary–Założyciela–Królewskiego–i–Rycerskiego–Zakonu–Świętego–Henryka.

„Hooh. Serki, Monafiki, Mogunda, Kurra".

„Hooh, Iblis".

„Jeżeli jest coś, o czym mówią: oto jest nowe! — już to było w czasach, które były przed nami". I rację miał Santayana pisząc, że *„ci, którzy nie znają przeszłości, są skazani na to, by ją powtórzyć"*.

Intronizacja Christophe'a była kopią pseudoempirowego cyrku Bokassy, jakby czas maszerował wstecz. 2 czerwca 1811 roku biskup odprawił mszę koronacyjną. Henryk I własnoręcznie się koronował. Potem założył monarszy diadem klęczącej przed nim małżonce. Jego purpurowy płaszcz był wyszywany złotymi pszczołami. Wszystko było identycznie.

On sam był kopią Bokassy. Tęgi, przysadzisty, z wypukłą klatką piersiową i spłaszczonym nosem. Był oficerem armii francuskiej generała Leclerca. Francuski generał, w którego armii służył Bokassa, również nazywał się Leclerc.

Obaj sięgnęli w swych krajach kolejno: po naczelne dowództwo wojskowe, prezydenturę i tron. Obaj przyrzekli ludowi szczęście.

„Hooh. Serki, Monafiki, Mogunda, Kurra".

„Hooh. Iblis".

Wszystko już było w czasach, które były przed nami...

W wyzwolonych państwach Afryki panuje to, od czego się wyzwoliły: niewolnictwo. *„Według danych Rady Gospodarczej i Społecznej ONZ oraz Towarzystwa Antyniewolniczego handel niewolnikami stwierdzono bez wątpienia w Czadzie, Środkowej Afryce, Mauretanii, Sudanie, Gwinei Równikowej..."* („Deutsche Zeitung", 1978), zaś *„niewolnicze poddaństwo"* w wielu innych krajach Czarnego Lądu.

Król Henryk I przypisał chłopa do obszarniczej plantacji jak więźnia. Prezydent republikańskiej (południowej) części Haiti, Pétion, nazwał to kryptoniewolnictwem. Tadeusz Łepkowski w pracy o Haiti: *„systemem przymusu i wyzysku. Dzień roboczy przypominał czasy niewolnictwa. Pałka nieraz spadała na plecy robotników"*.

Król Henryk I utrzymał straszną funkcję nadzorcy katującego niewolników. W niepodległym Haiti zamiast skórzanych pejczów używano drewnianych pałek, a białych nadzorców zastąpili na plantacjach czarni. Swoi zawsze biją mocniej.

„Hooh. Serki, Monafiki, Mogunda, Kurra".

„Hooh. Iblis".

Wszystko już było w czasach, które były...

Symbolem czarnej policji represyjnej stała się w drugiej połowie XX wieku haitańska Tontons Macoutes, prawa ręka czarnego satrapy Duvaliera. Od czasu „Komediantów" Greena używa się tej nazwy jako synonimu wszystkich złych policji Trzeciego Świata, tak jak w Europie policyjnych nikczemników nazywa się Gestapo. W Europie są złe i dobre policje, w wyzwolonej Afryce prawie wyłącznie złe.

ZAIR: *„Policja przypomina zbirów prezydenta Haiti, tak zwanych Tontons Macoutes"* („Business Week", 1980).

UGANDA: *„Główną podporą systemu jest Wydział Bezpieczeństwa Publicznego, grupa zawodowych morderców, podobnych do Tontons*

Macoutes (...) Liczbę zamordowanych niektóre źródła oceniają na pół miliona" („Die Zeit", 1979).

SOMALIA: „*Nie jest możliwa nawet najłagodniejsza forma krytyki rządów. Pracownicy wszechmocnej służby bezpieczeństwa — w większości młodzi, niewykształceni ludzie o wyglądzie prostaków — mają prawo w każdej chwili aresztować każdego*" („The Guardian", 1981).

GHANA: „*Policja i szpicle zastraszyli cały kraj*" („Die Weltwoche", 1982).

GWINEA RÓWNIKOWA: „*W ciągu ubiegłych 10 lat zamordowano kilkadziesiąt tysięcy osób, często nawet bez pretekstu. Wieści zbierane przez organizacje obrony praw człowieka dają obraz nasuwający skojarzenia z rządami terroru Duvaliera na Haiti*" („Los Angeles Times", 1977).

I tym podobnie. „*Wizja świetlanej przyszłości obróciła się w posępny, a często i makabryczny obraz. Dziś w przeważającej części Czarna Afryka to zbiorowisko krajów, w których odbywa się rzeź*" („Newsweek", 1982).

Czarny świat stał się mały jak banan, który można zgnieść brudną pięścią. „*Hooh*"!

W cesarstwie Bokassy naboje były zarezerwowane wyłącznie dla gwardii i policji masakrującej lud. W królestwie Henryka tak samo. Obaj nie ufali swym poddanym, dlatego gwardie i policje obydwu złożone były z czarnych cudzoziemców. Bokassa I miał Zairczyków, Henryk I Dahomejczyków. Jego Tontons Macoutes zwali się Royals Dahomets. Bili, torturowali i zabijali wybornie. Stali się postrachem ludności.

„*Hooh. Serki, Monafiki, Mogunda, Kurra*".

„*Hooh. Iblis*".

Wszystko już było w czasach...

W wyzwolonej Afryce rządy terroru powodują exodus zrozpaczonych.

MALAWI: „*Zastraszenie społeczeństwa. Ludzie masowo uciekają za granicę*" („The Sunday Times", 1976).

UGANDA: „*Od czasu objęcia władzy przez Amina z kraju uciekło ćwierć miliona ludzi*" („Die Weltwoche", 1977).

GWINEA RÓWNIKOWA: „*Ocenia się, że z kraju zbiegło 25 procent ludności*" („Los Angeles Times", 1977).

SOMALIA: „*Dumni niegdyś pasterze i wojownicy czekają apatycznie na miskę papki ONZ–towskiej w obozach dla uchodźców*" („Newsweek", 1982).

I tym podobnie: „*Na każdych stu mieszkańców Afryki przypada jeden uchodźca*" („U.S.News & World Report", 1980). Uczestnicy tej wędrówki ludów przenoszą się z jednego wyzwolonego kraju do drugiego, z którego właśnie uciekają tamci wyzwoleni. Mijają się po drodze. „*Hooh*"!

Król Henryk I, gdy jego poddani zaczęli masowo uciekać na południe, do republiki Pétiona, ustawił na granicy kordon zabójców. Kordon nie pomógł, uciekano przez cały czas rządów Dobroczyńcy–Narodu–Haitańskiego. Do dzisiaj nie wyrównała się dysproporcja między zaludnieniem południa i północy.

„*Hooh. Serki, Monafiki, Mogunda, Kurra*".

„*Hooh. Iblis*".

Wszystko już było...

Na ścierwie wyzwolonego ludu żerują sępy. To elita, wybrańcy pana, „*wa–benzi*" (w języku suahili: ludzie w mercedesach–benzach).

LIBERIA: „*Przepaść dzieląca biednych od bogatych. Kasta trzystu rodzin rządzi krajem*" („Le Monde", 1980).

KENIA: „*Narastająca nierówność między bogatą elitą a biednymi, przepaść między stylem życia skorumpowanego establishmentu, z jego mercedesami i strojami od zachodnich krawców, a nędzą i rozpaczą ponurych slumsów*" („The Sunday Times", 1978).

I tym podobnie. W postkolonialnej Afryce „*niezależnie od orientacji politycznej elita jest wszędzie równie odcięta od mas, którymi — mimo paternalistycznych deklaracji i demagogicznych przemówień — głęboko gardzi. Jak więc ten system może działać?*" (Mottin, „Paris Match", 1981). „*Korupcja szerząca się wśród murzyńskiej elity wydaje się faktem nieodwracalnym. Wielu przywódców afrykańskich dużo bardziej zabiega o to, by zostać «wa–benzi» (w języku suahili: gruba ryba), niż o to, by zdziałać coś dla kraju. Pewien urzędnik z Górnej Wolty przyznaje: «My, czarna elita, jesteśmy tu dziś prawdziwymi kolonizatorami»*" („Newsweek", 1982). „*W każdym kolejno kraju rządzące elity zaczynały traktować «uhuru» (w suahili: wolność) jako sposobność do nabijania sobie kabzy*" (liberalny amerykański „The New Republic", 1984). „*Hooh*"!

Kasta czarnych oligarchów Henryka I liczyła sto osób, którym przysługiwały dziedziczne majątki. „*To instytucjonalne tworzenie arystokra-*

cji miało umocnić i spetryfikować podział klasowy, uładzić normy nowego wyzysku..." (Łepkowski). Stu generałów–książąt, suwerenów na plantacjach zamienionych w więzienia.

„*Hooh. Serki, Monafiki, Mogunda, Kurra*".

„*Hooh. Iblis*".

Wszystko już...

Pierwszą rzeczą, jaką zrobili czarni despoci wyzwolonych krajów Afryki, było monumentalne budownictwo, pomniki władzy. Dumont: „*Miliony dolarów na reprezentacyjne budowle, których nie powstydziłby się Paryż czy Londyn. Gigantyczne inwestycje, całkowicie nieproduktywne*".

Henryk I wzniósł kilka takich piramid. Z pałaców największym był Sans–Souci, lecz Europa miała większe Wersale. Za to na całym świecie nie było nigdy twierdzy potężniejszej od cytadeli La Ferrière, której budowa pochłonęła rzekę złota, morze łez i ocean ludzkich istnień, a która nigdy nie oddała jednego strzału do nieprzyjaciela. Mega–centrum konferencyjne Nkrumaha, za 16 milionów dolarów, obsłużyło przynajmniej jedno spotkanie na szczycie i dopiero stało się kamiennym upiorem Ghany...

Tylko jeden przywódca afrykański — najbardziej wykształcony wśród nich (tłumaczył Szekspira), szef Tanzanii Julius Nyerere, którego dwudziestoletnie rządy, zdobione megalomańskimi piramidami z żelbetu i aluminium, okazały się dla Tanzańczyków katastrofą — przyznał, że za upadek swych krajów winę ponoszą przede wszystkim sami Afrykanie. „*Wielki budowniczy*" miał na myśli tych, którzy dorwali się do władzy, oraz wszystkich pozostałych, którzy są również winni (dlatego, że pozwolili tamtym władzę zdobyć), lecz winni mniej, dzięki temu, że sami nie zdołali dorwać się do władzy.

Wszystko już było... Wszystko to, w czym czarna małpa dogoniła białą, by można było ujrzeć zasadniczą różnicę między światem białych i czarnych: świat białych jest wyzyskiem człowieka przez człowieka, w świecie czarnych jest dokładnie na odwrót.

„*Hooh. Serki, Monafiki, Mogunda, Kurra*".

„*Hooh. Iblis*".

Nie można być na Haiti i nie obejrzeć Cytadeli. Reklamy krzyczą, że byłbyś osłem, który przemierzając Egipt nie ujrzał piramidy Cheopsa.

Z Port–au–Prince leci się awionetką haitańskiej linii lotniczej do Cap Haitien (Cap Henry), bo na prowincji drogi przejezdne dla samochodów prawie nie istnieją; już zbudowane ludność nocami rozbiera, żeby chłopcom z Tontons Macoutes odechciało się penetrować interior wyspy. Samolot płynie nad tzw. „*zieloną kanapą*" okolic Port–au–Prince, przeskakuje Góry Atheux, przecina dolinę rzeki Artibonite, wznosi się wysoko nad Górami Czarnymi i Masywem Północnym, by wreszcie opaść na Nizinę Północną i wylądować w Cap, sennym czterdziestotysięcznym porcie, w którym czas zatrzymał się nieomal wtedy, gdy przy brzegu zatonął flagowy okręt Kolumba. Małe drewniane domki o jaskrawych elewacjach. Brudne uliczki. Czarny biskup odprawia w katedrze mszę dla nielicznych katolików. Czarne matki wysyłają swe córki na nadbrzeże, kiedy przypływa statek ze Skandynawii, by spotkały się z wikingami i urodziły jaśniejsze dziecko...

Z Cap Haitien do Bishop's Cap (Biskupiej Czapy) jedzie się taksówką przez równinę porosłą plantacjami trzciny cukrowej. Za wsią Milot, u podnóża góry, ruina pałacu Sans–Souci. Szkielet, który oplątuje tropikalna flora, ale dający pojęcie o swym minionym przepychu. Marmurowe schody, rozległe tarasy, balustrady i posągi, echa fresków i płaskorzeźb. Wszystko martwe, wyschły nawet pobliskie stawy.

Do Citadelle, na wierzchołek góry, można dotrzeć pieszo lub konno. Trzeba odwagi, by powierzyć swe ciało wychudłej szkapie na tym quasi–alpinistycznym stoku, który jednak obrastają kolorowe szałasy chłopów i małe poletka, kozy i gromady nagich dzieci. Idzie się tym samym wąskim szlakiem łez, na którym dzień i noc, w upalnym słońcu i przy płonących pochodniach, setki tysięcy czarnych nieszczęśników, chwytanych w łapankach ulicznych i wywlekanych z domów, przez trzynaście lat dźwigało na szczyt cegły, kamienie, działa i kule dla Cytadeli swego czarnego króla w pierwszym wyzwolonym państwie murzyńskim. Porywano do tych galer mężczyzn i dziewczęta, starców i kobiety w ciąży, nawet małe dzieci, nawet kaleki; każdy musiał przydźwigać swój ciężar o kilometr nad poziom morza i wrócić po nowy. Za najkrótszy odpoczynek bandyci z Royals Dahomets katowali kijami.

Dwadzieścia tysięcy ludzi postradało życie w przepaściach i od bicia przy budowie Cytadeli La Ferrière. Nawet przyjaciel Fidela Castro, Alejo Carpentier, musiał przyznać, że kolonializm nie znał takich potworności: „*Koloniści wystrzegali się zabijania niewolników, gdyż oznaczało to stratę pieniężną. Tutaj natomiast śmierć Murzyna nie uszczuplała skarbu publicznego: póki są Murzynki, które rodzą — a były i miały być zawsze — nigdy nie zabraknie rąk do noszenia cegieł na wierzchołek góry*".

Gdzieś z daleka poczęły napływać głuche uderzenia tam–tamów...

„*Hooh. Serki, Monafiki, Mogunda, Kurra*".

„*Hooh. Iblis*".

„Skarb publiczny" Królestwa Haiti utonął w Cytadeli La Ferrière, dzięki czemu stała się ona najbardziej nie do zdobycia ze wszystkich okopów człowieka. Cyklopowe mury, wędrujące pod sklepienie nieba niczym apokaliptyczny galeon zawieszony w przestrzeni nad globem, miały w najcieńszym miejscu dwa i pół metra grubości. Przez trzynaście lat codziennie zarzynano kilka byków, by wlać ich krew do zaprawy spajającej kamienie i odpornej na kule. Uczeń Vaubana, inżynier La Ferrière, prześcignął swego mistrza; jeszcze przed II wojną światową Ryszard Halliburton dziwił się, patrząc na monstrualny bastion północny: *„Jak zdołano położyć pod nim fundamenty? Według obliczeń ekspertów winien on runąć z braku wystarczającej podpory gruntu. Architekt–czarodziej Henryka I bezkarnie pogwałcił prawo grawitacji"*.

*„Exegi monumentum!"** — jak rzekł Horacy.

Urbanistyka wnętrza czyniła z Cytadeli miasto, od rezydencji króla po kuchnie, stajnie i więzienie. Można się tu było zamknąć z 15 tysiącami ludzi, z generałami, paziami, błaznami i kurwami, i kpić z każdego wroga. Można się tu było stać jedynym, samowystarczalnym kosmosem. O tym myślał Henryk siedząc w fotelu nad agonią katorżników sunących mrówczym łańcuchem ku symbolowi swej wolności. Patrzył na bezradny świat u stóp zamku będącego czymś, co mógłby stworzyć Pan Bóg, gdyby tylko miał pieniądze. Biali, kiedy tu przyjdą — przyjdą zaznać upokorzenia!

Tubylec–przewodnik opowiada, że pewnego dnia fortecę wizytowała grupa pruskich oficerów. Chcąc zaimponować królowi, poczęli mówić o żelaznej dyscyplinie panującej w armii Prus. Henryk słuchał milcząc. Kiedy skończyli, wezwał kompanię Royals Dahomets i rozkazał jej maszerować zewnętrznym murem Cytadeli. Gdy kompania dochodziła do narożnika, z ust monarchy padała komenda zmiany kierunku. Przy trzecim narożniku usta Henryka pozostały nieme i kompania wmaszerowała w przepaść. Nie zatrzymał się ani jeden żołnierz. Prusacy pobledli z przerażenia. Henryk patrzył na nich spokojnie, nic nie mówiąc...

„Hooh. Serki, Monafiki, Mogunda, Kurra".

„Hooh. Iblis".

Przewodnik zamilkł i patrzy ci w twarz. W oczach ma tę samą dumę Rzymian wspominających Nerona, Mongołów czczących Dżyngis–chana i Palestyńczyków opłakujących assassyńskiego Starca z Gór, który — gdy przybyli postraszyć go krzyżowcy — skinął ręką i natychmiast dwóch strażników skoczyło ze szczytu zamkowej baszty, roztrzaskując się na dziedzińcu u stóp zmartwiałych rycerzy, a on rzekł:

---

* — Wystawiłem sobie pomnik.

„— *Mam tysiące takich jak oni. Cóż możecie mi zrobić?*".

Przewodnik mówi o armii Henryka I. Tysiące żołnierzy. Emisariusze króla Anglii przybyli spytać, jak duże wojsko mógłby wystawić przeciw Francji ich czarny sojusznik. Rankiem rozpoczęła się parada. Przez cały dzień maszerowały uzbrojone regimenty, nie kończące się szeregi czarnych twarzy w różnobarwnych mundurach. Mijały godziny pod palącym słońcem, a straszliwy wąż przesuwał się miarowo przed oczami zdumionych Anglików i ginął za załomem muru. Wieczorem Anglicy byli bliscy omdlenia i poprosili, by przerwać rewię.

Patrzysz w twarz przewodnika. Przewodnik spuszcza oczy i dodaje, że za tym murem te same cztery oddziały przebierały się w coraz to nowe mundury. Tysiące mundurów!

„*Hooh. Serki, Monafiki, Mogunda, Kurra*".

„*Hooh. Iblis*".

Na dziedzińcu La Ferrière stoi obelisk z napisem: „*Tu spoczywa król Henryk Christophe 1767–1820. Dewizą jego było: «Wyniosłem się z prochów nicości»*". Gdzieś niżej leżą kradnące sen poszukiwaczom skarbów skrzynie z perłami i biżuterią oraz złoto szacowane na tyle, ile kosztowała koronacja Bokassy — 30 milionów dolarów. Wszędzie dookoła walają się miliony kul i tysiące armatnich luf, co nie zdążyły wystrzelić. Na niektórych dewiza Króla–Słońce: „*Última Rátio Regum*" (Ostateczny argument królestwa). Dobry przeciw ludziom. Bezradny wobec duchów.

Duchy rządzą czarnym światem, przekonali się o tym trzej najgorsi z tyranów wyzwolonej Afryki. Amin–morderca padł, gdy skłócił się z duchami Ugandy i Tanzanii. Bokassa był równie głupi, traktował duchy czarnych jak wypalony busz. Wzruszył ramionami, gdy zambijski czarownik Ngombe wyprorokował szybki upadek cesarstwa. Runęło po dwóch latach. W Gwinei Równikowej Macias, Wielki–Przywódca–Ludu–Ojciec–Wszystkich–Gwinejskich–Dzieci–Jedyny–i–Nieprzemijający–Cud–Gwinei, eksterminował pięćdziesiąt tysięcy ludzi. Oficerowie przygotowali spisek, lecz musieli czekać. Macias mordował kobiety i dzieci, a oni musieli czekać. Po zwycięstwie jeden z nich wyjaśnił: „*Dzięki żonie Maciasa czuwał nad nim Kajman, symbol długiego życia. Ostatnio utracił on opiekę Kajmana, gdyż jego żona wyjechała do Azji i z tego skorzystaliśmy*". Nie można bez pomocy duchów, a tym bardziej wbrew nim, utrzymać się na tronie, choćby był tak wielki jak orzeł Bokassy lub jak Cytadela Henryka.

Stary Duvalier na Haiti nigdy nie został obalony, gdyż pojął lekcję przeszłości i wsparł swą władzę na kulcie duchów, „*voodoo*". „*Voodoo*" to tańczona religia haitańskich Murzynów, muzyka, magia i wiara w panteonie duchów „*loa*” i afrykańskich bóstw, nocne misteria z krwawymi ofiarami ze zwierząt, opętania i nawiedzenia, tajemnicze „cudotwórstwo” i telepatia, wreszcie „*zombi*” — „*żywe trupy*” vel „*haitańskie duchy*”. „*Zombizm*” to powodowanie letargów, wieloletnich otępień (amnezji) i „zmartwychwstań” przez „*bokorów*” (kapłanów „*voodoo*”). Owe „cuda” (zwłaszcza „*ożywianie trupów*”) szokowały naukę, która przez kilkadziesiąt lat nie była w stanie rozszyfrować nawet ułamka demonicznej zagadki, lecz ostatnio (1984) zrobiono pierwszy krok — młody harwardzki botanik, Edmond Wade Davis, wykradł na Haiti tajemnicę mikstury (główny składnik: tetrodoksyna), za pomocą której „*bokorzy*” dokonywali „cudu” przywracania do życia ludzi „zmarłych” (w istocie wprowadzonych w letarg). Minimalne przedawkowanie tego napoju powoduje zamiast letargu śmierć, toteż nikt się nie dziwi, gdy przychodzą z Haiti wiadomości o serii nagłych zgonów urzędników, którzy chcieli zwalczać „*voodoo*”.

Trzej pierwsi władcy niepodległego Haiti byli ślepcami — prześladowali „*voodoo*”. Toussaint zgnił w lochu. Dessalines został zamordowany. Christophe popełnił samobójstwo.

„*Hooh. Serki, Monafiki, Mogunda, Kurra*”.

„*Hooh. Iblis*”.

Grzmot „*mówiących bębnów voodoo*” obudził Henryka w pustym Sans–Souci. Uciekli Royals Dahomets, wiedząc, że rozgniewanych duchów nie da się wychłostać ani zastrzelić, rozpierzchli się dygnitarze, zniknęła służba. Zostało kilku paziów i członków rodziny. Był sam. Na zewnątrz czaiła się ciemność październikowej nocy, rozświetlana łunami pożarów, słychać było piekielne wycie i dudnienie tysięcy kopyt dahomejskiego Oguna. Wewnątrz zimny strach, pełzający po ścianach. Wówczas przejrzał...

Półtora wieku później powstało najlepsze z malarskich przedstawień ekstazy „*voodoo*”, podczas której duchy wcielają się w ludzi. Obraz ten namalował Murzyn z Port–au–Prince, który zadziwiającym zbiegiem okoliczności ma nazwisko Christophe...

Podano mu paradny strój, ze szpadą, wstęgą i wszystkimi orderami. Ubrał się, kazał wyjść rodzinie i strzelił sobie w serce z pistoletu nabitego srebrną kulą. Żona, Maria Ludwika, wniosła jego ciało przy pomocy paziów na szczyt góry, by uchronić je przed pohańbieniem. Wspinała się szlakiem, którym przez trzynaście lat szli wyzwoleni obywatele dźwigając klocki śmierci. Teraz ona dźwigała ten ciężar, słysząc za plecami ryk ścigającego tłumu. Na dziedzińcu Cytadeli wrzuciła męża do dołu z wapnem, które spaliło nawet ordery. Wzniósł się z nicości i powrócił do niej, stając się na wieczność cząstką swej bezludnej wyspy, grudką zaprawy we własnym mauzoleum.

Rozszalałe hordy były coraz bliżej wierzchołka. Gdzieś w dole rozszarpywano Sans–Souci i płonął świat podpalony tysiącami żagwi. Nagle bębny umilkły i wszyscy zamarli w bezruchu, z głowami uniesionymi do góry. Przez czarne niebo pędził na białym koniu bożek śmierci i cmentarzy, baron Samadi, wlokąc widmowy zewłok króla...

„*Hooh. Serki, Monafiki, Mogunda, Kurra*".

„*Hooh. Iblis*".

Bękart Boga wziął do ręki kulę, małą niczym pomarańcza, która spadła przedwcześnie z drzewa. Pokrywały ją sine plamy. Cuchnęła jak padlina, do której czołgają się hieny. Krążył nad nią zły ptak Nycticorax.

— Spójrz — powiedział bękart do kobiety — wszystko przechodzi jak Poranek, jak Szara Godzina, jak Pierwszy Sen, jak Deszcz, który użyźnia sawannę. Jestem tylko ja i nic więcej.

Kobieta zamknęła oczy. Słońce zaszło.

„*Hooh. Serki, Monafiki, Mogunda, Kurra*".

„*Hooh. Iblis*".

„*Hooh. Makapho!*".

WYSPA 15

AUSCHWITZ (GENERAL GOUVERNEMENT)

RUDOLF HÖSS

ĆWICZENIA Z DIALEKTYKI W ZAKRESIE PODSTAWOWYM (WEDŁUG HEGLA*)

„Punktem kulminacyjnym ludzkiego tańca śmierci jest oczywiście Oświęcim. W tym piekle na ziemi, w którym wymordowano 4 miliony ludzi, świat pojmowany jako rzeźnia sięgnął szczytu sprawności i wydajności. Mężczyzn, kobiety i dzieci mordowano gazem, miotaczami ognia oraz pomysłową kombinacją głodu i tyfusu".

(„Time", 11 października 1982)

---

* — *„Dialektyka heglowska była szczytową postacją dialektyki rozwijanej na gruncie filozofii idealistycznej (...) W triadzie heglowskiej, to jest w trójstopniowym cyklu dialektycznych przekształceń, stanowiącym prawidłowość rozwoju myśli i całej rzeczywistości, pierwszym etapem cyklu rozwojowego jest* ***teza****, następnym jest zaprzeczenie:* ***antyteza****, końcowym zaś* ***synteza****, która będąc negacją obu poprzednich etapów i łącząc w nowy sposób zawarte w nich cechy prowadzi do powstania nowej, wyższej jakości, a zarazem stanowi punkt wyjścia do następnego cyklu rozwojowego"* („Wielka Encyklopedia Powszechna PWN").

ĆWICZENIE 1 — DZIECI

TEZA

„...Matki ze śmiejącymi się lub płaczącymi dziećmi szły do komór gazowych. Pewnego razu dwoje małych dzieci tak pogrążyło się w zabawie, że matka nie mogła ich od niej oderwać. Nawet Żydzi z «Sonderkommando» nie chcieli zabrać dzieci. Nigdy nie zapomnę błagającego o zmiłowanie spojrzenia matki, która wiedziała, o co chodzi. Ci, którzy byli już w komorze, zaczynali się niepokoić — musiałem działać. Wszyscy patrzyli na mnie. Skinąłem na podoficera służbowego, a ten wziął opierające się dzieci na ręce i zaniósł je do komory wśród rozdzierającego serce płaczu matki idącej za nimi (...) Mniejsze dzieci przeważnie płakały przy rozbieraniu w takich niezwykłych dla nich okolicznościach, gdy jednak matki lub członkowie «Sonderkommando» przyjaźnie do nich przemówili, uspokajały się i bawiąc się lub przekomarzając wchodziły do komór z zabawkami w rękach. Zauważyłem, że kobiety, które przeczuwały lub wiedziały, co je czeka, zdobywały się na to, aby mimo śmiertelnej trwogi w oczach żartować z dziećmi lub łagodnie je przekonywać. Pewna kobieta podeszła do mnie i wskazując na czworo swych dzieci, które wzięły się grzecznie za ręce, aby prowadzić najmłodsze przez nierówny teren,

ANTYTEZA

„Moje kochane, dobre dzieci! Wasz tatuś musi Was teraz opuścić. Zostaje Wam, biednym, jeszcze tylko Wasza kochana, dobra mamusia (...) Jeszcze nie rozumiecie, co Wasza dobra mamusia dla Was znaczy, jakim cennym skarbem jest ona dla Was. Miłość i troska matki jest najpiękniejsza i najcenniejsza ze wszystkiego, co jest na ziemi (...) Z jak pełną poświęcenia i miłości troskliwą opieką otaczała Was zawsze. Z ilu pięknych chwil w życiu zrezygnowała dla Was. Jak drżała o życie Wasze, kiedy chorowaliście, jak cierpiała i niezmordowanie Was pielęgnowała. Nigdy nie była spokojna, jeżeli nie miała Was wszystkich przy sobie (...)

Kindi i Püppi, moje kochane. Jesteście jeszcze za młode, by móc zrozumieć całą powagę naszej ciężkiej sytuacji. Właśnie Wy, moje kochane, dobre dziewczynki, macie szczególny obowiązek w każdym wypadku stać z miłością i oddaniem przy boku biednej, nieszczęśliwej mamusi (...)

Mój Burlingu, kochany mały chłopcze! Zachowaj swoje kochane, wesołe, dziecinne usposobienie. Twarde życie o wiele za wcześnie wyrwie Cię, kochany mój chłopcze, z Twej dziecięcej krainy. Słuchaj grzecznie mamusi i zostań nadal «tatusia kochanym Burlingiem» (...)

szepnęła mi: «Jak możecie zdobyć się na to, aby zamordować te śliczne, miłe dzieci? Czy nie macie serc?» (...) Widziałem, jak jakaś kobieta przy zamykaniu komory chciała wypchnąć swe dzieci i wołała z płaczem: «Zostawcie przy życiu przynajmniej moje drogie dzieci!»...".

(ze „Wspomnień Rudolfa Hössa, komendanta obozu oświęcimskiego", Warszawa 1965, tłum. Jana Sehna i Eugenii Kocwy).

Moja kochana mała Annemäusl! Jak mało mogłem zaznać Twego kochanego, małego istnienia. Kochana, dobra mamusia ma Ciebie, myszko moja, wziąć mocno za mnie w ramiona i opowiadać o Twoim kochanym ojczulku, jak bardzo on Ciebie kochał. Obyś bardzo, bardzo długo była dla mamusi małym promyczkiem i obyś sprawiała jej nadal wiele radości. Żeby Twoje kochane, słoneczne usposobienie pomogło biednej, kochanej mamusi przetrwać wszystkie smutne godziny".

(z pożegnalnego listu Rudolfa Hössa do dzieci, 11 kwietnia 1947).

ĆWICZENIE 2 — MĘŻCZYŹNI

TEZA

„Nigdzie prawdziwy «Adam» nie ujawnia się tak, jak w niewoli. Wszystko, co zostało zdobyte przez wychowanie, wszystko nabyte, wszystko, co nie należy do jego istoty, opada z niego. Więzienie zmusza z biegiem czasu do zaprzestania wszelkiego udawania, wszelkiej zabawy w chowanego. Człowiek ujawnia się w całej swej nagości (...) W obozie koncentracyjnym występowało to szczególnie wyraźnie. W olbrzymiej masie więźniów obozu Oświęcim–Brzezinka był to czynnik o decydującym znaczeniu. Zdawa-

ANTYTEZA

„...Udało się zbiec więźniowi z naszego bloku. Fritzsch (SS–Hauptsturmführer Karl Fritzsch, zastępca i prawa ręka Hössa w Oświęcimiu — przyp. W. Ł.) *rozpoczął z esesmanami wybiórkę.*

— Zbieg się nie znalazł, dziesięciu z was zginie w bunkrze głodowym.

Fritzsch wskazywał: «ten», «ten» i tak doszedł do mnie i wskazał na mnie i powiedział:

— Ten.

Jęknąłem, że żal mi osierocić dzieci... Zostałem wyprowadzony łoby się, że jednakowy los i wspólne cierpienie powinny prowadzić do niezniszczalnej, nierozerwalnej wspólnoty, do niezłomnej solidarności. Nic błędniejszego. Nigdzie bezwstydny egoizm nie ujawnia się w sposób tak jaskrawy, jak w niewoli; im twardsze w niej życie, tym bardziej rażące jest egoistyczne zachowanie się, wynikające z instynktu samozachowawczego".

(ze „Wspomnień Rudolfa Hössa...).

z szeregu, na śmierć głodową. I wtedy dobrowolnie wyszedł jeszcze jeden z więźniów. Wszyscy osłupieli, przecież nie wolno było samowolnie występować z szeregu, groziła za to śmierć na miejscu, nawet gdy ktoś się zachwiał, to oni już strzelali... Więc stanął przed tym Fritzschem, strasznym, wielkim katem obozowym. Fritzsch ryknął, sięgając po pistolet:

— Czego chcesz, ty polska świnio?

Wówczas ten więzień powiedział spokojnie, że chce pójść za jednego z wybranych. Nie wiem, co sprawiło, że Fritzsch, który codziennie zabijał setki osób, nie zabił go na miejscu. Tego się nikt nie spodziewał. Fritzsch spytał:

— Dlaczego?

— On ma żonę i dzieci, a ja jestem księdzem katolickim, człowiekiem samotnym.

— Za którego chcesz?

— Za niego — wskazał na mnie o. Kolbe.

Wyciągnęli mnie z tej dziesiątki. Minąłem o. Maksymiliana, który tam w tym szeregu został, na moim miejscu. Nic do siebie nie powiedzieliśmy, nawet nie mogłem powiedzieć: «Dziękuję» (...) 14 sierpnia 1941 roku wszedł esesman do celi głodowej i wbił o. Kolbe zastrzyk fenolowy..."

(ze wspomnień więźnia nr 5659, Franciszka Gajowniczka, spisanych w Niepokalanowie w roku 1945).

ĆWICZENIE 3 — KOBIETY

TEZA

„... Wszystko, co powiedziałem powyżej, odnosi się odpowiednio także do kobiet (...) Zawsze miałem wielki szacunek dla kobiet. W Oświęcimiu zrozumiałem jednak, że zasadnicze moje stanowisko musi ulec ograniczeniu i że należy najpierw dobrze obserwować kobietę, zanim można ją będzie traktować z całym szacunkiem".

(ze „Wspomnień Rudolfa Hössa...").

ANTYTEZA

„Pewna młoda kobieta zwróciła na siebie moją uwagę (...) już podczas selekcji transportu. Miała wtedy przy sobie dwoje małych dzieci. Nie wyglądała na Żydówkę. Potem nie miała już przy sobie dzieci. Kręciła się do końca koło kobiet, które miały dużo dzieci i nie były jeszcze rozebrane, przemawiała do nich serdecznie i uspokajała dzieci. Jedna z ostatnich weszła do bunkra. W drzwiach zatrzymała się i powiedziała: «Wiedziałam od początku, że do Oświęcimia jedziemy na zagładę; uniknęłam zaliczenia mnie do zdolnych do pracy, biorąc do siebie dzieci. Chciałam przeżyć to wszystko w pełni i z całą świadomością. Zapewne nie będzie to długo trwało. Bądźcie zdrowi!»".

(ze „Wspomnień Rudolfa Hössa...").

ĆWICZENIE 4 — OBERSTURMBANNFÜHRER RUDOLF FRANZ FERDINAND HÖSS

TEZA

„... Tak, byłem twardy i surowy (...) Nie wolno mi było pozwolić sobie na żadne uczucia. Musiałem

ANTYTEZA

„... Szerokie rzesze nie mogą sobie nawet wyobrazić komendanta Oświęcimia. Nigdy tego nie zro-

być jeszcze bardziej surowy, nieczuły i coraz bardziej bezlitosny wobec niedoli więźniów (...) Niechaj opinia publiczna nadal widzi we mnie krwiożerczą bestię, okrutnego sadystę, mordercę milionów".

(ze „Wspomnień Rudolfa Hössa...").

zumieją, że on także miał serce, że nie był zły (...) Moim pejczem nie biłem prawie nigdy mego konia, a jeszcze rzadziej więźniów".

(ze „Wspomnień Rudolfa Hössa...").

SYNTEZA

„*Posłuchajmy zwierzeń rzeczniczki prasowej pewnej wielkiej patronackiej federacji: «Ci butni Niemcy, którzy zjawiali się w oficerkach i z pejczami? To ostatecznie coś bardzo podniecającego seksualnie»*" („Le Monde", 8 października 1982).

„*Zagłada Żydów miała miejsce w 1914 roku*", „*Nie mogę powiedzieć za wiele na temat zagłady Żydów*", „*Nigdy nie zajmowałem się za bardzo problematyką Żydów*", „*Co to jest nazista? To Egipcjanin*", „*Nie wiem co to jest nazista*", „*Auschwitz? Nie wiem co to jest*" (wypowiedzi 16–17-letnich gimnazjalistów z renomowanej szkoły w najlepszej dzielnicy Tel–Awiwu — pokłosie ankiety ogłoszonej przez telawiwską gazetę w roku 1985).

WYSPA 16

WATYKAN

KAROL WOJTYŁA

RUCHOMY CEL

„Jestem papieżem w drodze”.

(Jan Paweł II, Moguncja 1980)

„Któż jest ten Polak, kto?... (...)
— To Ty, o! starcze, Ty, jeden bez win i trwóg,
To Ty, na globie Sam, jak w niebiesiech Bóg (...)
Och! Europo!... każ niech wraz zamilknie Potwarca,
Bo bezinteresowność przerosła Ciebie;
Słowa oblężonego starca
Palą się w niebie!”.

(Cyprian Norwid, „Encyklika oblężonego”).

Jak świat długi i szeroki nazywają to *„fenomenem Wojtyły”*. Najłatwiej byłoby tłumaczyć ów fenomen charyzmatem, ale jest w nim coś więcej, jakiś nieokreślony supercharyzmat, który porusza nawet obojętnych wobec religii i który magnetyzuje tłumy. Wrażliwi na Jego ton są ludzie ze wszystkich klas społecznych oraz poziomów intelektualnych. *„Janie Pawle II, cały świat Cię kocha!”* — skandowali wieśniacy portugalscy ustami ludzi wszystkich ras. Gdziekolwiek się pojawi — nieprzeliczone gromady wpadają w ekstazę. Jeżeli Bóg chciał mieć na Ziemi Adwokata Wszechobecnego, to się doczekał.

XX wiek nie zna drugiego przypadku takiej popularności żyjącego człowieka, obejmującej wszystkie kontynenty (dokładnie rzecz ujmując: nie zna takiego przypadku historia, ale trudno robić porównania z innymi stuleciami ze względu na różnicę, którą stanowi zasięg mass–mediów). Ulrich Kägi: *„Żadnemu cesarzowi, żadnemu prezydentowi, żadnemu filozofowi ani artyście nie udałoby się poruszyć zewnętrznie, a również wewnętrznie tak wielu ludzi”* („Die Weltwoche”, 14 VI 1984). Przyciąganie przez Niego olbrzymich rzesz wszędzie, gdzie się ruszy lub pokaże, zostało przez specjalistów określone jako naturalny czynnik całkowicie dezorganizujący komunikację i w kategoriach technicznych uzyskało nazwę *„efektu Wojtyły"*.

Nikt nie może powiedzieć jak On to robi, ponieważ On tego n i e r o b i. Ten profesor filozofii, pisarz, poeta, dramaturg, a przede wszystkim Najwyższy Pasterz Kościoła, który nie używa tak szumnych tytułów (sam siebie nazywa *„biskupem Rzymu"*) — emanuje elektryczność wygłaszając zdania proste, bezpretensjonalne, rzekłbyś: banalne, i osiąga u słuchaczy efekt, o jakim nie mogliby marzyć najbieglejsi krasomówcy (nawet kiedy mówi prawdy niewygodne), przy czym nigdy nie jest to natrętne moralizatorstwo, które psuje humor, a nie zmusza do myślenia. Jednakże źródłem niezliczonych ludzkich nadziei są nie tylko Jego Słowa, bardziej On sam — Jego charakter, Jego odwaga, Jego bratanie się z maluczkimi, Jego inteligencja, Jego żywotność i Jego wesołość, do której — o czym tłumy nie wiedzą — zmusza się dla nich po smutnych nocach spędzanych w samotności nad lekturami, pisaniem i rozmyślaniem przerywanym prośbami do Boga. Jego najbliżsi rozpaczliwie atakują te wyczerpujące godziny, by je zgasić dla większej ilości snu, choć pojmują bezskuteczność swych starań. On się już nie poprawi. Dzięki temu może zachować lotność ptaka:

„Bo na nic temu podróż taka,
Kto się ubóstwa wstydzi ptaka,
Kto nie wyrobi w sobie lotność
Przez smutek, skruchę i samotność".*

Niczym ptak fruwa z kraju do kraju, z kontynentu na kontynent, jest w nieustannym ruchu — jak żaden z papieży. Kontaktując się z narodami — uczłowiecza, ubezpośrednia papiestwo i ze skutkiem, jakiego nikt nie potrafiłby skopiować, podtrzymuje prestiż Kościoła należącego do Boga, który dla wielu przestał być tym samym po Oświęcimiu i Hiroszimie. Ma coś z ponadczasowych przywódców — jak Mojżesz, Joanna d'Arc lub Gandhi — którzy uważali, że ich funkcje wykraczają poza zwykłe sterowanie arką publiczną i obejmują rozszerzanie horyzontu moralnego pasażerów.

Innym celem tego biegu jest pokój między narodami, albowiem z pokojem jest tak, że trzeba biec, jeśli chce się pozostać w miejscu. Oczywiście nie uda Mu się nigdy sprowadzić na Ziemię powszechnego pokoju, lecz może Bóg pozwoli Mu przynajmniej wywalczyć więcej wolności i godności dla człowieka. Zresztą — jak zauważył François Biot w kato-

* — Kornel Ujejski, „Jan Chrzciciel".

lickim „Témoignage Chrétien" — „*Wolność jest ważniejsza niż pokój*". Bywa, że wojna tę wolność przynosi. Lecz On nie wywoła żadnej materialnej wojny w najszlachetniejszym choćby celu, nie zmontuje żadnej zbrojnej krucjaty przeciw potędze Zła, i to nawet nie dlatego, że Mu zabrania Pismo Święte, bo ono nie zabrania — Chrystus mówił: „*Nie myślcie, żem przyszedł pokój czynić na ziemi. Przyszedłem na ziemię czynić nie pokój, lecz miecz*" (św. Mateusz, 10, 34), „*Przyszedłem wzniecić pożar na ziemi; chciałbym, aby się już paliło*" (św Łukasz, 12, 49). Oraz nie dlatego, że „*po pierwsze nie ma armat*", lub, według młodszego bon–motu, „*nie ma ani jednej dywizji*". W istocie dlatego — że porzucił tradycyjne, scholastyczne rozróżnienia między wojną „*słuszną*" a „*niesłuszną*", uznając każdą wojnę za niemoralną, wyjąwszy wojnę obronną. Stał się więc wyznawcą prastarej maksymy filozofa Lao–Cy: „*Największym zdobywcą jest ten, kto potrafi zwyciężać bez bitwy*". Tę samą prawdę głosił Norwid:

> *„Wielkim jest człowiek, któremu wystarczy*
> *Pochylić czoła,*
> *Żeby bez włóczni w ręku i bez tarczy*
> *Zwyciężyć zgoła!"*.*

Jest niewątpliwie zdobywcą wielkiego formatu, lecz nie osiągnie żadnego ze swych celów, nawet gdyby każdego dnia osiągnął sporą część. Przeszkodzi Mu tzw. Paradoks Zenona. Czy pamiętacie starożytnego filozofa Zenona z Elei? Był to Grek, który wykazał, że jeśli podróżnik będzie każdego dnia pokonywał tylko połowę drogi do celu, to nigdy do niego nie dotrze. Ale On wie, że musi biec, bo w tych najważniejszych sprawach: kto nie biegnie — ten stoi w miejscu.

Przez to właśnie — przez nadludzką samotność mimo tłumów, przez bieg, który nie prowadzi do zwycięstwa mimo wysiłku, przez konieczność reprezentowania całego Kościoła, mimo że w sercu tkwi własny kraj — ten pontyfikat jest tragiczny. Jest przepojony tragedią. Na zewnątrz tego nie widać. Widać nie kończące się podróże, stanowiące metodę, którą przyjął.

Ma w sobie sprężynę zawziętego trampa i pielgrzymuje wsparty na dwóch kosturach, którymi są dwie Jego pierwsze encykliki. W encyklice „Redemptor Hominis" jawi się obrońcą prymatu i praw człowieka, i powtarza to wszędzie (przykładowo w Sao Paulo, na trasie pielgrzymki brazylijskiej, poparł „*prawa robotników, albowiem chodzi tu o człowieka i o jego godność*"). W encyklice „Dives Misericordia" jest raczej przera-

* — Z wiersza „Wielkość".

żony całym złem istniejącym na świecie i prosi Zbawiciela o miłosierdzie dla ludzi. Nie jest to oznaką bierności, gdyż właśnie wizyty u ludzi mają na celu zmobilizowanie ich do realizacji starego hasła: daj Chrystusowi szansę, pomagaj sobie sam, co znaczy: czyń dobro w sobie i wokół siebie, inaczej ludzkość nigdy nie wyjdzie z błota.

W każdym przemierzonym przez Niego kroku jest znamię wielkiej poezji, która płynie z Jego duszy i udziela się bliźnim. Podwójny tropiciel Boga. W poszukiwaniu Boga są dwie możliwości: religia i sztuka. Dwóch jest najgorliwszych poszukiwaczy: mnich i artysta. On jest oboma, na nie kończącej się drodze.

W ciągu czterech pierwszych lat swego pontyfikatu przebył trasę odpowiadającą sześciokrotnej długości równika. Nie wszędzie, gdzie chciał jechać, wpuściły go władze bezpieczeństwa (nie zezwolono Mu np. odwiedzić Mindanao, a także Betlejem; wówczas oświadczył, że wybierze się do Betlejem incognito i pomodli tam w noc wigilijną — z trudem Go powstrzymano). Władze wielu krajów i miast truchleją z przerażenia w przededniu wizyty tego ruchomego celu, który podnieca szaleńców i łotrów. Dla Jego ochrony trzeba szykować tysiące uzbrojonych po zęby „*glin*", pilnować każdego centymetra przestrzeni i mieć oczy na plecach. Już nie chodzi o wysiłek i o koszty, ale o ryzyko Jego śmierci i własnej hańby (nie być krajem, w którym zabito papieża!), bo nie wynaleziono jeszcze środków gwarantujących bezpieczeństwo, a najszybszy policjant świata nie prześcignie kuli najgłupszego zamachowca. Tym bardziej, że On niweczy wszystkie wysiłki, uciekając zza pancernych szyb do ludzi, którzy chcą Go dotknąć i którym On chce powiedzieć słowo jak lekarstwo. I nie pozwala zabezpieczyć się lepiej. „*Jak można Mu włożyć kamizelkę kuloodporną!* — krzyczał po zamachu na placu św. Piotra zrozpaczony szef policji watykańskiej*, Francesco Pasanisi. — *Próbowałem Go zmusić, ale oczywiście nic z tego nie wyszło!*". Dlatego się boją, coraz bardziej.

Na kościele Santa Maria dell'Anima w Rzymie widnieje napis mówiący, że wiele zależy od tego „*na jakie czasy przypada działalność nawet najznakomitszego męża*". Jego — przypadła na apogeum terroryzmu i herostratyzmu**. Zamachy na wielkich przywódców są co prawda tradycją ludzkości i w wieku XX tradycja ta jest pieczołowicie kultywowana, lecz zamach na papieża (na Pawła VI) został potraktowany jako oso-

---

* — Straż watykańska (około 95 gwardzistów szwajcarskich i około 100 umundurowanych policjantów) nie nosi broni palnej.

** — Od Herostratosa, który w IV wieku p.n.e. podpalił świątynię Artemidy w Efezie, by zdobyć sławę. Jego imię stało się synonimem osiągania rozgłosu przy pomocy zbrodni.

bliwość, a był — czego nie przeczuwano — zapowiedzią nowej epoki, w której świętości przestały istnieć. Groźba polityczna to jedno (słuszną była wypowiedź na temat Jana Pawła II zamieszczona w „Newsweeku" 25 maja 1981: „*On stanowi siłę polityczną. Jest wielu na świecie, którzy chcieliby widzieć Go martwym*"), a herostratyczny obłęd to drugie, zawinione w dużym stopniu przez mass–media, z telewizją na czele.

Środki masowego przekazu, mogące ukazywać Papieża tylko wtedy, gdy występuje publicznie (ewenementem były zrobione teleobiektywem zdjęcia w „Paris Match", ukazujące Jana Pawła pływającego w Morzu Śródziemnym), mimowolnie wyrządzają Mu krzywdę. Jest On przede wszystkim filozofem, wybitnym teoretykiem w dziedzinie problematyki etycznej, a nie aktorem pozdrawiającym tłumy, lecz TV i czasopisma ilustrowane prezentują Go (jest to naturalne) tylko w tej drugiej roli. O wiele gorszym efektem nieustannej obecności Jana Pawła II na zdjęciach ruchomych i nieruchomych jest coś, co można nazwać syndromem Herostratosa. Na ekranach telewizorów i okładkach czasopism gonią się w dzikim korowodzie święci i szarlatani, mędrcy i politycy, rewolucjoniści prawdziwi i fałszywi, mordercy i policjanci; zagrano tam już każdą wyobrażalną zbrodnię wystarczająco wiele razy, by pomyleńcy pragnęli ją naśladować. Lecz zabicie kogoś liczy się tylko wtedy, gdy jest to osoba sławna, im sławniejsza, tym lepiej, wzorem XIX–wiecznego Dzikiego Zachodu, gdzie strzelano w plecy najgłośniejszym rewolwerowcom po to tylko, aby „*być facetem, który zabił X–a*". Mass–media, robiąc zamachowcom gigantyczną reklamę, stanowią dla współczesnych Herostratosów nieodpartą zachętę do przekroczenia granicy między chorą ambicją a rzeczywistością, co jest o tyle groźne, że dzisiaj strzelby nie spalają na panewce. Kula, nóż czy bomba są przeznaczone dla supergwiazdy, by zrobić gwiazdę z zabójcy. „Rynek" nasycony współczesnymi Herostratosami stanowi z kolei zachętę dla kręgów politycznych, którym władza Ojca Świętego doskwiera. I tak kółko ulega zamknięciu.

Formalnie władza Jana Pawła II to tylko rząd około siedmiuset pięćdziesięciu milionów dusz, ale jak trafnie zauważył John Lahr w eseju o sławie (na łamach „Harper's"): „*Ten, kto skupi na sobie największą uwagę, dysponuje największą władzą*". Nikt dzisiaj nie przyciąga większej uwagi świata niż „*fenomen Wojtyła*" (określenie Hansajakoba Stehle), a jest to świat, w którym bandytę obdarza się nagrodą w postaci wymarzonego okładkowego sukcesu, o czym wiedzą lalkarze szukający marionetek. Dlatego strach o życie Papieża rośnie.

Marionetki są różnego rodzaju. „*Sycylijską marionetką*" nazwano awangardowego aktora, który odbierając prestiżową nagrodę w postaci srebrnej muszli, rzucił ją o ziemię krzycząc, iż nie przyjmuje wyróżnienia, by w ten sposób zademonstrować swą nienawiść do polskiego papieża (ale pieniądze z tytułu nagrody przyjął, tylko już poza kamerami). Pajacowanie tego rodzaju jest niegroźne. Groźne są marionetki z bronią.

Żaden papież w dziejach nie był obiektem takiego polowania. W roku 1979 członek Gwardii Szwajcarskiej obezwładnił nożownika wdzierającego się do Watykanu z zamiarem zamordowania Jana Pawła. W 1981 w Karaczi (Pakistan) terrorysta chciał dokonać zamachu bombą podczas mszy na stadionie, lecz ładunek wybuchowy eksplodował w niewłaściwej chwili, rozrywając zamachowca, a nie Papieża. Trzy miesiące potem (13 V 1981) turecki „*szary wilk*" ciężko postrzelił Arcykapłana na placu przed bazyliką watykańską. Dokładnie rok później w Fatimie (Portugalia) hiszpański ksiądz–integrysta został powstrzymany kilka metrów od Papieża, gdy szykował się do zadania ciosu bagnetem. W początkach 1983 roku policja włoska aresztowała Turka, Mustafę Savasa, w końcu 1984 policja wenezuelska — Douglasa Torrealbę Hernandeza, w maju 1985 policja holenderska — Esmeta Aslana, którzy przygotowywali kolejne zamachy z czyichś tam poleceń. Tylko tych kilka przypadków znamy*; ile skrytobójczych prób nie doczekało się fazy realizacji lub sczezło w jej trakcie, nie wychodząc na jaw? Wcale się nie zdziwiłem, gdy przed moją pierwszą rozmową z Ojcem Świętym (1980) Jego główny strażnik przyboczny, świetny judoka i karateka, biskup Marcinkus (Litwin z pochodzenia), pod pozorem oglądania z ciekawości sprawdził mój długopis, bo dzisiaj i długopisy strzelają.

Paul Marcinkus koordynuje (w każdym razie czynił to wówczas) cały system ochrony Papieża w państwie watykańskim, o którym „Stern" napisał w lipcu 1982: „*Państwo watykańskie (powierzchnia 44 ha) jest jednym z najbardziej zapełnionych agentami państw świata*". Artykuł „Sterna" rozpoczynał się jak klasyczna powieść kryminalna:

„*Była jedna z tych przyjemnych jeszcze w październiku rzymskich nocy. W ogrodach watykańskich pojawiły się trzy ciemne postacie. Miały przy sobie składaną łopatę i metalową skrzynkę z aparaturą elektroniczną. Właśnie gdy owa trójka zaczęła kopać w położonym na uboczu trawniku, zaskoczył ją patrol straży papieskiej. Trzej nocni przybysze uszli przez mur w pobliżu muzeów watykańskich. Na miejscu pozostawili łopatę i tajemniczą skrzynkę. Papieski sekretariat stanu zakazał rozpowszechniania wiadomości o tym zajściu. Sprawa wzburzyła prałatów*

---

* — Pomimo wzmacnianej w efekcie każdego zamachu ochrony i czujności — życie Papieża jest wciąż w niebezpieczeństwie. W roku 1984, podczas podróży po Azji Płd.–Wsch., „*zamachowiec*", który wymierzył w Ojca Świętego pistolet–zabawkę, pokazał, że zapewnienie Papieżowi stuprocentowego bezpieczeństwa jest praktycznie niemożliwe.

Stolicy Apostolskiej. Zaledwie bowiem kilka dni wcześniej, 16 października 1978 roku, polski kardynał Karol Wojtyła został wybrany papieżem".

Wokół Jana Pawła II toczy się zwariowana gra cywilizowanego świata, lecz żadni agenci i żadne intrygi nie są w stanie podciąć Mu skrzydeł i zatrzymać Go, jeśli nie potrafiły tego kule płatnego mordercy, które przeszyły Jego ciało. Kalabryjski chirurg, dr Francesco Crucitti, który dwukrotnie w ciągu trzech miesięcy operował Papieża i który „zweryfikował" wiek Ojca Świętego („*Il Papa ma zgodnie z metryką 61 lat, ale pod względem biologicznym jest o 10 lat młodszy*"), indagowany przez dziennikarzy na temat pobytu świątobliwego pacjenta w szpitalu, odparł:

„— *Przez te dziewięćdziesiąt trzy dni żył jak lew wsadzony do klatki, cały czas myślał o nowych podróżach. Kiedy obok rozmawiano o procesie zamachowca, słyszałem jak mruczy: «warto by pojechać w tamte strony, albo tam... »*".

Wędrówka po świecie, by spotykać się z ludźmi, to wierność samemu sobie, kontynuacja raz założonego stylu pontyfikatu. Jest w tym stylu wiele spontaniczności, która go odformalnia na każdym etapie drogi, przez co polityka kościelna przestaje być nadrzędnym celem, staje się nim humanizm w najszlachetniejszej formie. Zrozumieli to nawet chłodni Niemcy (wśród których jest przewaga protestantów), kiedy odwiedził ich „*człowiek z Watykanu*" i wydarzył się „*incydent*" typowy dla Niego, ale dla nich było to zaskakujące:

„*Papież nagle zmalał: pochylił się głęboko i ukląkł — tym razem nie przed ołtarzem, lecz przed człowiekiem okrutnie zeszpeconym cierpieniem i chorobą, który wbrew programowi przekuśtykał mu przez drogę w kościele św. Piotra w Osnabrück. Był to uścisk bez dogmatu i polityki kościelnej, a także bez patosu jakim tchną wielkie gesty*" („Die Zeit").

Podczas tych pielgrzymek raz po raz zdarza się coś „*wbrew programowi*" (na ogół z Jego inicjatywy), i tego się najbardziej boją, zwłaszcza, że przed wizytami Jana Pawła organizacje terrorystyczne, wyzwoleńcze lub fanatycy religijni odmiennych wyznań grożą Mu śmiercią. Tak uczynili antypapiści w Wielkiej Brytanii, bojownicy Salwadoru i Gwatemali oraz partyzanci haitańscy („Brygada im. Hectora Riobe"), którzy w liście do nuncjusza papieskiego w Port–au–Prince oświadczyli, że „*nie zawahają się zagrozić bezpieczeństwu papieża, jeżeli w czasie wizyty na wyspie odda się on na usługi rodzinie Duvaliera*". Była to z ich strony głupota: Jan Paweł II nie jeździ do dyktatorów, tylko do ludów. A już przypuszczenie, że mógłby się „*oddać na usługi*" jakiemuś dyktatorowi, świadczy o postępującej chorobie umysłowej przypuszczającego.

Wizyty w krajach rządzonych despotycznie należą do najważniejszych, bo nikt bardziej nie oczekuje pociechy niż tyranizowany lud. Rzecz prosta, dyktatorzy próbują zdyskontować odwiedziny Papieża dla zdobycia sobie popularności, lecz On do tego nie dopuszcza. Fenomenalnej lekcji udzielił w Buenos Aires, gdzie nie mógł uniknąć spotkania z hierarchią świecką, tak mocno zaangażowaną w wojnę o Falklandy–Malwiny, że Matce Boskiej z Lujan nadano rangę... honorowego generała–kapitana sił zbrojnych. Musiał odbyć trzydziestominutową rozmowę z juntą wojskową w Casa Rosada (rezydencja prezydenta). Nagle, *„wbrew programowi"*, wstał i wyszedł na balkon, by pozdrowić rzesze pielgrzymów zalegających Plaza de Mayo w oczekiwaniu na Niego. Ówczesny dyktator, generał Galtieri, podskoczył za Nim, by stanąć obok, lecz Papież zatrzymał się w środku wąskich drzwi, blokując je i uniemożliwiając generałowi manewr. Cały świat obiegła wypowiedź jednego z Argentyńczyków: *„Ojciec Święty nie pozwolił mu na to. Zignorował go całkowicie"* (dyktatorzy dostają także od Jana Pawła ostre nauczki słowne, czego doświadczył m.in. generał Montt, prezydent Gwatemali, podczas wizyty Papieża w tym kraju).

O wiele głośniejszą i przypominaną po każdym zamachu jest wypowiedź pewnego Włocha. Powtarza się, że w latach sześćdziesiątych kardynał Karol Wojtyła, arcybiskup Krakowa, odwiedził w Italii głośnego mnicha franciszkańskiego, ojca Pio, który zasłynął jako nosiciel stygmatu krzyża (rany na rękach krwawiące jak rany Chrystusa) oraz jasnowidz. Powiedział on Wojtyle: *„Pewnego dnia zostaniesz papieżem, ale twój pontyfikat będzie krótki i skończy się rozlewem krwi"*.

Pierwsza część przepowiedni ojca Pio już się spełniła. Nie płaczcie, drugą może zneutralizować prawo Morgensterna. Mówi ono, że niesprawdzanie się całkowicie z logicznego punktu widzenia nieuchronnych kataklizmów następuje z reguły dlatego, że zostały one przewidziane i rozgłoszone.

Tymczasem ruchomy cel jest ciągle w ruchu, a strzały padają bez przerwy ze wszystkich stron, i nie są to pociski metalowe. Według Chińczyków złe słowo staje się bronią równie groźną jak żelazo. Fakt. *„Cały świat Cię kocha!"*, zaś dookoła roi się od wrogów, co jest odwieczną prawidłowością: atakuje się najlepszego. Oto nieunikniona cena autentycznej wielkości.

Trudno się specjalnie dziwić, iż podrażnieni Jego nimbem pastorzy protestanccy wyklinają szefa konkurencji, używając tak zgodnych z głoszoną przez nich chrześcijańską etyką określeń, jak: *„Antychryst"* czy *„Bestia Apokalipsy"* (cytuję za „The Economist", 5 III 1983). Gorzej, iż ma On nieprzyjaciół nawet we własnym domu. W sierpniu 1982 specjalista od spraw watykańskich, Sandro Magister, ujawnił na łamach „L'Espresso", że „*wśród kardynałów Kurii Rzymskiej szczególnie rozpowszechniona jest krytyka pod adresem papieża*". Przyczyną ma być Jego „*polski nepotyzm*", który przejawił się stworzeniem w Watykanie „*polskiej mafii*", kierowanej przez papieskiego sekretarza, księdza prałata Stanisława Dziwisza, i stanowiącej „*coś w rodzaju równoległej kurii*". Redaktor polskiego wydania „Osservatore Romano", ksiądz Adam Boniecki, posługując się konkretami, dowiódł w replice (której notabene redakcja „L'Espresso" nie chciała wydrukować, uczyniła to redakcja „Il Tempo"), że prawie wszyscy z nielicznych Polaków pracujących w Watykanie zostali tam zatrudnieni przed wyborem Karola Wojtyły na papieża. Wszelako nawet nie próbował dowieść, że włoscy książęta Kościoła, którzy „zapomnieli" o 455–letnim włoskim monopolu na papiestwo, nie są zdenerwowani utraceniem tego monopolu. Znał bowiem wcześniejszy strzał z Kurii wymierzony w Ojca Świętego:

Gdy Papież leżał ranny w klinice Gemelli, zapytano jednego z dygnitarzy Watykanu, czy czasem sytuacja nie przypomina „*sede vacante*" (bezkrólewie między śmiercią jednego papieża a wyborem następnego). Odpowiedź tego człowieka, którego nazwiska nie ujawniono, brzmiała:

„— *Dla wielu z nas, członków Kurii, stan «sede vacante» panuje od czasu wyboru tego Polaka!*".

Reporter „The Times" (22 VI 1981), Peter Nichols, dodał jeszcze, że ów dostojnik kościelny „*nie jest bynajmniej przesadnie krytyczny wobec papieża*". Cóż więc myślą i knują ci watykańscy Włosi, którzy są przesadnie krytyczni względem swego szefa i „*polskiej mafii*"?

Mafia jest wynalazkiem włoskim, a Kościół rządzony przez Włochów nigdy jej w przeszłości nie napiętnował, mimo straszliwych zbrodni, jakie popełniała. Kardynał Ernesto Ruffini, biskup Palermo w latach 1946–1967, powtarzał: „*Słowo «mafia» wymyślili mieszkańcy kontynentu, aby zniesławiać Sycylię*". Oczywiście. Diabeł bardzo się cieszy, gdy ludzie twierdzą, że go nie ma — to mu ułatwia pracę. Dopiero za polskiego papieża nowy arcybiskup Palermo, Salvatore Pappalardo, ekskomunikował mafię, a Jan Paweł II potwierdził, że jest to akt Jego woli, wizytując Sycylię i potępiając osławiony syndykat zbrodni. Kilkusettysięczne tłumy Sycylijczyków skandowały z wdzięcznością Jego imię. „*Po raz pierwszy mieszkańcy wyspy zyskali poczucie siły*" — raportowali dziennikarze. W grudniu 1983 środki masowego przekazu donosiły: „*Jan Paweł II, przemawiając do pielgrzymów przybyłych z Sycylii, po raz trzeci już w czasie swego pontyfikatu potępił mafię sycylijską za «fakty barbarzyńskiej przemocy, która powoduje ból, zdumienie, oburzenie i obraża godność człowieka»*".

Wspomniany Sandro Magister umieścił wśród oskarżeń pod adresem *„polskiej mafii”* w Watykanie również sprawę kanonizacji Polaka, Maksymiliana Kolbego, sugerując (w oparciu o *„przecieki”* z Kurii), że Papież za pomocą mafijnych machinacji doprowadził do przyspieszenia procesu kanonizacyjnego. Pomijając już fakt, że pierwszym kanonizowanym przez Jana Pawła II był Włoch (wówczas Włosi nic nie mówili o machinacjach) — prawdą pozostaje, że w obliczu ojca Kolbego niejeden święty mógłby się zarumienić, łatwiej bowiem prowadzić świątobliwe życie w zacisznym eremie przez sto lat, niż raz je oddać za drugiego człowieka — dobrowolnie i z pełną świadomością, iż śmierć będzie wielodniowym męczeństwem. O ile szczytem podłości było wysuwanie zastrzeżeń wobec Kolbego na łamach prasy przez Niemców, wynalazców bunkra głodowego w Auschwitz, o tyle zastrzeżenia wydobyte z głębi Watykanu przez Sandro Magistra były zwyczajną antypapieską nerwicą oligarchii Kościoła włoskiego*.

W Kościele znajduje się więcej wrogów niezwykłego polskiego Papy, niż przypuszcza szary katolik. Zdecydowane propagowanie przez Jana Pawła reform Soboru Watykańskiego II (większe otwarcie Kościoła na świat, większy ekumenizm, uznawane oficjalnie prawo do swobody wyznania, zastosowanie w liturgii języków narodowych etc.) napotkało wściekły opór kościelnych tradycjonalistów. Mnożą się w Europie opozycyjne stowarzyszenia księży i zakonników typu *„sede vacansistes”*, według których w Stolicy Apostolskiej jest wakat, bo Jan Paweł II to *„heretyk”* (sic!). Przybierają różne nazwy (np. „Kontrreforma katolicka” księdza de Nantes, czy „Walka o wiarę” księdza Coache'a), szturmem zdobywają i okupują *„reformistyczne”* kościoły (najgłośniejsze było zdobycie kościoła św. Mikołaja z Chardonnet w Paryżu przez tysiąc osób, którymi dowodził monsignore Ducaud–Bourget). Głównym animatorem tego *„ruchu integrystycznego”* jest były arcybiskup Dakaru, Marcel Lefebvre, który wyświęca integrystycznych księży, by *„Kościołowi posoborowemu, neomodernistycznemu i protestanckiemu”* przeciwstawić *„Kościół odwieczny”* (integrystą spod znaku Lefebvre'a był Krohn, próbujący zasztyletować Jana Pawła II w Fatimie). Jak widać, przodują w tym dziele Francuzi, ale to zrozumiałe — Francja, uważająca się stale za *„Fille ainée de l'Eglise”* (najstarszą córkę Kościoła), trwa w przekonaniu, że jeśli papieżem nie został Włoch, to powinien nim zostać Francuz. Jeden

---

* — W roku 1983 ponownie wrócił na falach eteru i łamach zachodnich środków masowego przekazu problem *„polskiej mafii w Watykanie”*, poczynając od artykułu Michaela Dobbsa w „The International Herald Tribune” (Dobbs napisał: *„Podobno w Watykanie mówi się, iż rządzi tam polska mafia”*).

z tych nielicznych Francuzów, którzy są ochrzczeni. Większość bowiem obywateli Francji nie ma chrztu (sic!), cały ten naród, z wiejską prowincją włącznie, jest już od kilkudziesięciu lat nieprawdopodobnie wprost zlaicyzowany (nie trzeba tam być, żeby to wiedzieć, wystarczy poczytać przeniknięte rozpaczą z tego powodu książki Georgesa Bernanosa).

Francuscy i inni ekstremiści–inkwizytorzy nie są liczni, ale za to są głośni. Strzelcy wyborowi, którzy strzelają do Papieża wyzwiskami, z gniewu, że mszę św. odprawia się dla Murzynów po murzyńsku, a nie po łacinie, wiadomo zaś, że dobrym katolikiem można być tylko po łacinie. Są i tacy, którzy krytykują „*nadmierne kokietowanie przez Wojtyłę państw Trzeciego Świata*". Nie dość, że w roku 2000 aż siedemdziesiąt procent katolików (według obliczeń Centrali Misji Franciszkańskiej w Bonn) będzie się wywodziło z tych właśnie państw, to On już głaszcze czarnuchów!

Tragikomiczna istota kanonady wymierzonej w „*fenomena Wojtyłę*" polega na tym, że jest to ogień krzyżowy, miotany z prawa i z lewa, tak iż atakujące strony rażą się nad Jego głową po oczach i mózgach. W tym samym czasie, gdy kościelni tradycjonaliści z furią ostrzeliwują Jego postępowość, Jego „*heretycki reformizm*" i „*neomodernistyczną*" preferencję nadmiernego liberalizmu — współcześni awangardowi liberałowie kościelni i świeccy uważają, że jest dokładnie na odwrót i bombardują Jego „*nadmierny konserwatyzm i tradycjonalizm*" w tych samych kwestiach! Podczas gdy „*w niektórych broszurkach można przeczytać, że to marksistowski papież (...) ekstremalna prawica wyszperała marksistowskie ślady w jego słownictwie i jego filozofii*" (wypowiedź arcybiskupa Paryża, kardynała Lustigera, dla tygodnika „Der Spiegel") — z drugiej strony padają epitety: „*zaściankowy ignorant, wyizolowany tradycjonalista*" (cytuję za Edwardem Normanem z „Sunday Telegraph"; Norman słusznie uznał te określenia za „*bardzo dalekie od prawdy*") oraz konstatacje typu: „*Papież pozostaje konserwatystą zarówno w samym Kościele, jak i w sprawach świeckiej polityki. Chyba nie w pełni jest on świadom kierunku zmian na świecie*" („Observer", 30 V 1982).

Motywów dla tej nawały artyleryjskiej z lewa wyszukali sobie aż nadto, od reform Soboru Watykańskiego II poczynając. W Polsce odpalił salwę znany publicysta, Kazimierz Koźniewski, w kierowanym przez siebie tygodniku „Tu i teraz", z biegłością, jakiej nie powstydziłby się ktoś inny tam i onegdaj. Brutalnie formułowane oskarżenia wypowiada anonimowy rozmówca–cudzoziemiec, który ni stąd ni zowąd przysiadł się do Koźniewskiego w gospodzie w Kaphenbergu (Austria); Koźniewski spełnia funkcję obiektywnego interlokutora. Cudzoziemiec najpierw oświadcza, że nie lubi Polaków w ogóle („*Jesteście nieznośnym społeczeń-*

stwem. Od stuleci mącicie spokój w Europie, gdyż nie potraficie się dogadać ze swoimi sąsiadami. Nie potraficie wyciągnąć wniosków z własnego położenia geograficznego..."), potem, że nie podoba mu się polski rząd wojskowy (na to Koźniewski tłumaczy, że „*generał Jaruzelski wprowadzając stan wojenny uratował Europę przed Trzecią Wojną Światową*") — i wszystko jest jasne, zwłaszcza że obaj zgadzają się co do negatywnej roli, jaką odegrała „*Solidarność*" pragnąca „*zburzyć ustalony porządek europejski*". Jeszcze jaśniej się robi, gdy cudzoziemiec zaczyna pluć na Papieża. Tak wygląda ten pasztet dla rodaków:

„*Już w następnym zdaniu okazało się bowiem, że mój Europejczyk ma do Polaków jeszcze jedną zasadniczą pretensję. Wcale zresztą ważną. Szło mu o papieża. O Jana Pawła II. Proszę! Jak można mieć zaufanie do Polaków, skoro obdarowali świat takim papieżem. Wtrąciłem przytomnie: świat sam sobie takiego papieża wybrał i sam go z Krakowa sprowadził do Rzymu. Zlekceważył drobną różnicę interpretacyjną. W gruncie rzeczy miał rację: myśmy dali światu takiego papieża (...) Więc myśmy dali Rzymowi papieża, który jest papieżem złym. Dlaczego? — zapytałem, choć przecież świetnie znam jego wyjaśnienie. Ten papież — tłumaczył jasno i nader precyzyjnie — chce Kościół katolicki, ten światowy i ten europejski, cofnąć do średniowiecza. W imię dogmatów pragnie unieszczęśliwiać miliony i miliony wiernych. Chce, by człowiek był dla dogmatu, a nie dogmat dla ludzi. Znowu chce narzucić katolicyzmowi europejskiemu ten typowo polski kult maryjny (...) Gdy postępowi teolodzy europejscy, ci niemieccy, ci holenderscy, zaproponowali formuły katolicyzmu nowoczesnego, otwartego, katolicyzmu na miarę człowieka XX wieku, wolnego od ponurego pojęcia grzechów przeciw ludzkiej miłości, gdy spróbowali wietrzyć problemy seksualne, gdy pragną, by kobiety same decydowały o tym, czy chcą mieć dzieci — pojawia się kaznodzieja, tym gorzej, że natchniony, z Polski, i z powrotem pragnie wtłoczyć katolicyzm w gorsety wiktoriańskie, czy gorzej jeszcze, w pątnicze suknie i rycerskie zbroje średniowiecza (...) Papież Polak to papież katolicyzmu maryjnego, dewocyjnego, katolicyzmu zamkniętego, a nie otwartego. Katolicyzmu ubogiego, a nie bogatego. Wasz papież zahamował odnowę tego Kościoła. To nie jest papież kulturalnej, oświeconej Europy*".

Tak, wiem, powyższe zdania to nie jest tekst człowieka inteligentnego, oświeconego — są to brednie, świadczące o silnej korozji szarych komórek (chociażby twierdzenie o cofaniu Kościoła do czasów średniowiecznych lub wiktoriańskich, tak jakby po nich Kościół katolicki zezwalał przerywać ciążę, zdradzać żonę i nie szanować Matki Boskiej!), a sposób podania tych głupot nazywa się w encyklopediach faryzeuszostwem bądź faryzeizmem czyli obłudą. Zacytowałem to jednak, albowiem Koźniewski wystrzelił komplet pocisków, jakimi walą w „*konserwatyzm*” Jana Pawła „*liberałowie*” Zachodu i Wschodu. Przeanalizujmy ten regulamin antypapieskiego ogniomistrza.

Bardzo często krytykowane jest wprowadzanie w życie przez Ojca Świętego postanowień Soboru Watykańskiego II. Peter Hebblethwaite (pisarz i były jezuita) uważa, że Jan Paweł interpretuje uchwały Soboru w sposób „*ciasny, ograniczający i w rezultacie całkowicie zniekształcający*”. Zniekształcać dzieło może jednak tylko ktoś z zewnątrz, tłumacz, wydawca, agent, drukarz lub interpretator, nie zaś autor. Bezpośredni wkład Karola Wojtyły w dorobek myślowy Soboru jest olbrzymi, a gdy cytuje ustępy z dwóch najważniejszych dokumentów religijnych XX wieku — z soborowej Konstytucji Pasterskiej „Gaudium et spes” i z soborowej Konstytucji Dogmatycznej „Lumen Gentium” — w dużym stopniu przywołuje swoje własne słowa, był bowiem członkiem komisji, która opracowała projekty obu tych dokumentów. Identyfikuje się On więc z decyzjami Soboru, które według Niego odegrają decydującą rolę w dalszym rozwoju Kościoła. Błędne wrażenie, iż polski Papież ogranicza postępową myśl Soboru, jest spowodowane interpretacyjnym zniekształceniem soborowych treści przez tych, którzy Go krytykują. To oni — awangardowi teolodzy, wojujący radykałowie, młode pokolenie buntowniczych myślicieli — wyinterpretowali soborową myśl nieomal jako kodeks rewolty, i teraz są zawiedzeni, bo dokonuje się modernizacja starego gmachu, nie zaś budowa nowego na gruzach poprzednika. Psychologia zna to doskonale: człowiek, zamiast odbierać przekaz w dokładnym znaczeniu, interpretuje wypowiedź drugiego człowieka po swojemu i później ma pretensje, że tamten nie dotrzymał słowa, które nie padło.

Ci sami ludzie twierdzą, że Papież faworyzuje konserwatywne kongregacje watykańskie i próbuje w inkwizytorski sposób uciszyć zbytnich wolnomyślicieli wśród piszących teologów, takich jak Schillebeeck i Küng. Edward Norman z właściwą sobie celnością nazwał te zarzuty „*reakcją paranoidalną*”. Jan Paweł II pragnie po prostu, by nie żonglowano teologią niczym prywatnymi talerzykami na arenie cyrku nowoczesności. W encyklice „Redemptor Hominis” napisał: „*Nikomu nie wolno traktować teologii tak, jak gdyby była ona zbiorem jego własnych myśli*”; przemawiając w Waszyngtonie do katolickich nauczycieli, rzekł: „*Wierni mają prawo żądać, aby ich nie niepokojono teoriami i hipotezami, których trafności nie potrafią ocenić*”; wreszcie w swoim dziele o Soborze Watykańskim („Źródła Odnowy”) wyraził zdanie, iż nad pytaniami typu: „*w co ludzie powinni wierzyć?*” lub „*jakie jest rzeczywiste*

129. Msza koronacyjna Bokassy.

130. Jean-Dominique Ingres, *Napoleon w stroju koronacyjnym na tronie.*

131. Bokassa w stroju koronacyjnym na tronie.

132. Napoleon koronuje się własnoręcznie, by w chwilę później ukoronować klęczącą przed nim żonę (fragment obrazu J. L. Davida).

133. Bokassa koronuje się własnoręcznie...

134. ... i w chwilę później koronuje klęczącą przed nim żonę.

135. Powóz koronacyjny Bokassy z napoleońskimi orłami i z literami B (jak Bonaparte) w laurowych wieńcach.

136. Cytadela La Ferrière od strony drogi, którą można się wspiąć.

137. Taneczne misterium *voodoo* (prymitywne malowidło haitańskie R. Christophe'a).

138. Zrujnowane mury obronne La Ferrière; na nich działa i kule, które nie zdążyły zmierzyć się z wrogiem.

139. Czarny cesarz Środkowej Afryki, Bokassa I.

140. Czarny król Haiti, Henryk I (sztych z epoki).

141. Mauzoleum Henri Christophe'a, cytadela La Ferrière, widok z lotu ptaka.

142. Rudolf Höss (zdjęcie wykonane w więzieniu w roku 1946).

143. „Moja kochana mała Annemäusl! Obyś bardzo, bardzo długo była dla mamusi promyczkiem i pomogła jej przetrwać wszystkie smutne godziny".

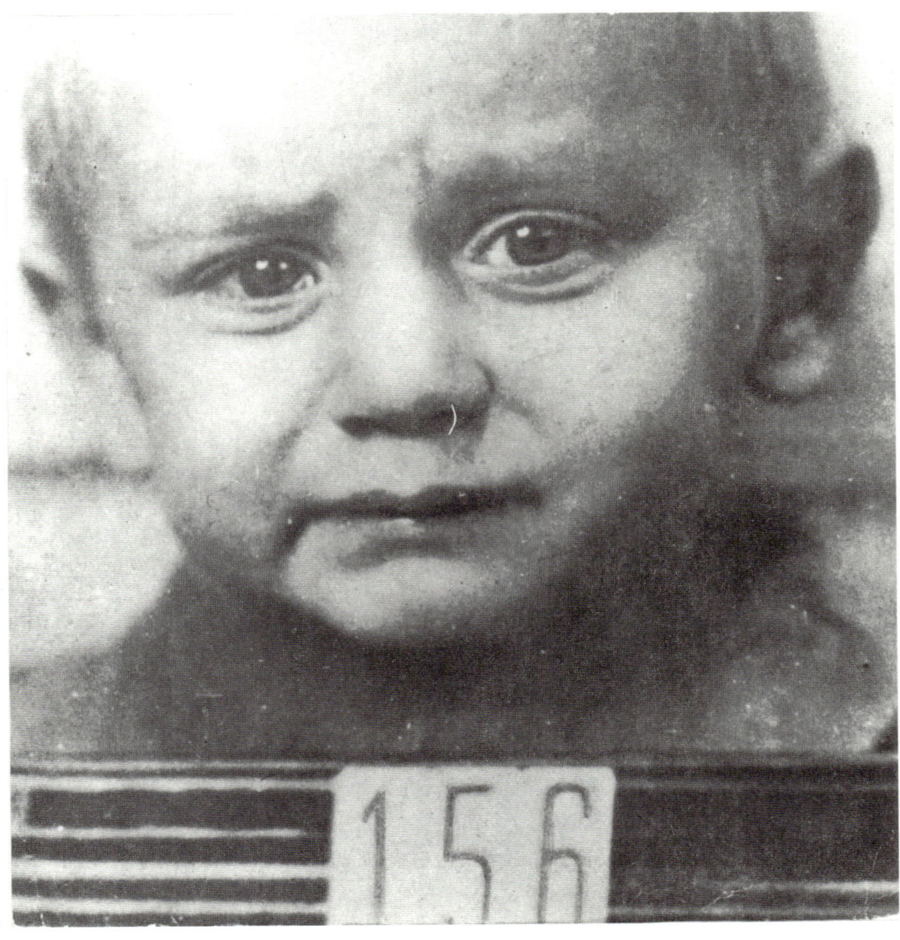

144. Numer 156.

145. „Janie Pawle II, cały świat Cię kocha!”.

146. Samotność w Watykanie.

147. Jan Paweł II w rozmowie z autorem.

znaczenie tej lub innej prawdy naszej wiary?", góruje próba odpowiedzi na pytanie ważniejsze: „*Co to znaczy być człowiekiem wierzącym?*". Wątpliwe, czy wszyscy ci postępowi księża zachodni, którzy coraz bardziej przyjmują świecki sposób myślenia, oraz liberałowie laiccy, którzy tak bardzo przywykli uważać każdy poważny dorobek myślowy za owoc nauki świeckiej, że nie potrafią już zrozumieć, iż może istnieć system zapładniających wartości opartych na chrześcijaństwie — czy potrafiliby sprowadzić swoje spekulacje do tak mądrego pytajnika, jak ów ze „Źródeł Odnowy"? Aparat filozoficzny krytykowanego przez nich człowieka miażdży swą głębią i uczciwością ich nowinkarskie zapędy, będące często zwykłym nadużywaniem wolności akademickiej.

Kolejny antypapieski pocisk „*liberałów*" to oskarżanie Jana Pawła II o konserwatywne stanowisko w sprawach społecznych i politycznych, o hamowanie zaangażowania politycznego lub rewolucyjnego postępowych księży etc. To prawda, że Ojciec Święty nie zamierza nosić czapki Fidela Castro, ale cała reszta to nieprawda, i jest nieuczciwością wtłaczanie Go w karykaturalne schematy reakcjonizmu, wykoncypowane przez gorącogłowych kontestatorów. W październiku 1979, odrzucając typową dla przywódców Zachodu profesjonalną giętkość (cechowała ona też Pawła VI, dzięki czemu za jego pontyfikatu katolicy o bardzo różnych stylach i poglądach mieścili się dość wygodnie w ramach Kościoła otwartego), Papież stwierdził na forum Zgromadzenia Ogólnego Narodów Zjednoczonych, że duchowe życie człowieka jest wyjaławiane przez siły, które sens ludzkiego bytu sprowadzają głównie do „*rozmaitych czynników materialnych i ekonomicznych*", zaś prezydentowi USA, Carterowi, rzekł: „*W godności istoty ludzkiej dostrzegam sens historii*". Obie te wypowiedzi, będące wyznacznikami celów, są społeczno–polityczne w o wiele głębszym znaczeniu, niż transparentowe hasła radykalnych krzykaczy. Edward Norman, na którego powoływałem się już dwukrotnie, odbił ich strzelaninę słowami przynoszącymi zaszczyt niezależnej (nie inspirowanej) myśli zachodniej (czasami wystarczy napisać prawdę, by zasłużyć na miano niezależnego):

„*Jan Paweł II ma pełną świadomość istniejących na świecie stosunków i gotów jest zaakceptować radykalne przemiany zmierzające do ulżenia doli ubogich (...) Nie jest więc przeciwny angażowaniu się chrześcijan w politykę — przy założeniu, że nie traci ono charakteru religijnego (...) Wbrew temu, co twierdzą jego krytycy, nie odmówił poparcia dla postępowych planów poprawienia sytuacji, w jakiej żyją ludzie, za pomocą środków politycznych. W jego przemówieniach nie brak apelów o przeprowadzenie zmian strukturalnych, to jest politycznych. Kościół musi popierać takie zmiany, aby przezwyciężyć zło, jakie niesie z sobą wyzysk, i aby naprawić krzywdy wynikające z braku równości między narodami ubogimi a bogatymi oraz między klasami we wszystkich społeczeństwach. Od samego początku swego pontyfikatu zalecał on wiele postępowych działań politycznych (...) opowiadał się za wywłaszczeniem własności prywatnej w imię sprawiedliwości społecznej. Ganił działające na świecie mechanizmy finansowe, monetarne, produkcyjne i komercyjne za to, że okazały się niezdolne do radykalnej reformy (...) Jak widać, nie jest to działalność politycznego konserwatysty. Liberałowie, którzy ujadają teraz u bram Watykanu, powinni by zadać sobie trud lepszego poznania swej upatrzonej ofiary*".

Nie minął rok od cytowanej wypowiedzi Normana, gdy w październiku 1982 Jan Paweł II napiętnował „*reżimy autokratyczne i totalitarne*", które „*negowały i negują wolność oraz podstawowe prawa człowieka*", lecz Jego krytycy pozostali głusi i dalej bredzą, iż jest On niemy w sprawach politycznych. A do tego zabrania księżom angażowania się w politykę! Owszem, zabrania, co nie znaczy, że zabrania walczyć ze złem, gdyż jest On zwolennikiem walki o sprawiedliwość. „*Kościół jednak nie potrzebuje się odwoływać do systemów ideologicznych, aby kochać, bronić człowieka i przyczyniać się do jego wyzwolenia*" — powiedział Papież, przedstawiając powody swego sprzeciwu wobec zaangażowania księży omamionych fałszywymi doktrynami politycznymi. Ewangelia po stronie biednych i uciśnionych — tak, angażowanie się księży w ruchy polityczne obce chrystianizmowi — nie. (W roku 1983, podczas wojażu po Ameryce Środkowej, Ojciec Święty wyraźnie stwierdził, że Kościół katolicki stanie w awangardzie reform politycznych i społecznych; uczynił to — jak zaznaczyła agencja UPI — „*w sposób przekraczający oczekiwania*", co oczywiście wywołało krytykę ze strony tych, którzy swoją ariergardę mienią bezczelnie awangardą).

W tym samym roku (1983), wizytując Haiti, Jan Paweł II w swej homilii z 9 marca zażądał, by sytuacja w owym koszmarnym, pełnym niesprawiedliwości, ucisku i nędzy kraju „*wreszcie uległa zmianie*". Jak słusznie stwierdził Roger de Weck w roku 1986 (już po haitańskim przewrocie) na łamach „Zeit Magazine": „*Papież był zwiastunem haitańskiej rewolucji*".

Również w 1986 roku, 14 kwietnia, na łamach tygodnika „Newsweek" ukazał się następujący tekst, który jest podsumowaniem tego, co powinno ostatecznie zamknąć usta krzykaczom atakującym „*konserwatyzm społeczny papieża*":

„*Przez całe stulecia Kościół rzymskokatolicki utrzymywał, że ludzie pokornego serca odziedziczą ziemię. W kwietniu Rzym oznajmił, że czasem wolno o nią walczyć. W Trzecim Świecie rośnie popularność teolo-*

gii wyzwolenia, sam zaś Watykan wydał nową «Instrukcję dotyczącą wolności chrześcijańskiej i wyzwolenia», w której oświadcza, że Kościół jest zdecydowany odpowiedzieć na niepokoje współczesnego człowieka, ciemiężonego i tęskniącego za wolnością. Jest to dokument wprawiający chyba w zdumienie tych, którzy uważali, że Kościół pod rządami Jana Pawła II stał się odnowionym bastionem konserwatyzmu. Dokument stwierdza, że «ci, którzy są uciskani przez bogatych lub dzierżących władzę, mają pełne prawo stanąć do walki». Uznano, że walka zbrojna jako środek ostateczny przeciwko długotrwałej tyranii jest dozwolona".

Prawdziwą rakietą międzykontynentalną odpalaną w stronę Papieża są sprawy seksu. Według „*liberałów*" antypostępowiec Wojtyła zaostrzył katolicką etykę seksualną i rodzinną w sposób urągający przemianom XX wieku, a to utrudnia samorealizację katolików w sferze życia płciowego. Pierwszy raz wypowiedział się na ten temat podczas wizyty w Stanach Zjednoczonych, na co Jego krytycy zareagowali z charakterystycznym wdziękiem; gdy wchodził do katedry w Waszyngtonie, by odprawić mszę św., powitały Go zjadliwe transparenty: „*Seksualizm jest grzechem — pokajaj się!*" i „*Katolicy, homoseksualiści i lesbijki witają papieża!*"*. Mimo że grupka wojujących postępowców była bardzo aktywna, ich wysiłki okazały się daremne: tłumy amerykańskich katolików demonstrowały swoje poparcie dla Ojca Świętego. Te masy kochających go ludzi po prostu nie chcą — bez względu na to ilu wśród nich zgadza się z Jego negatywnym stanowiskiem wobec kontroli urodzeń (głównie przerywania ciąży), wobec rozwodów, homoseksualizmu i wolności seksualnej — aby Papież dublował wydawców „Playboya" i stawał się orędownikiem zabijania ludzkiego płodu. Zadaniem głowy Kościoła nie jest i być nie może propagowanie (bo do tego sprowadzałoby się uznanie) rozpowszechnionej przez mass–media awangardowości seksualnej i niefrasobliwości rodzinnej, które to zjawiska w ciągu niewielu lat doprowadziły do takich przewartościowań psychospołecznych, za które człowiek długo jeszcze będzie płacił gorzką cenę. Łatwość akceptowania tych zja-

---

* — Charakterystyczny dla kultury amerykańskiej był również „polski" numer „Playboya", w którym polska „*playmate*" (dziewczyna w głównym pornofotoreportażu z rozkładanym plakatem), niejaka Głazowska, została zwyczajem tego periodyku pokazana na wielu zdjęciach bez odzienia i bez żadnych zahamowań względem perwersyjnych póz. Cały ten materiał był niejako zadedykowany „*polskiemu papieżowi*". Tekst towarzyszący zdjęciom zaczynał się od słów: „*Kiedy Jan Paweł II odbywał swą historyczną wizytę w Chicago, mógł się czuć jak w domu, bo wcale nie trzeba jechać do Polski, by znaleźć piękne polskie kobiety*". Dalej można było przeczytać, że Głazowska jest praktykującą katoliczką i wielbicielką Papieża oraz, że zgadza się z nim w kwestii nieudzielania kobietom święceń kapłańskich. Fotoreportaż kończył się jej zdjęciem na tle plakatu z Janem Pawłem, transparentu z modlitwą napisaną po polsku i napisów: „*Witamy Jana Pawła II*".

wisk uważa On za degradację ludzkiej godności i nie można brać Mu tego za złe. W dobie, gdy świat gnije na skutek kryzysu wszelkich wartości, a Kościół jest twierdzą obleganą przez racjonalizm, laicyzm et consortes — On musi być nieustępliwym strażnikiem na murach tej fortecy.

Wreszcie pocisk utoczony z wrogości do obcego protestantom kultu Maryjnego. Jan Paweł II, aczkolwiek szczerze zaangażowany w proces ekumenizmu, propaguje adorację Matki Boskiej. W oczach Jego wrogów to rażący przejaw zaściankowości i konserwatyzmu. Nie czytali warszawskiego tygodnika „Kultura" z dnia 28 czerwca 1981. Jest tam okruch wspomnień starego komunisty, człowieka nie wierzącego w Boga, a tym bardziej w Jego Matkę. W czasach stalinowskich aresztowano go. „*Nie wiem jak to się stało* — wspomina ten człowiek — *ale jak przez dwadzieścia cztery godziny przesłuchiwał mnie Różański na konwejerze w willi Światły, która się nazywała «Spacer», to mi się raz po raz ukazywała Matka Boska*".

Strzelający do ruchomego celu, ci z prawa i ci z lewa, chociaż wzajemni wrogowie, w jednym są zgodni: w krytyce spraw finansowych pontyfikatu Jana Pawła II. Do tego ataku służy dubeltówka, której jedna lufa wymierzona jest w biskupa Marcinkusa, druga zaś w papieskie podróże.

Litewski karateka, pilot, sportowiec, Paul Marcinkus, bliski współpracownik i „*goryl*" Papieża, a zarazem szef IOR (Instytutu Dzieł Religijnych czyli banku watykańskiego) został oskarżony o niewłaściwe gospodarowanie funduszami Watykanu, dokładnie o współpracę z bankiem, który prowadził nielegalne operacje i splajtował. Wzniecono wokół tego dziką wrzawę, wbrew elementarnej przyzwoitości, nikt bowiem nie udowodnił Marcinkusowi złych intencji. To tak, jakby oskarżać o nieuczciwość człowieka, którego brydżowy partner okazał się złodziejem. Ten olbrzym z wiecznym cygarem w zębach, jako główny skarbnik Stolicy Apostolskiej nawiązywał współpracę z różnymi bankami, a nie będąc jasnowidzem, nie mógł z góry wiedzieć, że jeden z partnerów okaże się nieuczciwy. Zresztą Marcinkus jako szef IOR sprawdził się doskonale: w ciągu niewielu lat wyciągnął państwo watykańskie z kłopotów pieniężnych, które niczym czarna chmura wisiały uprzednio nad papiestwem właśnie przez złe zarządzanie finansami. Ale jego kariera i sukcesy stały się solą w oku pewnych państw (Marcinkus wspierał „Solidarność") i pewnych kardynałów w Kurii Rzymskiej. Zmasowany atak przeciw niemu był w istocie atakiem przeciw Papieżowi, który trzyma przy swoim boku „*takiego człowieka*".

Żeby niczego nie zabrakło do kompletu, Marcinkusa oskarżono o współudział w rzekomym zamordowaniu 33–dniowego papieża Jana

Pawła I! W roku 1984 Brytyjczyk David Yallop wydał na wszystkich kontynentach bestsellerowy kicz pt. „W imię Boże", dowodząc (bez żadnych dowodów), że Jana Pawła I otruli watykańscy masoni, bo chciał zezwolić na pigułkę antykoncepcyjną i pozbyć się z Watykanu prałatów należących do masońskiej loży P–2 (m.in. Marcinkusa). W istocie całe to nędzne „*science–fiction*" było kolejnym atakiem na Jana Pawła II i Jego Litwina. „*W niezliczonej masie książek poświęconych Watykanowi, ta należy do najgorszych. Niestety, w tym gatunku jest więcej chał niż arcydzieł*" — stwierdził Jean Potin w „La Croix" (14 VI 1984).

Bijąc ze wszystkich luf nie można było pominąć papieskich podróży, których głównym organizatorem był Marcinkus. Wychwytywacz przecieków z Kurii, Sandro Magister, napisał w „L'Espresso", że sprawa Marcinkusa „*rzuca cień na tego, który go nieostrożnie faworyzował, a więc na papieża (...) Jednakże krytyka pod adresem papieża nie ogranicza się wyłącznie do ochrony, jaką otacza on Marcinkusa. Niektórzy kardynałowie powiedzieli już Wojtyle, że preferują podróże skromniejsze...*".

I tak znowu dotarliśmy do istoty pontyfikatu ruchomego celu — do samego ruchu, który też jest krytykowany, tak jak wszystko. Zachodnioniemiecki publicysta, Hans Zender, radząc Papieżowi w wielonakładowym tygodniku uczyć się teologii oraz skromności od ministrów nikaraguańskich, nazwał podróże Wojtyły „*wałęsaniem się po świecie (...) w tym samym czasie, kiedy wielu ludzi, również katolików, umiera z głodu*". Te podróże rzekomo zbyt dużo kosztują, zaś spotkania z ludźmi mają zbyt „*cezariański*" charakter. Agencja „Associated Press" tak to podsumowała w 1982 roku: „*Teolodzy z różnych krajów, dysydenckie grupy w Kościele katolickim, a nawet biskupi rzymskokatoliccy przedstawili następującą listę negatywów: 16 podróży zagranicznych Jana Pawła II kosztowało za dużo (...) Katolicy w Brazylii, Wielkiej Brytanii i w wielu krajach afrykańskich ciągle płacą za sztuczne ognie, ołtarze i środki bezpieczeństwa, mimo że dla pokrycia wydatków związanych z wizytami papieskimi wykorzystano pracę ochotników i dochody z przedsięwzięć handlowych*". To znowu tak, jakby krytykować wystawność koncertu symfonicznego lub meczu piłki nożnej, ponieważ melomani i kibice musieli za nie płacić*. Władze poszczególnych krajów robią

---

* — Notabene ordynarnym hochsztaplerstwem ze strony krytyków ostrzeliwujących kosztowność podróży papieskich jest „przeoczanie", iż na każdej z nich wizytowane państwo zarabia krociowe sumy. Przykładowo: jak podała UPI — Austria w roku 1983 wydała 60 milionów szylingów na wizytę Papieża, a czysty dochód państwa z tej wizyty (wpływy turystyczne, pamiątkarskie, specjalna emisja monet etc.) wyniósł 590 milionów szylingów!

wielką fetę z wizyty Papieża (Watykan nie ma na to wpływu, nikomu nie narzuca pompy), wiedząc, że masy nie darowałyby im innego przyjęcia Wikariusza Pana Boga. Tego chcą ludzie, a krytycy udają, że o tym nie wiedzą. Najłatwiej tu zrozumieć kardynałów włoskich, których o chorobę przyprawia myśl, iż żaden włoski papież nie był tak kochany przez świat.

Nawet ta miłość ludzi do Niego podlega barbarzyńskiemu ostrzałowi. Królujący wśród prasy włoskiej w nienawiści do Papieża szmatławiec „La Repubblica", która wojaże Ojca Świętego zwie „*podróżami dla fanatyków*", spuentowała (11 XI 1982) entuzjazm Hiszpanów następująco: „*Na stadionie Bernabeu w Madrycie, pełnym młodzieży oszalałej z entuzjazmu dla Wojtyły, widok był przygnębiający. Również młodzi potrafią dzisiaj być, niestety, dworakami. Po owacjach, śpiewach i tańcach, które zdawały się być oznaką młodzieńczej świeżości, nastąpiło wręczanie darów (...) Chłopcy i dziewczęta w długiej kolejce wchodzili i klękali przed papieżem, wręczając dary. Jak zwyciężeni zwycięzcy. Wojtyła siedział tam, w górze, poważny, zagłębiony w niskim tronie, z dłońmi opuszczonymi wzdłuż oparć. Nie był to papież, lecz wschodni satrapa*".

Nazwanie „*wschodnim satrapą*" człowieka, który walczy o ludzką godność — to nawet dowcipne (w stylu czarnego humoru). Reszta jest nikczemnością. Czy ktoś wywiera presję na chłopów, by rzucali Janowi Pawłowi kwiaty pod nogi, jak to się dzieje w wielu krajach? Gdy w Alba de Tormes, miejscu zgonu św. Teresy z Avila, pojawił się „*antypapież*" Clemente Dominguez (osobnik ten, który jednego dnia kanonizował trzydzieści tysięcy świętych, w tym Kolumba i generała Franco, ma diecezje w Europie i w obu Amerykach), mieszkańcy przepędzili go kijami — czy ktoś ich do tego zmusił? W miastach uniwersyteckich studenci rozściełają przed Janem Pawłem na ziemi swoje peleryny — czy ktoś stoi nad nimi z batem lub nagradza ich za to? Nikogo nie można autentycznie rozkochać przystawiając pistolet do głowy lub pieniądze do kieszeni — to płynie z serca i z mózgu. Polski Papież ma po prostu ludziom, także młodym, coś do powiedzenia — coś, co do nich trafia, co ich rozgrzewa i napełnia otuchą, coś, czego długo oczekiwali. Każda Jego podróż ujawnia, jak wiele milionów ludzi skandujących Jego imię potrzebowało tego, co On głosi. Oskarżanie wciąż buntującej się młodzieży Zachodu o „*dworskość*" to żenująca demagogia; hołdy składane przez owe pokolenie Papieżowi świadczą najwyraźniej, że Jego nauka wypełnia młodzieży próżnię, jaką stworzył laicyzm, i że zbyt wcześnie sklasyfikowano chrześcijaństwo jako przeżytek.

Gdy dziennikarze udali się do karconego przez Watykan, „*lewicowego*" księdza z Peru, Gustavo Gutierreza, w nadziei, że wyciągną odeń antypapieskie wypowiedzi, ponieśli klęskę. Usłyszeli m.in.: „*Nawet dwa miliony policjantów nie mogłoby sprowadzić do papieża prawie miliona młodych ludzi, a magia, która każe pięciu milionom wyjść na ulice...*" („El Pais", 8 II 1985).

Właśnie te miliony uszczęśliwionych samym widokiem Ojca Świętego stanowią najlepszą ripostę dla Jego oponentów. To są te same *„miliony i miliony wiernych*", które według Koźniewskich Papież *„pragnie unieszczęśliwiać w imię dogmatów*".

Niewątpliwie możność krytykowania Głowy Kościoła jest oznaką demokracji. Lecz kiedy człowiek widzi, do jakich kłamstw i oszczerstw posuwają się owi snajperzy, zaczyna się zastanawiać, czy czasem najmądrzejszą częścią zdania Churchilla o demokracji (*„Demokracja to ustrój najgorszy, ale wszystkie inne są jeszcze gorsze*") nie jest część pierwsza.

Nie uleczysz planety ani nie naprawisz człowieka — przeszkodzi Ci coś więcej niż Paradoks Zenona. I umrzesz w poczuciu niezawinionej klęski, jak wszyscy Tobie podobni.

„A może, może nawet nad Twym grobem
Oszczerstwo czarnym zaklekoce dziobem,
Wiatr na wsze strony proch Twój porozmiata,
Dusza Twa pójdzie na pastwę języków,
Umęczonemu dla zbawienia świata,
Nikt Ci pośmiertnych nie stawi pomników!
A kiedy wszystkie zapomną Cię dzieje,
Gdy nad Twym grobem sto wieków przewieje,
Ledwie tam jakaś piosnka narodowa
Późnej przyszłości Twą pamięć przechowa!"*.

---

* — Ryszard Berwiński, „Bohaterom dni naszych".

WYSPA 17

TADŻ MAHAL (INDIE)

SYLVIA PLATH

TADŻ MAHAL

„Śmierć fascynowała i pociągała nas tak, jak żarówka przyciąga ćmy do siebie. Wysysałyśmy ten temat do ostatniej kropli (...) Często, bardzo często i bardzo szczegółowo omawiałyśmy z Sylvią nasze pierwsze samobójstwa. Mówiłyśmy o tym z detalami, analizując je szczegółowo i zjadając przy tym niezliczone ilości darmowych płatków ziemniaczanych. Samobójstwo jest, ostatecznie, przeciwieństwem poezji (...) Sylvia mówiła o swoim pierwszym samobójstwie w najdrobniejszych szczegółach (...) Później powiedziano mi, że Sylvia jakoby od najwcześniejszej młodości zamierzała zostać wybitną osobistością, a w każdym razie znaną pisarką...".

(Przyjaciółka Sylvii Plath, poetka amerykańska Anne Sexton, w „The Art of Sylvia Plath", tłum. Miry Michałowskiej)*.

„Sylvia do ostatniego ranka budowała swoją apokalipsę. Podczas zimy, najostrzej od roku 1813, pisała od czwartej rano, często przy świeczce i w polarnej temperaturze. Znaleziono ją rankiem 11 lutego 1963 roku martwą w londyńskim mieszkaniu. Zatrucie gazem okazało się śmiertelne. Dzieje się tak zwykle, że samobójstwo pomnaża zainteresowanie twórcą. Teraz krytycy piszą o poetce: nowa Medea liryki amerykańskiej, skłonni są przyznawać jej miejsce równe Keatsowi — nie brak tak zaszczytnych porównań. Grzeszą przesadą. Sylvia Plath nie stworzyła wielkiej poezji".

(Michał Sprusiński w szkicu o zmarłej w wieku 29 lat Sylvii Plath, „Literatura na Świecie", nr 7–1982).

---

* — Anne Sexton odebrała sobie życie w roku 1974.

Urodziłam się 27 października 1932
w Bostonie (stan Massachusetts) podczas deszczu.
Była jedna z tych wstrętnych pór roku,
kiedy trzeba nosić ciepłe majtki i rozpinać nad głowami
skrzydła nietoperzy.
Moja matka miała w żyłach krew austriackich emigrantów
i normalność, której ja nie mam.
Mój ojciec znał się cudownie na życiu pszczół, ale umarł
kiedy miałam osiem lat.
Nigdy mu tego nie wybaczę.
Przybył do Stanów z polskiego miasteczka mówiąc,
że jego rodowód jest niemiecki.
Nie wiem, jakiej jestem krwi i do jakiego narodu winnam
przypisać moją duszę.
Z jakim mam utożsamiać się krajobrazem na Ziemi,
na którą nałożono abstrakcyjne schematy
religii, mitologii i granic, które dzielą ludzi?
Kiedyś chciałam być pingwinicą, bo one są eleganckie
i nie grozi im katar z przeziębienia.
Później żałowałam, że nie jestem tajemniczą Żydówką,
arystokratką kobiet, przenikliwą i wolną od grzechu,
który jest udziałem innych.
A teraz chcę być już tylko żoną Szaha Dżahana,
dlatego, że Szah Dżahan znaczy: Król Świata, i dlatego,
żeby mu pękło serce po mojej śmierci,
zamieniając się w Tadż Mahal (Pałac Koronowanej),
gdzie pod głębokim cieniem kopuły śpią dwa kamienie nagrobne,
a na moim: symbol tabliczki do pisania,
a na jego: symbol pisarskiego rylca.
O Panie, taką chcę być!, chociaż wiem, że pochowają mnie w ziemi,
nie w mauzoleum, za które weszłabym sama na płonący stos męża,
jak indyjska wdowa „*sati*".

Nie wybierałam sobie czasu narodzin i tak jest lepiej,
ponieważ ta przynajmniej wina spada na opatrzność,
której kaprys wykonał ojciec w bezwolnym ciele matki.
Jestem rozsądna: gardząc moim czasem
nie tęsknię wcale do innego.
Tęsknię tylko do innych ludzi, przedmiotów i miejsc, a czasami
do innego lustra, w którym będę ładna inaczej.

Ludzka to rzecz uważać swoją rzeczywistość za gorszą od przeszłości,
od owych „*starych dobrych czasów*", kiedy małżeństwa były trwałe,
wojny rycerskie, maszyny niezawodne, a robotnicy pracowali
nim wymyślono stresy. Lecz zapytajcie tamtych,
którzy żyli wtedy, a teraz stoją na półce, czy to prawda.
Spytajcie Abelarda, który może już tylko pisać, i Hamleta,
który stawia pytania, i Pansę, który zaprzyjaźnił się z osłem,
pana Rousseau, który namawia bliźnich, by nie grzeszyli tak jak on,
i Hucka Finna, co płynie z prądem wielkiej rzeki, i pana Flauberta
z domu Bovary, który tęskni do innego życia przybrawszy maskę
kobiety, i jeszcze Annę Kareninę, która ma dziecko,
oraz Józefa K., który ma proces.
Przekonacie się, że wcale nie jest gorzej i że nie wszystkie cnoty
utonęły w zalewie plastikowych towarów, trzeciorzędnych myśli
i bełkotu TV.
Jest wiele doskonałych rzeczy. Marlon Brando jest doskonały.
Kawa Nesca jest doskonała. Szkocka whisky jest doskonała. Japoński
robotnik
jest doskonały.
Rosyjski kawior i holenderskie tulipany są doskonałe.
Ale najdoskonalsze jest samobójstwo.

Pierwsze samobójstwo miałam w roku 1953. Kilkadziesiąt pastylek —
dawka zbyt duża, żołądek odrzucił ją jak wydawca,
który odrzuca pierwsze arcydzieło; straciłam wielki sen.
Zamknęli moje ciało w domu bez klamek i poddali elektrowstrząsom,
z których najgorsza była matka. Nie miała do mnie pretensji,
pytając nieustannie, z cierpiętniczym wyrazem twarzy, czy mam do niej żal.
Tak, mam do ciebie żal o to, że nie jestem moim bratem.
Mam do ciebie żal, że Leonardo był mężczyzną, i że Einstein
nie był kobietą i Szekspir i Arystoteles.
I Kopernik i Pascal i Pasteur i Dostojewski i Awicenna
i Rembrandt i Napoleon i Newton i Goethe!
Mam do ciebie żal, że nic naprawdę wielkiego nie powstało
bez klucza, który stanowi penis do bram nieśmiertelności,
a ja jestem nieuleczalną, przesadnie ambitną prowincjuszką,
która nawet nie potrafi być kobietą, a tym bardziej
jedną z tych miłosnych wampirzyc, dzięki którym jest prawdą,
że chociaż kobiety są mniej inteligentne, to mężczyźni
są głupsi, gdyż stają się marionetkami.

Już wiem, że nigdy nie dostanę Nobla,
ale dojrzałam i nie to mnie porusza, tylko moje wargi.
Mam usta pachnące jak wiśnie,
czerwone i wykrojone w kształt, który winien budzić namiętności;
usta, z których mogę być dumna.
I nikt ich nie całuje.

Przyjaźń jest tym kwiatem, którego nie potrafiłam wyhodować
(rozumiała mnie tylko Ania Sexton, ponieważ ona
tak samo widzi Boga w samobójstwie).
Zawsze czułam się obco wśród kobiet,
które mają orgazm na każde życzenie,
lecz nie zazdrościłam im tego — zazdrościłam im podróży
z bogatymi mężczyznami, których stać na drogie hotele
w każdym zakątku świata.
Okradałam je ze wspomnień, widząc siebie
na tropikalnych wyspach i pośród starożytnych posągów
Grecji, Macedonii i Rzymu, pozującą do zdjęć, albo
na Placu Czerwonym, z soborem Wasyla Błażennego w tle,
którego budowniczych oślepił Iwan Groźny,
żeby nie mogli skopiować cudu, lecz jeden z nich odzyskał wzrok,
uciekł do Szaha Dżahana i wzniósł mauzoleum
dla zmarłej pani Mumtaz Mahal
— — — — — — — z lazurytów Afganistanu,
— — — — — — — z marmurów Radżastanu,
— — — — — — — z agatów Jemenu,
— — — — — — — z turkusów Tybetu,
— — — — — — — z malachitów Rosji,
— — — — — — — z chińskich kryształów
— — — — — — — z muszli i pereł Oceanu Indyjskiego.
A potem Szah Dżahan uciął mu ręce,
żeby nie mógł skopiować cudu...
Zamiast tego mam zdjęcie z zegarem rozstrzępionym przez wiatr
i wmurowanym w ścianę płaczu, białą jak moje figi,
na których wyhaftowałam czerwonego łabędzia — pamiątkę
po mojej inicjacji seksualnej. Należę do kobiet, które gaszą światło
przed wejściem do łóżka i nie umiem być wyuzdaną.
Ale kiedy zapadam w ciemność, gwałci mnie pluton czarnych G.I.
Wtedy uśmiech pojawia się na moich śpiących wargach.

Pisałam wiersze jako dziecko i uczyniłam z nich mój zawód
mając siedemnaście lat. Każda wydrukowana zwrotka,
nagroda i stypendium potęgowały blask skrzydeł,
którymi wzbijałam się do nieba zwycięskich aniołów.
Na ekskluzywnych parties serwowano odurzające drinki,
po których tłumaczyłam Bogu lekko zamroczona:
— Nie chcę się bratać z głupotą, nędzą i brudem, Panie,
bo ich nie zawiniłam; wolę ludzi
kąpiących się dwa razy dziennie i prawiących mi komplementy,
których rzucę sobie do stóp. Obca mi jest, mój Boże,
pogarda dla elitarności, zwana inaczej modą na egalitaryzm,
która niweluje ambicję i pychę;
wolność i równość zbratane stanowią absurd,
albowiem wolność oznacza prawo do biegu po laur,
którego zaprogramowana równość nie uznaje. Ty wiesz,
wyłącznie pierwsi zgarniają nieśmiertelność...
Trzeźwiałam słysząc własny strach, wydawało mi się,
iż moje skrzydła pomyliły drogę.
Wokoło smutne ptaki mokły od ulewy
i nie było laurowych gajów obiecanych przez próżność.
Brodziłam bezwiednie w gąszczu Nieśmiertelników
(są to rośliny należące do gatunku suchokwiatów, z których robi się
wieńce nagrobne,
gdyż zachowują wygląd świeżych bardzo długo po śmierci).
Połknęłam pięćdziesiąt pastylek z łatwością, jakiej nie można osiągnąć
przy pisaniu jednej strofy wiersza.

Jak samotna kolumna na brzegu Śródziemnego Morza,
które podobno dlatego ma taki cudowny błękit,
że jest ubogie w pokarm dla ryb
oraz w inne formy morskiego życia —
— czytam.
Tu, w Londynie, można tylko czytać
między czterema nagimi ścianami,
z dala od ludzi,
gdy pisanie nie idzie tak jakby się chciało,
albo myśleć o śmierci
i nic więcej.
Otwarłam „Los" Conrada, który znał marynarską duszę;
chciałam ją poznać, by zrozumieć

moją pierwszą miłość.
Joseph Conrad, jak mój ojciec, pochodził z Polski,
lecz został cudzoziemcem. Okazał się
gliną robiącym zdjęcia (dwa profile i en face)
do kartoteki przeznaczeń. Znalazłam na jednej ze stron
mój portret w więziennym pasiaku:
„*A co do kobiet, to wiedzą one dobrze, że ich wołanie o warunki, w których mogłyby się stać tym, czym nie mogą być, ma równie mało sensu, jak gdyby cała ludzkość zaczęła dążyć do zdobycia nieśmiertelności na tym świecie, gdzie śmierć jest warunkiem życia*"*.
Nigdy już nie tknę książki napisanej przez mężczyznę;
sama jestem książką, stworzyłam siebie.
Dopiszę tylko słowo koniec.

Mężczyzną, który obudził serce mego serca,
był marynarz siedzący przed knajpą.
W jego pasiastej koszulce pękały mięśnie,
a posrebrzana harmonijka w zębach śpiewała melodię
w sam raz dla mojej wrażliwości.
Pamiętam złote loki, które spowijały twarz wikinga,
bladą i nieobecną,
jakby ciosaną toporem w skamieniałych cedrach,
z niebieskimi oczami, w których było marzenie.
Pragnęłam je spełnić, lecz spostrzegłam,
że on nie ma nóg i porusza się na desce
uzbrojonej w maleńkie kółka, które mnie wygnały.
W lutym 1956 poznałam Teda Hughesa.
Wzieliśmy ślub po kryjomu, między dwoma wierszami
przynoszącymi Tedowi pieniądze i sławę.
W roku 1957 napisałam do matki: „*Małżeństwo jest bajką*".
W roku 1958 napisałam do matki: „*Ted jest aniołem*".
W roku 1959 napisałam do matki: „*Jestem w siódmym niebie*".
W roku 1960 nagraliśmy z Tedem audycję radiową pt. „Dobrana para",
którą powtórzono na życzenie słuchaczy.
W roku 1961 napisałam do matki: „*Nigdy mi się nie śniło,
że można być tak szczęśliwym*".
W roku 1962 napisałam do matki: „*Nie potrafię dalej ciągnąć
tej upokarzającej egzystencji, która uniemożliwia mi pisanie!*".

---

* — Tłum. Teresy Tatarkiewiczowej.

Ted odszedł z inną kobietą.
Wybiegłam na ulicę, lecz miejsce pod szynkiem było puste.
Marynarz odjechał na malutkich kółeczkach,
zabierając swój instrument,
a nikt inny nie umie grać tej melodyjki.

Planowaliśmy siedmioro dzieci. 1 kwietnia 1960
urodziłam córeczkę.
Cieszyłam się, że nie jest ona małą Kirstin,
na której torturami wymuszono przyznanie (2 grudnia 1669),
że poślubiła diabła imieniem Gräfvil,
ani czteroletnią Karin, która zeznała (4 grudnia 1660),
że diabeł ją oszukał, gdyż budziła się rano
tak samo głodna jak wieczorem;
i że nie jestem starą kobietą w południowej Rosji,
gdy brała do siebie jedną z zagłodzonych sierot,
które ewakuowano z oblężonego Leningradu,
a druga dziewczynka podeszła do niej szepcząc:
„*Ciociu, weź i mnie, ja bardzo mało zjadam...*".
Poroniłam w 1961, ale w rok później
urodził się Nicholas. Ted powiedział,
że nasz syn będzie tak dzielny, jak ów indiański chłopiec,
o którym Davy Crockett pisze we wspomnieniach:
„*Spaliliśmy dom z 46 wojownikami...*
Zapamiętałem małego indiańskiego chłopca. Leżał
ciężko ranny pod domem, ze zgruchotaną ręką i nogą,
tak blisko płomieni, że dosięgały go coraz bardziej.
Miał nie więcej jak osiem lat, a nie wydał ani jednej skargi
i nikogo nie prosił o pomoc...".
Nie wiedziałam, że Ted ma już inną kobietę,
której piersi i uda podpaliły nasz dom.
Dopiero gdy odszedł, ujrzałam ogień spopielający
sześć lat mojego życia. Leżałam sama w środku płomieni
i nikogo nie prosiłam o pomoc.
Nie skarżyłam się nawet Bogu, który mnie oszukał,
nie mówiłam: weź mnie, ja bardzo mało płaczę...
Powiedziałam, że jeśli nie pozwoli mi wejść do nieba,
to wolę piekło, by na zawsze zejść mu z oczu.

Poeta Ted Hughes zdobył powodzenie, prowadzi swoje nazwisko
do wnętrza leksykonu jak kota na smyczy.
Spotka tam gromadę Hughesów płci męskiej,
na czele z politykiem, który stworzył chrześcijański socjalizm,
i z politykiem, który kandydował do tronu USA,
i z politykiem, który został premierem Australii,
i z politykiem, który był ministrem policji w Kanadzie,
z biskupem, pisarzem i fizykiem–wynalazcą jakiegoś telegrafu,
a także dwóch poetów, Walijczyka i Murzyna,
który jeszcze żyje.
Tylko mnie nie będzie wśród żywych, Ted.
Nasze małżeństwo byłoby sukcesem,
gdyby dwie poezje mogły mieszkać w jednym domu.
Ludzie, których szaleństwem owładnęły muzy,
czynią błąd łącząc się wzorem zwierząt w pary jednego gatunku
(nosorożec z nosorożcem, zebra z zebrą). Sir Laurence Olivier
spytany, dlaczego ślub z aktorką był głupstwem jego życia,
odparł reporterowi („New York Times Magazine"):
„Początkowo wszystko jest w porządku. Nie ma problemów,
dopóki lepszym z dwojga jest mężczyzna. Lecz gdy kobieta
staje się rywalką i chce być lepsza od mężczyzny,
wtedy wszystko się wali".
Zdumiał mnie mąż krawcowej, flecista z orkiestry BBC:
uciekł z flecistką, która gra na flecie.
Rozmawiać o śmierci można jak o ciastku.
Najgorsze są myśli, kiedy jest się
zupełnie samotnym.

Widziałam dziewczynę śliczną jak Madonny we włoskich kościołach.
Paliła kubańskie cygaro, wielkie niczym francuska bułka
i powiedziała mi, że seks ją nudzi.
Spytałam dlaczego.
— To zajęcie dla telefonistek! — odparła.
— Naprawdę?
— Tak. Krew spływa ci do nóg, a my, intelektualistki,
potrzebujemy jej w głowie. Seks zużywa cały fosfor z mózgu,
dlatego chcę przejść na katolicyzm.
Powiedziałam, że nie rozumiem w czym rzecz.
— Ojcowie tego zakonu — wyjaśniła — polecają kochać
własną twarz i własne ciało.

— Kpisz?
— Nie. Nakazują kochać wszystko, co zostało stworzone
na podobieństwo Boga.
— No dobrze... ale Bóg jest mężczyzną.
— Widziałaś go? — spytała.
— Tak mówią ojcowie zakonu.
— Co druga rzecz, którą oni mówią, nie trzyma się kupy.
To jest właśnie ta druga.
Obok stali Ted i marynarz bez nóg. Kelner roznosił drinki.
Wzięli po szerokim kieliszku z szampanem.
— Ona ma męża — mruknął wiking.
— Widocznie słabego, jeśli zdradziła go z tobą — odparł Ted.
— Niekoniecznie.
— Może i niekoniecznie. Pytałeś ją, czy jest dobry w łóżku?
— Po co? Zacznie ci truć, że jest kiepski, znaczy, że sam jesteś
kiepski, bo cię pociesza, a powie, że świetny, też ci głupio;
zresztą one uciekają z kiepskimi od świetnych,
cholera wie dlaczego.
— To tak jak my — powiedział Ted.
— Ale bywa i odwrotnie — powiedział wiking,
przykładając harmonijkę do ust.
— Jasne — powiedział Ted.
Zjawił się mój pluton G.I. Czarne penisy z obsydianu
rozświetliły noc salwą bengalskich ogni.
Nad dachami drżała cisza śpiących kobiet.

Ta zima jest najstraszniejsza od czasu wojny z Napoleonem.
Białymi ulicami krążą zastępy trupów,
mróz oszronił szpitale i cmentarze
oraz zakłady dla obłąkanych.
Ptaki konają w prosektoriach z nienawiścią w sercu.
Za zamkniętymi oczami domów pornograficzne dzieci
malują swych rodziców idących do ślubu z wiankami
już tylko na głowach.
Nasza era nie dożyje złotego wieku,
więc czemu straszycie mnie bombą atomową
bezradną wobec skurwysynów?
Lepiej zostańmy tacy jak teraz,
nie budźmy się, bo ujrzymy,
że wszystko minęło.

Czytam list Katarzyny Mansfield do męża.
„Mentona, 1 kwietnia 1920.
Stała się wczoraj straszna rzecz. Tydzień temu zauważono młodą kobietę, która włóczyła się wśród drzew na Cap Martin i płakała — przez cały dzień. N i k t d o n i e j n i e p r z e m ó w i ł. O zmierzchu mały chłopiec posłyszał wołanie o pomoc. Kobieta była w morzu o jakieś piętnaście stóp od brzegu. Zanim chłopiec zdążył kogo zawiadomić, zrobiło się ciemno i kobieta znikła. Na brzegu leżała jej portmonetka i żakiet, w którym było pięć franków, chusteczka i powrotny bilet do Nicei — więcej nic. Wczoraj morze wyrzuciło ciało naprzeciwko naszej willi. Fale toczyły je, a ludzie czekali, aż je wyrzucą na brzeg. Całe ubranie kobiety — prócz gorsetu — znikło. Znikły także ręce i nogi, a włosy okręcone były ciasno wokół głowy i twarzy — ciemne kasztanowe włosy. Kobieta nie należy do nikogo, nikt się o nią nie upomina. Dziś pewnie ją pochowają".*

Nie pragnę eliksiru długowieczności, pragnę tylko
eliksiru dzieciństwa, by pozbyć się wspomnień,
wśród których jestem jak bezręki w miejscu,
gdzie roi się od much.
Mogłabym też uciec do Azji, w krainę
łagodnie uśmiechniętego Buddy (kimkolwiek On jest)
i nieośnieżonych miast, gdzie ciepłe deszcze
milionami kropel zmywają piasek z oczu,
a sól z pękających warg; lub do dzikiego parku,
w którym zarastają kwiatami ścieżki naszych pustyń,
gdy już wypędzono nas z dworskiego ogrodu
naszych marzeń.
Spytałabym Mumtaz Mahal (imię to znaczy: Ozdoba Pałacu)
jak się zostaje Ozdobą Świata, i o sposób
na prywatne niebo ze szlachetnych głazów,
zwane Pałacem Koronowanej, u stóp którego modlą się
wszyscy ludzie, kimkolwiek są.
Tylko tyle.
Nie należę już do nikogo; nikt się o mnie nie upomina
prócz maleńkiej harmonijki w zębach Śmierci.

---

* — Tłum. Marii Godlewskiej.

Pisałam: *„Wyschły źródła i uwiędły róże.*
Pachnie śmiercią. Zbliża się twój dzień.
Jak posążki Buddy puchną gruszki.
*Mgła błękitna jezioro wysysa"**.
Prawie wcale nie mam tremy — *„Umieranie*
to sztuka jak wszystkie inne.
*Jestem w niej mistrzem"***.

Najpiękniejsze przeżycie po śmierci
mają Parsowie (indyjska sekta wyznawców Zaratustry).
Gdybym należała do nich,
położyliby mnie na szczycie Wieży Milczenia
obmytą w urynie wołu,
odzianą w białą tunikę duali,
oczyszczoną z wszelkich trosk tego świata.
Duch opiekuńczy Izedom otwarłby ramiona
widząc mnie gotową do wieczności.
Wybieram wieżę na wzgórzu Malabar
w Bombaju, kamienną, w kolorze ochry,
choć ptaki są wszędzie identyczne.
Leżałabym tak długo, aż rozdziobałyby mnie do końca,
wedle zwyczaju Parsów, ciało bowiem nie może
kalać żywiołów — ani ziemi,
ani ognia, ani powietrza, ani wody —
— tako rzecze Zaratustra.
Moje myśli są coraz bardziej spójne,
jakbym zamieniała się w logicznego samca
— jest już blisko. I to mnie przeraża,
że nie będąc kobietą Parsów, nie będę krążyła nad światem
w duszach ptaków, które wchłonęły moje ciało.

Kiedyś odnajdą ten zewłok inni barbarzyńcy i stanę się
młodziutką królową z azjatyckiego kraju Loulan,
który zniknął przed dwoma tysiącami lat
wraz z jeziorem Łob–nor.

---

* — Pierwsza zwrotka wiersza Sylvii Plath „Dworski ogród", tłum. Ewy Fiszer.
** — Z wiersza Sylvii Plath „Lady Łazarz".

Miasto zasypał piasek pustyni,
a jezioro przeniosło się gdzie indziej.
Pozostało tylko wzgórze ze słupem grobowym,
które dostrzegł szwedzki podróżnik Hedin
w roku tysiąc dziewięćset dwudziestym siódmym
i odkopał mnie spod skamieliny.
Leżałam spokojnie, jak wówczas,
gdy wzięłam do ust źdźbło trującego ziela
i ułożyłam się do snu,
by przez dwa tysiące lat czekać na przebudzenie
ręką człowieka z krainy śniegów.
„Kruche płótno rozsypywało się przy lekkim dotknięciu. Odsłoniliśmy głowę i ujrzeliśmy bezgranicznie piękną władczynię pustyni, królową Loulanu i Łob–nor. Kochające ręce owinęły jej wcześnie zgasłe ciało w kir i zakopały na wzgórzu. Skóra jej twarzy była twarda jak pergamin, lecz rysy nie uległy zmianie przez tysiąclecia. Leżała z zamkniętymi powiekami, a wokół warg błąkał się uśmiech pełen tajemniczego czaru. Na pewno kochała i była kochana, i może umarła z powodu smutków, które przynosi miłość".*

---

* — Fragment relacji Svena Hedina.

WYSPA 18

SEZAM (KALIFAT BAGDADZKI)

AWICENNA (IBN SINA)

DOWÓD PRAWDY

„Dziełem Awicenny (Ibn Siny) jest rozjaśnienie mroków średniowiecza promieniami prawdziwej wiedzy, opartej na rozumie i doświadczeniu. Toteż nie darmo Wschód nadał Ibn Sinie, pomiędzy wielu innymi przydomkami, również zaszczytny przydomek Hudżdżat al–Hakk, to znaczy: Dowód Prawdy".

(Adrian Czermiński, „Awicenna").

Niepojęte są otchłanie wyroków Allaha, który w łaskawości swojej bydlęciu tak głupiemu jak baran ofiarował tyle tłuszczu, że nim cztery dymiące czosnkowym sosem półmiski napełnić można, który na grzbiecie wielbłąda garb zasadził, duszę zaś jedynie w piersi mężczyzny, a człekowi tak nędznemu jak ten, który przed nami siedzi i który nie potrafiłby odróżnić monety fałszywej od prawdziwej, tyle kropel mądrości wstrzyknął pod czaszkę, ile pereł w skarbie kalifa, a wrzodów na ciele trędowatego...

Tak oto myślał sobie czcigodny Jusuff, handlarz korzenny z Wielkiego Bazaru, patrząc na człowieka z brodą siwiejącą z wolna niby kości padłego wśród piasków pielgrzyma. Człek ten siedział na wyłysiałym od starości dywanie i czekał, aż przemówi delegacja, którą wysłali doń kupcy Sezamu.

Pięciu ich było, sam kwiat kupiectwa. Przewodził im rzeczony Jusuff, syn Naruza i jeszcze jednego piekarza ze starej dzielnicy (obu ich bowiem miłowała szlachetna jego matka), którego kram słynął wagami tak pojętnymi, że same baczyły, by kupujący nie odszedł w mniemaniu, iż czcigodnego Jusuffa poraziło słońce, przez co rzetelną zdarzyło mu się odważyć miarę.

Drugim był Hakim, handlujący suknem u Wschodniej bramy, mąż jednoręki, któremu natura kalectwo taką wynagrodziła zręcznością, że mu się w palcach każdy łokieć jedwabiu kurczył niby daktyl suszony w samo południe.

Trzecim Hassan o spokojnych oczach zdechłego aligatora, który handlował wszelakim jucznym bydlęciem, tak to sprawnie czyniąc, iż żadne nie padło zanim on nie sprawdził monet płacącego dwoma zielonymi zębami, nie tak pięknymi jako dwa szmaragdy, wszelako przez swą samotność dostojnymi wielce.

Czwartym Ibrahim, sprzedawca nadobnych dziewic z całego świata, których niewinność zaprzysięgał na wonną brodę Proroka tym głośniej, im bardziej która popsowaną była.

Piątym zaś uczony Nessim, wynalazca leku, którym uwalniał od wszystkich chorób tak skutecznie, że mu grabarze co tydzień większy do kieszeni wtykali bakszysz, słusznie mniemając, iż niewdzięczność szkaradną jest cechą, godną giaura albo li też odaliski, która począwszy z eunuchem sama się nie obwiesza, pana swego obarczając trudem wymierzania sprawiedliwości.

Przestąpili próg domu mędrca kiedy muezzin z najwyższego minaretu w mieście począł zawodzić: „*Allah i nikt tylko Allah!*”, przewiercając głosem wszystko, nawet najgrubsze mury. Padli na ziemię i mruczeli pod nosem pacierze (do złudzenia przypominające rachunki), ukradkiem zaś spoglądali na gospodarza, lecz nie po temu tylko, iż był głuchy na wezwanie do modłów, o czym mogliby donieść komu trzeba, ale z tą ciekawością, z jaką się obserwuje łysą małpę, ciekawym jest bowiem człowiek, z którego Bóg czyni zbiornik mądrości sławny w całym kalifacie, a on ucieka jak głupi przed Mahmudem z Gazny (władcą połowy świata i dwóch piątych części księżyca, gdyż reszta należała do kalifa), miast zawitać na jego dwór po zaszczyty słodkie jak bakalie. Krótko się wszakże dziwili, milczenie bowiem — co żadnemu nie było obcym — bezpłodne jest zgoła jako zużyte nadmiernie dziewice, którymi kupczy Ibrahim, rzekli więc na powitanie:

— Bóg jest jeden!

— Czy niczego nowego nie dowiedzieliście się i tylko z tym przybywacie? — zapytał ich mędrzec.

Czcigodny Jusuff (syn Naruza i jeszcze jednego piekarza) postąpił dwa kroki ku siedzącemu i z bliska go swoim lepkim umazawszy wzrokiem, wszedł na kwiecistą łąkę, pełną słów, które pachną rajsko, a nic nie kosztują:

— Mistrzu! Mądrość twoja głośna jest we wszystkich krańcach świata zamieszkanych przez wiernych, Allah zaś budząc się, dzień każdy rozpoczyna rzuceniem świetlistego spojrzenia w twoją stronę i wskazując cię Prorokowi mówi: Patrz, oto ten, którego nakarmiłem największym skarbem, jakim jest rozum niezmierzony i tego ukochałem najbardziej z synów moich!

To mówiąc pochylił lekko głowę, która to forma wyrażania szacunku za najlepszą uchodzi, pozwala bowiem ukryć mówiące prawdę oczy (zasię to tłumaczy, czemu większość ludzi ciągle czegoś wypatruje pod stopami). Nim ją podniósł, mędrzec odrzekł mu z powagą, która uśmiechała się drwiąco w głębi swej duszy:

— Mowa twoja błyszczy jako rękojeść jataganu emira, z czego widać, że pragniecie ode mnie tyle, ile ważą złoto i drogie kamienie, którymi ją wyłożono.

— Skądże znowu, mistrzu, pragniemy tylko, byś nam sprzedał kilka słów, tanich zgoła jako woda z rzeki...

— Słusznie mówisz, albowiem słowa tanie są, tańsze od wody z Eufratu, która o bogactwie wielu pól stanowi. Jakich słów potrzebujecie?

— Kilka słów rady, o najmądrzejszy.

— Tedy omyliłeś się, myśl bowiem jest droższa od złota, a bywa i taka, że żadnej na nią nie znajdzie się ceny.

Tak oto można by zacząć przypowieść o człowieku, co się nie kłaniał rozkazom i zwyciężył każdą głupotę prócz własnej, której człowiek nigdy nie pokona i dlatego jest człowiekiem, a nie bogiem.

Poznałem go przypadkowo, w ostatnim dniu roku szkolnego, kiedy prymusom wręcza się nagrody. Kolega Zenek, któremu dawałem ściągać, aby nie składał na mnie donosów równie często jak na innych, otrzymał w nagrodę za ogólnopaństwowe zasługi swego ojca książkę z pochlebnym wpisem dyrektora, kuratora i wychowawcy. Wszyscy oni pragnęli, by na tych wpisach zaczepiło się oko mocarnego tatusia, ale się przeliczyli, bo Zenek nie lubił drukowanego i nawet nie doniósł książki do domu — wymienił ją na nie ostemplowany „*Afganistan*" i dwa trójkąty środkowoamerykańskie z mojego klaseru. Książka, autorstwa A. Czermińskiego, nosiła tajemniczy tytuł „Awicenna". Był tok 1955.

Nie byłoby tej książki, a zatem i Awicenny w moim dziecinnym pokoju, gdyby trzy lata wcześniej nie przypadło tysiąclecie jego narodzin. Uczczono je godnie w całym naszym obozie, biorąc przykład z wystaw rocznicowych w Leningradzie i Stalinabadzie, sympozjów oraz nowych portretów i biografii geniusza w jego ojczystych republikach. Polscy uczeni wypełnili swój internacjonalistyczny obowiązek sesją naukową, która zaowocowała kilkoma monografiami. Książka Czermińskiego stanowiła młodzieżową wersję tych rozpraw i zaczynała się od twierdzenia, że „*narody będą nadal kroczyć naprzód drogą, u której kresu rozprasza się ciemność i świta zorza przyszłości opartej na zaufaniu i pokoju*", oraz od pouczenia, jak mamy patrzeć na Awicennę: „*W jego patriotyzmie widzimy hasła, o które dziś także walczymy*".

Od tej pory jedną z bezludnych wysp w moich snach zamieszkiwał człowiek, który urodził się w 370 roku Hidżry* i zmarł 57 lat później, a którego przezwano „*szajch ar–rais*"**: Abu Ali al–Husajn Ibn Abdallah Ibn Sina, w Europie znany jako Awicenna.

Gdy po latach zacząłem pisać „Wyspy bezludne" i doszedłem do tej, mój kumpel, Jarek Chlebowski, spytał:

— Co chcesz o nim powiedzieć?

— Prawdę.

— Prawdę?... — uśmiechnął się — ... powiedz mi ją.

Powiedziałem mu. Lecz nie była to jeszcze prawda, którą znam dzisiaj i którą można opowiedzieć w jeden tylko sposób, przywdziewając czapkę błazna i naśladując parodystów Szeherezady, albowiem „*prawda jest kwestią formy*" (jak słusznie zauważył Wilde), a forma winna wypływać z treści. Tutaj narzuca ją finał wydarzeń, których początek nie jest aż tak ważny. Na początku mogło być odwrotnie — to on mógł przyjść do nich, zaproszony na wieczerzę, gdy z najwyższego minaretu w mieście rozległ się przenikliwy śpiew: „*Allah i nikt tylko Allah!*".

Poprosił natenczas:

— Zamknijcie okna i drzwi, bo o niestrawność przyprawi mnie ten wrzeszczący głupiec!

Trwogą przejęły ich słowa heretyka wyklętego przez mułłów w wielu miastach kalifatu, udali wszakże, że ich nie słyszą, człowiek bowiem udać może wszystko, jeśli tylko ma w tym interes, tym łatwiej zaś to czyni, im częściej w życiu swoim udawał bez potrzeby.

— Zamknij okno i drzwi — nakazał Jusuff słudze — przeciąg jest nieznośny, a wiatr wrzuca piasek do komnat!

— Zaiste piaskiem sypanym w ucho Boga są te krzyki — dodał mędrzec, nie ustając w jedzeniu — głuszą one bowiem skargę przeciw możnym, którą biedacy posyłają do nieba. Prędzej mógłby Allah osuszyć morze niźli ludzkie łzy, które są nektarem szejtana.

Mówiąc to żuł bez ustanku, budząc tym zdumienie większe od strachu, jaki bluźnierstwa jego budziły w sercach kupców (nie Allaha się obawiali, lecz szpiegów emira, którzy i wśród służby mogli się znajdować). Taki był chudy, że mu nawet nie można było życzyć: „*oby ci mięso odpadło od kości!*", a mieścił w sobie wszystko niczym jezioro, które pomieści wody każdej wpadającej do niego rzeki. Oni jednak nie żałowa-

---

* — 980 rok naszej ery.

** — Książę uczonych, mistrz naczelny.

li mu niczego, mniemając, że jeśli ciała nabierze, tedy i w mózgu przybędzie mu na wadze jeszcze bardziej. Długo trwało nim opróżnił wazy i półmiski, wypalił dwie fajki i rzekł:

— Hojność wasza jest wielka i zaprawdę sam emir nie nakarmiłby mnie wspanialej, albowiem rozkosz raju nie może być tak słodką jak wasze konfitury, kawa, którą mnie napoiliście, przypomina rosę, co o poranku spada na róże, dziecko zaś nie odrywa ust od piersi matki z takim żalem, z jakim ja tę fajkę od warg...

— Zawstydzasz nas, o najmądrzejszy — przerwali mu skromnie.

On zaś ciągnął dalej:

— Niech wam za to wszystko Allah da moc szczęścia, a najprzód zdrowia i siły, abyście mogli solidnie wybatożyć pośladki swym sługom, którzy mieszają oliwę z nieczystościami udającymi konfitury, do kawy dodają palone zboże, do fajki zaś wkładają wielbłądzie łajno i siekane włosy! Uczyńcie to kiedy odejdę, uszy moje bowiem delikatne są i nie znoszą wrzasku, teraz zaś powiedzcie, co was trapi.

W tejże chwili wszyscy oni ryknęli głośniej niźli ryczy stado osłów napadniętych przez szerszenie i przekrzykując się wzajemnie ciskali brzydko pachnące słowa na głowy czterdziestu zbójów czatujących gdzieś w głębi pustyni, życząc im wszystkich chorób Ziemi, a trądu najprędzej, trwałym bowiem jest i niełatwo się do niego przyzwyczaić.

— Gnębią was — domyślił się Ibn Sina, bystrze bowiem pojął, że jeśli ludzie przeklinają ludzi, to mają ku temu powód.

— Żadnej nie przepuszczą karawany te psy nieczyste, a muła z bukłakiem, który miast wody ukrywa perły, dojrzą wzrokiem ścierwojada kołującego pod chmurami i widzącego nawet mysz żerującą w kępie trawy! — wyseplenił Ibrahim, zaciskając pięści. — Ratuj, bo uczynili z nas nędzarzy!

— Zatem pożyczyliście pierścienie, które mnie oślepiają, przez co łachmany wasze biorę za złotogłów, a odciski mylę z rubinami. Czym zaś opłacicie skuteczną radę?

— Oddamy ci dwadzieścia cztery ostatnie cekiny, jakie nam zostały, tylko pomóż, albowiem straszne jest nieszczęście, które nas dotknęło!

— Wasze nieszczęście jest niczym ziarnko piasku — wzruszył ramionami mędrzec.

— Nie ważysz słów, które rzucasz przed siebie! — spiorunował go Hakim. — Czy może być małe nieszczęście bogacza? Czy bogacz to jest żebrak albo niewolnik?

— Tyś rzekł! Ja zaś wam mówię, że nieszczęście nigdy nie jest wielkie, jeśli można znaleźć na nie radę. Czemu nie poszliście do emira, by wysłał przeciw zbójom żołnierzy?

— Emir posłał swe wojska na wojnę z Hamdanem, ostawiwszy jeno straż na murach — wyjaśnił mu Nessim.

— Tedy jednej już tylko nie pojmuję rzeczy: czemu nie wydaliście mnie zbójom? Wszak to są psy Mahmuda z Gazny, które puścił za mną, ja zaś uciekałem przed nimi na koniu szybszym od śmierci, aż znalazłem schronienie w murach Sezamu. Mają rozkaz tyrana, co rzecze: Jam jest, przed którym drżą góry, a burza czołga się jak pies!

— Rozkazy martwych lżej ważą niźli trzos bankruta — mruknął Hassan. — Mahmud nie żyje od szesnastu już dni!

Ibn Sina spojrzał nań otwartymi szeroko oczami i westchnął z ulgą, z jaką człowiek dostrzega światło na krańcu długiego lochu:

— Oto czemu w pospolitych zamienili się zbójów, dla których nic wart nie jestem, zasię wy nie zdążyliście mnie sprzedać!

— Krzywdzisz nas, nigdy bowiem nie myśleliśmy o tym! — obruszył się Jusuff z niewinnością córki, która przyłapana przez ojca na igraszkach z woziwodą zapewnia, że wprawiała się z nim jedynie w liczeniu gwiazd.

— Myślałby kto, Jusuffie, że jesteś kłamcą i psim synem, ty jednak jesteś wiernym wyznawcą Allaha i wiesz, że przed jego gniewem prawdą się tylko można zasłonić, kłamstwo zaś jest to puklerz z koziej uczyniony skóry, która nie wytrzyma cięcia miecza ani nawet nie osłoni ciała przed batogiem — rzekł Ibn Sina, patrząc tamtemu w twarz. — Nie trzęś się więc niczym dromader, co pragnie upaść, lecz wielki strach przed biczem wciąż prostuje mu nogi, ja ci wierzę. Prorok mówił, że prawdę wynagradzać przystoi, ona jest bowiem balsamem jego duszy, tedy nagroda was nie minie. Będzie nią rada, którą poszukam w umyśle moim, co jest starszy ode mnie i pamięta narodziny pierwszych gwiazd. Przyjdźcie jutro do mego domu.

Prawda — cóż to za dziwne zwierzę, odmienia się niczym salamandra.

— Powiedz mi prawdę — uśmiechają się oczy Chlebowskiego.

— Powiedz mu prawdę — zgadza się Awicenna. — Przez setki nocy szukałem prawdy, świecąc sobie sercem jak latarnią. Powiedz mu.

Powiedziałem mu tę prawdę, którą znałem wówczas. Mówiłem, że w piątym roku życia Awicenna czytał uczone księgi, w dziesiątym znał Koran na pamięć i pokonał swego nauczyciela w dyspucie, w siedemnastym zaś uleczył emira Buchary, czego nie potrafili inni lekarze Wschodu. Pozwolono mu za to korzystać z biblioteki Samanidów, zawierającej wszystkie dzieła mędrców Azji i Europy. „*Przeczytałem je* — wspominał — *i posiadłem stopień wiedzy każdego autora w jego dziedzinie*". Gdy biblioteka spłonęła — zazdrośnicy krzyczeli, że on ją podpalił, by niepodzielnie posiadać całą zgromadzoną tam wiedzę.

Mówiłem, że Awicenna to geniusz równie czczony na Wschodzie i na Zachodzie. Lekarz, który odkrył higienę, stres, bakterie, zaraźliwość chorób i terapie stosowane do dzisiaj (np. sport i psychoterapię), zrywając z przesądami medycyny europejskiej i arabskiej („*Czy wypijesz napar miętowy z zaklęciami czy bez, podziała on tak samo*"). Filozof, który przywrócił wartość prawdziwemu rozumowaniu, odrzucając bezpłodne spekulacje na drodze do prawdy. Uczony (geolog, mineralog, astronom, optyk, lingwista, logik, encyklopedysta, historyk muzyki etc.), który wyprzedził Leonarda, Leibniza i spółkę, uświęcając doświadczenie (dokonywał potajemnych sekcji zwłok), przeciwstawiając fatalizmowi naturalne prawo przyczynowości oraz zwalczając pseudonaukę (alchemię i astrologię). Geograf, który pierwszy stwierdził, że niektóre masywy górskie były niegdyś dnami mórz. Libertyn, który drwił z dogmatów, twierdząc, że świat nie został stworzony z nicości wolą Boga, lecz powstał z materii, która jest odwieczna („*Niewiara taka jak moja — to niełatwa rzecz*"). „*Jakobin*" islamu, pragnący powszechnej sprawiedliwości i równości, leczący biedaków za darmo i rozdający im swoje mienie.

Mówiłem o tym, że był samotny jak każdy geniusz i znienawidzony przez ortodoksyjny kler muzułmański. Tylko mądrość, dzięki której zyskał rozgłos „*czarownika*", pozwoliła mu uniknąć okrutnej śmierci. Wciąż inkryminowany — był Guliwerem pośród Juhasów i Liliputów, i stosują się do niego słowa Swifta: „*Głupcy bywają dla siebie nawzajem pobłażliwi, ale jeśli pojawi się człowiek o rzeczywistym talencie i rozumie, natychmiast powstają przeciw niemu i jeśli nie mogą ściągnąć go w dół, to przynajmniej próbują oczernić jego charakter, zamordować reputację*". Wygłosiłem czterowiersz Awicenny w moim własnym przekładzie, dokonanym z rosyjskiego tłumaczenia oryginału:

„Wśród osłów osłem bądź i ukryj swe serce.
Zapytaj głupca — odpowie, że mądry jest wielce.
Ten zaś, co oślich uszu wcale nie posiada,
We wszystkim heretykiem jest dla osłów stada".

Mówiłem dalej, że musiał ciągle uciekać, zmieniał miejsca pobytu i przywdziewał różne maski (najchętniej ubogiego derwisza). Przez wiele lat ścigało go czterdziestu zbirów Mahmuda z Gazny, o którym Czermiński pisze:

„*Państwo Mahmuda, stworzone z podbojów i tyranii, sięgało od Buchary i Kaukazu po Indie, a władzę jego wspierał ortodoksyjny kler muzułmański, tępiący postępową sektę izmailitów (należał do niej ojciec Ibn Siny), którzy głosili, że wszyscy ludzie bez względu na swoje pochodzenie społeczne są sobie równi. Strojąc się w szaty protektora kultury,*

Mahmud otaczał się uczonymi i artystami, których zmuszał do przebywania na swym dworze. Wymagał od nich bezwzględnej uległości; opornych, którzy nie chcieli być pochlebcami i fałszerzami historii, więził i katował w głębokich lochach afgańskich twierdz. Sławny na cały świat poeta perski Firdausi, autor głośnego eposu «Szah–Name», napisał ostrą satyrę na Mahmuda, po czym musiał ratować się ucieczką. Wszyscy postępowi i niezależni uczeni i pisarze, którym udało się ujść przed Mahmudem z Gazny, musieli szukać schronienia u innych władców. Tak właśnie uczynił Ibn Sina, Mahmud zaś rozkazał czterdziestu gońcom ująć go...".

Mówiłem jeszcze o skromności Awicenny — skromności uczonego (jako mężczyzna pędził hulaszczy żywot i tym go sobie skrócił), której wyrazem są jego przedśmiertne słowa: „*Umieramy i zabieramy ze sobą tylko jedno: świadomość, że nie dowiedzieliśmy się niczego*".

— Powiedziałem ci prawdę — rzekłem do przyjaciela.

— Powiedziałeś mi mumię prawdy wyjętą z piramidy książek — odparł bez uśmiechu. — Znajdź żywego faraona.

Bezludna wyspa zrobiła się zupełnie bezludna, a ja od nowa zacząłem szukać Awicenny. Nie przyszedł jeszcze czas, bym ujrzał go siedzącego na wysokim tarasie domu i zamyślonego głęboko po tajemnym spotkaniu z jego towarzyszem w nienawiści do ludzkiej krzywdy i ziemskiej niesprawiedliwości, karmatą* Hamdanem. Spoglądał na miasto z białymi domami i ogrodami, gdzie czerwono gorzały pigwy, kwitły białe morwy i brzoskwinie okrywały się kwieciem, a zapach róż unosił się w powietrzu przesyconym kropelkami wody z fontann i śpiewem słowików. Z oddali dobiegł go przeciągły krzyk muezzina: „*Allah i nikt tylko Allah*!", budząc marzenie o bliskim dniu, kiedy te same z minaretów słowa głosić będą wolność darowaną miastu przez niego i przez brata Hamdana.

Kupcom przybyłym doń po radę oznajmił, iż zbójców trzeba wprowadzić do Sezamu, lecz nie dane mu było skończyć.

---

* — „*Karmaci, odłam szyickiej sekty izmailitów, zwolennicy wspólnoty mienia. Z karmatami związany był Awicenna*" („Wielka Encyklopedia PWN", 1965); „*Karmaci, radykalny i rewolucyjny ruch szyityzmu o tendencjach komunizujących. Doszedłszy do władzy stawali się równie nietolerancyjni jak sunnici*" (Jan Reychman, „Mahomet i świat muzułmański", 1960). Felix Klein–Franke pisał w „Die Welt" w 1986 roku: „*Karmaci pojawili się w 2 połowie IX wieku. Siłą swej nauki i oręża próbowali przygotować rewolucję, dysponując dobrze zorganizowanymi jednostkami wojskowymi. Nie szczędzili ludności okrucieństw wszelakiego rodzaju: plądrowali miasta, mordowali ich mieszkańców, napadali na karawany pielgrzymów. Symptomatyczne, że Abu Nidal, jeden z przywódców OWP, który przyznał się do krwawych zamachów na lotniskach Wiednia i Rzymu w 1985 roku, poczuwa się do duchowego pokrewieństwa z karmatami*".

— Allah Akbar! Oszalał ten człowiek! — krzyknął Ibrahim.

— Że też Prorok w pysk go nie trzaśnie! — wtórował Nessim.

— Czyś nie domyślił się, że tego właśnie nie chcemy?! — wrzasnął Jusuff. — Mądrego udajesz, a głupi jesteś zgoła jako kulawy struś!

— Kęsim! — syknął Hassan, chwytając za nóż. — Szejtan przez niego przemawia!

— Przestań z nas drwić, synu wieprza, bo każę z twojej skóry zrobić uprząż na wielbłąda! — poprosił go w końcu Hakim.

On zaś przeczekał tę burzę z obojętnością balwierza, któremu każda gęba do golenia równie jest paskudną, i splunąwszy na nich w głębi swej przepaścistej myśli, zwrócił się do Jusuffa tymi oto słowy:

— Szaleństwo omotało mózgi przyjaciół twoich, ty mnie jednak wysłuchasz, spostrzegłem bowiem, że masz rozum głęboki jako studnia, w której śpi mrok i opita wodą cisza, a słowa twoje pękate są od wielkiej mądrości, jak wymiona wielbłądzicy, które mleko rozsadza...

Jusuff (syn Naruza...), słuchając tego, na przemian przymykał skisłe oczy, potem je znowu szeroko otwierał, jak to czyni zdychający ze starości wielbłąd, dusza zaś jego, opromieniona szczęściem, wychynęła z plugawej czeluści piersi i zawisła na zdumionych rzęsach oczu, gdy Ibn Sina tłumaczył:

— Znajdę ich, opowiem, jak niewielu jest w mieście żołnierzy i wprowadzę nocą do Sezamu, obiecując wskazać wasze domy, by mogli je do szczętu obłupić...

— Allah Rossoullah! — jęknął Hakim.

— Stul pysk, czcigodny Hakimie! — szepnął mu Jusuff — mądrze bowiem poczyna mówić ten człowiek.

— ... wpierw jednak każę im ukryć się w domu, który zamkniemy na mocne żelaza, by z niego wyjść nie mogli. Tak oto wpadną w wasze ręce, potem zaś na mękach wyśpiewają, gdzie ukryli zagrabione skarby.

— Piękny to plan — ocenił sprawiedliwie Jusuff — wszelako nocą z rozkazu emira zawarte są bramy Sezamu i ten tylko, kto zna tajemne hasło, przekroczyć je może. Zali znasz te słowa, mistrzu?

— Nie znam ich, lecz czyż pieniądz nie jest emirem, a dwa pieniądze kalifem? Kupcie hasło od strażnika.

— Tego się zrobić nie da, bo hasło zna tylko dowódca straży, a to jest kretyn. Nie bierze bakszyszu ten wuj szakala, syn hieny, a wnuk poety, oby dżuma odebrała mu męskie siły, samum oślepił, a ciało gniło przez tysiąc i jedną noc!

— Tak się stanie — zapewnił ich Ibn Sina — darujcie mu tylko przyrodzenie, gdyż muszę was zapytać, która jest najpiękniejsza dziewica w całym mieście, co najsilniej wabi męskie zmysły, sen wam odbiera i wspomnieniem o sobie obrzydza wam żony wasze kiedy się dla was rozdziewają?

Odrzekł mu Hassan:

— Jest nią, mistrzu, tancerka Zora, którą nasz ukochany przyjaciel Ibrahim sprowadził z daleka i próbuje sprzedać za taką sumę, że sam Prorok nie może zgadnąć, czemu Allah nie wyrwał temu zdziercy jego zachłannego serca...

W tamtym (rzeczonym Ibrahimie) zapiekła się od razu wątroba i nieco się w nim rozlało żółci, lecz nawet uśmiechnął się owym uśmiechem, którym człowiek uśmiecha się gryząc w szale swoje dłonie, i pchnąwszy Hassana oczyma niby kindżałem, spytał słodko:

— Czemu mnie krzywdzisz, bracie mój? Popatrz na mnie i wiedz, że mógłbym ci jednym uderzeniem pięści wytłuc trzy razy po dziesięć zębów, ale nie uczynię tego, bo cię bardzo miłuję i życzę ci dwa razy więcej lat niźli najgorsza z twoich żon, które podobne są daktylom zżutym przez stado derwiszów i wyplutym na piach! Allah zresztą sam się z tobą porachuje za to, coś rzekł, i sprawi, że żołądek zgnije ci jak przeleżałe jajo strusia, bo to dziewczę, które ma piękność anioła, wstydliwość gazeli i które tańczy z bębenkiem niczym rajska hurysa, warte jest wszystkich skarbów Bagdadu i taniej nie mogę jej sprzedać!

Gdy oni tak wymieniali słowa przystojne mężom, którzy wiedzą co wiedzą, Ibn Sina ważył w umyśle swój pomysł, a w oczach miał wzgardę dla nich i w dobrej swej duszy z końskim porównywał ich nawozem. Wyczekawszy, aż zmęczą się rozmową, rzekł im:

— Piękną Zorę przywiedziecie do mnie na dni siedem i jeszcze siedem, ja zaś obiecuję wam, że nim trzeci tydzień minie, nie będą wam zagrażać złoczyńcy...

Ptak mądrości, który go nigdy nie opuszczał, przywiązany doń łańcuchem wiedzy, długim aż pod baldachim Przedwiecznego, nie zawiódł go i w tym dziele. Tuzin zaledwie razy odmienił się złoty księżyc, gdy piękniejsza od najpiękniejszego snu Zora, której dowiódł, że i filozof może być krzepki niczym poganiacz mułów, a dopiero potem kazał jej uwieść dowódcę straży, przyniosła hasło (niewiasta bowiem dobędzie czego zechce, choćby z dna piekieł albo li też z ust zmarłego):

— Sezamie — otwórz się!

Czytelniku, który pamiętasz to z dzieciństwa — wiedz, że długo szukałem owej prawdy i gdyby nie stary profesor, który zwiedził cały świat, zapewne nie poznałbym jej nigdy. Usłyszawszy, że mam kłopot z Awicenną, spytał, co wiem na temat Mahmuda, a kiedy powiedziałem o satrapie tyranizującym artystów i uczonych, roześmiał się i wskazał stojące na półkach tomy włoskiego historyka Cezarego Cantu:

— Cantu mówi coś przeciwnego. Nazywa Mahmuda Karolem Wielkim Wschodu, człowiekiem miłującym sztuki i krzewiącym sprawiedliwość. Przytacza historię skarżącego się przed Mahmudem wieśniaka, którego pewien nieznajomy wyrzucił z domu, by posiąść jego żonę. Mahmud poszedł tam nocą i w ciemności rozsiekał gwałciciela. Nie pozwolił sługom zapalić światła, gdyż przypuszczał, że bandytą jest jego syn, którego widokiem mógłby się wzruszyć i powstrzymać karzącą rękę.

— Jeśli był taki szlachetny, to czemu przeklął go największy poeta Wschodu?

— Philip Hitti, znawca islamu, pisze w „Dziejach Arabów", że Firdausi uczynił to dlatego, iż otrzymał nie dość pieniędzy za „Szach-Name".

— Więc poszło o pieniądze?!... A Ibn Sina?

— Ten był zwolennikiem karmatów, tak jak i jego ojciec, a karmaci walczyli z sunnickim ortodoksem z Gazny.

— Na Boga, któż ma rację, profesorze?

— Ci, którzy twierdzą, że prawda jest kwestią geografii, synu. Chciałem, byś to zrozumiał, zanim dam ci d o w ó d p r a w d y dla twego przyjaciela... Czy nigdy nie zastanowiła cię liczba gońców Mahmuda, którzy ścigali Awicennę? Nie było ich trzydziestu kilku ani czterdziestu kilku, lecz równo czterdziestu...

— Dlaczego miałbym się nad nią zastanawiać?

— Gdyż jest to liczba ze wschodniej baśni, nie pamiętasz?

W ułamku sekundy olśniło mnie i krzyknąłem:

— Ali-Baba!

— Przypomnij sobie jeszcze imię Ibn Siny.

— Ali!

— Voila tout!*. Ibn Sina, przybrawszy skórę kupca Ali-Baby, odnalazł obóz tych czterdziestu i skłonił ich do napadu na miasto, którego broniła słaba straż. Wprowadzeni do Sezamu niczym w bajce, wysiekli kolejno strażników i poczęli rabować. Z zamieszania skorzystali karmaci — rzucili się na pałac emira, zdobyli go i przechwycili władzę w Sezamie, dokładnie tak, jak ich szef, Hamdan, ułożył z Awicenną...

Zamieniłem się w słuch, a on opowiadał mi wygrzebaną gdzieś w Azji prawdziwą wersję baśni o Ali-Babie i czterdziestu rozbójnikach!

Któż z nas nie zna tej bajki? Należała do zachowanej tylko we fragmentach starodawnej redakcji „Tysiąca i jednej nocy" i nie została włączona do najpopularniejszego, tzw. zbioru egipskiego opowieści Szeherezady, a mimo to zyskała w Europie wielką popularność. Niestety —

---

* — Ot i wszystko!

w fałszywym kształcie. Świat roi się od bajarzy, którzy przekręcają baśnie, zakładając kapturki na głowy dziewczynek miast wilków, tak iż po kilku lub kilkudziesięciu pokoleniach klechda nie przypomina samej siebie.

Kiedy zasłyszaną treść powtórzyłem Chlebowskiemu, skinął głową:

— Powiedziałeś mi prawdę.

Teraz opowiem ją wam. Przychodźcie do mnie wszyscy, a dowiecie się, co jest prawdą! Wszyscy — wolni i skrzywdzeni, mądrzy i głupi, ślepi jak krety i wy, potomkowie jeszcze naiwniejszych, wszyscy do mnie! Przybywajcie, ludzie, bo w końcu kto wam to powie, jeśli nie ja? Przedstawiam wam jedyną prawdziwą wersję baśni o Ali–Babie i czterdziestu rozbójnikach. Jak pisał Lautréamont: „*Odepchnijcie od siebie niedowiarstwo — zrobicie mi przyjemność*".

Dowodem prawdy jest w tej powieści list Ibn Siny do jego przyjaciela, sławnego historyka Al–Biruniego, wysłany przez mędrca w 423 roku Hidżry z Isfahanu, gdzie był dostojnikiem na dworze emira Ala ad–Daula Abu Dżafara:

„Jeden jest Bóg, lecz wielu jest nieszczęśliwych, bracie mój, który stanowisz ozdobę swego stanu, a wielbłądy klękają przed tobą ochoczo, rozumiejąc, że poniosą słońce na grzbiecie. Pozdrawia cię po tysiąckroć najnieszczęśliwszy z ludzi, ty zaś, gdy wyjdziesz na brzeg morza i zamoczysz sandały, wiedz, że to przez łzy moje wylało morze tak szeroko, albowiem płaczę odkąd smutek pije moją krew. Dziwią się ludzie, skąd mam na czole zmarszczkę głęboką niby od cięcia mieczem, nie wiedząc, że ją zgryzota wykuła bezszelestnie w kamieniu duszy mojej. Dziwią się też, że ja, com spożywał obfitość wszelakiego jadła, dzisiaj, smutkiem znużony, jeść prawie przestałem i nie więcej jak dwa młode jagnięta, na węglach dobrze upieczone, oraz jednego drobnej postawy kura w misie ryżu na wieczerzę zjadam. Najwięcej dziwią się niewiasty, myśląc: «Męskość jego pożarł robak smętku, który mu w sercu siedzi», zwłaszcza bardzo szpetne, które żadnej ode mnie rozkoszy zaznać nie mogą. Emir, oby żył aż do zgonu, wielu lekarzy pytał o przyczynę mego smutku (więcej już tego nie uczyni, kazał ich bowiem obwiesić, a jednego, który mu rzekł, iż dopiero po mej śmierci rozezna sprawę, zakopał żywcem na cmentarzu, aby tam badał trupy), lecz nie dowiedział się niczego, a ja mu prawdy nie powiem. Zataiłem ją dla ciebie, umiłowany bracie, abyś mógł ją opisać na pożytek tych, co lubią tracić czas miast zajmować się czymś przynoszącym korzyści, jako to kupczenie drzewem sandałowym, szafranem i suknem, nikogo bowiem nie nauczyły nieszczęścia ojców i dziadów (oto czemu wszyscy się żenią, prócz Allaha, który nie jest głupi). Posłuchaj:

Wierni, których Prorok wita u niebieskich bram raju, takim nie ozdobią swych twarzy uśmiechem, z jakim ja zasypiałem po owym dniu, kiedy wraz z karmatą Hamdanem wyzwoliłem Sezam, przynosząc ludowi sprawiedliwość i szczęście. Obudził mnie nazajutrz ryk muezzina z najwyższego minaretu:

— Hamdan i nikt tylko Hamdan!

Pomyślawszy, że to sen dobry odmienił się w zły o świtaniu, jako czasami bywa, na drugi wywróciłem się bok, plecami do czarnej niewolnicy, której sapanie przeszkadzało mi wielce, lecz i drugim uchem te same złowiłem słowa:

— Hamdan i nikt tylko Hamdan!

Serce moje poczęło omdlewać niczym złoty puchar, który od gorzkiej pleśnieje trucizny, a gdy wybiegłem na balkon i ujrzałem co ujrzałem, dusza moja oparzyła się srodze. Na ulicach towarzysze Hamdana batogami uczyli ludzi jaką jest rozkoszą wolność, tudzież w jakiej postawie i jakimi należy wyrażać ją słowy, czterdziestu zaś zbójów, których onegdaj wprowadziłem do miasta (ani śniąc, że ich nazajutrz bohaterami zwać każą) wydawało komendy w imieniu wodza. Dostrzegłbyś wtedy, że mam oczy pełne krwi, jakby patrzyły na mnie wszystkie upiorne twarze wyzwolonych. Włosy mi się pod turbanem uniosły i przysięgam ci, że szaleństwo przeszło tak blisko mojej głowy, iż poczułem na twarzy gorący jego oddech. Sam bałem się oddychać głębiej, aby wraz z powietrzem nie wciągnąć do piersi słów skandowanych na cześć Hamdana, który się padyszachem i bliskim kuzynem Proroka ogłosił. Usiadłem i zamyśliłem się nad mądrością moją, czyniąc to bez pośpiechu, podobnie jak człowiek, co długo i cierpliwie żuje pestkę dyni, by ją na koniec wypluć z pogardą pod stopy. Ty jednak nie przeklnij mnie więcej jak trzy razy i słuchaj dalej.

O zmroku nawiedził mnie ukradkiem Hamdanowy sługa, którego dziecko ze śmiertelnej ongiś wyrwałem niemocy, i szepnął mi:

— Panie, drzwi twego domu naznaczono kredą, aby mogli je poznać bohaterowie, którym sułtan przykazał zmniejszyć liczbę żywych o ciebie nim księżyc dotknie iglicy najniższego minaretu.

Noc w turbanie z mgławic obsypanych gwiazdami zeszła już na ziemię niczym zadumany pielgrzym, któremu język wyrwano, iżby się nad potrzebę nie rozgadał, zdziwiłem się więc czemu dotąd nie przyszli.

— Albowiem ja ten sam kredowy znak na drzwiach wielu wypisałem domów, od czego zbóje pogłupieli i nie wiedzą, co czynić — odpowiedział mi ów karmata a człowiek szlachetny (co snadnie dowodzi, że i bezgarbny wielbłąd zdarzyć się może), zaczym dodał: — Prędzej albo później przyjdą tu, mistrzu, ukryj się w moim szałasie!

Podziękowałem mu i okrywszy twarz fałdami burnusa, wyszedłem z domu, podążając do pałacu Hamdana. Ciemność dawno zasiadła na obliczu nieba, a dookoła panowała cisza przepojona mrokiem, wciskając się w każdą szczelinę Sezamu, a potem do mojej piersi. W tej ciszy nabierały głosu wszystkie szelesty nocy, podobne do prochu przesypującego się w klepsydrze, usłyszałbyś nawet nóż wysuwający się z dłoni pijanego haszyszem zbrodniarza. Żołnierze stojący przed bramą pałacu obudzili się, a poznawszy mnie, pragnęli rozsiekać krzywymi szablami, lecz im powiedziałem, że jeśli się nie cofną, będę ich musiał zamienić w świnie, w co uwierzyli, mając mnie za czarownika, który wszystko może, i pobledli z wielkiego strachu, a ja przeszedłem, słysząc jak im serca tłuką się o zbroje niczym orły w żelaznych zamknięte klatkach.

Stanąwszy przed wejściem do komnaty Hamdana i ja uczułem strach rozlewający się po całym ciele. Starłem z czoła pot i zaczekałem, aż strach mnie opuści, a kiedy przestąpiłem próg, myśl moja stała się zimna jak stalowe ostrze z Damaszku, które ma błysk lodowatej śmierci, by się nie mogło zawahać szukając trzewi wroga.

Wszedłem do wielkiej sali, pośrodku której biła fontanna, a woń fiołków szła z niej naokoło, ledwie dostrzegalnym przędąc się pyłem. Dalej nieco leżały nagie odaliski, nie nazbyt jeszcze rozkwitłe, lecz miłych dla oka kształtów i powabne dosyć. Obok spoczywał sułtan na dziesięciu poduszkach i mlaskał lubieżnie, co głuszyło szelest strusich piór, którymi rzezańcy powiewali nad łysą jego głową. Spojrzał na mnie oczami nie tak czarnymi jak czarną jest dusza szejtana ani też sumienie nadzorcy niewolników, ja zaś rzekłem:

— Pokój z tobą, Hamdanie, przyszedłem cię pożegnać.

— Wyjeżdżasz? — zdziwił się, widząc mnie żywym. — Dlaczego?

— Przypomniałem sobie bowiem tego rabina, którego zapytano, czy wolność to jest dobrze, on zaś odrzekł: «Tak, to jest dobrze». Zapytano go tedy, czy równość to jest dobrze i on odpowiedział: «To też jest dobrze». Potem go spytano, czy braterstwo to jest dobrze, a on przytaknął: «To jest bardzo dobrze». Spytano go więc czy postęp i współzawodnictwo pracy to jest dobrze, i po raz czwarty on się zgodził, mówiąc: «To wszystko jest bardzo dobrze. Ale najlepiej jest wyjechać».

— Źle czynisz opuszczając naszą sprawiedliwą wspólnotę — rzekł mi sułtan, a ja mu odrzekłem:

— Twoja sprawiedliwość, ulubieńcze ludu, pożre się sama, niczym wściekły wąż, który połyka swój tułów od ogona. Pojmie to nawet człowiek z urodzenia głupi, którego w młodości mocno bito bambusem w ciemię, ty jednak nie bierz tych słów do siebie, wiesz wszakże, iż bardzo cię poważam i gdybym miał syna, chciałbym, aby był do ciebie podobny, chociaż niejeden by rzekł, iż woli, byś był już podobny do mego zmarłego ojca.

— Więc on z pewnością jest w raju! — rozmarzył się Hamdan.

— Rzekłeś — ojciec mój nie czynił ciemności w południe, jako ty czynisz. Ja ci wszakże życzę stu lat życia więcej od niego, albowiem gwiazdy, które Allah rozsypał po firmamencie tak szczodrze, jak ty rozdajesz razy batoga, powiedziały mi, iż żył będę tylko trzy doby krócej od ciebie, chcę zaś napisać księgę o tysiącu stronach, co mi zajmie trochę czasu. Gdybyś jednak zmęczony był już życiem, każ mnie zabić lub wtrącić do lochu, a za trzy dni wolnym będziesz od trosk i pogrzebią cię w ziemi, w której leży twoje serce, i zapomną cię szybciej niźli trwa kamienowanie złoczyńcy u Czarnego Głazu Kaaby, gwiazdy bowiem nigdy nie kłamią, a ja znam się na nich jak nikt na świecie, o czym dobrze wiesz.

Opuszczając Sezam z firmanem sułtańskim, który mi nietykalność zapewniał, wyglądałem, bracie mój, jak człowiek, który po wielu dniach ciężkiej choroby zwlókł się z łoża, by zobaczyć słońce i ożyć. Dotarłszy do Isfahanu, stałem się prawicą emira Ala ad–Dauli, którego tylko połowa duszy jest zła i okrutna, jak to się dzieje z duszami tych, którym Allah dał w ręce władzę, druga zasię pozostaje czysta i szlachetna, choć i na nią czasami siada demon podłości. Wiem jednak, że nie ma ludzi doskonałych, jeśli nie liczyć ciebie i Proroka, z którym obyś się rychło połączył, obaj bowiem stanowicie świetliste oczy Allaha, a póki ty po tej brudnej chodzisz ziemi, On jednooki jest, przez co dzieje się tak, a nie inaczej".

Tę samą prawdę o niedoskonałości człowieka ubrał „*książę uczonych*" w rymy:

> *„Po iluż drogach rozum mój wędrował,*
> *By zgłębić tajemnicę, wciąż szukał od nowa...*
> *I chociaż słońc tysiące w mej głowie się żarzy,*
> *Wzorca doskonałości znaleźć nie potrafił".*

Kiedy zacytowałem ów czterowiersz staremu profesorowi, skrzywił się:

— Cóż w tym oryginalnego? Egon Friedell już dawno zauważył, że tylko talenty są oryginalne, geniusze stale powtarzają te same prawdy. I stale popełniają te same błędy, a jeśli udaje się im dożyć klęski swych proroctw, wygłaszają gorzkie maksymy, które są plagiatami z pism poprzedników. Awicenna był geniuszem i człowiekiem naiwnym, czego dowiódł pomagając karmatom w Sezamie. Można być mądrym idiotą, to się nie kłóci, synu.

Zapewne. Nahum Goldman, przewodniczący Światowego Kongresu Żydów, tuż przed śmiercią powiedział w wywiadzie dla „Spiegla":

„— *Marks widział fakty fałszywie i był geniuszem. Chciałbym to wyrazić za pomocą pewnego dowcipu. Chasydzi opowiadają o cudach swego rabiego. Jeden z nich wychwala jego dalekowzroczność: «Ostatnio płakał i wołał: Lwów płonie!». Inny protestuje: «Właśnie przybywam ze Lwowa. Nic się tam nie paliło». Na to pierwszy: «To nieważne. Ważna jest tylko ta dalekowzroczność»*".

WYSPA 19

PITCAIRN (POLINEZJA)

JOHN ADAMS

SYNDROM ADAMSA

„Chęć, której wieki w ludziach nie wygaszą,
Nie poznać pana oprócz własnej chęci,
Te młode dusze do tych wysep nęci (...)
Gdzie każda grota jest domem swobody,
Każdy krok wolny — gdzie ogrodem niwy,
Gdzie cały naród jest dzieckiem przyrody,
Wesoły, wolny, dziki, lecz szczęśliwy (...)
Do owych wysep słonecznego świata,
Gdzie kobiet wdzięki równe żarom lata".

(Lord Byron, fragment poematu „Wyspa", poświęconego buntownikom z „Bounty", tłum. Adama Pajgerta)

W ścisłym rozumieniu SYNDROM ADAMSA (wszystkie prawa do nazwy zastrzeżone) oznacza zespół objawów chorobowych powodujących i wieńczących ucieczkę białego samca wyznania chrześcijańskiego w ramiona kolorowych samic wyznania pogańskiego*, inaczej: psychoanali-

* — W naszych czasach ilustracją tego zjawiska jest (nie licząc mnóstwa rozsianych po świecie burdeli z kolorowymi pensjonariuszkami) bardzo częste żenienie się znanych białych ludzi z kolorowymi kobietami (John Lennon i Yul Brynner z Japonkami, Julio Iglesias z Tahitanką, Klaus Kinski z Wietnamką; Marlon Brando, związany kolejno z Hinduską, Tahitanką i Japonką, rzekł: *„One są już od dzieciństwa wychowywane po to, by służyć mężczyźnie, rozpieszczać go i okazywać mu nieustannie swój podziw. Białe kobiety tego nie potrafią"*), a także masowy „import" młodziutkich kolorowych dziewcząt z Filipin do Australii (około 1200–2000 rocznie), gdzie stają się one *„gosposiami"*-nałożnicami lub nawet żonami (300–500 rocznie; dane z 1982 roku) starzejących się lub starych Australijczyków. Urzędnicy australijskiego Biura Imigracyjnego, nie mogąc zablokować tego handlu formalnie, próbują wyperswadować podobne związki zdziadziałym satyrom. Cytuję za „Far Eastern Economic Review":

„Na przykład jeden z urzędników rozmawiał z pewnym pomarszczonym prykiem o perspektywie ożenku z kolorową dziewiętnastolatką.

— Wie pan — ostrzegał urzędnik — od nadmiaru seksu można umrzeć.

Stary rozważał przez chwilę tę uwagę, a potem powiedział z rezygnacją:

— Cóż, jeśli będzie musiała umrzeć, to umrze".

tyczne bieguny tej ucieczki, z których drugi (faza końcowa SYNDROMU ADAMSA) można nazwać PARADOKSEM ADAMSA (wszystkie prawa...).

W szerszym rozumieniu SYNDROM ADAMSA oznacza zespół objawów chorobowych charakteryzujących ucieczkę białego mężczyzny ze świata rozwiniętej cywilizacji w świat egzotycznego raju kultur prymitywnych.

W najszerszym rozumieniu SYNDROM ADAMSA oznacza zespół objawów chorobowych wywołujących w mężczyźnie chęć ucieczki z układu, w którym tkwi — gdziekolwiek, na bardziej zieloną trawę po drugiej stronie płotu. Jest to przypadek najczęstszy, rodzaj zbiorowej psychozy gatunku.

Wszyscy mężczyźni cierpią w większym lub mniejszym stopniu na którąś z odmian SYNDROMU ADAMSA; stopień rozwoju intelektualnego nie ma tu nic do rzeczy. Reszta udaje mężczyzn.

W roku 1973 francuski minister kultury i sztuki, Druon, stwierdził w wywiadzie dla „Le Monde", że tylko kultura i wykształcenie czynią człowieka wolnym i pozwalają mu na *„smakowanie wzniosłej godności ludzkiej"*. Nieprawda. Po pierwsze: im wyższy stopień wykształcenia i uświadomienia kulturowego, tym jaśniej człowiek widzi, że jest marionetką podskakującą na targowisku próżności, taplającą się w gnoju komedii ludzkiej, współtworzącą folwark kanibali, i wreszcie wierzy już tylko w opinię Wattsa, że *„światem rządzi kosmiczny kretyn"*. Wtedy zaczyna myśleć o daniu nogi z tego błota. A po drugie jest coś, co Schopenhauer odkrył, Freud nazwał *„libidem"*, a Jung zaliczył do archetypów ludzkości: popęd seksualny, który gwiżdże na twoje wykształcenie i kulturę, zaś im bardziej ściskany gorsetem cywilizacji, tym wściekłej wyrywa się do raju. Można od tego nawet zwariować, co też jest odmianą ucieczki.

Linię startową wymalowano przed wiekami na brzegach Europy, z których ruszali ku południowemu słońcu nowi Argonauci, szukający Złotego Runa i ziemskiego Edenu. Zwierciadłem owej tęsknoty były rozliczne *„Utopie"*, prawie zawsze sytuowane na mitycznych wyspach szczęścia.

Źródła całej zabawy leżą w starożytności i charakteryzują się zadziwiającym, konsekwentnym podobieństwem form. Wszystkie ówczesne wyspy rajskie i szczęśliwe — od Wyspy Węża (w „Bajce o rozbitku morskim" na staroegipskim papirusie z sanktpetersburskiego Ermitażu, odczytanym sto lat temu przez prof. W. S. Goleniszczewa), poprzez opisane przez Diodora Sycylijskiego wyspy, które mieli odkryć żeglarze Euhemer (wyspa Panchai) i Jambulos (Wyspa Słońca), czy inne antyczne wyspy „literackie", zwane *„Szczęśliwymi"*, *„Złotymi"* lub *„Błogosławio-*

nymi" (np. Sokotra, co znaczy: Wyspa Szczęśliwa bądź Ziemia Dająca Szczęście), tudzież wyspy z „Przygód Sindbada Żeglarza" („*przypomina ona rajski ogród*") i z opowieści „Tysiąca i jednej nocy" (wyspa, którą odnalazł Bulukija, poszukiwacz magicznego pierścienia króla Sulejmana) — wszystkie one otrzymywały idealistyczne atrybuty ziemi obiecanej i wszystkie były przez autorów sytuowane na morzach południowych.

Renesans motywu nastąpił w XVII–wiecznej Europie. Gdy przyszły pierwsze relacje podróżnicze — w Szekspirowskiej „Burzy" (1611) pojawiła się egzotyczna wyspa, na której starożytne boginie udzielają błogosławieństwa miłości i radosnym pląsom mężczyzn z nimfami–najadami. W ćwierć wieku po „Burzy" kalabryjski mnich, Tomasz Campanella, zaprojektował komunistyczną utopię na wyspie Oceanu Indyjskiego („Miasto Słońca") i posunął się w marzeniach bardzo daleko jak na swój czas: „*Wspólnota kobiet weszła u nich* (u Solariuszy — przyp. W.Ł.) *w zwyczaj*". Brat Tomasz opiewał w swej wizji uroki pozbycia się pruderii seksualnej, wspólne ćwiczenia nago, wreszcie jędrną urodę Solariuszek („*Kobiety mają zdrowy kolor skóry, są postawne i zwinne*"), przeciwstawiając ją „*gnuśnemu wydelikaceniu*" i kiepskiej kondycji Europejek, które „*muszą się uciekać do różu i wysokich sandałów*". Jest także w „Civitas Solis" prorocza mowa o ogromnej w porównaniu z Europą higienie Solariuszek, co sobie jeszcze przypomnimy. Dla dowodzenia, które przeprowadzam, ważne jest, że w kontrcenzorskich parabolach Campanelli legendarne Złote Runo porastało łona egzotycznych dziewic o odmiennym kolorze skóry.

Wizja męskiego raju przybierała powoli właściwą formę, tylko trzeba go było jeszcze znaleźć na kuli ziemskiej, w sytuacji, gdy chrystianizm obiecywał niebiański raj bezpłciowy. Inne religie od dawna wykazywały lepszą znajomość „*libido*", nawet na posępnej północy: raj wikingów, Walhalla, gwarantował wojownikom pośmiertny odpoczynek w gorących uściskach walkirii. Dwie główne konkurentki chrześcijaństwa znalazły się równie dobrze: w jednym z rajów buddyjskich czekają słodkie nałożnice, zaś raj Allaha roi się wprost od czarnookich hurys, pragnących obdarować wiernego pieszczotami. Tymczasem raj chrześcijan dawał niejaką pewność, że w zaświatach spotka się tych samych szubrawców, co na Ziemi (jeśli tylko wyłudzą przed śmiercią rozgrzeszenie) oraz te same baby, które zatruły człekowi doczesny żywot, fruwające w białych pancerzach z anielskimi skrzydłami i trzymające ręce złożone do modłów.

Im bardziej emancypowały się (hardziały, bezczelniały i wymądrzały) kobiety Europy, tym bardziej znerwicowani stawali się mężczyźni. Z każdym stuleciem było gorzej, krzywa frustracji rosła wprost proporcjonalnie do wzrostu tęsknot za symbolem kobiety uległej, wschodnią niewolnicą (w dobie romantyzmu zaczadziła ona mózgi wszystkich, z artystami na czele). Nic, prócz metod Henryka VIII, nie stanowiło tarczy przeciw temu kataklizmowi, nawet najwyższa mądrość. W zasadzie Francis Bacon miał rację twierdząc, że „*knowledge is power*" (wiedza to siła), ale prawda ta niezmiennie zawodzi w przypadku odurzenia miłością: największy geniusz, zakochany z rozkazu swych cząsteczek DNA, którym nie sposób się oprzeć, traci całą siłę i staje się bezwolnym manekinem biologicznego zaprogramowania. Myśl nie nadąża wówczas za uczuciem wywołanym przez chytrą naturę — śmieje się ona z sonetów Petrarki i z przypisywania całej afery mięśniom pompującym krew w klatce piersiowej, a na widoku ma tylko prokreację. Najlepszej zabawy dostarcza jej spóźnione przerażenie elitarnego grona mężczyzn, owych arystokratów umysłu i ducha (według definicji Abrahama H. Maslowa: osobników o lepszej percepcji rzeczywistości, większej obiektywności, niezależności i otwartości na doświadczenia, silniejszej tożsamości i niepowtarzalności, o rozbudzonej twórczości, zdolności łączenia konkretu z abstrakcją, subtelności uczuć i demokratycznej strukturze charakteru), którzy zakochują się w nikczemnych idiotkach, amoralnych lalkach, w kobiecych demonach o wyobraźni sklepikarek z hrabiowskimi pretensjami, i którzy w swym zoologicznym zaślepieniu idealizują wszystko, co te kobiety otacza, choćby było mądre jak osioł Sancho Pansy i smaczne jak ocet siedmiu złodziei. Aż do spadnięcia różowej łuski z powiek i zaplątania się w kolejne sidła.

Synonimujący miłość z ginekologią Wielki Akuszer, Kościół, który wbrew naturalnym atawizmom uczynił kanon z monogamicznego małżeństwa i obłożył pożycie swych owieczek lawiną klątw i zakazów — odegrał tu rolę adwokata diabła. Narzucona przezeń etyka seksualna pozostawała w całkowitej opozycji do praw biologicznych, w następstwie czego nieuniknione grzechy ciążyły sumieniom, wywołując eskalację stresu. Wolni od tego byli tylko ateiści, ale przecież ateiści, choćby i mieli rację, to zbrodniarze: stawiając człowieka w obliczu śmierci bez żadnej nadziei na jakąkolwiek kontynuację, czynią zgon o wiele bardziej przerażającym niż on jest, jeśli bowiem śmierć oznacza absolutną ciemność, to... Ale o zbrodniarzach nie mówimy, dajmy im spokój.

Już w roku 1174, w Szampanii, tzw. Sąd Miłości po wnikliwej rozprawie orzekł, iż nad wszelką wątpliwość małżeństwo jest grobem miłości, lecz Kościół się tym nie przejął. Osiemset trzy lata później głośny francuski pisarz, Simenon, chwalił się w publicznej rozmowie z nie mniej głośnym reżyserem Fellinim, że miał dziesięć tysięcy kobiet, w tym osiem tysięcy prostytutek, i spuentował to jeszcze bardziej ponuro: „*Niestety, z powodu moich małżeństw nie mogłem przeżyć prawdziwych przygód*" („L'Express").

Miliardy mężczyzn w ciągu mijających wieków podobnie sumowało swoje losy, a tymczasem wciąż szukano na Ziemi raju, utraconego w życiu pośmiertnym za sprawą religii ignorującej seksualność człowieka. W roku 1606 portugalski żeglarz Queiros ujrzał na Pacyfiku obwarowaną koralowcami wyspę, którą nazwał Sagittaria, ale na której nie wylądował i do dzisiaj przewraca się w grobie, a duchy jego marynarzy dręczą jego ducha nieparlamentarnymi wymówkami. Przez następne półtora stulecia Europejczycy odkrywali coraz więcej tropikalnych wysp, które jednak z różnych przyczyn nie spełniały warunków Edenu. Dopiero gdy w czerwcu roku 1767 do wyspy odkrytej przez Queirosa podpłynęła brytyjska fregata „Dolphin", stał się cud...

Osada łodzi, którą wysłano na brzeg po słodką wodę, została przywitana bezprecedensowo: w równym szeregu, jak na paradzie, stały najpiękniejsze młode tubylki, a starszyzna zaproponowała marynarzom, by każdy wybrał sobie dziewczynę, co biali zgłodnialcy uczynili z entuzjazmem. Według uczestnika wyprawy, Georga Robertsona: „*w życiu nie oglądali powabniejszych stworzeń*". Toteż kiedy wrócili na statek i opowiedzieli kolegom, co im się przydarzyło, cała załoga dostała amoku, nawet chorzy raptownie ozdrowieli i pognali na brzeg. Rozpoczął się festiwal miłości, o jakim męska populacja Europy marzyła od czasu ochrzczenia starego kontynentu.

Zostaliby tam nie wiadomo jak długo, gdyby po pięciu tygodniach nie przybiegł do kapitana Wallisa przerażony cieśla okrętowy z meldunkiem, że jeszcze dzień–dwa tego szaleństwa i „Dolphin" rozpadnie się na kawałki. Majtkowie odwdzięczali się swym „*vahine*" (dziewczętom) czymś, co tubylcy najwyżej cenili: gwoździami. Kiedy zabrakło ich w magazynie, wyrywali ze ścian statku, który odtąd szybko zmierzał ku katastrofie.

W połowie 1768 roku „Dolphin" szczęśliwie powrócił do Anglii, przywożąc wieści o „*wyspie pięknej nad wszelkie wyobrażenie*" (Robertson) i o jej bajecznych mieszkankach. W dwieście z okładem lat później profesor Robert Langdon (Uniwersytet Canberra) stwierdził, że po tym, co kobiety z owej wyspy zrobiły z załogą Wallisa, „*Europa już nigdy nie mogła przyjść do siebie*".

Kolejną brytyjską wycieczkę na Pacyfik poprowadził przesławny James Cook. Naukowcy, oficerowie i marynarze jego okrętów wiedzieli już, co ich czeka, nie wiedzieli natomiast, że kiedy oni dopiero wyruszają, na rajskiej wyspie podbiera im miód „*banda żabojadów*" de Bougainville'a, którego statki zawinęły tam w kwietniu 1768. Francuzów również olśniło zgotowane im powitanie: do flagowej fregaty „La Boudeuse" podpłynęły pirogi z tubylcami, na pokład wbiegła prześliczna „*vahine*", zrzuciła swoje „*pareu*” (kolorowa opaska wokół bioder) i została tylko w „*tiare*” (naszyjnik z kwiatów), ze swobodą, z jaką europejskie panienki obnażają buziaki. Załoga skamieniała, wszyscy bali się poruszyć lub głośniej odetchnąć, z obawy, że cudowne zjawisko okaże się złudą i zniknie. Karnawał seksu zaczął się następnego dnia, gdy już wszyscy się uszczypnęli. Cytuję Bougainville'a: „*Czułem się, jakby mnie przeniesiono do ogrodów Raju (...) Wenus jest tutaj boginią gościnności (...) Pytam więc: jakim sposobem można tu utrzymać w ryzach czterystu młodych ludzi?*”.

Swoboda seksualna tubylców szokowała i zarazem fascynowała francuskich gości, którzy jednak nie przekroczyli barier swej kultury. Jeden z nich, Fesche, pisał: „*Chowaliśmy się, by zrobić rzecz równie naturalną jak ta, którą oni robili publicznie*”. Atoli najbardziej szokujące było uświadomienie sobie różnicy między mało apetycznymi, pruderyjnymi lub wyuzdanymi Europejkami, a tymi najadami, które nie używały barwiczek, korków, gorsetów, krzyków, kaprysów i kłamstw, seks zaś traktowały z radością i naturalnym wdziękiem, niczym zabawkę otrzymaną od bogów. I które — to też było sensacją — praktykowały optymalną higienę, myjąc się przed i po spaniu, przed i po każdym posiłku, podczas gdy Europejki zastępowały wodę perfumami kryjącymi nieświeży zapach, a przy stole te najlepiej urodzone tłukły robactwo ze swej fryzury złotymi młoteczkami na złotych kowadełkach. Gorzej urodzone żyły w okropnym brudzie. Nawet przyzwyczajeni do niechlujstwa marynarze i uczeni wyprawy Bougainville'a poczuli, jaką wspaniałą rzeczą jest piękna i czysta kobieta, która miłość fizyczną zamienia w czyste piękno. Francuska ekspedycja zabawiła na wyspie bardzo długo, ponad wszelkie plany.

Analogiczne wniebowstąpienia stały się udziałem kolejnych załóg: Cooka (1769 i 1774), Boenechea (1772) i innych, które wylądowały na wyspie. Brytyjczycy, z typową dla nich sztywnością, nazwali ją Wyspą Króla Jerzego III, a Francuzi, z równie typową lekkością, Nową Cyterą, w nawiązaniu do greckiej wyspy, będącej ośrodkiem kultu Afrodyty–Wenery (chirurg pokładowy Bougainville'a, Vivès: „*Piękno i łatwość zaznanego tu seksu sprawiła, że nazwaliśmy wyspę Nową Cyterą*”). Stąd długo utożsamiano ten „*kosz kwiatów na oceanie*” z boginią miłości Wenus, ale przyjęła się nazwa Tahiti od tubylczego Otaheite. W sumie jednak nie to było ważne, tylko fakt, że męski raj na Ziemi został znaleziony.

Dlaczego właśnie Tahiti? Bo wyspa ta odpowiadała wszystkim kryteriom raju. Inne egzotyczne zakątki świata trzeba było zdobywać biblią i mieczem, wszystkie stawiały jakiś opór, fizyczny lub mentalny — tylko ona poddała się jak zakochana kobieta. Nie trzeba tu było męczyć się pracą: w ciągu trwającego dwanaście miesięcy lata przyroda dostarczała wszystkiego, co potrzebne (owoców, zwierząt, ryb i materiału do budowy domów), wolna zaś była od drapieżników i żmij. Mieszkali tu ludzie prości, wierzący w boską siłę „*manaa*" i nie znający wielkiej filozofii, którą można streścić w kilku błyskotliwych zdaniach nie pomagających lepiej żyć. Mówili sobie ty i szanowali się, a jedynymi ich zbrodniami było uśmiercanie zwierząt oraz (zbrodnią w kategoriach europejskich) tradycyjne regulowanie przyrostu naturalnego uśmiercaniem nadwyżki noworodków, by utrzymać stan populacji nie grożący głodem. Za to wszystkie dzieci znajdowały się pod matczyną opieką całego plemienia i cieszyły się w tej mega–rodzinie taką miłością, jaką trudno było znaleźć w innym miejscu pod słońcem. Nie znano tu wyniszczających wojen i krwawej zemsty: gdy ludzie Bougainville'a zamordowali tubylca i kapitan skazał winowajców na rozstrzelanie, wyspiarze ze łzami w oczach wybłagali im łaskę. Cook, La Perouse i inni zostali zjedzeni przez tubylców na i n n y c h wyspach. Na Tahiti dzikość nie była barbarzyństwem, nagość bezwstydem, a grzech grzechem. Nie istniały tu choroby psychiczne i samobójstwa, życie jawiło się wieczną wiosną, a miłość kobiety i mężczyzny nie stanowiła towaru, na który nakłada się cenę, lecz coś tak naturalnego, jak zaspokajanie głodu i pragnienia.

To pogańskie wzgórze osobliwości wieńczyła uroda Tahitanek (podwładny Cooka, David Samwell, zaświadcza, iż widział na Tahiti „*wielką liczbę dziewcząt, których kształty wygrałyby konkurs ze wszystkimi kobietami świata*"). Ich swoboda seksualna nie miała nic z prostytucji, a wszystko z miłosnego sacrum — oddawały się w sposób absolutnie bezgrzeszny. Opowieść o tym, jak córka Karola Wielkiego wynosi rankiem swego kochanka z domu na własnych plecach, by nie zostawił śladów na śniegu, zabiłaby je śmiechem. Ludzi Wallisa, Bougainville'a i Cooka zabiłoby śmiechem zdanie nienawidzącego natury Baudelaire'a, iż „*kobieta naturalna — to znaczy odrażająca*".

Dla tych oprychów i prostaków, co kupowali miłość od sprzedajnych dziewek portowych lub zostawiali za sobą swe gderające, niedomyte baby w nędzy i tłoku przedmieścia, a także dla mężczyzn o wyższej kulturze, wiedzących z doświadczenia (bo przecież nie z literatury, gdyż współczesny im Walter Scott oszukiwał przedstawiając kobiety i dopiero Balzac odsłonił ich hipokryzję), że każda Europejka jest uczoną, kurwą, wariatką, dewotką, hermafrodytą lub wszystkim naraz — te złotoskóre, smukłe, zawsze uśmiechnięte syreny Pacyfiku były objawieniem i manną, a ich śpiew wabił z siłą elektromagnesu: coraz więcej Europejczyków uciekało od własnych kobiet i własnej cywilizacji, równie niestrawnej jak one. Rozpoczęła się epidemia SYNDROMU ADAMSA w tym jego wąskim znaczeniu, którego wcale nie ostatnim echem było kilka lat temu przerwanie kariery i wyjazd na jedną z wysp Oceanu Spokojnego Jacquesa Brela, króla śpiewanej poezji*.

Najgłośniejszym jest casus francuskiego geniusza postimpresjonizmu, Gauguina, który już w dzieciństwie, gdy go spytano kim chce zostać, odparł: „*marynarzem*", co nie oznaczało pływania, tylko ucieczkę, i było proroctwem. Ożenił się z miłości, a jakże, równie pechowo jak większość artystów, z przyziemną kwoką, która kompletnie nie rozumiała i nie chciała rozumieć jego sztuki ani jego samego. Takie kobiety celnie scharakteryzowała poetka Maryna Cwietajewa, pisząc o żonie Puszkina: „*Nie ma w Natalii nic złego, nic występnego, nic, czego by nie było w tysiącach takich jak ona. Zła żona? Nie gorsza od innych, takich samych. Po prostu piękna kobieta bez śladu intelektu, duszy, serca i talentu...*". Takie kobiety doprowadzają mężczyzn albo do przedwczesnej śmierci (vide tragedia Puszkina), albo do ucieczki (vide Gauguin). Przypomnijcie sobie to zdanie z „Celu istnienia księżyca" (motto do wyspy nr 2): „*Nazajutrz Paul Gauguin odciął się od żony i wyekspediował na Tahiti*". Na Tahiti panowała bogini księżyca, Hina. Odciął się od żony i od Europy, która jest klasyczną żoną, by zgłębić cel istnienia księżyca.

Początkowo chciał uciec na Madagaskar, ale szybko się zreflektował: „*Madagaskar jest jeszcze za blisko świata cywilizowanego*", i wybrał oczywiście Tahiti (z listu do przyjaciela: „*Mój wyjazd na Tahiti powinien stać się cudownym snem. Wreszcie ostatnią część mego żywota spędzę szczęśliwie*"). Dotarł tam w roku 1891 i malował jak nikt przed nim (oraz kochał jak wielu przed nim) Tahitanki, stwierdzając, że mają wielkie serca, nie są wyrachowane jak kobiety Europy i miłują bez fałszywego teatru uczuć. W 1893 przedstawił pędzlem nagą Tahitankę rozpartą w fotelu jak królowa na tronie — pokazał królową kobiet! Wreszcie krzyknął gromko w swym pamiętniku zatytułowanym „Noa Noa" (Nader wonna): „*To jest ta Wyspa Szczęścia! To jest ta Ziemia Rozkoszy! To jest właśnie prawdziwe życie!*". Krzyczał tak w końcu XIX wieku, gdy Tahiti, skażona europejską cywilizacją (chorobami wenerycznymi, prostytucją, alkoholizmem et consortes) była już cieniem wyspy pierwszych żeglarzy. Zaiste więc, musiała być prawdziwym rajem, skoro nawet jego cień wywoływał takie wzruszenia.

W XX wieku ten fenomen wciąż się bronił, czego jednym z przykładów angielski poeta Rupert Chawner Brooke, który uciekł na Tahiti w 1913 roku, by leczyć się z nieszczęśliwej miłości. Wyspa wprawiła go

---

* — W chwili, gdy to piszę, prasa („The Sunday Times") donosi o podjętej niedawno decyzji amerykańskiego milionera, A. M. Ratliffe'a Juniora, by na zawsze porzucić Amerykę i osiąść na wyspie Henderson (w pobliżu Tahiti i Pitcairn).

w zachwyt, a niebiańską lekarką okazała się „*vahine*" Taatemata, którą nazwał Mamuą w poemacie „Tiare–Tahiti":

> „*Gdy zamilknie śmiech, gdy nasze serca*
> *I białe i brązowe ciała*
> *U drzwi przyjaciół będą prochem*
> *I tchnieniem aromatu nocy,*
> *Wtedy, Mamua, właśnie wtedy*
> *Zacznie się nasza nieśmiertelność*"*.

Rok później... wrócił do Europy, by skończyć życie w jednej z tych wielkich wojen, które tak chętnie uprawiają biali ludzie. Gauguin zrobił to samo: podjął na swej „*Wyspie Szczęścia*" próbę... otrucia się arszenikiem, a kiedy przyszedł jego kres na jednej z małych wysp Pacyfiku, tubylcy znaleźli na sztalugach stojących obok łoża ze zmarłym jego ostatni obraz: malowany pod równikowym słońcem srebrzystoszary pejzaż „Wieś bretońska w śniegu"! To jest właśnie PARADOKS ADAMSA, faza końcowa SYNDROMU ADAMSA, którą Paul Valéry zawarł w maksymie: „*Szczęście jest najokrutniejszą bronią w rękach czasu*".

Dlaczego właśnie Adams? Na to pytanie mógłby odpowiedzieć tylko ten, który wybiera ludzi i wszystko inne, co ma się stać symbolem. Każdy umie nakręcić zegarek, ale tylko zegarmistrz zna mechanizm. Podejmując jakąś decyzję, tak jak Adams podjął decyzję o ucieczce, nakręcamy zegarek, do tego nie trzeba być Bogiem. Ale któż z nas wie, czy nakręca bombę zegarową, czy budzik, który tylko zadzwoni, gdy przyjdzie czas, czy zwykły cykacz, który stanie po rozwinięciu się całej sprężyny i zamilknie w objęciach śmierci? To wie tylko budowniczy zegarów. Nie należy pytać, dlaczego wybrał za swe narzędzie Adamsa. Z równym powodzeniem możemy dociekać motywów powołania pewnego rybaka z Galilei.

Pytanie: „Dlaczego właśnie Adams?" może też dotyczyć nazwiska, które tak upodobała sobie Opatrzność. Czyż na samym początku XVII wieku żeglarz William Adams z hrabstwa Kent nie był pierwszym Europejczykiem, który osiadł na stałe w Japonii i poślubił Japonkę, chociaż w angielskim domu zostawił żonę i dziecko? (spopularyzowały tę postać książka i serial TV pt. „Shogun"; historycy piszą, że japoński tyran nie chciał puścić Adamsa od siebie, należy jednak pamiętać, iż dał mu nieograniczoną swobodę żeglugi, a więc możliwość łatwej ucieczki, której tamten Adams nigdy nie podjął, bo już poznał smak japońskiej żony, a nie należał do idiotów). Adams — nazwisko wzięte od pierwszego

---

* — Tłum. Artura Międzyrzeckiego.

biblijnego człowieka, od prekursora, co tłumaczy, dlaczego właśnie Adams.

Nasz Adams, imieniem John, podjął swą decyzję z tych samych przyczyn, co inni. Był synem irlandzkiego latarnika. Rodzina i otoczenie dopiekły mu tak bardzo, że zostawił żonę i dzieci, i czmychnął na zawsze, zmieniając nazwisko na Aleksander Smith, by nie można go było odnaleźć. W ten sposób zerwał pierwszą linę kotwiczną.

Drugą zerwał zaciągając się do marynarki. Tylko ten, kto wie, co oznaczało wówczas być marynarzem, może ocenić jego determinację. Oznaczało to miesiące i lata tułaczki po bezmiarach, gdzie wiatry poczęte w odległej krainie wiecznych lodów lub w głębi palącej pustyni urągały ludziom, łamały maszty i pluły w twarz gryzącą pianą. Oznaczało to wędrówkę ku horyzontom, za którymi na straży wód stały legendy o morskich potworach i zdradliwych otchłaniach bez powrotu. Oznaczało to cztery godziny snu na dobę, znój, głód, pragnienie i choroby w ciasnocie pudła rzucanego przez fale. Oznaczało to popijanie stęchłą wodą zjełczałego, nafaszerowanego robactwem mięsa, którego na lądzie nikt nie chciałby powąchać. Oznaczało to wreszcie nieludzką dyscyplinę, egzekwowaną przy pomocy „*kota o dziewięciu ogonach*" czyli pejcza, którego sześć uderzeń całkowicie zdzierało skórę z pleców, a rutynową porcją było kilka tuzinów smagnięć. Nikt o zdrowym umyśle nie chciał się sam zaciągać, toteż jedynym sposobem „werbowania" załóg pozostawały łapanki dokonywane przez komanda zbirów, którzy obstawiali i wyczyszczali z mężczyzn całe dzielnice miast. Tylko w roku 1779 porwano w Anglii na pokłady okrętów dwadzieścia jeden i pół tysiąca ludzi, i tylko w latach 1799–1802 uciekło z Royal Navy czterdzieści dwa tysiące „*białych negrów*" (mimo że za ucieczkę karano śmiercią), których zastąpili nowi niewolnicy. Jak ogromne musiało być ciążenie syndromu, jeśli Adams zaciągnął się ochotniczo!

Ale też „Bounty" był pierwszym statkiem, który płynął na Tahiti d o c e l o w o (po sadzonki drzewa chlebowego), więc Adams nie był jedynym ochotnikiem, zaciągnęło się nawet kilku potomków wysokich rodów. Do zatoki Matavai na wyspie wpłynęli w październiku 1788 i zażywali raju przez pół roku, szlachta i plebeje po równo. I wszystko było tak, jak wcześniej: Adams i jego kumple, przyzwyczajeni do cuchnących nor i zamtuzów z pijanymi dziwkami, do rozrywek takich jak szczucie psami wołu przykutego za nozdrza do ściany lub gonitwy „*żywych pochodni*" (szczurów wykąpanych w łatwopalnym płynie) — zderzyli się z łagodnością i miłością, która oczyszczała dusze i zmiękczała charaktery.

Pobyt „Bounty" na Tahiti pozwolił nadto dowieść czegoś, co jest bardzo istotne dla SYNDROMU ADAMSA w jego wąskim rozumieniu:

seksualnej fascynacji odmienną rasą i barwą skóry. Tak jak białych podniecały kolorowe dziewczęta, które z kolei wolały białych (mimo że tubylcy odznaczali się większą potencją), w czym tylko częściowo grało rolę przypisywanie białej skórze atrybutów boskości, tak tubylcy oszaleli na widok białej kobiety. Już w załodze Bougainville'a znajdowała się przebrana za majtka biała dziewczyna, Jeanne Baré, ale nikt o tym nie wiedział, toteż zarówno wyspiarze jak i Francuzi brali ją za impotenta, bo ów majtek, jako jedyny, pozostał nieczuły na wdzięki „*vahine*". Teraz dopiero Tahitańczycy ujrzeli białą: była to drewniana figura (tzw. galion) na dziobie „Bounty", przedstawiająca niewiastę zakutaną pod szyję jakimś uniformem, na kształt sufrażystki lub kwestarki Armii Zbawienia. A jednak ta parodia samicy wzbudziła w nich niesłychane pożądanie, całymi dniami gapili się na nią, jakby chcieli ją pożreć, onanizowali się wpatrzeni w jej białą twarz, zapominając o swoich kobietach. Biali marynarze nie zaszczycili jej spojrzeniem — preferowali galiony z półnagimi Tahitankami i takie montowano na dziobach żaglowców w XIX wieku.

Bunt, który po opuszczeniu Tahiti wybuchł na „Bounty" (28 kwietnia 1789) stał się literackim i filmowym mitem, nie ma sensu go streszczać. Dla dowodzenia związanego z SYNDROMEM ADAMSA istotna jest tylko kwestia przyczyny. Do dzisiaj lansuje się tezę, iż powodem było okrucieństwo i chamstwo kapitana Bligha, czego nie wytrzymał dobrze urodzony Fletcher Christian i nakłonił marynarzy do oporu. Tymczasem nie ulega wątpliwości, że Bligh był równie brutalny i surowy jak gros ówczesnych kapitanów, a o wiele mniej niż sadystyczna czołówka. Prawdziwą przyczynę stanowiło pragnienie powrotu do raju, które część załogi wyraziła rewoltą, bo inaczej się nie dało (już w załodze Cooka był kanonier, który planował pozostanie na Tahiti, lecz Cook poradził sobie z tym i u niego do buntu nie doszło). Potwierdzają to zlekceważone przekazy historyczne. Podczas procesu w Londynie cytowano, co jeden z buntowników, Young, rzekł przyłączając się do Christiana: „*Pan wie, że nie dałbym złamanego szeląga za Anglię i że moim marzeniem było osiedlić się tutaj (...) Może pan liczyć na mnie*". Przytaczano chóralne wycie rebeliantów: „*Na Tahiti! My chcemy na Tahiti! Hurraaa, na Tahiti!*". W 1795 roku gazeta „True Briton" opublikowała anonimową korespondencję człowieka, który dowiedział się od Christiana, że bunt nie był efektem wrogości do Bligha, tylko erupcją tego, co ja nazywam SYNDROMEM ADAMSA. Komentarz gazety brzmiał: „*Rebelię spowodowała nieprzeparta namiętność buntowników do rozkoszy, jakimi Otaheite kusiła ich lubieżne umysły*".

Buntownicy wsadzili Bligha i wiernych mu ludzi w szalupę, a sami pożeglowali na Tahiti, gdzie część osiadła ze swoimi „*vahine*" i ze świadomością, że mogą zostać schwytani, lecz odurzenie rajem przeważyło strach — tych później wyłapała ekspedycja karna. Pozostali, w liczbie dziewięciu, woleli nie ryzykować. Zabrali z wyspy tuzin piękności (kobieta Adamsa nazywała się Balhadi) i sześciu tubylców do posług, po czym wyruszyli na poszukiwanie „*no man's land*" (ziemi niczyjej). Znaleźli ją na bezludnej wysepce Pitcairn, odkrytej w roku 1767 i zapomnianej. Tam podpalili „Bounty", zrywając w ten sposób z cywilizacją. Dla Adamsa, który jako pierwszy poparł przywódcę buntu, była to trzecia przecięta lina tej samej kotwicy.

Z chwilą, gdy płonący statek zatonął, Pitcairn stała się Arką Noego, okruchem świata uratowanym z potopu przez grupę przedsiębiorczych samców oraz pięknych samic — wyposażoną we wszystko, co potrzebne, bo wszystko to dawały przyroda (chleb rósł na drzewach!), miłość i wolność. Wiele lat później Adams wspominał: „*Byliśmy zaopatrzeni w to, co jest niezbędne do życia, a nawet i zbytku, i zdaliśmy sobie sprawę, że warunki, w jakich się znajdujemy, przechodzą wszystko, o czym mogliśmy marzyć...*".

Zwierzęca, zmysłowa przyjemność pełnego szczęścia. Jakby lazurowe niebo, uwolnione przez Krzyż Południa, zeszło po schodach z chmur na ziemię i postawiło nogę na tym suchym skrawku oceanu. Niewysłowione zachwycenie dziecka, które kolorowymi farbami buduje nowy, lepszy świat, kładąc plamki na czystym papierze. Nie muszą one przypominać motywów i postaci, a jednak dają radość i są źródłem głębokiej inspiracji do rzeczy jeszcze piękniejszych. Łatwość kreowania ideału, póki dziecko nie poczuje wrodzonych impulsów do psucia zabawki, które są sygnałem ostrzegawczym, że jego wizja może się w każdej chwili rozchwiać, ale dziecko nie posiada zmysłu samokontroli. Dziecko nie umie zadawać pytań o sny upadłe niczym strącone anioły, o pokalaną niewinność, przegrane życzenia i zgaszony blask czyichś oczu. O to, dlaczego człowiek nie zawarł prawdziwego przymierza z samym sobą. O obrazy, które umierają w sercach. Jakaż miłość ostaje się dłużej niż życie motyla? Gdzie jest nieskończoność, którą postradaliśmy w biblijnym raju za sprawą jednej kobiety?

Miesiąc po przybyciu na Pitcairn kobieta Williamsa, ryzykując wybieranie jaj ze skalnych gniazd, spadła w przepaść. Williams zażądał innej kobiety. Ktoś musiał mu oddać swoją „*vahine*".

Martin, usłyszawszy huk wystrzału, mruknął:

„— *Dobra nasza, będziemy mieli dziką świnię na obiad!*".

Mills i Mc Coy również usłyszeli wystrzał. Po chwili Mc Coy rzekł:

„— *Słyszysz te jęki? Tam ktoś umiera!*".

„— *To tylko Mainmast woła dzieci na obiad*" — odparł Mills.

Adams ujrzał żonę Quintala biegnącą z krzykiem:

„— *Uciekaj, uciekaj!*".

Czy można uciec od obciążeń, które kodowały się w molekułach kwasu dezoksyrybonukleinowego ewoluującej małpy przez tysiące lat nikczemnienia gatunku, tworząc atawizmy wszelkich słabości i zbrodni homo sapiens? Cóż można zrobić, kiedy geny mają czkawkę?

Zabijali się podstępnie i wprost, urządzając polowania i zasadzki na bliźnich, łącząc się we wrogie obozy i zdradzając — k o p i u j ą c dzieje ludzkości od Genesis. Po kilku latach od chwili, gdy nierozsądek jednej kobiety otworzył wulkan, bilans tej powtórki z historii przedstawiał się następująco: spośród piętnastu mężczyzn, którzy znaleźli na Pitcairn wszystkie warunki do zbudowania idealnego społeczeństwa, dwunastu zostało zamordowanych, trzynasty zapił się na śmierć wódką, którą udało mu się wyprodukować, a czternasty, wycieńczony walką, zmarł od choroby. Piętnasty wylizał się z ciężkich ran postrzałowych i pozostał przy życiu z dziewięcioma kobietami i dziewiętnaściorgiem dzieci (wyłącznie potomstwo białych). Był to John Adams.

Pękła czwarta lina kotwicy zaczepionej o dno Europy. Co rano życie wpadało pierwszym promieniem słońca przez szczelinę w gęstwinie liści kryjących szałas i wędrowało po nagiej, pachnącej olejkiem kokosowym skórze którejś z „*vahine*", czesało jej włosy rozrzucone na jego piersiach i zamykało mu przebudzone powieki. Kiedy delikatnie usuwał swoje ramię i wychodził — słońce śmiało się szmaragdową gładzią laguny, która daleko przechodziła w granat fal spienionych o koralową barierę rafy, a dalej jeszcze, na horyzoncie, w lazur nieba. Pod stopami biały piasek plaży raził jasnością i otulał stopy delikatnie i poufale, a palmy pochylone nad brzegiem zdawały się szeptać: widzisz, jak dobrze? Nic ci już nie grozi, one będą dbały o ciebie bardziej niż o własne źrenice, gdyby cię bowiem zabrakło, oszalałyby z niezaspokojonej rui. Posiadasz azyl w środowisku, które sprzyja człowiekowi jak żadne. Masz harem z najpiękniejszych kobiet świata. Tobie ziściły się najintymniejsze sny mężczyzn twojej rasy. Masz oto raj w raju...

Mijały dni, a on coraz częściej zamykał się w Biblii wziętej z „Bounty" (czytać nauczył go przed śmiercią Young), i popadł w dewocję. To właśnie nazywam PARADOKSEM ADAMSA.

Odkryto jego raj osiemnaście lat po spaleniu „Bounty", w roku 1808 (amerykański statek kapitana Folgera) i ponownie w roku 1814 (Anglicy). Potem co kilka lat zawijała na Pitcairn jakaś łajba. Wiele się tam zmieniło od czasu, gdy śmierć czternastu mężczyzn uczyniła z wyspy super–Arkę Noego. Rozjuszone głodem seksualnym „*vahine*" z Tahiti zestarzały się; Adamsowi minęły nękające go nawiedzenia religijne i sny, podczas których widywał archanioła Gabriela oraz szatana zadającego ludziom męki w swym królestwie; dzieci dorosły i pożeniły się; życie ochłonęło z namiętności, stało się leniwe i spokojne jak laguna po burzy. Tylko uroda dziewcząt rozpalała krew żeglarzy; mieszanka rasy białej i polinezyjskiej dała owoce przewyższające wdzięk Tahitanek, określenia „*cudna*", „*piękność wcielona*", powtarzają się w każdym opisie, spójrzcie zresztą na fotografię Thomasa Nebbii.

Rzecz zdumiewająca: po tylu latach odosobnienia Adams był zupełnie normalny. Istnieje niewiele szans zachowania zdrowia psychicznego w raju, którego drzwi zamknięte są od niewłaściwej strony, od zewnątrz, tak iż wyjście nie wchodzi w grę. Jedną z nich stanowi ucieczka w ramiona Boga, który jest cudownym rozmówcą — umie słuchać. To właśnie zrobił Adams. Uciekł od tych kobiet, których żądze wykańczały go fizycznie, powodując oczywistą seksofobię (największym wrogiem seksu jest jego nadmiar); od samotności Robinsona Crusoe, bo na jaki temat można rozmawiać latami z gromadą dzikusek?; wreszcie od grożącego mu obłędu. A potem sam przeistoczył się w Stwórcę, został nauczycielem wszystkich swoich, naturalnych i przybranych dzieci. Były w jego dłoniach gliną, z której lepił ludzi, wywołując duchy porzuconego świata i czynił to tak skutecznie, że kiedy po latach ta młodzież znalazła się po raz pierwszy na pokładzie statku, bezbłędnie rozpoznawała wszystkie rzeczy widziane po raz pierwszy, od psa i krowy do sprzętów, a jej grzeczność i ułożenie zawstydzały nawet oficerów–arystokratów. Chłopcy i dziewczęta z Pitcairn byli pełni radości i nie pragnęli niczego nadto, co już stało się ich udziałem. John Adams stworzył w raju dobrych, szczęśliwych ludzi*.

Tylko siebie nie potrafił nauczyć szczęścia.

Relacje tych, którzy odkryli na Pitcairn plemię buntowników z „Bounty", są zgodne w odniesieniu do czegoś, co jest końcową klamrą SYNDROMU ADAMSA. Kapitan Folger zanotował, iż na wieść o Anglii Adams westchnął: „*Stara, kochana Anglia!*". Kapitanowi Stainesowi powiedział, płacząc: „*Lata, całe lata, żre mnie tęsknica za domem i zapachem ojczystych pól!*". To była nostalgia, jedyna siła zdolna pogodzić człowieka ze światem. Owa piąta lina kotwiczna, której nie można zerwać.

Całymi latami zmywał ze swych warg gorzkie łzy, schnące w równikowym żarze szybciej niż mógł odmówić jedną prośbę o śmierć, której

---

* — Jeden z licznych uciekinierów na Pacyfik, Amerykanin A. M. Ratliffe Junior, szukając wyspy dla siebie wypłynął w roku 1981 z Tahiti i zawitał po drodze na Pitcairn, po czym tak opisał prawnuki Adamsa: „*Byli strasznie mili i szczęśliwi, cieszyli się, że chcę zamieszkać obok*".

nie wolno mu było sobie zadać. Całymi latami uczył swe dzieci, czym jest londyńska mgła, sanie i pory roku. Całymi latami upijał się tęsknotą na statku–więzieniu przytwierdzonym do dna oceanu. Jean Arthur Rimbaud myślał o kimś innym w wierszu „Pijany statek", a przecież słychać tam głos Adamsa:

„Lecz za długo płakałem. Bo gorzkie jest słońce,
Okrutny każdy księżyc i bolesne zorze.
Cierpka miłość mi dała zdrętwienie nużące.
O! Niech kil mój już pęknie i niechaj zatonę!

Jeśli marzę o wodzie Europy, to zimnej
Czarnej pragnę kałuży, gdzie przy zmroku chwili
Pochylone dziecko ze smutnym obliczem
Puszcza statki wątlejsze od pierwszych motyli".

Tym dzieckiem był on sam, a ta zimna kałuża w głębi Europy to była „Wieś bretońska w śniegu" Gauguina, ta sama nostalgia, która kazała Brooke'owi wyrwać się z ramion „*vahine*" i powrócić do złego domu. Adams stał się zbyt religijny, by próbować popełnić samobójstwo jak Gauguin, i zbyt stary, by wracać jak Brooke, kiedy było to możliwe. Ale nostalgia za kolebką, wieńcząca SYNDROM ADAMSA, miała identyczną moc, wywołującą chęć zamiany najpiękniejszej kobiety Pacyfiku na rosochatą brzozę i na łąkę w przedśnieżnej zamieci, gdy wyjące wilki zbliżają się do chat.

Być może człowiek, który — jak mówią uczeni — jest zwierzęciem stadnym, potrzebuje stada, by mieć od czego uciekać. Lecz jeśli tak, to tym bardziej potrzebuje go po to, by mieć do czego wracać, choćby myślą i łzami, gdy nie można inaczej. Bo w końcu zawsze chcesz wrócić do stada, z którego uciekłeś, i żyć ze świniami, szczurami i sępami, które nieraz wzburzą ci krew, ale to będą twoje świnie, szczury i sępy, na twojej ziemi, z której wyrosły twoje korzenie. Żaden raj nie jest władny wynagrodzić ci tego, do czego ciągnie cię zew krwi. Żadna kara nie jest gorsza od banicji, choćby do raju, bo wówczas on zamienia się w torturę.

John Adams zmarł 5 marca 1829 roku. Nie istnieje jego podobizna, zachował się tylko lakoniczny opis z chwili, kiedy go odnaleziono: *„Ubrany był w stare, drelichowe portki, boso, w strzępach bluzy. Wianek siwych włosów spadających na ramiona okalał łysinę i dodawał mu dostojeństwa..."*. Wydawało mi się, że nigdy go nie zobaczę, aż do chwili, gdy ujrzałem obraz Freda Arisa „Noe wypuszczający gołębia". Adams! — ja wiem, że to jest gołąb pocztowy, zaś adresatem smutny chłopiec nad kałużą, po której żeglują papierowe okręty.

Był w jego losie prawie cały pesymizm odkrywcy „*libido*”, Schopenhauera: ból istnienia, niezgoda na diabelski świat, ucieczka, ślepy instynkt, wyniszczająca erotyka, cierpienie i asceza. Schopenhauer nie przewidział tylko, iż człowiek może pokochać swoje ziemskie piekło gdy trafi do raju, albowiem szczęście jest Moby Dickiem zwyciężającym tych, którzy go dogonili.

Dopisek do II wydania:

W tym rozdziale, a dokładniej w załączonej doń ikonografii, nastąpiło coś, co wymyka się „*zdrowemu rozumowi*”, a bliższe jest szaleństwom metafizycznym, proroczym snom i „*zadziwiającym*” przypadkom, nie pierwszy zresztą raz w moim pisarstwie. Skąd mogłem wiedzieć, pisząc w połowie lat siedemdziesiątych „Szachistę”, iż gros detali wymyślonych przeze mnie dla połączenia w czytelną całość elementów autentycznych — okaże się później, już po wydrukowaniu książki, również autentykami? Dowiodły mi tego nowe, odnalezione źródła i najzwyczajniej osłupiałem — moja wyobraźnia wyprzedziła moją znajomość faktów, nie myląc się nawet co do nazwisk i miejsc! Skąd mogłem wiedzieć, iż w pewnych fragmentach „Kolebki” (pisanej w roku 1970), „MW” (pisanego w 1981) i „Wysp bezludnych” (pisanych w 1983) z okrutną precyzją opisuję swoją własną przyszłość, własny los? Powinienem się był tylko domyślić — ja, niewolnik ósemki od urodzenia — iż dowiem się o tym w jedynym do przeżycia dniu, kiedy aż cztery ósemki spadną mi na kark (8 VIII 88). Mógłbym podać wiele konkretnych przykładów w moim pisarstwie, takich, gdzie „*licentia poetica*” precyzyjnie antycypowała rzeczywistość, przykładów zadziwiających magicznym wręcz sprawdzaniem się tezy, jaką głosił Nabokov: „*Literatura nie mówi prawdy, literatura ją wymyśla*”. Tego typu „jasnowidzenie” nastąpiło również w trakcie doboru ilustracji dla „Syndromu Adamsa”.

Szykując „Wyspy bezludne” do pierwodruku nie znałem twarzy Adamsa; mimo kilkuletnich poszukiwań nie udało mi się znaleźć żadnej jego podobizny. Uznałem w końcu, iż portret Adamsa nie istnieje. Zupełnie przypadkowo wpadła mi wówczas do ręki reprodukcja współczesnego obrazu Arisa „Noe”. Jakiś proroczy impuls sprawił, że z miejsca pomyślałem: To Adams, tak musiał wyglądać Adams! Dokładnie tak go sobie wyobrażałem pisząc o nim! Zamieściłem więc tę reprodukcję w „Wyspach". Wiosną 1988 roku, w starym XIX–wiecznym albumie francuskim z rycinami, znalazłem portret Adamsa. Młodszego, lecz porównajcie sztych, który macie w obecnym, drugim wydaniu książki i obraz Arisa: czoło, oczy, usta, kształt głowy — całą tę fizjonomię! Syn zwrócił mi uwagę na jeszcze coś:

— Tato, patrz, nawet rękę trzyma tak samo, z łokciem zsuniętym za krawędź!

Czyżby Fred Aris malował Noego wpatrując się w ten sztych? Niemożliwe. Możliwe są inne rzeczy, o których filozofom się nie śniło.

WYSPA 20

TOBRUK (LIBIA)

NIEZNANY ŻOŁNIERZ

KISMET*

„Zaginie o nim pamięć w kraju i imienia jego nie wspomną po ulicach".

(Księga Hioba, XVIII, 17)

Znam pustynie północnej Afryki, przemierzyłem je podczas kilku wypraw na ten kontynent. Wielki Erg, Hamada el–Hamra, Libijską i Arabską oraz wszystkie pomniejsze, od piasków i spalonej ziemi Maghrebu po ich siostrzyce nad Morzem Czerwonym. Dla wszystkich matką jest Sahara — wszystkie wyrastają z niej. Znam oazy Sahary, mieszkałem w nich lub przejeżdżałem. Ale dalej było znowu pustkowie. Wszędzie — czy to sypkie i płaskie jak plaża, czy pełne gigantycznych wydm, skaliste, stepowe lub z popękanej gliny — stanowiło pustynię. Było obszarem pozornie tylko wyjałowionym, posiadało swoją faunę i florę, a także ukrytą wodę i cuda miraży, których nie rodzi inna ziemia, i tradycję, i historię tak bujną jak dzieje imperium. Było pustynią, przez którą przewalały się hordy najeźdźców, szukając krwi, łupów i lepszego bytu, topniały w bojach jak tocząca się z gór lawina i znikały niczym rozszalały bałwan morski, co opada z nadbrzeżnych diun wątłymi strumieniami, zdziesiątkowane i unoszące wspomnienia bajecznych żądz, dzięki którym, wzmocniwszy się, wracały tu jeszcze raz. Siatką podobnych szlaków zarysowano cały glob; ścieżki ludzi wydeptane są identyczną stopą i zawsze na skraju drogi leży obrabowany człowiek.

Ścianę jednego z piaszczystych wzgórz Sahary oznakowałem jak kowboj bydło: wydeptałem butami swoje inicjały o rozmiarach dwóch pięter, chcąc zasygnalizować bogom, że jestem tropicielem, który idzie po śladach i wymaga wsparcia. Tropiłem człowieka uwięzionego we własnym losie, przemieszczając się w przestrzeni będącej symbolem wolne-

---

* — Arabskie przeznaczenie (dokładnie: przeznaczony człowiekowi los, od którego nie ma ucieczki).

go bytu, otwartej tak bezmiernie, że zdawałoby się — tylko śmierć może być granicą. Gdy w XIX wieku polski „*emir*", Wacław Rzewuski, zaproponował beduińskiemu szejkowi wizytę w Rosji, koczownik zdziwił się: „— *Któż mógłby mi wynagrodzić rok utraconej swobody?*".

Ale i tu, jak wszędzie, swobodnym jest tylko ten, kogo jeszcze nie schwytano. Lekceważący granice państwowe nomadzi, Tuaregowie, do dzisiaj mają niewolników; zresztą któż może być tak pyszny, aby trzeźwo twierdzić, iż nie podlega żadnym kajdanom?

Wracałem z patelni pustyń ku brzegom „*Méditerranée*", aby odpocząć. Jak wielka kropla lazurowa lśni morze, wchłaniając w siebie złoty deszcz słońca i cicho dogorywają kamienne, pogodzone z losem szkielety Rzymu. W Sabracie, Cyrenie, Apolonii, Leptis Magnie i Tipasie stawałem wśród korynckich kolumn, wdychając wiatr od wody. W hotelu z burdelową przeszłością w Tipasie szef przybytku, zwany „*responsablem*", nauczył mnie korzystać z wody. Ten dumny potomek Maurów był dumny zwłaszcza z tego, iż zarządza domem pełnym cudów współczesnej techniki, w duszy współczując giaurom, był bowiem przekonany, iż w dalekiej Europie, od której Allah odwrócił swoje oblicze, o takich rzeczach nie słyszano. Długo i cierpliwie demonstrował mi funkcjonowanie włącznika światła: trzeba przekręcić w prawo, wtedy się pali, a jak w lewo, to gaśnie, i znowu w prawo. Okazałem się pojętnym uczniem. Następnie zabrał parę niewiernych do ubikacji i wytłumaczył, że nie muszą chodzić w krzaki za potrzebą, wystarczy usiąść na takim krześle z otworem, a jak się pociągnie za sznurek, to woda leci i spłukuje fekalia, proszę! No, teraz ty spróbuj. Szarpnąłem i poleciała woda! Byłem zachwycony. Pogratulowałem mu, starając się nie mieć twarzy człowieka, który wróciwszy z podróży zastaje w swym łóżku żoninego gacha i odzywa się doń: — Gratuluję panu, jest pan jubileuszowym, setnym użytkownikiem mojej piżamy. Był w siódmym niebie.

Tradycje eleganckiego wydalania są tu dużo starsze niż myśli „*responsable*". Daleko od Tipasy, na libijskim brzegu Morza Śródziemnego, śpią przeogromne ruiny miasta cesarza Septimiusza Severa — Leptis Magna. Chodzi się po nich jak po księżycu, w Libii turystyka jest przybłędą. Tam, obok amfiteatrów, świątyń, agor i łaźni zobaczyłem budzącą entuzjazm starożytną „*latrynę*". Sedesowe ławy z marmuru, perforowane okrągłymi dziurami dla wielu osób, otaczają kwadratowy dziedziniec niczym siedzenia zgromadzeń prawodawczych, parlamentów i wschodnich dywanów. Do Leptis ciągnęły szlakami transsaharyjskimi liczne karawany, by oferować rynkom świata bogactwa Czarnego Lądu: kość słoniową, drogie kamienie, strusie pióra, dzikie bestie i hebanowych niewolników. Miasto tętniło życiem, było afrykańską wizytówką cesarstwa, nie mogło mu więc zabraknąć sanitariatów wysokiej klasy. Lecz ja przybyłem tam tylko za jego cieniem, gdyż wiedziałem, że ten człowiek pozostawił w Lebdzie (arabska nazwa Leptis Magny) swój ślad.

Z nadmorskich ruin pędziłem w pustynię, ścigając go nawet nocą. Noc na Saharze to jest coś, co można znaleźć tylko na środku oceanu. Rozgwieżdżony dach ciemności, z dobrze znanymi konstelacjami, nie jest płaski: widać wyraźnie wielką czaszę wszechświata, jak w planetarium ze sztucznymi gwiazdami. Te same złote oczy patrzyły na jego odyseję.

Kim był? Był człowiekiem zapatrzonym bardziej wewnątrz siebie niż na zewnątrz. Należał do tych ludzi, którzy kultywują swoje człowieczeństwo z tak twardymi dykcjonarzami zasad, iż każdy ich krok jest z góry wyznaczony, a droga, którą podążają, nie ma żadnych odnóg. I wreszcie był jednym z tych, do których pasuje używane w pierwszej połowie XX wieku austriackie powiedzonko lotnicze: „*polnisches Wetter*" (chodziło o wyjątkowo złą pogodę, podczas której latali tylko polscy piloci).

Jak się nazywał? Będziemy go nazywali ON, co możecie tłumaczyć jako: Obywatel Nieznany, lub Osobnik Nieznajomy, albo jeszcze inaczej: Oficer Nemo. „*Nemo*" znaczy po łacinie: n i k t, w przenośni oznacza człowieka bezimiennego. Do jego nazwiska najlepiej pasują słowa, które według Herodota wyrzekł Solon przed Krezusem: „*Nemo ante mortem beatus...*" („*Nikt nie jest szczęśliwy przed śmiercią*"), kłamią natomiast słowa, które zapisał Cicero: „*Nemo umquam sine magna spe immortalitatis se pro patria offeret ad mortem*" („*Nikt nie oddaje się śmierci za ojczyznę bez wielkiej nadziei nieśmiertelności*").

Najpierw był członkiem owego plemienia zamieszkującego pogranicze Europy i Azji, które wywędrowało znad Morza Czarnego (z kraju podległego Persom) na zachód i osiadło na terenach między Wisłą a Odrą dając początek Słowianom. Można go więc uważać za Prasłowianina, ON jednak nie wiedział o tym i czuł się tylko żołnierzem perskiego króla Kambyzesa II. Wziął udział w wyprawie na Egipt i w bitwie pod Peluzjum (delta Nilu), w której Kambyzes II pokonał wojska egipskie Psametyka III. Egipt stał się dzięki temu łupem Persów i zakończyły się wielowiekowe rządy boga Amona na egipskim niebie. Chcąc dobić Amona, Kambyzes wysłał silny korpus w głąb zachodniej pustyni, gdzie wśród wiecznych piasków rezydowała święta oaza Amona zwana Siwah, a w niej święta wyrocznia przy wielkiej świątyni i święte źródła z gorącą słoną wodą. ON należał do zastępów, którym kazano zniszczyć Siwę. Był rok 525 przed Chrystusem.

Szli długo, a niebo nie miało zmiłowania. Gorący, lepki kurz okrywał ich grubą warstwą, bolały gałki oczne, w zębach chrzęścił lotny miał bazaltowy. Pochód opóźniały tabory pełne sprzętu bojowego, żywności, wody, łupów i metres, z których dowódcy korzystali tylko w środku nocy, gdy chłód przywracał mięśniom trochę wigoru; żołnierze musieli się onanizować.

Dowódca oddziału, w którym służył ON, miał eks–kapłankę bogini Izis, młodą i piękną, o oczach nieruchomych jak dwa śpiące skarabeusze. Był to mężczyzna bardzo urodziwy, sprawny, pyszny i zły, lecz powszechnie lubiany z powodu, którego nikt nie mógłby wytłumaczyć; są tacy ludzie, którzy bez powodu budzą dobre myśli. Od Medów nauczył się sztuki niegroźnego upadania z koniem, którą przekazał perskiej jeździe: należy, gdy koń pada — raniony, zmęczony lub na śliskim gruncie — „rozmiękczyć" swoje ciało, nie naprężać się, poddać ruchowi, słowem upadać „pokornie", a skutki będą lżejsze. Ocalił tą radą niejedne gnaty. Konie kochał nade wszystko, ludźmi gardził, swoje obowiązki wypełniał nienagannie.

ON i jego towarzysze obserwowali dramat dziewczyny, która była nałożnicą hierarchy. Dowódca traktował ją jak sukę: pijany upokarzał, trzeźwy nie zwracał na nią uwagi, wyjąwszy chwile szybkiego pożądania. Nie czyniono tak z brankami osładzającymi wojenne trudy, podczas których najtwardszy zbir pragnął pieszczot, bo mogły być już ostatnią z przyjemności — więc to zwracało uwagę. Tym bardziej, że dziewka ze zburzonej świątyni Izis, nowicjuszka, która właściwie nie zdążyła stać się w pełni kapłanką, rozdziewiczona przez dowódcę zakochała się w nim, patrzyła nań jak na boga, czołgała się u jego stóp, przymilała doń niezgrabnie (nie dość zgrabnie, gdyż nie umiała sztuczek kurtyzan, a każda próba złagodzenia jego serca kończyła się klęską pogłębiającą jej niezaradność) i cierpiała.

Trzeciego wieczoru na pustyni, gdy rozbijano namioty hierarchów, dziewczyna otruła się. Wezwany pospiesznie dowódca kazał uprzątnąć zwłoki, nie okazując żadnego wzruszenia, po czym udał się na spoczynek. ON zjawił się w jego namiocie, gdy minęła północ. Panował tam mrok, do którego trzeba było przyzwyczaić źrenice. Dowódca leżał skulony, ale nie spał; kiedy ON zbliżył się z nożem, z ust leżącego wyciekły słowa:

— Przebacz mi!

— Już ci przebaczyłem — odparł ON. — Ale mój nóż nie chce ci przebaczyć.

Dopiero wówczas, podnosząc rękę do ciosu, spostrzegł, że oczy dowódcy powleka śmiertelny blask i że prośba o przebaczenie była skierowana do kogoś innego. Stał w kałuży krwi, od której mokły podeszwy sandałów. Schyliwszy się zobaczył, iż dłonie tamtego są zaciśnięte na głowni miecza, a klinga tkwi w brzuchu.

— O, bogowie! — szepnął zaskoczony.

Dowódca podniósł nań wzrok i wycedził:

— Jedynym bogiem, głupcze, jest chęć w człowieku, żeby był bóg... To ona jest bogiem... Innych ... nie ma...

Krew rzuciła mu się ustami i skonał.

ON dostał polecenie zagrzebania zwłok samobójcy; reszta korpusu ruszyła dalej na zachód — nie можną było wstrzymywać marszu z powodu jednej śmierci. Ułożył dwa ciała obok siebie i machał łopatą, bojąc się, że nie dogoni towarzyszy. W jamie zalśniła błyskotka. Wydobył gemmę z rzeźbionym krzyżem hieroglifów*, otrzepał ją z piachu i wrzucił do swej torby, by na nowo podjąć kopanie.

Wstał dzień, chłodny i czysty, jeszcze nie skażony słońcem, jeden z tych poranków, kiedy aura jest przeźroczysta jak kryształowe paciorki. Ale na horyzoncie, tam, gdzie odeszły wojska, zaczęły się pojawiać ciemne piony, falujące niczym epileptyk w swoim chorobliwym tańcu. Szła burza piaskowa.

Grecki historyk Herodot zanotował, iż pięćdziesięciotysięczna armia Persów, maszerująca z Teb w kierunku oazy Siwah, by zniszczyć świątynie amońskie, została zaskoczona przez huragan pustynny (zwany w późniejszych czasach „*chamsinem*") i całkowicie zasypana, wraz z konkubinami, dziećmi, zwierzętami i całym taborem**. Ocalał tylko ON, dzięki temu, że kobieta, którą potajemnie kochał, odebrała sobie życie.

Po raz drugi znalazł się na kontynencie afrykańskim w III wieku naszej ery. Był Słowianinem z miasta Calisia***, wziętym do niewoli przez rzymskiego wodza Luciusa Domitiusa Aurelianusa, jego ulubieńcem i po kilku latach robienia kariery w rzymskich szeregach wpływowym dygnitarzem wojskowym (od chwili, gdy Aurelian został cesarzem).

W roku 275 ON przybył do Leptis Magny przeprowadzić kontrolę, dochodziły bowiem z tego miasta wieści o ogromnych nadużyciach władz. Władze przyjęły oficera z szacunkiem i wykazały, posługując się gromadą świadków, iż oskarżenia są oszczerstwem rzuconym przez greckiego bezbożnika, którego za lekceważenie bogów ciśnięto do lochu i skazano na śmierć. ON poprosił, by przywiedziono mu tego człowieka i zostawiono ich samych.

---

* — Tzw. krzyż egipski „*anch*" (klucz życia), symbol wieczystego życia duchowego (wieczystego ducha), przypisywany w starożytnym Egipcie bogom symbol nieśmiertelności.

** — Przez wiele lat poszukiwań nie można było znaleźć nawet śladu tej hekatomby. Dopiero w roku 1983 naukowcy odkryli w pobliży oazy Siwah ogromną liczbę szkieletów i relikty charakterystyczne dla kultury perskiej, lecz trzeba dokładniejszych badań, aby ustalić, czy są to szczątki armii Kambyzesa II.

*** — Dzisiejszy Kalisz.

Spoglądali ku sobie w milczeniu, czekając na to, co powie drugi. Nie doczekawszy się, starzec pierwszy otworzył usta:

— O czym myślisz, jeżeli w ogóle myślisz?

— Myślę o tym, czy jesteś winny — odparł ON.

— Jestem. Gdy urodzi się biały gawron, czarne zadziobują odmieńca i mają rację, gdyż od dziwnego mogliby się zarazić inni.

— Skazano cię za herezję. Czy uczyniono to kłamliwie?

— A czy ludzie tak wysokich godności mogą kłamać? Nie wiesz, że kłamią tylko mali i słabi? — roześmiał się Grek.

— Dość drwin! Oni mają na to świadków.

— Cóż w tym dziwnego? Mając niewolników, poetów, gladiatorów, klakierów i delatorów*, mają także świadków. Samych prawdomównych. Głuchy słyszał, jak niemy opowiadał, że ślepy widział uciekającego zająca, którego dogonił kulawy i schwytawszy dał nagiemu, aby schował za pazuchę i poniósł do domu.

— Co?!

— Powiedziałem, że prawda, którą ci sprzedano, jest już w domu.

ON poczuł, jak wzbiera w nim złość.

— Człowieku — rzekł, rozsuwając sylaby — drażnisz mnie, aby dzięki przyspieszonej śmierci rychlej stąd uciec. Nie rób tego, śmierć może być wielodniową męczarnią... Potrafisz udowodnić, że przeciwstawiono ci fałszywych świadków, a ty nie jesteś bezbożnikiem?

— Nie potrafię, panie — wzruszył ramionami więzień — koza sama nie udowodni, że nie jest hieną. Ale spójrz na tych świadków, jak siedzą obok siebie i patrząc ci w twarz, nie patrzą ci w oczy. Wyglądają tak, jak owi w latrynie, którzy dostali zatwardzenia, a wokół śmierdzi i każdemu wydaje się, że największy jest jego smród, lecz pociesza się tym, iż ów prywatny smród ginie w ogólnym zapachu. Pecunia non olet**. Może nie zupełnie, ale zawsze trochę mniej.

— Machasz biegle językiem... Oskarżyłeś zasłużonych ludzi o kradzież...

— Nie, panie. Kradzieże uprawiane przez zasłużonych to rzecz zwyczajna, gdyby więc tutejsi kradli normalnie, nie byłoby rabanu. Oskarżyłem ich o to, że kradną więcej niż inni zasłużeni gdzie indziej. Miałem dowody, lecz zdradzono mnie i dowody zniknęły nim przybyłeś. W zamian oskarżono mnie o pogardę dla bogów.

— A gardzisz nimi?... Powiedz prawdę.

Grek przyjrzał mu się z uwagą i zażądał:

---

* — Delator — płatny donosiciel, denuncjator (zawód w cesarstwie rzymskim).

** — Pieniądz nie śmierdzi.

— Zbliż się, panie, chcę widzieć twoje oczy.
Ich twarze nieomal się zetknęły.
— Powiem ci prawdę — zdecydował więzień. — Jedynym prawdziwym bogiem jest chęć w człowieku, aby istniał taki bóg.
— Słyszałem to już kiedyś.
— A więc dobrze słyszałeś, panie, bóg jest tylko jeden...
— Myślisz o Nazarejczyku? Mam niewolnicę, która nosi na piersiach znak ryby*...
— Znaki noszone na ciele nic nie znaczą. Inne kobiety noszą na piersiach znak Priapa**, a to wcale nie znaczy, że są ladacznicami. Trzeba mieć oznakowaną duszę. Twoja niewolnica żyje, bo inaczej powiedziałbyś, że ją miałeś, a to świadczy, żeś jej nie wydał, czyli że złamałeś rozkaz cesarza, który tępi chrześcijan ognistą ręką, każe ich śledzić, wydawać i niszczyć. Twoja ręka jest inna, mimo że mu służysz, a więc piętno twojej duszy jest inne. Ludzie mają niby podobne kończyny, ale jedni zamiast ręki posiadają nogę wieprza, inni zaś skrzydło ptaka.
— Nie odpowiedziałeś mi na pytanie!
— O Nazarejczyka?... Teraz to jeszcze dobry bóg.
— Dlaczego jeszcze?
— Bo może kiedyś zwyciężyć. To wielbiciel równości i sprawiedliwości, chce żeby wszyscy się kochali i żeby z ludzkich serc zniknęła nienawiść. A ponieważ wielu ludzi tęskni do tego, on ma szansę wyrugować naszych bogów. Lecz kiedy to już nastąpi, jego kapłani uczynią zeń okrutnika. W jego imieniu popełnią najgorsze zbrodnie, aby obok władzy religijnej zdobyć i utrzymać władzę polityczną. A potem, jeśli ją kiedyś utracą, znowu staną się dobrzy. To prawidłowość — pokonani są zawsze szlachetni, a zwycięstwo degeneruje
— Czemu mi to mówisz?
— Byś nie dał się, panie, skusić żadnemu bogu głoszonemu przez innych, choćby najlepszych. Znajdź boga w samym sobie, większego nie znajdziesz nigdzie.
— A jeśli nie zdołam?
— Już samo szukanie będzie świadczyło o tym, że jesteś sprawiedliwy... Wiem, że będziesz szukał, bo się wstydzisz...
— Ja?!
— Tak, choćby teraz... Wstyd to wielki uzdrowiciel. Kiedy dziewczęta w Milecie opanowała epidemia samobójstw, żadne prośby, ka-

---

* — Znak, symbol rozpoznawczy, godło pierwszych chrześcijan.
** — Falliczny bożek urodzaju — głównym jego symbolem był fallus obnoszony w czasie święta Luperkaliów.

ry, napomnienia i tłumaczenia nie były w stanie jej przerwać, a zaradziła złu ustawa, że trupy samobójczyń będą nago wystawiane na widok publiczny... Pewnie zapłacisz za swoją drogę do boga utratą dostojeństw, ale czasami trzeba coś utracić, żeby nie utracić czegoś ważniejszego.

Kazał uwolnić Greka, ku wściekłości rządzących Leptis Magną. Nie mogli mu przeszkodzić, był pupilem imperatora. Jednakże nim wyjechał z miasta, przyszła wieść, że „*restitutor orbis*" (odnowiciel świata), „*dominus et deus*" (pan i bóg)* został zamordowany przez zbuntowanych oficerów w trakcie wyprawy wojennej, pod Caenophrurium. Teraz już mogli wywrzeć zemstę. ON przebił sobie drogę w bramie mieczem, porwał konia i uszedł na pustynię, gdyż tylko tam mógł uciec. Za jego plecami wiatr podnosił z ziemi słupy rozprażonego piasku, hulające jak oszalała tanecznica. Pogoń, ślepa i bezradna, utknęła w zawiei. Nie powrócił z niej nikt.

W XII wieku polski król Władysław II po przegraniu wojny domowej musiał zmykać na dwór cesarzy niemieckich i tułać się po świecie z garstką wiernych rycerzy; ON był jednym z nich. Choroba przeszkodziła mu wyjechać do Ziemi Świętej, gdy Władysław ze swą kompanią wziął udział w drugiej wyprawie krzyżowej. Kiedy więc cesarz Fryderyk Barbarossa stanął na czele trzeciej krucjaty (1189), ON wyruszył wraz z niemieckim rycerstwem.

Rok później (1190) pod oblężoną przez krzyżowców Akką zawiązało się niemieckie bractwo szpitalne, obsługujące lazaret polowy i marzące o przeistoczeniu się w zakon rycerski, co jednak było rzeczą trudną, albowiem dwa już istniejące zakony miecza, Joannici i Templariusze, nie chcieli konkurentów.

Następnego roku (1191) obiecano Niemcom pomoc w spełnieniu ich marzeń — w zamian za delikatną przysługę. Przełożeni bractwa, ksiądz Konrad i podkomorzy księcia szwabskiego Fryderyka (syna Barbarossy), Burkhard, wezwali dowódcę straży, rycerza Siegebranda, i oznajmili mu:

— Jutro o najwcześniejszym świcie król Ryszard** ma tajemną schadzkę na wybrzeżu z bratem Saladyna***.

— Skąd o tym wiecie?

---

* — Tytuły używane przez cesarza Aureliana.

** — Ryszard I, król Angli, zwany Lwie Serce. Odegrał podczas trzeciej krucjaty czołową rolę w sprawach politycznych i wojskowych (m.in. przy zdobyciu Akki).

*** — Saladyn (Salah ad–Din), sułtan Egiptu i Syrii. Mimo ciężkich walk z krzyżowcami, w pewnych sprawach kontaktował się z nimi sekretnie (zwłaszcza z Ryszardem), wykorzystując ich wewnętrzne konflikty.

— Od siebie samych. Myśmy posłali Ryszardowi kogoś, kto udawał Saladynowego emisariusza. Zamiast braciszka diabła, zjawisz się na spotkaniu ty, z pięcioma swoimi ludźmi... I zabijecie Anglika.

— To szaleństwo! — wykrzyknął Siegebrand.

— Nie, bracie, to rozkaz. Ryszard będzie sam, tak zostało umówione. Choćby miał trzy lwie serca, sześciu ludziom nie da rady.

— A jeśli nie będzie sam?

— To się wycofasz. Lecz on przyjdzie sam, nie takie popełniał głupstwa w imię swej pychy.

Siegebrand przygryzł wargę.

— Kto nam za to płaci? Francuz?*...

— Ten, kto pomoże nam u Ojca Świętego, byśmy mogli stać się trzecim zakonem. Pierwszym staniemy się bez niczyjej pomocy. Jesteś gotów?

— Jestem.

— Weź najlepszych i zabij tak, żeby nawet ptaki nie dostrzegły.

ON zdziwił się, że dowódca każe im założyć kaftany obozowych ciurów i schować miecze. Szli za zasłoną nadmorskich skał. W umówionym miejscu, daleko za obozem, czekał król Anglii, także przebrany. Swoje płomiennorude włosy skrył pod kapturem, długi płaszcz owijał go niczym bandaż.

— Trzeba zabić tego człowieka — szepnął do swoich Siegebrand. — Pójdę sam, a wy podczołgajcie się i otoczcie go. Wtedy go zarąbiemy.

Ujrzawszy Siegebranda Ryszard skierował się ku niemu, lecz nim zdołał wymienić słowo, dookoła zabłysły miecze. Przez moment stał jak uderzony, a potem strącił płaszcz z ramion, odkrywając złotą zbroję, i zaniósł się najpiękniejszym śmiechem, gdyż tylko strach i rozpacz nobilitują śmiech do rangi wielkiego gestu. Wolno wyjął miecz z pochwy i pocałował klingę.

— Przyjacielu — rzekł — powierzam ci moją śmierć. Ma być piękna! Nie przejmuj się tym, że jest ich sześciu...

— Mylisz się, panie — powiedział ON, idąc w stronę króla — jest ich tylko pięciu, a nas aż dwóch.

Ryszard skinął mu głową, jakby witał lub wyrażał zgodę. Oparli się o siebie plecami i czekali na atak.

— Bracie! — warknął osłupiały Siegebrand. — Co czynisz?!

— Szukam w sobie boga — odparł ON. — Odejdź stąd, łotrze, bo przysięgam, że z pięciu was zrobimy dziesięciu albo i więcej.

---

* — Filip August, król francuski, po śmierci cesarza Fryderyka konkurent Ryszarda Lwie Serce do przewodzenia trzeciej krucjacie. Obaj nienawidzili się śmiertelnie.

Gdy zostali sami, król spytał:
— Kim są?
— Niemieccy szpitalnicy.
— A ty?
— Żyłem wśród nich przez lata i uczyłem się od nich, ale jestem innej krwi.
— Widać jesteś tępej krwi — roześmiał się Ryszard, obejmując go ramieniem — bo cała nauka poszła w las. Chodź ze mną.

Nie mógł zostać w obozie, pod bokiem tych, których zdradził aby nie zdradzić samego siebie, chyba że oduczyłby się spać. Godzinę później uciekał już z Palestyny na koniu otrzymanym od króla. Ścigano go. Bywało gorzej, bywało lepiej, ale jakoś dawał sobie radę. Przetrwał nawet głód tak wielki, że w Kairze spalono trzydzieści kobiet, które zjadły swoich mężów. W końcu uszedł na pustynię zwaną Arabską i zgubiono jego ślad. Wracając prześladowcy dostali się w szpony trzęsienia ziemi i wyginęli, a w Jerozolimie, gdzie z błogosławieństwem papieża powstał Zakon Szpitala NMPanny Domu Niemieckiego („*Deutscher Orden*") uznano, że i ON nie żyje.

Żył. Około połowy tysiąclecia na jego drodze znowu mignął przydomek Barbarossa, a ON po raz czwarty wylądował w Afryce. Przedtem, jako dworzanin polskiego króla, Zygmunta I, zasłynął w największych turniejach rycerskich Europy. Był jedynym z dinozaurów, tak bowiem klasa zakutych w żelazo epigonów Bayarda, jak i same turnieje, zbliżały się ku schyłkowi, by ustąpić epoce zupełnie innej.

W roku 1517 znalazł się w Italii, co miało związek z przygotowywaniem gruntu pod małżeństwo króla Zygmunta I z księżniczką Boną Sforzą. Wziął udział w dwóch turniejach, zbierając laury, po czym wraz z kilkoma współzawodnikami wsiadł na galerę, która między Genuą a Civita Vecchia, obok Elby, dostała się w ręce piratów berberyjskich i wylądowała w porcie Algier. Ośmiu najświetniejszych turniejowców, ich konie, ich zbroje i zbroje ich koni, kopie, miecze i wolność — wszystko stało się łupem królów śródziemnomorskiego rozboju, braci Arudża i Chajr ad–Dina*.

Dobrze urodzonych jeńców rodziny wykupywały z pirackich rąk, ale Czerwonobrodzi mieli dość złota, zaś rycerskiego turnieju nie widzieli nigdy. Zażądali od ośmiu giaurów widowiska: walki nie na tępe kopie, lecz z grotami, i na ostre miecze, do śmiertelnej krwi, a nagrodą dla zwycięzcy miała być wolność po zabiciu ostatniego rywala. Siedmiu ry-

---

* — Obaj oni nosili przydomek Barbarossa, tak jak cesarz Fryderyk, z którym nie łączyło ich nic więcej, tylko czerwone brody.

cerzy — dwaj Niemcy, dwaj Francuzi, Węgier, Austriak i Włoch — chciało z pogardą odmówić, jednakże ON, który posiadał największy autorytet, zwrócił im uwagę, iż odmówić znaczy oddać się katu i spytał: „Po co umierać śmiercią barana, gdy można zginąć śmiercią lwa?”. Zgodzili się.

Arenę urządzono w polu za miastem i opalikowano wedle wskazówek, które dał ON. Naznaczonego dnia, przywdziawszy tonę polerowanych blach, wyjechali na plac piękni jak stalowe anioły zesłane z nieba na posrebrzanych rumakach. Plac otaczały tłumy wojska i gawiedzi. Trybunę honorową wyłożono safianowymi poduszkami dla braci Barbarossów. Starszy, Arudż, podniósł rękę, dając znak: możecie zaczynać!

Zaczęli od parady, chcąc się pokazać w całej turniejowej krasie. Jeździli dwójkami wokół placu, trzymając kopie podniesione do góry. Zespolili się naprzeciw trybuny honorowej i ruszyli w jej kierunku po osi wielkiego koła. ON pierwszy, za nim siedmiu w równym szeregu, stępa, by oddać ceremonialny ukłon gospodarzom i dopiero przystąpić do pojedynków. Ujechawszy trzecią część osi tnącej arenę, przeszli w delikatny kłus, którego tempo narzucał ON. W połowie dystansu kłus stał się szybszy, ale dopiero gdy opuścili kopie, przechodząc w pancerny galop — tamci zrozumieli. Buchnął straszliwy krzyk i przed trybunę wybiegło kilkuset janczarów z obnażoną bronią. Wbili się w tę zgraję z impetem, powodując znany artylerzystom *„efekt ulicy”* — tak nazywa się skutki wielokalibrowego strzału z bliskiej odległości w gęstwę ludzką; w tłumie powstaje wówczas krwawy korytarz zwany *„ulicą”*.

Przeszli przez janczarów jak przez pierze, roztrącając swym ciężarem i tratując na miazgę kopytami, ale trybuna honorowa była już pusta. Ominęli ją z dwóch stron, rozdzieliwszy się niczym dwa skrzydła dywizjonu lotniczego, i na karkach uciekających pogan dojechali do murów miasta. Tam uformowali dywizjon w literę V, na czele której stanął ON, jak głowa drapieżnego ptaka, i zawrócili, znowu kłusem rozwijającym się w galop. Kilkutysięczna rzesza przed nimi oszalała z przerażenia na widok furii tych nieludzkich giaurów. Ubrani w żelazne suknie, w żelaznych kubłach na głowach, z rogami na osłonach końskich łbów, bez jednego obnażonego miejsca, w które można by miotnąć strzałę z łuku — zdawali się potworami wyczarowanymi przez posępne dżinny piekieł.

Żelazny klin ponownie rąbnął w masę i zaczął ją ciąć, niby nóż wędrujący przez ludzkie trzewia, wyrywając drugi korytarz śmierci. Lecz tym razem nie mogło się udać do końca — nawet pociski grzęzną w zwałach piachu. Zbyt duży był tłum, a każdy upadek rycerza w turniejowej zbroi oznaczał kres jego bohaterstwa — nawet w czasie ćwiczeń ciężar tego rynsztunku nie pozwalał unieść się z ziemi samodzielnie.

Na drugą stronę przebił się tylko ON. Koń pod nim był tak zmęczony, że doścignęliby go piechotą, gdyby nie grom z jasnego nieba: za miastem pojawiły się hiszpańskie wojska markiza de Comares i rozpoczęły atak. Niedługo potem, nad rzeką Salado, Arudż stoczył swą ostatnią bitwę. Na pobojowisku znaleziono przedziurawione zwłoki Barbarossy I; Hiszpanie opowiadali, że uderzył go kopią tajemniczy rycerz w turniejowej zbroi, który po walce zniknął bez śladu. O tej żelaznej zjawie długo krążyły legendy wśród berberyjskich plemion. To ze strachu przed nim Barbarossa II (Chajr ad–Din) miał porzucić swe algierskie włości i umknąć na zawsze do Konstantynopola. To ów lśniący metalem demon miał terroryzować następcę Barbarossów, Raisa Salaha, i całe ich pokolenie, pojawiając się wśród oaz saharyjskich, wszędzie tam, gdzie próbowali narzucić swe zwierzchnictwo. Z biegiem lat pamięć o nim zaginęła...

Lecz ON wciąż żył. W roku 1795 przybył do kraju faraonów z reformackim mnichem, księdzem Prosperem Burzyńskim, wybornym znawcą języków wschodnich i lekarzem. Wyruszając na tak dzikie obszary Ziemi, rządzone przez okrutnych bejów memeluckich, ksiądz Burzyński potrzebował przewodnika i obrońcy, słowem żołnierza, który znał ten teren i nie bał się samego diabła. ON, emigrant po Insurekcji Kościuszkowskiej, został przedstawiony ojcu Prosperowi w Rzymie. Decyzja zapadła po wymianie dziewięciu słów.

— Znasz Egipt, synu? — spytał Burzyński.

— Znam — odparł ON.

— Kiedy tam byłeś?

— Dawno temu.

Po kilku miesiącach przebywania nad Nilem ojciec Prosper zyskał opinię najlepszego medyka Wschodu. Leczyli się u mądrego giaura bejowie Murad i Ibrahim, niezbyt zadowoleni, iż kuruje on także fellachów, którzy nie są w stanie zapłacić za lekarstwo, ale lepiej być bardziej zdrowym niż bardziej dumnym, toteż obaj okazywali niewiernemu swą łaskę. Pewnego dnia w roku 1796 księdza wraz z jego pomocnikiem wezwano do haremu Ibrahima–beja. Faworyty i niewolnice haremowe wolno było lekarzom badać tylko przez otwór w ścianie, przez który chora wyciągała rękę; sprawdziwszy puls i temperaturę dłoni, medyk stawiał diagnozę. Lecz Ibrahim rzucił w kąt zasady, chorowała bowiem jego małżonka Zetti Zulejka, potomkini Proroka. Gdyby umarła — straciłby więcej niż połowę swego prestiżu. Pozwolił dwóm giaurom wejść do jej komnaty i robić, co tylko zechcą, byle obudziła się ze „*snu, który zesłał szejtan*".

Był to dziwny rodzaj letargu, w istocie quasi–letarg, bo tętno i oddech nie zamarły. Ksiądz kazał towarzyszowi nacisnąć aortę szyjną ko-

148. G. N. Nikitin, *Awicenna* (1936).

149. Awicenna i tancerka Zora (malowidło perskie).

150. Znaczek pocztowy z podobizną Awicenny, emitowany na 1000-lecie jego urodzin.

151. *Derwisz* (miniatura perska pędzla Shafi-i-Abbasi, w stylu zwanym Isfahan).

152. *Bounty* u wybrzeża Pitcairn (na zdjęciu idealna kopia *Bounty* wykonana przez wytwórnię Metro-Goldwyn-Mayr dla potrzeb filmu *Rebelia na Bounty*).

153. Brzegi wyspy Pitcairn.

154. Galionowa figura Tahitanki z dziobu XIX-wiecznego statku (Altonaer Museum w Hamburgu).

155. Tahitańskie dziewczyny.

156. Podniecająca Tahitańczyków galionowa figura białej kobiety na dziobie *Bounty*.

157. Córki białego i Tahitanki.

158. Paul Gauguin, *Nagie piersi w czerwonych kwiatach* (Tahiti 1899).

159. Autentyczny portret Adamsa z XIX-wiecznego sztychu (patrz dopisek do drugiego wydania na końcu rozdziału o Adamsie).

160. Fred Aris, *Noe uwalniający gołębia*.

161. „ON pierwszy, za nim siedmiu w równym szeregu (...), piękni jak stalowe anioły na posrebrzanych rumakach” (akwarela A. Hoffmanna).

162. Bogini Izis z egipskim krzyżem *anch*, „kluczem życia" (malowidło staroegipskie).

163. Na pustyni libijskiej pod Tobrukiem.

164. Święte miasta Mozabitów w saharyjskim regionie M'Zab.

165. „Cmentarz przypominał te fragmenty filmów Kurosawy, na których wiatr jest jedynym samurajem. Wicher miotał tumany piachu (...), wszystko było żółte, od nieba po ziemię..." (cmentarz w Tobruku).

166. „Szli jak duchy!" (atak polskiej piechoty pod Tobrukiem).

167. „Znany tylko Bogu".

168. Albrecht Dürer, *Chrystus*.

biety, sam zaś kciukami wgniatał gałki jej oczu. Nagle krzyknął: „puść!” i odjął palce. Niewiasta westchnęła głęboko, patrząc na nich wzrokiem pełnym zdziwienia. Nie była już pierwszej młodości, lecz jej twarz jaśniała urodą posągów, które się nie starzeją. Ibrahim–bej obsypał „*cudotwórcę*” złotem.

Dwa lata później wojsko Napoleona wylądowało w Aleksandrii i ruszyło na Kair. 13 lipca 1798 roku memelucy próbowali zatrzymać Francuzów pod Shubra Khit i ponieśli pierwszą klęskę. Na wieść o tym do kairskiej cytadeli wpakowano francuskich kupców i kilkunastu jeńców wojennych; ON, który przebywał akurat w Kairze, znalazł się wśród nich, gdyż jego rodacy wspomagali armię Franków. Nocą więźniowie słyszeli ryk tłumu żądającego kaźni. Straż powiedziała im, że z rozkazu bejów rano zostaną wydani motłochowi na pastwę. Kupcy szlochali jak dzieci, żołnierze i oficerowie przysięgli walczyć choćby paznokciami.

Minęła północ, gdy kilku zbrojnych wyprowadziło go, zakryło oczy i powiozło przez ulice miasta. Zdjął kaptur we wnętrzu domu. Zobaczył ją siedzącą na sofie. Kazała mu usiąść obok i spytała:

— Wiesz kim jestem?

— Tak, pani.

— Kiedy wówczas otwarłam powieki, zobaczyłam twoją twarz nade mną, tak blisko, że czułam twój oddech. Pomyślałam, że jestem w raju obiecanym przez Proroka i że ty jesteś aniołem. Potem zrozumiałam, że żyję, a ty jesteś mężczyzną. Nigdy cię nie zapomniałam... ukradłeś mi serce.

— Ja ciebie też nie zapomniałem. Myślałem o tobie każdego dnia i byłaś męką moich snów.

Pokręciła z niedowierzaniem głową.

— Jestem stara...

— Jestem ślepy. Nie zmieniłaś się od czasu, gdy szliśmy burzyć świątynie amońskie w Siwah.

Łzy drżały na koniuszkach jej rzęs. Dotknęła palcami jego zarostu, szepcząc:

— Allah mnie wysłuchał... Kocham cię, biały duchu moich czarnych nocy...

Nad ranem ON rzekł:

— Każ swoim ludziom odprowadzić mnie do cytadeli, potem będzie za późno.

— Nie wrócisz tam — powiedziała — oni mają umrzeć! Mój mąż i Murad potrzebują tego, aby ułagodzić tłum rozeźlony klęską.

— Wrócę tam i umrę razem z nimi.

— Dlaczego?!... Nie chcesz żyć?!

— Nie chcę konać ze wstydu. Obiecałem im, że będę walczył.

— Komu obiecałeś? Czy są tam twoi przyjaciele?

— Owszem.

— Dobrze, idź z moimi ludźmi i zabierz swoich przyjaciół.

— Dzięki ci. Zabiorę wszystkich, których uwięziono.

— Na Allaha! Ci wstrętni kupcy, którzy oszukują i zdzierają z nędzarzy ostatni łachman, to też twoi przyjaciele?!

— Od wczoraj tak.

— Nie zrobisz tego!

Wziął jej twarz w dłonie, pocałował i skierował się do wyjścia.

— Jeśli umrzesz, nigdy się już nie zobaczymy! — krzyknęła za nim.

Odwrócił się z czymś drapieżnym na wargach, grymasem złości lub cieniem uśmiechu.

— Mój Bóg mówi inaczej. Możemy zobaczyć się w niebie, ale żeby się tam znaleźć, trzeba na to zasłużyć. Zrób coś, co otworzy ci bramę mojego nieba, a kiedyś spotkamy się i będziemy razem.

O świcie nastąpiło wydarzenie, które zaszokowało tak współczesnych, jak i historyków. Jeden z nich, Roger Peyre, opisał ów fakt następująco: „*Uwięzieni staliby się na pewno ofiarami zaciekłości ludu, gdyby nie żona Ibrahima, Zetti Zulejka. Pochodząca z rodu Proroka, otoczona czcią i poważaniem zarówno wielkich, jak i maluczkich — oparła się wszystkim. Zażądała od Murada i od swego męża, aby więźniów przeprowadzono do jej pałacu i tam dała im schronienie. Próżno roznamiętniony, dziki tłum chciał ich wyrwać. «Idźcie walczyć z tymi, którzy nadciągają!» — odpowiedziała*”.

Niewątpliwie jakieś wieści o kulisach tego uczynku przedostały się do postronnych, inaczej jeden z pierwszych monografów kampanii egipskiej Napoleona, jej uczestnik, inżynier Martin, nie zapewniałby z podejrzaną gorliwością w swej „Histoire de l'expédition française en Égypte” (Paris 1815), iż wspaniałomyślny gest żony Ibrahima wypływał raczej z przymiotów jej charakteru, niż z pobudek miłosnych.

Nie pomagał Francuzom w tej wojnie, wyjąwszy przypadek, gdy oddział generała Zajączka zgubił się na pustyni — ON i mnich wyprowadzili zbłąkanych z piaskowego piekła. Minęło jeszcze pół wieku nim zaczął brać francuski żołd. Po klęsce Powstania Listopadowego znalazł się na liście najgorliwiej ściganych „*buntowników*”. Uciekł z ojczyzny i długo tułał się w salonach Wielkiej Emigracji, której wewnętrzne spory budziły jego gniew. Nie mając środków utrzymania, wstąpił do francuskiej Legii Cudzoziemskiej, by walczyć w Algierii. Prasa donosiła, że legioniści cywilizują dziki kraj barbaresków, aby już nigdy algierscy korsarze nie mogli nękać chrześcijan, ON zaś miał dawne porachunki z tamtejszymi piratami. Poza tym zbieranina śmiałków różnych narodowości, do której wstąpił, zdawała mu się dobrą przystanią — ich ciężkie płaszcze, wytarte po całym świecie, były jak zbroje, budziły szacunek i kusiły zimnym męstwem.

Dopiero na miejscu spostrzegł, w co się wdał przywdziewając mundur legionisty. Francuzi pacyfikowali ów kraj ogniem i mieczem. Wyrzynano (napadając nocą, podczas snu) całe wsie, do ostatniego niemowlęcia. Płeć, wiek i bezbronność nie dawały tubylcom azylu. Ludność chowającą się w pieczarach górskich generał Bugeaud rozkazał *„dusić dymem na śmierć jak lisy!”* i tak czyniono. Pułkownik Montagnac pisał w roku 1845 do przyjaciela: *„Drogi Przyjacielu, oto jak trzeba prowadzić wojnę z Arabami. Zabijać wszystkich (...) unicestwiać wszystko to, co nie będzie się czołgało u naszych stóp jak psy!”*.

Gdy jedna z ekspedycji przywiozła ręce i uszy kobiet z bransoletami i kolczykami, ON zastrzelił dowódcę oddziału i zdezerterował, porywając trzy wielbłądy objuczone bronią. Daleko na pustyni spotkał *„buntowników”*. Było to dziwne, samotnicze plemię, do którego długo nie zaglądali przybysze z miast i cudzoziemcy z okrętów o wielkich żaglach. Kiedy wreszcie zetknęło się z obcymi, wymieniło swą odrębność na choroby przywleczone zza mórz i na okrucieństwo, a ich kobiety — z rezygnacją charakterystyczną dla prostaczków dotkniętych nieszczęściem — przestały zachodzić w ciążę. I tak plemię zaczęło dyskretnie i przerażająco wymierać. Ostatni mężczyźni uwierzyli wędrownym derwiszom, że tylko walka z giaurami może odmienić fatum. Lecz nie umieli się bić i już w pierwszej potyczce zostali zmasakrowani. Potrzebowali giaura, który by ich nauczył. Wtedy zjawił się ON.

Jego jasne, precyzyjne i oszczędne gesty, kiedy rozkazywał, były rodzajem kodu — szyfrem sygnalizacyjnym, którego oni uczyli się na pamięć, a jeśli nawet któryś ze znaków był nowy, pojmowali go w lot, zawsze bezbłędnie. Zwierzęta też nie chodzą do szkół, rodzą się już z dyplomami, które nazywamy instynktem. Mieli twarze zakrzepłe i wyniszczone męką. Nosili jak kije długie karabiny Francuzów. Odważnie nadstawiali swe wypalone słońcem policzki bezbożnemu wiatrowi oraz kulom. Nauczył ich walczyć o wolność.

Specjalnie wydelegowany oddział, który ich ścigał, dwukrotnie został upokorzony, lecz nie zaprzestał wysiłku. Decydującą bitwę rozegrali w sercu saharyjskiego morza — w legendarnej krainie M’Zab. Z dna doliny wyrastają tam piramidalne miasta: pięć oblepionych domami wzgórz–oaz, niczym kopce mrówek — święty pięciogród sekty Mozabitów. Bili się we wnętrzu owego pentapolis, między Meliką a Ghardają. Przedtem jednak francuski kapitan zażądał rozmowy z nim i zaproponował mu „*un traité*"*: ON podda „*buntowników*" i w nagrodę zostanie ułaskawiony. Odpowiedzią było milczenie.

— Entre nous**... — dodał kapitan — to bydło nie jest warte nadstawiania głowy. Dobrze ci radzę, to twoja szansa. Daję słowo honoru francuskiego oficera.

ON uśmiechnął się. Kapitan uśmiechnął się również.

— Widzę, że się dogadamy. Jakie masz żądania?

— Une seule: va donc, salaud, vous m'agacez***.

W cieniu gajów daktylowych rozgorzała bitwa, której prawa dyktował ON, będąc wszędzie, niczym dantejski cień niosący przeciwnikom zgubę. Francuzi uciekali ostrzeliwując się i wtedy dosięgła go kula. Tak zgasł motor dzielności jego wojowników. Widząc go martwym, rozpierzchli się jak spłoszone ptaki. Nie umarł jednak — pocisk osłabiła tkwiąca w kieszeni gemma, którą znalazł przy kopaniu grobu kapłanki Izis.

Chłód nocy zwrócił mu przytomność. Zaczołgał się do studni i opatrzył sobie ranę. Żył, a jego trud nie okazał się daremny — ci, których nauczył, nauczyli swoich synów, a synowie spłodzili wnuków i dziś Algieria jest wolna. O starciu w dolinie rzeki M Zab zapomniano, może dlatego, iż mieszkańcy tamtej enklawy są małomówni i nawet pierwszy badacz cywilizacji Mozabitów (w końcu XIX wieku), eks–legionista Adolf Motyliński, nie potrafił otworzyć im ust.

W roku 1863 ON wziął udział w Powstaniu Styczniowym, wierząc, iż tym razem jego kraj odzyska wolność. Ale kiedy karty nie idą nie pomoże ani odwaga, ani pobożność: i to powstanie zakończyło się klęską, a gubernator naznaczony przez cara oświadczył: „*Nikakoj Polszy nikagda nie budiet!*". Część „*buntowników*" rozstrzelano, innych wywieziono na Sybir.

Po dziesięciu latach zesłania wcielono go do armii rosyjskiej. Awansował w niej na lejtnanta i gdyby nie rebeliancka przeszłość, na pewno znalazłby się w gwardii, ze względu na swój, jak mówiono, „*kaliber*". Jego muskularna sylwetka wymuszała podziw, a jego oczy strach. Kiedy się poruszał, ustępowano, by przypadkiem nie zawadzić o tę szafę w mundurze, a kiedy patrzył na kogoś, czynił to tak, jakby pragnął wwiercić się człowiekowi w głąb serca.

W roku 1907 wybuchł nowy konflikt między Abisynią a Włochami (z powodu napaści mieszkańców Amharg na handlową stację Lugh

---

* — Układ.

** — Między nami...

*** — Jedno: zjeżdżaj, świnio, wnerwiasz mnie.

w Benadirze). Negus abisyński, Menelik II, przypuszczał, że Włosi wykorzystają to jako pretekst, by powetować sobie przegraną z ostatniej dekady minionego wieku i zaczął przygotowania wojenne. Wcześniej pomocy udzieliła mu Rosja, wysłał więc znowu emisariuszy do krainy śniegów. Ale car miał własną zgryzotę (ledwo zgaszony płomień rewolucji) i w roku 1908 mógł ofiarować tylko trochę przestarzałego uzbrojenia oraz szpital polowy z korpusem sanitarnym. ON, dzięki praktyce przy boku księdza Burzyńskiego, nadawał się na felczera, i tak wyfrunął w świat.

Kiedy ekspedycja dotarła, było już po konflikcie, a dwór cesarski trząsł się od intryg związanych z następstwem tronu, gdyż schorowanemu Menelikowi nie wróżono długiego życia. Zastali pusty brzeg, ani śladu karawany, która miała czekać. Należało ściągnąć wielbłądy z Addis Abeby, wysyłając do niej kogoś z wiadomością. Miejscowi przewodnicy zdecydowanie odmówili: pora bezpiecznego podróżowania przez pustynię już się skończyła, trzeba być szalonym, by podjąć taki hazard!

ON zgłosił się na ochotnika; znaleziono też mężczyznę pragnącego schronić się w stolicy przed jakimś niebezpieczeństwem i znającego drogę. Wyruszyli o brzasku przez wydmy samharyjskie, uważane za najgorętszy punkt świata (średnia temperatur powyżej 30 stopni); mówiono: „*Czemu Bóg stworzył piekło mając Samharę?*". Nieraz osmaliła ją wojna, lecz Anno Domini 1908 panował tu tylko szatański upał przypominający wnętrze pieca, w okrutnej ciszy bez wiatru i chmur. Wytrzymali to z azbestową odpornością.

Wąski, nadbrzeżny pas Samhary unosił się ku masywowi Danakil, trudnemu do przebycia, ale chłodnemu, o temperaturach kojących ciało. Wspinali się, prowadząc konie za uzdy, wciskali między szczeliny skał, w milczeniu pokonywali strome ścieżki, tłumiąc w sercach irracjonalny niepokój. Nagle dziki krzyk zabrzmiał jak daleki zew wroga i odbił się echem po górach. Tubylec wyciągnął broń i zrobił taki gest, jakby chciał zawrócić. ON czuł, że ktoś ich śledzi, lecz ile razy obejrzał się, widział tylko podniebne kamienie.

Którejś nocy przewodnik zniknął. Wrócił rano, ze związanym, zakneblowanym i przytroczonym do siodła kilkuletnim brzdącem.

— Myśleli, że zapolują na mnie — wyjaśnił — a dali się podejść jak głupcy, którymi są. Znalazłem ich obóz i porwałem to szczenię. Będziemy mieli spokojną drogę, już nie zaatakują, pojadą za nami, aż łaskawie go uwolnimy.

— O kim mówisz? — spytał ON.

Przewodnik opowiedział mu swą historię. Był ostatnim potomkiem wielkiego rodu. Studiował w Europie, w 1896 walczył z Włochami pod

Aduą, potem pełnił funkcję inspektora wojskowych posterunków na obszarze zamieszkiwanym przez plemiona danakilskie. Tam, chcąc zdobyć dziewczynę ze szczepu Dahimela, zamienił swój wątły chrystianizm na islam, czyniąc to w sekrecie i przed władzą, która dyskryminowała muzułmanów, i przed teściami, którzy mogliby odepchnąć neofitę. W noc poślubną, wbrew zwyczajowi poprosił małżonkę, aby sama zdjęła zasłonę ze swej twarzy, czego nie mogła zrozumieć, obyczaj bowiem nakazywał mężowi zerwać haik i posiąść kobietę bez ceregieli, symbolizując tym jej poddaństwo. Odmówiła. Starał się wytłumaczyć, że chce, by panowały między nimi stosunki równoprawne, bez niczyich upokorzeń. Dalej nic nie rozumiała i zaczęła płakać. Im dłużej objaśniał, iż pragnie mieć żonę–przyjaciela, a nie żonę–niewolnicę, którą można kupić za dziesięć baranów, tym głośniej szlochała i rwała włosy z głowy, pytając, dlaczego mu się nie podoba. Rano — w poczuciu zhańbienia, bo nie chciał jej rzucić na matę — uciekła do swoich, ci zaś zelżyli go i jej brat stracił życie w pojedynku. Zaprzysiężono mu zemstę. Broniąc się położył trupem jeszcze dwóch Dahimelów i wrócił na łono kościoła chrześcijańskiego, by uzyskać zbawienie po śmierci, która wisiała nad nim jak gilotyna.

Wysłuchawszy, ON wstał i przeciął chłopcu więzy, a gdy przewodnik sięgnął po broń, odbezpieczył swoją, mówiąc:

— Nie rób tego, bo zginiesz!

— Głupcze! — krzyknął przewodnik — bez tego szczeniaka nie dojedziemy, on jest naszą tarczą!

— Nie nawykłem zastawiać się dziećmi.

— Ja nie nawykłem słuchać takich jak ty, jestem z rodu rasów!*

— To twój kłopot. Nie patrzę kto ma co w herbie, tylko co mężczyzna ma w duszy i we łbie, a dziewka pod kiecką. Ty mi się nie podobasz, zbyt łatwo zmieniasz bogów, jak ubranie od deszczu lub spiekoty.

Trzymając tamtego na muszce spytał chłopca:

— Trafisz do obozu?

— Tak, panie — odrzekło dziecko, zdziwione, iż cudzoziemski giaur zna jego język.

— No to fruwaj!

Przewodnik złapał się za głowę, jęcząc:

— Ty już trup, a ja z tobą! Ci ludzie nie znają miłosierdzia i nie są go warci! Jeśli nie polegniemy od kul, wypełnią nam uszy prochem i rozsadzą czaszki, taki tu zwyczaj. Zmądrzejesz od tego huku, przeklęty Rosjaninie!

---

* — Ras — etiopskie: władca, wielmoża.

ON zaprzeczył:
— Nie jestem Rosjaninem, pochodzę z Polski.
— Więc jesteś nikim, bo takiego kraju nie ma!
— Owszem jest, w takich jak ja.
Tamten uśmiechnął się wzgardliwie:
— Spójrz na mapę! W takich jak ty jest tylko pamięć o tym, co przeminęło, tak jak przeminął twój rozum! Bawi cię gra w szlachetność, ale niedługo zobaczysz, ile kosztuje ten luksus. Gadaniem o krajach, których nie ma, nie odgonisz śmierci!
Przez dwie doby jechali z bronią gotową do strzału. U krańca gór znaleźli się w pułapce: po prawej zbocze, po lewej przepaść, z przodu i z tyłu dziesiątki strzelb. Uskoczyli w niszę skalną. Jeden z Dahimelów podjechał do nich. Miał błyszczące bez źrenic oczy i mocne białe zęby w ustach zjedzonych przez trąd.
— Giaurze — powiedział — możesz stąd odejść, chcemy tylko jego.
— Odejdę z nim, to mój przewodnik — rzekł ON.
— Damy ci przewodnika.
— Nie potrzebuję dwóch, ten wystarczy.
— Więc umrzecie obaj!
ON skinął głową:
— Wszyscy kiedyś umrą, nawet Prorok nie był nieśmiertelny.
Dahimel spojrzał nań dziwnym wzrokiem, po czym zawrócił konia i odjechał nie oglądając się.
Przez kilkadziesiąt godzin warowali bezsilnie, aż znowu pojawił się parlamentariusz.
— Giaurze — zapytał — na jak długo starczy ci wody?
— Jeszcze mam — odparł ON. — Kiedy wypiję ostatni łyk, pójdę pić waszą krew.
— Czemu chronisz tego człowieka, zali jest on twoim bratem?
— Nie chronię go, myślę tylko o sobie.
— Mądrość zawitała do twych ust. Zostaw go, nie zrobimy ci krzywdy.
— Gdybym go zostawił, skrzywdziłbym sam siebie.
— Na Proroka, myślałem, żeś rozumny, tyś wszakże utracił rozum!
— Ten człowiek, którego chcecie, już mi to powiedział.
— Więc dowiedź mu, że się myli!
— Nie mogę, bo wówczas pomyliłby się ten, który mi powiedział, że czasami trzeba coś utracić, żeby nie utracić czegoś ważniejszego.
W piątym dniu osaczenia Dahimel zjawił się z dwoma bukłakami wody.

— Zwracam ci wodę — rzekł — tak jak ty zwróciłeś mi syna. Odjedź w spokoju razem z tym człowiekiem, którego Allah odda kiedyś w nasze ręce.

Wyrzucił pięść w stronę przewodnika i rozprostowując palce szepnął:

— Khamsa fi Ainek!*

Zostali sami. Gdy skończyły się góry, rozpostarła się przed nimi Kotlina Danakilska (Afar), zwana gorącym krajem (Kola), pustka bez najlżejszego powiewu. Mijali szkielety wielbłądów i ludzkie czaszki, widzieli oazy, które rozpływały się jak mgła, i milczeli, przedzieleni nienawiścią człowieka, którego upokorzyło wyrządzone mu dobrodziejstwo. Skwar zwiększał się z każdym dniem i pękała spalona ziemia. Czepiały się tych piasków różne ludy, lecz oni nie napotkali nikogo.

Powietrze drgnęło jednak; świszczące podmuchy pustyni wieszczyły „*samum*". Nagle niebo znikło. Rozpuścili wierzchowce. Żółty chaos gonił ich z rykiem tajfunu. Konie na pół ślepe zwaliły się w koryto wyschniętego strumienia, łamiąc nogi i zgniatając dwa z czterech bukłaków. ON upadł po medyjsku, tak jak go uczył Pers z armii Kambyzesa; przewodnik złamał nogę; zwierzęta trzeba było zastrzelić.

— Dobij mnie... — poprosił przewodnik.

— Spróbuj iść, mówiłeś, że już niedaleko.

— Nawet gdybym spróbował, nie starczy nam wody. Idź cały czas na południowy zachód, a dojdziesz sam.

— Dojdę z tobą.

Przewodnik spojrzał na krążące pod niebem ścierwojady i wypluł piasek z ust.

— Mam dość twojej wielkoduszności, odwal się, Rosjaninie!

ON usztywnił przewodnikowi złamaną kość i podtrzymując go, zmusił do marszu. Szli przez cały dzień, całą noc i przez następny dzień, zwilżając języki resztkami wody. W końcu ON przestał rozróżniać pory dnia. Wszystko stało się zmrokiem pod czaszką, widział cienie dawnych dziejów i zapomnianych ludzi, chwilami tylko cisza uzmysławiała mu wielkość tej przestrzeni, w której każda myśl topi się bezdennie, szybciej niźli w otchłani czasu. Z ciemności wyłaniały się niejasne, miękkie kształty jezior, które chciałby wypić. W mętnych nurtach dostrzegał srebrzyste ciała ryb wypływających na powierzchnię, by przyglądać się mu gigantycznymi oczyma...

Zbudził się po długim omdleniu w lazarecie wojskowym Addis Abeby. Był bohaterem dnia — nikt nie mógł zrozumieć jak Europejczyk

---

* — Pięć palców ci w oko! (przekleństwo mające sprowadzić na przeklinanego nieszczęście).

przeszedł pustynię o tej porze roku. Cesarz Menelik odwiedził go i udekorował wysokim odznaczeniem. Kiedy cesarz wstał, ON zapytał o przewodnika.

— Umarł wczoraj, bredząc — wyjaśnił lekarz towarzyszący Menelikowi. — Bez przerwy powtarzał, że jest takie wspaniałe państwo, które nazywa się Polska...

Dziesięć lat później ON i cały naród dostali od Historii dwadzieścia lat urlopu. Wybuch II wojny światowej zastał go w Leptis Magnie. Pojechał tam z przyjacielem, konserwatorem sztuki; przyjaciel inwentaryzował i konserwował starożytną ruinę, ON zaś stał się lekarzem całej ekipy profesora Giacomo Caputo, która restaurowała Leptis, aby Duce miał na czym oprzeć swój rodowód i swoje prawo do afrykańskich posiadłości.

Pewnego dnia „*il medico*" zrobił rzecz, za którą winien był zostać wyrzucony z pracy: załatwił się w wypucowanej do błysku zabytkowej latrynie tuż przed inspekcją wysokich dygnitarzy z Rzymu, ale ponieważ nikt nie umiał tak jak ON leczyć kaca włoskich uczonych, puszczono ów wybryk w niepamięć. Wzorem Burzyńskiego leczył także okolicznych biedaków. Wielu udawało chorych, by posłuchać „*małej magicznej skrzynki*" w przedpokoju do jego gabinetu. Wkrótce zorientował się, że to dzięki niej, a nie dzięki leczeniu uchodzi za wszechmocnego „*czarownika*": nadludzkim gestem, potężniejszym od zabiegów lekarskich, był ten ruch jego ręki, którym włączał lub wyłączał radio.

„*Mała magiczna skrzynka*" powiedziała mu o skoordynowanej napaści na Polskę i o tym, że w niektórych stolicach arabskich tłumy manifestowały radość po wkroczeniu Niemców do Warszawy. Zgodnie z rozkazem ambasadora polskiego w Rzymie, generała Długoszowskiego, nie wyjechał z Afryki. Trzy miesiące ukrywał się wśród swoich arabskich klientów. Przebrany wtapiał się w ludzki tłum na „*sukach*"*, które były obrazem tego kraju, łowiąc jakieś nieczyste sprawy wymawiane cichym szeptem. Jacyś żebracy, półnadzy, brudni, obrośnięci czarnymi kudłami, trędowaci krzyczący bluzganiem warg zżartych chorobą i warkotem głodnych gardzieli, poganiacze osłów klnący wściekle i co chwila sięgający dłonią do ostrza za pasem, dziwaczni żołnierze z twarzami żółtymi jak cytryna, zatrutymi opium i gruźlicą, i handlarze, tłuści jak wiecznie nienażarte rekiny, królujący w tej ciżbie bogactwem — z każdego miliona słów tych ludzi jedno było ważne.

W czwartym miesiącu, pokazując fałszywe dokumenty, według których jego ojciec był Włochem, ON przyjął obywatelstwo włoskie i został

---

* — Arabski jarmark.

wcielony jako „*ufficiale sanitario*"* do pułku dywizji Brescia. Informacje, które przesyłał do sztabu wojsk brytyjskich, miały pierwszorzędną wartość. Szczególną satysfakcję sprawił mu fakt, iż dzięki jego doniesieniom broniąca Tobruku polska Samodzielna Brygada Strzelców Karpackich zdobyła silnie obsadzone przez Niemców wzgórza Medauar i White Knoll. Widział jak polscy żołnierze, atakując kluczową pozycję Gazala, szli po piaszczystej, nie dającej osłony ziemi wyprostowani niczym na paradzie, przez ścianę zaporowego ognia artylerii, a następnie przez pole ostrzału karabinów maszynowych, co spowodowało szok doborowej jednostki włoskich bersaglierów, którzy rzucili się do ucieczki i potem mówili o Polakach drżącymi wargami: „*Szli jak duchy!*". Słuchając tego musiał kryć swoje uczucia za kamienną maską.

Rozszyfrował go kontrwywiad niemiecki. Dowódca Afrika–Korps, generał Rommel, zapragnął widzieć człowieka, który narobił mu tyle kłopotów. ON odbył swą ostatnią podróż przez piach, do namiotu „*lisa pustyni*". Generał kiwnął mu głową i lustrował monoklem, podczas gdy adiutant, który wprowadził więźnia, zapytał gniewnie:

— Boli cię szyja?!

— Dlaczego?

— Nie odkłoniłeś się generałowi, bydlaku!

— Rozwiąż mi ręce, Zygfrydzie**, a zobaczymy, czy tylko w pysku jesteś mocny — odparł ON.

Generał uciszył ich ruchem ręki i podszedł bliżej.

— Jesteś Polakiem? — spytał.

— Zastrzeliłbym się, gdybym miał w żyłach inną krew.

— Nie musisz się fatygować, zrobimy to za ciebie — mruknął Rommel.

— W porządku, jestem gotów.

— To mało!

— Czegóż więcej możecie chcieć?

— Spowiedzi.

— Jak tylko przyjmie pan święcenia kapłańskie, Herr General.

Rommel wybuchnął śmiechem:

— Podobasz mi się, chłopcze.

Na stoliku leżała gemma z egipskim krzyżem.

— Czy to znak kontaktowy brytyjskich szpiegów? — zapytał Rommel.

— Nie, to pamiątka po kobiecie.

— Prezent od kobiety... — rzekł generał, podnosząc gemmę do

---

* — Lekarz wojskowy.
** — Zygfryd, bohater mitologii starogermańskiej.

oczu. — ...Piękna i bardzo cenna... Wkrótce mamy Gwiazdkę, też będą prezenty. Dla ciebie największy, kilkanaście lub kilkadziesiąt lat życia. Jeśli zgodzisz się na współpracę...

Potrzebował tej chwili ciszy, która zapadła. Nawet takim jak ON z trudnością przychodzi żegnanie wszystkiego.

— Nie ma pan białej brody, panie generale. Od fałszywych Mikołajów prezentów nie biorę. Das ist unmöglich*.

Rozstrzelano go na skraju pustyni.

Był jednym z tych, którzy nie umierają, lecz odlatują w nieskończoną przestrzeń nieba lub odpływają w bezmiar oceanu i toną w niezgłębionej przez nikogo otchłani. Włosi mówią swoim śpiewnym językiem: *„lontano da dove”***...

Po zakończeniu wojny, gdy ekshumowano wiele zwłok, tubylcy wskazali grób żołnierza rozstrzelanego przez Niemców. Ostatecznie spoczął na cmentarzu tobruckim, gdzie są groby Polaków i Anglosasów.

Jechałem do Tobruku z moim stryjecznym bratem Henrykiem, chirurgiem pracującym przez dwa lata w Libii — dzięki niemu poznałem ten kraj. Przy wjeździe dopadła nas burza piaskowa. Dawała wyobrażenie heroizmu sprzed lat, bo żołnierz walczący o Tobruk zmagał się również z nerwicą pustyni, jednakże klałem: w takim pyle, przenikającym nawet do zamkniętego samochodu, nie da się robić zdjęć!

Cmentarz był pozbawiony żywego ducha i przypominał te fragmenty filmów Kurosawy, na których wiatr jest jedynym samurajem. Wicher miotał tumany piachu, giął palmy i przewracał nas na ziemię. Klęczeliśmy, Henryk osłaniał mój aparat. Nie wiem jak to się stało, lecz zdjęcia wyszły. Są żółte, gdyż wszystko było żółte, od nieba po ziemię, ale są!

Najdłużej klęczałem przed jego grobem. Pionowa płyta z wyrytym krzyżem i dwoma zdaniami. U góry napis: *„Żołnierz wojny 1939–1945”*. U dołu:

KNOWN UNTO GOD — ZNANY TYLKO BOGU.

---

* — To wykluczone.

** — Daleko od skądkolwiek.

WYSPA 21

GOLGOTA (JUDEA)

JEZUS CHRYSTUS

LAMMA SABAKTHANI!

„A około dziewiątej godziny zawołał Jezus głosem wielkim, mówiąc: «Eli, Eli, lamma sabakthani?», to znaczy: «Boże mój, Boże mój, czemuś mnie opuścił?»...".

(Ewangelia św. Mateusza, 27, 46)

Wielkiej miłości święty ogień
By ślepe oczy im otwierał
W szarości świtu już nie starczy
Któryś na złej zapalił ziemi
I wszechmocnego Twego tchnienia
Gołąb trafiony kona w locie
A ciężar jednej łzy czerwonej
Przez Twój policzek marmurowy
Obala posąg wraz z cokołem.

Nie pytaj czemu Cię opuścił
Wśród świętych którzy kłamią prosto
Z amfory pełnej srebrnych monet
Bądź pozdrowiony Mistrzu których
Częstując ojca swego winem
Nie pytaj czemu Cię opuścił.

Albowiem ci wybrani będą
Co przyjdą modlić się do Ciebie
Gdy szukasz Boga w pustym niebie
I pocałunkiem Cię witając
Z bezgrzesznym sercem
Z jasną twarzą
Na krzyż Cię sami zaprowadzą*.

---

* — Uwaga: w przypadku śpiewania powyższego wiersza (na modłę poważną, typu «Ludu mój, ludu, cożem ci uczynił!») obok solisty pojawia się chór nucący:

Nie ważne, w którą spojrzysz stronę,
Gwoździem zabite obie dłonie,
Każdej idei strzępy krwawe,
Po lewej łotra masz i prawej.

SPIS TREŚCI